2010年11月22日

2011年4月2日

先賢心語解讀

张燕瑾 著

學苑出版社

图书在版编目（CIP）数据

先贤心语解读 / 张燕瑾著．—北京 ：学苑出版社，2014.2

ISBN 978-7-5077-4171-1

Ⅰ．①先… Ⅱ．①张… Ⅲ．①古典小说－小说研究－中国－文集②古代戏曲－文学研究－中国－文集 Ⅳ．①I207.41-53②I207.37-53

中国版本图书馆CIP数据核字（2014）第031413号

责任编辑：洪文雄　何纯谱
封面设计：徐道会
出版发行：学苑出版社
社　　址：北京市丰台区南方庄2号院1号楼
邮政编码：100079
网　　址：www.book001.com
电子信箱：xueyuan@public.bta.net.cn
销售电话：010-67675512、67678944、67601101（邮购）
经　　销：新华书店
印 刷 厂：河北三河红旗印刷厂
开本尺寸：710×1000　1/16
印　　张：28
字　　数：510千字
版　　次：2014年2月第1版
印　　次：2014年2月第1次印刷
定　　价：88.00元

序

宁宗一

几天前燕瑾突然来电话，说他走进南开已经55年，离开南开整整50年了，听了这话，我的心为之一震。50年，55年，就这么过去了！他感慨万端，我则浮想联翩。在岁月匆匆中，我何尝不是从一个“热血青年”成了一个“热血老人”。而燕瑾从首都师大文学院领导岗位上退下来，年复一年，也加入了我们退休的行列。燕瑾话题一转，希望我为他的新作写则小序，我没有理由推却，我何尝不想借序言谈谈我和燕瑾的那份儿缘。

下面就先说“情”，后讲“理”。

在南开中文系我曾教过1956级、1957级、1958级的“宋元文学史”，其间有着密集的政治运动穿插其间，最突出的当然是“反右”和“拔白旗”，它们都是整肃知识分子的全国性的政治运动。在这种肃杀的氛围中，心灵已被扭曲，情志更加杂乱，虽然尽力想把课讲得好一些，但已力不从心了。“幸运”的是，到了给燕瑾的1959级讲宋元文学史和元曲专题时，已是“三年困难”的末期了。在吃不饱肚子到能将就吃得好些时，我与1959级有缘相遇了。此时有一个“二律背反”的哲学命题出现在我们面前，直到今天仍值得深长思之。正题：1958年的大折腾，共产风劲吹，国人被煽动得似乎就快要进入天堂了，但全国性的大饥荒很快来临，全民忍饥挨饿，个别地方出现了人吃人的惨象；反题：吃不饱，只好休养生息，大的政治运动暂时消歇。虽然吃不太饱，又少油水，上课站着讲，腿打哆嗦，然而内心却获得几分松弛，教师之间、师生之间、党群之间出现了少有的平和，这可能是燕瑾在本书后记形容我笑口常开的原因吧！

其实，我在上世纪六七十年代就是一个常被“误读”的青年教师，那时没有今日之开放的眼光、包容的心态和理性的精神，所以对我这样的人就从“误读”发展到“污名化”。① 然而幸运的我竟相遇了1959级！这个年级相比而言没有1956级那么多的“调干生”，大多数是从高中直接升上来的，绝大多数同学勤奋好学，性格开朗，充满朝气，其中还真有几位颇有灵气的、能安静地读些书的“读书虫子”②。而师生之间的关系也开始有些松动，特别是有几位不嫌弃我的、“警惕性”不高的同学，常来我宿舍走动，或是一块儿到华粹深先生家去听老唱片儿，有的同学还能跟我一块儿去看戏。我似乎又享受到些许“单纯”的快乐。对，至今我还不时追怀那段“单纯”的日子。像燕瑾来我家谈的就是他的读书心得，就是切磋古典小说戏曲中有意味的问题，比如我1961年开始写那篇万言长文《浅淡中国戏曲艺术发展规律》，其中有些是吸取了燕瑾的意见，少了些错误的。几十年来，心中浮起的生命中的点点滴滴的幸福和快乐，常常带给我绵长的慰藉。我要感谢燕瑾和他们年级的另外几位单纯的同学，他（她）们成全我年轻时的单纯，并把它变为行动，而从来未去计量得与失。燕瑾，我真的怀念咱们那时的单纯。也许是因为今日之光怪陆离的社会，已经让人唯恐不复杂了！功利意识充满在生活的方方面面，社会上有多少虚伪、假象?！难道我们不是更加怀念那时的单纯吗？人的成长、人格的养成，乃至生存空间，不是太需要这种单纯吗？

我的记忆已经模糊了，对1959级毕业时的具体情况没有丝毫印象，是不是那时我到唐山地区的抚宁县搞“四清”去了？只是后来我知道燕瑾到北京任教。那时在北京有我的家，父母健在，每当回京省亲，总要到燕瑾的家做客，日久天长，我们真的建立起亦师亦友的密切关系了。我可以负责任地说，我认识的燕瑾是一位真正讲文化坚守与自我完善的大学教师。有一点我们是如此相似：我63年一直在南开从事教学，燕瑾在首都师大一呆也是50来年。我们都没有被众人

---

① 我总觉得过去的那一切不应该由知识分子来承担责任。该忏悔和反思的首先是那些逼良为娼的政治环境。中国人有一种奇怪的逻辑，明明是政治家的问题，却要把账算到知识分子头上。政治家总是对的，最典型的例子是马寅初和梁漱溟。

② 燕瑾在“后记”中说他入学时校园已经不再平静，斗争的引信已经点燃，还举了批判我们的系主任李何林先生以及在学生中、青年教师中批判“白专道路”等等。这都是实情。但是，此时毕竟是“三年困难”时期，还没缓过神来，比起1957年、1958年那样的整体性的整肃知识分子，真是小巫见大巫。燕瑾没见过那大场面，他那时小，有点脆弱，夸大了他们的受害，缺乏我这样人的“免疫力”。任继愈先生就说过，经过“文化大革命”的洗礼，就有了应对大事件的免疫力。

趋之若鹜的“热门”工作所诱所惑，都没有在逆境中退缩和放弃我们应坚守的教师的岗位。所以见面时仍然一如既往，不谈人事，少言政治，只谈本行的学术，交流信息，分析热点问题，且真的做到学术面前人人平等，有认同，有争议，又在争论中获得撞击后爆发出来的思想火花，而共享其幸福。

燕瑾的自我完善是他有一个令人艳羡的家庭。妻子把一个家治理得井井有条不说，而且对燕瑾照顾得无微不至。因此我一直认为，燕瑾的步步攀升，就有一半是他夫人的功劳；进一步说，燕瑾的学术成就是和这个“安静”的家分不开的。安静乃是一种状态，一种情志，安静就成了燕瑾心灵的常态。他的内外环境让他能安静地读书，让他能安静地书写，也让他能安静地进行教学。一本好书就能让他安静下来，写一篇文章也能让他安静下来，安静就是这样成为他的内心生活。上世纪70年代末他就出版了《唐诗选析》，稍后又和他的同窗好友杨锺贤合著了那么厚厚一册《唐宋词选析》。我想这就是因为他有一个永不动摇的不为外界诱惑的内心生活。比照燕瑾，我的缺失就是在家在外都没有一个安静下来可以自处的空间，正如法国伟大作家蒙田所说：人的最大灾难是回到家还安静不下来（大意）！我可能就是一个没能安静下来的教师，我真的缺乏这种生命状态和内心的安静！

我的父母相继去世，我觉得北京没有了我的家，我很少回北京了，与燕瑾聚会时间也少多了，只是他还不时来校担任博士生的答辩主席，我们的交流似少了些，但是电话中还是不时要谈谈各自的心绪，交流一些学术研究的点滴心得。

作为一名教师，除了屋中有些纸本参考图书外，我拥有的财富只是一届又一届理解我、关心我、维护我的同学。至今我把他们视之为我生命中最丰厚的精神财富。我感谢他们，也惦念他们，并以他们为骄傲，这其中就有燕瑾在。

下面该说“理”了。我是认真读过燕瑾很多代表性著作的，所以敢于冒昧地说，我能把握他的学术策略、研究方法以及他的治学风度。

燕瑾在他的新作“后记”中说了不少给我鼓劲儿的话，我只有惭愧二字。但是，由字度人，却百感交集。首先要交代的是，很多高校文科朋友都有印象，在1979年南开大学中文系建立了古典戏曲小说研究室，且创获颇丰。其实早在上世纪50年代初，我们的几位恩师华粹深先生、王玉章先生、朱一玄先生和许政扬先生就已在讲课和辅导研究生时渗透了一种理念：中国的古典小说与戏曲必须互相参定，同步研究。几位老师身体力行，用自己的研究业绩证实了这一点。华师在讲明清戏曲时，专门开了《红楼梦》专题课，而许先生则有黄克兄编的《许政扬文存》存世，其中从辞语考释到文本研究，都是把小说与戏曲紧紧结合起来进行相互参定的研究。直到1979年华先生在小说戏曲研究室成立会上的讲话，也是围绕这一问题，阐释这一学术理念的。后来我把它浓缩为：一部戏曲史就是一部活的小说史；一部小说史就是一部活的戏曲史。老师们的这一理念与实践经验，后来成了南开小说戏曲研究文脉中的一项学术方略，它始终让我牢记在心，不敢稍有忘却。

可是，华、王、朱、许开创的这条学术文脉到后来就中断了，我在写我的《心灵投影》一书的编后赘语时说的那段话，确实发自肺腑，觉得有负先师的重托。可是，今天在给燕瑾写书序时，重温了他的新作与旧著，在我脑海中翻腾又冷静而仔细地统计了一下，南开中文系的学子能把小说与戏曲同步研究的为数不多，即使有几位很有成就的博导，往往也是单打一，当然这有学养、路数和兴趣追求的多重因素在。但是把小说戏曲同步研究作出实绩，而且有声有色地又被精神同道首肯，我想，燕瑾兄应当是其中之一吧！此点绝非虚妄之吹捧，请看，燕瑾从小说观念、戏曲审美、乐感文化到作家与文本研究，再到断想、随感、辞语考释以及经典文本的新校注，真是涉猎极广，全面开花！燕瑾用力勤，也获得了相应的收获。再举一例，请读者不妨翻看他的《从平民到英雄》一文，燕瑾全然没有停留在题材层面上比较研究，而是直抵作者之文心，又从文体内涵中的深隐层次上加以把握，从而开发出小说戏曲之异同。我的授业恩师、著名相声与戏曲作家何迟先生在1951年与华师合讲“人民口头创作”课时，何迟师提出文艺创作的一个重要命题，他说：

形式就是限制，限制就是思路。

今天重温先生的教导，意识到水浒题材演变中，除了都是表现世道人心，除了再次看到小说与戏曲之血缘关系以外，也让我们看到二者在艺术功能上的大不同。剧曲之张力和动作的直观性，远非小说叙事文字所能比肩，而小说的铺叙的弹性和衍生之诸多细节和设置长短不等的对话，也非剧曲所能全然做到。所以，戏曲与小说各自的优势和“被”规定的“限制”也往往影响各自作者的内涵指向。燕瑾对《桃花扇》的解读、对唐传奇的诗性分析、对《西厢记》的讲解等等①，都可以看出他是从文心与文体两个层次上进行思考的学术思路。燕瑾进行过其他文体和文化研究，也是为探讨戏曲小说与其他文体的关系所做的学术拓展。提出这些问题，意在说明，能够继承南开小说戏曲研究文脉的燕瑾兄乃是真正的持守者之一。

作为一种学术方略，戏曲与小说的同步研究尚有诸多难点。从深隐层次上去观照戏曲与小说的内在关系，就有太多有待认真探索的课题。要而言之，如从艺术文化学角度与艺术形态学理解与把握这一问题，就有不少令人困惑的问题亟待从理论上、史料上加以破译。且不说二者属于两种文类，仅就叙述体和代言体等文体类型来考察，我们就已感到本体研究中的交叉渗透的复杂性。好在我们有先贤为我们铺路②，又有时彦为我们提供了思路③，我想我们会进一步发现小说、戏曲观念的同一性，它们的异质同构，它们之间的血缘关系。

燕瑾和我都表明我们是文学本位和文本主义的坚守者。我们的坚守，也许是意识到了要继承老师们给我们奠定下的基石；也许是我们科研与教学体验之所得；当然也有几分想把南开的文脉延续下去的期许；但更多的是潜移默化的审美精魂对我们心灵的滋养。但是我们从来没有反对过文学的文献学研究和文学的历史学研究。我们只是不赞成抛弃文学本位的为考证而考证，并认为只有考据才是真学问，进而排斥或低估文学审美的研究，对于这些过于偏颇的议论，理所当然，我们难以接受。其实钱锺书先生早在上世纪就有言在先：“文学研究是一门严密的学问，在掌握资料时需要精细的考据，但是这种考据不是文学研究的最终

① 燕瑾对《西厢记》研究倾注了很大精力。他的校注本能兼顾戏曲的舞台特点进行观照，解决了一些其他注本未能解决的问题，可见出注者的个性和特点，被列为“首届向全国推荐优秀古籍整理图书活动”推荐的91种书目之一（光明日报2013年10月18日）；他的研究著作《张燕瑾讲西厢记》提出了“有形思考”、“相反相成原则”等理论问题以及叙事视角对《金瓶梅》的启迪、人物塑造对《西游记》的影响、精神意旨在《红楼梦》中的承传等问题，也是把戏曲与小说比照研究的，颇受好评，也获得了中国出版协会古籍出版工作委员会颁发的2011年度全国优秀古籍图书奖；除了承担《会校会注会评西厢记》的课题外，还担任了国家图书馆古籍馆编《古本西厢记汇集》的学术顾问。

② 见汪曾祺先生的《塔上随笔》中的《中国戏曲和小说的血缘关系》，《当代名家随笔丛书》之一种，群众出版社，1994年7月版。杨绛先生有《李渔论戏剧结构》，见《杨绛作品集》，中国社会科学出版社，1993年1月版，第3卷第140页。

③ 徐大军：《中国古代小说与戏曲关系史》，人民文学出版社，2010年11月版。

目标，不能让它喧宾夺主，代替对作家和作品的阐明、分析和评价。”① 到了上世纪80年代他在与黄克兄的个人通信中，还感叹文学研究一直是历史学的附庸，“而不能自立门户”②。钱公的“自立门户说”，真乃一种文化焦虑。

我们不否认，目前文学研究中提出的综合研究、学术史研究、文化研究和文化诗学研究提供了新的思路和视角。但是一个不争的事实是，每个学科都有自己的界限。燕瑾和我的文化焦虑是：当前的文学研究，特别是小说戏曲研究，有一种取消“文学性”的倾向，而对文学性即对文学特质的任何消解，都是对文学本体的戕害。一个时期以来，“文学”被泛化了，小说、戏曲也被泛化成无边无际的“文化”，或者别的什么，那最终是导致文学审美性的消解。我们的忧思是：当人们不再沉浸在诗意世界去领略那天才的文学精魂和美的创造，是人类文明的大幸还是不幸？令人鼓舞的是，燕瑾全然没有对文学的审美感悟失去耐心，他从未把小说与戏曲只当作社会历史的脚注，而是文学性的研究和审美批评的强化。请读者再翻阅他的《元剧三家风格论》、《混阳蒸变奈何天》、《历史的沉思》、《东泰西华各争奇》等佳作，你可以发现燕瑾都有对作家的机锋顿悟、妙谛之艺术把握，而对作品所显示的天纵之神思，幽光之狂慧的诗情阐释，读后令人神旺。

至于燕瑾和我如此强调回归文本，尤其是经典文本，是因为我们真切地感悟到文本才能真实地反映作家的内心世界。所以，我们宁肯从作家创造的艺术世界认识作家，从文本给人类感情世界带来的审美启示和艺术贡献来评定作家与文本的价值。《戏曲研究》第59辑载邓黛《近十年来〈桃花扇〉研究综述》有一段话可以印证燕瑾的治学思路：

> 与以上这两种看法不同的是一种“心灵史”说。张燕瑾先生《历史的沉思——〈桃花扇〉解读》（《首都师范大学学报》1994年第2期）一文认为，《桃花扇》不是反映南明历史，不是在总结亡国教训，“它超越了浅层次的功利目的，没有为清王朝的长治久安出谋献策；也不是写宗教，七位‘作者’是避世而居的贤者，而不是斩断世情的道徒，侯李入道也只是理想

① 《写在人生边上　人生边上的边上　石语》，三联书店，2002年版，第179页。
② 《想念周振甫》，新世界出版社，2011年版，第10页。

> 破灭后的迷惘困惑，‘非入道也’。作品追求的是富有哲学性的悲剧目的而不是历史目的。作者只是借历史的框架抒写‘天崩地解’历史巨变之后对士林群体人格的反思，成为吴敬梓的先导。”“作家是在用心灵感悟历史，借历史抒写心灵，写对人生对历史对社会的探求，充满天才孤寂之感和痛苦的沉思。”这种既不同于将《桃花扇》当作历史政治教科书的传统观点，也不同于过于走极端的宗教主题说的观点，在各式各样的“主旨研究”中显得十分冷静而客观。这种观点抓住了研读作品的关键所在，强调作者的人格、心灵、理性反思对于作品的影响。这种对于个人心灵史的关注研究（而非社会化、泛化的研究）代表着一种新的研究方向。

这是对燕瑾学术追求的判断和评价，也是对新世纪文学研究回归文学本体的展望和期盼。

我读燕瑾的论著，有一种默然契之的感觉。比如，我们在面对文体时都注意设身处地，都讲究以心会心，我们都力图把阅读经典文本看作是一种纯真的审美体验，因为我们感悟到了作家的心灵文本正是饱含着人生和审美体验的。于是在我们阅读与书写时竟发现我们的审美体验与作家的体验灵犀相通了。正是基于会心与比心，我们才能有沟通，有交流，有对话，这可能就是陈寅恪先生点拨我们的“了解之同情”之要义吧！

燕瑾说他已经七十有五的高龄了，这也让我一惊！燕瑾也这把年岁了！我们也许没有诗样的人生，但是燕瑾却有他的诗样的文字。燕瑾的人生态度是平和，内心的平和，于是书写的文字也是平和。然而他的平和文笔除文采斐然以外还灌注着思想，他的人生态度与理论思维体现出他的生命力和创造力的旺盛！他的系列专著证明，在安静与平和的心态下，他始终孜孜矻矻地从事学术研究，这在我们学术界也属少见。也许他感悟到了，文学与科学之异：科学是越近越看得清，而文学则是越远才能越看得清。燕瑾的学术青春正步入老年时，却有了更多的文学发现，所以他不敢也不愿稍作停顿，而是永握书写的笔，而且有了更多的可写的审美发现。

作为独立学人的燕瑾竟然和我这样的老人都进入了老年期，在回归心灵、审视自己时，我发现，我们的书写何尝不是一种探索自我的过程？是的，真正的学人是注定要有所追求的，我们坚守的依然是精神劳动，而且企盼自己的这份儿劳动能够不断地向纵深发展。

我冒着有互相吹捧之嫌的危险，写就了以上的文字，我真诚地希望读燕瑾这本书，又捎带看了我这篇小序的朋友，能够相信一个已经八十三岁的老人，是没有时间去编造瞎话的了。

2013 年 11 月 11 日 午后

目　录

中国戏曲的审美特征

一种文体有一种文体的特点，这些特点是它与其他文体的区别所在，也是其艺术生命所在。这些特点体现在形式上，也体现在这种形式中所积淀、所包蕴的内容和审美心理中。

一

从文体言，戏曲文学（Drama）是既不同于抒情文学（Lyne）也不同于叙事文学（Epie）的第三种文学形式。宗白华对此有一段精彩的论述：

> 抒情文学的目的，是注重表写人的内心的情绪思想的活动，他虽不能不附带着描写些外境事实，但总是以主观情绪为主，客观境界为宾，可以算是纯洁主观的文章。叙事文学的目的是处于客观的地位，描写一件外境事实的变迁，不甚参加主观情绪的色彩，他可算是纯粹客观的文学。这两种文学的起源及进化，当以叙事文学在先，抒情文学在后，而这两种文学结合的产物，乃成戏曲文学。
>
> 抒情文学的对象是“情”，叙事文学的对象是“事”，戏曲文学的目的，却是那由外境事实和内心情绪，交互影响产生的结果——人的“行为”。所以，戏曲的制作，要同时一方面表写出人的行为，由细致的情绪上的动机，积渐造成为坚决的意志，表现成外界实际的举动，一方面表写那造成这种种情绪变动的因，即外境事实和自己举动的反响。所以，戏曲的目的，不是单独地描写情绪，如抒情文学；也不是单独地描写事实，如叙事文学。他的目的是：“表写那能发生行为的情绪和那能激成行为的事实。”戏曲的中心，就是“行为”的艺术的表现。
>
> 这样看来，戏曲的艺术是融合抒情文学和叙事文学而加之新组织的，他是文艺中最高的制作，也是最难的制作。(《美学与意境·戏曲在文艺上的地位》)

这是从文体学的角度对戏曲文学作出的分析①。但是，戏剧又是表演艺术，戏剧创作的最终完成要靠演员的舞台表演；而且，细而分之，戏曲又只是戏剧中的一个品类。那么，什么是戏曲呢？

“戏曲”一词最早见于元人刘埙（1240—1319）的《水云村稿》卷四《词人吴用章传》：“至咸淳，永嘉戏曲出，泼少年化之而后淫哇盛，正音歇……”次见于夏庭芝《青楼集》之“龙楼景、丹墀秀传”：“（二人）皆金门高之女也，俱有姿色，专攻南戏……后有芙蓉秀者，婺州人，戏曲小令，不在二美之下，且能杂剧，尤为出类拔萃云。”元末明初陶宗仪《南村辍耕录》也提及“戏曲”：“唐有传奇，宋有戏曲、唱诨、词说，金有院本、杂剧、诸宫调。院本、杂剧，其实一也；国朝，院本、杂剧始釐而二之。”（卷二十五之“院本名目”）“稗官废而传奇作，传奇作而戏曲继。金季国初，乐府犹宋词之流，传奇犹宋戏曲之变，世传谓之杂剧。”（卷二十七之“杂剧曲名”）上述文献中提及之“戏曲”，或俱指南戏；但《青楼集》中戏曲与南戏、杂剧并提，而与小令对举，似不指南戏，或指宋杂剧中以大曲演故事的艺术形式②。但均未对什么是戏曲作出回答，只有到了王国维，才给了“戏曲”以科学的界定：

> 后代之戏剧，必合言语、动作、歌唱，以演一故事，而后戏剧之意义始全……现存大曲，皆为叙述体，而非代言体。即有故事，要亦为歌舞戏之一种，未足以当戏曲之名也。（《宋元戏曲史》之四“宋之乐曲”）

> 独元杂剧于科白中叙事，而曲文全为代言。虽宋金时或当已有代言体之戏曲，而就现存者言之，则断自元剧始，不可谓非戏曲之一大进步也。（《宋元戏曲史》之八“元杂剧之渊源”）

> 戏曲者，谓以歌舞演故事也。（《戏曲考原》）

王国维没能见到《永乐大典》中的宋元南戏，他把代言体戏曲之产生断为

---

① 黑格尔在《美学》中就已提出过这样的观点：“戏剧体诗又是史诗的客观原则和抒情诗的主体性原则这二者的统一……因此为着使整部艺术作品达到真正的生动鲜明，就要通过完整的舞台表演。”（第三卷下册，商务印书馆，1981年版，第241页。可参见该书“戏剧诗体”部分。）

② 参见季国平：《戏曲札记二则》，《文学遗产》，1989年第6期，及叶长海：《戏曲考》，《戏剧艺术》，1991年第4期。

元杂剧，是受史料限制所致①，但他对“戏曲”的界定是科学的，已为学界所公认。综合王氏之说，我们可以说，成熟的戏曲是以代言体的言语、动作、歌舞，来表演故事。它包括三个方面：代言体，演故事，以言语、动作、歌舞等为表演手段。这些内容，有的前人已经涉及，如明人王骥德已指出戏曲乃“并曲与白而歌舞登场”（《曲律》卷三“杂论第三十九上”）。但若从界定的全面、科学来看，不得不归功王国维。

王国维的定义当然是准确的，科学的，是总结概括了戏曲史上经典剧作的特征之后得出的结论。但应当说明的是，长期以来人们对戏曲的认识更侧重于作为表演手段的歌舞，却忽视了戏剧的核心——故事。如《中国古典戏曲论著集成》凡10册48种论著，绝大多数是论唱词与唱腔的，元代燕南芝庵的《唱论》、周德清的《中原音韵》、明代朱权的《太和正音谱》、何良俊的《曲论》、王世贞的《曲藻》、王骥德的《曲律》、魏良辅的《曲律》、沈宠绥的《弦索辨讹》和《度曲须知》……一直到清代徐大椿的《乐府传声》、刘熙载的《艺概·词曲概》等，所关注、论述的中心均为声律音乐而非戏剧情节。直至近代，吴梅的理论也多为曲论而非戏曲论，各种曲谱之类的著作更是声律之学的专门著作了。当然，从元人开始就已经显示出他们初步的戏曲文体意识。中国文学艺术史上，文辞之与音乐的配合从先秦时期就已经开始，一直到宋词。而燕南芝庵、周德清等意识到了戏曲与传统诗词的区别，才另立门类，对戏曲文体进行总结研究。尤其是《中原音韵》作为中国第一部曲韵专书，完全根据元代大都话的口语音系为标准分韵，不仅为曲家用韵提供了依据，符合戏曲用韵随时而变的趋时特点，故于戏曲发展影响深远；而且符合汉民族语言以北京音为标准音，以北方话为基础方言的历史发展趋势，为今天的“普通话”音系打下了基础。不过，他们的总结对于涉及了音乐、文辞、故事、表演等诸多方面的“戏曲”来说，这些认识是很不全面的。

戏曲的叙事理论，诸如情节、结构、冲突、人物等等，就少得多了。早期论及者当属高明《琵琶记》开场的〔水调歌头〕：

> 秋灯明翠幕，夜案览芸编。今来古往，其间故事几多般。少甚佳人才子，也有神仙幽怪，琐碎不堪观。正是：不关风化体，纵好也徒然。
>
> 论传奇，乐人易，动人难。知音君子，这般另做眼儿看。休论插科打

① 杨栋《元曲起源考古研究》（未刊稿）认为永乐大典中的《张协状元》产生于元代关汉卿等早期作家之后，则王国维氏所断无误。

诨，也不寻宫数调，只看子孝与妻贤。骅骝方独步，万马敢争先？

高明剧论中所表现出来的士大夫的道德精神、社会责任感和社会承担意识，往往为论者所诟病。因为高明只注意了道德层面，却忽视了民生层面，也忽视了人作为有机生命的感性存在；泯灭了人的本性、个性以及需求，使剧中人物仅仅作为社会道德的载体和工具，只能体现社会规范和准则，却看不到鲜活的生命，明显地体现出程朱理学的影响。就“戏曲”本体特征而言，高明指出：戏剧要有故事，故事之重要性在科诨、宫调之上，故事之内容要关风化，艺术上要动人。这是高明在戏曲学上的贡献。经过晚明那场引起戏曲家广泛参与、具有深远影响的关于戏曲音律与文趣之关系的“汤（显祖）沈（璟）之争”的论辩，人们对“戏曲”本体特征有了进一步明确，孙鑛提出了“南戏十要”：“凡南戏：第一要事佳；第二要关目好；第三要搬出来好；第四要按宫调，协音律；第五要使人易晓；第六要词采；第七要善敷衍，淡处作得浓，闲处作得热闹；第八要各脚色分得匀妥；第九要脱套；第十要合世情，关风化。持此十要，以衡传奇，靡不当矣。”① 孙鑛继承了高明的观点，把故事、关目列为前二要，也更切合戏曲本体，注意了演出中戏剧场面的调剂及脚色分配等问题。此类专论不是很多，倒是戏曲评点中有一些结合具体作品谈及此类问题的，如明代王世贞、李贽、汤显祖，清代毛声山等②，虽只言片语，也足见其眼界超越了“曲”而走向了戏。至金圣叹《第六才子书西厢记》集其大成。《第六才子书西厢记》作于清顺治十三年（1656）金圣叹48岁时。在《圣叹外书·读第六才子书西厢记法》中，他论述了作为戏曲的种种艺术手法，其中尤可注意者，一为人物的塑造：“《西厢记》写张生，便真是相府子弟，便真是孔门子弟。异样高才，又异样苦学；异样豪迈，又异样淳厚。”就是说，典范性的戏曲作品应当写出人物性格。二是剧情的发展：“《西厢记》正写‘惊艳’一篇时，他不知道‘借厢’一篇应如何；正写‘借厢’一篇时，他不知道‘酬韵’一篇应如何。总是写前一篇时，他不知道后一篇应如何。用煞二十分心思，二十分气力，他只顾写前一篇。”就是说，典范性的戏曲作品，情节的发展应当是人物性格的发展和戏曲情境的自然流动，而不是剧作家人为的安排和预设。金氏通过对《西厢记》的评点，第一次从审美的高度对戏曲创作规律和创作技巧做了分析总结，对诸如情节、关目、开端、结尾、冲突、人物乃至叙事技巧都发表了高明的见解，形成了全面、深刻、具体的

① 见吕天成《曲品》卷下。孙鑛（1543—1613），字文融，号月锋，有《孙月锋先生全集》。
② 参见秦学人、侯作卿编著：《中国古典编剧理论资料》，中国戏剧出版社，1984年版。

戏剧理论。虽然被指责为“以文律曲”，但戏曲文体本来就与其他文体有着血缘关系，理论上的互相借用，也是文学批评中并不鲜见的现象。金圣叹的戏曲理论较之以音律评戏、以文词评戏，有着明显的进步，更接近戏曲的本体特征。金圣叹的同时代人李渔在金批《西厢记》15年之后，康熙十年（1671）刊刻了《闲情偶寄》，从纯理论上构建了戏曲学编、导、演的完整框架。《闲情偶寄》之“词曲部”是创作论，分六大部分：结构第一、词采第二、音律第三、宾白第四、科诨第五、格局第六，首重结构；结构部分又分为戒讽刺、立主脑、脱窠臼、密针线、减头绪、戒荒唐、审虚实七个小部分。其“演习部”则是表演、导演理论。李渔既是剧作家，又有家庭戏班，有亲自导演的经验，深通戏曲三昧，故其论述确为行家里手的有得之见。《闲情偶寄》颇负盛名，对后世影响很大。不足的是，李渔着重讲的是编剧的手法技巧，缺乏对戏剧社会功能和剧作家历史使命与社会责任的充分论析，没有意识到剧作家不只是时代的表现者，更是时代的批评者和指导者。而李渔连深刻反映生活都没有做到，他的创作中罕有重大历史题材和现实生活题材，遑论对社会的批评与引导。卖戏为生的商品意识，使他不敢冒犯从达官贵人到市井细民各个阶层，或者说，他要调和不同阶层的审美口味，取悦社会的各个阶层。正如他在《曲部誓词》中所说，他的戏曲活动，只是为“砚田糊口，原非发愤而著书”（《李渔全集·笠翁文集》卷二）。李渔戏曲创作和理论的立足点，不在醒世、传世，而在媚世悦俗，因而缺失了对社会对人生重大问题的关注，有意识地保持着与儒家社会政教文学传统的距离，在言志、载道之外，以“趣”为戏曲创作和演出的艺术追求，所以李渔的戏曲理论，主要是讲娱人的技巧和手法。他本人及其影响下的剧作家的剧作，也只是在情节关目上出奇，甚至流于荒诞，未能传达出深沉博大的时代心声。其后孔尚任也对戏曲的故事性作了明确的表述。至此，对“戏曲”本体特征的认识，已臻于全面。可惜这些声音太薄弱了，其影响远远抵不过繁多而缜密的声律之学。所以王国维在《宋元戏曲史》中指出元剧之弊：“关目之拙劣，所不问也；思想之卑陋，所不讳也；人物之矛盾，所不顾也。”“元剧关目之拙，固不待言。此由当日未尝重视此事，故往往互相蹈袭，或草草为之。”

重抒情重议论而忽视叙事，非只戏曲一体，古代的叙事诗其实是借事以抒情议论，故事并不是作家着意经营的所在，故中国叙事文学之成熟远较诗歌散文为晚。在此种“重曲轻事”认识之下的戏曲，表现为：

1. 出现了一批故事性极为薄弱的作品，歌舞为主，歌舞是目的。如明朱有燉之庆寿剧、牡丹剧等，不是“以歌舞演故事”，而是以故事串联歌舞，故事只是歌舞的载体与黏合剂；元代白朴《梧桐雨》第四折，用辞赋手法描写雨声，铺采摛文，有如酣畅淋漓的抒情长诗。至今京剧脚色流派的划分，仍是依据唱腔而不是故事表演。影响所及，演员演戏曰“唱戏”，观众看戏曰“听戏”，在欣赏中专注于唱，忽略了戏曲艺术的其他因素。花部兴盛之后，舞台远离了文学，演员技艺成为戏的重要内容，出现了一些情节单纯、只重武打、连唱也被忽视的剧作，如京剧之《三岔口》、《雁荡山》等，也同样不符合戏曲本体的真谛，但却表现出中国戏曲独有的形态。

2. 戏曲关目、情节雷同。如元剧之“故辱穷交，逼令进取”，明清之“丫头小姐后花园，才子落魄中状元，奉旨成婚大团圆”等故事模式；而京剧之“八大拿”（黄天霸捉拿强盗的八出戏），情节构思竟如出一辙。有的则情节荒诞不经，错漏百出。

3. 改编多于独创。绝大多数剧作有“本事”可寻，历史故事剧特多。花部兴盛之近代，尚有“唐三千，宋八百，演不完的周列国”之说，正史、野史、小说成了戏曲取材之渊薮。

不是说中国古代没有完美的以代言体的歌舞言动演故事的佳作，只是说古人对戏曲本体“重曲轻事”的认识偏差，影响了戏曲叙事技巧的发展，形成了戏曲总体风貌的独特性。①

所谓代言体，是与叙事体相对而言的。叙事体是叙述人站在故事之外讲述故事，即使是亲身经历的故事，也是在故事发生之后的回忆式叙说，当他回忆故事时，已非当事人，而是过来人。叙述人与故事和故事中人物保持一定距离。代言体则是以第一人称的口吻模拟、扮演故事中的人物，让观众亲眼目睹故事的进展和人物的活动。从作家来说是代他人立言，剧中所写言语动作，均为剧中人（即故事中人）基于其身份立场的所言所动。仅仅以歌舞演故事的，不一定是戏曲。那些且歌且舞，一个演员在同一场景中模拟不同人物，或以第三人称口吻说唱故事的歌舞曲艺，并不能算是戏曲。散文、小说是作家向读者和听众讲述故事，作家可以随时站出来，以故事局外人的身份发表自己的看法，也不是戏曲。诗、词和散曲中有的作品是代言体，作者代主人公（如思妇）立言，但诗词散曲文体本身并不要求一定用代言体；这小部分代言之作，也属抒情之作，没有完整的故事，不用于表演，当然不属戏剧范畴。在代言体的戏剧里，故事的局外人是没有立足之地的。在戏剧中，每一个人物，每一个情节，甚至每一句台词，都体现着作家的倾向性，但又不是作家倾向性的直接表现。可以说戏剧是这样一种独特的艺术形式：剧作家无所不在，却又无处可见。因此，我们在分析戏剧作品的时

① 本文吸取了林可《中国戏曲本体论质疑》（未刊稿）的部分观点。

候，既不能把剧中人的思想当成剧作家的思想，把剧中人当成剧作家思想的传声筒；又不能说剧中人的思想与剧作家毫无关系。这要看剧作家是怎样对待这种思想的。对戏剧作品的理解更需要进行综合的、宏观的把握，从情节和场面中分析研究人物形象和作家作品的倾向性。从演员来说，则是以剧中人的身份在观众面前活动，即通过模仿故事中人应有的言语、动作，把故事发生时的情景再现在观众面前。所以剧中人的所言所动，既要符合人物的身份性格，也要符合故事的规定情境，而不能去说去做剧作家任意派给他的言语和动作，也不是演员本人随便想怎么说怎么做就怎么说怎么做。

言语、动作、歌舞，就是我们平常所说的唱、念、做、打及手眼身法步，所谓“四功五法”。这几种表演手段的综合运用，就使戏曲区别于只说不唱的话剧、只唱不说的西洋歌剧、只舞不唱也不说的舞剧和只有动作表演而无说、唱、舞的哑剧等。中国歌剧有说有唱，但它的唱是依词而配乐，先有唱词后谱音乐，乐随词变，不能雷同，其说唱、表演没有程式化；而戏曲，不论是杂剧、南戏、传奇之联曲体，还是花部之板腔体，都是按乐以填词，即先有唱腔，然后再依腔填词，同一曲牌、板腔的音乐，节奏、旋律具有稳定性。戏曲是一门独特的艺术形式，具有高度综合性的特点。戏曲中各种表现手段的运用，是由作家的创作个性和剧情需要以及演员的表演特长决定的，没有固定的比例，可以以说白为主，也可以以唱功为主，还可以以表演动作为主（如某些武戏）。南戏、传奇的某些出戏及花部中的某些戏，则更为灵活，如屠隆《昙花记》共55出，其中有9出只用说白，不填一曲。京剧《三岔口》、《雁荡山》没有唱，甚至没有道白，完全是通过舞蹈化、程式化的表演，以及妆扮、音乐，显示其为戏曲而非话剧舞剧等戏剧种类。

故事是戏曲的重要因素，没有故事的舞蹈和歌曲不是戏曲。故事不仅是多种艺术手段表演的基础，也是表演的目的。戏曲的故事必须有一定的长度才能演出，才能称之为“戏”。因此，戏曲比小说更有赖于叙事因素的增强。戏曲的曲词是在诗词的基础上发展起来的，是在抒情手段发展到一定阶段之后才会产生的，这是戏曲对抒情手法发展的依赖。以上两端，便是戏曲晚熟的文学原因。

戏曲中各种合成因素的滥觞，与作为一门综合艺术的戏曲之形成本不是一回事。这正如衣物是由布料和线缝纫而成，我们却不能说布料，甚至说织成布料的纤维、为布料染色的颜料和线便是衣物的雏形。由于人们对这个问题的理解不同，对于戏曲的形成时间，学术界还没有取得统一的认识。从先秦说直到元代说都有。甚至同一学者前后意见也并不一致。我们后面对这个问题的论述，是把戏曲各种因素的发展，与它们在发展中互相吸收融合成雏形的戏曲分别看待的。

二

在西方戏剧的分类中，一般分为悲剧（Tragedy）、喜剧（Comedy）、正剧（Tragicomedy，严肃的喜剧）三类。对中国古代的戏曲，虽然也有学者持此观点，进行过一些分类工作，但古代的戏曲悲则“哀而不伤”，喜则“乐而不淫”，悲喜互藏，折中合度，类型化的美学特征并不明显。不同作家有不同的创作风格，风格特征倒比类型特征鲜明得多。而且不论哪种风格的剧作，都有一个明显的特点——大团圆结尾。李渔在《闲情偶寄·词曲部》论“格局”之“大收煞”时，谓之“有团圆之趣”。中国古代剧作家即使是对悲剧题材，也要进行喜剧化处理。像《梧桐雨》、《桃花扇》那样结局略含悲音的，是极少数。

这种“大团圆”结尾的结构模式形成的原因是多方面的，但主要应当从观众和作者两个方面来考察。

从观众方面说，戏曲与诗词文等士大夫雅文学不同，它属于市民俗文学的范畴。诗词文，无论言志、抒情或议论等，虽然与社会有着密不可分的关系，但总是作者个人心态情致的表现，是自娱文学，其创作属个人行为。而戏曲则不然，一部作品能否搬上舞台演出，很大程度上要取决于观众的态度，观众不买账，演员的演出就没人看，作者和演员的经济生活也便失去了保障。作家进行创作已不再是完全的个人行为，他首先要考虑让观众喜欢，所以戏曲属于娱人文学。可以说，戏曲不仅与士大夫雅文学相比，甚至比起小说来，其创作和演出都更受观众的制约。而观众所信奉的生活哲学便是因果报应思想，所谓“善恶到头终有报，只争来早与来迟”，“善有善报，恶有恶报；不是不报，时候未到”，这不能简单地视为迷信，这是长期形成并普遍存在的民间心理。中国的老百姓善良、勤劳，但他们生活在社会底层，命运往往与他们作对，正如《窦娥冤》里窦娥所说：“为善的受贫穷更命短，造恶的享富贵又寿延。”面对灾难和不公时，他们往往无力自救，有冤无处伸，找不到能够代表自己的力量。他们寄望于清官，而封建官府不代表他们的利益；他们也寄望于鬼神，但鬼神终归是虚幻的。他们是苦难的一群，无助的一群。现实生活中既然难讨公道，于是舞台上的善得善报、恶得恶果的故事，便成为他们宣泄怨愤的渠道，成为他们精神的安慰。他们不能接受好人的悲剧结局，容不得坏人没有恶报的结果，他们需要舞台上的精神安慰。这是古今舞台实践中都不乏例证的。假如连舞台上这一点正义的呼声都失去了，人民群众生活中的希望也就完全破灭了。

从作者方面说，创作不仅要适应观众的心理，还要受作家社会责任心的驱使。老百姓看戏的目的是“找乐”，追求心理的愉悦、精神的享受。李渔是深知观众心理的剧作家，他在《风筝误》的剧末诗中说："传奇原为消愁设，费尽杖头歌一阕。何事将钱买哭声？反令变喜成悲咽。惟我填词不卖愁，一夫不笑是吾忧。举世尽成弥勒佛，度人秃笔始堪投。""杖头"指杖头钱，典出《晋书·阮修传》，阮修常以百钱挂杖头，至酒店酣饮。此言花钱看戏原为消愁，而不是买哭声悲咽。因而他自觉地顺应观众心理进行创作。但同时，老百姓又把舞台作为生活的教科书。舞台小天地，天地大舞台，戏曲原与生活有着多种联系。戏剧矛盾冲突的展开、故事情节的推衍，只是揭示社会和人生的种种现象，而结局却要拿出解决的办法，因此戏的结局往往担负着对主题思想画龙点睛的任务，体现着作家的创作意图。为善不得好报，谁还为善？作恶不受惩罚，便是诱人作恶。一旦善恶的结局失去了公正，人们心理和道德的准则也便没有了依据。社会的有序运行依靠两个方面的约束：一是法律（浅层次的）；一是道德（深层次的）。如果一个社会法律既没有公正，道德的准则又失衡，人们的行为便无所遵依，便会越轨，给社会带来破坏和不安定。而恶人受惩，好人善报，能使那些生活中受苦受难的人们的不满得到释放，精神上得到抚慰，怨愤和对抗的情绪得到缓解，戏曲也便成了向民众宣传布道的工具。故李渔说："窃怪传奇一书，昔人以代木铎①。因愚夫愚妇识字知书者少，劝使为善，诫使勿恶，其道无由，故设此种文词，借优人说法，与大众齐听，谓善者如此收场，不善者如此结果，使人知所趋避，是药人寿世之方，救苦弥灾之具也。……以之劝善惩恶则可，以之欺善、作恶则不可。"（《闲情偶寄·词曲部·结构第一·戒讽刺》）

种种因素，造成了戏曲"转愁成喜，破涕为欢"（程世爵《笑林广记序》）的创作思路。王国维说："吾国人之精神，世间的也，乐天的也，故代表其精神之戏曲小说，无往而不着此乐天之色彩：始于悲者终于欢，始于离者终于合，始于困者终于亨；非是而欲餍阅者之心，难矣。"（《红楼梦评论》之第三章"红楼梦之美学上之价值"）而戏曲的表现尤著于小说。

在结构上，戏曲也与话剧有着明显的差异。话剧的结构是拼图式，即对生活中的一个个不同场景进行描写，在每一个场景中，时间、地点、行动是一致的。活动地点，有具体布景进行限制；剧情的发生时间，以一天为限；行动一致即指情节的单一性。谓之"三一律"。场景与场景之间，没有线索串联，没有时间的衔接，不具备连贯性，话剧情节发展中的大量时间，都在场景与场景之间被省略掉了。话剧不想把事件的整个过程展示给观众，而只是让观众观看到事件的关键段落和矛盾集中的部分。这些场景看似独立的，但把它们拼接在一起，就能表现

① 铎，铃；木铎，以木为舌的铃。古代宣布政令时，振木铎以召集群众，故以木铎代指宣教工具。

同一的思想意蕴。而戏曲的结构则是纵向的，链条式的，它以人物的行踪为线索，以时间先后为顺序，把一个个连续发生的场景连接起来，使情节的演进与生活中事件的过程基本一致，故可谓之串珠式，或曰长蔓结瓜式。在戏曲舞台上，时间、空间的处理极为灵活，人物不下场，只要唱上几段、转上一圈，就可以时移地易。这就是谚语所说的“三五步走遍天下”。无关紧要之处一带而过，而集中笔墨于场面的描写与心理情绪的刻画。戏剧情节可以穿插变化，单线结构、双线结构，因事而异。同小说及其他叙事性说唱文学一样，戏曲也是要尽量让观众看到事件的全过程，看到主人公的某段历史，所以它更重视时间发展的连续性和情节演进的流畅性。由于戏曲场面变化多，时间变化快，所以一般不使用布景，布景的写实性也与舞台表演的写意性、虚拟性相矛盾。戏曲属于戏剧这一大范畴，又有自己鲜明的特色，体现着中华民族审美和文化心理。

三

我们说戏剧是一门综合艺术，而戏曲体现这方面的特点尤为明显。它把说白、歌唱、动作、舞蹈、音乐、美术等种种因素，和谐地组织到一起，融为一个精美的有机整体。它往往是边歌边舞，歌舞合一，人们称之为“载歌载舞”。一颦一笑、举手投足的日常生活动作也舞蹈化了，比如行路，上场下场，那轻盈飘忽的身段动作，加上华美的服饰，真如一条流动的彩带，在舞台上呈现出令人赏心悦目的曲线；而有时一站一立的亮相，又宛如一尊雕像，动静相间，疾徐有致。戏曲极为讲求发音吐字，高度重视声情与词情的相应。戏曲中的有些念白，韵律节奏十分强烈，使说白向歌唱靠拢，结合得近乎完美无缺。所以齐如山说戏曲演出的根本性特点是“有声必歌，无动不舞”（《国剧艺术汇考》），道白有歌唱的腔韵节奏，动作具舞蹈的姿态风神。在唱白分工方面，一般说，道白侧重于交代情节，勾画环境；而歌唱侧重在抒发人物的内心情感，使中国文艺的抒情特性与叙事艺术实现了高度综合，把剧作的文学意义充分凸显出来，取得了让人心醉神迷的艺术效果。所以有人称戏曲为“曲本小说”（老伯《曲本小说与白话小说之宜于普通社会》，1908 年《中外小说林》第十期）。

固然，戏曲与小说是姊妹艺术，无论在题材上、结构方式上、叙事手法上，都有受小说影响的痕迹。这方面的表现是明显的。例如一些上场诗、下场诗、“自报家门”、“副末开场”、某些独白和叙述性唱词等，虽为代言体，却带有明显的叙述人的色彩。又如描写战争，有些戏中不是在舞台上表现交战双方的直接对抗，而是通过探子之口叙述出来，探子便成了战争过程的叙述人。若从神韵视之，戏曲受诗歌的影响尤为明显：且不说戏曲的曲词押韵有格律，是以诗的手法写出来的，广义地说，戏曲唱词是诗的一种；整个戏曲唱念做打，从剧本到演出也深得诗的神髓。戏曲重写意，一举手一投足既源于生活又高于生活，追求的是美。整个舞台犹如一幅写意画，不能用生活的原始状貌来衡量戏曲。

表演如此，文词也如此。王骥德在《曲律》中举了一个用典不分先后的例子："元人作剧，曲中用事，每不拘时代先后。马东篱《三醉岳阳楼》，赋吕纯阳事也。〔寄生草〕曲：'这的是烧猪佛印待东坡，抵多少骑驴魏野逢潘阆。'俗子见之，有不訾以为传唐人用宋事耶？画家谓王摩诘以牡丹、芙蓉、莲花同画一景，画《袁安高卧图》有雪里芭蕉，此不可易与人道也。"(《杂论第三十九上》)吕纯阳即吕洞宾，唐朝人；东坡、佛印、潘阆都是宋代人。这是用典的"错乱"。凌廷堪《论曲绝句》云："仲宣忽作中郎婿，裴度曾为白相翁。欲使硁硁征史传，元人格律逐飞蓬。"自注："元人杂剧事实多与史传乖迕，明其为戏也。后人不知，妄生穿凿，陋矣。"(《校礼堂诗集》卷二)三国时的王粲做了东汉蔡邕的女婿（见郑光祖《醉思乡王粲登楼》)，唐裴度成了白敏中的岳父（见郑光祖《㑇梅香骗翰林风月》)，都与史实不合，但作家这样写了，王骥德、凌廷堪非但不以为怪，反而持肯定态度，挑剔者则被视为穿凿、愚陋、对之不易说清楚的外行。剧作家不是要表现事实之真，而是追求诗意和抒情效果，为了达到这两个目的，虚构是允许的。景物描写也如此，写景不是目的，景物只是情感的外化，因此都毫无例外地要化景物为情思，使景物具有浓郁的感情色彩。戏里的景物不是实景，不能以科学的透视法原理要求，也不能以自然时序衡量，他所追求的是具有诗意的创造性艺术时空，"乾坤万里眼，时序百年心"（杜甫《春日江村五首》其一)，作家创作时万里乾坤尽收眼底，百年时序齐聚心头，只要有利于营造氛围，抒写心绪，可以打破时间和空间的限制，选择景物进行描写。《西厢记》里便有写景"不问四时"的例子。第四本第三折"长亭送别"时春天的槐花与秋天的桂子同在，"晓来"的霜林与夕阳的斜晖并存。这也如王维画"雪里芭蕉"一样，只要有利于烘托气氛、抒写情思，有违四时也照样可以成为名曲。

剧曲唱诗，道白近歌，动作似舞，写景如画，配以灯光和音乐，服饰和脸谱，整个舞台，整个剧场都被诗意笼罩。戏与诗通，也与画通，民族艺术的写意特性和美学追求有共同之处。从文体上说，这也是戏曲与小说的最显著区别，小说构成的要素中，并不要求诗意。

戏曲以舞台演出为艺术创作的最后完成，从完整的戏曲定义来看，剧本只是戏曲的半成品。刘勰《文心雕龙·乐府》说："诗为乐心，声为乐体。"文学是艺术作品的心灵，歌舞表演则是外在的形体。剧本乃一剧之本，是歌舞表演的依据。从剧本来看，剧作家可以分成本色派、文采派等不同的流派。但是，不管什么流派，剧作家都要接受舞台演出的检验，适合演出、合于舞台规律的，谓之场上之曲；相反，仅可阅读，不便搬演的则称之为案头之作。这二者又不是截然分开、互相对立的，戏曲史上不乏案头场上两擅其美的杰作，如关汉卿、王实甫、汤显祖、洪昇、孔尚任等大家的作品就是。但是，除了作品的文学意义之外，是否“当行”仍然是衡量戏曲创作成败的关键标准，明人臧晋叔论此颇为详赡：

> 关汉卿辈争挟长技自见，至躬践排场，面傅粉墨，以为我家生活，偶倡优而不辞者……曲本词而不尽取材焉，如六经语，子史语，二藏语，稗官野乘语，无所不供其采掇，而要归断章取义，雅俗兼收，串合无痕，乃悦人耳。此则情词稳称之难。宇内贵贱、妍媸、幽明、离合之故，奚啻千百其状，而填词者必须人习其方言，事肖其本色，境无旁溢，语无外假。此则关目紧凑之难。北曲有十七宫调，而南止九宫，已少其半；至于一曲中有突增数十句者，一句中有衬贴数十字者，尤南所绝无，而北多以是见才，自非精审于字之阴阳、韵之平仄，鲜不劣调；而况以吴侬强效伧父喉吻，焉得不至河汉？此则音律谐叶之难。总之，曲有名家，有行家。名家者，出入乐府，文采烂然，在淹通闳博之士，皆优为之；行家者，随所妆演，无不摹拟曲尽，宛若身当其处，而几忘其事之乌有，能使人快者掀髯，愤者扼腕，悲者掩泣，羡者色飞，是惟优孟衣冠，然后可与于此。故称曲上乘首曰当行。（《元曲选·序二》）

在这一段话里，臧晋叔以北曲杂剧为例，谈了戏曲创作“当行”之三难：情词稳称之难，要雅俗兼收，串合无痕；关目紧凑之难，应紧扣主题和人物性格安排人物语言和戏剧情节；音律谐叶之难，要熟知宫调和音韵。从语言、结构和音律三方面提出了对戏曲创作的要求。能做到这三点的剧作家，可称“行家”，作品演出才能引人入胜，收到感动人的艺术效果。而要成为行家里手，不在学问的淹通闳博，而在于熟悉舞台演出，像关汉卿那样既具有舞台演出经验，又富有文学才华，可为当行剧作家的榜样。

然而，剧本毕竟是一剧之本，演出是由演员将剧本所结撰的故事及其蕴寓在故事中的内涵，由形体表现出来。赵孟頫云：“若非吾辈所作，娼优岂能扮乎？”关汉卿说：“非是他当行，本事我家生活……子弟所扮，是我一家风月。”（《太和正音谱·杂剧十二科》引）“子弟所扮，是我一家风月。”（《元曲选》附录《吴兴赵子昂论曲》）汤显祖说：“戏有极善极恶，总于伶无与。”（《复甘义麓》）

就深悟到剧本在戏剧中占主导地位的道理。没有剧本，戏曲便无从演出。在古代，戏曲兴衰的标志，主要是戏曲文学创作的繁荣程度。由于科技发展的限制，古代没有录音、录像的可能，声腔和表演所留下来的，只是文学记载的观众观听感受，而没有演和唱的具体资料，后人无从闻见，给研究造成极大困难。因此，我们将着眼于戏曲文学来研讨戏曲的发展变化。舞台演出是重要的，应当另有专史。

“最好的艺术理论就是艺术历史”，“没有艺术史，任何艺术理论便不能存在。”① 要理解什么是戏曲，还是应当从多读些作品、读些戏曲史入手。

［参考文献］

〔1〕苏国荣：《戏曲美学》，文化艺术出版社，1994 年版。

〔2〕沈达人：《戏曲意象论》，文化艺术出版社，1995 年版。

① 参见德国雷纳·韦勒克，杨自伍译：《近代文学批评史》第二卷，上海文艺出版社，1989 年版，第 9、67 页。

中国古代戏曲的乐感文化

已故幽默大师侯宝林生前说过一个“笑一笑，十年少”的相声段子，说要在医院的内外诸科之外，另设“相声科”。此言一出，令人捧腹。“相声科”没有设成，他留下的相声名段，却成为人们消愁破闷的良药，至今想起，令人忍俊不禁，仅此一点便功德无量。但设“相声科”之说，也并非荒唐之言。据悉，印度孟买人马丹·卡塔里亚即在印度开设了150家“欢笑诊所”，又在法、德、美等国开设了“欢笑俱乐部”，疗效颇著。科学家研究表明，欢笑可以降低血压，减少产生压抑情感的激素，增强肌肉弹性，促进免疫功能，激发人体镇痛激素的释放。

自然，现在就让相声走进医院成为一科，还纯属笑谈，它还应更多地具备隽永和睿智的品格。

笑，不仅有益于健康，它还是沟通心灵的桥梁、和谐社会的良药。日常生活中产生的矛盾，并不都是是非分明、立场坚定的两极对立，因而必须仇人相见分外眼红，拼个你死我活，非得把双方钉在耻辱柱上不可。很多问题都是是与非、对与错交融互涵的，是非分不清，道理讲不明，越想弄清楚就越弄越糊涂，谚云，清官难断家务事、一个巴掌拍不响，就是这个道理。人们为生计奔波，很忙很累，免不了有脾气大、火气旺的时候，一时激动，麻烦即生。这时所需要的是互相理解与抚慰，一两句幽默话，相视一笑，气消了，火灭了，变气恼为愉悦，岂不多了一个朋友？即使是原则问题，也有个处理方法问题，未必需要“灭此朝食”，鲁迅所谓“相逢一笑泯恩仇”，司马迁在《史记·滑稽列传》的序文中所谓“天道恢恢，岂不大哉！谈言微中，亦可以解纷。”解除纠纷，化干戈为玉帛，《史记》中记载了不少滑稽解纷的美谈。

幽默的心态基础是宽容，是大度，得放手时须放手，小肚鸡肠、斤斤计较、认死理、钻牛角尖的人，不知幽默为何物。所以人们把有无幽默感视为一个人文化品位和人格修养的标志。据说弗兰克·英尔·科尔比1976年7月4日在《纽约每日新闻》上说，美国的“男人情愿承认犯了叛国罪、谋杀罪、纵火罪、装了假牙、戴了假发，也不愿意承认自己缺乏幽默感。”可见人们对幽默的重视程度。

幽默是一种尺度，既是衡量个人的，也是衡量社会的。在一个动辄得咎、祸从口出的环境中，开口伊始瞻前顾后，言谈才歇提心吊胆，人们幽默不起来，人们拒绝幽默。幽默的生存环境，也要求社会的宽容大度，需要理解幽默、欣赏幽默的人。

这一点，我们的古人早有先见，他们创作出大量使人开怀一笑的作品即可证明，而幽默剧和滑稽剧便是其中的佼佼者。我们之所以把“幽默”与“滑稽”放在一起，那是因为他们属于同一美学范畴，他们的共同特点是轻松，引人发笑，他们都是笑的家庭成员。但他们的出生地却并不相同。

“幽默”一词，早在先秦时代就已有之，《楚辞·九章·怀沙》有“眴兮杳杳，孔静幽默”之句，王逸注：“言江南山高泽深，视之冥冥，野甚清静，漠无人声。”朱熹注：“孔，甚也。默，无声也。”可见此“幽默”，乃清静无声之意，与我们所谈不是一码事。作为笑家庭成员的“幽默”，是外来语，是林语堂音译而成。他说：“幽默二字，原为纯粹译音，行文间一时所想到，并非有十分计较考量，然后选定，或是藏何奥义。”（林语堂《“幽默”杂话》）美国人解释“幽默”云：“幽默是任何滑稽可笑的事物。”（《美国国际百科全书》）英国人的解释略同（《英国大百科全书》）。在我国，《新华字典》云：“音译词。言谈、举动有趣而意味深长。”林语堂《论幽默》云：

> 幽默本是人生的一部分，所以一国的文化到了相当程度，必有幽默的文字出现。人之智慧已启，对付各种问题之外，尚有馀力，从容出之，遂有幽默——或者一旦聪明起来，对人之智慧本身发生疑惑，处处发现人类的愚蠢、矛盾、偏执、自大，幽默也就跟着出现……
>
> 幽默与讽刺极近，却不一定以讽刺为目的。讽刺每趋于酸辣，去其酸辣，而达到冲淡心境，便成为幽默。欲求幽默，必先有深远之心境，而带一点我佛慈悲的念头。然后文章火气不太盛，读者得淡然之味。幽默只是一位冷静超远的旁观者，常于笑中带泪，泪中带笑。其文清淡自然，不似滑稽之炫奇斗胜，亦不似郁剔（wit）之出于机警巧辩。幽默的文章在婉约豪放之间得其自然，不加矫饰，使你于一段之中，指不出哪一句使你发笑，只是读下去心灵启悟，胸怀舒适而已。其原由乃幽默是出于自然，机警是出于人工。幽默是客观的，机警是主观的。幽默是冲淡的，郁剔讽刺是尖刻的。世事看穿，心有所喜悦，用轻快笔调写出，无所挂碍，不作烂调，不忸怩作道学丑态，不求士大夫之喜誉，不博庸人之欢心，自然幽默。

日本人对“幽默”的解释是：

> 以人生为儿戏，笑着过日子的，是冷嘲。深味着人生的尊贵，不失却深的人类爱的心情，而笑着的，是幽默吧……靠着嫣然的笑的美德，在我们萧条的人生上，这才有一点温情流露出来。（鹤见祐辅《说幽默》，鲁迅译）

可见东西方对幽默的理解有所不同：英美认为幽默的涵义较广，包容了滑稽；而东方则认为其涵义较狭，与滑稽同根而异枝。

“滑稽”一词，亦见于《楚辞·卜居》：“将突梯滑稽，如脂如韦，以洁楹乎？”朱熹《楚辞集注》曰：“滑稽，圆转貌。”《史记·滑稽列传》唐司马贞索隐引崔浩云：“滑稽，流酒器也。转注吐酒，终日不已。言出口成章，词不穷竭，若滑稽之吐酒。故扬雄《酒赋》云：‘鸱夷滑稽，腹大如壶，尽日盛酒，人复藉沽’是也。”其本义为圆转滑润，引申则指辩捷之才。《史记·太史公自序》：“不流世俗，不争势利，上下无所凝滞，人莫之害，以道之用。作《滑稽列传》。”王伯祥释云：“滑音骨，流利；滑润。稽，阻碍；留滞。话语流利，正言若反，辩解敏捷，没有阻难，叫做滑稽。所谓‘谈言微中，亦可以解纷’，并不是油腔滑调，言不及义，一味引人发笑。”“谈言微中，亦可以解纷”，是说谈笑之间，有意无意之间合于正道，可以解除纠纷。司马贞索隐引姚察云：“滑稽犹俳谐也……言谐语滑利，其知（智）计疾出，故云滑稽。”明人王骥德《曲律·论俳谐》云：“俳谐之曲，东方滑稽之流也。非绝颖之姿，绝俊之笔，又运以绝圆之机，不得易作。著不得一个太文字，又著不得一句张打油语。须以俗为雅，而一语之出，辄令人绝倒，乃妙。”可见，滑稽即诙谐，逗笑，风趣，且见智慧机敏，谐中寓庄，以俗为雅，与“幽默”几无别矣。只是演变到今天，人们才把一切令人发笑的东西都谓之滑稽，包括毫无内容的廉价的逗笑，甚至庸俗低级的逗笑。

不论哪种解释，我们都可以说滑稽与幽默是兄弟，都属于笑的家庭。

笑，能产生力量。

笑，能启迪智慧。

笑，能促进健康。

笑，能铸造品格。

笑，能融洽关系。

笑，能和谐社会。

愉快的笑是精神健康的表现，也是社会和谐的标志。

这部《中国十大古典幽默滑稽剧集》为读者提供笑料，也为考察历史的读者提供一点资料，为创作提供一点借鉴。

中华民族是一个充满了乐观人生的民族，这一点，早在二十世纪初，王国维便已指出："吾国人之精神，世间的也，乐天的也。故代表其精神之戏曲、小说，无不著此乐天之色彩。"（王国维《红楼梦评论》）因此，作为国人精神之象征的中国古代戏曲，不仅喜剧多，而且喜剧的种类也多。苏珊·朗格在《感情与形式》中说："在亚洲的伟大文化中，喜剧贯穿于各种情调中，从最轻快的情调到极为凝重的情调；同时也贯穿于各种形式中，独幕讽刺剧、滑稽剧、各种风格的喜剧等。"这段话，不仅可以用来指称她所说的"亚洲文化"，也可以说是对"亚洲文化"之重要一脉的"中国文化"，尤其是"中国戏曲文化"的精辟概括。所以林语堂断言："中国真正幽默文学，应当由戏曲传奇小说小调中去找。"（林语堂《论幽默》）

别林斯基说："民族性保存在下层人民里面最多。"（别林斯基《文学的幻想》）中国戏曲乐感文化的形成，与戏曲作为民间艺术这一文化品性不无关系。中国戏曲长期根植于民间的土壤，无论创作者、演出者，抑或接受者，多为深居下层之平民百姓。元杂剧作家多为怀才不遇之"书会才人"；明代"古曲自《琵琶》、《香囊》、《连环》而外……皆村儒野老途歌巷咏之作耶"（王骥德《曲律·杂论》）；清代"花部"、"乱弹"纷起民间……而民间艺术就其总体倾向而言，是一种乐感文化。正如高尔基所言："民谣是与悲观主义绝缘的，虽然民谣的作者们生活得很苦，他们苦痛的劳动曾经被剥削者夺去了意义，以及他们个人的生活是无权利和无保障的。但是不管这一切，这集团可以说是特别意识到自己的不朽，并且深信他们能战胜一切仇视他们的力量。"（高尔基《个性的毁灭》）尽管汤显祖、沈璟、吴伟业等古代戏曲大家们也曾跻身庙堂，但在他们的戏曲中，我们仍不难发现民间文艺放旷、乐观的朴野气息。沈璟《博笑记》："未必言谈微中，解颐亦自忘劳。"（第一出）以"博人一粲"为创作之旨归自不必说，汤显祖之《牡丹亭》中也同样不乏令人捧腹之科诨；即使深具忧患意识的《长生殿》（洪昇）、《桃花扇》（孔尚任），也颇多调侃、诙谐之笔。"盖才人韵士，其牢骚抑郁啸号愤激之情，夫慷慨流连、谈谐笑谑之态，拂拂于指尖，而津津于笔底，不能直写而曲摹之，不能庄语而戏喻之者也。"（程羽文《盛明杂剧序》）而正是民间文艺的丰厚土壤，培养了"才人韵士"们的"谈谐笑谑"，"庄语"而以"戏喻"出之的文化个性。

倘我们进行推本溯源，则不难发现，中国戏曲乐观、放旷的文化品性，早在其童年时代便已形成。中国戏曲起源于何时，虽然目前学界尚众说纷纭，但将产生于夏，盛行于春秋、战国时期，供帝王贵族阶层娱乐取笑的俳优视为中国戏曲的源头之一，则已成学界共识。据传说，夏桀时代就有了倡优："夏桀既弃礼义，求倡优侏儒狎徒，为奇伟戏，聚之于旁，造浪漫之乐。"（刘向《古列女传·孽嬖传·夏桀末喜》）虽不能据为信史，但优产生很早，却由此得到证明。西周时，有俳优戚施，也是"优笑之人"（《国语·郑语》韦昭注）。春秋时，晋国有优施，也是以"滑稽调笑"为生（《国语·晋语》）。古史中关于俳优记载最为详备的是优孟："优孟，故楚之乐人也。长八尺，多辩，常以谈笑讽谏……楚相孙叔敖知其贤人也，善待之。病且死，属其子曰：'我死，汝必贫困，若往见优孟，言我孙叔敖之子也。'居数年，其子穷困负薪，逢优孟，与言曰：'我，孙叔敖子也。父且死时，属我贫困往见优孟。'优孟……即为孙叔敖衣冠，抵掌谈语。岁馀，像孙叔敖，楚王及左右不能别也。庄王置酒，优孟前为寿。庄王大惊，以为孙叔敖复生也，欲以为相。优孟曰：'请归与妇计之，三日而为相。'庄王许之。三日后，优孟复来，王曰：'妇言谓何？'孟曰：'妇言慎无为，楚相不足为也。如孙叔敖之为楚相，尽忠为廉以治楚，楚王得以霸。今死，其子无立锥之地，贫困负薪以自饮食。必如孙叔敖，不如自杀。'……于是庄王谢优孟，乃召孙叔敖子，封之寝丘四百户，以奉其祀。"（《史记·滑稽列传》）这就是著名的"优孟衣冠"的故事，人们多以之为戏剧的开端。

"从科学的、因果的角度，原始意象（即原型）可以被设想为一种记忆蕴藏，一种记忆或者记忆痕迹，它来源于同一种经验的无数过程的凝缩。在这方面它是某些不断发生的心理体验的沉淀，并因而是它们的典型的基本形式。"（卡尔·古斯塔夫·荣格《心理学与文学》）正是基于这一认识，我们认为，作为中国戏曲童年时代的倡优戏，其"滑稽调笑"、"谈言微中，亦可以解纷"的特点，乃是中国戏曲的"典型的基本形式"，或者说是中国戏曲的"原型潜质"。后世中国戏曲，即使是被看作是悲剧之作的《窦娥冤》、《娇红记》，仍不乏净丑之类的插科打诨，其实正是中国戏曲幽默、滑稽这一"原型潜质"在后世的复活。从某种意义上讲，也正是这一儿童时代天性的复活，才使得中国戏曲具有了更为迷人的艺术魅力和无穷的阐释性。

中国戏曲具有融儒、释、道三教于其中的特点："三教所唱，各有所尚：道家唱情，僧家唱性，儒家唱理。"（燕南芝庵《唱论》）儒、释、道三教对中国戏曲幽默、滑稽品性的形成，也有着深远的影响。

虽然，"儒家之学，大要以穷理为先"（朱熹《答张敬夫》）。但作为一种积极入世的哲学，古圣先贤在皓首"穷理"之时，却从未放弃对平凡生活中人生愉悦的追求。所谓"饭疏食，饮水，曲肱而枕之，乐亦在其中矣"（《论语·述而》)。“不能安土，不能乐天；不能乐天，不能成其身”(《礼记·哀公问》)。这种对世俗人生乐趣的肯定，也就鄙弃和否定了消极出世、轻视人生的悲观厌世观念。所以中国古代戏曲虽其事多忠、孝、节、义，但“乐由中出，礼自外作”(《礼记·乐论》)，对在戏曲中张扬人生乐趣并不排斥。

“僧家唱性”，不仅表现为中国戏曲在创作和演出中的“禅道妙悟”、“象外之象”、“味外之味”等审美追求，更重要的是，禅宗“实处皆空，空处皆实”(恽秉怡《溪山卧游录序》)、“谓假似真，谓真实假”(吴伟业《杂剧三序》)的“圆融”、“妙悟”观念，使得常有“宦游倦，而禅寂意多”(汤显祖《如兰一集序》)的中国戏曲作家们，能以“空故纳万境”的放旷心胸，去涵括人世之烦忧，消解尘途之悲伤。古代戏曲中颇多以僧尼为题材之作，然而却多为游戏笔墨，这自与释氏“圆融无碍”观念的超涵括性有关。

出于清静无为的超然意识，老庄哲学强调的是既不乐天，也不忧人的无乐之乐。庄子虽指出“人之生也，与忧俱生”(《庄子·至乐》)，但他并不崇尚忧患意识，而是主张以“虚无恬淡”的“天德”去消解尘世的积忧，所谓“悲乐者，德之邪；喜怒者，道之过；好恶者，德之失。故心不忧乐,德之至也”(《庄子·刻意》)。所以庄子能于其妻死之时，尚“箕踞鼓盆而歌”(《庄子·至乐》)。这种顺乎自然、无忧无虑、无欢无乐的哲学观念，对后世戏曲影响极大。汤显祖将戏曲最高境界推为“至乐”(汤显祖《宜黄县戏神清源师庙记》)便直接源于《庄子·天道》中“人乐”、“天乐”、“至乐”之说，而戏曲中所谓“道家唱情”，也就不仅要唱出“游于太虚”、“慨古感今”的“乐道徜徉之情”(朱权《太和正音谱》)，还要唱出“推于天地，通于万物”的“天乐”之情(《庄子·天道》)。

在中国古代戏曲中，虽“三教所唱，各有所尚”，但“三教”并非截然分开的，而是互融一体，你中有我，我中有你。明人屠隆云：“今夫儒者在世之法也，释道者出世之法也。儒者用实，而至其妙处本虚；释道用虚，而至其妙处本实。”(屠隆《冥寥子游》)中国戏曲就是在这儒者之“在世”与释道之“出世”、儒者之“实”与释道之“虚”中互相转换，即如林语堂所言：“中国人得势时都信儒教，不遇时都信道教，各自优游林下，寄托山水，怡养性情去了。”(林语堂《论幽默》)

民间文化的丰厚土壤，原型潜质的后世激活，以及“三教互融”对人世之乐的深情回眸，形成了中国戏曲超然人生，俯瞰世间，在嬉笑怒骂、诙谐调侃中成其文章的文化品格。清人程世爵的这段话，颇能代表古人对戏曲之态度：“宇宙内形形色色，何莫非行乐之资？天壤间见见闻闻，孰不是赏心之具？……胸内悉蕴藏磊块，端须浇酒三杯；眼前多变幻烟云，辄自填诗一曲。用效庄周之幻化，聊全曼倩之谈谐，遂不觉转愁成喜，破涕为欢矣。”（程世爵《笑林广记序》）。

这种“转愁成喜，破涕为欢”的创作和接受心态，对中国戏曲之影响极为深远。这种影响大致表现为两大方面。其一是悲剧题材的喜剧化处理。被后世公认为悲剧的作品，除《梧桐雨》、《桃花扇》结局略含悲音外，馀者几乎都是“始于悲者终于欢，始于离者终于合，始于困者终于亨”（王国维《红楼梦评论》)。《窦娥冤》的平反昭雪，《赵氏孤儿》的报仇雪恨，《汉宫秋》的梦中团圆，《琵琶记》的忠孝双全，《精忠记》的满门旌表，《娇红记》的化鸟成双，《清忠谱》的除奸慰灵，《长生殿》的月宫仙圆，《雷峰塔》的雷峰佛圆……这种“团圆之趣”，正是中国戏曲乐观、放旷这一文化品性的深层熏染所致。

中国戏曲的乐观、放旷的文化品性对后世戏曲之影响，还表现为喜剧的幽默化、滑稽化。正如我国古典悲剧崇尚“哀而不伤”一样，我国古典喜剧也主张“乐而不淫”，强调“浓淡繁简，折衷合度”（潘之恒《广陵散二则》)。因此，中国古典喜剧多是“哀乐之融，荣悴之迎，互藏其宅”，即“以乐景写哀，以哀景写乐，一倍增其哀乐”（王夫之《姜斋诗话》)，从而达到“乐而不淫”、“和顺积中”的理想境界。如《西厢记》有长亭送别，《墙头马上》有李千金被逐的无奈，《拜月亭》有王瑞兰旅寄的凄凉……对“乐而不淫”这一中和之审美品格的追求，使这类喜剧只是将幽默与滑稽作为局部的创作手段，而不敢过分张扬，以免使观众或读者的情感愉悦过度外溢。

“传奇原为消愁设，费尽杖头歌一阕。何事将钱买哭声？反令变喜成悲咽。惟我填词不卖愁，一夫不笑是吾忧。举世尽成弥勒佛，度人秃笔给堪投”（李渔《风筝误》剧末诗)。这颇能代表喜剧作家们的审美追求。幽默与滑稽在这类作家的作品中，不仅仅只是创作手段，而且成为一种创作旨归。悲喜互藏、以哀写乐的创作手法，在这类作品中相对淡化，剧作家们更为热衷的，是通过种种人生形态荒谬性的错位与对接所造成的剧中当事人的滑稽言行，来博取观众或读者的会心微笑。王衡《真傀儡》在“傀儡妆人”和“人妆傀儡”的荒谬性错位中，不仅嘲笑了至高无上的皇权，也揶揄了目不识丁而妄自尊大的村野愚民；而徐渭的《歌代啸》通过对“有心嫁祸的”、“眼迷曲直的”、“胸横人我的”胡作非为和“只准州官放火禁百姓点灯”、“张秃帽子叫李秃去戴”的荒诞现实的揭示，让人们在接二连三的捧腹大笑之后，体味作者“凭他颠倒事，直付等闲看”的人生感喟。其他如石子章《竹坞听琴》尘俗之念与出世之身的错位，孙仁孺《东郭记》君子与小人的错位，汪廷讷《狮吼记》夫妻伦理纲常的错位……莫不如是。而在这种种荒谬性错位中所迸发出的笑声，却“常于笑中带泪，泪中带笑”，也许这种肤浅中不乏深邃、轻松中夹杂沉重的幽默、滑稽，才是中国戏曲“滑稽调笑”这一原型潜质的充分体现，其他或悲或喜之作，则可视为中国戏曲原型潜质品性之变体。也正是基于这一考虑，我们将这类喜剧统称为“幽默滑稽剧”。

我们可以自豪地说，中华民族并不缺乏幽默的传统，只是由于很长一段时间内“斗争哲学”的张狂，使我们的幽默天赋隐蔽了，幽默成了权力者的特权，站在权力巅峰，便可以随心所欲地幽人一默，而民众的板僵的脸上便小心谨慎地应和出一丝勉强的皱纹。再后来，又被言不及义的给观众挠痒痒式的演出，挠得神经有点麻木了，不会真笑了。而强笑者虽笑不和、虽笑不亲、虽笑不乐。编写这部书的目的，不仅是希望本书的读者能够欣赏幽默，同时也希望通过这种欣赏唤起我们沉睡的幽默，培养建设我们自身的幽默，让周围的人欣赏自己的幽默。希望我们的环境充满幽默，我们应当活得快活，我们需要幽默，我们需要爱。

（与汪龙麟合撰）

戏剧家的权利与职责

——关于“历史剧”问题的思考

随着古装影视剧的热播和借古代王朝名色的文艺创作繁芜，关于“历史剧”的争论也逐渐升温。2002 年 6 月 19 日《中华读书报》刊登了贺圣迪先生的《马续能成为班昭的师兄和恋人吗——兼谈对历史剧的看法》一文，提出了许多有关历史剧创作的原则性问题；随后又召开了“海峡两岸历史文学学术研讨会”，《中华读书报》以《海峡两岸学人为历史文学着急》为题进行了报道（2002 年 9 月 11 日），可以看出学术界对这个问题关心的程度。也因此有必要对有些问题作进一步讨论。

一

从题材来说，文艺作品既冠以“历史”二字，就必须具备两个条件：一是历史的，而不是现实的。以现实事件为题材的作品，可称“时事”作品，如早期南戏《祖杰和尚》、传奇《鸣凤记》、《清忠谱》等便是“时事剧”，而不能称为“历史剧”。二是作品的主要人物和主要事件要于史有征，只穿戴古人衣帽而史无其人、史无其事，或假托历史人名，基本事实则属于子虚乌有者，则与“历史”二字无涉。我们并不认为《蝴蝶梦》、《杜甫游春》《探阴山》等戏里的人物是历史上实有的名字就应该称它们为“历史剧”。对“历史剧”的界定，只是对创作题材的分类，并不是对创作价值的论定。文学艺术作品的价值不决定于题材，而取决于对题材的处理，和通过这种处理所展示生活内容的广与狭、蕴涵思想的深与浅。什么题材都可以写出杰作，文学艺术为文学家和艺术家提供了广阔的施展才华的天地。概念的区分不是限制创作家们的自由，却恰恰是对他们创作的帮助。既然称为“历史”作品，就应当与历史有缘，正如我们不能把描写农民的作品称为工业题材，也不能把写当代生活的作品冠以“历史”二字。这是游戏规则。

二

文学艺术与历史的区别，在取材方面，根据亚里斯多德《诗学》，应有两点：一是历史只记载已经发生的事，而文学则描写可能发生的事；二是历史叙述的是个别的事，而文学则选取具有普遍性的事进行描写。文学与历史在写法上的根本区别，就在于文学具有想象和虚构。也可以说虚构是文学和艺术之所以成为文学和艺术的标志。钱锺书先生论文学与史的区别说："历史考据只扣住表面的迹象，这正是它的克己的美德，……而文学创作可以深挖事物的隐藏的本质，曲传人物的未吐露的心理，否则它就没有尽它的艺术的责任，抛弃了它的创造的职权。考订只断定已然，而艺术可以想象当然和测度所以然。"① 英国的爱·摩·福斯特也指出："历史学家处理的是外在行为，而且能从外在行为推论出人物的性格。历史学家也像小说家那样关心性格，但他只能在看到人物的外观时才知道其存在。如果维多利亚女皇没说'我不愉快'的话，跟她同桌的人就不会知道她不愉快，她的厌倦感就永远不为外界知道。她可能皱眉蹙额，别人才可能据此推测她的心情——面容和姿态也可作历史的事实——但要是她不露一点声色，谁又能知道什么呢？内在生活，顾名思义，就有隐蔽之意。但当内在生活以文字向外披露时，就不再是隐蔽的了。因为它已进入外在行为的领域。小说家的作用，在于揭示内在生活的源泉，在于告诉我们更多有关维多利亚女皇尚未为人知道的东西。这样，他创造的人物就不会是历史上的那个维多利亚女皇了。"② 只有想象和虚构才能揭示内在生活的源泉，告诉我们更多人物尚未为人知道的东西，因此，想象和虚构不仅是作家的权利，也是作家的责任。这样看来，以"历史"为题材的文学、艺术作品，就不是历史的文艺化（用文学或艺术形式表现的历史），而是文艺化的历史（经过虚构和加工改造过的历史）。历史仅仅是文艺家取之不尽的创作原料，却不等于文学艺术作品。经过作家、艺术家意匠经营，所表现出来的是艺术，而不是科学意义上的"历史"。"即使是一本历史小说，或者一本巴尔扎克的似乎记录真事的小说，与历史书或社会学书所载的同一事实之间仍有重大差别。……小说中的人物，不同于历史人物或现实生活中的人物。小说人物不过是由作者描写他的句子和让他发表的言辞所塑造的。……即使看起来是最现实主义的一部小说，甚至就是自然主义人生的片段，都不过是根据某些艺术成规而虚构成的。"③ 我们若用是否与历史相符合来衡量文艺作品，"那就仿佛要从爱克司光透视里来鉴定图画家和雕刻家所选择的人体美了。"④ 那样才是对作家、艺术家创作的限制和妨碍，因为它束缚了作家即事生情、即语绘状，在刻

① 《宋诗选注·序》，人民文学出版社，1958 年版。
② 《小说面面观》，花城出版社，1984 年版，第 39-40 页。
③ 韦勒克·沃伦：《文学理论》，三联书店，1984 年版，第 13-14 页。
④ 《宋诗选注·序》，人民文学出版社，1958 年版。

画人物和安排情节、表达感情方面的手脚，用历史窒息了艺术。将史与剧相比照，用“实录”精神来要求剧作家，实际上是史学精神向文艺领域的入侵，其结果必将导致创造精神的萎缩。

三

历史剧不是历史，历史也不是戏剧。古今中外从没有过严守史范的“历史剧”。从这个意义上说，我赞成使用“历史故事剧”这个概念。但是，既然“历史剧”的称谓已被广泛采用，用之也无妨，必须说明的是，应当对“历史”的涵义加以说明，不能把科学的“历史”概念作为可以念诵的紧箍咒语和镣铐加在作家和艺术家身上。事实上，突破“历史”的町畦而改造加工史实，已经成为剧作家的传统和习惯。

这大概与“戏”字的本义有关。戏，有戏谑、戏弄、逸豫、孺子言笑、角力、嬉戏等义，可见，“戏”作为一种文体或艺术形式概念使用之前，已经具备了娱乐休息的涵义，戏剧以之作为自身的称谓，与此不无关系。既是娱乐，原不必像史学家那样严谨，具备不敢稍加穿凿的克己美德。早期雏型时期的戏剧，都取材于事实，如《东海黄公》、《代面》、《踏摇娘》、《拨头》等。唐代文人突破了此前文学重写实的史家精神，开始有意虚构。虚构意识的觉醒，不仅开始“有意为小说”，也促使叙事诗创作的繁荣和戏剧的诞生。可见戏剧之成熟是以想象和虚构为前提的，是突破史家纪实束缚之后的结果。此后的剧作家们大胆运用虚构的权利，尽其戏剧家的职责，创造了色彩斑斓的戏剧历史。

记载赵盾、屠岸贾矛盾斗争的史籍有《春秋》三传、《国语》、《史记》、《新序》、《说苑》等多种，元人纪君祥写《赵氏孤儿》主要依据《左传》和《史记·赵世家》，但作了明显的改动：赵氏的族灭发生在晋景公时代，剧中改为晋灵公时代，灵公是以杀人取乐的暴君，这一改，就使得暴君奸臣（屠岸贾）同恶相济；重立赵孤的本是韩厥，剧中韩厥自刎，魏绛立孤，说明奸臣失道寡助；代替赵氏孤儿被屠岸贾杀死的本不是程婴之子，剧中却说程婴用自己的独生子去替死，成为塑造程婴形象的重要情节；程婴带着赵孤隐藏深山15年，剧中使他们在屠府生活，又凭空添出屠岸贾要杀尽晋国婴儿等情节，使屠岸贾形象既残忍又愚蠢，自己培养了掘墓人。王国维没有指摘其违背史实，反誉之为“列之于世界大悲剧中亦无愧色”① 的名剧。《汉宫秋》所写情事，《汉书》、《后汉书》、《西京杂记》等都有记载，马致远却无视史实，把素未谋面的汉元帝、王昭君硬捏合

① 《宋元戏曲考·元剧之文章》，见《王国维戏曲论文集》，中国戏剧出版社，1984年版。

成恩爱夫妻；把汉强匈奴弱，呼韩邪来朝求为汉婿的历史背景，改为汉弱匈强，呼韩邪大兵压境，强要走了昭君；昭君在匈嫁了两任单于，生有子女，其墓号为青冢，剧中写她眷念故国，不入匈奴，在边境投江而死；西汉人送别时演唱的是根据唐人王维诗改编的《阳关曲》；“明妃”之称是晋代避文帝司马昭之讳才有的，剧中汉元帝竟使用了三百年后才有的称呼。明人臧晋叔不计其所言无稽，取其为《元曲选》的压卷之作。至于说昭君“吞药而死”（《琴操》）、说她有仙衣护体使单于不能近身（《双凤奇缘》）、说匈奴不准昭君入境汉元帝立其为后（《春风画图返明妃》）等，哪一种不是唯意是逞而不顾历史的约束？作为“历史剧”典范、又号称“确考时地，全无假借”的《桃花扇》，就其大者而言，与史实不符者有四：一是改变了故事的发生时间，侯方域、李香君的遇合本在崇祯乙卯、庚辰（1639—1640）年间，剧中改为癸未至乙酉（1643—1645）年间，经历甲申（1644）之变，以抒兴亡之感；二是改变了主要人物的结局，侯方域入清应试中乡试副榜，李香君与候生分离，依汴玉京终老，剧中让他们双双入道，以彰气节；三是人物事迹移花接木；四是人物事迹凭空杜撰（于李香君最为明显）。梁启超认为《桃花扇》是“冠绝千古”（《曲海扬波》）的绝唱。名剧如此，其他剧也一般无二。在《秋胡戏妻》里，石君宝让春秋时期的罗梅英读汉代毛亨、毛苌所传之“毛诗”；沈采《千金记》写韩信、项羽楚汉争雄故事，竟用了诸葛亮“七擒七纵”孟获故事；卓文君私奔司马相如时是“新寡”，《史记》、《汉书》有明确记载，话本《风月瑞仙亭》、朱权《卓文君》杂剧都说她“及笄未聘”，并没有受到指责；孔尚任的朋友顾彩不忍让侯方域、李香君情侣分离，就在《南桃花扇》里让他们生旦团圆，永偕伉俪——这既违背史实，也违背原作！其他如皇帝即位时即称庙号（《西厢记》等）、汉代人可以中状元（《琵琶记》）等，不一而足。不仅古人如此，现代亦然。历史学家郭沫若写历史剧的目的也是“我要借古人的骸骨，另行吹嘘些生命进去”（《孤竹君之二子·序话》）。不论古今，写剧的目的没有一个是为了再现历史，更改年代、更改结局、更改人物关系，是屡见不鲜的事。

王骥德说：“元人作剧，曲中用事，每不拘时代先后。马东篱《三醉岳阳楼》，赋吕纯阳事也，〔寄生草〕曲：‘这的是烧猪佛印待东坡，抵多少骑驴魏野逢潘阆’。俗子见之，有不訾以为传唐人用宋事耶？画家谓王摩诘以牡丹、芙蓉、莲花同画一景，画《袁安高卧图》有雪里芭蕉，此不可易与人道也。”所谓历史剧，他既不赞成“不欲脱空杜撰的‘就实’之作，也不赞成‘捏造无影响之事’的完全虚构，赞成的是‘古戏不论事实，亦不论理之有无可否，于古人事多损益缘饰为之，然尚存梗概’。”① 凌廷堪也说：“仲宣忽作中郎婿，裴度曾为白相翁。若使砼砼征史传，元人格律逐飞蓬。”自注：“元人杂剧事实多与史传乖迕，明其为戏也。后人不知，妄生穿凿，陋矣。”又说：“是真是戏妄参详，撼树蚍蜉不自量。信否东都包待制，金牌智斩鲁斋郎。”原注：“元人关目，往往有极无理可笑者，盖其体例如此。近之作者，乃以无隙可指为贵，于是弥缝愈工，去之愈远。”② 这是理论家们总结中国戏剧史得出的结论，从理论上肯定了虚构故事、改变人物关系的合理性，也是对人们以史衡剧提出的告诫。

四

戏剧并不负有传播历史知识的使命。如果历史剧成为人们“接受历史知识的源泉”，让戏剧传播信史，岂不是文艺家侵夺了史家的职权？杨慎在反对以诗存史时说：“如诗可兼史，则《尚书》、《春秋》可以并省。”③ 观众走入剧场，不是为了获取历史知识（获取历史知识不如伏案读史），而是为了愉悦身心，陶冶性情；舞台小天地，戏是浓缩的人生，看戏可以汲取经验教训、加深生活体认、明白人情事理；可以欣赏起伏跌宕的剧情、栩栩如生的人物、优美动人的唱念做打。使观众达此目的，才算尽了文艺家的职责。观众并不计较《单刀会》所演故事与《三国志》及裴松之注有什么不同；也不会指责《群英会》里为什么让27岁的诸葛亮戴了胡子，而33岁的周瑜却由小生应工。既然史学家“不能天真地靠文学作品来供给历史的事实”（钱锺书《宋诗选注·序》），历史学家为什么要观众从文学艺术中去获取历史知识呢？

戏剧家之所以选择历史题材，目的不在史而在文，在于历史上曾经有过的人物和事件适合于实现作家的创作意图。吴伟业说：“盖士之不遇者，郁积其无聊不平之慨，于胸中无所抒发，因借古人之歌呼笑骂，以陶写我之抑郁牢骚；而我之性情，爰借古人之性情而盘旋于纸上，宛转于当场。于是乎热腔骂世，冷板敲人，令阅者不自觉其喜怒悲欢之随所触而生而亦。”④ 选取历史题材只是为了便于抒写自身的感喟。亚里士多德认为：文艺家所追求的，不是表现事实的真实，恰恰是情理的真实，因此，“写诗这种活动比写历史更富于哲学意味。”既要改造历史，又要打出“历史”的旗号，原因在于：“在悲剧中，诗人们却坚持采用历史人名。理由是：可能的事是可信的；未曾发生的事，我们还难以相信是可能

① 《曲律·杂论第三十九上》，见《中国古典戏曲论著集成》（五），中国戏剧出版社，1959年版。
② 《校礼堂诗集·论曲绝句三十二首》。
③ 《升庵诗话·诗史》。
④ 《北词广正谱·序》。

的，但已发生的事，我们却相信显然是可能的；因为不可能的事不会发生。”①但“一桩不可能发生而可能成为可信的事，比一桩可能发生而不可能成为可信的事更为可取”②。这就是剧作家为什么采用历史而又更改历史的缘故。剧作家为了取得观众更多的信任，才在“历史”大旗的掩盖下贩卖私货，表达他对人生、对社会“更富于哲学意味”的思考。所以说，“历史事件只要像一个布局很好的故事，能够和诗人的意图联系在一起就行了，用不着再进一步照顾历史的真实。诗人需要历史，并不是因为它是曾经发生过的事，而是因为它是以某种方式发生过的事；和这样发生的事相比较，诗人很难虚构出更适合自己当前的目的的事情”③。“当前的目的”远比“历史的目的”更富有哲学性。而哲学是人的特点，是人的精神上的快乐，哲学性是严肃的戏剧家们所追求的目标。

“当前的目的”，显然不是追求“历史的真实”，而是抒发现实的感慨。回顾戏剧史或“历史文学”史，没有一部、一篇作品不是反映作家所处时代的时代精神。如果我们通过《西厢记》来论证唐人的婚恋观、在《汉宫秋》里寻找汉匈关系史料、用《牡丹亭》里的人文精神作为宋代思想史的依据，岂非南其辕而北其辙！没有哪一部作品能够做到：“对于它所表现的历史事件和人物，要求突现那个时代的精神，符合事件的真实历程，显示人物间原有的客观关系，不扭曲历史人物的性格、思想与行事。一句话，历史剧不能将它所表演的事件和人物，编写得与真实不符。”（2002 年 6 月 19 日《中华读书报》）人物性格是作家和演员所赋予的，连事件都改变了还哪里去找“历史人物的性格”？历史学家兼剧作家的郭沫若写剧都要“另行”吹进些生命，就说明“历史的”云云是实际上做不到的。既然说《班昭》一剧“就剧情而言，无论是文学作品还是舞台艺术，都取得非凡的成功”，这就尽到了作家和艺术家的职责，就是一部成功的作品。至于“除了《汉书》的写作，起于班彪，经班固，而完成于班昭、马续，这一基本事实外”的种种虚构都是允许的，这一是为了构建“动人的传奇故事”；二是为了塑造新的人物性格，“对那一切与人物性格无关的事实，他愿意离开多远就离开多远，只有性格对他说来是神圣不可侵犯的。”④ “戏说”之“戏”乃游戏之戏，非戏剧之戏。其实，不在于没有尽到史家的职责写出历史的真实，或者说违背了历史的真实；而在于没有尽到作家的职责，从中找不到比历史更高更丰厚的“哲学意味”，用“偶然性”代替了“普遍性”，嬉嬉闹闹之后，

① 《诗学》第九章，人民文学出版社，1962 年版。
② 《诗学》第二十四章。
③ 莱辛：《汉堡剧评》第十九篇，《世界文学》，1961 年 10 月号。
④ 莱辛：《汉堡剧评》第二十三篇。

空空如也。《班昭》既取得了“非凡的成功”，再目之为“戏说”，就值得商榷了。明人毛声山说过，“但计其文，不计其事”①，这是对待文学的正确态度。

史学家与文艺家本有分工，各司其职，各尽其责，为文化事业的繁荣各显其能，我们既盼望有更多的优秀史学著作出版，也期待有更多的优秀文艺作品面世。不能忘记：历史只记录个别的事，而文学却要写普遍的事——也即典型。21世纪的思维不能“返祖”到唐人以前。最后，我想用谢肇淛《五杂俎》里的话作为结束：

> 凡为小说、杂剧、戏文，须是虚实相半，方为游戏三昧之笔。亦要情景造极而止，不必问其有无也。古今小说家……岂必真有是事哉？近来作小说，稍涉怪诞，人便笑其不经，而新出杂剧，如《浣纱》、《青衫》、《义乳》、《孤儿》等作，必事事考之正史，年月不合，姓字不同，不敢作也。如此，则看史传足矣，何名为戏？

① 《第七才子书》。

从平民到英雄

——元代水浒戏与明代小说《水浒传》比较论析

摘　要：元代的水浒戏与明代小说《水浒传》同属于文学作品中的水浒系列，却是截然不同的两个系统。题材不同，《水浒传》继承历史记载和宋末元初水浒传说的早期形态，写的是超人英雄，群体性对抗；而水浒戏写的是平民英雄，单打独斗。思想内容不同，小说中的“忠义”体现的是汉代以后皇权独尊的内涵；水浒戏的“忠义”则是先秦时期有利于民的原则。小说中的人物形象是传奇人物，而戏里刻画的是世俗英雄。小说体现的是农民意识，元代戏曲体现的是市民情趣。

关键词：忠义　替天行道　传奇英雄　世俗英雄

前　言

钱锺书先生在《宋诗选注·序》中有一段名言：“文学创作的真实不等于历史考订的事实，因此不能机械地把考据来测验文学作品的真实，恰像不能天真地靠文学作品来供给历史的事实。”① 但是，如果“历史”包括思想史的话，那么文学供给的历史的事实，要比文献记载生动得多，真实得多。不过，所提供的历史事实，不是题材本身时代的事实，而是作家所处时代的事实。从水浒题材的演变中可以看得很明显。这里只做元杂剧与明代长篇小说《水浒传》的比较分析。

一　题材之比较

故事的源头是历史记载：

宋江以三十六人，横行河朔、东京，官军数万，无敢抗者，其材必

① 钱锺书：《宋诗选注·序》，北京：生活·读书·新知，三联书店，2002年版，第3页。

过人。①

宋江起河朔，转略十郡，官军莫敢撄其锋。②

到宋末元初，就进入了文学加工阶段，出现了两部与宋江起义故事有关的书，一部是周密的《癸辛杂识》。周密为宋末元初人，居住在杭州癸辛街，因以名书。在书的续集里记载了龚开（字圣与）所作“宋江三十六赞并序”，序称宋江“识性超卓有过人者”，“出类拔萃”，庶几乎“盗贼之圣”③；赞中则记载了三十六人的绰号，可惜未有事迹记载。另一部是《大宋宣和遗事》，书或为宋人说话中的讲史，后经元人修订，书里写了杨志卖刀、智取生辰纲、宋江杀惜、上梁山落草后受招安平方腊、宋江封节度使以及宋徽宗嫖宿李师师等与小说《水浒传》相同的情节，但上山的具体经历，没有详细记载。宋江上山之前晁盖已死，无三打祝家庄事；也记载了宋江等人的绰号，这些绰号与龚开所记基本相同，只是《遗事》所载三十六人中无宋江，“三十六员猛将，使呼保义宋江为帅”④，则加宋江实为三十七人；龚开所记无豹子头林冲及入云龙公孙胜，有两头蛇解珍、双尾蝎解宝；《遗事》则有林冲、入云龙公孙胜，无二解。林冲为梁山的第六号头领，也是《水浒传》描写出色的人物，可能《遗事》的成书稍后于龚开之赞。二书所记绰号，与《水浒传》也大体相同。有绰号就应当有独特的事迹和性格以副其绰号。由此可知，从故事的源头看，其题材应是集团式的军事对抗；三十六人具有超常的勇武和性格，已经具备了英雄传奇的基础。三十六人或三十七人绰号的来历，应多是个人的传奇经历，是史书的纪传体内容，这为小说《水浒传》的前部所承袭；与官军对抗、受招安、平方腊、征辽，则属史书的纪事本末体，为《水浒传》后半部所承袭。《水浒传》继承了故事的早期形态，主人公具有所向披靡的勇锐和英雄气概，有传奇性而少世俗性；不仅写聚义水泊时与官军群体性军事对抗，接受招安后更是以写大型军事活动为主，平方腊、征辽等，都是集团式战争。

元代水浒戏存目三十三种，存剧六种。从现存剧本看，水浒故事已基本定

① 〔宋〕王偁撰，孙言诚、崔国光点校：《东都事略·侯蒙传》卷一〇三，曲阜：齐鲁书社，1998年版。

② 〔元〕脱脱等编，聂崇岐、邓广铭等校：《宋史·张叔夜传》卷三五三，北京：中华书局，1985年版，第11141页。

③ 〔宋〕周密撰，吴企明点校：《癸辛杂识》，北京：中华书局，1988年版，《唐宋史料笔记丛刊》本，第145页。

④ 〔宋〕佚名：《大宋宣和遗事》，上海：中国古典文学出版社，1954年版，第43页。

型：宋江因杀阎婆惜刺配江州，经过梁山时被晁盖救上山；晁盖打祝家庄身亡，宋江被推为梁山首领；梁山义军有三十六大伙，七十二小伙，半垓来小喽啰，威震梁山；寨名水浒，泊号梁山。由晁盖之死看，水浒戏之产生当在龚开、《遗事》之后，但却是另一个故事系统。这些戏的情趣面貌与《水浒传》不同。其故事是日常生活中的家庭琐事，是梁山义军的个体行为，没有一个写义军群体与官军的军事对抗。康进之《梁山泊李逵负荆》写李逵救小酒馆主人王林老汉被强盗抢走的女儿满堂娇的故事；高文秀《黑旋风双献功》写孔目孙荣之妻郭念儿与白衙内私通，白将孙囚禁入狱，李逵救出孙荣，杀死奸夫淫妇；李文蔚《同乐院燕青博鱼》写燕和之妻与杨衙内通奸，杨将燕和捉入监狱，燕青等捉拿奸夫淫妇上山给以惩治；李致远《都孔目风雨还牢末》写李荣祖妾萧娥与赵令史有奸，萧告李荣祖私通梁山，李下狱，为阮小五、李逵所救，并捉拿萧、赵上山；无名氏《鲁智深喜赏黄花峪》则是写刘庆甫之妻李幼奴被蔡衙内抢走，鲁智深、李逵救出李幼奴，捉住蔡衙内，一同上山，使刘李夫妻团圆；《争报恩三虎下山》写李千娇被诬通奸，被处斩刑，关胜、徐宁、花荣下山劫法场救李千娇上梁山，李千娇夫妻团圆。

戏里水浒英雄的这些行为，虽然都得到了山寨头领宋江的认可，却都是单独行事；《争报恩三虎下山》里关胜、徐宁、花荣劫法场时也高喊“梁山好汉全伙在此”，那只是一种恐吓，实际到场的只是他们三人。这些水浒戏的故事情节也已模式化，大半雷同。矛盾的性质是个人的、生活化的，不是义军与官府的对立。题材上的区别，导致思想蕴含的差异。

二　思想之比较

自从北宋末年的宋江起义进入文学创作以来，一直到清代，不论是小说还是戏曲，其内容无不与“忠义”和“替天行道”有关。但是，这些概念名虽相同，所包涵的内容实质却并不一致。

忠义、天道本身的内涵在不断演变。中国古代奴隶制时代没有“忠”字，所以甲骨文、金文、《易》、《诗》、《书》等典籍里没有“忠”字。“忠”原本作“中”，设中于心，服从中心，正直、公正、正义，就是“忠”的本义。

“忠”的出现是在春秋战国时期，奴隶制崩溃，社会转型，人与人之间的关系出现新的变化，“忠”字便是新的伦理道德的体现。

“忠”的涵义，起初是指做人的态度要忠诚、质朴厚道，尽心竭力，包括君臣关系，却并不专指臣下对君主单方面的态度。所以《左传》成公九年说：“无私，忠也。”[①]《楚辞·九歌·湘君》王逸注：“忠，厚也。”据王子今先生统计，《左传》“忠”字凡七十见，既包括“公家之利，知无不为”（僖公九年）、“临患不忘国”（昭公元年）的内容，也包括“上思利民，忠也”（桓公六年）的忠于民的内容，有约束君王的涵义。

孔子的政治理想和道德规范是“仁”，“忠”要服从“仁”。忠，对己而言，相当于“诚”，自我一致。《论语》中“忠”凡十八见。孔子忠君是有条件的：“君使臣以礼，臣事君以忠。”[②]（《论语·八佾》）从另一面看，“君若无礼，则臣亦不忠也。”（何晏皇侃《论语集解义疏》卷二皇侃义疏）“所谓大臣者，以道事君，不可则止。”[③]（《论语·先进》）作为大臣，要用最合于仁义的内容和方式来对待君主，如果君不讲仁义之道，或不依“礼”行事，“礼者，天地之序也”[④]（《礼记·乐记》），就会造成混乱，则臣可以离他而去，就更谈不上什么“忠”了。所以说“天下有道则见，无道则隐”[⑤]（《论语·泰伯》）。

孔子虽然主张有条件的忠君，但尊王，君臣之间有上下尊卑之别，所谓“君君，臣臣，父父，子子。”[⑥]（《论语·颜渊》）孟子不同，认为“民为贵，社稷次之，君为轻”[⑦]（《孟子·尽心下》），基于此，在君臣关系上强化了孔子的有条件忠君思想：“君之视臣如手足，则臣视君如腹心；君之视臣如犬马，则臣视君如国人；君之视臣如土芥，则臣视君如寇仇。”[⑧]（《孟子·娄离下》）甚至主张：“君有大过则谏，反覆之而不听，则易位。”[⑨]（《孟子·万章下》）“贼仁者谓之‘贼’，贼义者谓之‘残’。残贼之人谓之‘一夫’。闻诛一夫纣，未闻弑君也。”[⑩]（《孟子·梁惠王下》）仁义是君臣共同遵守的至高无上的原则，君主如果违背了这个原则，臣子不仅对他无“忠”可言，甚至杀掉他也是合理的，就像周武王诛伐殷纣王那样。

为适应国家统一的要求，战国中后期出现大一统思想，倡言中央集权，君权逐渐神圣，“溥天之下，莫非王土；率土之滨，莫非王臣。”[⑪]（《诗·小雅·北

---

① 〔清〕阮元刻本《十三经注疏》，北京：中华书局，1979 年版，第 1906 页。
② 同前注，第 2468 页。
③ 同前注，第 2500 页。
④ 同前注，第 1530 页。
⑤ 同前注，第 2487 页。
⑥ 同前注，第 2503-2504 页。
⑦ 同前注，第 2774 页。
⑧ 同前注，第 2726 页。
⑨ 同前注，第 2746 页。
⑩ 同前注，第 2680 页。
⑪ 同前注，第 463 页。

山》）对忠也作了新的解释。《韩非子》“忠”凡九十六见，“为人臣不忠，当死”①（《初见秦》）“臣事君、子事父、妻事夫，三者顺则天下治；三者逆则天下乱。此天下之常道也。”②（《忠孝》）这是后日“三纲五常”之滥觞。把“忠”解释成下对上、臣对君单向的无条件服从。既改变了孟子的民本精神，也改变了孔子的有条件忠君原则。

秦汉王朝建立，出现了“皇帝”，皇权神圣走向绝对化，董仲舒《春秋繁露》用“天人合一”说解释皇权：“受命之君，天意之所予，故号为天子。”③（《深察名号》）“善皆归于君，恶皆归于臣”④（《阳尊阴卑》），“心止于一者谓之忠，持二忠者谓之患”⑤（《天道无二》），只能忠于皇帝一人。这种解释成为后世皇权社会占统治地位的政治伦理道德。

再说“义”。“义”字在甲骨文里就已出现，会意字，从羊从我。羊，吉祥福善；我，兵器。义之本义为：“以我的力量，捍卫那些美善吉祥神圣不可侵犯的事物及其所代表的价值。”⑥ 后来才引申出合宜，合理，应该等义。《左传》庄公二十二年：“酒以成礼，不继以淫，义也。”⑦ 昭公十四年“义也夫”孔颖达疏：“义者，于事合宜，所为得理。”⑧《论语·宪问》：“见利思义，见危授命，久要不忘平生之言，亦可以为成人矣。”同上，“义然后取，人不厌其取。”⑨ 应该取才取，别人不厌恶他（公叔文子）的取。《孟子·告子上》：“羞恶之心人皆有之……羞恶之心，义也。”⑩ 羞耻之心，知耻，属于“义”。所以他主张“生亦我所欲也，义亦我所欲也；二者不可得兼，舍生而取义。”⑪（《告子上》）《礼记·中庸》：“义者，宜也。”孔颖达疏：“宜谓于事得宜。”⑫ 故韩愈《原道》谓“行而宜之之谓义。”⑬《墨子·经上》：“义，利也。”⑭ 孙诒让注引《左传》昭

① 《文渊阁四库全书·子部·法家类·韩非子》卷一（电子版），上海：上海人民出版社迪志文化出版有限公司，1999 年版。

② 同前注，卷二十。

③ 同前注，《经部·春秋类·春秋繁露》卷十。

④ 同前注，卷十一。

⑤ 同前注，卷十二。

⑥ 张国钧：《中华民族价值导向的选择》，北京：中国人民大学出版社，1995 年版，第 27 页。

⑦ 〔清〕阮元刻本《十三经注疏》，第 1775 页。

⑧ 同前注，第 2076-2077 页。

⑨ 同前注，第 2511 页。

⑩ 同前注，第 2749 页。

⑪ 同前注，第 2752 页。

⑫ 同前注，第 1629 页。

⑬ 《文渊阁四库全书·集部·总集类·唐宋八大家文钞》卷九（电子版）。

⑭ 同前注，《子部·杂家类·杂学之属，墨子》卷十。

公十年传云：“义，利之本也。”[①]《孝经》唐明皇注云：“利物为义。”[②]《易·乾卦一》：“利，义之和也。……利物足以和义。”[③] 综之，义就是合宜、合理，要做该做的事，有理的事，得体的事；什么是合宜？利也，有利于他人，为别人做有益的事；做了和见了不义之举，就应当羞愧，知耻，恬不知耻是违背义的原则的；义之重要，甚于生命，故云舍生取义、见义勇为，“见义不为，无勇也”[④]（《论语·为政》）。所以义是大局，是社会秩序和团结的道德精神。

“替天行道”之天，是对天神、上天、上帝的称谓，中国人称之为“老天爷”（见《尚书》之《盘庚》等篇）。天，是人对冥冥之中主宰自身命运的神秘力量的敬畏之称，是宇宙万物的主宰。天不具备具体可见的形象，虚无缥缈却又无处不在，“天不但是宇宙的、人的价值源头，也是人的价值的归宿。”[⑤]“天道”即是天意，天理，上天的意志。《尚书·汤诰》：“天道福善祸淫，降灾于夏。”[⑥]《史记·伯夷列传》：“或曰：‘天道无亲，常与善人。’”[⑦] 上天不分亲疏，总是帮助和亲附好人。《老子》：“天之道，损有馀而补不足。人之道则不然，损不足而奉有馀。”（下篇）“功成，名遂，身退，天之道。”[⑧]（上篇）

历史上关于宋江起义的记载中，没有提及起义的宗旨和口号。这些宗旨口号是由史实进入文学创作之后才出现的，文学成分开始赋予水浒题材以“忠义”的内容。《大宋宣和遗事》说宋江杀阎婆惜后逃跑至九天玄女庙，拾得天书云：“天书付天罡院三十六员猛将，使呼保义宋江为帅，广行忠义，殄灭奸邪。”[⑨] 吴加亮（《水浒传》中改称吴用）对宋江转述晁盖生前之语：“须是助行忠义，卫护国家。”[⑩]（亨集）虽然没有具体描写，但宋江等后来归顺朝廷，平方腊有功，宋江封节度使，可见这里的“忠义”指接受招安之后替朝廷平叛乱，近似于《左传》之“临患不忘国”，是忠于朝廷。对于百姓却多有危害，“略州劫县，放火杀人”，“劫掠子女玉帛，掳掠甚众”[⑪]（亨集），完全是强盗所为，故书中称其为“寇”。龚开所作人物赞语中，也有“义国安民”、“义勇”、“国功可成”

---

① 〔清〕阮元刻本《十三经注疏》，第2059页。
② 《文渊阁四库全书·经部·孝经类·孝经注疏》卷三（电子版）。
③ 〔清〕阮元刻本《十三经注疏》，第15页。
④ 同前注，第2463页。
⑤ 李慎之：《中国哲学的精神》，载《传统文化与现代化》第2期（1993年2月），第16页。
⑥ 〔清〕阮元刻本《十三经注疏》，第162页。
⑦ 〔汉〕司马迁：《史记》卷六一，北京：中华书局，2005年版，第1690页。
⑧ 《文渊阁四库全书·子部·道家类·老子道德经》（电子版）。
⑨ 〔宋〕佚名：《大宋宣和遗事》，第43页。
⑩ 同前注。
⑪ 同前注。

字样，所指似与《遗事》相同。

元代水浒戏却有着全新的面貌。其基本精神体现了“有利于民”的原则，为平民百姓维持公平和公正，佑善除恶。康进之《梁山泊李逵负荆》里提出了“替天行道救民生”（一作“替天行道宋公明”）的口号，朝廷无道，水浒义军要替天行道；生民涂炭，他们要救民于水火。具体来说，就是解救被强盗掳走的小酒馆主人王林的女儿满堂娇。李逵误以为满堂娇是宋江抢掳，竟与半生交好的宋江“断交”，并且以自己的性命——人头作赌注。而当真相大白之后，宋江及与宋江一起被误会的鲁智深都原谅了李逵的鲁莽，共同捉拿住真强盗。王林说李逵此举对他有“恩义”；吴用说：“你们只看聚义两个字，不要因这小忿，坏了大体面。”“聚义”的目的是救民，救民就是“替天行道”，是“义”，抢掠民女便是“梁山泊水不甜人不义”。

高文秀《黑旋风双献功》里宋江派李逵护送孔目孙荣去泰安州还愿是“替天行道”，李逵救出孙荣及其他囚犯，又杀死白衙内、郭念儿二人上梁山“双献头”，也是“秉正直替天行道”，有利于民。

李文蔚《同乐院燕青博鱼》里的杨衙内不仅与燕大之妻王腊梅通奸“败坏风俗”，还把燕青燕大投入监牢，害无辜百姓，“倚势行凶”，燕青杀死奸夫淫妇，正显示了“俺三十六勇罡星，一个个正直公平”。

李致远《都孔目风雨还牢末》同样是把解救被奸夫淫妇陷害的孔目李荣祖为“义”，为“忠”，为“替天行道”。剧末宋江下断云：“俺梁山聚集豪英，要替天行道公平。忠义堂施逞气概，结交的天下贤能……”救李荣祖只是“替天行道”的一个事例。

无名氏的《争报恩三虎下山》说宋江一伙“只杀滥官污吏，并不杀孝子节妇，以此天下驰名”，这便是忠义堂之所以称忠义、杏黄旗上书“替天行道”的原因。李千娇被官府误判与人通奸并砍伤亲夫，要处斩刑时，被关胜、徐宁、花荣劫法场救上梁山，夫妻母子一家团圆，李千娇唱道：“谢得你梁山泊上多忠义，救了咱重生再世。”《鲁智深喜赏黄花峪》虽然也是写权豪势要仗势倚权强抢秀才刘庆甫之妻李幼奴，被李逵、鲁智深解救，却是刘庆甫上梁山“告状”的结果。就是说，平民百姓已经对官府失去信心，反把梁山义军当成了告状伸冤的所在，社会上有“蔡衙内倚势挟权……强夺了良人妇女，坏风俗不怕青天”这种不平现象，所以百姓便把公平社会理想的实现，寄托在梁山义军身上，宋江等“虽落草替天行道”，便是百姓的心理企盼，救助这些无辜受害的平民便被百姓认可为“替天行道”，即使救民的是落草反叛的“强盗”。

综上所述，元杂剧里的水浒题材剧，所体现的“忠”、“义”、“替天行道”

的思想，都与平民百姓的身家性命等切身利益相关，都体现了人民对太平安定生活的期盼和对官府的失望。

明代前期成书的《水浒传》情况比较复杂。《水浒传》是世代积累型小说，其故事、人物都经过不同时代的加工积累，最后才由一位作家纂辑成书，所呈现的思想内容也就具有了多元性。《水浒传》的主题思想有诸多争议，其中就有歌颂“忠义”之说。不论“忠义”作为小说的主题能否成立，书中表现了明显的忠义思想则是确定无疑的。不过，其“忠”、“义”之内涵已与元杂剧有了明显的不同。

在《水浒传》里，梁山起义军以“忠义”为号召，为行为宗旨；以“替天行道”为目的，为行为性质。他们祭祀、议事和发布命令的场所名“忠义堂”，堂前柱子上的楹联是：“常怀贞烈常忠义，不爱资财不扰民”；悬挂的杏黄旗上书“替天行道”的字样。

这里的所谓“忠”，是忠于君王——宋朝皇帝。重阳节宋江在忠义堂作〔满江红〕词：“望天王降诏早招安，心方足”，最终目的是受招安，“顺天护国”，“到边庭上一刀一枪，博得个封妻荫子”。保国安民，建功立业，这是许多好汉共同的人生理想，所以一旦接受招安便替朝廷去平方腊、征辽国，实践自己理想的人生目标。“忠”的另外一层内涵，是忠于起义事业、义军内部相互忠诚，这是一百八人能团结奋斗坚如一人的原因。由此可见，他们所谓“忠”既指“临患不忘国”的爱国之忠，也指人与人之间的信诚。但既然歌颂他们聚义水泊的行为，也便包含了孟子对忠的理解，官府无道，造反有理；而他们又只反贪官不反皇帝，“忠心报答赵官家”，又体现出汉代以后“忠”的观念。

《水浒传》里的“义”，涵义同样复杂。智取生辰纲，劫不义之财，本是正义之举，但劫财之后自己分了，并未济民。鲁智深拳打镇关西，救助金氏父女，是助弱除强，符合《老子》的“天道”，符合有利于民的原则，与元代水浒戏相同，但这样的描写不是很多。更多的是患难相扶的江湖义气。李逵唯宋江之命是听，最后饮鸩而死也无怨无悔，没有原则，小义高于大义，与《李逵负荆》很不相同。

与此相关联的是“替天行道”。从梁山义军的群体行为来看，平方腊是替宋天子行道；征辽则既是为朝廷，也是为民族和国家。其他如打江州是为救宋江，打高唐州是为救柴进，打华州是为救史进和鲁智深，打大名府是为救卢俊义，打祝家庄则是因为时迁偷了人家报晓鸡被逮捕；而与官军对抗又是为了维护山寨利益，为了自身的生存。这些都带有明显的江湖义气性质。闹江州时李逵冲入人群“排头砍去”，血溅鸳鸯楼时武松杀十八人，丫头使女也杀无赦，连无辜百姓也不放过，这就更是有违“救民”的天道了。且功成名遂而身不退，故有丧身之祸。

三　人物形象比较

《水浒传》是英雄传奇小说，其人物个个具有传奇经历和超人神勇；元杂剧里的同名人则是世俗性多于传奇性，是平民化了的英雄。《水浒传》里的李逵，遇虎杀虎，遇敌杀敌，挥动板斧如入无人之境，一阵黑旋风刮过，犹如黑色战车奔驰，无人能敌，塑造了一个战神形象；而在元杂剧里，捉拿两个冒牌强盗，宋江还担心他“双手难敌四拳”，让鲁智深帮忙协助（《李逵负荆》）；巡捕官军没费什么力气就能把他捉住，押人监牢（《还牢末》）；捉拿蔡衙内也是靠鲁智深接应（《黄花峪》）。在剧中，梁山头领单个人打斗的很少。燕青在《水浒传》里是个吹得弹得唱得舞得，拆白道字，顶针续麻，无所不能、无所不会的人物，又有一身相扑的本事，忠肝义胆，聪明过人，勇气过人；在元杂剧里他却因欠店钱被赶出门，遭打受辱，冻得哆哆嗦嗦，流落街头，“揣巴些残汤剩水”，成了叫花子；好不容易借点小钱博鱼，又被杨衙内踢坏鱼筐摔坏鱼，连挑鱼的扁担也被人家剁折了，饥寒交迫之状与常人无异（《燕青博鱼》）。关胜无计谋生偷了人家的狗卖狗肉；徐宁因欠店家房钱饭钱被赶出门，在街上讨饭，又被当贼捉住；花荣被捕盗官军追赶，跳墙躲进李千娇家的花园（《争报恩》）。这些在《水浒传》中叱咤风云的英雄，在元杂剧中也有着落难被欺的不幸遭遇，与普通百姓同样遭受苦难。他们敢于反抗，有好本领，也只是平民英雄，世俗好汉，而不是超人、奇人。

剧中的英雄也落难，也需要人们的救助。《燕青博鱼》里，燕顺治好了燕青失明的双眼，燕和返还给燕青博赢的鱼；《争报恩》中关胜、徐宁、花荣都得到李千娇的帮助才得以脱难返回梁山；《还牢末》中的李逵因见小的打老的，出于义愤打死了小的，本当死罪，受孔目李荣祖救助得免死罪。剧中的梁山英雄与平民百姓是一种互助互爱、知恩报恩的鱼水关系，与《水浒传》中的英雄抱打不平，单方面施恩于人不同。

《水浒传》在人物性格刻画方面比《三国演义》有了明显的进步，但基本上未摆脱类型化的模式，比如李逵，粗鲁直率是他的性格，书中一味写他莽撞蛮勇，冒冒失失，粗悍无谋。而元代水浒戏中的李逵却增加了几分幽默，如《李逵负荆》中黑手捧桃花，欣赏梁山景色；负荆请罪时要以打代杀，“打一下是一下疼，杀的只是一刀，倒不疼哩”，等等。也增加了几分机智，《双献功》里李逵为救孔目孙荣，先是扮作“庄家呆后生”探监，饭里放了蒙汗药药倒狱卒，救出孙荣，继又扮作祗候捉住白衙内。《还牢末》中李逵为救孔目李荣祖，下山时带了“一包袱金珠财宝”进行疏通。《黄花峪》中为救刘庆甫之妻李幼奴，李逵扮作货郎救出李幼奴。性格的丰富性，增加了人间烟火气息，更贴近生活，更具世俗情趣。他们是生活在民间，而不是超尘出世的英雄，是人而不是斗战勇武之神。

四 形成原因

元代是一个法制粗疏的社会，没有严密的法律，只以判例、案例为断案依据；再加上停止科举考试，以吏出仕，官员素质低下，蒙古人为正职，多不识字，甚至连“七”字都不会写，贪污赃贿成风，冤案错案普遍，百姓不能依靠官府求得公平和公正，转而指望与官府作对的“强盗”为自己分忧解难。

官员素质低下，社会失去了榜样；停止了科举考试，士子仕进无门，报国无路，社会责任感丧失，只关注社会生活，关注生活中的琐事。在市民阶层看来，历史记载的宋江义军转略州郡，与官军对抗的斗争，离他们太远了；传说中的梁山义军在水泊内与官军对峙，也离他们太远了。元人不需要世俗之外的超人英雄，需要这些英雄来解除日常生活中的烦恼，而不是让英雄去干惊天动地的伟业。所以元人把义军化整为零，拉出水泊，拉下梁山，使他们回归民间，与平民经历人生的艰难，与平民互帮互助。英雄成为平民的一员，这就是元代市民阶层的英雄观，是通过水浒戏流露出来的市民意识。所以元代水浒戏中的英雄好汉具有人的自然本色，是日常生活中可以见到的真实的人，未加理想化的人，这就是元代盛行的人的崇拜。这与《水浒传》所表现出来的超人崇拜是两种不同的英雄观，所以元杂剧中的这些水浒故事，除《李逵负荆》成为《水浒传》第七十三回故事的蓝本外，其他以凡人俗事为主体的表现模式和内容，都没有成为小说情节的组成部分。

总之，元人水浒戏体现了市民心理情趣，“一个个都是兄弟辈”，英雄与市民是兄弟平等关系，互助关系：《水浒传》则排座次有等级，把英雄当成救星，是希望的寄托，关系并不平等，体现了农民意识。等到朱元璋“驱逐胡虏，恢复中华”建立起朱明王朝，明朝士子又恢复了大国臣民的自信，重新燃起“学成文武艺，货与帝王家”的理想和热情，英雄崇拜的时代又到来了，所以出现了与元代水浒戏大异其趣、充满活力、大气磅礴、具有传奇色彩的《水浒传》。它与《三国演义》都是血气蒸腾的佳作，是具有创造精神的佳作，是时代孕育出来的文学骄子。

[参考文献]

（一）古籍

〔1〕〔汉〕司马迁：《史记》，北京：中华书局，2005 年版。

〔2〕〔宋〕王偁撰，孙言诚、崔国光点校：《东都事略》，曲阜：齐鲁书社，1998 年版。

〔3〕〔宋〕周密撰，吴企明点校：《癸辛杂识》，北京：中华书局，1988 年版，《唐宋史料笔记丛刊》本。

〔4〕〔宋〕佚名：《大宋宣和遗事》，上海：中国古典文学出版社，1954 年版，第 43 页。

〔5〕〔元〕脱脱等编，聂崇岐、邓广铭等校：《宋史》，北京：中华书局，1985 年版。

〔6〕〔清〕阮元：《十三经注疏》，北京：中华书局，1979 年版。

〔7〕《文渊阁四库全书》（电子版），上海：上海人民出版社迪志文化出版有限公司，1999 年版。

（二）近人论著

〔1〕王子今：《“忠”观念研究》，长春：吉林教育出版社，1999 年版。

〔2〕李慎之：《中国哲学的精神》，《传统文化与现代化》第 2 期，1993 年 2 月。

〔3〕张国钧：《中华民族价值导向的选择》，北京：中国人民大学出版社，1995 年版。

〔4〕宁可、蒋福亚：《中国历史上的皇权和忠君观念》，《历史研究》第 2 期，1994 年 2 月。

〔5〕钱锺书：《宋诗选注》，北京：生活·读书·新知三联书店，2002 年版。

〔6〕周丽芳、林刚：《元杂剧要义》、《中国文化经典要义全书》，光明日报出版社，1996 年版。

元剧三家风格论

元代的杂剧创作取得了辉煌成就，留下了丰富的遗产。在这众多的作家作品当中，成就最高、无论在当时还是对后世影响最大的，无过关汉卿、王实甫和马致远三家。关汉卿“姓名香，四大神洲。驱梨园领袖，总编修师首，捻杂剧班头。”王实甫“作词章，风韵美。士林中，等辈伏低。”马致远“战文场，曲状元。姓名香，贯满梨园。”（均见《录鬼簿》贾仲明〔凌波仙〕吊曲）他们以独特的风格和成就，被人们谈羡和师法，各有自己的崇拜者和追随者，成为戏剧界的领袖，影响着整个剧坛，对剧坛百花竞艳、万紫千红局面的形成，起了极大的促进作用。

曲学大师吴梅论述了三家语言风格的不同，他说：“杂剧之始，仅有本色一家，无所谓辞藻缤纷，纂组缜密也，王实甫作《西厢》，始以研炼浓丽为能，此是词中异军，非曲家出色当行之作。”开创妍丽一派。“关汉卿以雄肆易其赤帜，所作《救风尘》、《玉镜台》、《谢天香》诸剧，类皆奔放滉漾，跅弛以自喜。”以奔放雄肆、挥洒自如独树异帜。而马致远则“以清俊开宗”（《曲学通论·家数》），自成一家。当然，一个作家，尤其是卓有成就的大家，其语言风格也往往是多方面的，根据所表现的不同内容，所刻画的不同人物，语言风格也绝不是千部一腔、千人一面。关、王、马三家都写出过本色、文采、清俊多种风格的曲文，只是这没有影响他们形成自己鲜明的主要风格，因而能够“三家鼎立，矜式群英”，不可混淆。但是，语言风格的不同，只是三家剧作风格差异的一个方面，而不是他们区别的全部内容。从戏剧学的角度来考察，三家风格的差异也是很明显的。

说到戏曲的特点，可以列举很多内容，但主要的，应该包括两点，一是“戏曲者，谓以歌舞演故事也。”（王国维《宋元戏曲史》）运用语言、动作、歌唱演一个完整的故事，要求演出的内容必须有情节和矛盾冲突，这种冲突，应该是基于人物性格之上的冲突，而不应该是剧作家的任意安排。二是“代言体”（王国维《宋元戏曲史》），演员要以第一人称的口吻扮演故事中的人物，而不是用第三人称的口吻向观众叙述故事。诗歌可以“首句标其目，卒章显其志”（白居易《新乐府序》）；小说、散文可以随时议论；戏剧却不允许作家出面，直接评价所描写的人和事。在戏剧里，每一个人物，每一句台词，都体现着作家的倾向性，却又不就是作家倾向性的直接表现。剧中人所说的话，只能是符合人物性格的话，而不能是剧作家思想感情的代言人。剧作家在进行创作的时候，完全可以忘记自己，创造什么人物就过什么人物的生活，把自己变成剧中人，却绝不应该忘记剧中人的身份地位，让剧中人变成剧作家的喉舌。在对待戏曲的这些基本规律上，三家的态度并不相同。

关汉卿、王实甫遵循着戏曲的这种规律，在他们的作品里，看不到丝毫的作者的影子；马致远则不然，他的剧中带有明显的剧作家的个人色彩。他的名作《汉宫秋》，从故事本身来看，主人公本来应当是王昭君，而剧作家偏偏要让汉元帝作为戏的主角，其原因正是作家要借汉元帝之口，一抒自己的爱国胸怀和民族情绪。他笔下的神仙也没有超凡脱俗，他们仍在关注着人间。成仙的吕洞宾可以悲叹人间兴亡：

你看那龙争虎斗旧江山——我笑那曹操奸雄，我哭呵哀哉霸王好汉。为兴亡笑罢还悲叹。(《岳阳楼》)

太极真人钟离权也感慨世情浇薄：“如今人宜假不宜真，则敬衣衫不敬人。”(《黄粱梦》) 陈抟惊悸着仕途风险：“臣事君以忠，君使臣以礼，哎，这便是死无葬身之地!”(《陈抟高卧》) 高才大德、博学广文的张镐，困顿流落，更是满腹垒块：

我本是那一介寒儒，半生埋没，红尘路。则我这七尺身躯可怎生无一个安身处!

这壁拦住贤路，那壁又挡住仕途。如今这越聪明越受聪明苦，越痴呆越享了痴呆福，越糊突越有了糊突富。

好不直钱也者也之乎!(《荐福碑》)

不论是得道的神仙、高卧的隐士，还是怀才不遇的书生，都抒发了一种失意、不满和苦闷的情绪。剧中的主人公不论是什么身份、什么职业，所抒发的思想感情是共同的，都具有失意文人的精神气质。

马致远笔下的神仙生活是：

俺那里自泼村醪嫩，自折野花新，独对青山酒一尊，闲将那朱顶仙鹤引。醉归去松阴满身，冷然风韵，铁笛声吹断云根。

俺那里地无尘，草长春，四时花发常娇嫩。更那翠屏般山色对柴门。雨滋棕叶润，露养药苗新，听野猿啼古树，看流水绕孤村。(《黄粱梦》)

春景园林赏花木，夏日山间避炎暑，秋天篱边玩松菊，冬雪檐前看梅竹，皓月清风为伴侣。(《任风子》)

住近野水溪桥边，在竹篱茅舍中“将一函经手自翻，一炉香手自焚”(《黄粱梦》)，欣赏四时景色，一炉香，一函书，这正是隐逸文士生活的写照。即使是杀猪卖肉的屠户，也在感叹“利名场，风波海，虚耽了一世”，留恋“茶药琴棋”、读书赏月的生活(《任风子》)。这当然不能说是屠夫性格的典型描写。这是被作家文士化了的屠夫，因而具有浓厚的书卷气。在这个屠夫身上，附丽了隐逸文士的魂魄。

这个文士，就是剧作家自己。在马致远的剧本中，大都可以看到有一个作家本人的影子在活动。把戏剧主人公的这种生活和思想感情，同马致远散曲里的自我写照作一对比，就会看得很清楚：

翠竹边，青松侧，竹影松声两茅斋。太平幸得闲身在，三径修，五柳栽，归去来。(〔南吕四块玉·叹世〕)

争利名，夺富贵，都是痴。(〔南吕四块玉·叹世〕)

夜来西风里，九天鹏鹗飞，困煞中原一布衣。悲，故人知未知？登楼意，恨无上天梯。(〔南吕金字经〕)

叹寒儒，谩读书，读书须索题桥柱，题柱虽乘驷马车，乘车谁买《长门赋》？且看了长安回去。(〔双调拨不断〕)

布衣中，问英雄，王图霸业成何用？禾黍高低六代宫，楸梧远近千官家，一场恶梦。(〔双调拨不断〕)

其他如〔吕南四块玉·凤凰台〕、〔南吕四块玉·叹世〕、〔黄钟女冠子〕、〔庆东原·叹世〕以及他的名作〔双调夜行船·秋思〕等等，或写他“茅庐竹径，药井蔬畦”的生活，或抒发对世事的感喟，与戏里主人公的歌唱，有着共同的旋律。从典型性格的刻画来说，马致远不是成功的。这是他与关汉卿、王实甫的一个重大区别。马致远笔下的人物性格虽然不讲究典型化，但是，剧中人所抒发的感情，在当时却是有代表性的。

马致远并没有忘怀现实生活。他的代表作《汉宫秋》表现了浓厚深沉的民族感情，说明他不忘国。他的《青衫泪》根据白居易的《琵琶行》敷衍创作而成，剧作家削弱了原有的政治内容，写成白居易因诗文误政，被励精图治的唐宪宗贬官江州，（同样的题材，在孔尚任的《小忽雷》里，就写成白居易因反对宦官、藩镇而被贬），但却突出了白居易与裴兴奴的爱情，说明他没有忘情。《荐福碑》是典型的愤世之作，借未遇的书生张镐之口，控诉了贤愚颠倒的黑暗现实，说明他不忘世；又幻想着变泰发迹，说明他不忘名利。即使是他的神仙道化剧，也表现了对现实和人生的关注。马致远不满现实，否定现实，然而又没有勇气正视现实。他带着不可解脱的矛盾和痛苦，思考着人生，却又找不到出路，于是唱着“睡朦胧无多一和，半霎儿改变了山河。兀的是黄粱未熟荣华尽，世态才知鬓发皤，早则人世蹉跎”（《黄粱梦》）。把功名富贵看成“风灯石火”、“黄粱一梦”，那就只有“推开名利关，摘脱英雄网”（《陈抟高卧》），看破“酒色财气”，不管“人我是非”，躲到山林泽畔，或者宗教迷蒙中去追求心灵的平静。“我劝你世间人，休争气”（《岳阳楼》），“今世里饶人不算痴”（《任风子》），在阶级压迫和民族压迫面前，回避矛盾，逃避斗争，怀着人生的空幻感，谱写出对生活的迷茫的歌。这同关汉卿、王实甫等作家满怀激情地唱出高昂的战歌，表现不屈服于命运的抗争精神，是很不相同的。马致远的情绪，反映了元代失意而又软弱的那部分知识分子的境遇和思想感情，有一定的代表性。不仅在元代受到人们的恭维，称他“马神仙”、“曲状元”，在后世社会动荡、民族矛盾尖锐之际，马致远的歌唱也能引起一部分人的共鸣，特别是在知识阶层中。

注重抒发有代表性的情绪，却不专力于对人物形象进行个性化的描绘，这就决定了马致远的剧作重在抒情，而不重视戏的矛盾冲突和故事情节。《汉宫秋》是一部抒情诗剧，它是用诗的语言、诗的意境来抒发人物思想感情的剧作。它不像关汉卿的杂剧那样矛盾冲突尖锐激烈、情节完整紧凑，主要是通过戏剧冲突来刻画人物形象。也不像《西厢记》，虽然马、王都属于文采派的作家，《西厢记》也是一部诗剧，但《西厢记》除了曲词之外，还很重视人物的说白和表情动作等细节的描写，很注意剧情发展的波澜起伏。而《汉宫秋》则主要是通过人物的唱段直接抒发人物的思想感情，让人物内心汹涌的感情波涛，直接倾泻给观众和读者，戏剧冲突只是为人物的抒情提供背景条件，冲突本身却不是描写的重点。剧作家没有把汉元帝、王昭君与毛延寿、呼韩耶之间的矛盾冲突作为戏的主要冲突，而是把汉元帝与昭君之间的感情纠葛——即难以割舍的离情，作为主要冲突进行描写。王昭君同毛延寿的冲突、汉元帝同毛延寿的冲突，都是只用一两句道白进行交代，一带而过，并不展开描写。像毛延寿索贿而昭君不与、毛延寿点破美人图等关目，都是暗场处理的。汉元帝要杀毛延寿，只在一句道白中作了交代，毛延寿在汉朝没有露面，就跑到匈奴去了。这种种重要情节，不在舞台上正面、直接地展现出来，只是把它作为激发剧中人产生某种感情心理的环境告诉给读者，为人物制造抒情的机会。戏的重点是抒情，戏剧冲突为抒情服务。剧作家别具匠心地把汉元帝与王昭君的生离死别（第三折）作为戏的高潮，即使在这样的场合，剧作家惨淡经营的仍然是抒情。他极其细腻、层次极为清楚地揭示了汉元帝在不同阶段的感情变化，充分体现了抒情诗剧的风格。就曲词而论，王实甫是以诗心写戏，写出的是具有诗意诗情之美的戏剧；马致远是用戏剧手法写诗，写出的是具有戏剧特点的诗。同是写景，《西厢记》里都是眼前景，创造人物自身所处的自然环境，皆可眼见，像“送别”诸曲。不能眼见的则只作为比喻，像“赖婚”诸曲。这些景物带有主人公的强烈感情色彩，但不脱离剧情，不脱离环境，是戏；马致远则不然，同是写送别，《汉宫秋》里〔七弟兄〕、〔梅花酒〕诸曲，不是眼前景，纯是胸中情，包含了丰富的想象的内容。王实甫笔下的景物描写，是在创造环境中写人的心情，符合矛盾冲突和戏剧情节的需要，是戏；马致远笔下的景物描写，则与环境无关，与矛盾冲突及戏剧情节相游离，已化戏为诗。二者很不相同。

马致远的作品情节比较简单，冲突也不激烈。他是把冲突和情节的安排处理，为戏剧主人公的抒情服务，甚至情节结构有所疏漏亦在所不顾。像《荐福碑》里，范仲淹已经为张镐献了万言长策，却又与之三封荐书，让他另投他人；既与之荐书，则张镐已离长子县其事甚明，却依然派使臣到长子县对张镐封官赐赏，以至闹出张浩冒认官职等情节。作家不在情节安排上下工夫，他只是要借此情节让主人公张镐抒发出那一肚皮困厄失意的牢骚不平而已。《任风子》一剧，在第二折的开始，任屠就已经“顿悟”人道，主要矛盾已经解决，其后的大半部分剧情，只是为作为道教徒的任屠，提供一个抒发跳出红尘入道之后的体会的场所。《陈抟高卧》情节平淡无奇，但第二、三两折陈抟述说隐居修道好处的曲文，却受到人们的称赏。《岳阳楼》中的吕洞宾，登岳阳楼而感叹兴亡，借墨锭而感慨功名，都不是戏剧冲突和情节发展的必然因素，只是剧作家在借机陶写自己的心胸。《汉宫秋》虽为名作，但“中有可议者：尚书劝元帝以昭君和番，驾唱云：‘怎下的教他环佩影摇青冢月，琵琶声断黑江秋？’明妃死于北漠，其葬地生草，后人因以‘青冢’名之。未出塞时，安得有此二字？且其第三折昭君跳黑龙江，番王明云：‘就葬此江边，号为青冢者。’此白又与曲相矛盾矣。”（梁廷枏《曲话》卷二）

马致远的戏是很典型的“心理戏剧”，各种艺术手段的运用，都服从于如何更好地抒发人物的心理情绪这一创作原则。在如何让戏剧冲突为人物抒情创造条件这一点上，对后世有很大影响。洪昇的名作《长生殿》在注重抒情、提高悲剧意味方面，就吸收了马致远的长处。当然，洪剧注重人物性格的刻画和情节的曲折，又不同于马致远的杂剧。

关汉卿、王实甫都专力于刻画人物性格，也都注意戏剧冲突和情节的安排，但他们除了语言风格的不同之外，在人物的刻画、矛盾的组织、情节的安排等方面，又都有着明显的不同。

同是通过刻画人物来表现主题，王实甫善于细腻而有层次地钩画出人物思想感情变化的脉络，其特点在于委婉细腻。他笔下的崔莺莺，其深刻之处不在于作家写出了她反抗礼教的行动——反抗礼教的女性形象，在众多文学作品里并不难找到——而在于剧作家写出了她在反抗道路上的动摇、苦闷和种种曲折。莺莺与张生在佛殿一见钟情，临去之际她眼角留情、脚迹传心，但又不敢大胆去爱；她不满老夫人赖婚，又不得不服从老夫人的安排，行动上不越雷池一步；她让红娘劝张生留下，用诗简约张生幽会，却又时时变卦，使“假意儿”，把张生“一气一个死”。直到张生病体沉重，她才在红娘的帮助下逾越了礼教的鸿沟，与张生私下结合。欲进故退，反反复复，真实地揭示了追求自由爱情与封建礼教压迫两种思想的斗争过程，生动地表现了有人性的爱情战胜虚伪、腐朽礼教的过程。关汉卿则不然。他特别注重挖掘人物形象所蕴涵的重大意义，其特点在于深沉厚重。说关汉卿揭露了社会黑暗，这当然对，更重要的在于他怎样对待黑暗。关剧里的矛盾冲突，往往是一方享有特权的权豪势要，在他们身后还有皇帝和官府作后盾，而另一方则只是无依无靠的百姓，力量对比相差悬殊。这种斗争，在现实生活中，普通人民的个人反抗是注定要失败的。但从矛盾斗争的性质来说，人民群众又是以善抗恶、以正义反抗非正义。关汉卿从人民的斗争中看到了光明和希望，对人民的斗争给予了热情赞颂和支持。在他的作品里，不论是多么强大的敌人，都逃不脱严厉的惩罚，而在挣扎中反抗的小人物，总会有美好的结局。关汉卿在告诉人们：只有斗争才有出路。剧中人那百折不回的斗争意志、不报仇雪恨誓不罢休的坚韧精神，最终都能取得胜利。窦娥胜利了，谭记儿、赵盼儿、王氏母子……胜利了，更不用说轰轰烈烈的英雄关羽了。这体现了善良战胜邪恶、正义战胜反动的坚定信念，是剧作家对生活充满信心的表现。从关剧中看不到丝毫的感伤和迷惘。窦娥形象的意义，不仅在于她的反抗，更在于她由一个为夫守节（“一马不鞴双鞍”）、为姑尽孝、相信命运、苦修来世，具有浓厚封建阶级思想意识的女子，走向了反抗叛逆的道路。窦娥是吸吮着封建思想的乳汁成长起来的。封建阶级用他们所提倡的道德，塑造出了窦娥这样的人，却又亲手杀害了这样的人，社会的黑暗、混乱不言自明。这样的社会，它的存在还能是合理的吗？像窦娥这样的“顺民”都忍无可忍，被社会逼反了，发出了反抗的呼声，提出了愤怒的抗议，说明了人民普遍的不满和觉醒，这抗议较之英雄豪杰的抗议来，更显得深刻有力。从恪守封建道德，到否定天地鬼神走向叛逆；从逆来顺受、与世无争，到“争到头，竞到底”，走向反抗；从反抗张驴儿，到反抗楚州太守，进而“将滥官污吏都杀坏”，反抗整个黑暗官场；从为保卫自身人格而反抗，到为解救婆母，进而“与天子分忧，万民除害”。斗争的目的离开个人因素越来越远，目标越来越博大，由一般的反抗而逐渐接近于崇高。关汉卿使悲剧质素逐步提高，从而充分揭示出这一形象的深刻意义。这都显示出关汉卿在刻画人物方面的特点，有深度、有力度，与王实甫的着眼点显然不同，这是其他剧作家所不可企及的。

在组织和展开戏剧冲突方面，王实甫注重情节的曲折起伏，注重机趣，而不注重戏剧冲突的尖锐激烈；关汉卿则相反，他重视戏剧冲突的尖锐激烈，剧中描写的往往是你死我活、不可调和的斗争，却不重视剧情发展的曲折情趣。在剧情发展的描写中，王实甫突出一个“隐”字，不给人任何预感，往往是突转急变，造成“山重水复疑无路，柳暗花明又一村”的艺术效果，有情趣意味，风格旖旎妩媚。白马解围之后，张生好生打扮了一番，前去赴老夫人的宴席，准备与莺莺成亲；莺莺也以为老母亲是一片好心，要成就她与张生的婚事，使“两下里相思都较可”；红娘更为崔张的婚礼而奔波忙碌。而就是在这一派和谐欢乐的气氛中，老夫人却突然让莺莺与张生以兄妹之礼相见——赖婚了！谁能想得到？老夫人一会儿把莺莺许配张生，一会儿又改配郑恒，反反复复，谁能预拟结局？莺莺对张生，时而诗简相约，时而恶声申斥，真真假假，其结果真让人难以预测。为了使戏剧具有吸引观众的魅力，王实甫往往把情节的发展和故事的结局，死死瞒住观众，一直等到事件发生，才使观众恍然大悟，产生让观众拍案惊奇的艺术效果。

而关剧的情节，却往往显示一个“露”字，使人有预感，能逆料，风格粗犷雄劲。关汉卿不想把故事的结局对观众隐瞒，因而也不人为地为观众制造疑团。他常常预先就把故事的结局透露给观众，让观众对剧情发展的方向有清醒的认识。

《蝴蝶梦》里的包拯，在第二折就受蝴蝶示兆的启发，表示“天使老夫预知先兆之事，救这小的之命”，告诉了我们故事的结局：王石和不会死。还有一些戏，不仅预示了故事的结局，甚至还把一些重要情节预示给观众。《救风尘》里的赵盼儿在去搭救宋引章之前，就已经把搭救的方法，向观众亮了底儿：

我到那里，三言两句，肯写休书，万事俱休，若是不肯写休书，我将他掐掐、拈一拈、搂一搂、抱一抱，着那厮通身酥、遍体麻。将他鼻凹儿抹上一块砂糖，着那厮舔又舔不着，吃又吃不着。赚得那厮写了休书，引章将的休书来，淹的撇了。我这里出了门儿——可不是一场风月，我着那汉一时休!

这正是后面情节发展的内容。《望江亭》写到杨衙内倚权仗势要杀人抢亲，谭记儿能否保卫自己的幸福、保住白士中的身家性命，便成了观众兴趣的所在。关汉卿没有用隐瞒观众的方法去换取艺术效果。他通过谭记儿的口，把即将展开的这场斗争告诉给观众：

〔十二月〕你道他是花花太岁，要强逼的我步步相随。我呵怕什么天翻地覆，就顺着他雨约云期。这桩事你只睁眼儿觑者，看怎生的发付他赖骨顽皮!

〔尧民歌〕呀，着那厮得便宜，翻做了落便宜，着那厮满船空载月明归。……你看我淡妆不用画蛾眉，今也波日，我亲身到那里，看那厮有备应无备。

〔煞尾〕我着那厮磕着头见一番，恰便似神羊儿忙跪膝，直着他船横缆断在江心里，我可便智赚了金牌着他去不得。

不仅谭记儿这样说，更让白士中进一步作肯定说明：“据着夫人机谋见识，休说一个杨衙内，便是十个杨衙内，也出不得我夫人之手!”至此，观众还会对斗争的胜败有什么怀疑吗?《单刀会》里，关羽与鲁肃斗争的结果是，关羽仗剑相逼，迫使鲁肃乖乖地送他到江边上船而去。而这种结局，早在第三折关羽赴宴之前就告诉我们了：“我着那厮鞠躬鞠躬送我到舡上”，“我一只手揝住宝带，臂展猿揉，剑掣秋霜……”关汉卿不仅让观众知道已经发生了什么事情、正在发生什么事情，而且还把将要发生的事情向观众交代清楚。保守秘密能把观众的注意力引向情节，使他们注意将要发生什么；透露内情，却把观众的注意力引向人物，使他们注意事件是怎样发生的、人物是怎么样做的。前者可以使观众为情节的出乎意表而叫绝，后者可以使观众对人物的思想性格有更深的了解，使观众的全部兴趣系于人物。关汉卿、王实甫所体现出来的是两种美，各具有不能替代的独特艺术魅力。

关汉卿、王实甫都善于运用铺垫蓄势的手法。王实甫的这种手法是为剧情的突转服务，意在情节。在写老夫人赖婚之前，先通过红娘、张生、莺莺之口，大肆渲染婚事必成的气氛；为写莺莺见简发作，先由张生、红娘反复申言好事必成；等到红娘和张生都以为莺莺绝情、幽会难期的时候，作者才让张生拆开莺莺的回函，使情势陡变——原来莺莺在暗约张生月下相会；张生红娘转忧为喜，红娘热情鼓励张生赴约，张生以为相思之苦即将结束，美爱幽欢必能如愿以偿，就在这种气氛渲染到极盛极浓的时候，却突然一转，莺莺赖简了，把张生训斥了一顿……剧作家花费了大量笔墨进行渲染的，并不是势态发展的必然趋势，而是为事态向相反的方向转化铺垫蓄势。剧作家用“明修栈道，暗度陈仓”的手法，使戏剧情节、艺术氛围，出现出人意外的转折，造成悲喜跌宕的情致，颇能引人入胜。

关汉卿运用铺垫蓄势手法，是为他刻画人物增加深度，意在人物。元杂剧一本四折的形式，要求剧作家在处理题材时，必须把丰富的生活内容芟枝去蔓，容纳到四折戏里去。这样的形式，做到干净利索、精炼单纯则易；做到描写充分、淋漓尽致则难。关汉卿运用铺垫蓄势的手法，巧妙处理简与繁的关系，使作品反映的生活面，既广且深，兼有精炼与充分之长。为了做到精炼，关汉卿往往利用一些过场戏和道白，交代故事发生的背景，包容广阔的社会生活内容，文笔极简。而在一些最能表现人物思想性格和精神世界的当口，却又大笔淋漓，把题材的思想内涵，向纵深开掘，文笔极繁。以简为繁蓄势，为戏剧的关键场次做铺垫，渲染气氛，烘托情境，水到渠成地把戏剧冲突推向高潮，使高潮部分笔墨飞舞，文采斓然，成为剧中的华彩片断，映照全剧生辉，红花绿叶各有妙用。《窦娥冤》前两折，从时间上说，写了十三年；从内容上说，写了高利贷剥削，写了窦娥从卖身抵债做童养媳，到二十岁夫死守寡的身世遭遇，写了张驴儿由逼婚未成到药死老子的经过，写了官场的黑暗……剧情发展很快，是从“简”处著笔。这一系列事件使窦娥性格逐渐发展，由柔弱善良相信官府，到逐渐觉醒控诉官府，于是第三折赴法场典刑便形成了全剧的高潮。高潮部分便由“繁”处落墨了。这一折，从时间上说，只写了赴法场典刑一个短暂的时间；从内容上说，只写了诀别婆婆和明题三愿两件事。剧作家放慢了剧情发展的速度，着意揭示女主人公的心理情绪，写得酣畅淋漓，成为全剧最精彩的部分。《单刀会》前三折，交代故事发生的背景和来龙去脉，第四折则着重抒写关羽慷慨悲壮的豪情和堂堂正正的气概，前三折为第四折蓄势，做铺垫。《望江亭》的前两折，介绍了白士中、谭记儿成婚的经过，介绍了杨衙内夺婚的准备情况，使白、谭婚姻和性命，面临巨大威胁，把紧张气氛渲染得很是浓烈，为第三折智赚金牌的描写作了铺垫蓄势，在第三折让矛盾双方进行一次面对面的较量，充分展示谭记儿的美丽、机智、勇敢，鞭笞杨衙内的腐朽、无耻。其他剧如《蝴蝶梦》、《救风尘》等，也都利用了这种手法。所以既精炼紧凑，又酣畅淋漓，就成为关剧显著的艺术特色。描写的内容丰富，既有广度，揭示人物的精神面貌充分，又有深度，取得了剧短而情长、言简而意丰的艺术效果，是很值得借鉴的。元代曲家乔梦符说过关于散曲创作规律的一段话："作乐府亦有法，曰：'凤头、猪肚、豹尾"六字是也。大概起要美丽，中要浩荡，结要响亮，尤贵在首尾贯穿，意思清新。"（陶宗仪《辍耕录·作今乐府法》）后人把这段话作为戏剧创作的规律。但乔梦符本人的戏剧创作却并没有做到这一点。臧晋叔说："虽马致远、乔孟符（即乔梦符）辈，至第四折往往强弩之末矣。"（《元曲选序》）而关汉卿运用铺垫蓄势的艺术手法，步步紧逼，把冲突推向高潮，第四折交代出结果，有的戏，如《单刀会》、《救风尘》等，还把戏剧的高潮放在第四折，高潮之后，戛然而止，才真正符合这种要求。

马致远的杂剧重抒情，不注重对人物所处环境的描写。王实甫、关汉卿注重创造典型环境，但王是从日常生活现象中删其繁、撮其要，提取神髓，他所创造的环境是现实的环境，取常见的形态，于自然中显神韵，寻常中见奇崛。关汉卿则不然，他为了更深入地揭示人物内心世界，有时把他的人物置于特殊的情境之下加以考验，使人物在人所不能忍的情境中表现出特性，放射出光彩。张珪送妻给鲁斋郎时说："从来有日月交蚀，几曾见夫主婚妻招婿？今日个妻嫁人夫做媒。"（《鲁斋郎》）在"妻嫁人夫做媒"这种反常情境中，把张珪的心理、性格揭示得入木三分。燕燕被迫去替所爱的人做媒（《诈妮子调风月》），也是对人物的特殊考验。其他如《望江亭》的智赚金牌、《窦娥冤》的明题三愿等也属此类。这是马致远、王实甫的戏里所没有的。

"风格就是人的本身"（黑格尔《美学》第一卷）。关汉卿、王实甫同为斗士，但关是以愤怒的目光看社会，重在鞭挞现实，故其剧充满战斗的激情，生活气息浓郁，如狂飙，如雷电；王实甫是微笑着看生活，他把复杂的现实生活，芟其繁撮其要，提取出富有生命力和叛逆精神的神髓进行描写，故《西厢记》诗情画意洋溢，令人神往，如丽日，如皎月；马致远则是含悲忍泪看生活，借端抒情，故其剧感慨淋漓，满纸呜咽，令人长叹，如阴霾，如秋雨。关、王、马三家鼎立，异蕊而同芳，殊姿而并丽，是元代戏曲成熟、创作繁荣的表现，对后世戏曲文学的繁荣和发展，又起了极大的促进作用。

关汉卿的贡献

关汉卿为元代杂剧的繁荣做出了无与伦比的贡献，贾仲明〔凌波仙〕吊曲称其为梨园领袖、编修师首、杂剧班头；《录鬼簿》把他列为“前辈已死名公才人”五十六人之首。可以说：关汉卿不仅对元代杂剧的繁荣兴盛起了开拓奠基的作用，而且成为元代成就最高的作家，成为时代的弄潮儿。关汉卿的作品是全新的文学。它的新，表现在作家对描写对象的观照，已由过去的侧重表现事件、生活等社会表象，转而写人——人的精神、心理、感情、愿望。他也写社会，是通过社会问题表现人，揭示人的本性。他不仅反映了人是怎样生活的，而且探讨了人应当怎样生活。

一

从奴隶社会到封建社会的漫长历史中，人的尊严、人格遭受着严重的漠视和压抑，人的存在只有两个方面的价值：一是维持人类自身的生产（通过生育）——目的是为统治者提供被统治的对象；二是维持生活资料的生产（通过劳动）——目的是为统治者提供吃、穿、用等生活必需品和奢侈品，故云：“无君子，莫治野人；无野人，莫养君子。”（《孟子·滕文公章句上》）人被当成了单纯的生产工具，人的定义被歪曲了。

封建社会的正统诗文中，有不少揭露社会疮痍，讽谏政治失度，同情民生疾苦，呼吁改善劳动人民生存条件的篇章，说穿了，也只是为了避免“官逼民反”，使上述两种生产能够维持下去，维护封建统治的长治久安，并不是真的发现了人的价值，对人格的尊重。抒情诗所抒发的是诗人自己的感情，只是这些作者几乎都是封建统治阶级中人，敬畏的是“神”而不是人。他们把“天”视为“百神之大君”，而皇帝“受命于天”来统治人民，是“民之父母”。大小官僚及在野的统治阶级则是维护这种统治的工具，他们把自己只当作皇帝的附属物，本没有独立的人格意识，他们的作品也只是封建统治阶级思想意识的表露，是在使人性异化，而不是阐扬人性。叙事诗里也有人物形象的刻画，但其目的，也并不是对人格的探讨，而是美刺政治之得失、褒贬品德之优劣，在事不在人。

历史发展到元代，北曲作家们才惊奇地发现，人本身是那样丰富，蕴藏着文学描写的宝藏，过去长期遭受冷落、歪曲，被视为洪水猛兽的人的某些感情要求，竟然都包含有合理的内核。于是，他们开始正视人、研究人、描写人，在文学史上第一次把人作为描写的对象，把人作为人来对待。

〔南吕一枝花·不伏老〕套曲是关汉卿的人格宣言。曲中所写，并不就是作者生活的真实自叙，但却真实表现了作者的人格。他蔑视世俗、反抗压迫、不受名教拘束，任情任性地坚持着自己的意向，走自己选定的人生道路。在此之前，还从来没有人像关汉卿这样理直气壮地要求摆脱束缚，追求个性自由，把个人意愿夸张到了高于一切的地步。在不尊重人的社会里，这无疑是人格尊严的闪光，也是向蔑视人性的社会的挑战。

关汉卿写过英雄剧、恋爱剧、公案剧……各类题材兼擅。但他却从没写过仙佛与隐居乐道两种。他之所以不写佛、隐二科，是因为他关注着人生，尊重人的感情，既不愿受世俗名教的束缚，又焉肯受宗教戒律的羁勒？不写此二科，并不只是描写题材的擅长与否，而且是一种人生态度问题。他所关心的是怎样才算人的正常、合理的生活，什么是正常的未被扭曲的人性。

对人的命运的关注，使关汉卿清醒地看到了人是在怎样生活的。他用犀利如刀的笔，剥开了封建统治上承天命、顺乎民意的画皮，控诉了封建社会的黑暗凶残，揭露了封建统治的不人道不合理。

他控诉不义战争给人民带来的灾难（《拜月亭》）；他鞭笞鲁斋郎、杨衙内、葛彪等特权人物践踏人性的兽行；他揭露社会的黑暗腐败，指出官府实际上成了恶人的工具和保护伞。在元代官府里，“真理”的有无，是以权势的大小和金钱的多少为标准的。既无权又无钱的百姓，就只好“有口难言”。剧作家进一步指出，在黑暗官府的背后，还有一个支持他们的靠山——昏庸的皇帝。杨衙内用以标取白士中首级的势剑金牌是皇帝赐给的；鲁斋郎“大的忒稀诧”的官职，是“圣恩可怜”而除授的。昏君、贪官构成了封建社会野蛮的统治网。“衙门从古向南开，就中无个不冤哉”，官府成了残害人性行为的总后台。

他同情不幸的妇女。奴隶主以及强权恶人的掠夺，往往以妇女为对象，同男子相比，妇女要经受更深的压迫，处在社会的底层。关汉卿现存杂剧中，绝大部分以妇女为主人公。他塑造了各式各样社会地位不同、性格各异的妇女形象：像《蝴蝶梦》里宁可牺牲自己亲生儿子也要保护前妻之子的慈母；《救风尘》里有胆有识的侠妓赵盼儿；善良贤惠又坚强不屈的窦娥（《窦娥冤》）；从容不迫、临危不惧的谭记儿（《望江亭》）；天真美丽，一心向往摆脱奴隶地位的燕燕（《诈妮子调风月》）；《拜月亭》中的王瑞兰、《绯衣梦》里的王闰香……既有良家妇女，也有妓女；既有大家闺秀，也有小家碧玉。马克思和恩格斯曾经引用过傅立叶如下一段“关于婚姻问题的精辟的评述”：

> 某一历史时代的发展总可以由妇女走向自由的程度来确定，因为在女人和男人、女性和男性的关系中，最鲜明不过地表现出人性对兽性的胜利。妇女解放的程度是衡量普遍解放的天然标准。(《神圣家族》)

关汉卿是把妇女问题当做社会问题来看待的，在妇女问题上，表现了关汉卿对人性的尊重，对兽性的批判，他是立足于兽性猖狂的现实，呼唤着人性的激扬发展，呼唤着社会的进化。

二

如果说，元前的作家们某种程度上揭示了人民生活于其间的苦难现实的话，那么，使关汉卿高出于他以前作家的地方还在于，他对人生的关注不仅仅表现为揭示了他苦难同胞的生存状况，更在于他在探讨人应当怎样生活。

为了改善人民的生存状况，前代作家做过不少探索，有的幻想没有剥削压迫的理想社会，如《诗经·魏风·硕鼠》中的“乐土”、“乐园”、“乐郊”；陶渊明对桃花源的描绘；李白笔下的神仙生活等等。而规劝统治者轻徭薄赋、节俭爱民的则更是不乏其人。在这些作家看来，人民不能自己代表自己，需要由别人来代表，于是他们要为民请命；人民不能自己解放自己，需要依靠别人的力量，因此，他们或者幻想存在于人世之外的现成的避风港、安乐窝，或者呼吁“民牧”们从上而下地行德政施恩泽。一些正统诗文以及元代的一些清官戏所表现的思想，莫不如是。幻想只是幻想，无补于苦难的现实；乞求主人的仁慈又能有多大作用呢？自然，它可以在某些局部、某种程度上解除人民的苦难，但是很有限度，并不能从根本上改善人民的社会处境，使他们成为生活的主人。这些作家是站在人民之外，在乞求、劝谏处于人民之上的统治者，对人民给予恩赐、怜悯。这些作家的进步性是看到了民生的疾苦，但那只是社会生活的表象，并不是生活的本质。因为他们并没有发现生活的主人——人。他们呼吁和探讨的目的，并不是尊重人本身，为颠倒了的人与社会的关系，促进新的颠倒，而是为了社会，为了维持现存社会秩序的长治久安，他们担心的是“盗贼本王臣”，苦到无法活下去的地步，人民就要造反了。着眼点仍然是社会环境。

关汉卿则从人的自身着眼，来考虑人应当怎样生活。可以说，关汉卿提供给人们的不是理想生活的虚幻图画，而是扎扎实实的行动准则，他是在鼓励人们自己去争取和创造美好生活。他的心血和精力，已经由观察和描写人们生活于其间的社会环境，转而观察和描写人自身的感情世界。

《礼记》说："饮食男女，人之大欲存焉。"（《礼运》篇）告子说："食色，性也。"（《孟子·告子章句上》）孟子不加诘难。儒家虽然承认男女欢爱是人的本性，但又用"礼"严加限制。在儒家思想统治之下，就出现了这样的现象：统治阶级对己极端放纵，他们的私生活，可以说是人欲横流；而对人，则是扼杀人性，宣扬禁欲主义。作为封建阶级教化工具的文学，于是创造了一个没有私欲的理性世界，压抑并摧残着人的本性。在关汉卿的笔下，人性得到了承认，人的正常的要求欲望受到了支持和鼓励，《拜月亭》中的王瑞兰不顾家长的威逼、不慕富贵荣华，一心牵挂着患难中相濡以沫的恩爱夫婿。她不像《西厢记》里的崔莺莺。莺莺拜月烧了三炷香，其中，一炷香"愿化去先人，早生无界"，一炷香"愿堂中老母，身安无事。"王瑞兰唯一的愿望就是："愿天下心厮爱的夫妇永无分离，教俺两口儿早得团圆。"祈祷着："这一炷香则愿削减了俺尊君狠切，这一炷香则愿俺那抛闪下的男儿较些。"可见关汉卿把"心厮爱"的夫妇之情看得何等重要。那些被压在社会底层、失去了正常生活权利的人们，在要求着做人的权利。奴婢燕燕为争取做"包髻白身"的自由人，像飞蛾扑火一样舍身追求着光明（《诈妮子调风月》）；身心都遭受着摧残的妓女，指望着"除籍不做娼，弃贱得为良"，做个"儿女成双"的"自在人"（《谢天香》），过"对面、并肩，绿窗前，……一个向青灯黄卷赋诗篇，一个剪红绡翠锦学针线"（《金钱池》）的正常生活。关汉卿认为这些妓女职业下贱而心地善良，她们夫妇和谐的生活愿望应当得到满足。在关汉卿的笔下，寡居生活是愁苦的，谭记儿说："做妇人的，没了丈夫，身无所主，好苦人也呵！"寡居妇女应当再嫁，再嫁后是幸福的，所以他让谭记儿用自己的聪明和胆识来保卫美满的生活，希望"从此无别离，百事长如愿。"（《望江亭》）甚至，温峤为刘倩英的美貌所动，采用"不本分"的手法结为婚姻，剧作家也觉得情有可原（《玉镜台》）。窦娥的呼天号地、诅神咒鬼，用全身心和生命同黑暗社会进行抗争，并不是她阶级意识的觉醒，而是出于她求生的欲望。她按照封建的伦理道德立身行事，封建社会却不能容忍她，她不愿意死，却又不能不死，于是她怀疑了，抗争了，她发出三桩誓愿，用生命抗议这不合理的社会，为无辜的小人物呼号着生存的权利。

贞节观念是封建社会扼杀妇女人性、杀人不见血的软刀子。"妇人贞吉，从一而终也。"（《易·恒》）《左传》记载了这样一段话："吾一妇人而事二夫，纵弗能死，其又奚言！"（庄公十四年）从此"一女不嫁二夫"、"一马不跨双鞍"（《元史·列女传》）便成了封建阶级提倡的妇德。孟郊诗："一女事一夫，安可再移天！"（《去妇》）程颐更说："饿死事极小，失节事极大。"（《二程遗书》卷二二下）在贞节观念的戕害之下，不知有多少善良的妇女过着非人道的生活，甚至牺牲了生命。见诸文字的节妇烈女，只不过是其中的一部分罢了。关汉卿以大反世俗的勇气，蔑视这些窒息人的枷锁。他为寡妇再嫁唱赞歌（《望江亭》）；他认为，宋引章错嫁周舍的行为可以原谅，不应当妨碍她同安秀才的感情（《救风尘》）；李四张珪并不因妻子失身于鲁斋郎而心怀芥蒂（《鲁斋郎》）；甚至“烟花妓女”，也有资格匹配状元郎（《谢天香》）……在关汉卿的笔下，妇女已不再是礼教的工具和牺牲品，她们开始被当做人看待。这不仅在封建社会里具有振聋发聩的意义，即使在今天，也没有完全失去它的价值。

为了表现人民的生活境遇，关汉卿揭露了时代的种种丑恶，但却不是搞丑恶展览。揭露的目的，在于批判其残无人道，在于揭示人性是怎样在同兽性的斗争中觉醒并取得胜利的。剧作家透过社会的黑暗和污浊发现了人的美。这种人，不是超人，不是神，而是普普通通的凡人；这种精神，就是抗争。是他们要求摆脱苦难命运，要求维护人格尊严的不屈的反抗意志和斗争精神。人性的复苏面对着无人性社会的压抑，于是昂扬起反抗的精神。在关汉卿的作品里，正面人物身上大都闪耀着理想的光辉，不论是叱咤风云的英雄，还是柔弱善良的女性，都在反抗、斗争，也都在胜利，字里行间总有一种使人振奋、使人鼓舞的激情在跳动。《单刀会》写胜利的英雄；《双赴梦》写失败的英雄，但桃园兄弟那种不甘失败，前仆后继、立志报仇雪恨的强烈愿望，同样是反抗斗争精神的体现。谭记儿靠自己的智慧和斗争保卫了美满的婚姻；赵盼儿靠自己的斗争维护了苦难姊妹人格的尊严；《蝴蝶梦》里的王婆婆支持儿子们以牙还牙，手刃杀父仇人葛彪，为亡夫雪恨，灭了兽性威风；窦娥无辜受戮，一腔怨气喷如火，她那宁死不屈的坚定意志、那用整个生命进行顽强抗争的精神，终于感天动地，使誓愿变成了现实，并且人虽死而志不泯，还要找张驴儿报仇。一般的公案剧写清官凭借自己的智慧和权力为百姓平反冤狱，旨在揭示百姓的冤和清官的清，《窦娥冤》让窦娥依靠自己在阴阳两途的反抗斗争来伸冤报仇，使它成为反抗斗争精神和不屈灵魂的颂歌，这是它比一般公案剧深刻的地方。剧中人靠自己的斗争保卫着人的尊严，争取着做人的权利，也靠自己的斗争，赢得了胜利，掌握了自己的命运。在关汉卿的作品里，不论是多么凶恶的敌人，最后总逃不脱严厉的惩罚，而在挣扎中反抗斗争的小人物，总会有美好的结局。从主题思想的表达上看，关汉卿是在告诉人们：应当毫不妥协地为捍卫生活的权利而斗争，只有斗争才有出路。作家写戏，固是作不平之鸣，“舒其怫郁感慨之怀”（胡侍《真珠船》），但作家的社会责任感，他对苦难同胞深厚的爱和同情，使他的抒情不止于泄私衷，同时也在感染和引导他的在艰难世途中跋涉的同胞挺直腰身走向生活，鼓起直面人生的勇气。关汉卿是在用他的激情召唤奋进，争取光明。在关汉卿的戏里，劳动人民已经开始从驯服工具的地位中走了出来，也摆脱了被人怜悯的境地，他们的人性复苏了，人性意识觉醒了，他们争取做自己命运的主人。尤其是他笔下的妇女形象，大都具有刚健的女性意识，这不仅是前所未有，即使元代，也罕有其匹。作家不去描写她们漂亮的外貌，而着意揭示她们坚强的个性和出众的智慧。她们都经历着种种磨难，但都有勇气面对磨难，有能力战胜磨难。她们不是男人的附属物，没有丝毫攀援人格，相反，女胜于男，表现出强烈的自尊意识、自强精神、自立能力。这不仅表现在赵盼儿、谭记儿、王婆婆身上，也表现在杜蕊娘、燕燕、刘倩英身上。不论是大家闺秀还是婢女娼妓，不论是老妪，还是少妇，都带有几分野性和辣味，一个个都是对贞淑柔弱等封建妇德的反叛，体现了女性意识的觉醒。在我们的文学史上，男女作家都是按照男性社会对女性的要求和理解来描写女性的，这些作家笔下的女性，并没有摆脱对男性的依附关系，树立起独立的、自主自尊的人格意识。在这一方面，关汉卿的杂剧，具有开创性的意义。

如果说元代的水浒戏第一次把造反的农民作为歌颂对象搬上了戏剧舞台，是历史的进步，那么，关汉卿则是第一次升扬了人的自主意识。水浒戏歌颂的是济困扶危精神，是英雄解救别人，是走投无路的小民靠英雄来解救，戏里的水浒英雄虽具有一定的平民性，但被救助人却并未表现出丝毫的抗争和自强精神；关汉卿歌颂的则是人的自主自强精神，他的戏剧主人公虽有关羽一类超脱凡俗的英雄，但更多的却是普通的人，现实中的人，使文学向“人学”迈进、复归。历史上不是缺乏抬起头、挺直腰生活的人，而是由于时代的和作家阶级的局限，缺乏发现这样人的眼睛。关汉卿生活在人性复苏的时代，发现了文学描写的广阔天地，他才开始写人的灵魂，揭示人心灵的底蕴，弘扬人的反抗意识和自主意识。关汉卿是时代的产儿。

三

关汉卿重视人，才用他艺术家特有的能够穿透现象窥探到底蕴的深邃目光观察人，研究人，用他的艺术才华来描写人——不止描写人物的行动，人物同社会环境的外在冲突，更通过这种行动和冲突，进一步展示人物自身的内在矛盾。这就决定了关汉卿笔下人物性格的复杂性。可以说，在刻画人物方面，关汉卿开辟了一个新的时代。

以前的文学，尤其是叙事性文学，也写了各种各样的人，但写人的目的却不在人本身，而是在社会政治、在伦理道德、在生活教训，这些作品里的人，是作家为了发感慨、议论而制造出来的人，因而是被扭曲了的人，他们仅仅负载着某种社会学使命，而不具备人的心理的丰富性和立体感，缺乏人的生动性和复杂性，如同皮影人或木偶人，总使人觉得缺少活的血肉和灵魂。关汉卿塑造的，是活生生的人，他笔下创造出来的人物形象，是以前的文学作品里所没有的。

他突破了人物性格凝固化的模式，写出了人物性格的发展。元代以前的中国文学，人物性格大多是朦胧的，人物性格的刻画，也多采用展示式的方法，有如戏曲舞台上的车轮大战，不同回合的斗争、不同事件的进行，并不是要促使人物性格有新的发展，而是使人物的同一性格获得多方面的、不同角度的表现，性格本身并没有什么发展变化，人物性格呈现出固定性。关汉卿却能写出人物性格随人物遭遇和社会环境的变化，逐渐发展和形成的过程。这以窦娥形象的塑造最为成功。窦娥是从逆来顺受逐渐走向反抗的。她从恪守封建道德，到怀疑天地鬼神，走向叛逆；从与世无争，到“争到头，竞到底”，走向反抗；从反抗张驴儿父子，到反抗楚州太守，进而“将滥官污吏都杀坏”，反抗整个黑暗官场和邪恶势力；从为维护自身人格清白而反抗斗争，到为解救婆婆，进而为君为民，斗争的目的离开个人因素越来越远，精神境界逐渐升华博大。剧作家写出了窦娥性格成长发展的轨迹，是对展示一成不变的固定性人物性格模式的突破。

他突破了人物性格单一化的模式，写出了人物性格的复杂性。塑造出具有多重性格人物的作品，究竟起自何时？有的说始于《金瓶梅》，有的说是《红楼梦》。不错，这两部不朽名著确实塑造出了具有多重性格的典型形象，为文学的发展树立了伟岸丰碑。但是，最早观察到并且刻画出具有复杂性格的人物的，却不是笑笑生和曹雪芹，而是关汉卿。《鲁斋郎》里的张珪是一个充满矛盾的人物。他是郑州衙门里的六案都孔目。孔目只不过是衙门中的小吏。吏是官府中的具体办事人员，本无品无权，但在元代社会里却具有特殊的地位，不仅地位升高，权力增大，而且可以出职任官，成为入仕的重要途径。所以有人分十等，“一官二吏……”的说法。这样的身份，使张珪有欺人的一面。清明是上坟的时候，他曾良心发现式地回顾自己的作为：“冒支国俸，滥取人钱”，“逼的人卖了银头面，我戴着金头面；送的人典了旧宅院；我住着新宅院。”但是张珪的良心并没有泯灭，李四害病，他心生恻隐，让妻子救人一命；他抛弃财产舍俗出家，成全了李四夫妻团圆。

他又被欺。官府中的吏目生活使张珪养成了一种奴性：在无职无权的百姓面前，他骄横，贪残如狼；在权豪势要面前，他屈从，变成了任人宰割的羔羊。鲁斋郎看上了他的妻子，限定时刻让他送上门去，这本是难以忍受的奇耻大辱：“从来有日月交蚀，几曾见夫主婚，妻招婿？今日个妻嫁人，夫做媒。”然而，他忍受了。张珪对妻子说：“他（指鲁斋郎）便要我张珪的头，不怕我不就送与他。如今只要你做个夫人，也还算是好的。”即使是“屎”，他也会当作“糕糜咽”。

张珪是生活的弱者。脱离了人民，使他不仅丧失了反抗的勇气，甚至也泯灭了反抗的意识。可是，他并不安于被欺压、被侮辱的生活。还没有成为甘于凌辱、感情麻木的奴才。他有不平，在送妻子往鲁斋郎府上去的时候，也曾经咒骂，可惜，这种不平并没有激发起反抗的行动。张珪的怨愤，止于怨愤——只是一种隐藏于内心深处的感情活动，这种感情，他甚至都没有勇气向妻子表露。在现实生活中既难以“存坐”，又不能去以反抗求生存，他只有回避矛盾，他出家了。“虽然不得神仙做，且躲人间闲是非。”张珪被鲁斋郎的权势吓破了胆，在苦难的现实面前，丧失了正视现实的勇气，才逃到了“华山顶峰头卧”。他是生活中的逃兵。关汉卿的人物塑造并没有简单化、脸谱化、片面化，好人一切全好，坏人一切全坏。关汉卿写出了人物性格的复杂性、多面性，使张珪这个形象，不仅在关汉卿的剧作中，而且在元杂剧中、在整个戏曲史上，都是一个具有独特光彩的形象。

他突破了人物性格浮浅化的弊病，写出了人物性格的深刻性。关汉卿的剧作高出于以前及同时代文学作品的地方在于，他不仅写出了剧中人思想和行为方式的独特性，而且更进一步挖掘出他们的思想行为所体现出来的社会内容，使人物形象丰富深厚。他笔下的人物在一个个具体事件中沉浮搏击，但是剧中人所思考的并不仅仅局限于事件本身，而是通过具体事件进一步升华，激发为对广阔的社会人生进行思考，使他们的思想具有博大深沉的内涵。谢天香感叹：“都只为聪明智慧，因此上辛苦无辞”，“你道是金笼内鹦哥能念诗，这便是咱家的好比似：原来越聪明越不得出笼时。”杜蕊娘感叹：“我想一百二十行，门门都好着衣吃饭，偏俺这一门，却是谁人制下的，忒低微也呵！”赵盼儿总结妓女们的血泪教训，认识到“那做子弟的他影儿里会虚脾，那做丈夫的忒老实。”一方面渴望从良：“这门衣饭，几时是了也呵！”一方面又感叹姻缘难觅。《蝴蝶梦》里的王婆婆通过自身的遭遇，看出了官府的黑暗：“你都官官相为倚亲属，更做道国戚皇族！”人物的语言蕴涵着一定的哲理性，具有普遍意义。这些人物的塑造，总是同具有社会意义的冲突连在一起，人物形象塑造得越成功，其内涵就越具有广度和深度。使人们看到，性格不仅仅是在一个个具体事件中形成的，而且是在整个社会环境中形成的，可以从中听到时代的心声，窥见时代的风貌。窦娥、赵盼儿、杜蕊娘，都对司空见惯的现象提出了怀疑。怀疑是觉醒的萌芽，是孕育新思想的母体。这说明，关汉卿是站在时代思想的前列来塑造他的人物的，使这些人物具有了前代文学形象无可比拟的深刻性。

窦娥心理性格的独特性，同社会生活同政治的独特性相搏斗的结果，铸成了窦娥形象的独特性。她含悲忍苦以图生存，无求无欲而修来世，但社会却把她逼到了求生不能的绝路。物极必反，社会制造了使窦娥性格获得升华的客观条件。她由忍耐变为抗争，由顺从变为叛逆，由弱者变为强者，甚至由善变为“恶”——六月飞雪、三年亢旱是她对塑造了她又毁灭了她的社会的惩罚。这既是对社会的控诉与抗议，又是蕴藏在心底深处的生命力的爆发。窦娥的形象可以说明一个时代。

《单刀会》究竟表现了一种什么样的思想内涵，这是历来争论很多的一个问题。从反映论的角度来看，可以肯定地说，它不是在写三国吴蜀那一段历史，因为它与《三国志》及裴松之注所记载的历史事实完全不合。从剧中我们也找不到一点元代社会生活的影子，说它是反映元代的社会现实，也难以令人信服。但是我们又分明感觉到在作品中有元代时代精神的脉搏在跃动，这就是在强权暴力面前永不屈服的堂堂正气。应该说，这种精神并不为元代所独有，只是元代为少数民族入主中原的第一个统一王朝，这种精神表现得更为鲜明，更为强烈而已。

为了突出这种精神，剧作家在剧中尽量淡化环境，简化故事，拉开与历史、与现实的距离，超越了狭隘浅近的功利目的，摒弃了平凡琐屑的日常生活细节，使全剧以浓郁壮烈的抒情诗的笔调演进，描写出关羽正气磅礴、凛然不可侵犯的英雄形象。写出了关羽两方面的特质：一是所从事事业的正义性，拥有荆州的合理性；一是英雄无畏，从容镇定的精神。集正义和正气、无畏和无敌精神于一身。这既不是历史人物关羽，也不是后来《三国演义》中的关羽，而是独特的“这一个”。在关羽身上所凝聚的，是中华民族不畏强暴、坚持气节的精神，简言之，就是三个字：民族魂。这种精神，在蔺相如身上体现过，在苏武身上体现过，在岳飞、文天祥身上体现过，在一切反抗侵略、反抗暴政斗争中坚贞不屈的民族英魂身上都体现过。关汉卿对这种精神加以集中、提炼、升华，给以艺术的表现，《单刀会》中的关羽之所以成为不朽的典型形象，在今天仍然具有激动人心的艺术力量，盖源于此。〔新水令〕、〔驻马听〕两支曲子，气象雄浑，感情豪迈，既具有英雄性，又具有悲壮性，堪称千古绝唱。“说与你（指鲁肃）两件事先生记者：百忙里趁不了老兄心，急切里倒不了俺汉家节！”更是剧作家所颂扬的崇高民族魂魄的点睛之笔。

黑格尔说：“每个人都是一个整体，本身就是一个世界，每个人都是一个完满的有生气的人，而不是某种孤立的性格特征的寓言式的抽象品。”（《美学》）人本身就具有丰富性和深刻性。过去文学家的注意力还只停留在人所生活的外在的物理世界，而没有充分认识人的精神、感情这个独特的世界，塑造出来的人物也就不会像关汉卿笔下人物那样丰富、深刻和鲜活。关汉卿的伟大，不仅在于他以纸笔为武器，向黑暗的非人道的社会提出控诉和抗议；而且在于他用艺术之犁耕耘着人们的心田，播种下不屈的抗争的种子，对于培养和塑造健朗、坚强、具有阳刚之美的民族性格，进行着呕心沥血的惨淡经营。认识世界是重要的，但更重要的还在于认识世界的主人——人类自己。文学理所当然地承担着这个重任。人类只有充分认识了自己，才能按照自己的意愿来改造旧世界，创造新世界，让社会适应人，而不是相反。关汉卿没有仅仅停留在“反映”生活上。剧作家所提供给我们的，不是生活的图解，不是道德的说教，而是一个超越了表面生活真实的更深层次的世界。闻一多先生说：“诗的女神善良得太久了……她受尽了侮辱和欺骗，而自己却天天还在抱着‘温柔敦厚’的教条，做贤妻良母的梦。”（《三盘鼓序》）这种贤妻良母式的文学，也就缺乏“药石性的猛和鞭策性的力”。关剧的愤怒和抗争精神，带有明显的叛逆因素，他通过戏剧主人公对社会人生具有反抗性的积极参与精神，表现出强烈的改造社会的意向。因此可以说：关汉卿的功绩，不仅在于反映世界，更在于改造世界。自然，关汉卿也有不足，比如从爱情学的角度、从对待功名的态度来看，他不如王实甫，但那是局限而不是贡献。

关汉卿的悲剧意识

关汉卿在当时就被推崇为剧坛领袖，七百年后的今天，我们重读关汉卿的作品，仍然会肃然起敬，被那深沉博大的内涵所吸引，所感动。究其原因，就在于我们从关汉卿的剧作中，总能或隐或显地看到一种悲剧意识。关汉卿的戏剧题材丰富多彩，戏剧类型，多种多样。但不论哪种题材、哪种类型的戏剧，都流露着独特的悲剧意识。

这种悲剧意识，从根本上说，不是来自个人的穷通荣辱，而是来自他对历史、对社会、对人生的思考。这种悲剧意识离开作家的个人因素愈远，因而就越具有崇高的精神，负载着时代的要求和愿望。关汉卿在用痛苦的目光观察着邪恶横行的社会，用痛苦的心情思考着坎坷艰难的人生。他把观察和思考的结果，或发为慷慨悲歌，形成味道十足的悲剧；或嬉笑怒骂，写为让人笑后生泪的喜剧。关汉卿是在肩负着时代的责任和使命进行创作的。他用艺术家的笔触，透过五光十色的生活现象的描绘，揭示人物生动而复杂的内心世界，挖掘出潜藏于其中的生活哲理和人生真谛，着眼点在人，在人的精神面貌。

现实世界的人，生活在各种矛盾之中。有人与自然的矛盾，有人与人之间的恩恩怨怨，也有人自身的病痛，以及偶然的猝不及防的灾难，都可能引起死亡，给人生带来巨大痛苦，造成生活的悲剧，这在元杂剧中也有表现，如《硃砂担滴水浮沤记》、《玎玎珰珰盆儿鬼》、《张孔目智勘魔合罗》、《包龙图智勘后庭花》等等，这些戏写了冤屈，写了死亡，刻画了人们生活的不安定心理，受害人的遭遇很值得人们同情。但还不能说已经构成了美学意义上的悲剧。戏里的矛盾冲突并不具备社会冲突的性质，不能激起读者或观众巨大的感情波澜，用美学意义上的悲剧标准来衡量，还缺少必要的悲剧意味。充其量，只是让人流泪的苦戏。

关汉卿不同。他的悲剧作品中，矛盾冲突都具有社会矛盾的性质。《窦娥冤》里，窦天章因还债卖女儿到蔡婆家，蔡婆因讨债遇张驴儿父子，这样，地痞流氓张氏父子便闯入了窦娥的生活，一开始便带有某种社会因素。但是，仅仅如此并不能构成一出真正的悲剧，因为剧作家并没有对高利贷持否定态度，也不认为这是窦娥悲惨的根源。剧作家只是把高利贷作为使悲剧冲突的双方走到一起来的线索。剧作的深刻之处在于，当窦张矛盾构成之后，并没有仅仅把这种矛盾作为推动情节发展的动力。随着斗争的不断深入，又引出了窦娥同楚州太守桃杌的矛盾，“覆勘”希望破灭后又发展为同整个黑暗官府的矛盾，最后怨神尤鬼，诅天咒地，矛盾冲突升华成为无辜的善良女子同黑暗时代的矛盾。窦娥是被塑造她的那个时代杀死的；“明题三愿”的无边悲愤，是指向整个社会的，而不仅仅是、甚至主要不是指向张驴儿和楚州太守等几个恶人滥官。《鲁斋郎》写的是小银匠、小胥吏同权豪势要鲁斋郎的矛盾。鲁斋郎所代表的是社会上的强权邪恶势力，他的行为受到了官府和皇帝的保护与支持，张珪感叹“空立着判黎庶受官厅，理军情元帅府”，却没有一处为他做主！窦娥同封建官府的矛盾，李四、张珪同鲁斋郎的矛盾，是当时社会最基本的阶级矛盾。这种矛盾冲突，不是偶然爆发出来的个别事件，而是不可避免的社会固有矛盾的形象化体现，它反映了当时历史条件下的社会必然性。“偶然的事件，例如一个人出其不意的死亡，或者其他未预料到的与作品主要思想没有直接关系的情况，都不能在悲剧中占有地位。”（别林斯基《诗的分类》）蔡婆讨债何以会遇上张驴儿，鲁斋郎清明出游却偏偏用弹弓打着张珪的儿子，都带有偶然性，其实，这种偶然性事件却正是必然规律的载体和表现形式，在它的背后，隐藏着必然性、规律性的因素。关汉卿正是利用这种事件，赋予他的戏剧主人公的行为，以社会行为的性质，代表了一定的社会力量。呈现在我们面前的，是经过剧作家形象化、典型化了的社会现实，是浓缩了的社会生活。

《关张双赴西蜀梦》和《邓夫人苦痛哭存孝》戏剧冲突的双方，属于同一个统治集团，并不具备阶级斗争的性质。但是剧作赋予了矛盾双方正义与邪恶、爱国与卖国的属性。《哭存孝》所写，与史实多有不合，剧作家其实只是借用古人的名字，提出了一个封建王朝更替过程中普遍的带有规律性的问题：鸟尽弓藏，兔死狗烹。一个立有赫赫战功的将军，太平之后得不到公正的待遇，最后竟遭五车裂尸而死。可以说，矛盾双方在一定程度上体现了封建社会君臣关系的某些实质。《双赴梦》中蜀汉与东吴为敌国，则残害关羽张飞的张达、刘封、糜竺、糜芳的行为，就不仅仅是个人恩怨，而是具有了卖国投敌的性质。

由于这种冲突具有社会性、规律性，悲剧主人公的不幸遭遇，不单纯是个人因素造成的，在当时社会环境中，是一种普遍的社会现象，这种现象，可以发生在不同的人身上，可以有不同的引发契机，但这种现象的产生却是必然的，不可避免的，能够引起广泛的社会心理共鸣和感情震颤。关汉卿观察生活的视角是广阔的，笔触是深刻的。他不是要写出个别人遭遇的悲惨和不幸，以引起人们的可怜和同情，而是抱有一种深沉博大的悲天悯人情怀，这种情怀化为崇高的悲惨意识，使他的作品才具有了普遍的深刻的意义。

关汉卿的伟大，固不仅仅在于他真实描绘了当时的社会生活，揭示出苦难同胞悲惨的生活情状。从他有些悲剧的和非悲剧的作品中，如《关大王独赴单刀会》、《关张双赴西蜀梦》等，我们很难找到时代生活的情态，但这些剧却是文学史上不朽的杰作。从关汉卿的作品里，我们更可以看到他有着那么崇高而又执着的追求，这就是：他在探索和刻画人的灵魂，也在重塑人的灵魂。

关汉卿十分认真、十分虔诚地用艺术方式描绘了人们生存的环境。他笔下的悲剧主人公便在特定社会环境的挤压之下，展示自己的心灵，发展自己的性格。这些戏剧主人公面对生死存亡的严峻考验，产生了强烈的生存意识。生的渴望驱使他们在生活的风浪中搏击、挣扎，从而铸造出独放异彩的典型形象。

窦娥是在社会的压迫下，由懵懂走向人性觉醒的典型。她由逆来顺受、信命由天，在为生存而挣扎呼号的过程中，逐渐认清了社会的丑恶，对社会丧失了希望，最后为生的毁灭而声讨抗议，对整个生存环境进行了否定。窦娥性格的发展，是她坚强不屈的性格，同不能容忍这种性格的恶浊环境相碰撞、搏击中完成的。民族文化中，长期传承而来的惰性意识深深束缚着窦娥，她相信因果报应，遵从“三从四德”、克己守法的人生信条，使她的生命力处于昏昏沉睡的状态。她的人性，在麻木中潜伏着。但是，民族文化中进步的、精华部分也哺育着她，使她执着、坚强地追求真和善，并不因死亡的临头而退缩。剧作家没有回避苦难。他让他的悲剧女主人公在苦难与不幸面前接受考验。当窦娥连无欲无求，含悲茹苦而修来世的一块可怜的生存基地都被剥夺，被逼得走投无路的时候，思想中进步的积极的因素战胜了落后的惰性的因素，使她从精神休克状态中苏醒了，复活了，她自觉地去承受苦难，用弱小的身躯和青春的生命，去同强大得多的黑暗势力拼死一搏，爆发出反抗精神的火花——这也是“黑暗王国里的一线光明”！在这场悲剧冲突中，窦娥是善良和正义的，但在当时的历史条件下，她又不可避免地被邪恶战胜了。在窦娥同恶势力以死抗争的最后时刻，在刽子手的屠刀面前，她的生命具有了新的意义——应当说在窦娥年轻的生命中，只活过法场上那短暂的一刻。关汉卿揭示并满怀激情地讴歌了窦娥用生命进行抗争，维护人格尊严的精神，正如别林斯基在评论《安提戈涅》中女主人公之死时所说：“年轻貌美的安提戈涅的过早横死之所以震撼我们的整个身心，就是因为我们认为她的死亡是赎回人的尊严……”（《诗的分类》）作家让窦娥那在现时世界不可能实现的“三桩誓愿”变成现实，使窦娥的精神融汇到茫茫宇宙之中而长存不灭。

《鲁斋郎》与《窦娥冤》都属于“性格悲剧”，但悲剧主人公的性格却截然相反。在《鲁》剧中，张珪、李四以及他们的妻子，面对给他们造成家庭灾难的强权恶霸，始终逆来顺受，敢怒而不敢言。他们被鲁斋郎的权势吓破了胆。为了保住性命，妻子被抢、儿女失散，家破人离的命运他们忍了。用悲剧主人公张珪的话说，就是："把屎做糕糜咽"。忍辱屈从的性格，使得张珪既然在现实生活中难以"存坐"，又丧失了正视现实的勇气，不能以反抗求生存，于是只好"华山顶峰头卧"，出家了，成为苦难面前的逃兵。张珪本是官府衙门中的六案都孔目，具有欺压人的一面。他之所以能够成为悲剧主人公，一是由于他的良心并未泯灭。李四心疼病发，他救李四一命；最后又毅然舍俗人道，成全了李四夫妻团圆。二是他的不幸遭遇与人民有相同的一面。剧作家塑造出一群害了精神软骨病的懦弱灵魂，客观上在启发人们思索这样一个切身的问题：应当以怎样的态度去生活。是依靠官府吗？剧作家明确指出：此路不通，官府是鲁斋郎作恶的靠山。是忍辱屈从、逆来顺受吗？李四、张珪以及他们的妻子就是这样做的，这正是他们酿造生活悲剧的自身根源。结尾的大团圆，并不是矛盾冲突的必然结果，它只是作者和群众在悲惨人生面前的一种幻想。"幻想的动力是未得到满足的愿望，每一次幻想就是一个愿望的履行，它与使人不能感到满足的现实有关联。"（弗洛伊德《创作家与白日梦》）既然对两种生活态度都做了否定，我想这个戏所蕴涵的深刻哲理是："应当让受现实压迫的人意识到压迫，从而使现实的压迫更加深重；应当宣扬耻辱使耻辱更加耻辱。……为了激起人民的勇气，必须使他们对自己大吃一惊。"（马克思《〈黑格尔法哲学批判〉导言》）宣扬耻辱不是目的，目的是激发人民的勇气。

同《窦娥冤》、《鲁斋郎》相此，《双赴梦》不属于性格悲剧。剧中关羽、张飞的死，并不是他们性格造成的。剧作家甚至没有详细描写他们遇害的过程，可见这个戏并不注重情节。但却非常注重悲剧氛围的创造。剧作只是要借关张这两个众所周知的英雄人物的死，来宣泄和宣扬一种情绪。剧作家也没有在悲剧主人公张飞的个性化方面惨淡经营。戏里张飞、关羽的性格，一定程度上被虚淡化了，他们只是以被害人的身份，申述着死不瞑目的报仇雪恨意志，具有了广泛的涵盖意义。"杀的那东吴家死尸骸堰住江心水，下溜头淋流着血汁。""我直交金鼓震倾人胆，土雨溅的日无光，马蹄儿踏碎金陵府，鞭梢儿蘸干扬子江！""直取了汉上才还国，不杀了贼臣不讲和！""丁宁说透，分明的报冤仇！"这种反复渲染的情绪，构成了戏的基调。这实际上是同元代人民不甘屈辱、反抗暴政的精神相一致的。可以说，在这部戏里，剧作家不是要刻画典型性格，而是要宣扬典型情绪。窦娥、张飞、关羽被杀害了，但是敌人的屠刀可以杀死他们肉体的生命，却不能杀死他们精神的生命。他们可以血泊伏尸，却不会低下高昂的头，他们是不可征服的一群。

关汉卿没有让他的悲剧主人公在死亡面前"视死如归"、"从容就义"，像后来的《鸣凤记》、《精忠记》、《清忠谱》等剧那样。而是让他们在走向毁灭之时或毁灭之后，进行生命的挣扎，爆发出激烈的内心冲突和震撼人心的激情。他们的死是奋斗之后的失败，是失败之后的奋斗，他们没有“侮辱死亡”。剧作家是在悲剧主人公的失败中，歌颂了善良和正义。西方美学家常常把悲剧分为命运悲剧、性格悲剧和社会悲剧三种类型。关汉卿的悲剧，既写出了人与社会环境的冲突，是当时时代人们生存状态的展现；又写出了他们在寻求解脱又难于解脱的困境中的挣扎和痛苦，是对人格和人性的张扬。可以说，关汉卿成功地把社会悲剧和性格悲剧融合为一了。

不论是英雄人物的悲剧，还是懦弱者们的悲剧，都可以让人体味到剧作家对时代、对人生的深沉思索和忧虑熔冶而成的悲时悯人的悲剧情愫，它给予读者的，不是失落感，而是面对人生的苦难，促人感奋，给人以渴望生存、热爱生活的生命力量，是要人们为了生存去复仇、去诅咒、去征服命运，而不是屈从命运。

这种伟大的悲剧意识，不仅以悲剧为表现形式，喜剧如《诈妮子调风月》，燕燕为了摆脱做奴婢的地位，失身于小千户，走上了她所痛恨的“不做人的婆娘”走过的道路。虽然最后争得了小夫人的地位，但正如她自己所感叹的，实际上是一场“飞蛾投火”的悲剧，这正是“于歌笑中见哭泣”（祁彪佳《远山堂剧品》）。正剧如《单刀会》，关羽赴会途中极目山川，俯仰古今，不禁悲从中来，一曲〔驻马听〕苍凉悲壮，传达出深沉的历史兴衰感叹和对人生的体味。这与《双赴梦》的“世事云千变，浮生梦一场”，“英雄归九泉壤，则落的河边堤土坡上钉下个缆桩，坐着条担杖，则落的村酒渔樵话儿讲!”与《哭存孝》的“半纸功名百战身，转头高家卧麒麟!”是同一个音调。这不是虚无，而是壮志难酬、事业未就的忧思，是对人生、对历史的感悟，同样体现了关汉卿的悲剧意识。

关汉卿的这种悲剧意识的终极目的，便是要向民族魂魄中注入更多的刚强健朗的素质，实现对民族性格的重新铸塑，使他们对人生进行新的选择。元代不乏有名的悲剧，《汉宫秋》的凄迷，《赵氏孤儿》的壮烈……独有关汉卿的悲剧风格是悲愤，引人深思，体现了悲剧的深沉美。韩愈说：“和平之音淡薄，而愁思之声要妙；欢愉之辞难工，而穷苦之言易好。”（《荆谭唱和诗序》）欧阳修说诗人创作“愈穷则愈工”，“穷者而后工”（《梅圣俞诗集序》）。别林斯基说：“幸福时微不足道，不幸时庄严伟大。”（《诗的分类》）中外作家这些经典性言论，不仅仅是对描写题材的评判，更是对悲剧意识在文学创作中所占地位的高度评价。关汉卿具有深沉的悲剧意识，关汉卿的创作在元代乃至整个戏曲史上，都达到了很高的层次、很高的境界。

关汉卿与莎士比亚

关汉卿、汤显祖、莎士比亚在他们各自的国度和不同历史时期，创作出不朽的杰作，推动了时代的进步和历史的发展，不仅成为各自民族和国家的骄傲，也是世界的骄傲。

莎氏写了《罗密欧与朱丽叶》，用青年男女的生命向封建枷锁进行冲击，表达了没有情生不如死的决心；汤氏写出了《牡丹亭还魂记》，用有了情死可复生的故事，表达了对有情世界的呼唤。汤与莎成为东西方文坛上同时出现的、互相辉映的两颗巨星。

关汉卿的戏剧活动，比英国文艺复兴时期莎士比亚的创作活动要早350年左右。从作品来看，关汉卿创作杂剧67部，存留至今的剧作有18部及散曲套数12套、小令35首。从剧作来看，关汉卿比莎士比亚多出30部作品。

关汉卿深知贫与富、善与恶的不可调和，用鲜血和生命感动得天道变异来惩罚不公正的世道。关、莎都意识到了贫富的对立，都同情苦难中的民众，但莎氏主张唤醒富者的良知来改善穷人的现状。关氏则主张鼓起受压迫者的信心，靠自己的斗争来赢得胜利，争取做人的权利，保卫人格的尊严。

同样是反对门第观念，赞美妓女与贵族青年的自主婚姻，关汉卿要比法国小仲马的名作《茶花女》早了600年左右。

随着2008年逐渐临近，“人文奥运”口号的提出和电视连续剧《关汉卿传奇》的播映，“东方的莎士比亚”之说又不止一次地出现在报刊上。其实这种以“东方”攀附“西方”的提法并不新鲜，早在1986年纪念汤显祖逝世370周年之际，就有人称明代的汤显祖为“东方的莎士比亚”。这个提法并不恰当，但尚可理解，因为莎翁与汤翁虽不生活于同一国度，却生活在同一历史时期，莎氏（1564—1616）比汤氏（1550—1616）小了十四岁，而逝世是同一年。莎氏写了《罗密欧与朱丽叶》，用青年男女的生命向封建枷锁进行冲击，表达了没有情生不如死的决心；汤氏写出了《牡丹亭还魂记》，用有了情死可复生的故事，表达了对有情世界的呼唤。汤与莎成为东西方文坛上同时出现的、互相辉映的两颗巨星。如果说称汤氏为“东方的莎士比亚”可以接受的话，那么，称莎氏为“西方的汤显祖”也未为不可。

但是，以“东方的莎士比亚”评价关汉卿则大谬不然。1958 年北京隆重举行了关汉卿戏剧活动 700 年纪念大会；同年，经世界和平理事会提名，关汉卿被列为“世界文化名人”。从时间上说，中国元朝关汉卿的戏剧活动，比英国文艺复兴时期莎士比亚的创作活动（1590—1612）要早 350 年左右；从作品来看，关汉卿创作杂剧 67 部，存留至今的剧作有 18 部（其中个别作品是否由关作，尚待详考）及散曲套数 12 套、小令 35 首。从剧作来看，关汉卿比莎士比亚多出 30 部作品。

关、莎二人有相同的一面，都主张尊重人的尊严、人的价值、人的个性，都赞美自由爱情。由于时代与国情的不同，二人又有所不同。莎氏在《雅典的泰门》中，让泰门说了一段著名的独白：“金子！黄黄的、发光的、宝贵的金子！……这东西，只这一点儿点儿，就可以使黑的变成白的，丑的变成美的，错的变成对的，卑贱变成尊贵，老人变成少年，懦夫变成勇士。”对资本主义社会中金钱的作用，做了深刻揭露，被马克思在《资本论》中引用。关氏在《鲁斋郎》中让六案都孔目张珪自我反思：“休想肯与人方便，衠一片害人心，勒掯了些养家钱。……冒支国俸，滥取人钱；那里管爷娘冻馁，妻子熬煎？经旬不想到家来，破工夫则在那娼楼串，则图些烟花受用，风月留连。”“只待置下庄房买下田，家私有万千；那里管三亲六眷尽埋冤？逼的人卖了银头面，我戴着金头面；送的人典了旧宅院，我住着新宅院。”揭示了封建官僚制度下，权力的作用和对人性的异化。在《暴风雨》中，莎士比亚借助魔法惩罚和教育恶人，使恶人自己忏悔并得到宽恕；而在《窦娥冤》里，关汉卿深知贫与富、善与恶的不可调和，于是用鲜血和生命感动得天道变异，来惩罚不公正的世道。关、莎都意识到了贫富的对立，都同情苦难中的民众，但莎氏主张唤醒富者的良知来改善穷人的现状：“安享荣华的人们呵，睁开你们的眼睛来，到外面来体味一下穷人所忍受的苦，分一些你们享用不了的福泽给他们，让上天知道你们不是全无心肝的人吧！”（《李尔王》）关氏则主张鼓起受压迫者的信心，靠自己的斗争来赢得胜利，争取做人的权利，保卫人格的尊严。谭记儿靠斗争保卫了美满姻缘（《望江亭》），赵盼儿靠斗争维护了阶级姊妹的人格尊严（《救风尘》），王氏三兄弟手刃仇人葛彪为父亲报了仇（《蝴蝶梦》），窦娥更是靠自己生死不渝的斗争才清雪了冤枉（《窦娥冤》）……关汉卿在告诉人们：只有斗争才有出路。他是在鼓励在苦难中挣扎的人们，鼓起直面人生的勇气，依靠自己的力量争取光明的前途。《单刀会》题材本身，是孙刘两家围绕刘备借荆州还与不还的问题，在关汉卿笔下却巧妙地处理为邪正之争。关羽以单刀闯入千丈虎狼穴，威慑群敌，凯旋而归，身上所禀赋的是永不屈服的堂堂正气，是不可侵犯的人格尊严：“说与你两件事先生记者：百忙里趁不了老兄心，急切里倒不了俺汉家节！”这就是关汉卿笔下自主、自尊、自强的民族精魂的写照。关汉卿是封建社会的民主斗士，莎士比亚则是欧洲文艺复兴时期资产阶级人文主义思想的体现者。

称关汉卿为“东方的莎士比亚”，实在是忽视了中国传统文化的博大精深，对关汉卿的了解也不够全面，因而评价也欠公允。

关汉卿一生追求的，就是摆脱各种束缚，任情任性地自由生活和发展。他在套曲《南吕一枝花·不伏老》中宣称：“我是个蒸不熟、煮不烂、捶不扁、炒不爆、响当当一粒铜豌豆……你便是落了我牙、歪了我嘴、瘸了我腿、折了我手，天赐与我这几般儿歹症候，尚兀自不肯休。则除是阎王亲自唤，神鬼自来勾，三魂归地府，七魄丧冥幽——天哪，那其间才不向烟花路儿上走！”这在封建社会无异于振聋发聩的叛逆宣言，生动刻画出一个风流浪子、逆子贰臣形象。在戏剧作品中，他反对战争，《拜月亭》剧对不义战争给人民带来的生离死别的灾难进行了控诉。他反对强权压迫，在戏剧作品中刻画了许多鲜明的特权人物形象，有“酒肉场中三十载，花星整照二十年”，专门玩弄女性的官员子弟周舍，声称：“我手里有打杀的，无有买休卖休的”（《救风尘》）；有“花花太岁为第一，浪子丧门世无对”的权豪势宦杨衙内，他见白士中的夫人漂亮，便奏知皇上，手持势剑金牌去杀夫夺妻（《望江亭》）；有“有权有势尽着使”，打死人不偿命，“只当房檐上揭片瓦相似”的权豪势要葛彪（《蝴蝶梦》）；有“嫌官小不做，嫌马瘦不骑”，“街市小民闻吾怕”的鲁斋郎，他“官职大的忒稀诧”，见人家有好东西，“怎么他倒有，我倒无？”于是夺为己有，见人家有好看妻子，“他倒有这个浑家，我倒无！”于是强抢强夺，还要做丈夫的亲自把妻子送到他府上（《鲁斋郎》）！这些人倚权仗势，抢人财产、夺人妻女、害人性命，任意胡为，貌似不可一世，但在关汉卿的笔下，都被正义力量依靠智慧和胆识战而胜之，没有一个有好下场。不仅如此，这些人物都以丑角应工，关汉卿对他们不仅是憎恶，而且是藐视和鄙夷；不仅是批判，而且是揶揄和嘲弄，使他们既是恶人，也是小丑，感情色彩异常鲜明。关汉卿所揭露和批判的，不仅是这些反面人物的个人品质，更有作为这些人物靠山的官府和皇权，笔力之犀利深刻，前无古人。关汉卿歌颂自由的爱情婚姻，写出了一部部动人的婚恋喜剧，如《拜月亭》、《调风月》、《救风尘》、《望江亭》、《金线池》、《谢天香》、《玉镜台》等。剧中女主人公不顾家长威逼，不羡荣华富贵，追求的是自由、恩爱的夫妻生活，“对面，并肩，绿窗前……一个向青灯黄卷赋诗篇，一个剪红绡翠锦学针线”（《金线池》）。只要两情相好，即使妇女有所“失节”，也不影响夫妻生活的美满和谐，像《谢天香》里的谢天香和柳永、《救风尘》里的宋引章和安秀实、《鲁斋郎》里张珪、李四两对儿夫妇的重新团圆，都是如此。《望江亭》里谭记儿寡妇再嫁受到了赞美，“烟花妓女”也有资格许配状元郎（《金线池》）。同样是反对门第观念，赞美妓女与贵族青年的自主婚姻，关汉卿却要比法国小仲马的名作《茶花女》早了600年左右。这就是关汉卿大反世俗的勇气和思想先行者的表现。

关汉卿悲天悯人，有着崇高博大的胸怀。他往往通过具体的个案，升华为对人生、对社会的深层思考，表现出“民胞物与”的精神境界。王瑞兰能通过自身的遭遇，祈祷：“愿天下心厮爱的夫妇永无分离。”（《拜月亭》）赵盼儿不计前嫌，去冒险搭救风尘姊妹宋引章，是因为“第一来可怜见无主娘亲，第二来我惯曾为旅偏怜客，第三来也是我自己贪杯惜醉人。”（《救风尘》）《蝴蝶梦》里的王婆婆认为，不仅是打死自己丈夫的葛彪应当接受法律的审判，“便是他龙孙帝子，打死人要吃官司”，表现出法律平等思想的萌芽。窦娥要用自己的死，换取他人更好地活，“将滥官污吏都杀坏，与天子分忧，万民除害。”（《窦娥冤》）不仅仅是为救自己的婆婆和惩罚杀害自己的楚州太守。这就使作品的思想境界超越题材本身，具有了更广大、深刻的蕴涵。在戏剧史上，并不乏曲折有趣的故事，但并不是所有的故事都蕴涵有深刻的思想，而有没有表现出思想，是作家与故事编织者的区别所在。

关汉卿的所有剧作都是当行之作，这是因为他不仅是作家，也是“躬践排场，面傅粉墨”的演员，是当时的“梨园领袖，编修师首，杂剧班头”。丰厚的戏剧文学意蕴和当行的戏剧艺术营构，使关汉卿成为中国戏剧史上的一座彪炳千秋的丰碑，成为中国现实主义戏剧的开拓者和奠基人。

关汉卿、汤显祖、莎士比亚以及处于同一历史时期的王实甫与但丁，在他们各自的国度和不同历史时期，创作出不朽的杰作，推动了时代的进步和历史的发展，不仅成为各自民族和国家的骄傲，也是世界的骄傲。他们同时又是各自独立的，不可替代的。不过，我们可以毫无愧色地说，在750年前，不论是在东方还是西方，关汉卿都是无与伦比的，没有必要再为他添加一顶西方冠冕。

《窦娥冤》的悲剧价值

关汉卿是我们中华民族的骄傲。他对中国戏剧的发展做出了卓越的贡献，奠定了中国戏剧发展的基础。明人贾仲明在为元人钟嗣成《录鬼簿》增写的〔凌波仙〕吊曲中说他："姓名香四大神洲。驱梨园领袖，总编修师首，捻杂剧班头。"指出了关汉卿在元代剧坛的领袖地位。王国维在《宋元戏曲考·元剧之文章》中说："关汉卿一空依傍，自铸伟词，而其言曲尽人情，字字本色，故当为元人第一。"指出了他对中国戏剧的开创奠基之功。关汉卿在世界文化史上，成就也是辉煌的。他比英国的莎士比亚早三个多世纪，其剧作却要比莎翁多出三十部。1958 年经世界和平理事会提名，关汉卿被列为世界文化名人。

一　反映现实的杰作

《窦娥冤》是一部取材于现实生活的写实剧。剧中人窦天章做了"肃政廉访使"，这个官职是至元二十八年（1291）由元初的"提刑按察司"改置的①。据此，则《窦娥冤》当作于设此官职之后。这个时期政治黑暗、吏治腐朽是史有记载的。比如至元三十一年十一月，仅京师一地就发现犯赃罪的官吏三百人；稍后的大德七年（1303）又罢免赃污官吏一万八千四百七十三人，审理冤狱五千一百七十六事②，再加上没有被发现的，以及发现而由于有政治靠山或其他原因未能处理的，赃官、冤狱就更多了，这恐怕是一个骇人听闻的数字。这一时期正是州县官及军官有职权而无俸禄的时期。《元史》卷 168《陈祐传》记中统元年（1260）官吏无给俸多贪暴；同卷《陈天祥传》记至元十三年（1276）官吏无给俸。灭宋之后江南官吏无给俸达十年之久，程钜夫《雪楼集》卷 10《吏治五事·给江南官吏俸钱》直言这是明白放令吃人肚皮，椎剥百姓。直到元朝后期诗人朱德润（1294—1365）还有《无禄员》诗："既无禄米充口实，家有妻儿徒四壁。冬来未免受饥寒，聊取于民资小力。宁将贪污受赃私，不忍守廉家菜色。贪

① 见《元史·百官制·肃政廉访司》。
② 《元史·成宗本纪四》。

心一萌何所止，转作机关生巧抵……更祈恤养无禄人，免叫饕餮取于民。”① 诗作于作者退隐江南期间（1324—1351）。官吏贪暴已成整个官场风气，所以桃杌太守才能说出“告状来的要金银”，“但来告状的便是衣食父母”。即使上司覆勘、刷卷，也被做了手脚，或更改案卷，或推说当事人役满离任，或如剧中桃杌所云“在家推病不出门”。总之看不到实情。这就是《窦娥冤》产生的社会背景。关汉卿是一个勇于正视现实的作家，他是从社会生活中捕捉题材、激发创作灵感的。

剧中提到了“邹衍下狱六月飞霜”和“东海孝妇”两个故事，并且吸收了相关的情节，说明关汉卿在构思《窦娥冤》时受到了这两个故事的启发。影响最大的是“东海孝妇”故事。

“东海孝妇”故事的原型是齐寡妇传说，见于《淮南子·览冥训》及高诱注。后来则有刘向《说苑·贵德》、《汉书·于定国传》、《太平御览》卷四一五、六四六引王歆《孝子传》、干宝《搜神记》衍其事。《搜神记》载：

> 汉时，东海孝妇，养姑甚谨。姑曰：“妇养我勤苦。我已老，何惜馀年，久累年少。”遂自缢死。其女告官云：“妇杀我母。”官收系之，拷掠毒治。孝妇不堪苦楚，自诬服之。时于公为狱吏，曰：“此妇养姑十馀年，以孝闻彻，必不杀也。”太守不听。于公争不得理，抱其狱词，哭于府而去。自后郡中枯旱，三年不雨。后太守至，于公曰：“孝妇不当死，前太守枉杀之，咎当在此。”太守即时身祭孝妇冢，因表其墓。天立雨，岁大熟。长老传云：“孝妇名周青。青将死，车载十丈竹竿，以悬五幡。立誓于众曰：‘青若有罪，愿杀，血当顺下；青若枉死，血当逆流。’既行刑已，其血青黄，缘幡竹而上标，又缘幡竹而下云。”②

诬告周青的是其小姑；所谓“诬告”也只是认识的错误，而非有意陷害；太守杀孝妇，是判断失误，并非贪赃枉法所致。可见周青的冤案只是个别事件，不具备普遍的社会意义。关汉卿只汲取了鲜血逆流和大旱三年的传说，并没有以周青故事作为戏剧的框架。窦娥身世所蕴涵的意义，要比周青丰富、深刻得多。戏剧的核心是“冤”，借窦娥之冤抒发对社会的不平和愤懑。所以说《窦娥冤》是部以现实生活为题材的戏，不是历史故事剧。

① 顾嗣立：《元诗选》初集二，中华书局，1987 年版，第 1624 页。
② 干宝：《搜神记》卷十一，中华书局 1979 年版，第 139 页。

《尚书》之《商书》提出“天道福善祸淫”，《周书》也说“皇天无亲，惟德是辅”①。司马迁提出了怀疑。他在《史记·伯夷列传》中感慨说，伯夷、叔齐仁德、高洁却饿死，孔子的得意弟子颜渊穷困缠身以致早死；而盗跖横行天下，杀害无辜，吃人肝肉，却以善终！近代那些不走正路、专门违法犯禁的人，终生享乐，而那些小心谨慎专做好事的人却遭受灾祸。这就是所谓“天道无亲，常与善人”的天道吗？司马迁从自身遭际中感到了社会的不公。社会公正，是古今人们的共同愿望、共同追求，伟大的戏剧家与伟大的史学家思想感情一脉相通，前后传承，“为善的受贫穷更命短，造恶的享富贵又寿延”，不仅仅是反映和抨击社会的不公，也对传统“天道”提出了怀疑。通过描写普通人的鲜活事例，则更富有人文精神和哲理的深度。

二　悲剧性质的界定

在中国戏剧史上，剧作所体现的不同作家的创作风格学特征，要比体现的戏剧分类中悲剧、喜剧、正剧的戏剧类型特征鲜明得多。但《窦娥冤》却是一部学术界公认的、特征鲜明的悲剧杰作。王国维说：“其最有悲剧之性质者，则如关汉卿之《窦娥冤》，纪君祥之《赵氏孤儿》。剧中虽有恶人交构其间，而其蹈汤赴火者，仍出于其主人翁之意志，即列之于世界大悲剧中，亦无愧色也。”②这是从中国和世界戏剧史的高度作出的评价。

对于“悲剧”的定义，前哲时贤多有探讨。我认为最具权威性和经典性的，是恩格斯和鲁迅的话。恩格斯说，悲剧是“历史的必然要求和这个要求的实际上不可能实现之间的悲剧性的冲突”③。鲁迅说：“悲剧将人生的有价值的东西毁灭给人看。”④

所谓“历史的必然要求”，所谓“有价值的东西”，具体到《窦娥冤》中，便是窦娥的生活愿望。戏里写了她两个愿望。

窦娥是人生苦难的化身。她三岁丧母，七岁成为高利贷的牺牲品，被父亲用来抵债，做了蔡婆的童养媳，十七岁成亲不久，丈夫便亡故了。一个二十岁无儿无女的寡妇面对着无边的苦难，“天若知我情由，怕不待和天瘦”。这时她的生活愿望是：守节尽孝，用今生受苦以修来世。这是窦娥的选择，虽然这种选择有

① 《十三经注疏》上册，中华书局，1980年版，第162、227页。

② 王国维：《宋元戏曲考·元剧之文章》，《王国维戏曲论文集》，中国戏剧出版社，1984年版，第85页。

③ 恩格斯：《致斐·拉萨尔》，《马克思恩格斯选集》卷四，人民出版社，1972年版，第346页。

④ 鲁迅：《再论雷峰塔的倒掉》，《鲁迅全集》卷一，人民文学出版社，1959年版，第297页。

明显的时代局限——一个被剥夺了谋生能力的弱女子，在重重封建道德的束缚之下，已经失去了为自己谋取幸福的能力和自由了。但每一个人都应当有选择生活道路、决定生活方式的权利，只要这种选择不危害社会，不妨害他人，其他人便不能以任何借口加以干涉，强迫其改变。从尊重人的权利，顺从人的意愿角度说，窦娥自己决定自己的生活方式，体现了“历史的必然要求”，历史必然由只重群体而牺牲个人，走向尊重个人的道路，也就是由专制主义走向民主社会。窦娥的要求，是“有价值的”。窦娥的这个愿望没能实现，被张驴儿和官府粉碎了。

张驴儿逼婚不成，药死了自己的父亲，并以此诬陷窦娥杀人，窦娥没有屈服，选择了“官休”。这时她对官府的期望是：是非分明，执法公正。这是自从法律产生以来，人们一直渴望实现的愿望，也是考察一个社会吏治明暗的唯一标准。窦娥的这个愿望被官府粉碎了。

窦娥并没有提出惊天动地的口号，也没什么宏伟的人生目标，她只是从自身条件出发，提出了能够生存下去的最起码的要求。这种要求却代表了处于水深火热中的社会底层人民的心声。就是这样简单的愿望，在元代，乃至在整个封建社会都是不可能实现的。窦娥之死具有美学意义上的悲剧价值，而不仅仅是人生悲剧。

三　典型化的悲剧形象

按照西方的悲剧理论，悲剧的主人公应当是为数不多的英雄、伟人，他们不仅地位显贵，而且心性高傲，勇于追求自己向往的目标。俄国著名美学家车尔尼雪夫斯基说：“悲剧是人的伟大的痛苦，或者是伟大人物的灭亡。”① 意大利文艺复兴时期的戏剧家瓜里尼《悲喜剧混杂体的纲领》：“悲剧是伟大人物的写照。”② 英国阿·尼柯尔说：“要求悲剧有一个君主或一个大名鼎鼎的人做为它的主人公，不仅是古典主义戏剧的金科玉律……中世纪人们的头脑里，几乎都有这样一个心照不宣的‘准则’：所有的悲剧都是写帝王将相的。”而且主人公大多是男性：“悲剧不同于喜剧的地方，在于悲剧往往可以全是男性的……悲剧几乎总是牺牲女性成分来强调男性成分的，其原因虽然是我们在高悲剧艺术中所强调的那种刚毅性与严峻性。于是一切伟大悲剧的主要人物都只能是一个男人……”③ 至少也是有刚毅品质与严峻目的的女人。

---

① 车尔尼雪夫斯基：《论崇高与滑稽》，《车尔尼雪夫斯基论文学》卷中，上海译文出版社，1979年版，第86页。

② 《世界文学》，1961年9月号。

③ 〔英〕阿·尼柯尔：《西欧戏剧理论》，中国戏剧出版社，1985年版，第123、197页。

中国古代戏剧的悲剧主人公与此不同，剧作家们关注的是普通人的命运，塑造的悲剧主人公也大多是普通人物，这些主人公即使身份是帝王，如《汉宫秋》里的汉元帝，《长生殿》里的唐明皇，《千忠戮》里的建文帝，他们也已失去了帝王的威严，成为不幸的落难者。剧作家借以抒发的感情，是普通人的喜怒哀乐。

窦娥是一个普普通通的小人物，她的性格是经历了忍受、抗争和觉醒三个阶段才塑造完成的。

不幸的身世命运也曾使窦娥怀疑过："莫不是八字儿该载着一世忧？……莫不是前世里烧香不到头……"怀疑是不满的根苗，也是推动社会前进的动力，思考是觉醒的基础，虽然觉察到了命运的不公，但这时的窦娥仍然处于忍耐阶段，只要让她活下去，她愿意牺牲自己，守节尽孝了此一生。

当连这种恪守封建道德的生活都不让她过下去，连苟活性命都没有可能时，窦娥不甘忍受了，开始抗争了。苦她可以受，但人格不能受辱，清白的名声不能受污。张驴儿药死亲父，要窦娥选择"官休""私休"时，她选择了"官休"。她不再逆来顺受，开始为维护自己的人格抗争。这时的窦娥对官府还存有幻想，认为官吏们都是"明如镜，清似水"的清官廉吏，是能够照出"肝胆虚实"，替老百姓做主的靠山。然而，她错了。

官府并没有像窦娥希望的那样"高抬明镜"，做是非曲直的裁判人。楚州公堂的无情棍棒，打得窦娥三次昏迷又三次死里还魂，使她从对所有官府都抱有希望的迷梦中渐渐清醒，对楚州太守失去了信心。但对何以会有这种不公正的遭遇还没有清醒的认识："劝普天下前婚后嫁婆娘每，都看取我这傍州例！"认为是妇女再嫁造成的。同时又不否定其他官府，她屈招药死公公，就是寄希望于"覆勘"，相信其他官府会纠正楚州太守的错判，为她洗雪冤枉。她还相信天地鬼神公正无私："想人心不可欺，冤枉事天地知。争到头，竞到底……"要"争"，要"竞"，显示了窦娥的抗争精神，但她争和竞的对手却仅仅是"好色荒淫"的张驴儿。

事实粉碎了窦娥的一切梦想：官府并没有"覆勘"，"天地"也没有为她申张正义。一切希望和幻想都破灭之后，窦娥开始对人生进一步思考，性格发展进入觉醒阶段。严酷的现实使窦娥认识到不仅仅是一个楚州太守贪赃枉法，造成她的冤狱，而且是天下衙门都一样的昏暗，百姓们无不受害蒙冤，"这都是官吏每无心正法，使百姓有口难言"，由只否定楚州太守到否定所有官府，对原以为"公正无私"的天地鬼神也开始了怀疑和否定，第三折的〔端正好〕〔滚绣球〕两支曲子就是她怨天咒地的心声。这已经远远超出了自身遭际的感叹，发展为对善恶对立、贤愚颠倒的社会现实的怀疑和不满，对世俗观念里最为神圣威严的天地日月鬼神表示了抗议和否定。这是生活在社会最底层，受压迫受愚弄最深，也最善良的人民的觉醒。觉醒后的窦娥在行动上有了崭新的面貌，表现出百折不回、死生不渝的抗争精神，向命运，向不公平的世道宣战。临刑前提出了三桩誓愿，没有乞求怜悯，不再幻想公正，也不是弱者临死前的哀叹和呻吟，而是一腔怨气喷如火，爆发出无辜百姓对罪恶社会的愤怒吼声。这三桩誓愿在现实生活中是不可能实现的，但是女主人公用整个生命进行抗争的精神，不可遏止的复仇意志，终于感天动地，使誓愿变成了现实，完成了对社会的警示作用，窦娥由弱者、忍受者变成了叛逆者、反抗者。为了一己之冤，为什么要"殃及池鱼"，使整个楚州大旱三年？窦娥对社会的抗议是总体性的，她要对不公正的社会和时代进行惩罚。这要比只惩罚个别贪官污吏更深刻，更能对历史起到警示作用。

悲剧总是与主人公所表现的崇高精神联系在一起的。当张驴儿父子闯入家门，窦娥拒婚，她的反抗是软弱的，也是被动的，反抗目的仅仅是为了维护自身的贞节，反抗的对象也只限于张驴儿父子。楚州公堂不辨是非，屈招杀人罪名，窦娥反抗斗争的目标扩大了，除了张驴儿以外，也包括了贪赃枉法的楚州太守；其目的，除了自身之外，也为了使婆婆免遭毒打，反抗态度转为积极。临刑前，窦娥的精神境界有了升华，矛盾斗争的性质也有了新的变化："这都是官吏每无心正法，使百姓有口难言"，"这的是衙门自古向南开，就中无个不冤哉"，反抗的对象扩大为整个官府和所有贪官污吏，以及天地鬼神、日月星辰，也就是整个专制制度及其观念；目的也不仅仅是为了自身的清白和婆婆的安危，而是替"天子"分忧，为"万民"除害；斗争态度转为激烈，咒天骂地，用生命向不公正的世道抗议，进行惩罚。窦娥斗争的目的离个人因素越来越远，带有了解救人民于危难的性质，精神境界升华为博大崇高。窦娥的情绪反映了人民的情绪，时代的情绪，提高了悲剧质素，也提高了悲剧的意义。

四　激烈的悲剧冲突

矛盾斗争的性质决定了悲剧冲突是激烈的，你死我活的，这是悲剧冲突与喜剧冲突不同的地方。主人公代表历史的必然要求，具有坚强不屈的意志，宁为玉碎，不为瓦全；而另一方则是强大的，强大到使这种合乎历史必然的要求不能实现，斗争的结局是以正面主人公的毁灭告终。

《窦娥冤》的第一个戏剧冲突是窦娥与张驴儿的冲突。张驴儿是一个寡廉鲜耻、阴险狠毒的泼皮无赖。他无意中救了蔡婆性命，按照他的逻辑，蔡婆的命便属于他了，婆媳二人就应当"肉身陪待"。为了达到霸占窦娥的目的，他不惜投毒杀人。药死谁对他来说都无所谓，用父亲一条命换取窦娥叫他三声丈夫，他就满足了。否则便翻脸不认人，竟置他要与之成亲的人于死地。张驴儿不是主要人物，却刻画得非常深刻。“张驴儿逻辑”体现了从古至今都存在的一些人的恶戾心态。张驴儿是社会的蠹虫，他无权无势，成不了大气候。他之所以能够得逞，有着适宜他生存、纵容他胡作非为的社会条件，这便是官府黑暗，吏治窳败。由此引出了本剧的主要矛盾冲突——与官府的矛盾冲突。本来应当是镇压张驴儿一类恶人的官府，反而成了他们作恶的保护伞。“我做官人胜别人，告状来的要金银”，钱成了判断是非曲直的标准；“但来告状的，就是衣食父母”，可见楚州太守从来没有公正处理过一个案件。窦娥说“衙门自古向南开，就中无个不冤哉”，天下官府，所有官吏，没有一个能主持公道。“人是贱虫，不打不招”，当然不是打奸徒恶棍，而是打善良无辜的百姓。像桃杌这样昏庸的官员竟得到最高统治集团的赏识——他升官了，这就形象地说明元代吏治腐败到了何等程度。

在同社会邪恶势力的斗争中，窦娥是普通民众要求和愿望的体现者，她是为了实现这些要求和愿望而死的。她的死，不是由于自身的过失，也不是突然的偶发事件，如自然灾害、路遇强人等造成的，更不是乞求生存而不可得，被逼无奈死的；而是以自己的死去换取他人的生，意识到了死的危险，又毅然以死相搏，以生命殉真理殉正义殉体现了历史必然要求的愿望。她的死是出于“主人翁之意志”，死得壮烈，有价值，是具有震撼人心力量的悲剧，而不是只会让人哭泣的“苦戏”。宗白华《悲剧幽默与人生》说：“人生的真实内容是永远的奋斗，是为了超越个人的生命价值而挣扎，毁灭了生命，以殉这种超生命的价值，觉到是痛苦，觉得是超越解放。大悲剧作家席勒说：‘生命不是人的最高价值。’”① 求真，求善，求人类上升，这是悲剧主人公超越生命的价值。

悲剧冲突的意义还在于，窦娥温顺善良，与世无争，她本想遵奉封建道德规范生活下去，却被斩杀了。封建社会塑造了窦娥，却又不能保护窦娥，“我不肯顺他人，倒着我赴法场；我不肯辱祖上，倒把我残生坏”，“本一点孝顺的心怀，倒做了惹祸的胚胎”，这就说明，这个社会的存在是不合理的；连最能忍耐的顺民都忍无可忍，被逼反了，提出了抗议，这种抗议比起英雄豪杰的抗议来，更深刻有力。

还应当指出，关汉卿是有着思想矛盾的作家，这种矛盾也体现在悲剧主人公身上。关汉卿具备了当时所可能有的先进思想，却没有也不可能超越时代，摆脱封建思想的束缚。他怀疑和否定作为封建制度精神支柱的天地鬼神，又不能完全

---

① 宗白华：《美学与意境》，人民文学出版社，1987年版，第121页。

抛弃它，最终还是“皇天也肯从人愿”，靠了“感天动地”，借助超现实的想象，创造具有奇幻色彩的境界，来显示窦娥的愤怒和冤屈；他否定封建官府，却又找不到可以代替它的、代表民众的力量，窦娥的冤案最终还是假清官（窦天章）之手得以昭雪；他对社会进行了深刻的鞭笞，而结尾又喊出了“与天子分忧”、“王家法不使民冤”的颂辞，表现了对明君、王法的企盼。虽然第四折写了窦娥鬼魂重翻案卷、拨弄灯烛，在伸冤过程中的主动性，可视为生前斗争的延续，但毕竟是对官府依赖的表现。在现实生活中窦娥没有力量保护自己，也没有复仇的手段。她的抗争之所以有力，之所以震撼人心，在于她的精神和价值取向，从这个角度看，窦娥是强大的，官府可以杀死她，却不能使她屈服，不能打倒她。她是用自身的毁灭来肯定和张扬了有价值的东西。窦娥悲剧形象的价值，不在于提出了新的社会理想，而在于对旧的现存社会提出了怀疑，在于赞美了斗争精神。为正义和理想而斗争而进取，是人类社会前进的动力。马克思说过：“没有对抗就没有进步。这是文明直到今天所遵循的规律。”① 关汉卿是戏剧家，也是思想者，是思考着、矛盾着的深刻的人本思想者。

五　道德观念的渗透

黑格尔有一段名言：“道德在中国人看来，是一种很高的修养。但在我们这里，法律的制定以及公民法律的体系即包含有道德的本质的规定，所以道德即表现并发挥在法律的领域里，道德并不是单纯地独立自存的东西，但在中国人那里，道德义务的本身就是法律、规律、命令的规定。”② 纵观中国戏剧史，无论是悲剧、喜剧还是正剧，无不体现出鲜明的伦理道德色彩，这与西方戏剧有着明显差异。

窦娥恪守贞节，“一马不鞴双鞍”；侍养婆婆，竭尽孝道；公堂上为使婆婆免遭毒打而屈招罪名，甚至因此而死也对婆婆毫无怨言；死后还不忘嘱咐父亲将蔡婆“收恤家中，替孩儿尽养生送死之礼”。在家庭伦理关系中，窦娥是贞节、贤孝的化身，具有苦已利人、舍己为人的精神。这些都是中华民族长久形成的道德，在古代统统被认为是美德。剧作家把这些被民族群体认可的美德赋予女主人公，就使女主人公的毁灭更能引起观众的怜悯和愤慨，产生敬意，从而接受道德的洗礼，净化心灵，起到惩创人心的作用，使之与主人公的美好品德出现共鸣，激发起人们反抗邪恶的自觉和勇气，这正是悲剧价值的体现。正因为如此，阿诺

---

① 马克思：《哲学的贫困》，《马克思恩格斯全集》卷四，人民出版社，1958 年版，第 104 页。

② 黑格尔：《东方哲学》，《哲学史讲演录》卷一，三联书店，1983 年版，第 125 页。

德·豪赛尔才说："悲剧，它使人畏惧，但并不使人'悲伤'，而且也不使人感到沮丧、窘迫、堕落。悲剧中的英雄失去了他的生命，但决不会失去他自身，决不会失去对他所代表的东西的意识。在这一点上，悲剧的戏剧正是所有艺术的样板……"①

道德是有时代性的，窦娥身上的某些道德，如贞节观念，在今天已不应当再加提倡。这是时代的烙印，我们不能苛责古人。但需要指出的是，剧中人的思想并不等同于剧作家的思想。关汉卿在其他戏里（如《望江亭》），对寡妇再嫁是持支持和赞赏态度的。之所以用贞节观念塑造窦娥形象，完全是从提高悲剧质素方面考虑的，是从批判当时社会的深度、力度方面考虑的，这正是戏剧家艺术匠心的体现，为后世戏剧人物塑造提供了值得借鉴的经验。

① 〔美〕阿诺德·豪赛尔著，陈超南等译：《艺术史的哲学》，北京：中国社会科学出版社，1992年版，第59页。

《西厢记》的经典意义

我今天讲这个题目，有两个原因。一是2011年5月21日光明日报刊登消息：恋爱课有望成为大学生必修课，认为此举“不仅及时而且更加必须”，其中就提到了《西厢记》。二是我们讲孔子、老子、庄子……讲了那么多。我很疑惑：让人们修身养性，安于上下尊卑的等级秩序，克己复礼，能激发进取图强的精神，使我们成为民主自由平等的民族？绝圣弃智，无为而治，小国寡民，老死不相往来的思想能建设现代化的国家，涵养合格的世界公民，能使一个民族避免鲁迅先生所担心的“煌煌居历史之首，而终匿形于卷末”（《摩罗诗力说》）的命运？什么是我们传统文化中更能向现代化、民主化转换的成分？

爱情所体现的精神，在促使我们民族历史走向现代化的进程中所起的作用，窃以为是远在儒道两家之上的。所以今天以古代文学中的爱情经典《西厢记》为个案，谈谈我的意见。

什么是经典？本义的，或狭义的是指儒家圣贤之作，我们使用的是广义的、开放性的定义，即具有权威性的文学作品。什么是权威性的作品？用《文心雕龙·宗经》的话说就是：“恒久之至道，不刊之鸿教也。”作品表现的是永久不变的道理，不可改动、不会磨灭的教训。作品要有博大深厚的仁者胸怀，是悲天悯人的，关怀众生的，而且是推动人类历史发展进程的；艺术上则独具开创性、完美性。由此二端，经典作品不仅开一代之风骚，且为后世开新境，为后世所宗，影响深远。

愿作鸳鸯不羡仙：爱情文学的价值

爱情是最个人的，具有隐秘性，它想逃避一切监督；又具排他性，所谓“卧榻之侧岂容他人酣睡”、“情真妒亦真”是也。但却不是小事，是光明正大的行为，不是见不得人的丑事。不分地域、不分民族、不论贵贱、不论贫富，古往今来的地球人，人人心向往之的事不正大光明？是小事？所以卢照邻《长安古意》说“得成比目何辞死，愿作鸳鸯不羡仙。”曹雪芹《红楼梦》第五回说“厚地高天，堪叹古今情不尽。”不仅东方，西方人也是如此。《旧约圣经·雅歌》说：“它（爱情）迸出的火花，熊熊燃烧，终将成为不可遏制的烈焰；激流冲不走爱情，洪水淹不没爱情，如果有人想用财富换取爱情，他只会受人鄙视。”恩格斯在《家庭·私有制和国家的起源》中说，如果两人相爱而不能结合和彼此分离，便会甚至拿生命孤注一掷。梁漱溟先生在《东西方文化及其哲学》中也说过：“男女恋爱是顶大问题，并且是顶难设法对付的”，“男女恋爱问题容易引起情志的动摇，当然就很富于走入宗教的动机。”平庸的作者可以把爱情写俗，爱情本身不俗，即使是老年，无爱的婚姻也并不幸福，只是表现形态与青年人不同而已。

爱情不仅在世界文学史上被称为“永恒的主题”，在中国就更具进步的意义。

在清代《西厢记》被列为禁书，谓之“诲淫”，成语云“万恶淫为首”。爱情从来就与专制不相容，强迫、命令不会产生爱情，爱情是在平等、自由、独立的基础上产生的，它总是企图摆脱家庭和社会的一切干扰而自行其是。而古代中国的社会环境是与爱情不相容的。“国家”，国之本在家，积家而成国，“家”是中国社会的组织单位，由一个个的小家组成一个总的、以皇帝为家长的大家，便是中国古代的“国”。家是社会的基础，社会的细胞，家庭统摄个人，个人不是独立的，而是从属于具体的小家和“国”这个大家。大家和小家都由家长主持（皇帝是国之家长），讲等级秩序，“君君臣臣父父子子”（《论语·颜渊》），讲三纲，每个人都在家的系统中占一个位置，是一个社会脚色，是社会中人而不是自然人，不是独立的个人，所谓“父子有亲，君臣有义，夫妇有别，长幼有序，朋友有信”（《孟子·滕文公上》），个人在君臣、父子、夫妻、兄弟、朋友间的秩序关系，这便是五伦、人伦。这就是所谓人是社会机器的“齿轮和螺丝钉”。由于我们特重家庭、宗族、乡里，所以我们特别看重“社会关系”。大家只要看看《红楼梦》就明白个人在家庭中所处的脚色地位了。只有中国才把“四世同堂”、“九世同居”视为佳话。这在西方是不可想象的，西方社会以个人为本位，重“个人主义”，我们没有“个人”的地位才批判个人主义，也因此，西方对个人的称谓为公民，而旧中国则称“百姓”、“子民”。张东荪在《理性与民主》第三章论人性与人格时说：“在中国思想上，所有传统的态度总是不承认个体的独立性，总是把个人认做‘依存者’，不是指其生存必须依靠于他人而言，乃是说其生活在世必须尽一种责任，无异为了这个责任而生”，“中国的社会组织是一个大家庭而套着多层的无数小家庭。可以说是一个‘家庭的层系’。所谓君就是一国之父，臣就是国君之子。这样的社会中，没有‘个人’观念。所有的人，不是父，就是子。不是君，就是臣。不是夫，就是妇。不是兄，就是弟。中国的五伦就是中国社会组织……把个人编入这层系组织中，使其居于一定之地位，而课以那个地位所应尽的责任。”所以鲁迅《摩罗诗力说》说，古之临民者，独夫而已。梁漱溟先生在《东西文化及其哲学》中谈及西方文化时认为有两层："第一层便是公众的事大家都有参与做主的权；第二层便是个人的事大家都无权过问的权。"是个人对社会的关系。而我们不同，中国人讲的五伦是个人对个人的关系，"中国人以服从侍奉一个人为道德，臣对君，子对父，妇对夫，都是如此……而西方人简直不讲，并有相反的样子，君竟可不要。大约只有对多数人的服从没有对某个人的服从，去侍奉人则更是无其事。"西方人"全没个尊卑上下之分"，而"几千年来维持中国社会安宁的就是尊卑大小四字……尊卑是名分而以权利不平等为其内容，而所谓平等的也不外权利的平等，所以所争实在权利。权利的有无，若自大家彼此间比对着，便有平等不平等的问题，若自一个人本身看，便有自由不自由的问题。照中国所走的那条路其结果是大家不平等，同时在个人也不得自由……由一个人做主拿主意，但其势必一个个人的私生活，也由他做主而不由个人做主了。非只公众的事交给他，我们无过问的权利，就是个人的言论行动，也无自由处理的权了，这就叫不自由。"因此只有中国才会出现"君父"、"父母官"、"子民"之类称谓。"孔子三月无君则皇皇如也"（《孟子·滕文公下》），杜甫"一饭未尝忘君"（苏轼《王定国诗集序》），韩愈"臣罪当诛兮，天王圣明"（《拘幽操》）是典型的臣子心态，体现了传统政治伦理的核心价值。皇权下延至家长则出现了包办婚姻。所以爱情本身便是争个人权利、个人自由的一种抗争——首先要有支配自身的权利和自由。其意义大矣，歌颂爱情的文学，不可等闲视之。

情词之宗：《西厢记》思想的深刻性

凌濛初在《谭曲杂札》中称《西厢记》为"情词之宗"。宗者宗主，为众人所景仰、所归依的权威。爱情文学古已有之，《关雎》为《诗经》之始，历代不乏名篇，为什么单视《西厢记》为宗?

人们的婚恋观念也是随时代而不断发展变化的。唐人的恋爱标准是郎才女貌，李白《代别情人》："我悦子容艳，子倾我文章。"蒋防《霍小玉传》："小娘子爱才，鄙夫重色。两好相应，才貌相兼。"宋代是理学形成并走向成熟的时代，束缚了男女问题上的自然人性，苏轼〔蝶恋花〕词写得很形象："墙里秋千墙外道，墙外行人，墙里佳人笑。笑渐不闻声渐悄，多情却被无情恼。"一个多情，一个无情，一堵大墙阻隔了爱情的通道。元代的曲家把婚恋观念发展到全新的阶段。一是世俗化了，平民化了。兰楚芳〔南吕·四块玉〕《风情》："我事事村，他般般丑。丑则丑村则村意相投，则为他丑心儿真、博得我村情儿厚。似这般丑眷属，村配偶，只除天上有。"人人都有爱的权利而不论地位、家世、财产、才情、形貌，爱情是普世之追求，不仅仅是才子佳人的专利，丑的、笨的也可以成为情投意合的美满眷属。二是要自己心顺。王实甫《吕蒙正风雪破窑记》里的刘小姐择婿，不论贫富，即使是烧地为炕、凿壁偷光、砂锅漏汤、蜘蛛结网、土坑芦席草房，她都不怕，“心顺处便是天堂”。《西厢记》则最为深刻：

永老无别离，万古常完聚，愿普天下有情的都成了眷属。

不是说崔莺莺张君瑞应当成为眷属，也不是说某类人应当成为眷属，而是普天下所有的有情人都应当成为眷属；而且是不离不弃长相厮守的夫妻。同情他人，热爱他人，把普世大爱给予他人，这便是仁者胸怀。而其关键又在“有情的”三字，《毛西河论定西厢记》说：“《墙头马上》剧亦有‘愿普天下姻眷皆完聚’类，但此称‘有情的’，此是眼目，概括《西厢》书也。”《闺怨佳人拜月亭》中也提出了“愿普天下心厮爱的夫妇永无分离”。白朴、关汉卿侧重表现相爱的已婚夫妇应当长相完聚，而《西厢记》则是表现有情的未婚男女应当如愿以偿。这就说出了爱情的本质，也说出了婚姻的本质。有情，爱情和婚姻才有生命。毛奇龄看得很清楚。毛奇龄背明仕清，学术上也有不端行为，梁启超《清代学术概论》说他“学者的道德缺焉，后儒不宗之宜耳。”但其论《西厢记》却是极有眼光的，“在启蒙期，不失为一冲锋陷阵之猛将”。王实甫从改变人类婚姻观念的高度提出了前人没有提出过的问题，后人又未能超越之，明清时期凡涉婚恋、“男女”的叙事文学，无不见出受《西厢记》影响的痕迹。杭州西湖月老祠对联云：

愿天下有情人都成了眷属
是前生注定事莫错过姻缘

月老祠今已不存，但对联却流传至今，刘鹗《老残游记》第十七回便有提及。可见《西厢记》所提出的愿望已经被人们普遍接受，不仅恩被古人，而且泽及当代，成为人们的婚姻理想。这是其他任何文艺作品所没有做到的，体现了圣者精神，所以是伟大的。

我们只举两个例子看王实甫对情的诠释：

他那里尽人调戏亸着香肩，只将花笑捻。

虽然是眼角传情，咱两个口不言心自省。

这使我们想起了两个佛典。一是禅宗心传的第一公案“拈花微笑”。据《五灯会元》，释迦牟尼佛在灵山会上说法，拈起一朵金色婆罗花示众，众人不明何意，默然无应。只有摩诃迦叶破颜微笑。“世尊云：‘吾有正法眼藏，涅槃妙心，实相无相，微妙法门，不立文字，教外别传，付诸摩诃迦叶。’”心心相印，去除了一切外在的形式而直达心灵深处。语言是多馀的，也用不着文字，就看你能不能、是不是心灵契合，心灵相通，此之谓会心，“心有灵犀一点通”。二是《景德传灯录》所谓“如人饮水，冷暖自知”。人人都向往爱情，人人都有爱的权利，但人人却各不相同。世上没有两片相同的叶，两粒一样的沙，更没有一模一样的人。爱情也便是独特的“这一个”，或“这一对儿”。有欢乐也有痛苦，有时痛苦也是欢乐，比如明人汪廷讷《狮吼记》写宋人陈季常惧内，其妻柳氏悍妒异常，季常则跪池、顶灯，乐此不疲。西方所谓心中的痛苦只有自己知道，心中的喜乐别人无法分享。道理是相通的。把难以言喻的爱情体验提升到禅理的境界，是《西厢记》浅而能深之处，其他作品均未臻此境。只有《红楼梦》中警幻仙姑说出过“可心会而不可口传，可神通而不能语达”。但那已是四百多年以后的事了。

《西厢记》与它以前的描写男女感情的作品相比，有着明显不同。一是莺莺与张生之间的互相爱慕有着多方面的因素，并不仅仅是“郎才女貌”，更没有“财”和“势”的考虑。作者所着重强调的，是男女之间感情上、情趣上的和谐融洽、契合无间。二是这种选择是相互的，不仅男子对女子有一定的要求，同样的，女子对男子也有自己的选择标准，改变了男女关系中以男子为中心，妇女只是以容貌的美丽作为被挑选对象的情况，男女双方的地位，更趋向于平等了。因此郭沫若在《西厢记艺术上的批判与其作者的性格》中说：“人们殆不能不赞美元代作者之天才，更不能不赞美反抗精神之伟大！反抗精神，革命，无论如何，是一切艺术之母。元代文学，不仅限于剧曲，全是由这位母亲生出来的。这位母亲所产生出来的女孩儿，总要以《西厢记》为最完美，最绝世了。《西厢记》是超过时空的艺术品，有永恒而且普遍的生命。《西厢记》是有生命的人性战胜了无生命的礼教的凯旋歌，纪念塔。”

莺莺和张生是一见钟情式的爱情。一见钟情是古今中外都很常见的爱情表现形态。青年男女在成长过程中，或观察社会人生，或阅读报刊书籍，或观看文艺演出……通过各种渠道形成了自己的爱情审美观念，在心目中已经储备了一个朦胧的理想可意人形象。一旦在现实生活中遇到一个符合自己审美标准的人物时，便有似曾相识之感，这就如汤显祖《牡丹亭》杜丽娘、柳梦梅梦中相逢时所谓“是那处曾相见，相看俨然”，《红楼梦》里贾宝玉初见林黛玉便脱口而出：“这个妹妹我见过的。”在双方心灵上都激起了爱的火花，他与她所积累的生活经验迅速反应到大脑中来，促使他和她当机立断做出定夺，以心相许。这种决定只是在瞬间做出的，却是以长期生活积累作前提的。人的面孔不仅是人的总体美的集中表现，也是展示心灵世界的窗口，在点燃爱情之火的时候会由于生理原因而展示得更加鲜明和充分，双方都可以从对方的脸上读出对自己爱慕的程度；尤其当一个人微笑的时候，就会完全揭开掩饰心灵的面纱，向对方袒露真情，避免误读。这就是为什么莺莺在佛殿初遇张生便拈花微笑，令张生狂癫忘形了。所以一见倾心式的爱情看似神秘，却蕴涵着爱情的真谛。

《西厢记》写一见钟情还有着其他原因。这一方面是受了杂剧这种艺术形式的限制，它不可能像小说那样细腻地、不受篇幅限制地去描写男女双方感情的发展历程；另一方面，这又是社会造成的。关汉卿的《温太真玉镜台》里说：“男女七岁不可同席”，《董西厢》里说：“弟兄七岁不同席”，男女之间，即使是兄弟姐妹，还在孩提时代就被隔绝开来，在成长的过程中，接受的是封建伦理道德的教育，没有可能对异性进行认识，更不可能对具体的异性有接触、认识和了解的机会。在封建时代，对于大多数人来说，夫妻间的第一次认识，大概就是“洞房花烛夜”了。所以张生与莺莺这种邂逅相逢，便是一种奇遇了。郭沫若说：“我国素以礼教自豪，而于男女间之防范尤严，视性欲若洪水猛兽，视青年男女若罪囚，于性的感觉尚未十分发达以前即严加分别以催促其早熟。年轻人最富于暗示性，年轻人最富于反抗性，早年箝束已足以催促其早解性的差异，对于父母长辈无谓的压抑，更于无意识之间，或在潜意识之下，生出一种反抗心：多方百计思有以满足其性的要求。”这偶然一次相遇，彼此产生爱慕之情是自然的。这种爱情，凭借的完全是自身条件，排除了社会和家庭因素的介入；是自愿的选择，体现的是婚姻当事人的意志，而非他人包办；在不允许相互接触的社会环境中，“一见”毕竟是一种了解，比起被蒙蔽的包办婚姻来，也算前进了一步。

张生与莺莺的幽会偷欢写得比较刻露，往往为人诟病，被讥为“浓盐赤酱”。爱情固然不能仅仅归结为单纯的生理快乐，但是性欲毫无疑问是爱情内涵中的应有之义，瓦西列夫《情爱论》说：“爱情的动力和内在本质是男子和女子的性欲，是延续种属的本能。”随着人类文明的不断发展，这种动物性本能被人性化，包含了社会性的内容，使这种建立在本能基础上的感情不仅具有独立的品格，而且具有永恒的力量，表现为精神状态，而性欲反而以被隐形的状态存在于其中了。爱情既是男女双方互相吸引的前提，也是男女欢合的结果。只有爱才能使人类看似低俗的动物性行为变得美丽和道德。总之，爱情是幸福的，美好的，但却不是圣洁的，崇高的，只有同人类的伟大理想相结合，它才圣洁、崇高，所谓“生命诚可贵，爱情价更高。若为自由故，二者皆可抛。”所以人们并不赞成恋爱至上主义。相反，恰恰因为爱情的平凡和世俗，才具有切近人情、合乎人性的属性。假如抽去了生命的欲望，还谈得上幸福和美好吗？明清时代人们就对这个问题有过不同意见的争辩。在《西厢记》是否淫书的辩难中，金圣叹言辞最为激烈，他在批《第六才子书》时说：“人说《西厢记》是淫书，他止为中间有此一事耳。细思此一事，何日无之，何地无之，不成天地中间有此一事，便废却天地耶？细思此身自何而来，便废却此身耶？……至于此一事，直须高阁起不复道。”“有人谓《西厢》此篇，最鄙秽者。此三家村中冬烘先生之言也。夫论此事，则自从盘古至于今日，谁人家中无此事者乎？若论此文，则亦自从盘古至于今日，谁人手下有此文者乎？谁人家中无此事，而何鄙秽之与有？”“盖《西厢记》所写事，便全是‘国风’所写事。”性是人对自身的态度，从中可以看出人的发展水平。恩格斯在《格奥尔格·维尔特》中批评对肉欲的虚伪时说：“德国社会主义者也应当有一天公开地扔掉德国市侩的这种偏见，小市民的虚伪和羞怯心，其实这种羞怯心不过是用来掩盖秘密的猥亵言谈而已。例如，一读弗莱里格拉特的诗，的确就会想到，人们是完全没有生殖器官的。……最后终有一天，至少德国工人们会习惯于从容地谈论他们自己白天或夜间所做的事情，谈论那些自然的、必需的和非常惬意的事情……”即使是有生理疾患的人，也“盲不忘视，跛不忘履”，何况《西厢记》所写的也不仅仅是肉体的感受，还有着审美欣赏、怜香惜玉等复杂情感。对人类自身必不可免的行为应当宽容。

欧洲文艺复兴时期的人文主义者宣称他们“发现”了“人”，于是用张扬人性来反对神权，反对禁欲，主张乐生，主张感情和情欲自由。被恩格斯《自然辩证法一书导言》评价为“这是人类先前从未经历过的一个最伟大的进步性的变革”。这个变革从13世纪末的意大利开始，直到16世纪中期结束，恰好相当于我国的元明两代。历史有很多惊人的相似，人们已经熟知文艺复兴的代表作家、英国的莎士比亚与我国的汤显祖同年（1616）谢世，莎翁《罗密欧与朱丽叶》表现了没有情生不如死，而汤氏《牡丹亭》则进一步认为有了情死可复生。还有另外两颗东西辉映的明星——意大利的但丁与中国的王实甫。但丁作为文艺复兴的先驱，被誉为“标志了新时代的来临”的新时代的最初一位诗人，逝世于1321年，而王实甫则逝世于1324年之前，两人生活于东西方的同一历史时期。但丁遵从“爱情的命令”进行写作，而王实甫则表达了“愿天下有情的都成了眷属”的理想，被尊为“情词之宗”，可以说王实甫是中国的但丁，而但丁则是意大利的王实甫；同理，汤显祖是中国的莎士比亚，而莎士比亚乃是英国的汤显祖。伟大的艺术家是历史赐予人类的厚爱。在中国文学史上，从作家身份、作品内容、传播途径以及受众群体等诸方面来看，元代文学第一次完成了由贵族文学、高雅文学，向平民文学、世俗文学的转变，因此也可以说元明两代是中国的文艺复兴时期，或者说是中国式文艺复兴的时期。

还应当指出，《西厢记》这些“浓盐赤酱”的描写，是通过审美体现的，诸如“软玉温香”、“春花弄色”、“露滴牡丹”等等，美，且不直白浅露；美，比喻，便高于生活，与生活的自然形态拉开了距离，因而成为艺术。这些描写已经超出了生物水平而走向精神层面，又由精神层面进而达乎文化水平。总而言之，这是供人欣赏的艺术，而非坏人心术的挑逗。

词与事各擅其奇：《西厢记》艺术的创新

思想与艺术从来都是手心手背，谁也离不开谁的两个方面。没有好的艺术，思想不会深刻，图说主题，宣传画而已。《西厢记》之所以成为经典，在于它深刻的思想体现于近于完美的无与伦比的艺术之中。王思任在《合评北西厢序》中说：“人人靡不脍炙而尸祝之，良由词与事各擅其奇，故传之者永久不绝。”奇，佳妙之谓，新异之谓，并非怪诞，像后来的明清传奇狠求奇怪风潮那样。所以王国维说元曲为“最自然之文学”，李卓吾说《西厢记》乃“化工”之作，而金圣叹赞叹《西厢记》为天衣无缝、不见斧凿痕迹的“天地妙文”。说它自然，首先它是写实的，只取材于现实生活。我们只与名著比较便知。四大奇书中《三国演义》中显圣之类描写颇多，《水浒传》一开头便是误走妖魔，《西游记》不消说了，满是神仙鬼怪，《金瓶梅》被郑振铎称为“赤裸裸的绝对的人情描写”的“伟大的写实小说”，但最后一回也有冤魂孽鬼转世超生之类不经之谈；《红楼梦》也有一僧一道、太虚幻境、马道婆、金呀玉呀之类描写。戏曲五大名剧中《琵琶记》赵五娘筑坟有山神土地差阴兵相助的描写，《牡丹亭》有花神鬼魂判官的描写，《长生殿》有“仙圆”描写，《桃花扇》“入道”一出也有鬼魂出现。只有《西厢记》是完全写实，它只是取材于人间的故事，按人情物理细细写来，不写超人，不写传奇英雄，写吃人间烟火的普普通通的人，写他们真实而生动细腻的心理，他们的喜怒哀乐，这便是直面人生。张岱《答袁箨庵》中评《西厢记》说：“布帛菽粟之中自有许多滋味，咀嚼不尽。传之永远，愈久愈新，愈淡愈远。”谁见过吃五谷杂粮吃腻的？这是《西厢记》具有永久生命力的一个原因。

在人们都沉浸在戏剧一本四折的元代，王实甫竟然创作了五本二十折的《西厢记》！这种庞大的结构不仅在杂剧中是首创，据杨栋先生《元曲起源考古研究》，它还早于《永乐大典》中所收的南戏《张协状元》。这种破天荒式的创造，为中国戏曲敷衍长篇故事、表现丰富内容做出了开疆拓土的贡献。通过交错发展的双线结构写出波澜起伏的戏剧情节；打破了一本戏由一个脚色独唱的限制，不仅一本戏里不同脚色都可以唱，甚至同一折中不同的脚色都可以上场、都可以唱。第一本戏是张生主唱，第四折里张生、莺莺都有唱；第二本第一、第三、第四折为莺莺唱，楔子为惠明唱，第二折为红娘唱；第四本第一折张生唱，第二折红娘唱，第三折莺莺唱，第四折张生、莺莺都唱；第五本第一折莺莺唱，第二折张生唱，第三折红娘唱，第四折张生、红娘、莺莺都唱。剧中主要人物上场不受限制，又都可以唱，展开剧情、刻画人物灵活，这又是对无杂剧主唱脚色分配体制的一种突破和发展，丰富了元杂剧的表现手段。元杂剧叙事每苦匆促，无蕴蓄徊翔的馀地；描写也苦于草率，不能尽量的展施着作者的才情；布局也为了这，而少有曲折幽邃的局面。《西厢记》改变了这种状况。一部五本二十折的大戏，剧作家创造性地在前四本戏的末尾，于套曲之外，又加了〔络丝娘煞尾〕的曲子预示后面的剧情，对戏剧情节起着上下勾连、使戏剧完整的作用；又有吸引人们继续看下去的作用，如第一本之“则为你闭月羞花相貌，少不得翦草除根大小”，第二本之“不争惹恨牵情斗引，少不得废寝忘餐病症”，第三本之“因今宵传言送语，看明日携云握雨”，第四本之“都则为一官半职，阻隔得千山万水”，与说唱文学中的“欲知后事如何，且听下回分解”相似而有开创之功。这也使《西厢记》既具有南戏展开冲突曲折尽情、使用歌唱灵活的特点，又具有北杂剧结构严谨精炼、以唱抒情淋漓尽致的特点，是元代集南北剧之长于一身的唯一杰作，所以胡应麟说“独戏文《西厢》作祖”、“《西厢》为传奇冠”。王季烈说“已开传奇之先声”。如此细腻的恋爱描写不仅同时剧本中没有，后世传奇中也少见。其人物之生动在古代戏剧中前无古人后无来者。吕效平说它是中国古典戏曲中唯一一部“同时实现东西方美学理想”（《文学遗产》2002 年 6 期）的作品。

张琦《衡曲麈谭》说丽曲之最胜者“以王实甫《西厢》压卷”，吴梅论《王实甫西厢记》说它“以蕴藉婉丽，易元人粗鄙之风”，像“蝶粉轻沾飞絮雪，燕泥香惹落花尘”，“系春心情短柳丝长，隔花阴人远天涯近”，“碧云天，黄花地，西风紧，北雁南飞。晓来谁染霜林醉？总是离人泪”等等，难怪贾宝玉说“你若看了，连饭也不想吃”，黛玉则“但觉词句警人，馀香满口”。这是语言上的独树一帜。

《西厢记》的艺术成就赢得了历代读者的赞赏。臧晋叔《元曲选序》说《西厢记》“不可增减一字，故为诸曲之冠。”是从情节和语言精练着眼的。王世贞《曲藻》则认为“北曲故当以《西厢》压卷”，是从文辞之美着眼的。陈继儒说得极为形象生动：“《西厢》、《琵琶》譬之画图：《西厢》是一幅着色牡丹，《琵琶》是一幅水墨梅花；《西厢》是一幅艳妆美人，《琵琶》是一幅白衣大士。”（毛声山《琵琶记第七才子书·前贤评语》）从风格学角度着眼，对《西厢记》与《琵琶记》进行了比较。既是戏曲创作家又是戏曲理论家的李渔看法冷静而全面：“吾于古曲之中，取其全本不懈，多瑜鲜瑕者，惟《西厢》能之。”既肯定了《西厢记》“天下夺魁”的地位，也指出其小有不足。比如第二本楔子中，白马将军杜确出场后的道白，大谈兵书，又全文念出张生的求救信，既太冗长，又无涉剧情，就不够精练。

总觉得是一本新书：《西厢记》的传播与影响

由于美则受人喜爱，由于爱故能传播。《西厢记》的传播有两个途径：一为演出，一为刊刻。

戏剧创作的目的当然是为演出，演出的多少标志着受人喜爱的程度。在中国古典戏剧里，《西厢记》是演出历史最长、也最多的作品，至今不衰。古代之演唱，已有多种研究专著问世；当代之演出，京剧、昆曲、越剧等舞台上，《西厢记》仍是深受观众喜爱的剧目，2011 年 7 月份在法国举行的世界三大戏剧节之一的阿维尼翁戏剧节上，就上演了上海戏剧学院与法国黑橡树剧院合作排演的话剧《西厢记》（2011 年 9 月 9 日文艺报）。

《西厢记》的刻本之多也为古代戏曲之最。由于元刻本失传，仅明清两代（1840 年以前），据不完全统计就有 151 种，其中明刊本 56 种，清刊本 95 种，甚至有僧众刊行、尼庵收藏的《西厢记》（见 1983 年 9 月 27 日光明日报）、寺庙四壁画《西厢记》（焦循《据说》引《谈芬》）；近代以来，《西厢记》的整理注释本，在古代戏曲中也是最多的。

人情人性决定了即使是道学端士也看《西厢记》，只是偷偷看而不公开看，只许自己看而不许别人看。于是“几于家置一编，人怀一箧”，产生了压制不住的影响。这种影响是从《西厢记》诞生之日的元代就开始了的。周德清《中原音韵序》即赞叹“忽听、一声、猛惊”六字三韵之难。同时代的作家，即使是被列为“元曲四大家”的白朴和郑光祖，也有意识地向《西厢记》学习，甚至是模仿。白朴的《董秀英花月东墙记》结构与《西厢记》大体相同，郑光祖的《㑳梅香骗翰林风月》也有明显的模拟痕迹，套数、出没、宾白全剽《西厢》，如一本小《西厢》。其他如无名氏的《逞风流王焕百花亭》、《冯玉兰夜月泣江舟》等，至少有十四部杂剧中都提到了《西厢记》。

《西厢记》的思想和艺术也影响了后世文学艺术，成为作家新的营养成分，影响普遍，也持久。说唱文学、八股文等姑且不论，单以名著为例。《金瓶梅》，据伏涤修先生统计，明显受《西厢记》影响的地方达33处之多。《牡丹亭》，汤显祖所倡之情与《西厢记》有所不同，但汤氏乃是在对王实甫继承基础上的时代发展则是毫无疑问的。《惊梦》出杜丽娘就明白说了出来；汤氏“四梦”中都可以看出《西厢记》的精神血脉。《红楼梦》，曹雪芹在七回书里都提到了《西厢记》，第二十三回《西厢记妙词通戏语，牡丹亭艳曲警芳心》实际上是曹雪芹读《西厢记》的感受。汤显祖、曹雪芹二公自己承认受了王实甫的影响，从这个意义上说，如果没有《西厢记》，就不会有《牡丹亭》和《红楼梦》，起码《牡丹亭》和《红楼梦》就不会是今天我们所见到的面貌了。

此则《西厢记》影响之大要。至于思想主旨之传承、艺术手法之化用、情节场面之借鉴、词汇语言之模拟等等，有的是明显因袭套用，更多的则是润物无声。且不仅是言情类作品，即使是写朴刀杆棒绿林草莽之英雄传奇小说《水浒传》，第四十五回潘巧云祭夫的法事场面，也可看出《西厢记》中“闹斋”的影子；神魔小说《西游记》，用相反相成手法塑造猪八戒、孙悟空形象，却是王实甫开的先河。《西厢记》里早已把“通过书中人物的视角来帮助写景、描写人物的方式”运用得炉火纯青了，而在说部，明代的《金瓶梅》才开始运用，还比较幼稚。这些丰富多彩的艺术手法，足资其他文体所借鉴。王实甫的艺匠经营对中国文学艺术的贡献，远不止戏曲一个领域，《西厢记》是当之无愧的文学经典。

《西厢记》的影响也已经越出了国界，成为世界人民的共同财富，日本、朝鲜、英、美、法、俄等均有译本。美国大百科全书称其为“以无与伦比的华丽的文笔写成的，全剧表现着一种罕见的美”。可见深受世界人民的赞赏。可谓沾溉人心，泽及中外，迄今未艾。文学是一切艺术之母。文学的涵盖面比较广，但其精神，或者说文学的灵魂是对现实世界的人文关怀，它是社会的良心，而不是为什么人服务的工具。一部作品如果不涵蕴悲天悯人的博大胸怀，就不配称为优秀文学，至少算不上伟大的文学。王实甫用他的艺术之犁耕耘着人们的心田，他播下的，是诗一样美的爱情的种子，也是没有族群之分的普世大爱，产生着千古不衰的艺术魅力，每读一次都会有新的收获，都是一次新的美感享受。借用法国人安德烈·纪德评论司汤达《巴马修道院》的话说，就是：“每次重读，总觉得是一本新书。”

我们讲古，但不能复古，开历史的倒车是没有出路的。最后我想用鲁迅早期著作《摩罗诗力说》的话作为结束："夫国民发展，功虽在于怀古，然其怀也，思理朗然，如鉴明镜，时时上征，时时反顾，时时进光明之长途，时时念辉煌之旧有，故其新者日新，而其古亦不死。若不知所以然，漫夸耀以自悦，则长夜之始，即在斯时。"古人创造的文化庄严伟大，但如不和今人的呼吸相通，除了供怀古把玩之外，有什么值得留给子孙呢？

最后我想说，我主张读经典，但读古不是复古，昔日的辉煌不说明今日先进；继往的目的在于开来。我们不能做阿 Q——我们的祖先阔多了！

马致远的创作道路

有元一代特殊的政治经济形态，造就了不少足以彪炳百代的戏剧大家。马致远就是其中之一。元末明初贾仲明说：

万花丛里马神仙，百世集中说致远，四方海内皆谈美。战文场，曲状元。姓名香，贯满梨园。（〔录鬼簿·凌波仙〕吊曲）

评之为曲家“状元”，不无过誉。马致远的创作成就，并不能与关汉卿、王实甫“齐肩”。但说他在当时声名显赫，对后世影响深远，却是公允确当的。马致远之所以为当时和后世人们所推崇，是因为他的作品具有鲜明的风格特色，走着一条独特的创作道路。

马致远是“神仙道化剧”的代表作家，但马致远并不是神仙，也不是神仙的信奉者。“神仙”二字不能概括马致远作品的特点。“神仙道化”只是马致远剧作的取材对象。作品的思想和艺术价值，不是由题材，而是由作家对题材的态度和处理方式决定的。众所周知，沈既济的《枕中记》反映的是唐代社会景象，而据此改编成的戏曲《黄粱梦》，则使人看到了元代社会生活的影子；谷子敬的《城南柳》剧，是根据马致远的《岳阳楼》改编成的，但所表现的思想和使用的艺术手法都多不相同，这已为许多论者所论及。更明显的例子是，同一题材，早期南戏《赵贞女蔡二郎》写成马踏赵五娘、雷轰蔡伯喈，而高则诚的《琵琶记》则改写成一夫二妇大团圆结局。同是一夫二妇团圆结局，艳羡这种生活的作家就可以赞美，写成正剧或歌颂性喜剧；而重视夫妻间感情生活的作家就会发现，这表面上的“团圆”，却正是主人公精神痛苦的开端，因而完全可以处理成悲剧。《水浒传》与《荡寇志》同是写水浒农民造反事，前者则歌颂之，后者则必欲置之死地而后快。此类例子在戏曲小说中很为常见，不必多举。由此可见，创作题材对于作家作品的成就来说，不仅不是唯一的决定因素，甚至也不是主要决定因素。

元代剧作家多为“门第卑微，职位不振”（锺嗣成《录鬼簿·序》）者流，投靠统治集团，爬上高位，专事歌功颂德者是少有的。他们的生活态度，或抗争，或隐逸，或放浪。抗争者“不平则鸣”，所谓“一管笔在手，敢溺孙吴兵斗”（曾瑞〔大石调青杏子·骋怀〕或云关汉卿作）对现实积极批判，呼号反抗叛逆精神，是为斗士，以关汉卿为代表。隐逸放浪者，或遁迹于山林之中，或流连于青楼之内，成为隐士、浪子，他们对现实采取了消极回避的态度，既不去粉饰现实，也不去揭露和批判现实，而是顾左右而言他，写神仙隐逸，写风花雪月，如吴昌龄等辈。

马致远或异二者之为。独特的生活道路，决定了他独特的创作道路。我们应当看到，马致远是一个诗人气质极浓的人，他的想象思维能力，远远超过了他对现实的观察判断能力，在他的散曲及戏剧作品中，很少有对社会现实生活的精细描绘。马致远身上的这个特点，不仅对他的创作道路，而且对他的人生道路，都产生了举足轻重的影响。秉赋了诗人气质的马致远在社会生活的风浪中搏击着，沉浮着。马致远是深深地执着于人世的人，他从来没有忘怀现实生活，对他所处的现实社会有着深沉的感触和评价。但是，他既不能逃避现实，又不去反抗现实。不逃避，故对现实的黑暗看得分明；不反抗，是因为他缺乏斗士的品格，在惨淡的人生和淋漓的鲜血面前，丧失了呐喊奋进的勇气。马致远既不能不写现实，又不敢放胆去写，处于两难之中，他很苦。马致远有着矛盾的人格，他的作品便是他人格矛盾的写照，这就形成了马致远很有个性的创作风貌。

二

马致远的具体生活道路，足供考察的材料很少，锺嗣成《录鬼簿》说他是大都（今北京市）人，最为可信。名不详，致远其字，“非澹薄无以明德，非宁静无以致远”（《淮南子·主术训》）。义取恬淡无为、蹈虚守静之意，旨近老子。号曰东篱，当取陶诗“采菊东篱下，悠然见南山”（《饮酒》其五）诗意，明显地含有追慕陶渊明的意思。在马致远的散曲中，有不少地方或直接讴歌陶渊明的隐逸避世生活态度，或袭用、化用陶诗语汇诗意，可见他是把陶渊明归隐后的生活，当做自己的理想生活境界的。自然，字和号这还仅仅是他的自我表白，或者说，这是马致远有意识地向人们自我展示的人格，我们不能根据作家的宣言来论定作家的人格。论定作家的主要依据，应当是他的人生和创作实践。

马致远生活的前期，是元宪宗、元世祖时期。这个时期，虽然南宋还屹立江南，但灭金后的北半个中国，却由动乱走向了相对的太平。这种局面激发了马致远建功立业的理想抱负，对现实充满了幻想，出仕的愿望很是强烈。他奔走尘寰以求仕进，主要矛盾表现为欲求官爵而苦无门路，于是产生了对现实的不满。他在散曲中说：“且念鲰生自年幼，写诗曾献上龙楼”（残曲〔黄钟女冠子〕），可见马致远为了功名，确曾进行过很多活动。他后来回忆那时的生活说：

当日事，到此岂堪夸。气概自来诗酒容，风流平昔富豪家，两鬓与生华。云雨行为，雷霆声价，怪名儿到处里喧驰的大。没期程，无时霎，不如一笔都勾罢。（〔大石调青杏子·悟迷〕）

对自己的才干也颇自负，什么“佐国心”、“拿云手”啦，什么“栋梁材”啦，都曾成为马致远对自己的评价，流露着他以英雄自许的豪情。龙楼献诗，纵酒挟妓，颇有风流浪子的气概和自信。这个时期，尘网中的马致远，不仅毫无宁静淡泊的意思，与陶渊明的那种“结庐在人境，而无车马喧，问君何能尔？心远地自偏”（陶渊明《饮酒》其五）的超尘绝俗的情趣，也完全是两回事。所以，“致远”之字、“东篱”之号，应当是马致远后期所取。

这个时期，马致远的活动范围比较广，曾经离开大都南下漂泊。作品的题材内容也较为丰满，除了写景之作外，他描写爱情。“休道姻缘难成就，好处要人消受，终须是配偶，偏甚先教沈郎瘦！”（〔大石调青杏子·姻缘〕）写得信心十足；几首〔双调·寿阳曲〕小令也写得好：

云笼月，风弄铁，两般儿助人凄切。剔银灯欲将心事写，长吁气把灯吹灭。

从别后，音信杳，梦儿里也曾来到。问人知行到一万遭，不信你眼皮儿不跳！

相思病，怎地医？只除是有情人调理。相偎相抱诊脉息，不服药自然圆备。

充满了生机和朝气。杂剧《江州司马青衫泪》写妓女与文士之间的爱情，男主人公白居易访游狭邪与妓女裴兴奴相爱。这大概同马致远青年时期那段浪漫生活有关。他的套曲〔般涉调耍孩儿·借马〕也很有名，其实，这套曲子的主旨，并不是讽刺马主人的悭吝，曲作家只是用幽默诙谐的笔调，着意刻画了马主人爱马如命的性格，生动地描绘他在“借马”之际种种心理活动，开朗活泼，充满生活气息和生活情趣。这些，都可以看出马致远对生活的执着和热爱，对世情的明悉洞察，应当是前期的作品。

不过，这不是马致远作品的主调。马致远反复吟唱的是他怀才不遇的感慨。马致远上龙楼所献之诗是什么，我们不得而知了，这也许是作者悔其少作而自毁，也许是不为时重而失传。我们知道，当时马致远是充满信心地折腾了一阵子，所谓："九重天，二十年，龙楼凤阁都曾见"（〔双调拨不断〕），就是明白的写照。但是，马致远毕竟只是一介书生，于世事一窍不通。他在曲中自称"鲰生"是自谦，却也不幸言中。诗人的幻想不能代替现实，现实的黑暗是一介书生难以想象的。元代社会远远不是"学而优则仕"的时期。由于实行种族歧视政策，重要官职都由蒙古人、色目人的上层把持，当时又停止了科举，汉族知识分子的仕进之路就这样眼睁睁地被堵死了。即使从政，也只有"沉抑下僚"的份儿。马致远为实现理想而奔走，结果却是竹篮提水。然而碰壁并没有使马致远清醒地认识现实，断绝出仕之想，却使他产生了由此而来的不平。不平，是希望的反面表现，说明马致远并没有淡泊。他出仕的理想之火，被现实的污风浊浪吹打得摇摆明灭，但毕竟还没有熄灭。

马致远的不满情绪日益明显和强烈。三首〔南吕金字经〕道破了马致远的内心世界：

夜来西风里，九天雕鹗飞。困煞中原一布衣。悲，故人知未知？登楼意，恨无上天梯！

他以雕鹗自比，以困厄中的王粲自比。王粲才华横溢，在动乱频繁的汉末依托刘表，又不为刘表所重，于是登楼感叹，写下了有名的《登楼赋》，抒发悲愤不平的心声："冀王道之一平兮，假高衢而骋力。惧匏瓜之徒悬兮，畏井渫之莫食。"希冀着天下太平，凭借帝王之力以施展自己的才智，忧虑自己修身全洁而不为时用。曲比赋说得更明白："恨无上天梯！"这就可以看出，马致远是多么急切地追求着仕宦腾达。由于愿望强烈，因而当他意识到已无上天之路时，产生的恨怨情绪也便同样强烈。"穷，男儿未济中。风波梦，一场幻化中！""空岩外，老了栋梁材！"这里倾吐的是马致远个人的块垒，也是当时有志难酬的读书人的共同心声。我们可以从中看出社会的不公正，听到人们的不平之鸣。《半夜雷轰荐福碑》里的主人公满腹才学的张镐，在求官路上"十谒朱门九不开"，一身流落，感叹道：

我本是那一介寒儒，半生埋没，红尘路。则我这七尺身躯，可怎生无一个安身处！

这壁拦住贤路，那壁又挡住仕途。如今这越聪明越受聪明苦，越痴呆越享了痴呆福，越糊突越有了糊突富。则这有银的陶令不休官，无钱的子张学干禄。

鞭牛汉平白的赖了官爵，采桑妇没来由受了郡诰！

这些曲子之所以真挚感人，在于它饱和着剧作家自身的人生体验。剧作家是在刻画张镐，又是在假纸笔代喉舌，自我陶写。《青衫泪》写裴兴奴咒骂虔婆随方就圆而不分贤愚，感叹“女爱的亲娘不顾恋，娘爱的钞女不乐愿”；写白居易想爱不能，居官又遭贬。男女主人公都处于理想愿望与客观实际的尖锐矛盾之中，仕途的不幸与爱情的不幸相表里．使不幸愈甚；落魄的文人与沦落的妓女之间的爱情，就含有更多的命运不幸的共鸣了。可以说，马致远看到了现实取士制度的黑暗，感受很深沉。不幸的是，他明知没有“上天梯”，却又不甘心没有天梯；明知仕宦门中没有安身之处，却又苦苦寻找这种安身处。“既有这上天梯，可怎生不着我这青霄步？我可便望兰堂画阁，刬地着我瓮牖桑枢！”（《荐福碑》）这是马致远的悲剧。他陷入痛苦困惑而无力自拔，只有靠诗人式的幻想使他绕开矛盾，得到解脱，他幻想着有一天会有人“三顾茅庐”，让他的三寸舌、五言诗安国兴邦。所以，马致远对现实黑暗的认识，并没有使他否定现实、反抗现实，而是寄希望于幻想。张镐最后飞黄腾达，不仅中了状元，还做了扬州太守的女婿，志得意满；遭贬的白居易官复原职，被商人刘一郎骗娶的裴兴奴又回到白居易的身边，并且奉旨“水效凤凰”，也都如愿以偿。果然是“到今日攀蟾折桂步金阶，才觅着上天梯！”马致远用幻想安慰着他的剧中人，也用幻想使自身的不平和缺憾得到慰藉、平复。而幻想是弱者的命运。这样，作品所怨恨的贤愚颠倒、良莠不分的政治昏暗，与主人公的始困终亨便形成了矛盾。马致远解释说，这一切都是出于命运的安排。张镐在回顾他的遭际时说：“都则为那平地一声雷，今日对文武两班齐。……可元来运通也有发迹。”原来的牢骚不平至此全消失了，一切都听凭命运的安排，还要反抗做什么呢？马致远是软弱的。剧作家的心理矛盾，导致了作品的前后矛盾。希求仕进本身就说明对现实社会寄有希望。希望不绝，对社会的批判否定便不会深刻、彻底。马致远从个人穷通着眼对社会进行的揭露和批判，只是对社会局部的、暂时的否定。

《破幽梦孤雁汉宫秋》是马致远写得最好的一部戏。昭君出塞和番的事，前后《汉书》和《西京杂记》等都有记载。以昭君事迹为题材的文学作品也很多。

马致远在《汉宫秋》里对历史记载和传说做了很大改变，也赋予了这一题材以新的思想意义。当时本是汉强匈奴弱，呼韩耶降汉求亲，戏里改成了汉弱匈奴强，呼韩耶强行索要昭君；上述记载里，都是说在将昭君许嫁匈奴之前，昭君与汉元帝没有见过面，戏里则改为不仅见了面，而且有了很深的爱情；昭君嫁到匈奴，与呼韩耶生子，死后墓为青冢，其事甚明，戏里却改为昭君眷恋故国，不忍离汉，在番汉边界投黑水而死。通过这些改变，把汉元帝王昭君之间的爱情悲剧与政治悲剧、把昭君的个人命运与国家和民族的命运紧密联系在一起，突出表现了昭君的民族气节，赋予她的行动以解救祖国和人民危难的性质。马致远对昭君进行无保留的歌颂，对卖国求荣的民族败类毛延寿及窃位苟禄、屈辱投降的腐朽大臣五鹿充宗进行鞭挞痛斥。剧作家在杂剧创作中，使他对现实的不满之情，与元蒙贵族统治下人民的不满以及对已经灭亡的赵宋王朝的思念之情，产生了共鸣与融和，使作家的个人感情得到升华。这是马致远思想深处的民族精神和爱国情怀的体现，是他思想的光彩，因而使《汉宫秋》成为文学史和戏剧史上不朽的杰作。但是，昭君并不是戏剧的主要人物。出塞和亲故事的主人公本应是王昭君，而马致远却把《汉宫秋》写成了末本戏，这样，汉元帝便成为这部戏的唯一主角。应当说，在戏里对昭君的刻画是不充分的，这固然有受杂剧体制限制，使昭君有白无唱这种原因，更主要的恐怕是由于剧作家情之所钟在于汉元帝，他呕心沥血经营塑造的是汉元帝，而塑造元帝形象最富有华彩的笔墨，则是与昭君的生离死别和别后思念。要把作家所钟爱的汉元帝塑造成正面形象，让元帝的感情动人并引起人的共鸣，他就必得把昭君形象刻画得尽量完美崇高，为此甚至不惜对历史事实明知故改。固然，汉元帝对昭君的眷恋和思念也一定程度上对昭君形象起到了烘托作用，但在剧作家的艺术构思中，刻画昭君却是为塑造汉元帝形象服务的。人们有时错把昭君当成戏的主人公，那是用感情倾向代替了对作品的实际分析。正因为汉元帝是戏的主角，马致远才能饱含着血泪揭示出汉元帝又悔又恨、既哀且怨，不忍与昭君分离却又不得不分离，想爱又爱不成的复杂而痛苦的心理。自然，帝王之尊与上天无路的马致远其感情心理不可同日而语，但他们都是不得意的，其为痛苦也则一。于是剧作家借他人之酒杯，浇自己之垒块，让汉元帝唱出了呜咽如泣的伤心文字，使汉代的皇帝具有了书卷气、才子气。透过汉元帝哭声泪水的折光，我们看到的仍然是马致远心中的悲怆和不平，是他从时代氛围中所感受到的故国之思。

《吕洞宾三醉岳阳楼》是马致远现存前期剧作中唯一一本神仙道化剧。他的创作题材从此开始由人世生活而转向宗教故事。马致远也许想通过这种描写来摆脱人世的苦恼，实际上他并没有做到，剧中的“神仙”吕洞宾并没有超尘出世：

这墨瘦身躯无四两，你可便消磨他有几场——万事皆如此——则你那浮生空自忙，他一片黑心肠，在这功名之上，敢糊涂了纸半张。

你看那龙争虎斗旧江山。我笑那曹操奸雄，我哭呵哀哉霸王好汉。为兴亡笑罢还悲叹。

感叹对功名的追求，感叹历史的兴亡，这正是马致远也是有元一代知识分子的人生体味。仕进无门使马致远苦恼，欲图摆脱而又摆脱不了。说到底，马致远并没有与仕宦决绝的决心，这是马致远苦闷不平的根源。

二

时日愈久，马致远碰壁的次数愈多，他对现实的黑暗面便看得愈益分明，希望也随之日减。

成宗元贞时期，带着仕进无门的深深况味，马致远在大都参加了元贞书会，与艺人为伍，开始了他生活的第二个时期。这个时期，马致远终于得到了一个小试身手的机会——到杭州出任江浙省务提举（一说为江浙行省务官）这样的小官。应当说这是对马致远仕宦饥渴的一次补偿。然而我们却没能发现对于他这段官场生活中政绩或作为的记载，甚至在他自己的作品中也一字未及。这说明，马致远的这段生活是失败的，失望的。做了大半生诗人和发牢骚者的马致远，骤然变成不准发牢骚的小官员，由骂人者步入了被骂者的行列，身份地位的大转变使马致远不适应；官员的理想品格是谨言慎行，冷静持重。这又与他感情充沛奔放纯真无邪的诗人气质形成了尖锐矛盾。马致远处于双重脚色人格的煎迫中。对官场生活有了亲身体验，他的仕宦之心反而变淡了，他的矛盾变为欲隐居山林又难忘人世的矛盾。他在经历了“半世蹉跎”之后，表示已经厌倦了官场的汲汲营营，是非风波，想“寻取个稳便处闲坐地。”

两鬓皤，中年过，图甚区区苦张罗？人间宠辱都参破，种春风二顷田，远红尘千丈波，倒大来闲快活。（〔南吕四块玉·叹世〕）

半世逢场作戏，险些儿误了终焉计。白发劝东篱，西村最好幽栖。（〔般涉调哨遍〕）

这是马致远对前期生活的总结，对此后生活的规划。用马致远自己的话说，这是经历了“二十年漂泊生涯”，“世事饱谙多”之后的“悟迷”（〔大石调青杏子·悟迷〕）。所谓“苦张罗”、“逢场作戏”，是指为求仕而奔走。既然这是误人迷途，那醒悟之后又当如何？他宣称：“叹寒儒，谩读书。读书须索题桥柱，题柱虽乘驷马车，乘车谁买《长门赋》？且看了长安回去！”（〔双调拨不断〕）这表面看来是对读书生活的否定，是对往昔生活的悔恨和决绝，实际上，这是马致远的正话反说。读书的目的在于像司马相如那样受汉武帝和陈皇后的赏识器重，博取功名富贵。但是在而今“儒人颠倒不如人”（石君宝《秋胡戏妻》）的社会里，读书反而不如不读——“谁买《长门赋》?”他马致远不就是折腾了半生而一事无成么？所以他感叹白白读了书，“且看了长安回去！”龙楼凤阁都曾见，还是归隐为好。在文字的背后，正隐含着对元朝不重视知识、不重视知识分子，想以马上得天下还要马上治天下的颟顸政策的不满。马致远的心情并不平静，“悟”得并不彻底。

马致远后期的散曲创作，内容较前期更为狭窄，歌咏爱情、怀土思乡及其他一些富有生活情趣的作品不见了，作品里控诉式的怨悱之声变弱了。他不断地表白，或者说告诫自己，要“常待做快活头，永休开是非口”（〔双调行香子〕）。

“不管人间事，争什么半张名利纸”（〔双调清江引·野兴〕其六），“便似陆贾随何，且须缄口”（残曲〔黄钟女冠子〕）。其实，马致远不仅没能“闲身跳出红尘外”（〔南吕四块玉·恬退〕），他生活得也并不快活，原因就是他没有忘怀世事。马致远没有陶渊明那样恬淡的心境，甚至也不想那样做。取名“东篱”、“致远”也只是表明他既不受统治阶级重视，自己也心存芥蒂，并不是同心同德。所取名号与其说是马致远人格的标志，毋宁说是他对统治者不满的一种表示。名并不副实。马致远既想退隐，又不能真正退隐，他是矛盾的。“绿蓑衣紫罗袍谁是主？两件儿都无济。便作钓鱼人，也在风波里。”（〔双调清江引·野兴〕其二）“山禽晓来窗外啼，唤起山翁睡。恰道不如归，又叫行不得。”（〔双调清江引·野兴〕其三）正是马致远矛盾心情的形象表现。在现实世界里，他其实是寻不到一块令他“闲坐地”的“稳便处”的。对历史、对过去进行反思，歌颂隐居生活，成为马致远后期曲作的重要内容，而反言见意，旁敲侧击，又成了他对现实表示不满的主要手法。

写隐居并不是真的避世。马致远有四首题为《恬退》的〔南吕四块玉〕描述他的退隐生活，第四首说：

酒旋沽，鱼新买，满眼云山画图开，清风明月还诗债。本是个懒散人，又无甚经济才，归去来！

说自己懒散无才，这是反话，不仅与他前期的以英雄自许的精神不合，后期的许多曲子里，也常流露出自己的雄才大志，像“仍存两枚宽袖，且遮藏着钓鳌攀桂手”（残曲〔黄钟女冠子〕）之类并不少见。说穿了，马致远是在告诉人们：既有经济之才又愿为时所用的人，现在却被迫放浪在云山之间饮酒赋诗！是社会抛弃了他，而不是他抛弃了社会，正是孟浩然“不才明主弃，多病故人疏”（《岁暮归南山》）诗意，用自怨自艾的语气，表达不为世用的不平。第三首说：

翠竹边，青松侧，竹影松声两茅斋。太平幸得闲身在，三径修，五柳栽，归去来。

曲中明显地化用、借用陶诗，可是，只要我们看一看“太平幸得闲身在”一句，便会体味出曲中蕴涵的深意。一个使栋梁之才空老、使雕鹗之士困穷的社会，实在说不得是太平盛世。马致远偏要说“太平”，而且“幸得闲身在”，着一“幸”字，正话反说，境界全出，与杜牧“清时有味是无能”（《将赴吴兴登乐游园一绝》）同一用意，同一机杼。

马致远在不停地回首往事，他把对历史反思的结果，提到历史哲学的高度加以表述。他认为历史的兴亡只不过是南柯一梦，追求功名便会导致杀身之祸，韩信即是一例（〔双调蟾宫曲·叹世〕）。因此要听天由命，不应为功名而奔走，所谓“佐国心，拿云手，命里无时莫刚求。”（〔南吕四块玉·叹世〕）为远祸全身，最好的处世态度，就只有饮酒沉醉，糊里糊涂，“醉了由他”，“只不如且酩子里胡捱”。这种思想在他的代表作〔双调夜行船·秋思〕套数中得到了集中的表现。这套曲子，从对历史的认识，直写到隐居生活，以说明人生如梦，功业无凭，还是隐居为好。建功立业的极致，无过开基立业为帝王，他们能够永久吗？秦皇汉武一代雄主，而今风流馀韵无存。辅佐他们的豪杰将相，也可谓功成名就，而今他们的坟墓也变成了狐兔出没之地，魏晋莫辨，何况其人其事！至于聚敛财富，不仅不能永久，甚至“辜负了锦堂风月”，更是不明智的了。明智的选择，便是隐居，而隐居的实质说穿了便是：“葫芦提一向装呆”。

马致远不止一次地提到他要糊里糊涂地过日子，他要在酒醉中忘却功名、忘却世事、忘却是非。其实，马致远并没有沉醉，他清醒地看到了现实的黑暗和不平，那些争名夺利的小人闹闹攘攘纷纷乱乱，有如蚁排兵、蜂酿蜜、蝇争血一般，而“自古名流，都曾志未酬。……上苍不与功名候，更强更会也为林下叟。”（残曲〔黄钟女冠子〕）他在怨上苍，实际上是在怨时政，起码说明了，当时的社会是同古来那些使名流困厄、强者能者穷迫的世道一样的黑暗。屈原“举世混浊而我独清，众人皆醉而我独醒”（《史记·屈原贾生列传》），以国家兴亡为己任，忧时伤世，遂遭放逐，落得个沉身江底。“屈原清死由他恁，醉和醒争甚！”（〔双调拨不断〕）数代之后作家仍以屈原“为戒”，不是在说明当时的社会如同屈原生活的楚国一样黑白颠倒、贤者遭殃吗？马致远把一些怀古之作名曰“叹世”，可见其所感本是现实。他在〔双调拨不断·子房鞋〕中说得明白：“古人尚自把天时待，只不如且酩子里胡捱！”现在的社会使他不能施展抱负和才华，他在盼望等待着选贤任能清平时期的到来。马致远不是真糊涂而是装糊涂，他想糊涂而又不糊涂，正是清人郑板桥所概括成的四字名言——“难得糊涂”。

马致远现存的后期杂剧，全是神仙道化剧，计有《邯郸道省悟黄粱梦》（与花李郎、红字李二、李时中合撰）、《太华山陈抟高卧》、《马丹阳三度任风子》三种。这三种连同《岳阳楼》在内，全都敷衍全真教的故事。所谓敷衍故事，当然与传扬教义不同。马致远不是全真教徒，我们在散曲里找不到他对全真教信仰的表现。借助了神仙故事的躯壳，并不说明作家就是向往成仙了道的信徒。相反，马致远对所谓“神仙”有着清醒的认识。

《陈抟高卧》中，他借陈抟之口说：

> 神仙荒唐之事，此非将军所宜问也。

> 则你这一身拜将悬金印，万里封侯守玉门，现如今际明良千载风云，怎学的河上仙翁，关门令尹？可不道朝中随圣主，却甚的林下访闲人。既受了雨露九天恩，怎还想云霞三市隐！

说得很清楚，“神仙”是荒唐之事，只要是太平盛世、际遇明主，就不应当求仙学道。反言之，也就是只有在怀才而不为世用的乱世，才信道隐居。可见马致远写神仙道化故事，与他取名号同一用意，只是在愤政治压制、社会混浊、贤愚易位、黑白颠倒，既无法解脱，便写仙写隐，以见浊世之不可一日居。所以，在《陈抟高卧》剧中，陈抟向战乱流离中的人民“指迷”，不是要人们出家修炼，也不是靠神仙来拯救，而是要君臣际遇，在人间做一番事业，以“救那苦恹恹天下生灵”。这倒可以说明后期的马致远仍然对功名事业心向往之的隐情。

《黄粱梦》通过吕洞宾梦中的经历，描写了元代社会混乱、官场贪污腐败互相倾轧的现实；《任风子》中众屠户做生日、为孩子庆满月的描写等等，为我们提供了当时商业手工业活动的情况，使我们看到了市民生活的生动画面。神仙可以感叹仕途险恶："功名二字，如同那百尺高竿上调把戏一般，性命不保。"可以感叹世风堕落："如今人宜假不宜真，则敬衣衫不敬人。"（《黄粱梦》）神仙生活也只是一炉香，一函书，酿酒自饮，吹笛自娱（《黄粱梦》），欣赏野水溪桥边的四时景色（《任风子》）。全真教主张："世人爱处不爱，世人住处不住。去声色，以清静为娱；屏滋味，以恬淡为美。"（《玄风庆会录》）"断酒色财气、攀援爱念、忧愁思虑。"（《重阳教化集》卷一）剧中的所谓道士有不平，又有耳目之娱、口腹之欲（饮酒），从生活到内心都与教旨相格。去掉道袍道冠，则是活脱脱的凡人，与世俗无异。其实，这正是隐逸文士生活的写照。日人青木正儿评《岳阳楼》时说；"在'超世的'里面，寓有'世间的'人情味。"（《元人杂剧概说》）可作马致远神仙道化剧的概评。

马致远没有做飞升梦，这是显然的。问题是，他并不向往全真道教主王重阳所倡导的"明正心诚意、少私寡欲之理"（《重阳仙迹记》），甚至也缺少超乎形骸物欲、荣辱得失之上的人生境界。他只是在想为世用而为世不用的情况下，愤而隐居、又不甘心隐居的文士。有人论证马致远为全真道信徒，实在是见其表而未明其心。

马致远的后期剧作，已经看不到诸如《汉宫秋》、《青衫泪》一类的题材；《荐福碑》、《岳阳楼》里那种愤懑的宣泄也不见了。戏剧作品的总体趋向，在向淡泊平和方面发展，但总还能听到不平的心声，即使这种声音是微弱的，不像前期那么响亮；总还能看到一点人生世相、人间烟火，尽管它不如前期那样鲜明和浓郁。在马致远的全部作品中，贯穿着一条绵延未绝的主线，这就是他的入世精神和求仕思想。马致远怀才抱志自视甚高，辛苦恣睢以求闻达，终其一生不忘此念。不论前期还是后期，马致远都不是对统治者采取消极反抗与不合作态度的人，而是想合作而不可得，求仕进而无门路，这是他不满情绪的根源。随着仕宦欲望浓淡强弱的变化，前后期马致远的牢骚和不平也随之起落。我们在马致远的前期杂剧里，虽然也时时看到作家自己的身影，听到作家借剧中人物之口抒写的心声，但作家也还能从"自我"中走出来，使感情升华而转向社会，最成功的例子莫过于《汉宫秋》。所以前期杂剧的成就较后期为高；后期则更多地困于"自我"而未能做更大的超越，他好像只是在讲自己的话，在对自己讲话，故其成就自不如前期。

不论前期还是后期，马致远都不是一个避世孤寂的人，即使在他的一些描写自然景象的作品里，我们也能感到一股跃动的潜流。比如〔双调寿阳曲〕潇湘八景中的《烟寺晚钟》，我们看到了因几响钟声便搅乱禅心难以入定的老僧；

《江天暮雪》与柳宗元的《江雪》是同题之作，柳诗：“千山鸟飞绝，万径人踪灭。孤舟蓑笠翁，独钓寒江雪。”环境空旷沉寂，不仅没有人踪，而且没有鸟迹，这是个没有生命、没有温暖的世界。孤舟独钓的渔翁与环境是不和谐的，具有一种对鸟飞鸟还、人来人往那个熙攘纷争世界的决绝态度、遗世独立的高洁人格和兀傲不屈的抗争精神。马致远的散曲：“天将暮，雪乱舞，半梅花半飘柳絮。江上晚来堪画处，钓鱼人一蓑归去。”环境热烈多了，活跃多了。飞舞的雪花如梅英柳絮，世界是美的，富有生机，主人公不是遗世独立，不是桀骜不驯，而是入世的，很可看出马致远不满现实，却不脱离现实。写景之作多是寄景为迹，借风物而寄托怀抱，并不是单纯颂扬山林。标榜遁世隐居的作品，多为怨讽时事，我们总能发现其中或幽或显的丝丝缕缕的愤激不平情绪。

矛盾、痛苦中的马致远，终其一生也没有由诗人人格转换成官宦人格。他终于退隐了。实际上也是名隐而实未隐，身隐而心未隐。孔子曰：“邦有道，则仕；邦无道，则可卷而怀之。”（《论语·卫灵公》）马致远的“隐居”，只是要表明他所生活的世界是“无道之邦”，发发牢骚，出出怨气而已。诗人的执着品格，仍然使他存有希望。晚年，适逢英宗即位，至治改元。英宗之父是汉族名儒李孟的学生，受儒术熏陶，尝云：“修身治国，儒道为切。”（《元史·仁宗纪〕）重儒臣兴科举，由于受母后及权臣干扰，未能多所作为。英宗受父亲及儒臣影响，具有汉族文化素养，即位后励行新政，颁行《大元通制》，罢汰冗员，大量起用汉官儒臣，还要求“搜访山林隐逸之士”任以官职（《元史·英宗纪》）。这使已届古稀之年的马致远，重又燃起了幻想和希望，写出了：“圣明皇帝，大元洪福与天齐。”（〔中吕粉蝶儿〕散套）歌颂太平盛世。他没有想到，英宗当政仅仅在第三个年头，就被保守势力杀害了。可见，马致远并没有“杜门不复出，终身与世辞”（陶渊明《饮酒》其十二），成为真正的陶潜式的隐士。说到底，埋藏在马致远心头的那点功名欲望，始终没有泯灭。

在他的散曲和杂剧里不是没有是非，而是是非鲜明。只是，马致远评论“人间是非”时始终离不开一个问题，这就是贤才是否被重用的问题。马致远对社会现实不满，可惜他没能把这种由自身遭际而引发的不满情绪扩而大之，与同他一样遭受压抑和苦难的广大同胞发生更紧密的联系，成为时代的喇叭筒；没能把他的痛苦和困惑再进一步向生活的更深处开掘，向更广处拓展，透视出时代的本质。马致远唱着哀怨的歌，尽管这种感情有一定的代表性，反映了时代的某种不满情绪，却不能不说这调子不够高亢，领域也不够宽广，缺乏应有的力度。从总体倾向来看，马致远的作品（尤其是后期作品）有幻想而无理想，有不平而无怒吼，缺乏关汉卿、王实甫、纪君祥等作家笔下那种搏击向前、九死未悔的抗争精魂，缺少人格力量和对人的价值的追求。马致远是软弱的。

三

历史赋予的马致远的天然脚色，应当是一个诗人，但他却偏偏产生了强烈的出仕意愿。这种理想愿望与社会现实之间构成了强烈矛盾；这种愿望以及在江浙行省那段官场实践，与他的诗人气质、诗人人格也构成了强烈矛盾。这些矛盾在马致远的身上纠结着冲突着，使他成为一个矛盾的人。他积郁了太多的苦闷需要抒发宣泄。在散曲里，不妨直抒胸臆；在戏剧里，剧作家本来应当隐藏在情节冲突和剧中人物之后，虽然作家的立场观点无所不在，却又无处可见，但马致远却不顾这些，他依然要把他的一腔愁闷付诸管城，借剧中人之口淘写自我情怀。这就造成了马致远杂剧的独特风貌特色。严格说来，马致远是位出色的诗人，却不是出色的戏剧家，他的抒情诗人气质，超过了他戏剧家的气质。马致远的声名之大，不只是由于他的剧作，与他散曲创作的成功也有着密不可分的关系。马致远的剧作，不是以描绘生活场景、表现生活气息见长，而是以抒情见长，在抒情中蕴涵着某种让人思索的哲理。马致远不像关汉卿。关汉卿着重描绘经过精心选择和提炼的生活景象，剧作家把他的感情和对生活的认识，都融汇到生活场景的描绘之中，隐而不显，须由观众自己判断得出结论。剧作家是以描写生活的真实性、深刻性和丰富性来震撼读者，产生社会效应的。马致远也不同于王实甫。王实甫的《西厢记》是将纷芜繁杂的现实生活进行过滤、升华、汰俗去丑，专门取出美和诗意进行描写，以此表示作家对生活的认识和美学评价。它虽然不能使读者和观众看到曾经身历其境的逼真的人生世相，但能引起读者和观众心驰神往的想慕，产生对生活的信心和对美好事物的追求。马致远全然不同。他那种骨鲠在喉不吐不快的情绪，使他借端涉笔，进行感情倾泻。就其表现手法（而不是思想内容）来说，颇似词中柳永。作家不是用生活景象去启发读者，让读者去想象去判断去感悟，而是用灌注式，把作家自己的感情直接注入读者的心田，以引起读者的感情共鸣为艺术手段的皈依。

不论是前期的还是后期的戏剧创作，我们都可以看到一个共同的倾向，就是剧作家都为他的戏剧主人公创造一种抒发内心感受的特定情境，为剧中人的抒情服务。张镐博学广文却飘零流落，教村学度日，于是感叹埋没红尘安身无处，愤慨贤愚颠倒，仕路堵塞。把任风子出家修行的地点安排在菜园里面，也是为更好地抒写剧作家隐居生活的体验。因为创造了情境，我们虽然能从剧中人的感情中看到剧作家的主观因素，却又不失为因境而发，合于情理。再加上这种感情固然强烈，但妍丽的语言，又对情感有一定限制，并不算太过分。

最有代表性的例子，要算《汉宫秋》了。《汉宫秋》最精彩的唱段，全都安排在昭君去后。按照一般规律，昭君已去，矛盾冲突的高潮已经过去，不会再有华彩出现；但马致远却偏偏要在情节发展的高潮过后，安排一个感情的摇拽生姿片段。昭君甫去，引起了汉元帝的万千心绪，从〔雁儿落〕到〔鸳鸯煞〕一连写了七支曲子（第三折）。第四折则是写元帝对明妃绵绵不尽的思念之情。对美人图思念、梦中思念、闻雁叫而思念，神韵缥缈，洵为妙绝。清人凌廷堪说："大都词客本风流，'百岁光阴'老更遒。文到元和诗到杜，月明孤雁《汉宫秋》。"（《论曲绝句》）称赞马致远的散曲，也称赞了马致远的剧作。甚至把《汉宫秋》同唐宪宗元和年间韩愈柳宗元的散文、与杜甫的诗相提并论，视为剧曲之极致。剧作家无非是借汉元帝之口，抒发他四处碰壁饱受压抑而又无以自洩的一腔牢骚和愤恨而已。意固沉痛，但已没有了戏剧冲突，没有了情节发展。严格地说，也只能是马致远用戏剧形式写的抒情长诗，而不是以诗意诗情写成的抒情戏剧。马致远很看重这部分，所以对戏剧画龙点睛名之曰"破幽梦孤雁汉宫秋"。剧作家所要向观众灌注的感情，也在这一部分。剧中主人公的身份是堂堂皇帝，嘴里述说的是将相后妃等事。帝王、后妃的不幸自是与他们统治下的百姓无干，但汉元帝的感情确能令人感动，产生感情共鸣，这原因不是别的，莱辛说："倘若我们对国王们产生同情，那是因为我们把他们当作人，并非当作国王之故。"（《汉堡剧评》）博马舍说："如果我们对悲剧中人物的兴趣发生了各种感情，其原因并不是因为这些人物是英雄和帝王，而是因为他们是不幸的人。"（〔论严肃戏剧〕）剧作家把汉元帝写成一个不幸的"人"，他的感情也才能成为读者和观众所理解的感情。《汉宫秋》当然不是歌颂民族团结的剧作，剧的主旨似乎也不是怨满朝文武无能，而是借满朝文武无能所造成的女子和亲、恩离爱分的悲剧情境，抒发人生失意的抑郁块垒。这种风格手法，在白朴的《唐明皇秋夜梧桐雨》里也有所显露，但由于白剧本身的缺陷，这种风格手法远没有马剧中这样鲜明和完美。

马致远的现存剧作，无一是现实题材，他把笔墨伸向古代，不是借古喻今搞影射，而是为使他所抒发的感情具有一点哲理的意味。无论是仕途的险恶、社会的黑暗、人生的不幸，抑或是远离尘嚣的愉悦等等，都是古已有之，经过历史验证的带有规律性的人生体味，在历史帷幕的背后，涵蕴着比现实题材更丰厚的哲理，具有历史感。我们可以随手挑出马致远剧作中不合史实、前后矛盾的地方，但我们却不能否认马致远剧作的魅力。要之，马致远所追求的，并不是历史事实之真，而是人生体味之真，历史哲理之真。取材于历史，并不是仅仅描述历史上曾经发生过的事。亚里斯多德有一段名言："诗比历史更富于哲学意味、更高；

因为诗所描述的事带有普遍性，历史则叙述个别的事。”（《诗学》第九章）文艺作品要表现的是人生的普遍真理和某种典型情绪，为这种情绪和真理披上历史的外衣，其哲理意味则愈浓。所以马致远才能赢得当时以及后世的广大读者。这是马致远在艺术风格上所走的道路。

《赵氏孤儿》的脚色[1]安排和戏剧结构

戏剧的结构是一种艺术形式，是服从于主题思想的表达的。剧作家所要表现的思想内容确定之后，必然会寻求最适合于表现这些内容的结构形式。

元杂剧《赵氏孤儿》描写了两代人、二十年之久的斗争历史。为了表现这样广阔的社会生活内容，剧作家从纵和横两个方面着手，进行了精心的结构安排，使之成为一部出色的悲剧。

李渔在谈到剧本的结构时说："一本戏中，有无数人名，究竟俱属陪宾，原其初心，止为一人而设。即此一人之身，自始至终，离合悲欢，中具无限情由、无穷关目，究竟俱属衍文，原其初心，又止为一事而设。此一人一事，即作传奇之主脑也。"（《闲情偶寄·词曲部·结构第一》）就《赵氏孤儿》来说，这个中心人物就是赵氏孤儿，中心事件就是"存赵"与"灭赵"的斗争。孤儿的命运，自始至终成为戏剧中矛盾斗争的核心，成为"传中紧要处，须重著精神，极力发挥使透"，不能"草草放过"的"大头脑"（王骥德《曲律·论剧戏》）。剧作家笔酣墨饱地写了五折，可以说是淋漓尽致，没有"草草放过"了。

赵氏家族三百馀口，都已经被屠岸贾斩尽杀绝，所剩下的唯一根苗，就是赵氏孤儿。孤儿，关系着赵氏家族的存与灭、兴与亡。对这一点，剧作家作了反复交代。孤儿的母亲晋公主对程婴说："你若是救出亲生子，便是俺赵家留得这条根。""俺赵家三百口，都在这孩儿身上哩！"程婴说："可怜见赵家三百馀口，诛尽杀绝，止有一点点孩儿"，"若再剪除了这点萌芽，可不断送他灭门绝户。"（一折）"赵氏一家，全靠着这小舍人，要他报仇哩！"（二折）公孙杵臼说："不争把孤儿又杀坏了，可着他三百口冤仇甚人来报！"（三折）剧作家这样反复强调、反复渲染，意在说明，这孤儿虽小，却关系着赵氏家族的命运。不仅关系到赵氏家族的命运，而且关系着志士仁人的身家性命。程婴说："若是搜将出（孤儿）来呵，你便身亡，俺一家儿都也性命不保。"（一折）在孤儿身上，寄托着正义、善良人们的希望，他成了忠与善的象征。志士仁人不惜牺牲生命，要保护的是他；屠岸贾不惜杀尽晋国婴儿，要诛灭的是他。孤儿成了忠与奸、善与恶、

---

① "脚色"通称为"行当"，是指一个演员专工的行当，与"角色"在意义上完全不同。

正义与非正义斗争的焦点。存赵、灭赵的斗争，就具体表现为存孤与灭孤的斗争。这种斗争，关系到双方的生死存亡，因而戏剧的矛盾冲突也就格外激烈。戏里刻画了很多栩栩如生的人物，写了很多生动感人的事件，这些人和事，都始终围绕着灭孤与救孤这个中心，如龙戏珠，如狮子滚绣球，虽极腾挪变化，却始终不枝不蔓，中心突出，头绪清楚。

要表现这样长的时间、这样广阔的社会生活，该从何处下笔呢？这个题材本身，包含有浓厚的忠义思想，所以明人徐元据此写了《八义记》、清代京剧有《八义图》，都强调一个“义”字。纪君祥不然。他对这样纷繁的内容进行了提炼，不是要强调故事中知恩报恩的感恩思想，而是要着重揭示人们前仆后继、艰苦卓绝的反抗精神和抗暴扶危、百折不回的复仇意志。因此，从横的方面，围绕这一人一事，安排了“无数人名”、“无穷关目”，这就是韩厥、公孙杵臼、程婴等人，搜孤救孤等事。按元杂剧的一般体例，是一本戏由一个剧中人作为主脚主唱到底，其馀人物则只有科白而没有唱。这样，可以在有限的篇幅里，集中笔墨刻画一个主要人物。也有一些杂剧不限于一个人物唱，但是，由于笔墨分散，人物形象大都不够鲜明。而《赵氏孤儿》的作者，根据表现内容的需要，巧妙地安排情节，用正末扮演韩厥、公孙杵臼、赵氏孤儿三个人物，有科白、有唱词，把他们的思想感情抒发得非常充分。这三个人物随着斗争的需要而出场，戏非常集中。他们都不是贯穿戏剧始终的人物，但他们的活动却代表着矛盾斗争的不同发展阶段。通过这三个人物的活动，生动地描绘出这场斗争不同进程中的横断面，描绘出一幕幕的具体斗争的场景。“楔子”所描写的是这场斗争的背景，通过赵朔这个人物起上下勾连的作用。他的死是屠岸贾灭赵大屠杀的尾声，他的遗嘱，让遗腹子赵氏孤儿报仇，又是戏中矛盾冲突的发生，不仅创造了悲剧气氛，也表现了抗暴复仇至死不泯的悲壮精神。程婴、韩厥、公孙杵臼所进行的斗争，是围绕搜孤救孤这个中心展开的。这是双方积蓄力量准备决战的时期。晋公主、韩厥、公孙杵臼，乃至程婴的独生子，都用生命保护了孤儿，支持了程婴所从事的正义事业，剧作家一连用了三折戏，把矛盾冲突由发展一直推向高潮。第四、五两折是斗争的决战阶段。正义力量积蓄已久，准备已足，用鲜血和生命凝成的报仇愿望，通过程婴和赵氏孤儿的斗争终于实现了。这就是剧中人所参与的不同阶段的斗争。

这些人物的斗争、他们的牺牲，又都推动着“存赵”斗争的深入发展。好像是运动场上的接力赛跑一样，每个人物都在完成着自己特定的使命，把这一个个具体的使命联系起来，就汇成了救孤存赵、正义战胜邪恶斗争的浩瀚江河。这种斗争的“接力”，并不只是斗争任务的简单传递。斗争接力棒每传递一次，就增加了一份牺牲者的嘱托和希望，同时也增加了一份替为正义事业而献身的志士复仇的内容。尤其是剧中虚构了屠岸贾为追杀赵氏孤儿，不惜杀死晋国所有半岁以下、一月以上的婴儿，使这场斗争远远超出了屠赵两姓恩怨以及忠奸斗争的范围，而具有了与晋国人民生死相关的意义，使仁人志士负载的使命更加沉重，表现的精神也更为博大。每个剧中人壮烈的舍生取义，都是为反抗邪恶的斗争火炬增添新的柴薪，增添新的膏油。终于，众志成城，得道多助，这火炬燃成了熊熊烈焰，促成了正义与邪恶、光明与黑暗、真善美与假恶丑的大决战，并取得了这场决战的胜利。决战是由程婴和孤儿进行的，但他们身上却凝聚着献身的壮士的意志和力量。每个剧中人物的出场和消失，都在一步步地推动着戏剧冲突的发展和深化，一直把矛盾冲突推向高潮、使矛盾冲突归于结束。

程婴虽然没有由正末扮演，却是一个贯穿全剧始终的主要人物，是全剧的“戏胆”。灭孤势力（即屠岸贾势力）的由强而弱，救孤势力的由弱而强，戏剧矛盾冲突的发展和转化，都是通过程婴来实现的。从救孤出宫到助孤报仇，都有他参加，而且他是关键人物。程婴的活动成了把全剧各个人物、各个事件贯穿起来的一条纵的线。如果说戏里所塑造的韩厥、公孙杵臼、赵氏孤儿等一个个可歌可泣的人物，一个个感人肺腑的场面，是一颗颗光华灿烂的明珠的话，那程婴的活动就是贯穿这些明珠的彩线。用程婴这条纵线，把一幅幅不同的具体斗争的画面联系起来，便组成了一幅有机的波澜壮阔的历史画卷。有了这个人物贯穿始终，才使得戏剧结构更加严谨、更加统一、更加完美。不用正末、正旦来扮演戏剧的主要人物，这也是《赵氏孤儿》的创造性尝试。

剧作家从纵横两个方面安排戏剧结构，表现的生活内容既有广度，又有深度。剧中人物悲剧命运的形成，并不是突然的偶发事件造成的，而是由于他们面对恶势力不屈服、不妥协的结果，他们宁愿献出身家性命，也要维护真理、维护正义。由此来表现人们为了真理和正义而前仆后继、视死如归的斗争精神，既悲壮激昂，又感人肺腑，表现了悲剧的壮烈美和悲剧的崇高美，取得了强烈的艺术效果。王国维说：“剧中虽有恶人交构其间，而其蹈汤赴火者，仍出于其主人翁之意志，即列之于世界大悲剧中，亦无愧色也。”（《宋元戏曲史》）这种评价，《赵氏孤儿》是当之无愧的。

按：圣经《新约·马太福音》记载，耶稣出生在犹太的伯利恒，统治者希律王想杀死耶稣，曾下令屠杀伯利恒和附近地区所有两岁和两岁以下的男孩。这个故事在元代是否传播入中国，并且使元杂剧作家受到启发和借鉴，则不得而知。录以备考。

《琵琶记》辨说

《琵琶记》不仅是南戏中最负声名的作品，在戏曲史上也颇有影响。它一问世，就在文坛引起轰动，一直上演不衰，而且还产生了种种传说。同时，它又是争论最大的作品之一。这部作品究竟表现了什么样的思想倾向，众说纷纭，莫衷一是，直到今天也没能取得一致意见。1956 年对《琵琶记》的集中讨论，加深了人们对作品的理解，促进了思想的活跃，但远远不是问题的结束。贬之者曰；它宣扬了封建伦理道德；它改变了早期南戏《赵贞女蔡二郎》的悲剧结局，为薄幸文人进行了开脱。褒之者曰：它同情民生疾苦；它把批判的矛头指向了最高封建统治者皇帝和丞相；它用孝否定了忠……看来，对《琵琶记》的研究还有待深入。

一

人们往往从艺术角度着眼，赞赏“高堂称庆”一出，说它写出了“庆寿光景”，能够“反衬后文”等等，其实，这一出的好处在于，它在戏剧开场伊始①，就勾勒出戏剧的基本冲突，透露出作品蕴涵的真谛，成为窥视作品意向的一个孔隙。

蔡伯喈说：“惟愿取百岁椿萱，长似他三春花柳。”

赵五娘说：“惟愿取偕老夫妻，长侍奉暮年姑舅。”

蔡　公说：“惟愿取黄卷青灯，及早换金章紫绶。”

蔡　婆说：“惟愿取连理芳年，得早遂孙枝荣秀。”

剧作家巧妙地借庆寿之机，创造了一个“盍各言尔志”（《论语·公冶长》）的机会，让他的主要人物表白各自的志向。蔡伯喈希望尽人子之情，至于功名富贵，则“付之天也”。当然，他还有在严父面前难以启齿的感情，就是对新婚妻子赵五娘的爱恋。实际上他的愿望是“但愿岁岁年年人长在，父母共夫妻相劝酬”，这与赵五娘是完全相同的。在这里，四个人表现了两种生活理想，为主人公蔡伯喈摆出了两条生活道路。蔡婆和伯喈夫妇认为“真乐在田园”，把过平安

① 第一出为副末开场，此为第二出，实为戏剧开始的第一出。

团圆、儿孙满堂的农家生活，看成是最大的幸福、唯一心愿，“何必当今公与侯”？而蔡公则认为这是“卑陋”之论，“论做人要光前耀后”，应当通过科举考试博取金章紫绶，改变家庭的社会地位，为祖宗增光，使后代荣耀。这两种理想、两条道路的矛盾斗争，就成为《琵琶记》最根本的戏剧冲突。

蔡伯喈，封建社会的读书人，究竟应当走什么样的道路呢？这是作品所要解决的问题，戏剧正是以此为中心展开冲突，敷衍情节的。封建统治阶级为了维护他们的统治，采取了各种手段收买和利用知识分子，科举制度就是其中之一。于是“满朝朱紫贵，尽是读书人”（汪洙《神童诗》），猎取功名利禄也成了封建社会里占统治地位的思想。蔡公是一家之长，又有邻人张广才的极力怂恿，强迫伯喈赴试。蔡伯喈辞试，亲不从；状元及第，相府招赘，他辞婚，牛丞相不从；厕身朝廷，官为议郎，他辞官，君又不从。他违背自己的意愿，屈服于压力，被迫走上了追求富贵功名的路。

走这条路的结果，是给蔡家带来了无穷灾难：双亲饿死，赵五娘历尽艰辛，连处于富贵乡中的蔡伯喈本人，也经受着巨大的精神折磨，处于难以解脱的痛苦之中。赵五娘说：“我从嫁来他家，只见两月稍优游，他其馀都是愁。”这“优游”的两个月，正是一家团聚的日子；一从伯喈赴试，走上功名之路，便“都是愁”了。蔡婆很讲实际，她对蔡公说：“没事为着功名，不要他（指蔡伯喈）供甘旨。教他去做官，要改换门闾。他做得官时你做鬼，老贼！你图他三牲五鼎供朝夕，今日里要一口粥汤却教谁与你？”就连强迫儿子去应试的蔡公，后来也醒悟了：“我当初不寻思，教孩儿往皇都。把媳妇闪得苦又孤，把婆婆送入黄泉路，只怨是我相耽误。”现实生活使他明白了，强迫儿子赴试是一种错误的选择，其结果之严重，不仅把蔡婆婆送入黄泉路，自己的一条性命，也被葬送在“白杨衰草”之中。蔡公没有埋怨伯喈“生不能养”，而是悔恨自己不该让孩儿走“往皇都”这条路——是这条路使得他家破人亡。蔡公的悔恨，不只是对逼试一个错误决定的否定，而且是对功名仕途这条进身之路的否定。作者通过血的事实，使醉心于功名的蔡公醒悟了，也形象地告诉人们，只有和平安定的、正常的民间生活才是美好的，才是人们应当选择的生活道路；而求取功名仕宦之路，则只能给人带来愁苦和灾难。

理解《琵琶记》思想倾向的关键人物是蔡伯喈，故清陆贻典校钞元本、明嘉靖苏州坊刻巾箱本均名《蔡伯喈琵琶记》。这是一个血肉丰满的典型形象。他既善良又懦弱。善良，是说他不管自己的地位有什么变化，始终不忘处于社会下层的父母和结发妻子；懦弱，又使他处处屈服于压力，不得不违心地置处于饥寒困苦中的父母妻子于不顾。他是一个处于矛盾之中，充满痛苦的封建社会知识分子。他不同于负桂英的王魁、砍贫女的张协、拒不认秦香莲的陈世美，他的良心从来没有泯灭。但是他的懦弱使他屈从于各方面的压力，丞相、君、亲“三不从”，他都“从”了，违背着良心，忍受着痛苦，过他不愿过的生活，这又是他不同于《荆钗记》里王十朋的地方。辞试、辞婚、辞官，他都尽了努力，但他的力量弱小得微不足道，所以一件也没有成功。他不愿干的事，事实上他都干了，这就造成了他的主观愿望同他客观行动之间的矛盾。“被亲强来赴选场，被君强官为议郎，被婚强效鸾凰。三被强衷肠说与谁行?”满腹委屈却无可诉说，他很苦。至于说处在蔡伯喈那样的境地，可不可以采取别的反抗方式，摆脱利锁名缰的羁绊，回到田园和亲人身旁，那是另一回事。《琵琶记》里的蔡伯喈就只能如此，只会如此。如果我们考虑到他所处的“父为子纲，君为臣纲”的社会环境，那么蔡伯喈的行动便是不难理解的了。剧作家塑造的蔡伯喈，是一个具有独特个性的典型人物，有着独特的思想性格和行动方式，我们不应当用今人的眼光来要求蔡伯喈应当怎样做，而应当历史地考察他在当时可能怎样做。如果蔡伯喈采取另外一种方式行事，那就不是《琵琶记》里的蔡伯喈，而是另外一个新的人物形象了。蔡家的悲剧件件都与他的不归有关，这悲剧的责任却不应当由他来负。“三不从做成祸事天来大”，“三不从生出祸根苗”，“只为君亲三不从，致令骨肉两成空”，很清楚，剧作家认为“三不从”是蔡家苦难的根源。而“亲”之所以“不从”，正是受“君”所宣扬的“事君”思想、功名富贵思想影响的结果，蔡伯喈有过而无罪，他也是受害人。问题还在于，蔡伯喈并没有因为有了“三不从”，就心安理得地“撇亲抛妻”，陶醉于吃煮猩唇烧豹胎、穿紫罗襕系白玉带、五花头踏马前摆、三檐伞头上盖，做“汉家栋梁材”的生活。人生得意之事，常被人们说成是“洞房花烛夜，金榜挂名时”（汪洙《神童诗》）。金榜题名，杏林赐宴，正是男儿的得意之时，伯喈却“传杯自觉心先痛，纵有香醇欲饮难下我喉咙。他寂寞高堂菽水谁供奉?俺这里传杯喧哄”。相府联姻，洞房花烛，也是男儿得意之时，伯喈却“可惜新人笑语喧，不知旧人哭。兀的东床，难教我坦腹”。他把人们认为的莫大喜事，化作了无可奈何的愁情，世人艳羡追逐的得意之事，他认为并不如与父母发妻相依团圆、甘苦共尝更可贵，更值得留恋，“闷杀人花烛洞房，愁杀我挂名在金榜”，他所怨的，正是功名仕宦这条读书人的晋身之路。有了一段仕宦生活经历的蔡伯喈深有感触地唱叹道：

> 我穿着紫罗襕到拘束我不自在，我穿的皂朝靴怎敢胡去揣（按：当作“踹”）？……我口里吃几口荒张张要办事的忙茶饭，手里拿着个战钦钦怕犯法的愁酒杯。到不如严子陵登钓台，怎做得杨子云阁上灾？只管待漏随朝，

可不误了秋月春花也？枉干碌碌头又白。

为官不如为民，厕身朝廷，不如隐居田园。他明白了：

叹双亲把儿指望，教儿读古圣文章。比（按：像也）我会读书的到把亲撇漾，少什么不识字的到得终养。书，我只为你其中自有黄金屋，却教我撇却椿庭萱草堂。还思想，休休，毕竟是文章误我，我误爹娘。

比似我做了亏心台馆客，到不如守义终身田舍郎。《白头吟》记得不曾忘，绿鬓妇何故在他方？书，我只为你其中有女颜如玉，却教我撇却糟糠妻下堂。还思想，休休，毕竟是文章误我，我误妻房。

这是一段绝妙的心理描写，其深刻性在于，它写出了在仕宦途中奔波的士子自身的体会。宋真宗赵恒说："富家不用买良田，书中自有千钟粟；安居不用架高堂，书中自有黄金屋；出门莫恨无人随，书中车马多如簇；娶妻莫恨无良媒，书中有女颜如玉。男儿欲遂平生志，六经勤向窗前读。"（《劝学文》）可以说这是封建统治阶级为巩固他们的统治，用利禄收买读书人的一纸黄榜布告，是为引诱读书人热心功名、追求仕宦而抛出的诱饵。它所宣扬的内容成为很多读书人追逐的目标、苦读的动力，影响很大。但蔡伯喈却从自身体会中道出了他追求"黄金屋"、"颜如玉"所造成的撇父母抛妻子的恶果。"文章误我，我误爹娘"、"文章误我，我误妻房"，这是地的结论，是他的悔恨，也是他的痛苦。是读圣贤书、登天子堂这条路使他经受着精神痛苦的熬煎。蔡伯喈是这条道路上的佼佼者、胜利者，也是这条道路的受害者。他的醒悟，他所否定的，不仅仅是自己没能辞官辞婚回归故里，而是根本就不应该走读书求功名这条路。蔡伯喈最终也未能离开官场，就笼络收买知识分子来说，表面看来皇帝和丞相是胜利者，但他们羁束住的仅仅是伯喈之身，却始终未能收买其心，他们实际上是失败者。伯喈身在朝廷而神归田园，身为高官而厌倦做官生活，这就否定了功名仕宦之路，表现了对家庭团聚、和平安定的田园生活的向往，从而流露出一种鲜明的不与统治集团合作的态度，一种与封建政治、与统治阶级的离心倾向。

二

由于主人公蔡伯喈这个形象具有多层次的丰富性，所以在对作品的理解上就出现了一些分歧的意见。明人陈继儒说《琵琶记》"纯是一部嘲骂谱。赘牛府，嘲他是畜类；遇饥荒，骂他不顾养；餍糠、剪发，骂他撇下结发糟糠妻；裙包土，笑他不奔丧；抱琵琶，丑他乞儿行；受恩于广才，制他无仁义；操琴赏月，虽吐孝词，却是不孝题目；诉怨琵琶、题情书馆，庐墓旌表，骂到无可骂处矣。”（陈继儒评《琵琶记》全剧总评）在“张公遇使”出又说：“全传都是骂，馀俱包藏骂，此独真骂。”骂谁？他认为是在骂蔡伯喈。清人毛宗岗也认为：“‘归里补不得名行亏’，是借蔡母口骂之；‘怨只怨不孝子’，是借蔡公口骂之；‘思量薄幸人辜奴此身’，是借赵氏口骂之；‘撇父母抛妻不采，三不孝逆天罪大’，是借张公口骂之；‘笑伊家短行，无情忒甚’，是又借牛氏口骂之。犹未已也，其自言曰：‘不睹亲负心的薄幸郎’，又云‘似我会读书的到把亲撇漾’、‘撇下糟糠妻下堂’，人骂之未足，又复自骂。”（毛声山《第七才子书琵琶记·参论》）而明人王思任则认为《琵琶记》是“传孝子贤妻之事”（同上之“前贤评语”），毛声山也认为是言“孝子贤妻”之情，写“孝子义夫”之事。作者自己也标榜“有贞有烈赵贞女，全忠全孝蔡伯喈”（“题目”）、“只看子孝与妻贤”（副末开场之〔水调歌头〕）。全忠全孝，自然是指蔡伯喈。褒贬各异，形同水火。

谓之骂者见其行。论者只看到了蔡伯喈再婚牛府、撇下糟糠、不养父母等等既成事实，而没有深究造成这种现实的种种原因，蔡伯喈欲归不能的不得已的处境。

谓之孝者原其心。论者更多是从蔡伯喈的主观愿望着眼的。无论是从高则诚的创作动机来看，还是从《琵琶记》所产生的客观效果来看，蔡伯喈都不是“畜类”、“逆子”，不是一个“反面人物”。至于说他“全忠全孝”，却也未必。

先说忠。何谓“忠”？《说文》曰：“忠，敬也，尽心曰忠。”就是说对国对君要尽其心力而肃敬不欺，危身奉上，险不辞难。“竭忠诚以事君”、“事君而不贰”（《楚辞·九章·借诵》）叫忠。“逆命而利君谓之忠，……君有过谋过事，将危国家、殒社稷之惧也，大臣、父兄有能进言于君，用则可，不用则去，谓之谏；有能进言于君，用则可，不用则死，谓之争；有能比知（按：合谋也）同力，率群臣百吏而相与强君矫君，君虽不安，不能不听，遂以解国之大患，除国之大害，成于尊君安国，谓之辅；有能抗君之命，窃君之重（按：指权力），反君之事，以安国之危，除君之后，功伐（按：功劳也）足以成国之大利，谓之拂。故谏、争、辅、拂之人，社稷之臣也，国君之宝也……”（《荀子·臣道》）“有大忠者，有次忠者，有下忠者，有国贼者。以德覆君而化之，大忠也；以德调君而辅之，次忠也；以是谏非而怒之，下忠也；不恤君之荣辱，不恤国之臧否（按：得失也），偷合苟容以持禄养交（按：结外交）而已耳，国贼也。”（《荀子·臣道》）伯喈为辞婚而辞官，为养亲而弃君，原其本心，不能说是“危身奉上，险不辞难”；迫不得已而居官，又一心思念父母发妻，亟欲归隐田园，叹怨为官“不自在”，离心离德，当然不能说是“竭诚事上”，肃敬尽心。他既不能像周公之于成王那样尽“大忠”，又不能像管仲之于桓公那样为“次忠”，也不能像伍子胥之于夫差那样成“下忠”。“忠”是一个历史概念，不同时代有不同内涵，若以汉代以后臣无条件服从于君的内涵视之，则伯喈之行去“忠”更远。说伯喈“全忠”，是名未副实。

再说孝。何谓孝？在封建社会里，它包括事亲、事君两方面的内容。《尔雅》曰：“善事父母曰孝。”怎样做才算是善事父母？一是生则敬养。所以《礼记·祭统》释孝为“孝者，畜也。”畜即养也。曾子说：“往而本不可还者，亲也，故孝欲养而亲不待，是故椎牛而葬，不如鸡豚之逮亲存也。”（《韩诗外传》）二是不违亲志。《论语·学而》说：“父在，观其志。”即使父母有不对的地方，婉转劝谏而不听从，也只能“敬不违”（《论语·里仁》）。以这两个标准来衡量，蔡伯喈只做到了尊亲一条，他辞试不从，便遵从父亲的意志上京赶考了。而“生则敬养”一条，却是有其心而无其行。“生不能事，死不能葬，葬不能祭，这三不孝逆天罪大”，不管有多少客观原因，“三不孝”却是事实。若只凭他有孝心而不顾他无孝行，便褒之曰“全孝”，岂能服人？再说，“孝子所以不从命有三：从命则亲危，不从命则亲安，孝子不从命乃衷（按：通“忠”）；从命则亲辱，不从命则亲荣，孝子不从命乃义；从命则禽兽（按：指陷父母于非人的境地），不从命则修饰，孝子不从命乃敬。故可以从而不从，是不子也；未可以从而从，是不衷也；明于从不从之义，而能致恭敬、忠信、端悫以慎行之，则可谓大孝矣。”（《荀子·子道》）孔子云：“审其所以从之之谓孝、之谓贞也。”（《荀子·子道》）伯喈明知父母风烛残年，却“未可以从而从”，致令父母饥寒悔恨而死，即使从他主观上，以封建伦理道德的眼光来观察，能曰“全孝”乎？

“孝”这种思想产生在殷代，其本义与生育有关。在氏族社会里，孝于族即忠于国，孝与忠是统一的。随着氏族社会的解体，政权与宗族分离，孝与忠也开始不一致起来。但是历来的统治者都利用孝来维护统治，把孝与忠联系起来。可以说，从氏族社会到封建社会，统治者都把孝作为忠的基础。故云：“惟忠惟孝。”（《周书·蔡仲之命》）“孝慈，则忠。”（《论语·为政》）孔子的学生有子说：“其为人也孝弟，而好犯上者，鲜矣；不好犯上，而好作乱者，未之有也。”（《论语·学而》）《孝经》说：“夫孝始于事亲，中于事君，终于立身。”（《开宗明义章》）“以孝事君则忠。”（《士章》）“子曰：‘君子之事亲孝，故忠可移于君。”’（《广至德章》）梁元帝说得更明白：“资父事君，实曰严敬，求忠出孝，义兼臣子。……是知理合君亲，孝忠一体。”（《上忠臣传表》）这样看来，伯喈无心事君，也不能说是“全孝”。

而且，孝，要求像舜事瞽瞍那样，“索而使之，未尝不在侧；索而杀之，未尝可得”，“小箠则受，大箠则走”，避免给父母造成犯过失的机会。曾参“委身待暴怒”，被父亲打昏过去而不知躲避，尚且被孔子看做“陷父不义”的行为，“不孝孰大乎！”（《说苑》）蔡伯喈既不违父命君命，赴试、入赘、居官于前，又大怨“三不从”、“三被强”于后，这明明是在彰君之过，显父之非，又岂得为“全忠全孝”？

既然不是“全忠全孝”，那么，说《琵琶记》是在宣扬封建伦理道德，说它是用“孝”来否定“忠”，也就缺乏根据了。自然，蔡伯喈也绝不是不忠不孝之人，因为作家评价这个人物的实际着眼点，原不是以“忠孝”二字为标准的。蔡伯喈所追求的生活理想，是家庭生活的和谐幸福，除了侍奉父母之外，也有夫妻团聚的内容，所以他把“文章误我，我误爹娘”，与“文章误我，我误妻房”并提。这绝不是“忠”、“孝”二字所能包容得了的。事实上，在封建社会，包括高则诚所处的时代，事君与事亲、夫贵与妻荣是可以统一的。做官，不仅可以“扬名后世，以显父母”（蔡公语），给妻子带来“凤冠霞帔”，而且俸禄可以养亲养妻。作者之所以夸大这种矛盾，原是为否定事君之路服务的。人们经常提到书中的一些疏漏，诸如蔡公蔡婆年逾八十尚有初婚之子；贵为状元，三载而家人不知；身赘相府、官为议郎，却不能自遣一仆，而附家报于路人……这种种现象的出现，也是由于作者有意突显居官不自由、为否定仕宦生涯这一中心思想服务的结果。

三

赵五娘在人与人的关系方面，具有一种牺牲精神。在中国文学史上，出现过很多才貌双全的女性形象，而赵五娘这个形象之所以经得起时间考验，并不是因为她貌如何美、才如何高，她也没有反抗封建礼教、反抗黑暗社会的行动，相反，她默默地承担着黑暗社会所加给她的巨大压力，尽着侍奉公婆、回护丈夫的妇职妇道。她生活的目的，不是为了个人的享受，而是为了替他人承担痛苦。她没有惊天动地的壮举，但她以一个弱女子承担了常人难以承担的巨大苦难，表现出异乎寻常的精神力量，于平凡中见非凡，于柔弱中见崇高，在文学史众多的妇女形象中，也是“今人中少有，古人中难得”。赵五娘开口闭口经常提一“孝”字。但是，我们评价一个人物，不是看其使用了什么概念，而是看其行动所体现出来的生动内容。赵五娘的行为，其实是劳动人民家庭内部相依为命、尊老敬长的思想品格的表现。这种品格是我们中华民族的优良传统，即使在今天，那种虐待父母、抛弃公婆的行为，也为我们所不齿。这种品格，与统治阶级所提倡的、与“忠”相结合的所谓“大孝”是不相同的。赵五娘与公婆的关系，她身上所表现出来美德，其实正是蔡伯喈、赵五娘、蔡婆所留恋的田园生活的一个内容，不应该、也不能用封建的孝道来解释。《孝经》里提出了天子、诸侯、卿大夫、士、庶人五等不同的行孝要求，明显体现了维护封建统治和等级秩序的意向，并不是对亲子长幼关系的客观记述。伯偕所欲尽而未尽的人子之道也好，赵五娘所已尽而犹有遗恨的为妇之道也好，既非与忠相统一的血族统治下的孝道，也非与忠相结合的封建社会里的孝道，而是一种民间美好的伦理道德，歌颂这样的道德，是对政治生活的否定，是对一种生活道路的选择。

在婚姻关系中，作为妇女，赵五娘没有、也不敢追求自己的要求欲望，她完全地、情愿地把自己当成丈夫和公婆的附属物，没有把自己当成独立的人，人性尚未复苏，又是一种奴性的表现，远远逊色于同时代戏曲、散曲里的女性形象。这是一个矛盾的人物。高尚与愚昧、坚毅与懦弱是那么密不可分地融合在一起！作为蔡伯喈的陪衬、对比，表现的政治思想是进步的，但剧作家是从封建伦理观念出发，以儒家所提倡的妇德为标准，在传统的妇道中发现了美，给以肯定和赞扬。是站在男性的立场，从男性的利益出发，对女性进行审视评价，把忍耐和服从当成妇女美德的表现，体现的妇女观无疑是陈腐落后的。在否定和肯定《琵琶记》的意见中，人们过多地看到了作品所揭示的表层——否定者从人物语言和客观行动着眼；肯定者也有的过于看重作品对灾荒生活和赵五娘行动的描写，某种程度上忽略了作品所揭示的更深的文化层面——作品真正的主人公蔡伯喈的精神世界。

无可否认，剧中人在很多场合都有封建道德说教的现象，作者是想把剧中的主要人物，都描写得符合封建伦理道德的标准。即使是赵五娘、蔡伯喈这样感人的艺术形象，作者也多写他们处处从公婆、父母着想，而很少涉及这对新婚夫妻间的儿女私情。这与作者世界观中重视伦理道德观念是分不开的。但是我们又不能把剧中人的语言，完全等同于剧作家的观点和作品的思想倾向。如果可以等同，那剧中人岂不变成了作家道德思想的化身和个人思想单纯的传声筒？这不正是马克思在致斐迪南·拉萨尔信中所批评的“席勒式”吗？诚然，这种现象在戏剧史上是存在的，但这样的作品决不会像《琵琶记》这样塑造出如此内涵丰富的艺术典型，具有如此激动人心的、历久不衰的艺术魅力。封建社会里的人物形象，说一些具有封建思想的话，使用一些封建道德的概念，原不足为奇。若据此得出结论说作家在进行封建道德说教，便不妥了。“论传奇，乐人易，动人难”，离开情，何能动人？只是《琵琶记》所抒之情，不是才子佳人、夫妇男女之情，而是对仕宦生涯的否定厌倦之情、对民间生活的留恋向往之情。

作者在表白他的创作思想时说过“不关风化体，纵好也徒然”，“只看子孝与妻贤”的话。这只是作家的创作宣言，而不是作品里生动的生活。文学是通过形象表现作家的审美判断的。由于某种原因，作家有时不愿意说出自己真正的写作意图，或者在动笔伊始并不想表现自己的某种思想感情，但在具体创作过程中，却完全可以突破、甚至改变初衷，把自己隐埋在内心感情深处的苦乐爱憎、理想意向，都倾注到形象的描写之中，通过形象表现出来。这种表现甚至是作家本人所始料不及的，但也是最能体现作家内心意向的。因而，作品所产生的客观效果，不能由作家的主观意图来定；作家的审美判断，也不能由他的宣言来作说明。倘若我们仅仅把作家的表白、把作品中人物的言辞作为判断作品美学倾向的标准，那么我们就还只停留在作品的外部进行现象的观察，而没有深入到作品的内部去进行审美体验。在戏剧作品中，作家的立场、倾向无所不在，却又无处可见。只有对作品所表现的感情基调、所形成的总体倾向进行综合的考察、体味，才能把握到它的底蕴。有的人或者未能从文学艺术的特性出发，没捕捉到作品真正的指归；或者有意偏取，只把作品中“忠孝节义”词句加以宣扬利用，形成众说纷法的局面，其责任在读者，而不在作品本身。

四

《琵琶记》的基调为何？就是对“三不从”的怨与恨。《琵琶记》是一部讨伐和暴露“三不从”罪行的美学宣言。戏的一开始就为读书人摆出了两条生活道路，蔡公逼试使伯喈走上了仕宦之路，以下便分成了两条线索，一写伯喈在京城身处荣华富贵却思念乡里，一写陈留郡蔡家的种种苦难，目的是暴露伯喈仕宦不归给家庭带来的灾难，给自己造成的痛苦。在严酷的现实面前，悔与恨成了剧中人感情的共同基调。逼迫儿子从政的蔡公后悔了；极力劝试的张广才目睹蔡家这一场人间惨剧，虽然原谅了蔡伯喈，却也得出“是三不从把他厮禁害”的结论；“为功名相误了父母”是蔡伯喈感情的主线。戏里写了自然灾害、五娘领粮被抢，它的主要作用却不是揭露现实的丑恶，而是写伯喈出仕带来的艰难。赵五娘的形象是感人的，写她的侍奉公姑也正是写伯喈的生不能养、死不能葬。赵五娘送别伯喈时说：“有孩儿也枉然，你爹娘到教别人来看管。”王世贞说：“此语参人情世态，淋漓呜咽，读之一字一泪，却乃一泪一珠。”（《第七才子书琵琶记·前贤评语》）那么，对伯喈走后蔡家生活的描写，恰恰是把“爹娘教别人看管”的具体事实，展现在读者眼前。作者认为，只要伯喈居家不仕，一切灾难都可以支撑过去。伯偕何以有亲不养？非不欲养，只因做官而不能养也。蔡伯喈是

《琵琶记》的真正主角，“三不从”是《琵琶记》构思的中心。其他人和事，都围绕着这个中心和主人公而进行，都为表现主体思想而服务，并不表现独立的思想意向，这便是毛声山说的，“着笔在此而注意在彼者”（《第七才子书琵琶记·总论》）。

汤显祖说：“《琵琶记》从头至尾，无一句快活话。读如此传奇，胜读一部《离骚》。”（《第七才子书琵琶记·前贤评语》）是深中肯綮的。徐渭说：“《琵琶》一书，纯是写怨。蔡母怨蔡公，蔡公怨儿子，赵氏怨夫婿，牛氏怨严亲，伯喈怨试、怨婚、怨及第，殆极乎怨之致矣。”（同上）也把握了戏的基调。但如此多的怨，归根到底，是“怨试、怨婚、怨及第”。是“三不从”酿成了蔡家的悲剧，形成了戏的悲剧基调。结尾虽然是“一门旌表”，却掩盖不住弥漫全剧的悲剧意味。即使是在伯喈归祭、一门旌表这样的喜庆气氛里，仍然有悲剧的主旋律在鸣响。赵五娘说：“空劳死后设祭祀，何如在日供喉嗉?”“如今封赠伊（按：指公婆）……只愁瘦容难做肥。”伯喈说：“只愁恩不到双亲，空孤负，这孤坟。”“何如免丧亲，又何须名显贵？可惜二亲饥寒死，博换得孩儿名利归。”蔡公久困清贫，望子成名心切，却因子成名而丧生，未及一见，固是人生悲剧；蔡婆反对赴试，却无端做了功名仕宦之路的牺牲品，死后祭祀、封赠有什么用呢？赵五娘的悲剧不只是表现在她的含辛茹苦、耽饥忍怨，同时也表现在她生活理想的破灭：她希望长侍舅姑，却妇欲养而亲不待；她希望夫妻团聚，而新婚仅仅两月便告分离；她希望丈夫“休重娶娉婷”，自己坚守贞操，“一马不鞴双鞍”，结果却落得个一夫二妇，“两马共一鞍”（陈继儒语）的结局。她将与丈夫重娶的“娉婷”一起生活，这是任何旌表也弥补不了的精神痛苦！自然，在封建社会里“一夫二妇”合礼合法，是封建婚姻的“喜剧”结局，但在其背后，却是爱情的悲剧、社会的悲剧。蔡伯喈的悲剧在于，他被迫做着他不愿做的事，忍受着良心的折磨，在自谴与悔恨中经受苦痛的熬煎。人们在谈论悲剧时往往不重视这个人物，是因为他身为高官、身居相府、一夫二妇、富贵荣华，只看见他的物质生活，而忽略了他的内心世界。这种种人生悲剧，烘托出深沉浓郁的悲剧风格，这绝不是宣扬封建名教所能解释的。

说《琵琶记》较之《赵贞女蔡二郎》的进步之处在于，它把批判的矛头指向了皇帝和丞相这些最高统治者，是的，但不完全。《琵琶记》所否定的是“三不从”，而不是“两不从”。没有强试，就没有强婚、强官。既赴试求官，这入赘、居官就身不由己了。牛丞相说：“既道是养儿代老，何似当原休教来赴举不好?”就是抓住了赴试的把柄为自己辩解。苦读赴选、巍科高官、联姻名门，是封建社会得意士子的三部曲，构成了读书人“学成文武艺，货与帝王家”的完整生活道路。“三不从”正是这种生活道路的个性化表现，是一个整体。作品的深刻性就在于，它通过对“三不从”的批判，否定的是封建社会读书人向统治集团投靠，为统治集团服务的生活道路，忽略了对“逼试”的批判就会影响对作品思想深度的理解。

清代乾嘉年间的张锦（号菊知山人）看出了《琵琶记》的思想倾向有悖于忠孝节烈，于是写出了翻案剧作《新琵琶》。剧中“新”在删除了“三不从”的情节；牛丞相派人向蔡家资送千金，作为伯喈的养亲之资，蔡公蔡婆不被饿死；在五娘和蔡公蔡婆劝说下，伯喈向牛府求亲，一夫二妇皆大欢喜；伯喈又征番立功，官封中郎将……表现事君可以养亲荣亲，做官可以夫贵妻荣，处处与高则诚原作《琵琶记》“对着干”以为后世劝。从这里也可以帮助我们领悟《琵琶记》所蕴涵的真味。

五

关于文人逃避政治、隐居田园的记载早已有之，但其目的各不相同。巢父许由辞尧之让天下，一方面固是为了高洁的名声，同时也由于当时生产不发达，即使王天下，也不会比后世的看门人吃穿更好，让天下而不受，实际上是“去监门之养而离臣虏（按：奴隶）之劳”（《韩非子·五蠹》），并非出于政治的原因。其后，由于各时代政治情况的不同而有种种表现。或者对现实政治不满，远离污浊，不屑合作，如嵇康、陶渊明等；或者见政局黑暗而求远祸全身、放诞傲世，如阮籍等；更多的却是仕途蹭蹬，志不获展而求归田园，“富贵苟（按：诚也）难图，税驾从所欲。”（陆机《招隐诗》）“人生在世不称意，明朝散发弄扁舟。”（李白《宣州谢朓楼饯别校书叔云》）便是这种自白；自然，也有以退为进，把隐居山林当成“仕宦之捷径”（《新唐书·卢藏用传》）的，有留恋山水的，有“屡借山水，以化其郁结”（孙绰《三日兰亭诗序》，《艺文类聚》卷四引）通达玄理的……其间，即使有人对于封建制度某些原则有所怀疑（如魏晋时的“竹林名士”），但基本上是出于对现实的不满和失望，着眼于一朝一代，甚至只是一个时期的政治现实。有些思想行为，看似远绍老庄，又很合于儒家的处世哲学：“用之则行，舍之则藏”（《论语·述而》），“天下有道则见（按：同“现”），无道则隐”（《论语·泰伯》），“道不行，乘桴浮于海”（《论语·公冶长》），“达则兼善天下，穷则独善其身”（《孟子·尽心上》），考虑问题的出发点，是个人的安危利害、穷通得失；不是出于对山水田园生活的热爱，而是出于对某种政治生活的回避；不是主观的爱好，而是被迫的选择。他们骨子里是关心政治、希望参与政治，“志在兼济”，而客观现实却迫使他们远离政治，“行在独善”，是身在江湖，心存魏阙，形迹的洒脱不羁，其实正好反映了内心的压抑与愤激，并不那么恬淡自适。柳永入仕之前以浪子自居，以“白衣卿相”自居，恃才情傲权势（见《乐章集》之〔传花枝·平生自负〕、〔鹤冲天·黄金榜上〕）；既仕之后，他悔恨了：“念利名、憔悴长萦绊，追往事，空惭愁颜。”（〔戚氏·晚秋天〕）身在仕途却心存遗憾，后悔入仕。苏轼一生沉浮宦海，却每每流露退隐之思：“江山如此不归山，江神见怪惊我顽。我谢江神岂得已，有田不归如江水。”（《游金山寺》）“长恨此身非我有，何时忘却营营！夜阑风静縠纹平。小舟从此逝，江海寄馀生。”（〔临江仙·夜饮东坡醒复醉〕）这正好反过来了，是身居庙堂，心向山林。这是宋人的不同，但也有共同之处，就是：身心相离，不满足于仕宦。

到了元代，由于元蒙统治者不仅生活上有悖于纲常名教，思想上封建伦理道德的束缚也相对宽松。读书人的地位，也由“万般皆下品，唯有读书高”，一变而为“儒人颠倒不如人”。过去，尽管政局黑暗，青云路险，却分明有一条致身青云之路摆在眼前，读书人自然会有“暮登天子堂”之想。元代长期废止科举，又民族歧视，却真正是上天无门了。于是文人们对过去的历史，开始进行深刻的反思，对社会生活，开始用新的眼光进行认识。柳永、苏轼式的恬退思想开始风靡起来。

在诗文中，每每流露：“未仕每愿仕，既仕复思归。”（仇远《……寄钱塘新旧》）“君召辄往，进辄思退。”（欧阳玄《文正公许先生神道碑》）“寻思此世人心别，又爱功名又爱山。”（许衡《学题武郎中桃溪归隐图》）翻开一部《全元散曲》，我们便会发现，“恬退”、“叹世”之类作品特别多。这些作品，清楚地表现了他们对政治的认识，对生活道路的选择。“列国周齐秦汉楚，赢，都变做了土，输都变作了土。”（张养浩〔中吕山坡羊·骊山怀古〕）“人何在七国春秋？浪淘尽千古风流。隋堤犹翠柳，汉土自鸿沟。休，来往愧沙鸥。”（张可久〔越调寨儿令·次韵怀古〕）“美人自刎乌江岸，战火曾烧赤壁山，将军空老玉门关。伤心秦汉，生民涂炭，读书人一声长叹。”（张可久〔中吕卖花声·怀古〕）历史上的兴亡征战，只是统治阶级内部少数人的勾心斗角，都是为了一己私利，“兴，百姓苦；亡，百姓苦”，不论谁输谁赢，不管打着多么堂皇的旗号，其实都只是苦害百姓。这些名噪一时的人和事，都经不住历史的考验，而今安在哉？这里没有对胜负双方的褒贬，也不是对历史上一时一事的评价，而是对整个历史的重新思考。基于这样一种认识，他们得出了这样的结论：“人生底事辛苦？枉被儒冠误！……奔走在仕途，半纸虚名，十载功夫。”（张可久〔中吕齐天乐过红衫儿·道情〕）“南山豆苗荒数亩，拂袖先归去。高官鼎内鱼，小吏罝中兔，争似闭门闲看书。”（任昱〔双调清江引·题情〕）“志不愿官高禄显，心只图子孝妻贤。”（汪元亨〔双调沉醉东风·归田〕）不仅马致远这样以写神仙道化剧闻名的作家说着“功名二字，如同那百尺高竿上调把戏一般，性命不保。”（《黄粱梦》）王实甫这样以爱情戏闻名的作家，也唱出了“为官不如闲居”的音调：“闲对着绿树青山，消遣我烦心倦目；潜入那水国渔乡，早跳出龙潭虎窟。”（《丽春堂》）蔡伯喈说：“紫罗襕到拘束我不自在……”，“毕竟是文章误我……”云云，正是这种时代音调中的一个音符。它表现出来的倾向，绝不仅仅是对一个丞相、一个皇帝的揭露。若说是揭露，那是极不深刻的，甚至有些地方还对他们进行了回护，如牛相悔悟，让牛小姐返乡守墓等等。它是对一种生活道路的思考和抉择。作品表明，不论是牛丞相还是马丞相，也不论是哪个皇帝当政，只要你走上了仕宦之路，便失去了自由，陷入了苦闷，带来了灾难。

在隐与仕的问题上，元代的文人们已经不完全是从个人的升沉荣辱着想，在某种程度上考虑到了封建政治与人民的关系。对于大多数元代知识分子来说，其理想志向，已经不在庙堂，不在沙场，也不在旷无人迹的洪荒，而是在闺房，在田庄，在山林水乡。他们所追求的既不是某种理想人格的实现，也不是建功立业施展自己的经纶手段，而是对现实生活的享受，希望日子过得平安舒适。《琵琶记》能从人民生活的角度来否定从政一途，也是一种表现。

高则诚早年曾热衷功名，后来终于谙尽宦途滋味而退隐。他参加了镇压方国珍的行动，但与主帅意见不合，避不治文书；方国珍降元，欲留则诚于幕下，又不从；朱元津遣使征召，他依然不出。从这些行动来看，既不能说具有反元思想，也不能说具有反明意识，而是一种对政治生活的厌倦。他说：“士子抱腹笥，起乡里，达朝廷，取爵位如拾地芥，其荣至矣，孰知为忧患始乎！”（赵汸《东山存稿·送高则诚归永嘉序》）这种思想与蔡伯喈的厌官感情是完全合拍的。列夫·托尔斯泰说：“艺术的印象（换言之，即感染）只有当作者自己以他独特的方式体验过某种感情而把它传达出来时才可能产生，而不是当他传达别人所体验而由他转达的感情时所能产生。”（《艺术论》）高则诚在《琵琶记》里传达了他独特的体会，所以才具有艺术感染力，才动人。正因为他有这种体会，他才会明知“动人难”却偏以“动人”为追求的艺术目标，并且踌躇满志地宣称：“知音君子，这般另做眼儿看……骅骝方独步，万马敢争先？”

高则诚从小就仰慕以孝闻名的曾参和闵子骞（见刘基《诚意伯文集·从军行五首送高则诚南征》），在处州任上，由于他的请求，使孝女陈妙贞的门第受到旌表。同时，他又很重视妇女的节操，写过《王节妇诗》，在评论王昭君的时候，也着眼于贞节：“当时国计不足论，佳人失节尤可叹……纲常紊乱乃至此，千载玉颜犹可耻。”（《昭君出塞图》）这就是他在《琵琶记》里让人物大谈封建道德的思想根源。但是，作者对官宦生活的厌倦感情，压倒了、掩蔽了对封建伦理道德宣扬的愿望，使前者成为《琵琶记》的主导倾向。它不是对负心文人的批判。科举制度给人民生活带来的危害，早就引起了作家的注意，如《赵贞女蔡二郎》、《张协状元》以及元杂剧《潇湘夜雨》等，其目的在于批判和否定科举制度下一部分文人的个人品德，而不是科举制度本身。《琵琶记》也不是对具体政治的批判，在新的社会理想的曙光出现之前，任何对具体政治措施和统治阶级中人的批判，即使是指向皇帝和丞相，也都是对封建政治的关注和参与，是对政治的热情，其目的依然是治国平天下。而对仕宦的厌倦则相反，它是对政治的冷漠和疏离，着眼点在人，人的自身，人的家庭生活。从另一方面看，厌倦本身也是一种否定，只是它所否定的不是一人一事、一朝一代或某种政治措施，而是整个的封建政治。人是离不开政治的，高则诚不满意现存的人与政治的关系，在二者之间究竟应当是一种什么样的关系，他并没有思考出结论，所以他才止于否定。在这种倾向中，蕴涵着要求把人从政治附庸、政治工具地位下解放出来的合理因素。虽然还说不上是人性觉醒的呐喊，但我们却可以窥视到它隐藏在“忠”“孝”之后的端倪，听到微弱但又清晰可闻的音响，成为明代思想解放思潮的伏脉和先导。《琵琶记》的价值，不在于对某一具体问题是与非的评判，而在于它在思考和探索一条新的人生道路。高则诚背负着巨大的精神痛苦进行思考和创作，他的作品也反映了进步士子的痛苦和思考。高则诚秉赋了时代的情绪，表现了与政治的离心倾向；高则诚又承受着传统文化道德镣铐的束缚，有着在当时看来也属于局限性的种种表现。《琵琶记》是时代和历史交合而生的宁馨儿。

戏曲的特性与版本研究

——《〈琵琶记〉版本流变研究》

从南戏范围说，《琵琶记》被誉为“南曲之祖”，其实，它不仅是南曲之祖，还是南戏的高峰；从戏曲的范围说，它有跻身“五大名剧”之列的殊荣；从接受美学的角度说，又有冯梦龙“读《琵琶记》而不下泪者必非孝子”① 的著名读后感。可见《琵琶记》在戏剧史和文学史上的崇高地位。然而，这种评价是根据哪一种版本作出来的？戏曲以舞台演出为艺术的最终完成，而演出过程中剧团根据自身的条件和观众的愿望，又往往随意修改剧本，故云“曲无定本”。这就给学术界提出了一个课题——《琵琶记》的版本问题。

《琵琶记》的版本颇多，金宁芬先生在《南戏研究变迁》中即列有四十馀种；对其版本的研究也取得了相当的成绩，若俞为民、黄仕忠先生用力甚勤，俞氏《宋元南戏考论》、黄氏《〈琵琶记〉研究》颇为学界瞩目。韩国金英淑博士新著《〈琵琶记〉版本流变研究》（中华书局2003年6月版），则是这方面的又一可喜成果。

金英淑博士的研究既继承了前人成果，又具有自己的特色。她把《琵琶记》的版本分为“古本系统”、“通行本系统”和“选本系统”三个系列，详细考辨了隶属于这三个系统的版本以及它们之间既有区别又相互渗透的关系。

戏剧，作为案头阅读之用，其文本可以作文学看待，故黑格尔在《美学》中称戏剧为“史诗的客观原则和抒情诗的主体原则这二者的统一”的“戏剧体诗”②；宗白华则称戏剧为抒情文学与叙事文学相结合而生的第三种文学③。因此，完全可以从文学角度进行研究。但是，戏剧又是舞台艺术，其最根本的实现环节是人物装扮表演，只有通过演员装扮成故事中人进行舞台演出才算戏剧创作的最后完成。金英淑博士能从舞台艺术的角度对《琵琶记》的版本流变进行考释，这是其著作的一大特点。嘉靖抄本《蔡伯皆（喈）》与陆贻典抄本相比，略

① 毛声山评《第七才子书琵琶记》附《前贤评语》。
② 黑格尔：《美学》第三卷下，商务印书馆，1981年版，第241页。
③ 宗白华：《美学与意境·戏曲在文艺上的地位》，人民出版社，1987年版。

去了后者一些冗长的情节，甚至有整出被删掉的情况，使嘉靖抄本情节结构更显简短紧凑。作者没有止于这种表象异同的对比，她进一步探讨这种差异出现的原因说："这种删改的一个主要原因，是全本《琵琶记》有四十二出，要在一个单位时间里演出全剧是困难的，因此有必要把它压缩。"考虑到演出时间的限制，可以说抓住了戏剧的根本特点。在考释《蔡伯皆（喈）》为什么比陆贻典抄本少了《伯喈思家》和《牛小姐赏月》两出戏时说："因为这两出戏既缺乏感人的抒情唱段，也不能有力地推动情节的发展，容易造成剧情的停滞。这些出目虽然在文学阅读本里是重要的抒情写景的关目，但不太适合舞台演出，它们会让观众感到沉闷无聊。所以这些出目在舞台演出本中被删掉是极自然的。"作者看出了好的文学文本与戏曲当行之作之间的区别，衡量戏曲文本好坏的第一标准应当是适合于演出。

从选本系统看，有一个值得注意的现象，就是许多选本只收《南浦嘱别》一出，究其原因，若云"观众喜爱"也无不可，但便嫌空泛肤浅。金英淑分析了两个原因，其二云："从演出的角度来说，这一出戏使生、旦同时登场，而且是生、旦单独在场。这是《琵琶记》中极少见的场面。不仅如此，这出戏由生、旦轮流演唱，便于男女主角展示自己的演唱才华。观众最喜欢欣赏的，就是这种生、旦同时在场、轮流演唱的场面。因此，这一场面在《琵琶记》选本中收入次数最多是毫不奇怪的。"观众看戏，不仅欣赏故事，也欣赏表演，尤其是主要演员的表演。从男女主角同时在场、单独在场、轮流演唱的角度着眼，说明选家着眼点在戏不在文，是懂得戏之为戏的行家。可以看出，金英淑博士是从"戏"的角度着眼进行考辨，抓住了研究对象的特点，是有眼光的。

戏剧之所以具有鲜活的生命力，在于它能够因时而变、因地而变，甚至因为演出者不同的理解诠释、演出者自身条件等差异而常演常新。中外戏剧演出莫不如是。金英淑博士明确地意识到了这一点。对于有的版本删去《牛小姐规劝侍婢》、《牛小姐愁配》两出，她认为这反映了民间艺人对《琵琶记》的看法和评价，"牛小姐是一个封建教化色彩浓厚、缺少艺术感染力的人物。老百姓不见得喜欢牛小姐这样的人物"，所以删此两出。"这是明人把自己对原作的理解、审美评价和明代的时代思想、社会心理等投射到作品上面而造成的差异。"这又是结合版本产生的时代，进行综合的立体的思辨了。

由于角度的新异，使本书时有新见。比如，作者认为明人对《琵琶记》的改动"是一个逐渐的过程"，不同版本之间是"我中有你、你中有我、互相吸收、共同演化"的复杂关系，不能把它们截然分开，泾渭分明地划分"系统"，由此导出了颇与时贤不同的结论，这也是值得提倡的学术争鸣精神。

金英淑博士的著作提出了一些新颖的想法，得出了一些有新见的结论。若能依此思路深入研究下去，会对《琵琶记》的版本研究做出更大的贡献，起更大的推动作用。但这却非一时之功所能办到。且不说书里提到的有些问题还没有最终的结论（如关于《伯喈定本》中《琵琶词》的种种问题）；即使是书中提出的时代之审美评价、时代思想、社会心理等正确意见，也有待深入和具体化，比如明代，前期和后期的审美、思想、心理等是很不相同的。对这些问题进行深入论析，对于深入解决已经提出的学术命题来说，是很重要的。

对重要学术问题的探讨很难毕其功于一役，金英淑《〈琵琶记〉版本流变研究》有所突破，有自己的研究特点，值得一读；作为一个喜欢读《琵琶记》的读者和喜欢观赏其演出的观众，我也期待着有更大的突破、更新的成果。

牡丹亭畔何为情

摘　要：人们都把《牡丹亭》视为汤显祖"以情反理"、反封建的代表作，把"情"局限在杜、柳梦中欢会上，而忽略了还魂以后的众多出目。还魂之后所表现的是汤氏的人生见解、实践人格，概而言之，即"鬼可虚情，人须实礼"；内涵也有三端：婚姻规范、皇权至上、社会秩序。要之，《牡丹亭》所表现的作者理想是以情风世，但不拒斥理，不反理也不反封建，主情而不纵欲，从而使汤氏与晚明纵欲文士大有区别。剧中没有流露"批判"的创作意向。从汤显祖的总体思想来看，"情"是核心，但其内涵又是含混、复杂的，包含了儒释道三家的思想，甚至有采补说的内容。

关键词：原生性　社会秩序　实践人格　情化世界

一　《牡丹亭》中何处情

汤显祖自谓："一生'四梦'，得意处惟在《牡丹》。"①《牡丹亭》是汤显祖的代表作。对于《牡丹亭》，李渔说："即汤若士《还魂》一剧，世以配飨元人，宜也。问其精华所在，则以《惊梦》、《寻梦》二折对。"② 洪昇说："肯綮在死生之际。记中《惊梦》、《寻梦》、《诊祟》、《写真》、《悼殇》五折，自生而之死；《魂游》、《幽媾》、《欢挠》、《冥誓》、《回生》五折，自死而之生。其中搜抉灵根，掀翻情窟，能使赫蹄为大块，逾麋为造化，不律为真宰，撰惊魂而通变之。"③ 吴梅先生持论相同，当代学者也多持此种看法。可见，人们都把这十几出戏作为《牡丹亭》的精华，以至今天舞台上演的一些改编本大都详此数出而省略其馀。汤显祖是明代戏曲界言情派的领袖，人们普遍视"以情反理"为汤

① 王思任：《批点玉茗堂牡丹亭叙》，《汤显祖集：附录》，北京：中华书局，1962 年版，第 1542 页。

② 李渔：《闲情偶寄》，《中国古典戏曲论著集成：第 7 册》，北京：中国戏剧出版社，1959 年版，第 23 页。

③ 吴人等：《吴吴山三妇评牡丹亭杂记》，《汤显祖集：附录》，北京：中华书局，1962 年版，第 1558 页。

显祖、也是《牡丹亭》思想的主旨，这十来出戏是汤氏“情”的思想的形象表现。

其实不然。《牡丹亭》全剧55出，若仅十几出即能了事，则全剧大半岂非成了赘疣？若多废芜之笔，汤显祖凭什么雄踞词坛、《牡丹亭》如何能千古不朽而称经典之作？

“情”是汤显祖的主导思想，是他一生的追求，按照汤氏的说法，“情”是万能的：

> 人生而有情。思欢怒愁，感于幽微，流于歌啸，形诸动摇。或一往而尽，或积日而不能自休……生天生地生鬼生神，极人物之万途，攒古今之千变。(《宜黄县戏神清源师庙记》)①

“情”不是外在的，人生而有之；在“情”的支配下可以产生戏剧等文艺，而文艺具有多种多样的功能，天地鬼神、殊方万物、古今变化，都可以表现。所以归根到底，“情”乃驱动力；“情”又是难以言喻的，微妙的，“感于幽微”，“情不知所起，一往而深。生者可以死，死可以生。”②（《牡丹亭记题词》）“世间只有情难诉”！（《牡丹亭·标目》）吴吴山三妇评曰：“情到至处，亦不自解。”大有老子所谓“道之为物，惟恍惟惚”的意思。但是“情”也必须附丽于物和象才能表现出来，老子云：“惚兮恍兮，其中有象；恍兮惚兮，其中有物。”“流于歌啸，形诸动摇”，歌舞戏剧就是一种表现形态。汤显祖还说：“因情成梦，因梦成戏。”③（《复甘义麓》）汤氏要通过写梦之戏表现“情”，所以要把握汤氏“情”的真谛，就应当通过全部《牡丹亭》进行探讨，而不仅仅是生死十出。

二　汤显祖何以要追求情

从整个明代的思想发展来看，明代前期，由于朱元璋施行高压政策，士大夫不为君用“诛其身而没其家，不为之过”（《大诰三编》）。士人除做官之外别无选择，在程朱理学禁锢下，人格卑弱，精神猥琐。“土木堡之变”英宗被俘，接着又发生“夺门之变”，皇室内讧，皇权逐渐削弱，人们追求享乐。商品经济发展，人们开始文化反思，摆脱程朱思想束缚，一统思想打破。先是白沙先生陈献

① 汤显祖：《汤显祖集》，北京：中华书局，1962年版，第1127页。
② 汤显祖：《汤显祖集》，北京：中华书局，1962年版，第1096页。
③ 汤显祖：《汤显祖集》，北京：中华书局，1962年版，第1367页。

章冲破牢笼，追求真率自由的真我，稍后阳明先生王守仁提出“求理于吾心”，“格物致知，自求于心”，重视自我，拓展了士人的精神空间，开拓了一个思想多元化的新局面。虽然并没有取代程朱理学成为主流思想，但却给了士人更多的精神自由。汤显祖就是这种多元思潮中的弄潮儿，他认为明代最缺乏的是“情”，因此提倡“情”，企盼有情社会的到来。明代社会没有为情留出生存空间。朱元璋与侍臣论治身之道时说：“人之害莫大于欲，欲非止于男女宫室饮食服御而已，凡求私便于己者皆是也。然惟礼可以制之，先王制礼，所以防欲也，礼废则欲肆。为君而废礼纵欲，则毒流于民，为臣而废礼纵欲，则祸延于家。故修礼可以寡过，肆欲必至灭身。”① 嘉靖十七年诏书云：“朕历览近代诸儒，惟朱熹之学醇正可师，祖宗设科取士，经书义一以朱子传注为主……礼部便行与各该提学官及学校师生，今后若有创为异说、诡道背理、非毁朱子者，许科道官指名劾奏。”嘉靖时都御史王廷相曾言，官场“谄谀贿赂，无所不为”，“廉耻扫地”，感叹“朝无君子矣！”② 汤显祖《论辅臣科臣疏》则披露了万历朝“贿嘱附势，盛作不忠之事，躐窃富贵者，往往而是”，万历帝也承认：“甚无公直，好生欺蔽！”③

家庭里，杜丽娘的生活环境就是社会的缩影。杜宝夫妇家教甚严，不许女儿白日眈睡，不许逛花园荡秋千，允许的只是课女红和读诗书，目的是消磨和箍制青春少女的生命活力，以适应礼教规范，这样才能“他日到人家，知书知礼，父母光辉”（《训女》）。因此要为杜丽娘延师，而择师是有标准的——“鸿门腐儒”，于是选中了陈最良。陈最良其人，“鸿门”倒没看出来，“腐儒”却是货真价实。他只会“依注解书”，却从不曾游过花园，从不晓得伤春，迂腐得可以。所以春香嘲他为“村老牛，痴老狗，一些趣也不知”（《闺塾》）。在《牡丹亭》里，陈最良是以传统礼教代表的面目出现的，他向杜丽娘灌输“后妃之德”、“昔氏贤文”、《女诫》的过程，就是礼教对杜丽娘实施规范和改造的过程。“为娘是女模”，师乃生之模，家庭和社会就是要把杜丽娘塑造成为女陈最良。只是让人适应社会道德规范和行为准则，使人成为社会等级秩序中的一分子，却忽视了人的鲜活的生命、人的要求欲望以及作为独立个体的个性和追求。这是泯灭人性的过程，所以春香说这是“把人禁杀”。礼教对人性的漠视，使杜宝夫妇虽然爱女，却又鸿沟隔绝，不能知女。丽娘明明是伤春，他们硬说是寒热惊风，“一

① 余继登：《典故纪闻》，北京：中华书局，1981 年版，第 60 页。
② 馀继登：《典故纪闻》，北京：中华书局，1981 年版，第 311-312 页。
③ 汤显祖：《汤显祖集》，北京：中华书局，1962 年版，第 1211 页。

个哇儿甚七情?”心病不知医心，眼睁睁断送了女儿性命。这也是杜丽娘偶有一次游自家花园的机会，都会异常惊喜，都要认真打扮的原因。

爱美本是人的天性，丽娘原本“一生爱好是天然”，但在礼教束缚下她竟连自己都漠视了，以致游园前照镜梳妆时才蓦然发现自己的青春容貌竟是如此美丽！于是一种莫名其妙的苦闷油然而生：“剪不断，理还乱，闷无端。”自己的苦闷都说不清道不明，正说明其产生原因不是由具体事件引起，比如以往戏曲所经常描写的父母干涉婚事等等，而是令人窒息的生存环境的压抑——这是社会的苦闷，时代的苦闷。这正是《牡丹亭》的深刻之处。在游园中，杜丽娘发现了大自然的春光之美，由此联想到人的青春之美；春光难以久驻，青春岂能长存?游园本为开心释闷，结果却如抽刀断水，举杯消愁，所以杜丽娘才唱出了千古名句：“良辰美景奈何天，赏心乐事谁家院。”道出了时代苦闷的心声，震撼着历代读者和观众的心灵。

容貌美，爱美——不论是穿戴之美还是大自然之美，都是个性化的，是个人价值的体现。对这些美的发现和欣赏，体现了对个体的尊重，闪耀着人性的光辉。而人性既被压制，连自然美也被遮蔽，杜丽娘所言：“锦屏人忒看的这韶光贱。”杜母言：“怪他裙衩上，花鸟绣双双。”整个社会也就失去生机和活力。人只是作为社会的工具，社会的组成部分而存在。汤显祖要追求另一种生活——有情社会。

三　梦中“情”为何物

汤显祖为什么把杜丽娘对柳梦梅的追寻、把杜柳相遇作为“情”实现的标识？这首先要看柳梦梅其人。作为丽娘的梦中情人，他对“情”有着深刻的看法，这就是他在《惊梦》〔小桃红〕曲中所唱的：“则为你如花美眷，似水流年。”这不仅是《惊梦》一出，也是全部《牡丹亭》的“戏眼”，真正具有震撼人心的力量。所以曹雪芹才在《红楼梦》第二十三回中，通道林黛玉之口说出了自己听曲的感受：

> “原来姹紫嫣红开遍，似这般都付与断井颓垣。”黛玉听了倒也十分感慨缠绵，……“良辰美景奈何天，赏心乐事谁家院。”听了这两句，不觉点头自叹，心下自忖道：“原来戏上也有好文章。可惜世人只知看戏，未必能领略这其中的趣味。”……“则为你如花美眷，似水流年……”黛玉听了这两句，不觉心动神摇。又听道“你在深闺自怜”等句，亦发如醉如痴，站立不住，便一蹲身坐在一块山子石上，细嚼“如花美眷，似水流年”八个

字的滋味。……仔细忖度，不觉心痛神痴，眼中落泪。

流年似水，青春难再，这是世世代代一切少男少女的感叹和忧伤，像曹雪芹一样具有慧眼灵心的读者和听众，哪能不心动共鸣？《惊梦》之精邃警策，只在这八个字，“如花美眷，似水流年”竟由柳梦梅说出，汤氏之意是在使丽娘、梦梅有共同的见解，共同的追求，男女之情是双向的，互相爱慕，互相吸引。素未谋面而心向往之，“是那处曾相见，相看俨然”，杜柳之间也如《红楼梦》中的宝黛，“这妹妹我见过的！”爱情本来就有难以言喻的神秘色彩，这大概就是所谓的“缘分”，竟被两位天才作家形象地写出。

梦中的花神是有情之神，怜香惜玉，“竟来保护他，要他云雨十分欢幸也”（《惊梦》）。因此梦中的一对儿恋人可以不受干扰，随心如意地享受着情爱，“日暖玉生烟”，“美爱幽欢不可言”（《寻梦》）。爱的雨露点活了杜丽娘干枯的心苗，使她体验到了做人的快乐，而这正是杜丽娘所生存的人世所没有的，所以她珍惜，她出生入死地寻找。冥界有情，判官是有情之判，不仅让花神保护杜丽娘的肉身，还发给她游魂路引，任她随风游荡，寻找梦中有情人。对此一桩情案，判官判云：“欲火近干柴，且留的青山在，不可被雨打风吹日晒。”（《冥判》）这是颇负盛名的判词。“欲火干柴”云云，无非是言其自然也必然，合情也合理，甚至是不可阻止，无法抗拒的，否则就不近人情，因而获得了文人学士的普遍认同。最有代表性的是比汤显祖小 24 岁的冯梦龙，他在《醒世恒言》之《乔太守乱点鸳鸯谱》中，写乔太守一段判词，就与判官的判词文意相同：“爱女爱子，情在理中；一雌一雄，变出意外。移干柴近烈火，无怪其燃；以美玉配明珠，适获其偶。”干柴近烈火，不燃才怪！冥间的杜丽娘不仅可以自由魂游，还可以幽媾。梦冥二境把“情”体现得淋漓尽致。老判者谁？“临川自谓也”①（刘世珩《玉茗堂还魂记跋》），这是汤显祖对男女之“情”的理解。

通过这些描写我们看到，所谓“情”具有原生态的性质，是生而有之的。这不仅是人的自然属性，古今同怀，圣人与普通人毫无差异；也是动物的自然属性，所以汤显祖以自然界之春天喻人之青春，以鸟之求偶兴起人之求偶。违背了

① 毛效同编：《汤显祖研究资料汇编》，上海：上海古籍出版社，1986 年版，第 966 页。

此种“情”，也就违背了生命的本能本性。“可以人而不如鸟乎?”① 人作为动物的一种，应当享受到更多的快乐。俞平伯先生在以“真”与“正”论《牡丹亭》的时候说：“夫仁者人也，正者正也，尽人之性，尽物之性，此正而不可乱，常而不易者也，内圣外王之法也，而犹未是也，直自然之本然耳。何谓自然之本然?‘虫儿般蠢动’是也，此物之性，即人之性也，此人道也（读如未通人道之人道），即人之道也，谓为秽亵非也，谓为神圣亦非也，此自然之本然，‘直’观之而已矣。”②（《牡丹亭赞》）又说：“彼男女哀乐之所以总持人性者，非以其伟大也，乃以其卑微也，非以其高远也，乃以其切近也。”汤氏只是写出了人性的跃动，写出了本能的天真，它不高洁，也不下流，卑微得切近人情，合乎人性。杜丽娘形象给我们印象最深、最为动人之处，是她所具有的人性魅力。杜柳梦中情事，有类于动物性的最低层次的生存活动，但却蕴涵着人性美、人情美。

这种“情”又是至诚的，坚贞的，这又是它与动物的区别。“人间女子伤春之诚有如杜丽娘者乎？春游而感之，感春而梦之，梦春而寻之，寻之而竟殉之矣。丈夫惊艳之诚亦有如柳梦梅者乎？无非拾得一画耳，而玩之叫之矣，不足而见之矣，见之不知其为鬼也，及知其为鬼也，犹不足，遂掘墓而发棺矣。此理之所必无也，情之所必有也，……爱欲之私，人与一切众生类也，二子之与吾侪亦类也，出乎其类，拔乎其萃，神明通之矣。积一念之诚，辄颠倒死生如弹丸乃尔，较《关雎》之‘寤寐反侧’，不啻放大数百由旬矣，视其他之闺情宫体杂咏无题，纷纷攘攘，啾啾切切，盖不堪一映矣，又岂但大小巫上下床之别哉?”③（《牡丹亭赞》）舍此不足以感人，这就是汤氏所说一往而深、可以生可以死的“情至”。在中国古代同类题材的戏剧中，往往强调男女主人公与家长专制的抗争，写出了追求爱情的勇敢精神，有冲决罗网的意义；而《牡丹亭》却在男女主人公为情颠倒的坚贞上下工夫，情可以生死人而肉白骨，这是此剧的大贡献，也是汤氏之“情”区别于纵欲的着眼之点。故吴梅先生言：“为从来填词家屐齿所未及，遂能雄踞词坛，历劫不磨也。”④

---

① “可以人而不如鸟乎”是《肃苑》出中春香转述杜丽娘语。原句出《礼记·大学》所引孔子语：“于止，知其所止。可以人而不如鸟乎?”其义本孔子所谓“里仁”，人们应当选择仁德之所居住，鸟尚知选择处所而栖之，人怎能不如鸟呢？人而不如鸟，便不能算聪明了。这句话被嘉、万间人吴门徐昌龄断章取义用到了小说《如意君传》（又名《阃娱情传》）里。武则天与男宠薛敖曹携手游园，叹曰：“幽禽尚知相偶之乐，可以人而不如鸟乎？……朕与君今日当效禽鸟之乐。”杜丽娘全袭小说之意，用今天的流行语说，便是有意“误读”经典。以昔贤“误读”《关雎》为后妃之德教化杜丽娘起，丽娘也仿此“误读”经典，是颇有意味的反讽。

② 毛效同编：《汤显祖研究资料汇编》，上海：上海古籍出版社，1986 年版，第 986 页。

③ 毛效同编：《汤显祖研究资料汇编》，上海：上海古籍出版社，1986 年版，第 989 页。

④ 吴梅：《中国戏曲概论》，《吴梅戏曲论文集》，北京：中国戏剧出版社，1983 年版，第 156 页。

在以皇权为中心的官僚社会里，君臣、父子、夫妻……谁都跳不出这种体制，各安其分，各司其职，人的心理和人格发生了变异，服从和奴性成为被普遍接受的良好品德。而杜丽娘、柳梦梅却要摆脱社会统系的束缚，追求个人幸福，展现个性，成为人类思想史上的闪光点，体现的是以人为本的人本精神。

汤显祖寄托“情”的理想国梦境与鬼境，固然不是人间的乐土，即使是男女主人公杜丽娘、柳梦梅，也不是现实生活中的人物——人世间有死三年而尸骨不朽、还魂复生的吗？所以说汤氏的理想国只是一种思想意义上的存在，或者说只是汤显祖对未来社会的呼唤和设计，而不是一个可以用时空来界定的物理性存在。“形而上者谓之道”，属于形而上的范畴。人不能生活在虚幻世界，汤氏既无术使人长梦不醒；又“贵生”，不主张舍生入死。“天地孰为贵？乾坤只此生。海波终日鼓，谁悉贵生情？”①（《徐闻留别贵生书院》）他一定要让杜丽娘还魂。倡“情”即为尊生，不为贵死。因而汤氏之“情”也要经受现实世界的考验，要写出“形而下”的真实行为。

四　汤显祖的实践人格

应当说，梦中之情远非汤显祖“情”之思想的全部，也并非《牡丹亭》所言“情”之完整内涵。人性与道德，自由与法律，是人类行为中难以分开的两个方面。要保障社会的有序运行，就不能不对人的行为有所约束，使人遵守社会普遍认同的道德规范。理想的社会，是既尊重人性，给予人以充分的自由，又能保障社会的有序发展。“情”在现实社会中也不能横冲直撞，为所欲为。汤显祖怎样主张？且看剧中描写：

> 花神“因杜知府小姐丽娘，与柳梦梅秀才，后日有姻缘之分”，才保护她云雨欢幸（《惊梦》）。
>
> 冥间老判查看了姻缘簿，知杜柳二人有姻缘之分，“前系幽欢，后成明配”，才放丽娘出枉死城，随风追寻（《冥判》）。
>
> 冥间虽不似人世礼数繁多，重重束缚，也不是随心所欲，为所欲为。即使幽媾，也是“告过了冥府判君，趁此良宵，完其前梦”（《幽媾》）。

就是说，在汤氏构建的理想国里，梦与魂的行为也要遵守一定规范。不仅如此，“临川自谓”的老判也并不赞成慕色苟合，因而欲贬杜丽娘失却人身，入燕

① 汤显祖：《汤显祖集》，北京：中华书局，1962年版，第435页。

莺之群。花神告求："此女犯乃梦中之罪，如晓风残月。且他父亲为官清正，单生一女，可以耽饶。"老判这才松口："也罢，杜老先生分上，当奏过天庭，再行议处。"（《冥判》）这就清楚地表明，汤显祖不赞成欲之所至，便冲决一切罗网。梦中之合，"景上缘，想内成，因中见"（《惊梦》）的虚情幻象尚且如此，何况青天白日下的生人！所以在杜丽娘还魂之后，柳生求亲时，丽娘便说："扬州问过了老相公、老夫人，请个媒人方好"；"前夕鬼也，今日人也。鬼可虚情，人须实礼"；"待成亲少个官媒，结盏的要高堂人在"（《婚走》）。"鬼可虚情，人须实礼"八个字，是《牡丹亭》创作思想的，也是汤显祖实践人格的精策之语。人间的男女欢合，要遵守人间的行为规范，汤氏并不赞成在现实生活中也钻穴逾墙、偷欢苟合，这便是"人须实礼"。颇有意味的是，杜柳冥中梦里数度交欢，"有精有血"（《冥誓》），俨然如真，还魂后汤氏仍让杜丽娘"玉体无损"，还她一个"女儿身"（《婚走》）。足见汤显祖虽主有情之合，却仍然看重女子的玉洁无瑕。

可见，虽冥梦之中"鬼可虚情"，现实生活里，汤显祖却尊重社会规范。只有把"情"纳入到社会秩序中，"情"才是有价值的，个体离不开群体。汤氏云："天地之性人为贵。人反自贱者，何也？孟子恐人止以形色自视其身，乃言此形色即是天性，所宜宝而奉之。如此则思生生者谁。仁孝之人，事天如亲，事亲如天"；"故大人之学起于知生。知生则知自贵，又知天下之生皆当贵重也"；"故仁孝之心尽死，虽有其生，正与亡等"①（《贵生书院说》）。贵生不是贵一己之生，故不能任个人情欲违反社会秩序，所以他主张仁孝。在给汪云阳的信中，汤氏言及建贵生书院的目的："弟为雷州徐闻尉。制府司道诸公，计为一室以居弟，则贵生书院是也。其地人轻生，不知礼义，弟故以贵生名之。"②（《与汪云阳》）贵生必知礼义。汤氏以情成戏，而戏的作用在于："可以合君臣之节，可以浃父子之思，可以增长幼之睦，可以动夫妇之欢，可以发宾友之仪，可以释怨毒之结，可以已愁愦之疾，可以浑庸鄙之好。"戏的作用，也即"情"的目的，在于调节五伦，和谐社会，起教化作用，这就是"以人情之大窦，为名教之至乐"③。

也正是基于对人间关系、社会秩序的尊重，汤显祖不废君臣之礼。当还魂回生的杜丽娘与柳梦梅见到杜宝，固执的杜宝拒不认女与婿，不可开交之际，汤显

① 汤显祖：《汤显祖集》，北京：中华书局，1962年版，第1163页。
② 汤显祖：《汤显祖集》，北京：中华书局，1962年版，第1407页。
③ 汤显祖：《汤显祖集》，北京：中华书局，1962年版，第1127页。

祖把这个家庭矛盾交由皇帝解决，体现了对皇权权威的信仰。在汤氏看来，皇权不仅可以支配政治，也应该统御家庭，纶音一出，矛盾消解，于是在众人“齐见驾，齐见驾，真喜洽，真喜洽”的欢乐声中，杜丽娘自豪地宣称：“普天下做鬼的有情谁似咱。”（《圆驾》）最终还是靠皇帝成就了这对有情夫妻，同时也使这对魂梦“逾矩”的青年男女回归社会，也和谐了杜宝的家庭。这就是《贵生书院说》所谓：“子曰：‘天地之大德曰生，圣人之大宝曰位。’何以宝此位？有位者能为天地大生广生。”① 符合汤氏《论辅臣科臣疏》中称颂万历皇帝“圣明”，主张“正君臣之义，诛佞邪之心”的根本精神②，属于汤氏所言“情”的内涵。不少人认为这是对皇帝的批判，实则象征着“情”只有在得到皇权支持或认可的情况下，才能在现实社会存在。

既高扬“情”的大旗，又遵循礼的规范，“礼者，天地之序也”（《乐记》），看似矛盾，其实非也。《牡丹亭》之作意，在呼唤而不在批判。剧中人物除入寇之金邦及溜金王李全夫妇外，无一恶人，即使是固执之杜宝、冬烘之陈最良，也是廉能官员、至诚君子。只因他们身上缺少了“情”，不通情便不达理，因而给予善意的嘲谑。汤显祖憧憬的有情社会，并不拒斥理，而是既重个人价值，又守伦理规范。汤显祖反对禁欲，也不主纵欲，这使他的言情与晚明纵欲派不相同。如前所述，重“情”也即含有重社会价值的意思。用袁枚的话说就是：“天下之所以丛丛然望治于圣人，圣人之所以殷殷然治天下者，何哉？无他，情欲而已矣。老者思安，少者思怀，人之情也；而‘老吾老以及人之老，幼吾幼以及人之幼’者，圣人也。‘好货’、‘好色’，人之欲也；而使之有‘仓积’、有‘裹粮’、‘无怨’、‘无旷’者，圣人也。使众人无情欲，则人类久绝而天下不必治；使圣人无情欲，则漠不相关，而亦不肯治天下……己不欲立，而何立人？己不欲达，而何达人？故曰：不近人情者，鲜不为大奸。”③

汤显祖确实想以情讽世，但目的绝不是让人的私欲横流。其实，从反抗礼教、叛逆家庭来说，剧中的杜丽娘连元杂剧《墙头马上》里的李千金、《西厢记》里的崔莺莺都不如。杜丽娘既不反抗家庭，也不叛逆社会，相反，她在努力争取家庭和社会对她与柳梦梅婚姻的认可。汤氏塑造杜丽娘形象所要表达的，只是由于社会缺少人文关怀而令人窒息，因而呼唤有情社会的实现，在社会秩序之内，让人享受到作为人本应享有的快乐。人，不仅是群体的一员，也是独立的个

① 汤显祖：《汤显祖集》，北京：中华书局，1962 年版，第 1163 页。
② 汤显祖：《汤显祖集》，北京：中华书局，1962 年版，第 1121 页。
③ 袁枚：《小仓山房文集》，《袁枚全集》，南京：江苏古籍出版社，1993 年版，第 374-375 页。

体；不仅具有社会的属性，也具有生命的属性、动物的属性，即自然人。在保障社会秩序的情况下，应当尽人情人性。汤显祖“情”的理想，说到底也只是在皇权专制制度下的官僚体制内进行一些改良，而并不想用“情”颠覆现存社会。他也没有意识到“情”并没有改良世界的力量。即使朝廷上下、民间父母都具有“情”的美德，没有制度作保障，“情”也会被随时戕害。制度远比道德靠得住，这一点直到辛亥革命才有了清醒和自觉的认识，这在汤显祖之后，还有三百年的历史路程。汤显祖并没有开出医治无情社会、实现有情社会的药方，当时也没有人能开出这种药方。艺术家、作家的责任只是表达时代的要求，提出时代的愿望；这种要求和愿望的实现，却是历史进程决定的。仅执其一端即断言《牡丹亭》“以情反理”、反封建以及批判什么，似可商榷。

五　汤显祖“情”的复杂内涵

“情”是汤显祖思想的核心，表现在他的人生观、政治观、文学观等诸多方面。这诸多方面的表现，却有着不同的特征和复杂的内涵。它当然包括男女之情，但又不仅仅是男女之情。汤显祖所说的“情”，不是“爱情”的同义词，其涵盖面要广阔得多，内涵也深刻得多、复杂得多。但是“情”为何物？汤氏心中并没有明确的答案。作为文学家的汤显祖，与哲学家、思想家的不同在于，他在用形象探讨——人与社会的关系应当是怎样的？人应当有怎样的生活状态？他有憧憬，但很朦胧，不仅汤氏本人在不同的地方有自相矛盾之处，他同时代以及后世之论“情”者，也不一致，甚至互相龃龉。

恩格斯曾指出：“自从阶级对立产生以来，正是人的恶劣的情欲——贪欲和权势欲成了历史发展的杠杆。”① 晚明社会风气以华为美，追求奢侈享受，于是促进了消费；消费的需求拉动了创造，促进了商品的流通，商业的繁荣。嘉靖、万历时人张瀚《松窗梦语》记载当时社会风气说：

> 至于民间风俗，大都江南侈于江北，而江南之侈尤莫过于三吴。自昔吴俗习奢华，乐奇异，人情皆观赴焉。吴制服而华，以为非是弗文也；吴制器而美，以为非是弗珍也。四方重吴服，而吴益工于服；四方贵吴器，而吴益工于器。是吴俗之侈者愈侈，而四方之观赴于吴者，又安能挽而之俭也？盖人情自俭而趋于奢也易，自奢而返之俭也难。今以浮靡之后，而欲回朴茂之初，胡可得也？……是盈握之器，足以当终岁之耕；累寸之华，足以当终岁

① 《马克思恩格斯选集》第四卷，北京：人民出版社，1972 年版，第 233 页。

之织也[①]。

而生活方式的改变促使思想意识变化，追求名利，追求平等，冲决束缚，个性解放。但由此又引出相反的作用和负面效应——纵欲，道德缺失，社会责任感缺失。

人文学科（包括诗、文、小说、戏曲等等）所探索、所追求的理想社会，实际上就是个人与群体、与国家、与社会的关系问题。什么样的关系，才让人心情舒畅，才让人幸福，才是人间“乐土”？汤显祖对此当然要作出他的回答，他的思考。《牡丹亭》就是汤显祖在“情”与“礼”的关系上，即个人与群体、个人与社会关系上的认识。

当然，汤显祖的所谓“情”是很复杂的，比如汤显祖同时又信“采补”之说。道教之房中术认为回骸起死，必得与生人久处，便可复活。葛洪《抱朴子·释滞》说房中术可以补救伤损，攻治众病，采阴益阳，延年益寿。《玉房秘诀》认为“非徒阳可养也，阴亦宜然，西王母是养阴得道之者也”；“以阳养阴，百病除。”古人多信之，据张庆民先生考据，西王母、黄帝、老子李耳、彭祖、曹操等皆好此道（书中所谓西王母、黄帝云云，恐怕是方术之士为自神其说而假托的人名，未必实有其事）。而明代，“今天下之治方术者多矣”[②]，嘉靖、万历朝君臣文士皆乐此不疲。如陶仲文以仓官献房中秘方得幸世宗，官至礼部尚书，“其宠于人主，古今无两。”谭二华（纶）受其术，以授张居正，官至兵部尚书。“盖陶之术，前后授受三十年间，一时圣君哲相，俱堕其彀中，叨忝富贵如此”[③]。其前如成化、正德朝，其后如隆庆、万历朝等，献房中术，成为一条熙熙攘攘的通显捷径。汤显祖亦然，《邯郸记》第27出《极欲》写卢生收用24房女乐，轮流歇宿，有时还“两三人临期听用”，就是以采战图长生，效彭祖采女益阳之术。《牡丹亭》写杜丽娘死三年而可以还魂，也因有“幽媾”，才可以生死人而肉白骨，故还魂后的杜丽娘说：“可知道洗棺尘，都是这高唐观中雨。”（《回生》）可见，汤显祖以“情”为核心的思想，以儒为主，也受佛道二家思想之影响，既芜杂，又有含混不清之处，还有自相矛盾的地方。

这就是汤显祖。

---

① 张瀚：《松窗梦语》，北京：中华书局，1985年版，第79页。
② 张瀚：《松窗梦语》，北京：中华书局，1985年版，第108页。
③ 沈德符：《万历野获编》，北京：中华书局，1959年版，第546-547页。

混阳蒸变奈何天

——《牡丹亭》语言琐谈

说到汤显祖剧作的艺术成就，总会让人想到《牡丹亭》那扑朔迷离的语言风格。即如“良辰美景奈何天，赏心乐事谁家院”两句，古往今来，人们都称赞它，成为众口传诵的名句。它是揭示杜丽娘性灵之光的传神之笔，确实具有让人感慨缠绵、心动神摇的艺术魅力。它所表达的，只是一种感情意绪。我们好像能够感受它，但要用语言解释清楚，却也并非易事。而《惊梦》一出，不仅是大学各科教学必读的篇目，也是至今活跃于舞台上的剧目。如何理解这两句唱词，实有进一步讨论的必要。比如：

有的解释为怨天：“意思是说：美好的时光和景色对老天不作美是无可奈何的，我的家院中并没有使人称心如意的事。”（上海古籍出版社《明代戏曲选注》）

有的说是呼天：“这两句是说：这么宝贵的春光，这样优美的景色，天哪，叫我如何度过呢！使人舒心愉快的事，究竟哪家才有呢？”（广播出版社《阅读和欣赏》古典文学部分之五）

也有认为是在悲天：“大好春光，美丽景色，无人欣赏，苍天也无可奈何，使人赏心悦目，愉快欢乐的事又在哪家庭院？”（厦门大学出版社《（大学语文）古文译析》）

还有的理解为是在愧对苍天：“以上两句意思是：大好春光美丽的景色无人欣赏，有负苍天，能引起赏心悦目、使人心旷神怡的，又是什么样衰败的院落啊！”（江苏人民出版社《中国文学作品选》）

直到2004年的出版物中还有这样的解释：“天都奈何不得的景色，却惨遭人事的摧残。”竟理解为“天奈何”了！

这些解释，都是把“天”释为苍天之天；杜丽娘对“天”的态度，也被解释得各不相同，甚至相反。这种种不同的解释，直接关系到对女主人公心态的认识和对剧作立言神指的把握。

我认为，上述诸说，似皆未妥，不仅文义不通，也误解了杜丽娘的心绪。

其实，“天”，在这里指生活、日子；“奈何天”，就是愁闷无聊、伤心抑郁的生活。据查，《四库全书》中用“奈何天”者数以万计，姑引数例为证。宋人晏几道词：“欢尽夜，别经年，别多欢少奈何天。情知此会无长计，咫尺凉蟾亦未圆。”（〔鹧鸪天〕）“奈何天”即离愁别恨萦怀，没有欢乐的日子。清初李玉《占花魁》传奇：“短长痴梦苦缠绵，都捱遍，寂寞奈何天。”（《探芳》）“奈何天”，指剧中男主人公秦种因思念花魁娘子而神魂恍惚、寝食都捐的苦闷生活。蒲松龄《聊斋志异》中〔惜馀春〕词：“甚得新愁旧愁，刬尽还生，便如青草。自别离，只在奈何天里，度将昏晓。”（《聊斋志异》卷七《宦娘》）“奈何天里”，即新愁旧愁剪刈不断的日子里。曹雪芹在提到自己创作《红楼梦》的心情时说：“趁着这奈何天，伤怀日，寂寥时，试遣愚衷。因此上，演出这悲金悼玉的《红楼梦》。”（《红楼梦》第五回〔红楼梦引子〕）这里的“奈何天，伤怀日，寂寥时”，三组语意相同的短语连用，加重感情色彩，言其情怀惨淡之甚、空虚悲伤之极。“谁家院”，犹什么院。张相云：“此‘谁家’，亦‘什么’之意。‘谁家院’与‘奈何天’作对，‘谁家院’犹云‘什么院’，意言还成什么院落，即上句所云‘似这般都付与断井颓垣’，下文所云‘便赏遍了十二亭台是惘然’也。……今日苏杭口语之‘啥个’或‘啥格’，正与‘什么’之义相当，当即从‘谁家’二字音变而成，‘啥’即‘谁’，‘个’即‘家’也。”（《诗词曲语辞汇释》卷三）“良辰美景奈何天，赏心乐事谁家院”，是说春光明媚，景物宜人，但我杜丽娘却生活在愁闷无聊之中；游园本是赏心乐事，但这里无人收拾无人欣赏，还成个什么院落，还像个什么样子！欣喜混合着哀愁从人物心底流出。欣喜，是因为杜丽娘暂时获得了自由，欣赏到了按封建道学的要求她本不应该欣赏的美好春光，呼吸到了在腐气弥漫的闺塾中所呼吸不到的春天的气息；哀愁，是因为她所获得的这种自由，不仅是短暂的，而且是不合“礼”、不合法的，无情的“理”将合法地剥夺她作为人本应该享有的权利，扼杀她人的天性，使她在“奈何天”里熬煎生命。表现杜丽娘丰富的内心世界形象而深刻。这里丝毫没有涉及对“苍天”的态度。

由于杜丽娘的这种情绪是时代压抑造成的，而不是某一件事或某一个人的干预造成的，它本身就难以捉摸，难以言喻，连杜丽娘自己也说不清楚：“病厮迷，为甚轻憔悴？打不破愁魂谜。”吴吴山三妇曰：“情到至处，亦不自解。”汤显祖说：“情不知所起，一往而深。”（《牡丹亭题辞》）“世间只有情难诉”（《牡丹亭·标目》）。在描写这种“情”的时候，便采用了写意式的笔法，只是要渲染一种情绪意蕴，传达一种让人可意会而不可言传、可神通而难以语达的心灵波动，因而使《牡丹亭》具有了一种朦胧美，一种韵致深藏的美。有如李商隐的诗，幽情绵邈，悱恻深曲，读之听之，让人心痛神痴，魂销肠断，欲道所以，却又非三言两语所能尽者。王骥德称其境往神来，巧凑妙合，“才情在浅深、浓淡、雅俗之间，为独得三昧。”（《曲律·杂论下》）正如剧作家自己所说：“要皆以若有若无为美。”（《如兰一集序》）“文章之妙，不在步趋形似之间，自然灵气，恍惚而来，不思而至。怪怪奇奇，莫可名状。”（《合奇序》）其韵味情致，在笔墨文字之外。但是，这种情绪的渲染又是从人物性格出发的，是“从筋节窍髓，以探其七情生动之微。”（王思任《批点玉茗堂牡丹亭叙》）塑造的人物，也就能眉眼生动，描绘出丹青所不能描绘的风神意态。《牡丹亭》与《西厢记》的语言，都瑰丽华美，芬芳醉人，但后者如霞光照锦，前者似月色迷花，二者各具独特的风格色调。这种差异，是由于所表现的内容和人物性格不同造成的，都是为人物传神写照的绝妙好辞。

再如“混阳蒸变”。这是杜丽娘与柳梦梅梦中欢会之际，花神怜香惜玉保护他们时说的：“单则是混阳蒸变，看他似虫儿般蠢动把风情扇。”是说柳梦梅的。何谓“混阳蒸变”？注家多回避不注，有的则以“色情描写”一语杖毙。其实，这是汤氏男女之情见解中的重要表述。它与《西厢记》不同之处在于，《西厢记》里崔张之“一见钟情”，“见”字不可忽略：由于“见”的触动才引起“情”的活跃；而且对“情”的描写中，主动方在张生，欢会也重在表现男性的满足与欢畅。《牡丹亭》里的男欢女爱是双方的渴望，杜丽娘固然因情成梦，柳梦梅同时也在处处寻访，“是答儿闲寻遍”；而且素未谋面即心向往之，是发自天然本性的要求渴望。这就说明，情爱是人类——不论是男人和女人——固有的欲望，是人性本能，因而是正当的、合情也合理的。杜丽娘的描写已很充分，这里补足了对柳梦梅的刻画，意谓：混沌之中阳气蒸腾变化。既指大自然的春天阳气勃兴，又喻指男性从蒙昧中苏醒。明《清晖阁批点玉茗堂还魂记》看得深刻，眉批曰：“轻薄大样，忽作天眼。”看似轻薄的描写，实则义归浑雅。人是吃五谷杂粮的，谁能远离人间烟火？

《牡丹亭》是汤显祖戏剧创作的最高成就，因而人们往往把《牡丹亭》的语言风格，看作是汤显祖剧作的语言风格。其实，汤剧语言前后期的风格并不相同。“临川四梦”可以分成两个不同的形象系统。《紫钗记》、《牡丹亭》虽然写了情与权相格、情与理相格，从不同方面对社会进行了揭露与鞭挞，但剧作家的着眼点，是面向未来，呼唤未来——有情社会的到来。《南柯》、《邯郸》二梦，其主导倾向则是回首过去，总结过去，表现剧作家对功名利欲、官场生活的厌倦和否定。就其表现的内容而言，前二剧侧重在对理想的憧憬，浪漫虚幻成分多些；而未来和理想社会的蓝图，在剧作家的头脑中还是朦胧的，故其为言也似之。后二剧侧重在对现实生活的描绘，故多用写实主义的笔墨。其描写的重点在于淳于棼和卢生的梦中经历，“笔毫墨沈，绘梦境为真境，绘驿使、番儿、织女辈之真境，为卢生梦境。”（沈际飞《题邯郸梦》）虽托之佛道、梦寐，实际上却是现实生活的生动写照。对这种生活，剧作家有着长久的观察和深刻的体验，故其为言也，质朴而浅易：

喜蛛儿头直上吊下到裙拖，天来大喜音热坏我的耳朵，则排比十里笙歌接着他。(《邯郸记·闺喜》)

明白如话，到耳即消，与前期剧作语言风格的差异是明显的。

由此我想到，读经典读名著，最好引导人们读原著。与其让专家、名人嚼烂了喂给别人吃，不如把原著一字字一章章讲读清楚，由读者自己咀嚼吸收更富营养。汤若士经史子集、梵筴丹经、稗官小说等等无不贯穿洞彻，清快雨堂《冰丝馆重刻还魂记叙》曰：“世有见玉茗堂《还魂记》而不叹其佳者乎？然欲知其佳，且尽知其佳，亦不易言矣……予童子时爱读此记，读之数十年，自恨于其佳处尚有未能悉者。”先贤尚且如此，何况我辈？倘若自己连原著的字句还没读懂，便在电视上、大著里大谈其心得、体会、欣赏、“走进”，恐怕不仅由于自己的误解贻误听众和读者，也于良好的学风建设不利。

《邯郸记》平议

在汤显祖完成《邯郸记》创作22年、汤翁逝世7年之后，王思任写了一篇《批点玉茗堂牡丹亭叙》，在谈到玉茗堂“四梦”“立言神指”时说过一段经典性名言：“《邯郸》，仙也；《南柯》，佛也；《紫钗》，侠也；《牡丹亭》，情也。”①这段话之所以被经常引用并且为人信从，一是因为王氏与汤翁是同时代人，有共同的时代感受；二是王氏与汤翁有过交往，且关系密切，对汤翁了解深切。然而又不尽然。文艺创作是一个复杂的过程，一旦进入创作状态，作家投入的是感情，用感情写作，有时甚至是作家本人的理智所左右不了的。形象的文艺作品与作家表白的创作宗旨并不一致，即使有相当的重合，也没有完全一致的可能。何况作家的内心隐秘，并不是都可以宣示于人的。与作家关系过于密切，有时也妨碍理性思考，反不如经过历史的沉思，与作家、作品保持一段时空的距离，回过头来研究和思考作家作品更为有利，所谓“不识庐山真面目，只缘身在此山中”是也。

从汤翁的主观意图说，《邯郸记》里有两段话值得注意。在岳阳楼酒店里，两位酒客对吕洞宾说：

> 无过是酒色财气，人之本等哩。

> 人有了君臣，才是富贵；有儿女家小，才是快活。都是酒色财气上来的，怎生住的手?②

在赵州桥饭店里卢生对吕洞宾说：

> 大丈夫生当建功树名，出将入相，列鼎而食，选声而听，使宗族茂盛而

① 徐塑方笺校：《汤显祖全集》（四），北京古籍出版社，1999年版，第2572页。本文所引“汤集”均据此本，以下只注册数、页数。

② 《汤显祖全集》（四），第2450页。

家用肥饶，然后可以言得意也。①

欲破先树“的”，在戏剧情节展开之前首先把要破除的目标提明。破除世俗人（二客、卢生）的富贵功名、酒色财气之想，便是《邯郸记》创作目的的自我宣示。

要实现这个目标，汤翁必须破除或者说放弃他一以贯之的“情”的思想、“贵生”思想，也就是彻底否定自己的前半生，或者说要改变自己坚持了大半生的人生追求。

“情”是汤显祖思想的核心。“情”集中而形象的表现就是《牡丹亭》。汤翁在《牡丹亭记题词》中有一段精辟的说明：“天下女子有情宁有如杜丽娘者乎……如丽娘者，乃可谓之有情人耳。情不知所起，一往而深，生者可以死，死可以生。生而不可与死，死而不可复生者，皆非情之至也。梦中之情，何必非真。天下岂少梦中之人耶。必因荐枕而成亲，待挂冠而为密者，皆形骸之论也。”②“情”是一种伟大的力量，没有情生不如死，有了情死可复生；“情”又是一种神秘而莫可言状的力量，不知所起却又一往而深。它当然包括男女情爱，如杜丽娘、柳梦梅者是；但又不同于或不仅仅指男女欢爱，所以把“荐枕”视为“情”的终极，便是形骸之论了。俞平伯先生在《牡丹亭赞》中解释这种“情”说：“夫仁者人也，正者正也，尽人之性，尽物之性，此正而不可乱，常而不易者也，内圣外王之法也，而犹未是也，直自然之本然耳。何谓自然之本然？‘虫儿般蠢动’是也，此物之性，即人之性也，此人道也（读如未通人道之人道），即人之道也，谓为秽亵非也，谓为神圣亦非也，此自然之本然，‘直’观之而已矣。”也就是“性情之本原”③。“情”表现在具体的人性上，就是人的正常的感情和欲望，男女交合之“人道”也是人固有的天真本性。

“情”体现在社会政治方面，其人生观、政治观就是“贵生”思想，即珍视生命——自己的生命和他人的生命。汤翁谪官徐闻典史，“其地人轻生，不知礼义”，故作《贵生书院说》，开篇即用《孝经·圣治章》所引孔子语点题：“天地之性人为贵。”继引孟子，说明人的生命“所宜宝而奉之”，又引孔子（见于《周易·系辞下》）：“子曰：‘天地之大德曰生，圣人之大宝曰位。’何以宝此位，有位者能为天地大生广生……故大人之学，起于知生。知生则知自贵，又知天下

① 《汤显祖全集》（四），第2456页。
② 《汤显祖全集》（二），第1153页。
③ 毛效同编：《汤显祖研究资料汇编》，上海古籍出版社，1986年版，第986页。

之生皆当贵重也。”[①] “贵生”，不仅是珍视生命，也包括引人知礼义仁德，向善勿恶，故引《书》“无起秽以自臭”，说明自己心行本香，为恶则是自臭也。这就是“生生之仁”的人本精神，是“情”的另一种表现形态。

汤翁在《复甘义麓》中说：“性无善恶，情有之。”[②] 在社会实践中，汤显祖一生都为“情”所使，激恶而扬善。从其官场阅历观，屡与张居正、张四维、申时行当权首辅抗衡，拒绝结纳，不惜以科场落第、无缘馆选为代价；入仕之后又屡次上疏，指斥时弊，甚至直指皇帝，因此屡遭贬谪，而汤翁不悔；在遂昌任上，创建书院，哺乳其民，日进儒生，论贯古义；减科条，省期会，与民休息；又灭虎、纵囚，诚信及物，“醇吏声为两浙之冠”[③]。这是他构建有情社会的一次实践。在激恶扬善的搏击中，汤显祖屡战屡败而又屡败屡战。最后精疲力竭，只得掷官而去。

但是，掷官并不意味着休战，只是从一个战场转移到另一个战场——从官场转到了他更得心应手的文场。他在谈创作思想的时候说：“世总为情，情生诗歌，而行于神。天下之声音笑貌大小生死，不出乎是。”[④] “人生而有情。思欢怒愁，感于幽微，流于啸歌，形诸动摇。或一往而尽，或积日而不能自休……生天生地生鬼生神，极人物之万途，攒古今之千变。一勾栏之上，几色目之中，无不纡徐焕炫，顿挫徘徊。恍然如见千秋之人，发梦中之事。使天下之人无故而喜，无故而悲……岂非以人情之大窦，为名教之至乐也哉？”[⑤] 世界是由情构成的，人生而有情，情是文艺（不论是诗歌、戏剧、舞蹈……）创作的内趋力。在“情”推动下创作的文艺作品，也具有外张力，具有以“情”化世的作用。

由此可见，汤翁之“情”具有社会性内涵的丰厚意蕴，是为社会的，不只是一己之私情私欲，更不仅仅是男女之欢爱。以“情”为内趋力的戏剧创作亦复如是。

《宜黄县戏神清源师庙记》作于万历二十六年汤显祖家居后、万历三十四年前，正是汤翁创作《牡丹亭》、《南柯记》、《邯郸记》的时期，这正明确说明了“三梦”的创作目的和创作心态。

《邯郸记》完成于万历二十九年（1601），当然也是在这种心态下创作的产物。这倒不仅仅是靠逻辑推理，剧中的实际叙述也说明了这种情况。梦中的卢

---

① 《汤显祖全集》（二），第1225。
② 《汤显祖全集》（二），第1464页。
③ 参见邹迪光：《临川汤先生传》、《抚州府志·汤显祖传》，《汤显祖全集》（四），第2581、2588页。
④ 《耳伯麻姑游诗序》，《汤显祖全集》（二），第1110页。
⑤ 《宜黄县戏神清源师庙记》，《汤显祖全集》（二），第1188页。

生、崔氏以要挟成夫妻，靠金钱中榜首，偷写诰命，卖阵自谋；朝廷上讲私门明争暗算，私宅中极奢侈贪欲无穷……尔虞我诈，荣辱升沉，种种世态，吴梅称之为："是明季宦途习气，足以考万历年间仕宦况味。勿粗鲁读过。"① 中国人本来有"人生如梦"的感叹，汤显祖只是把这种"如梦"情结，用之于戏剧而已。对"四梦"倾注研究精力的沈际飞言："人生如梦，惟悲欢离合，梦有吉凶尔。"他在分析了卢生种种梦中经历后指出："临川公能以笔毫墨沈，绘梦境为真境，绘驿使、番儿、织女辈之真境为卢生梦境。临川之笔梦花矣。"② 汤翁只是用他的生花妙笔，通过卢生之梦，表现人生而已。之所以能把梦中之事写得如此生动、深刻，当然是基于作者的官场经历，对官场和社会有着切身的体验和深刻的观察。用常规的文艺学说法，是在表现生活，用汤氏理论观之，则是在抨击和否定恶情。汤氏所谓"因情成梦，因梦成戏。戏有极善极恶，总于伶无与"③。如果说《牡丹亭》是着眼于未来，呼唤有情社会到来，是在写理想、扬善情的话，《邯郸记》则是回首过去、总结过去，是在写现实、激汰恶情。善与恶是不相容的，恶情阻碍了有情社会的到来。《牡丹亭》所写为人性之善。社会政治方面，汤氏的理想社会，在《南柯记·风谣》中所描绘的淳于棼治下的南柯郡："征徭薄，米谷多，官民易亲风景和。老的醉颜酡，后生们鼓腹歌。""行乡约，制雅歌，家尊五伦人四科。因他俺切磋，他将俺琢磨。""多风化，无暴苛，俺婚姻以时歌《伐柯》。家家老小和，家家男女多。""平税课，不起科，商人离家来安乐窝。关津任你过，昼夜总无他。"④ 现实中的理想社会则是唐代："世有有情之天下，有有法之天下。唐人受陈隋风流，君臣游幸，率以才情自胜，则可以共浴华清，从阶升，娭广寒。令白也生今之世，滔荡零落，尚不能得一中县而治。彼诚遇有情之天下也。今天下大致灭才情而尊吏法，故季宣低眉而在此。假生白时，其才气凌历一世，倒骑驴，龙巾拭面，岂足道哉。"⑤ 不仅人民生活富足安乐，教化和谐，而且能人尽其才，自由自在。要实现这种理想的有情世界，就必须汰除恶情。所以《邯郸记》不是简单地把万历时期明代社会搬演于舞台，而是借一方氍毹是是非非，痛下针砭，构成汤显祖"情"世界不可或缺的一部分。

《邯郸记》否定的不是世俗生活，而是腐朽的政治，凡剧中情节肯綮处，都有人物富有哲理的对白：

---

① 《吴梅戏曲论文集》，中国戏剧出版社，1983 年版，第 158 页。
② 《题邯郸梦》，《汤显祖全集》（四），第 2570 页。
③ 《复甘义麓》，《汤显祖全集》（二），第 1646 页。
④ 《汤显祖全集》（四），第 2355-2356 页。
⑤ 《青莲阁记》，《汤显祖全集》（二），第 1174 页。

第二十出《死窜》，卢生被处斩刑时说："吾家本山东，有良田数顷，足以御寒馁，何苦求禄，而今及此？思复衣短裘，乘青驹，行邯郸道中，不可得矣。"①

第二十二出《备苦》，卢生远窜途中遇虎，小厮呆打孩为虎衔去，卢生得免一死，叹云："朝中黄罗凉伞，不能够遮护我身，这一把破雨伞，到遮了我身；满朝受恩之人，不能替我的命，到是呆打孩替了我命。"②

通过卢生的感叹，否定的是不择手段出将入相的功名追求、人情险诈的官场风习，并不否定足以御寒馁的平民生活，并不否定与呆打孩的患难缘分。其实，这种感叹也不自汤翁始，李斯之上蔡逐猎之叹、陆机之华亭鹤唳之叹，都是追悔仕途而留恋人生的典故。

第三十出《合仙》写八仙度卢，一连用了六支〔浪淘沙〕写八仙对卢生梦中生活的态度："什么大姻亲……"，汉钟离否定卢生崔氏出于利害而没有情爱的婚姻；"什么大关津……"，曹国舅否定卢生靠行贿夺得的状元；"什么大功臣……"，李铁拐否定卢生"害了人民"的河功边功；"什么大冤亲……"，蓝采和否定卢生与宇文融官场中的勾心斗角；"什么大阶勋……"，韩湘子否定高官厚禄的腐朽生活；"什么大恩亲……"，何仙姑否定卢生贪图名位的丑恶行径。八仙都没有否定有情的婚姻、公正的科考、有益于民的功劳、正常的官场和民间生活。卢生悟道归仙，众仙大唱"世上人，不学仙真是蠢"，卢生拒吃黄粱饭，"待你熟黄粱又把俺一枕游仙耽误的广"，仅凭此就可判断汤显祖的创作意图不是宣扬仙道——他劝人不食人间烟火？其实，从剧中卢生、崔氏的几次调侃戏谑中，就可以看出汤显祖的世俗心态、凡人情趣。他钟情的是世俗人生。

关于《邯郸记》，作者也有论及："士方穷苦无聊，倏然而与语出将入相之事，未尝不忾然太息，庶几一遇之也。及夫身都将相，饱厌浓酲之奉，迫束形势之务，倏然而语以神仙之道，清澈闲旷，又未尝不欣然而叹，惝然若有遗，暂若清泉活其目，而凉风之拂其躯也。又况乎有不意之忧，难言之事者乎？回首神仙，盖亦英雄之大致也。"③ 就是说，在经历了生死无常的"不意之忧"以后，那些功成名就，享受了豪奢生活的英雄们，用"神仙"作为清醒剂。不仅使自己头脑清醒，也是"饱厌浓酲"之后的生活调剂。在给友人的信中说："兄以《二梦》破梦，梦竟得破耶？儿女之梦难除，尼父所以拜嘉鱼，大人所以占维熊

① 《汤显组全集》（四），第2516页。
② 《汤显祖全集》（四），第2525页。
③ 《邯郸梦记题词》，《汤显祖全集》（二），第1154页。

也。更为兄向南海大士祝之。"① 尼父拜嘉鱼，指孔子娶妻生子事，"至十九，娶于宋之上官氏，生伯鱼。鱼之生也，鲁昭公以鲤鱼赐孔子。荣君之贶，故因以名鲤，而字伯鱼。"（《孔子家语》卷九《本姓解第三十九》）占维熊，为贺人生子之词，"乃占我梦，吉梦维何？维熊维罴……维熊维罴，男子之祥。"（《诗经·小雅·斯干》）郑笺："熊罴在山，阳之祥也，故为生男。"占之者谁？有宣王、武王、成王之异，或曰"周王"。就是说古圣先王尚且不能免俗，乐道夫妻儿女之事，所以不能认为"二梦"是破除世情梦境之作，人生儿女之梦是不能破除的。因此，他还要为朋友生子向南海大士祝告。《邯郸记》完成之后13年（万历四十二年），作者说："岁之与我甲寅者再矣。吾犹在此为情作使，劬于伎剧。"②，这都是"二梦"均非破梦的明白表述。

有明一代道教盛行，从太祖朱元璋到思宗朱由检大都信奉道教。世宗笃信道教，服丹药以求长生；又信阴阳采补之说，服丹药助淫纵，因此丧命。神宗是"嗜酒"、"恋色"、"贪财"、"尚气""四毒俱全"之主（《明史·雒于仁传》）。万历朝即于宫内建醮，以太监宫女充道士道姑。上有所好，下必甚焉，影响所及，风气大坏。其首辅张居正习房中术，也因此丧生。剧中写卢生分房御二十四女乐，也因好采战说长生而一命呜呼；写官儿希求进用则献采战之术，卢生病重则礼部各宫观建醮祈祷，等等，实是有感而发，并非空穴来风。

汤显祖一方面看到了官场风气、社会风气之腐败，予以揭露和抨击；一方面又受社会风气和家庭的影响（其祖父出于仕途失望而弃儒学道），没有意识到世风之坏与道教的关系，企图用道教的神仙之说否定污秽不堪的官场，故自云"梦了为觉，情了为佛"③。但情未能了，梦不可破，剧中的实际描写并不能达到破梦成仙的目的，只是借神仙的外衣淘写胸中块垒而已，并不是放弃大半生对"情"的追求而出情入道。他并不反对"能为天地大生广生"的有权位者，在遂昌任上的实践、在《南柯记·风谣》中的理想描绘即是明证；也不是无君臣富贵之念，在《论辅臣科臣疏》中所云"富贵者，明主所以诱天下公直，权奸所以诱天下私邪，皆此具也"④。并不反对公直之臣事明主取富贵，剧中所否定的是权奸、私邪以欺君取富贵；歌颂"人道"、憧憬婚姻以时家多男女、儿女之梦难除的汤显祖，就更不是否定"儿女夫妻"了。总之，从创作实践来看，《邯郸记》没有破所树之"的"。这或许是内心对"情"的执着，在创作实践中违背了

① 《答孙俟居》，《汤显祖全集》（二），第1392页。
② 《续栖贤莲社求友文》，《汤显祖全集》（二），第1221页。
③ 《南柯梦记题词》，《汤显祖全集》（二），第1157页。
④ 《汤显祖全集》（二），第1276页。

创作初衷；或许所谓“初衷”本来就是作家发牢骚抒愤慨的幌子，压根儿就不想破那个“的”，说气话而已。

文学创作中的结尾是最难写的。盖经过描叙社会人生情状，发表了臧否意见之后，结尾要开出疗世的药方。应当说，发现问题、展开冲突不易，提供解决社会问题的方略则更难，故称最后一幕戏最难写。从古至今常演常改的，都是戏的结尾，不论是戏曲还是话剧。此种现象在小说里也不鲜见，从结局中并不能说明作家的创作主旨和人生意向。例如《红楼梦》，我们不能认为宝玉出家，就说小说的创作主旨是皈依佛门，以佛度世；再如《金瓶梅》，从其结尾看，西门庆纵欲亡身，吴月娘出家，是除欲归佛，但充斥书中的却是对男女之乐的玩味与欣赏，归佛与其说是创作旨归，不如说是一种掩饰。

从题材上说，前“二梦”写个人细琐小事，但切近人情，符合人性，故能小中见大，睹微而知著，成为解剖人性，呼唤有情社会的洪钟巨响；而《邯郸记》则写朝廷中军国大事，题材重大，把万历年间的官场现状指斥于舞台，比历史更深刻、更富有哲理的地方在于搬演中融入了深沉的生命感受和人生体验，表现了对官场恶情的激愤。而越是激愤就越说明作者执着于现实。汤显祖一以贯之的精神，是追寻和探索摆脱羁绊，使人性自由张扬、使百姓富足和乐的有情社会，他没有出世成仙的确定追求，更没有真正以仙佛度人的创作意图。

汤显祖是一个“意气慷慨，以天下为己任”① 的人，又颇有狂者进取精神，自谓：“神州虽大局，数着亦可毕。”② 只是由于政治恶情的压抑，志不获展。此是他寄激愤于戏剧的因由，却不是他忘世的因由，“天下忘吾属易，吾属忘天下难也”③。他没有，也不会出世。

从读者层面讲，如果《邯郸记》真是以“仙”为旨归，我们在读剧时便不会受到如此的心灵震撼，不会受到如此的心灵启示。一个人的气质性情是遮掩不住的，尤其是优秀作家，不管他作什么样的公开宣示，我们总会从他的作品创作实际中体悟到他的真实内心想法。只从故事表面着眼，可能会误解作品的真谛。

---

① 《抚州府志·汤显祖传》，《汤显祖全集》（四），第2589页。
② 《汤显祖全集》（一），第245页。
③ 《答牛春宇中丞》，《汤显祖全集》（二），第1469页。

“红巾”与“黄巾”

——与周汝昌先生商榷

2001年4月6日人民政协报“朝花夕拾”版发表了周汝昌先生的《“活林冲”侯永奎》，颇受启发。

然而周先生对《夜奔》的唱词提出了几点看法，似有可商之处，提出来就教于周先生与读者。

《夜奔》本是明人李开先《宝剑记》里的第三十七出，“丈夫有泪不轻弹，只因未到伤心处”这两句格言警句式的道白，即出于此。《宝剑记》今存明嘉靖间原刻本，《古本戏曲丛刊》初集收入其影印本。第三十七出共有八支曲子，周先生指出昆曲演出本三曲四处失误。今依原作次序辨说如下。

周先生说“红尘中误了俺武陵年少”句，当作“风尘中误了俺五陵年少”。这句出自〔驻马听〕曲，原刻本全曲为：

> 良夜迢迢，投宿休将门户敲。遥瞻残月，暗度重关，急步荒郊。身轻不惮路迢遥，心忙只恐人惊觉。魄散魂消，红尘中误了俺武陵年少。

可见“红尘”原本不错。“红尘”与僧道出家生活相对，指世俗人生，人生充满争名夺利的欲望，故此处可指官场、名利场。“武陵”即“五陵”，周先生说是。五陵为西汉高帝长陵、惠帝安陵、景帝阳陵、武帝茂陵、昭帝平陵五个皇帝陵墓所在的县，在今陕西渭河北咸阳市、兴平县附近，为豪族聚居之地。但此处“武陵年少”，似非“林教头自表‘出身’名份地位”。剧中林冲虽为成都太守之子，但因父亲早丧，子母孤孀，生计多艰，“出身”并非骄人的资本。此之“武陵年少”，当作“英杰少年”解为是。关汉卿《裴度还带》剧云：“显五陵豪气，吐万丈虹霓”，其意正同。“武陵”，原刻如此，不宜更改。

〔折桂令〕曲，周先生认为有两处失误：一为“脱扣”当作“脱韝”，一为“红巾”当作“黄巾”。且看原刻本：

> 封侯万里班超，生逼作叛国的红巾，背主的黄巢。恰便似脱扣苍鹰，离

笼狡兔，摘网腾蛟。救急难谁诛正卯？掌刑罚难得皋陶。鬓发萧骚，行李萧条。这一去，博得个斗转天回，须教他海沸山摇！

可见原本作“红巾”而不作“黄巾”。按，历史上称“红巾”者有三：一为南宋初北方抗金义军，见《资治通鉴·宋高宗建炎元年》；二为南宋兴元叛兵张福、莫简，见《宋史·张威传》；三指元末红巾起义。三者均以红巾蒙首。前二者时间短，活动地域小，影响不大。李开先剧中所指当为元末之红巾起义军。“红巾”、“黄巢”构成两个工整的对句，与本剧特讲对仗风格相一致，若改“黄巾”则两“黄”犯重，文采大失。红巾与黄巾都指农民起义，一在元末，一在汉末。那么，宋代的林冲难道能预知元末发生的事？其实这是戏曲中特有的现象，用典不守史范，时代错讹的例子并不罕见。被时人誉为“五大名剧”之一的《西厢记》中，“洛阳才子”张生就出过“即今贞元十七年二月上旬，唐德宗即位”的“笑话”。德宗为李适（kuò，不是简体字）死后，在太庙奉祀时特起的庙号，皇帝即位时哪来的庙号？但这并不妨碍《西厢记》成为“天下夺魁”的剧作，王实甫成为“士林中等辈伏低”的作家。状元是实行科举制的唐代才有的科考等第，在描写汉末故事的《琵琶记》里就加在了蔡伯喈的头上，也没有影响它“南戏之祖”的地位和“冠绝诸戏文”（雪簑渔者《宝剑记·序》）的美誉。马致远《汉宫秋》称昭君为晋代避司马昭之讳才改的“明妃”，送别时唱唐以后才有的“阳关曲”；石君宝《秋胡戏妻》里春秋鲁昭公时的罗梅英可以读汉代毛亨毛苌所传之“毛诗”；明徐渭《四声猿·狂鼓史》里祢衡骂曹操时引用韩愈《进学解》里“《易》奇而法，《诗》正而葩”的句子；而沈采《千金记》写楚汉相争竟用了诸葛亮七擒孟获的典故……明人王骥德说：“元人作剧，曲中用事，每不拘时代先后。马东篱《三醉岳阳楼》，赋吕纯阳事也，〔寄生草〕曲：‘这的是烧猪佛印待东坡，抵多少骑驴魏野逢潘阆。’俗子见之，有不訾以为传唐人用宋事耶？画家谓王摩诘以牡丹、芙蓉、莲花同画一景，画《袁安高卧图》有雪里芭蕉，此不可易与人道也。”（《曲律·杂论第三十九上》）吕纯阳即吕洞宾，唐朝人；苏东坡、佛印、魏野、潘阆都是宋代人。唐人用了宋典，同宋朝的林冲说出了元末的“红巾”一样，是时代错乱。戏与画都是民族艺术，审美追求是相通的，既然画花卉可以“不问四时”，可以画“雪里芭蕉”，戏里不仅限于元人的“时代乖许”也便可以理解了。剧作家在写这些唱词的时候，带有了某种“脚色叙事”的色彩，元代的作家向元代的观众讲述宋人宋事、明代的作家向明代的观众述说元末的红巾起义，都不会产生障碍。至于“脱扣”与“脱鞲”，似也以原作为佳。“扣”者，拴系鸟兽的绳结、套扣。脱扣即挣脱绳套，义本可通，且比“脱韝”更通俗易懂。

关于“数声残曲断渔樵”，周先生认为应作“数声残角断余樵”，并且说：“樵楼是吹号角的城门，……‘断’就是要吹它了（号角），城门就要关了——行人最怕的时候到也。”也与原作不同，原作是：

〔收江南〕呀！又见只乌鸦阵阵起松梢，数声残角断渔樵。忙投村店伴寂寥。想亲帏梦杳，空随风雨度良宵。

首先应当明确，林冲是“夜奔”，这在本出开头即已说明。解作黄昏吹角，城门将闭，不仅与剧情不合，也与曲中夜景描写相矛盾。“残曲”不若“残角”语义更明确，气氛更强烈，故原作为“残角”。“断”者，绝也，了也。杜甫《阁夜》名句“野哭千家闻战伐，夷歌数处起渔樵”，“起”与“断”义相反而用法正同。这一句描写了两种景象：数声残角，不见渔人樵夫。是并列关系，不是因果关系。若解“樵”做“谯（通‘樵’）门”，则“余樵”义不可通；若解作樵门发出的角声，则与“残角”义重。故当以“渔樵”为妥。

李开先藏书极富，有“词山曲海”之称，本人又博学强记，号为“嘉靖八才子”之一。《宝剑记》被同时曲家称为“一代之奇才，古今之绝唱”（王九思《书〈宝剑记〉后》）。原刻本刊于李开先生前，且得到了学界的普遍认同，路工辑校《李开先集》、傅惜华编《水浒戏曲集》及一些戏曲选本，均据原刻本。虽然戏曲演出中改动原作字句（甚至情节）是常有的事，但还是以尊重原作为好。

沈　璟　论

范文澜先生在论文学发展时，说过一段名言："大抵文学史上每当创作旺盛的时期，常常同时出现两个代表人物：一个是旧传统的结束者；一个是新作风的倡导者。曹操曹植正是这样的两个人物。"（《中国通史简编》修订本第二编）无论是创作旺盛时期，还是文学大分化时期，概莫能外。明代的剧坛也出现了这样两位人物，就是汤显祖（1550—1616）与沈璟（1553—1610），世称汤沈。从创作成就来说，沈去汤远甚，二人不属同一级别；论提倡之功，论在剧坛的影响，则沈不在汤不。二人的名声都很大，是明代后期剧坛的首领，他们以不同的创作风格、不同的戏剧主张各领风骚，可谓双峰并峙，二水分流。其馀剧作家不能望其项背。其后的剧作家，或宗汤，或宗沈，或汤沈兼宗，推动了明代乃至清代传奇创作的繁荣和发展。

汤显祖，高举言情和文采的大旗，由明及清，追随者众多，被称为"临川派"、"玉茗堂派"或"文采派"。汤显祖憧憬着理想，呼唤着未来，艺术上敢于突破旧传统，是"新趋势的发扬者"。而沈璟，则是"旧传统的结束者"。他不仅是当时的戏曲理论大家，有《南九宫十三调曲谱》、《南词韵选》及其他论曲著述；又著《属玉堂传奇》，收剧十七种（今存七种），是重要的戏曲作家。沈璟在戏曲发展史上占有重要的地位。

一　时代的要求

戏剧是最需要思想活跃和自由的艺术，带着精神的镣铐绝写不出光耀时代的名作。明代前期，随着皇权的无限加强和统治的极端严酷，窒息了作家的灵感，除由元人明的作家改编整理之作外，整个剧坛都缺少生机和活方；描写现实题材、表达独特见解的作品失去了立足之地，宣扬封建道德、点缀升平的作品大量涌现，戏剧除了民间的演出外，创作处于沉寂时期。"今处处禁戏，百姓贫困日甚"（何良俊《四友斋丛说》卷十三）。"祖宗开国，尊崇儒术，士大夫耻留心词曲，杂剧与旧戏文本皆不传，世人不得尽见。"（何良俊《四友斋丛说》卷三十七）这是明初剧坛情况的写照。

距明朝建国百年左右、距朱权朱有燉叔侄半个世纪之际，才出现了一个颇有影响的剧作家——邱濬。邱氏没有理解《琵琶记》的丰富内涵，他的《伍伦全备纲常记》片面继承并恶性发展了高明“关风化”说，衍述君臣、父子、兄弟、夫妇、朋友间的封建伦常关系，表“万世纲常之理”。徐复祚称其“纯是措大书袋子语，陈腐臭烂，令人呕秽。”（徐复祚《曲论》）开戏曲中道学派之先河，又为明清义仆剧之始。宜兴老生员邵璨继之，其传奇《香囊记》“续取五伦新传，标记紫香囊。”完全承袭了邱氏的衣钵，用戏剧进行道德说教，维护纲常，劝惩善恶；语言则追求典雅绮丽，专修藻饰，以《诗经》杜诗语人曲，说白亦求对仗，甚至以时文（八股文）入曲，“丽语藻句，刺眼夺魄。然愈藻丽，愈远本色。”（徐复祚《曲论》））这个戏名噪一时，其影响又恰恰是它思想上和艺术上的失败之处，开时文派之弊端，为骈绮派之祖师。

朱明皇权的血腥统治并不能保证皇权的长治久安。先是建文元年（1399）燕王朱棣起兵“忘祖逆天”，篡弑惠帝朱允炆，演出了叔侄厮杀的“靖难之役”惨剧；正统十四年（1449）英宗征瓦剌兵败被俘，使大明皇室威风扫地；景泰帝抗击瓦剌迎回英宗，英宗于泰定八年（1457）发动宫廷政变，废景帝而自立，演出了兄弟相残的“夺门之变”。皇族内讧，所谓悖逆君父，忤弃人伦，不仅使君君臣臣的朝廷伦理荡然无存，也使父父子子的家庭伦理成为笑谈，至此得不到道统支持的皇统已经失去了牢固的根基；永乐朝“党禁”大肆杀戮文职官员，作为伦理纲常标志的人物方孝孺被杀，“于是，成仁取义之训为世大禁，而乱臣贼子将接踵于天下矣”（黄宗羲《明儒学案·师说》），迭兴文字大狱，使作为社会脊梁的士人失去了社会担当的责任感，李国文先生曰：“再没有一个知识分子以死报君了。”（《中国文人的非正常死亡·方孝孺之死》）明王朝元气大伤，皇权已经失去了掌控能力，所以明代中期以后思想上、文化上逐渐走向反专制而崇尚个人自由的道路。又经过百馀年的休养生息，明朝的经济逐渐走向繁荣，出现了资本主义的生产关系，东南沿海和长江中下游地区尤为明显。市民阶层壮大，形成了新的社会力量，市民的反抗运动时有发生。商品经济的发展为人们提供了新的生活方式，也更新了人们的价值观念。在思想界最重要的表现就是以王艮为代表的泰州学派。王艮提出了“百姓日用是道”（《王心斋先生遗集·语录》）的命题，肯定了生活欲望的正当性；又倡“尊身”（《答问补遗》）说，表现了自尊、自信、自主的思想倾向，是对封建等级制和人身依附的伦理传统的反叛。李贽则既高倡“绝假纯真，最初一念之本心”（《焚书·童心说》）的童心说，又认为人必有私，肯定“好货”、“好色”（《焚书·答邓石阳》）合于人情。一股反抗封建束缚，追求个性解放的思潮冲击着中国大地。这股思潮不仅冲击着封建道德，也使明初禁戏的法令失去了实际的效力。话本小说《秋水亭李生梦女，题四女俱有过失》云："世间所重者财也。"《正淫风借淫说戒，惩色事就色比论》云："近日的人情怕读圣经贤传，喜看稗官野史。就是稗官野史里面，又厌忠孝节义之事，喜看淫邪诞妄之书。风俗至今日，可谓靡荡极矣。"（均见台湾学生书局影印《善本戏曲丛刊·万锦娇丽》所附）这就是明代中后期的世态人情。

昆山腔在元末明初经过顾坚等人的加工改良，趋于雅化；明正德、嘉靖间又经过以魏良辅为首的艺术家的进一步加工，吸收南北曲各声腔之长，创造出婉转细腻，轻圆流利的新腔。这种被称为"水磨调"的昆腔，能表达复杂细腻的思想感情，受到人们的喜爱，尤其是文人士大夫的喜爱。出现了新创作的昆腔剧本，促进了戏剧的繁荣。杂剧如徐渭之《四声猿》、传奇如李开先之《宝剑记》、无名氏之《鸣凤记》、梁辰鱼之《浣纱记》等，都或深或浅的描写和批判了明代的社会现实。《浣纱记》一出，受到了热烈欢迎，梨园子弟争歌之。王世贞《嘲梁伯龙》诗云："吴阊白面冶游儿，争唱梁郎雪艳词。"影响很大。《浣纱记》语言属骈丽一派，过分讲究辞藻的华丽，甚至道白也用骈体，损害了剧作的自然生动性，缺乏感人肺腑的艺术力量。但由于王世贞的鼓吹，其势愈炽，凌濛初说："自梁伯龙出，而始为工丽之滥觞，一时词名赫然。盖其生嘉、隆间，正七子雄长之会，崇尚华靡，弇州公（王世贞号弇州山人）以维桑之谊，盛为吹嘘，且其实于此道不深，以为词如是观止矣，而不知其非当行也。以故吴音一派，兢为剿袭，靡词如绣阁罗纬、铜壶银箭、黄莺紫燕、浪蝶狂蜂之类，启口即是，千篇一律。甚者使僻事，绘隐语，词须累诠，意如商谜，不惟曲家一种本色语抹尽无馀，即人间一种真情话，埋没不露已。"（《谭曲杂札》）

戏曲向何处去的问题，已经成为时代提出的紧迫问题。文学家是敏锐的一群。汤显祖得时代之精神，继承了李贽、徐渭反道学的精神，成为时代思潮的弄潮儿。而沈璟则从另一个方面表明了他的态度，作出了他的贡献。

二　沈璟的身世与戏曲主张

沈璟生活在一个传统思想非常浓厚的家庭。其曾祖沈汉尝官刑科给事中，以反对宦官、指斥时政、直言抗争闻名朝野。明世宗朱厚熜以藩王而入承皇位，其父兴献王，欲尊崇母兴献王妃之位，称兴献皇帝兴献皇后，遭到一些大臣的反对，沈汉亦在其中。沈汉有言："祖宗之法不可坏，权幸之渐不可长，大臣不可辱，妖贼不可赦。"（《明史》卷二〇六本传）祖父沈嘉谋官上林苑署丞，"平生有厚德，以孝义称。"（《沈氏诗集录·沈嘉谋传》）父沈侃诵读慕古，"训督诸子严急，不遗馀力。……平生竭财聚精于读书教子，此外皆非所习。"（《沈氏家传·瀛山公传》）沈璟的蒙师唐枢为理学大师，使沈璟从青少年起受理学熏陶，这样的环境与以才情著称的汤（显祖）氏家风有显著的不同。在这种环境中成长起来的沈璟，为人严谨，正统。在皇权社会，立储是关系到王朝安危的大事，万历十四年（1586），受宠的郑贵妃刚生下三皇子即进封皇贵妃，“而恭妃王氏生皇长子已五岁，不益封。中外籍籍，疑上将立爱。”（《明通鉴》）户科给事中姜应麟抗疏，请收回封郑贵妃成命，被贬。沈璟又继续上疏，请立皇长子为太子，恭妃王氏加贵妃封号，也忤旨遭贬。可见沈璟承继了沈氏家风。

沈璟又妙解音律，吕天成说：“沈光禄金张世裔，王谢家风，生长三吴歌舞之乡，沉酣胜国管弦之籍。妙解音律，兄妹每共登场；雅好词章，僧妓时招佐酒。”（《曲品》卷上）这是沈璟性格的另一方面。

沈璟于万历二年（1574）中进士，步入仕途，开始了他的仕宦时期。这一时期沈璟志在兼济，前一种性格压制了后一种性格。万历十七年（1589）“以疾乞归。疾愈而林泉之兴甚浓，虽无癸巳之察①，固亦不出矣。”（《吴江沈氏家谱·宁庵公传》）直至病卒。二十馀年，是他的隐居时期。这一时期的沈璟志在独善，前期被压抑的妙解音律、性好歌舞的性格便得到了解放，有了充分的施展天地。《吴江沈氏家谱·宁庵公传》云：“公性喜读书，闭门手一编，悠然自得，一日不离缥缃，若无所寄命者。公不善饮，又少交游。晚年产益落，户外之履几绝，乃以其兼长馀勇，尽寄于词。夫公之文企班马，诗宗少陵，书则行楷久珍于世，乃一不以自炫，而徒以词隐名，此其意岂浅夫所能窥哉！壮年犹不废山水花月之游，晚则屏居深念，与世缘渐疏，意默默不自得矣。”这是沈璟退隐后的生活写照。“袖手风云，蒙头日月，一片闲心再休热。鹍鹏学鸠各有志，山林钟鼎从来别，独支颐，频看镜，总勋业。词社乍闻弦管歇，垆畔有人肌似雪，扇影梁尘欲相接。醒狂次公肠已断，风流公瑾愁应绝。畅开怀，妙选伎，延年诀。”（《红蕖记》第一出〔千秋岁引〕）透露了沈璟当时的情怀。他家蓄声伎，客至则“谈及声律，辄娓娓剖析，终日不置。”（王骥德《曲律》卷四“杂论第三十九下”）出入酒社间则“闻有善讴，众所属和，未尝不倾耳而注听也。”（李鸿《南词全谱原叙》）可以说，曲是沈璟后期生活的主要内容，花费了他绝大心血。

沈璟的戏曲创作和曲学著作均成于后期。

沈璟的戏曲活动，不仅是为了消遣自娱，他的目的性很强，这就是针对当时的剧坛现状和社会现实，可以毫不含糊地说，沈璟是一个关心现实的戏剧家，他重视戏曲艺术的形式，但不得以形式主义视之。沈璟的戏曲思想有两种表现形式，一是通过理论著述所明确表述的创作主张；一是从艺术创作实践中所体现出

① 沈璟以疾辞归后，癸巳年（1593）京官察典中，为吏部察出，正式免职。

来的创作思想。我们首先看他的理论主张。

这些理论是有感而发，不是闭门杜撰出来的。“嗟曲流之泛滥，表音韵以立防；痛词法之蓁芜，订全谱以辟路。”（吕天成《曲品》卷下）“元周高安氏有《中原音韵》之创，明涵虚子有《太和词谱》之编，北士恃为指南，北词禀为令甲，厥功伟矣。至于南曲，鹅鹳之陈久废，刁斗之设不闲。彩笔如林，尽是呜呜之调；红牙迭响，只为靡靡之音。”（王骥德《由律自序》）为了挽回曲流泛滥、词法蓁芜的曲坛现状，沈璟大力提倡格律，王骥德说：“词隐生平，为挽回曲调计，可谓苦心。”(《曲律》卷四“杂论第三十九下”)

沈摄的戏曲主张集中表现在〔二郎神〕套曲《词隐先生论曲》（附于《博笑记》卷首）中：

〔二郎神〕何元朗，一言儿启词宗宝藏。道欲度新声休走样，名为乐府，须教合律依腔。宁使时人不鉴赏，无使人挠喉捩嗓。说不得才长，越有才，越当着意斟量。

〔前腔换头〕参详，含宫泛徵，延声促响，把仄韵平音分几项。倘平音窘处，须巧将入韵埋藏。这是词隐先生独秘方，与自古词人不爽。若是调飞扬，把去声儿，填他几字相当。

〔啭林莺〕词中上声还细讲，比平声更觉微茫。去声正与分天壤，休混把仄声字填腔。析阴辨阳，却只有那平声分党。细商量，阴与阳，还须趁调低昂。

〔前腔〕用律诗句法须审详，不可厮混词场。〔步步娇〕首句堪为样，又须将〔懒画眉〕推详。休教卤莽，试一比类，当知趋向。岂荒唐？请细阅《琵琶》，字字平章。

〔啄木鹂〕《中州韵》，分类详，《正韵》也因他为草创。今不守《正韵》填词，又不遵中土宫商。制词不将《琵琶》仿，却驾言韵依东嘉样。这病膏肓，东嘉已误，安可袭为常？

〔前腔〕北词谱，精且详，恨杀南词偏费讲。今始信旧谱多讹，是鲰生稍为更张。改弦又非翻新样，按腔自然成绝唱。语非狂，从教顾曲，端不怕周郎。

〔金衣公子〕奈独力怎提防？讲得口唇干，空闹攘，当筵几度添惆怅。怎得词人当行，歌客守腔？大家细把音律讲。自心伤，萧萧白发，谁与共雌黄？

〔前腔〕曾记少陵狂，道细论诗晚节详。论词亦岂容疏放？纵使词出绣肠，歌称绕梁，倘不谐律吕也难褒奖。耳边厢，讹音俗调，羞问短和长。

〔尾声〕吾言料没知音赏，这流水高山逸响，直待后世钟期也不妨。

格律说的出现，是戏曲发展到一定阶段时的必然趋势，正如元曲的繁荣必然会出现《中原音韵》一样。明代的南曲，从明中期开始出现了转机，没有规矩不能成方圆，南曲有大异于北曲的特点，王骥德《曲律自序》所谓“粤自北词变南曲，易慷慨为风流，更雄劲为柔曼，所谓‘地气自北而南’，亦云‘人声由健而顺’。”要使南曲走向繁荣，就需要有较为统一的格律，有可供遵循的曲谱。格律说的出现是时代的要求，时代的呼唤。沈璟具备了适应这一要求的条件，格律说由他提出是自然的。对格律的重视并不始自沈璟，周德清《中原音韵》、朱权《太和正音谱》、魏良辅《曲律》等，都体现了对格律的重视。只是沈璟把格律的重要性强调得过分了。沈氏论曲承认他的主张来自何良俊（字元朗）。何氏是针对九种南戏论断的，他说：“此九种，即所谓戏文，金、元人之笔也，词虽不能尽工，然皆入律，正以其声之和也。夫既谓之辞，宁声叶而辞不工，无宁辞工而声不叶。”（《四友斋丛说》卷三十七“词曲”）何氏只是强调音律之重要，作家不要为了追求工丽而有害于声律，但追求声叶的目的是为了悦耳，美听，所谓“古调既不谐于俗耳，南人又不知北音，听者既不喜，则习者亦渐少。”沈氏则“宁使时人不鉴赏”也要叶律，“歌称绕梁，倘不谐律吕也难褒奖”，把合律当成了追求的目标，而不是美听的手段，是本末倒置了。不但如此，沈璟甚至说：“宁律协而词不工，读之不成句，而讴之始协，是为中之之巧。”（吕天成《曲品》卷上、王骥德《曲律》卷四）自然，汤沈论辩中说的一些话，有时是过甚其词，我们不必看得过于认真，正如汤显祖不会一意孤行“不妨拗折天下人嗓子”一样，沈璟不可能、其他人也不可能真正提倡“读之不成句”之作。王骥德曾评何良俊之言曰：“此有激之言，夫不工，奚以辞为也！”（《曲津》“杂论第三十九上”）沈之言亦是。“读之不成句”即言不达意，就否定了戏剧创作，使戏不成为戏，又何谈“本色”？何谈“风世”？如果刻舟求剑式地理解沈璟的这句话，那么沈璟就自相矛盾，甚至把自己也否定了。从汤沈对后世的影响来看，师承言情、文采，或格律、本色者不在少数，但不见有“拗折人嗓子”或“读之不成句”之作，说明古代的戏剧家真正领会了汤沈的精神，“得意忘言”，是对汤沈理论的恰当说明。

其实，沈璟并非只重音律而忽视戏剧的文学性。卜世臣《谈词》云：“吴郡词隐先生阅是编，谓意象、音节，靡可置喙。”（《冬青记》剧末附）所谓“意象”，即通过外在形象所表达的内容和思想感情，是作者内心与外境交融而产生的艺术境界。魏人王弼云："夫象者，出意者也；言者，明象者也。尽意莫若象，尽象莫若言。言生于象，故可寻言以现象；象生于意，故可寻象以观意。意以象尽，象以言著。"(《〈易〉略例·明象篇》）思想内容靠形象来体现，而形象又借助语言来塑造。重视意象，就说明沈璟重视作品语言描绘事物和表情达意的准确性。沈璟曾批评过文理不通的现象："文理亦不通矣！所当急改者也。"（沈璟编《曲谱》〔黄钟过曲·刮地风〕）"嗟嗟，唱曲者既未必晓文义，……"文理不通，安能晓文义？他在《致郁蓝生书》中论剧，就涉及了很丰富的戏剧理论：《神女记》"曲有情境，而音律尚堕时趋"；《戒珠记》"词白工整，局势未圆"；《三星记》"自写壮怀，极工极丽"；《神镜记》"剑侠聂隐娘事，奇秘可喜"；《四相记》"扬厉世德，日月争光"；《四元记》"大裨风教"；《二婬记》"纵述秽亵，足压王关，似一幅白描春意图，真堪不朽"；《神剑记》"可令道学解嘲"；《金合记》"醒世之颠倒，而犹觉未鬯"；说吕天成"诸小剧各具景趣，数语含姿，片言生态，是称簇锦缀珠令人徬徨追赏。"（吕天成《曲品》附）语言上肯定工丽整饬、传神，所谓"片言生态"；结构要圆满，描写充分畅达（"鬯"）；情节故事奇秘则令人可喜；内容要"有裨风教"，但"白描春意图"的男女风情之作亦堪不朽；总体上，戏剧要写出情境，要有景象意趣，"风教"不能违背当行原则，不是道德说教……即使合律，也不是只要格律不顾和谐美听的，合律本身便是保证美听的一个条件。沈璟评《琵琶记》云："东嘉妙处，全在调中平、上、去声字用得变化，唱来和协。"（吕天成《曲品》卷下）可见沈璟强调合律，是为求"唱来和协"的。只是在论辩中为情绪所使，把话说得过分了。

戏曲的声腔，总要有一定的共同规律，没有共同的规律，便不可能形成声腔剧种。沈璟提倡格律，有其进步性，推动了昆曲剧种的发展繁荣。只是他提倡得过分了，以致连他自己都做不到。王骥德曾经指出："词隐……生平于声韵、宫调，言之甚毖，顾于己作，更韵、更调，每折而是，良多自恕，殆不可晓耳。"(《曲律》卷四。"杂论第三十九下"）固然，理论与创作属于不同的思维方式，二者存在差距在文学史上并非个别现象。明人许学夷说："古今论诗者，往往有绝到之语。及观其取舍，考其制作，每多与议论不合，盖其说本是据理揣摩，初未有真得也。"(《诗源辩体》）非特善评诗者不能诗，即善吟诗者，也多不能评诗。诗戏一理，李渔的《闲情偶寄》论戏曲创作可谓集大成之作，但他的戏剧创作却与剧论相去远甚，沈璟"言"与"行"有差距，原是可以理解的。但另一方面，也与他对曲律要求过严不无关系。完全合律，剧作家罕有能之者，"求词于音律，百得一二。"（祁彪佳《远山堂曲品》"凡例"）制为曲谱供人参考遵依则可，以谱为律令为斧钺则非。

文学艺术发展的总趋势，是由无律而有律，为了保持生命力，律又渐趋宽松。韵文由齐言的诗到长短句的词，再到可加衬字衬句的曲，再到白话诗；戏曲由体制齐一的元杂剧到长短如意、唱念随人的传奇和明清杂剧，都是例证。声腔亦然。由“本无宫调，亦罕节奏”，只须“声相邻以为一套”（徐渭《南词叙录》），到有宫调节奏可依可循，是一种完善和进步，但是格律之日益严，曲谱之日益多，使声腔逐渐走向程式化，排斥创造、拒绝吸收任何新的因素，沈璟曾批评吕天成之《神女记》“音律尚堕时趋”，批评卜世臣《冬青记》：“间有点板用调处，尚涉趋时，宜改遵旧式。”（《冬青记》剧末所附《谈词》）就表现了这种守旧拒新的倾向。因此，同一曲牌千部一腔，只求合律，不问声情，毫无新意，便厌人耳。李渔有云：“人惟求旧，物惟求新，新也者，天下事物之美称也。”（《闲情偶寄·词曲部》）昆腔本身也是经过了几代人的改良，才成为新声腔，独领风骚的。不允许改革，拒绝吐故纳新，也便窒息了声腔艺术，昆山腔最终被板腔体的花部所取代。正所谓：“世之腔调每三十年一变，由元迄今，不知经几变更矣！”（王骥德《曲律》卷二“论腔调第十”）沈璟严曲律的主张表现了明显的保守性。在音律与文辞的关系上，沈璟的主张也落后于汤显祖，表现了平庸的一面。

沈璟的第二个主张是提倡“本色”。

沈璟在给王骥德的信中说：“所寄《南曲全谱》，鄙意僻好本色，殊恐不称先生意指。”（王伯良《新校注古本西厢记》附《词隐先生手札二通》其一）在曲谱中对质朴古雅的曲文颇多赞语。

沈璟的所谓本色，包含两个方面的意思：一是文辞质朴，例如他所称赞的《卧冰记》〔古皂罗袍〕、《琵琶记》〔雁鱼锦〕、散曲〔桂花偏南枝〕等。二是当行，即合于舞台规律，适合于演唱。在〔二郎神〕套曲中，他提出了“词人当行”的观点，他曾说他的《红蕖记》“字雕句镂，止供案头耳。”（吕天成《曲品》卷下）祁彪佳称评论《红蕖记》：“字字有敲金戛玉之韵，句句有移宫换羽之功，……雕镂极矣。先生此后一变为本色，正惟能极艳者方能极淡。”（《远山堂曲品·艳品》）雕镂、极艳之反即指朴拙；止供案头之反，即指当行场上之曲。他改编《牡丹亭》为《同梦记》之功过勿论，就其以便吴歌俗唱（见汤显祖《答凌初成》、《与宜伶罗章二》）而论，却不能说是错的。要求作品当行是抓住了戏曲的特点，其正确性是不容置疑的。以质朴论，则虽未可废，也仅是风格的一种，不能以质朴而否定文采。读者和观众需要多姿多彩的作品，单一风格的作品即使写得再好，也会让人久而生厌。文学语言的风格越丰富多彩越好。戏剧风格的丰富多彩，是戏剧繁荣的标志之一。不仅不同的作家可以、也应当有各自不同的风格，即使同一个作家，也可以写出不同风格的作品。祁彪佳曰：“文人善变，要不能设一格以待之。有自浓而归淡，自俗而趋雅，自奔逸而就规矩。如汤清远（汤显祖号清远道人）他作入‘妙’，《紫钗》独以‘艳’称；沈词隐他作入‘雅’，《四异》独以‘逸’称。”（《远山堂曲品·凡例》）作品之好坏，不在于是绮丽还是质朴，而在于能否词语自然恰当，表现人物的身份和精神性格。“即作曲者用绮丽字面，亦须下得恰好，全不见痕迹碍眼，方为合作。若读去而烟云花鸟、金碧丹翠，横垛直堆，如摊卖古董，铺缀百家衣，使人种种可厌，此小家生活，大雅之士所深鄙也。”（王骥德《曲律》卷四“杂论第三十九下”）

事实上，沈璟并不以本色否定绮丽。他改编汤氏《牡丹亭》乃是因为它不合律，而不是因为它的辞采斐然。从服膺沈璟的格律派剧作家，如吕天成等对汤显祖才情的真诚赞叹，便可见一斑。沈璟还称赞过吕天成的作品：“极工极丽”、“称簇锦缀珠，令人彷惶追赏”，更明确地表现了沈璟对绮丽之作的赞赏。

提倡本色并不始于沈璟。何良俊《四友斋丛说》云：“填词须用本色语，方是作家。”（卷三十七）徐渭更明确地提出以本色纠正时文习气：“南曲……有一高处：句句是本色语，无今人时文气。”（《南词叙录》）沈璟继承了徐渭的观点，大力疾呼“本色”说，提倡以本色之作挽救邵璨开其端倪的时文风气弊端，其影响之大，远远超过了徐渭。吕天成曰：“予之首沈而次汤者，挽时之念方殷，悦耳之教宁缓也。”（《曲品》卷上）正是从挽救剧坛颓风这个意义上说的。虽然有时未免矫枉过正，在曲谱中称赞了一些“庸拙俚俗之曲”，“如《卧冰记》〔古皂罗袍〕‘理合救我哥哥’一曲，而曰‘质古之极，可爱，可爱。’《王焕》传奇〔黄蔷薇〕‘三十哥央你不来’一引，而曰‘大有元人遗意，可爱。’”（王骥德《曲律》卷四“杂论第三十九下”）总起来看，是瑕不掩瑜的，沈璟倡本色之功，不可抹杀。

沈璟的第三个主张，就是“风世”。在前论他给吕天成的信中已有介绍，更主要的是由创作实践体现出来的。

三　沈璟剧作的思想倾向

论者多以为沈璟在戏曲史上的地位，是由其理论提倡决定的，其创作难与理论主张相侔。此说有其合理的一面，但也不尽然。沈璟的创作，有些是他理论主张的实践，有些则是戏曲主张的新的体现。通过这些创作，我们可以看出沈璟对戏曲的惨淡经营和锐意探索。正因为有了这些创作，才使沈璟的理论有了更广泛更深入的影响。离开了这些创作，即使单从理论主张来看，也是不完备的。创作有时要比空头理论更能看出一个人真实的创作思想意向。

通过沈氏的创作，我们看到他从思想内容到艺术形式，都进行了新的探索，作出了可贵的努力。

吕天成说："先生（沈璟）诸传奇，命意皆主风世。"（《义侠记序》）"风世"说是中国传统的文学观，本不限于戏曲。汉代人的解释是："风，风也，教也；风以动之，教以化之。……上以风化下，下以风刺上，主文而谲谏，言之者无罪，闻之者足以戒，故曰风。"（《毛诗序》）它有教化和讽刺两种功能。主张以戏曲风世，也不自沈璟始，元代后期杂剧作家秦简夫就已经明显地体现出这种创作倾向。高则诚提出"不关风化体，纵好也徒然"（《琵琶记》第一出〔水调歌头〕）的戏曲主张，明确指出教化作用是评价戏曲的首要标准。邱濬继承了高则诚的观点，"备他时世曲，寓我圣贤言"，用戏曲"劝化世人"（《伍伦全备纲常记·副末开场》），朱权说他之所以作《太和正音谱》，是因为戏曲有教化作用："诸贤形诸乐府，流行于世，鲙炙人口，铿金戛玉，锵然播乎四裔，使鴂舌雕题之氓，垂发左衽之俗，闻者靡不忻悦。虽言有所异，其心则同，声音之盛于人心大矣。"（《太和正音谱·自序》）李开先也主张传奇要"与人心风教俱有激劝感移之功"（《改定元贤传奇后序》）。沈璟的主张与这些观点有一脉相承之处。沈璟说他的《埋剑记》："达道彝伦，终古常新，友朋中无几何存。朝同兰蕙，暮变荆榛，又徒成波，翻作雨，覆为云。所以先贤著绝交文，畏人间轻薄纷纷。我思前事，作劝人群。"（《埋剑记·提纲》）沈璟是要用封建的伦常道德来影响社会同风尚。不过，沈璟更接近于《毛诗序》的观点，在戏曲中更强调了讽刺的作用。

沈璟的剧作，大体可以分为三类。

一类是正面歌颂伦常道德的作品。

《埋剑记》取材于唐代实事，本事见于《新唐书·忠义传》及牛肃《纪闻·吴保安》。《喻世明言》改编为小说《吴保安弃家赎友》。沈璟通过这个故事歌颂深挚友情，褒扬人们的品德。作者说："吴永固作善逢善，杨都督以人济人。颜氏女非孝是孝，郭飞卿知恩报恩。"（《埋剑记·提纲》）祁彪佳说："郭飞卿陷身蛮中，吴永固以不识面之交，百计赎出，可谓不负生友；飞卿千里赴猷，移恤永固之子，可谓不负死友。世有生死交如此，洵足传也。"（《远山堂曲品》）徐复祚称："此传笃于友谊，深可为纷纷转蓬者之戒。且借延陵挂剑事，名之曰'埋剑'，亦极佳。"（《南北词广韵选》卷一）

《十孝记》（佚）写黄香、张孝、张礼、缇索、韩伯瑜、郭巨、闵损、王祥、薛包、徐庶等十个孝子的故事，宣扬孝道。《曲品》称其"有关风化。……末段徐庶返汉，曹操被擒，大快人意。"

《双鱼记》是据元马致远《荐福碑》及宋人王明清《摭青杂说》中邢春娘与单符郎事改写而成的。剧中让刘皞与石若虚的友情以及邢春娘与刘皞的爱情，在患难流离中经受了考验，显示了忠贞不渝的品格。吕天成《曲品》说它："书生坎坷之状，令人惨动。"祁彪佳《远山堂曲品》说它："写书生沦落之状，令人神魂惨淡。"实际上，书生的怨愤不平之气，已较马致远剧大为减弱，而对"冰心玉骨不怕磨折"品格的颂扬却大大加强了："有始有终是石若虚，假名假姓是留大户；报恩报怨是刘王民（刘皞字），不妒不污是邢命妇。"（《双鱼记·传奇纲领》）

《奇节记》（佚）事本《新唐书·权皋传》、《旧唐书·贾直言传》，吕天成《曲品》称其"正史中忠孝事，宜传。"

《结发记》（佚）是据吕天成所作传改编而成，演萧生、莺娘事。《远山堂曲品》谓："中间状白叟之负义，莺娘之守盟，萧生之异遇。"可见亦是谴责负义、褒彰守盟之作。

沈璟最负盛名的剧作要算《义侠记》了。剧中主要情节全本小说《水游传》中武松故事。只是增加了武松与未婚妻贾若真由离而合一线，又以受招安作结。因为武松尚义任侠，故名"义侠记"。虽然由于体裁不同，容量有限，戏剧不及小说描写细腻、曲折生动，武松的反叛精神也有所削弱，他虽结盟山寨，却心存忠义，盼望招安，与国家出力。但主要人物性格都刻画得比较鲜明，如武松的侠义刚强，武大的懦弱善良、王婆的狡猾世故、郓哥的尚气直肠等，都给人留下了很深的印象。沈璟说："人生忠孝和贞信，圣世还须不弃人。卮言似假，千秋万载垂正论。""忠义事存忠义传，太平人唱太平歌。"（第三十六出）作者的创作意图是传扬忠义，似乎只要有了忠义，社会就可以安定，天下就可以太平。但形象大于思想，我们肯定小说《水浒传》的价值，就不能不肯定《义侠记》，因为它使水浒故事更加普及了，更深入人心了。这个戏很受人们喜爱，不少出都是舞台上常演的剧目。吕天成说："武松一萑苻之雄耳，而闾里少年靡不侈谈脍炙。今度曲登场，使奸夫淫妇、强徒暴吏，种种之情形意态，宛然毕陈。而热心烈胆之夫，必且号呼流涕，搔首瞋目，思得一当以自逞，即肝脑涂地而弗顾者。以之风世，岂不溥哉！"（《义侠记序》）论英雄豪气，论反叛精神，则戏不如小说；但剧中添出武松妻贾氏一线，乃是一种创造。这固如郑振铎先生所说，是适应传奇生旦悲欢离合的定型（《插图本中国文学史》）；如赵景深先生所说，可以调节演员的劳逸（《读曲随笔·沈璟》）；应当说还有另一层不容忽视的作用，就是使戏比小说更具人情。剧中写武松对贾氏母女的思念，使英雄更具人间烟火气息，使英雄与凡人之间的距离缩小了。其妇女观也比小说进步，沈璟的这个贡献是应当肯定的。

沈璟的这一类戏以褒彰封建道德为主，这有落后的一面，如《埋剑记·拒谗》，写时传郭仲翔已死，人劝郭妻颜氏："寻一条活路儿，学一个随时样：招个才郎，同把姑嫜养，莫教爹为你空悒怏。"寡妇再嫁，招赘夫婿是当时的社会风气；郭妻答："我是一马一鞍，誓不把名节丧！"是以不嫁二夫的名节来对抗妇女再嫁的新风尚。其他如割股疗姑等愚孝说教，都超越了正常的亲子之情。但这类戏同时又有其进步的一面。资本主义经济萌芽的发展，新兴的市民阶层影响了社会生活和社会风气。大量钱财流人少数人手中，引起他们欲念横流，金钱的作用大大加强，人们追求金钱，追求享受，社会风气颓败，沈璟生活的嘉靖万历时期是中国历史上资本主义萌芽发展最显著的阶段，沈璟的家乡又是最显著的地区。这一地区"邑在明初风尚诚朴，非世家不架高堂，衣饰器皿不敢奢侈，……至嘉靖中，庶人妻多用命服，富民之室亦缀兽头。……万历以后迄于天、崇，民贫世富，其奢侈日甚一日。"（《吴江县志》）"今天下风俗，惟江之南，靡而华侈，人情乖离，视本实者竞鄙之。"（谢肇淛《五杂俎》卷十二"风土"）民俗浇薄，如江河之日下。这种风气，使社会生活中道德的成分日益减少；尤其是统治者的腐朽，又成为障碍资本主义经济发展和损害人民生活的重要因素。统治阶层不顾封建道德、不顾国家法度地捞取钱财，贪赃枉法，横征暴敛。封建法度和封建道德是一重压迫；不顾法度和道德的恣意妄为、不顾地主阶级整体利益为中饱私囊而无恶不作，对工商业者、对人民生活的损害则更为严重。东林党人的主张并没有超越封建道德的樊篱，但却获得了市民阶层的同情和拥护，这就说明，市民阶层也希望以封建道德来约束那些寡廉鲜耻、不择手段以权谋利的行为。从这个意义上说，沈璟又有进步的一面。

第二类是以揭露和讽刺为主的作品。

《桃符记》，据元郑廷玉《包龙图智勘后庭花》杂剧改编而成，写了妻妒害妾，因奸杀夫两桩命案。郑剧本非上乘之作，沈改本又加上了包公沟通冥神，使青鸾女还魂、刘天仪授翰林学士与青鸾结为夫妇等情节，更觉拖沓，荒诞。但它暴露了"人情翻覆似波澜"的险恶世情，人们身家性命没有安全感的险恶世道。

《博笑记》是根据王同轨《耳谈》及浮白主人《雅德》中故事改编的，凡十则。鞭笞了官民、僧俗社会各个角落的丑恶现象，说明对金钱的追求已经到了不择手段、不顾廉耻的程度。以妻骗钱、贪财卖嫂、谋财害命，真是人心不古，"人不如兽"，即使是夫妻、兄弟、朋友都不可信任。嬉笑之骂，甚于裂眥，可以看出沈璟对社会风气的嫉愤。这里固然有讽刺寡妇为"邪心妇"之类腐朽落后成分，但他看到了县丞、乡绅的昏庸糊涂，从小商贩（卖脸客）等下层人物身上看到了值得肯定的品质，甚至在偷儿身上发现了未泯的良心，这不能不说是市民阶层壮大之后对沈璟产生的影响。其实，褒扬与揭露讽刺本是相辅相成的两个方面。只是揭露和讽刺的作品涉及的社会阶层广泛，生活气息浓郁，因而有着比褒扬类作品更高的认识价值和思想意义。

第三类是言情作品。

《红蕖记》是沈璟的第一部戏曲作品，据唐无名氏传奇小说《郑德璘》改编而成，演郑德璘与韦楚云、崔希周与曾丽玉两对青年男女的爱情故事。

《四异记》（佚），吕天成《曲品》谓："旧传吴下有嫂奸姑事，今演之，快然。"祁彪佳《远山堂曲品》也说："吴中曾有此事。"可知此类事确曾发生过。但衍为戏曲，则"本之稗史，而详于小说之《乔太守乱点鸳鸯谱》。"（《曲海总目提要》卷五）所谓稗史，最早见于宋人罗烨《醉翁谈录》中的《因兄姊得成夫妇》："弟以姊而得妇，妹以兄而获夫。打合就鸳鸯一对，分明归男女两途。好个风流伴侣，还它终久欢娱。"（丙集卷一）明冯梦龙的《嫁娶奇合》，故事与《因兄姊得成夫妇》大体相类，谓为"嘉靖间昆山民"事，"吴江沈宁庵吏部作《四异记》传奇"（《古今谭概》卷二十六）。冯梦龙《情史类略》有《昆山民》一篇，收在"情缘类"，文字与《古今谭概》基本相同。明人《暇弋篇)》载此事最详，官府判云："弟代姊嫁，姑伴嫂眠。爱女爱子，情在理中；一雌一雄，变出意外。移干柴近烈火，无怪其燃；以美玉配明珠，适获其偶。"（褚人获《坚瓠癸集》卷三引）冯梦龙根据这些记载，敷衍为话本小说《乔太守乱点鸳鸯谱》，乔太守之判词与《暇弋篇》同。汤显祖《牡丹亭·冥判》中判词也大体相同。沈璟的剧本不传，但其为言情之作则无疑矣。

《珠串记》（佚）本事见于范摅《云溪友议》卷上之"襄阳杰"，演崔郊恋其姑之婢，经过一番周折而如愿以偿事。

《坠钗记》亦名《一种情》，事本瞿佑《剪灯新话》卷一之《金凤钗记》，演崔兴哥与何兴娘事。王骥德云"词隐《坠钗记》盖因《牡丹亭记》而兴起者。"（《曲律》卷四"杂论第三十九下"）祁彪佳云："兴娘、庆娘，生生死死，皆因情至。转讶卢二舅、炳灵公之婉转成就以践'妹儿收得姊儿田'之谶，岂神仙亦不断情累乎？"（《远山堂曲品·雅品残稿》）据吕天成《曲品》，此剧当作于沈璟晚年。

由以上分析可知，沈璟之以剧言情，从时间上说，不是偶一为之，而是几乎贯穿了戏剧创作的始终；从其成就来看，也决非下乘之作，在沈璟作品中占有不容忽视的地位。吕天成称赞《坠钗记》说："先生自逊，谓'不能作情语'，乃此情语，何婉切也！"（《曲品》卷下）王骥德《曲律》甚至说："词隐传奇，要当以《红蕖》称首。”这些评论是有道理的。《红蕖记》第七出二女诉心：“我也道人情不甚相差别，”“这些情偏难尽说——”“两下里含笑相看，心儿一样热。”韦楚云见郑德璘在追寻她时，道：“你觑那风魔忒罕，我欲避还怜，欲看羞颜。只恐荻花头顿白，枫叶泪成丹。愁苗自产，更不被霜威相扞。（背唱）君还相访易，奴为出来难。挫过花星，似浪萍分散。”描摹闺中少女心理真实生动，也道出了爱情的三昧。《坠钗记》第廿一出写离期已到兴娘的心情、廿五出写睹钗时嗣宗的悲痛，都很感人。

尽管在这类作品中还夹杂着一些道德说教，如《红蕖记》之“愧天下之不知报德者”、《坠钗记》之“一丝为定，千金不易”、“伤风败俗难从谕”之类，但我们不能不承认这样一个事实：沈璟并不排斥“情”。这是时代思潮在沈璟身上刻下的痕迹。尽管沈璟所主之情的内涵与汤显祖有所不同，但都属于情的范畴。《四异记》题材表现了“烈火近干柴无怪其燃”的情欲难以扼止的思想，在《牡丹亭·冥判》中被判官明白道出，二者有共同点。这也说明，汤沈创作风格不同，学术主张不同，但不是政敌，在思想上也不是水火不相容的对头。

关于沈璟的创作，沈璟说：“谈言倘亦能微中，问滑稽何如优孟?”（《埋剑记》第三十六出）“谈言微中处，莫认滑稽曹。”（《义侠记》第一出）“正言庄语敢相嘲？却爱诙谐不少。未必谈言微中，解颐亦自忘劳。”（《博笑记》第一出）他反复强调要通过有趣的故事，谈言微中，可见现实针对性是很强的，受“经夫妇，成孝敬，厚人伦，美教化，移风俗”（《毛诗序》）思想的影响明显。揭露讽刺之作固不待言，即使是以褒扬为主的作品，也是针对现实而写的。《埋剑记》云：“论交谊，愧杀世间人称友朋。”针对世间人情淡薄，所以他要提倡吴保安、郭仲翔式的友谊。《义侠记》的创作也是如此：“彼世之簪佩章缝，柔肠弱骨，见义而不能展其侠，慕侠而未必出乎义，愧武松多矣。然读此不亦兴起而有立志乎？……草莽江海之间，不乏武松，第致武松之为武松者，伊谁责也?”（吕天成《义侠记序》）世之无侠无义固须从“义侠”武松身上兴起而立志；即使那些逼民致反者，也应从中汲取教训。由于沈璟对社会现实有一定的认识，又由于他所改编的原作之巨大成就，沈剧中保留了较多的官逼民反，不平则鸣的内容。像刘皞感时叹世、武松英雄磨难的不平等等，都流露了作者对现实的认识。“休提你胸怀就里，论当今只看浮皮。”（《双鱼记》第十五出）“一班儿英雄豪杰，总多磨难。心懒，算古往今来，直道谁非行路难！堪叹处，似秋夜漫漫，甚时方旦?”（《义使记》第三十一出）“打你个无端调戏良人配，打你个豪强占尽他人产，打你个狐媚公然假虎威，打你个冲斋会！今日我与民除害，功德难及。”（《义侠记》第二十六出）这是剧中人的感情，也是作者假剧中人之口吐诉的不平。只是这种不平还只限于针对现实生活中的奸猾之徒，对于皇帝，沈璟是极力称颂的。我们可以批评沈璟道德观中的落后成分，但不能否定沈璟创作态度的严肃性，更不能以“形式主义”目之。但形式也不是不重要，否则，还叫艺术吗？

四 沈璟剧作的艺术追求

沈璟的戏曲创作，在艺术上也进行了多方面的探索，做出了可贵的贡献。

在语言风格上，沈璟由《红蕖记》的工艳骈俪，转而通俗本色，形成了自己的创作风格，对戏曲的普及，为戏曲赢得更多的观众，有着重要的意义。

沈璟追求情节的曲折新奇，时用双线结构。《红蕖记》郑德璘事奇，剧作“无端巧合，结撰更异”（吕天成《曲品》卷下）。作者概括为：“拾得妻房是郑德璘，借得情诗是韦楚云。没影相思是曾丽玉，立地姻缘是崔伯仁。水底生天是韦父母，梦回救弟是古遗民。枉堕烟花是曾家媪，乾调风月是魏子真。口传表记是渔舟子，德报恩私是水府君。这是十无端巧合《红蕖记》，两下里完成翠幄内。”（《红蕖记》第一出）“情致淋漓，不啻百转。”（《远山堂曲品·艳品》）其《桃符记》“曲第二十八折，已觉有无限波澜矣。”（《远山堂曲品·雅品残稿》）《凿井记》“事奇凑泊更好”（《曲品》卷下），《结发记》“情景曲折，便觉一新。”（《曲品》卷下）“一转一折，神情俱现。”（《远山堂曲品·雅品残稿》）《坠钗记》“甚奇”（《曲品》卷下），“转折尽佳”（王骥德《曲律》卷四“杂论第三十九下”）。在曲折的情节中，时有歌舞穿插演出。剧中演歌舞，朱有燉游赏庆寿剧中已有，但朱剧苦情节单纯，大不类剧，沈璟置歌舞于情节之中，是一种创造性发展，丰富了戏曲的表现手法。对烘托气氛有良好的作用。沈璟在情节方面的贡献是为戏剧增添了新的引人入胜的故事。文贵创新，“非奇不传。新，即奇之别名也。”（李渔《闲情偶寄·词曲部》）重故事情节是抓住了戏剧的第一要素，比起重曲辞来，戏剧观念有了新的进步。但由于过分追求曲折，便开了戏剧脱离生活、追求离奇的创作倾向。凌濛初曰：“沈伯英构造极多，最喜以奇事旧闻，不论数种，扭合一家，更名易姓，改头换面，而又才不足以运棹布置，掣衿露肘，茫无头绪，尤为可怪。”（《谭曲杂札》））这种风气，由沈璟《红蕖记》开其端倪，经阮大铖扬其波澜，李渔承其馀韵。张岱批评这种风气说：“生甫登场，即思易姓；旦方出色，便要改妆。……只求热闹，不论根由，但要出奇，不顾文理。”（《琅嬛文集·答袁箨庵》）脱离生活逻辑，实际上是把戏曲引向了一个误区。

对传奇之体制，亦多所改革和创新。《十孝记》“每事三折，似剧体，此是先生创之。”（《曲品》卷下）“如杂剧十段”（《南词新谱》卷一眉批）。《奇节记》"一帙分两卷，此变体也。"(《曲品》卷下)"一本分作二事：权皋以计避禄山而竟得生，贾直言饮药□有父命而卒不死，真可谓节之奇者矣。"(《远山堂曲品·雅品残稿》)《博笑记》"体与《十孝》类"(《曲品》卷下)，或二出、或三出、或四出演一个故事，集腋成裘，多个短剧的聚锦，有利于从多侧面、多角度表现社会生活的五光十色。有的一出戏只唱一支曲子，有的只重复唱一支曲子，打破了传奇原有的演唱常规。北杂剧体制的改革，早已有之，如朱有燉及后来的徐渭，而传奇体制的改革，沈璟探索之功是不可忽视的。

喜剧元已有之，歌颂性喜剧如《李逵负荆》、《西厢记》，讽刺性喜剧如《一文钱》。沈璟为丰富喜剧的手法，做了可贵的尝试。《分柑记》"谑态叠出"(《曲品》卷下)，"拈毫搬弄，备极谑浪之态。"(《远山堂曲品·雅品残稿》)《四异记》"净、丑用苏人乡语，亦足笑也。"(《曲品》卷下)"净、丑白用苏人乡语，谐笑杂出，口角逼肖。"(《远山堂曲品·逸品》)念白用吴语，在地方演出中可增强观众的亲切感，更便于刻画净、丑人物的性格和心理，收到口角逼肖的效果，这是沈璟的新尝试。沈璟剧作在吴语区演出，收到了良好的演出效果。但此风一开，群起效尤，则走向了反面。李渔指出："近日填词家，见花面登场，悉作姑苏口吻，遂以此为成律，每作净丑之白，即用方言。不知此等声音，止能通于吴越，过此以往，则听者茫然。传奇，天下之书，岂仅为吴越而设?"(《闲情偶寄·少用方言》)可惜李渔的正确批评没有引起戏曲界的重视，昆曲演出仍是如此。《凿井记》"通本曲腔名，俱用古戏名串合者，此先生逞技处也。"(《曲品》卷下)集剧名为曲，如今人说相声之串合电影名、歌曲名，可以增强喜剧效果。《珠串记》"描写妇人反唇之状，非先生妙笔不能。"(《远山堂曲品·雅品残稿》)描摹口吻、情状逼真，创造喜剧效果。《博笑记》中既有歌颂性喜剧，如贼救人、卖脸人捉妖；也有讽刺性喜剧，如乜县丞；更有颂讽兼而有之的。把社会上可恶可笑的种种丑态搬上舞台，令人绝倒。

不论何种形制、何种手法，都能符合舞台规律，这是尤为难能可贵的。《义侠记·除凶》演有名的武松打虎故事，利用前台与后台、人与虎、唱念与动作的配合，把打虎的场面表演得有声有色，成为至今为观众喜爱的折子戏。《博笑记》中的《乜县丞》，充分利用宾白科介的功用，创造讽刺喜剧的舞台氛围，无一贬词而情伪毕现，有一掴一掌血、一鞭一条痕的艺术效果。《埋剑记》中《遘奴》一出，写主仆二人，千里相寻到了一起，一个在屋内，一个在屋外，他们轮流抒发痛怀，却又各不相见、各不相知，从一更到五更，连唱五曲，中间竟不加一白。这是利用戏曲舞台不受时间空间限制的特点，充分发挥唱段抒情的优长，淋漓尽致地抒发人物情愫，创造浓郁的悲剧氛围，有荡气回肠的艺术效果。可见，沈璟对于戏曲的各种因素，都能熟练地加以利用，使剧作成为本色当行的场上之曲。

沈璟在戏曲的创作和理论提倡上，都有不小的成绩，产生了很大的影响，以致其追随者被称为吴江派、格律派。“词隐登坛标赤帜，休将玉茗称尊。郁蓝继有槲园人；方诸能作律，龙子在多闻。香令风流成绝调，幔亭彩笔生春；大荒巧构更超群。鲰生何所似？颦笑得其神。”（沈自晋《望湖亭》第一出）这是沈自晋列出的名单。他把吕天成、叶宪祖、王骥德、冯梦龙、范文若、袁于令、卜世臣、沈自晋视为吴江派的主要成员。吕天成评沈璟：“此道赖以中兴，吾党甘居北面。”（《曲品》卷上）王骥德评沈璟：“力障狂澜，中兴之功，良不可没。”（《曲律》卷四“杂论第三十九下”）应当说，明代戏曲的中兴不是沈璟一人之功，甚至也不是汤沈两人所能承担的，但汤沈确实为明代戏曲的繁荣做出了各自的贡献，没有汤沈就没有元以后戏曲的繁荣。明清两代戏曲——尤其是传奇，之所以能取得辉煌的成绩，是与汤沈二公的名字紧密联系在一起的。沈璟在戏曲发展史上的地位，应当得到充分的评价。

在矛盾中前行的戏剧家李玉

明清易代之际，汤显祖、沈璟的风流馀韵犹存，剧坛上却有一股新的力量崛起，这就是被后世称之为苏州派或吴县派的戏剧家。有人说苏州派是汤、沈调和而生的新生儿，是吕天成在《曲品》中所呼唤的“能守词隐先生之矩矱，而运以清远道人之才情”的“双美”作家群。其实不然。在苏州派剧作家看来，似乎汤沈之争是文士们的事，与他们无干。他们以戏曲谋生，与艺人为伍，娴熟音律而不以音律相标榜；他们上穷典雅下渔稗乘，锦心绣肠，却不张扬辞彩文华。他们唯一的宗旨便是遵循舞台规律，“要博得贤愚共赏，哪怕他顾曲周郎说短长！”（叶时章《翡翠园》末出〔尾声〕）把本色当行作为追求的目标。他们在走自己的路。这一派的领袖人物，便是李玉。

李玉的戏剧创作少说也在三十本以上①，今存十八种。李玉对戏曲的贡献，除了他自己的创作及曲谱的编纂之外，还在于在他的周围团结着一批志同道合的戏曲作家。对李玉以及苏州派，人们评价颇高，或目之为新思潮和新流派的崛起，是晚明思想解放运动和文学革新运动中的一支新军；或认为李玉积极反映了人民的思想感情。这些评价并不符合李玉的创作实际，是很值得商榷的。我认为李玉是一个了解人民生活、积极从事戏剧活动的戏剧家，对戏曲的发展做出了巨大的贡献，但他不是一个思想家，他生当明季末造清代初立之际，剧作中所表现的思想，并没有超越、甚至没能继承元代及晚明进步思想家已经取得的成果。李玉是一个矛盾的人。他身世卑微，地位低下，却胸怀功名之志，只是“数奇不偶”志不获展，才“寄兴声歌”（李玉《南音三籁序》），继承戏曲家传②，“以十郎之才调，效耆卿之填词”（吴伟业《北词广正谱序》），走上了以戏谋生的道路。他熟悉下层民众的生活，同情他们的疾苦，但同时又没有真正了解他们的精神实质；他观察到了生活的现象，并以之入剧，却没能对这种现象进行哲学思辨，认清它所蕴涵的思想意义。

---

① 李玉剧作，诸家说法不一；高奕《新传奇品》云三十三本，无名氏《传奇汇考标目》云三十二种，后人补充的别本《传奇汇考标目》则云六十种。

② 吴绮〔满江红·次楚流韵赠元玉〕有“家传自擅清平调”句，见康保成《论苏州派主将——李玉》，《中山大学学报》，1987 年 4 月。

在明代，李玉清楚地看出了社会生活的变化，作戏曲表达了他的看法；入清之后又经受了血与火的洗礼，有了新的时代感受，并把他的新认识展现在舞台上。

满洲人是靠杀戮统治中原的。“扬州十日”、“嘉定三屠”、“江阴八十一日”号称“南明三惨”，清人王秀楚《扬州十日记》、朱子素《嘉定屠城纪略》、署名韩菼的《江阴守城纪》、季承禹《澄江守城纪事》等有详细记载。如江阴，顺治二年六月初城破，清兵屠杀城内百姓6.7万多人、城外7.5万多人，百姓仅存活大小53人。又有剃发令，“留发不留头，留头不留发”，稍有不从即断其头挂于剃匠挑担竿上示众。文化上实行专制政策，连连制造文字大狱，李玉生活的顺治康熙两朝就有十五六起之多。目睹了鲜血、感受到恐怖的李玉清醒多了，剧作有了不同的内涵，最重要的变化有二：一是笔触由描绘市井百态转为褒贬朝堂忠奸，是他对政治的历史反思；二是由关注个体命运转向对群体命运的悲悯。李玉在矛盾中不停地创作，不停地探索，也在不停地前行。

一

明代中后期，随着经济生活中资本主义生产关系的出现，社会成分也发生了很大的变化，最明显的就是市民阶层的壮大，明人何良俊说：“昔日逐末之人尚少，今去农而改业工商者三倍于前矣；昔日原无游手之人，今去农而游手超趋者又十之二三矣。大抵以十分百姓言之，已六七分去农矣。”（《四友斋丛说摘抄》卷四）淮扬二府“弃业逃徒，以兴贩为生”（《明世宗实录》卷一九六）。这些弃农而改业工商的人大量涌入城市，使市民人数急剧增加，他们的生活观念和价值取向，对整个的社会意识产生了一股强大的冲击波。他们追求财货，追求享乐，追求个性解放，不愿受传统道德的束缚。在这种思潮影响下，产生了徐渭、李贽、汤显祖等代表人物。但是市民阶层也有另一方面，就是狡诈。“姑苏……市井小人，百虚一实，舞狙诈，不事本业。”（谢肇淛《五亲组》卷三）奔竞无赖，张拳鼓舌，无非争利于市。

以戏谋生的职业使李玉接触并了解了广大市民。他敏锐地发现了市民阶层在社会生活、尤其是城市生活中日益活跃的现象，把市民作为重要人物写入戏中。元代也有以市民生活入戏的，如秦简夫的《东堂老劝破家子弟》，但是剧中的市民形象，却远没有李玉笔下的人物那样生动活脱，作品数量也不及李玉多。但明末时期李玉所看到的，主要的还是市民阶层的落后面，对他们的负德背恩行为进行鞭笞。《人兽关》中经商败落的破落户桂薪，受施济的救命之恩，又得施家的藏金而致富重兴，在施家败落之后却不肯援手，以致妻和子变犬，桂薪终生忏悔，饱受煎熬。李玉不满意经商致富，把经商败落的桂薪写得龌龊不堪。第一出“慈引”借观音菩萨之口说：“如今世上有钱的，何人不负心也？……你看从来负心的人，那个非犬也?”施济有钱，施济之子施还得到祖宗遗财家道复兴，也有钱，但他们并不负心，也不是“犬”，由此可知剧中所谓“有钱的”，专指那些无德而致富的“暴发户”，这类暴发户中，最多的是商贾。

《人兽关》里写了桂薪、尤滑稽用银子买亲军指挥使官做的闹剧，其目的不在揭露卖官鬻爵的官场腐败，而在揭露世风不古——螳螂捕蝉，黄雀在后；在鄙夷和嘲讽以钱买官者的痴心妄想。而纳资捐官，正是市民阶层暴发后，求得“与缙绅先生列坐抗礼”的一种手段（参见张岱《陶庵梦忆》卷五“诸工”）。

《一捧雪》中的汤勤，是刻画得最为生动的艺术形象。他本是裱褙匠，小手艺人，受宰相之子莫怀古的提携救济，才免于饥寒落魄；又是莫怀古把他荐人严府，受严嵩之子严世蕃的青睐。但他为了向上爬，不惜将恩作仇、卖友求荣，不择手段地迫害莫家主仆。在第三出莫怀古之妻曾说莫怀古：“老爷生长豪华，不谙世路曲折。”世路的曲折，人情的险恶指的就是汤勤之类人的坑陷。第九出又说：“世路幻如梦，人情薄似云；莫信直中直，须防人不仁。”戏的开场称汤勤“趋炎汉活现出负恩忘义的中山狼”，第五出剧中剧又演出了《中山狼》。可见，鞭挞汤勤之类忘恩负义的小人，在剧中占有何等重要的地位。贞姬义仆又是作为汤勤的对照进行塑造的。

写于明末的剧作，只有在《占花魁》一剧中，李玉在卖油郎秦种这个市民小人物身上发现了诚实、善良、忠厚的品格，给予了肯定。但是，对于这一点作者又有所保留。在《醒世恒言·卖油郎独占花魁》中，秦重本是庙中杂役的儿子、花魁娘子本是小粮店主人的女儿，李玉对男女主人公的出身低微深感不满，或者说认为美好的品德与市民出身不和谐不般配，所以在剧中他使男女主人公的家庭，都脱离了市民阶层：秦种之父秦良成了统制官，花魁之父官拜郎署、其叔为宫内太监。故事的结局，在小说里是秦重花魁“把家业挣得花锦般相似，驱奴使婢，甚有气象。”表现了明代后期市民阶层对财货的追求。在剧中却改成了秦良官升殿前太尉、秦种授洞霄宫提举，一门封荫。在作者的意识中，市民阶层是轻贱的，只有跻身贵族行列才是幸福和荣耀，是人生追求的目标。

李玉看到了商品经济给社会生活带来的巨大的变化，看到了市民阶层已经成为生活中不可忽视的一部分，他把他们写进了戏曲，但更多的是针砭他们身上的缺点，在封建士大夫面前，他总感到市民阶层有点“自惭形秽”。李玉对社会、对明王朝抱有很大希望，所以他一方面以才学求功名，虽“连厄于有司”（吴业伟《北词广正谱序》）而此心不泯，“晚几得之，仍中副车”；一方面又“著传奇以抒其愤”（焦循《剧说》卷四），用封建道德风世。在李玉看来，只要人人都遵从忠孝节义、知恩报恩等道德，社会就可以太平，王朝就可以久安了。这个时期李玉所抒的“愤”，还只是对市民中某些个人品德的不满。

入清之后，李玉“绝意仕进”（吴伟业《北词广正谱序》），眼界开阔了，思考深沉了。他不仅更多地看到了市民阶层的优秀品德，更认识到这个阶层所蕴涵的惊天动地的伟力。他写了《万民安》、《清忠谱》两部描写市民运动的戏。《万民安》，剧已不存，《曲海总目提要》有详细介绍：“演葛成击杀黄建节事。……按《纪事》等书论矿税之弊，其一条云：‘万历二十九年六月己巳，太监孙隆采税浙直，驻苏州，激变市人，杀其参随黄建节等数人。抚按诘乱民，有葛成独引服，不及其馀。下狱论死。’……又按，万历三十二年，都御史温纯疏云：‘税使借皇上之威福，以十计；参随又借税使之声势为声势，以百计；土棍又借参随之牙爪为牙爪，以千万计。宇内生灵，能胜此千万牙爪之吞噬搏击否?’剧中所记参随土棍相倚作奸，与纯疏参观，知其不谬也。”李玉根据实事敷衍成剧。矿监税使不加节制地掠夺，严重阻碍了工商业的发展和人民的生活，人们不堪忍受，奋起反抗，发生了市民暴动。事发后，机户中佣工织匠葛成又挺身承担了罪责，解救了苏州百姓，故名《万民安》。单从题材本身来看，这是一部好戏，真正表达市民的要求和力量，其意义似在《清忠谱》之上。但文学作品的价值不决定于题材本身，而决定于作家对题材的处理，今剧既不存，也就不好详论了。

从《清忠谱》的取名来看，是因为主人公吏部文选司员外郎周顺昌乃“忠中之忠，清中之清”（瞿式耜《特表忠清疏》）、“清忠尤著”（《明史·周顺昌传》），创作目的是表彰周顺昌的清与忠，以颜佩韦等五义为首的市民只是配角，但是在描写为救援周顺昌而形成的市民运动方面，却凛凛有生气，那种浩大的声势、那种使阉宦爪牙闻风丧胆的伟力，都给人以耳闻目见之感。颜佩韦等五人，挺身自任杀死缇骑的罪责，以自己的生命，挽救苏州的百姓，刻画得大气磅礴，生动感人。

通过这两部戏可以看出，入清后李玉对市民阶层的观照，已经由对个人品德的挑剔，转变为对整体精神和力量的颂扬。这无疑是一个大的进步。明末是市民运动风起云涌的时代，市民阶层开始登上政治斗争的舞台，李玉认识到群众斗争的巨大力量，从颜佩韦等下层市井细民身上看到了可贵的品质，进行了歌颂，顺应了历史发展的趋势，是难能可贵的。从历史事实来看，周顺昌之所以受苏民拥戴，在于他“为德于乡，有冤抑及郡中大利害，辄为所司陈说，以故士民德顺昌甚。”“捕治税监高寀爪牙，不少贷。”（《明史·周顺昌传》）他曾以激烈的言论反对税监，为市民主持正义①。他反抗魏忠贤阉党、反对特务统治等封建专制暴政的斗争，与人民的利益有相同的一面；他支持市民反对矿监税使，实际上就是支持反对封建特权而维护市民阶层的利益，有利于工商业的发展，某种程度上适应了资本主义萌芽时期的进步思想。但剧中对这一点有所忽视。写周顺昌反对阉党的出发点是“保护皇家畿甸”，维护正统的封建伦常等级秩序，而削弱了周顺昌斗争的历史进步性。李玉认识到群众斗争力量的可贵，但又仅仅把他们的斗争附属于东林党人，作为东林党忠君反宦官的助手，失去了自身的目标。拥戴周顺昌，同官府发生对抗，被写成仅仅因为周顺昌是清官和忠臣。而周顺昌的“清忠”也好，颜佩韦等人的“侠义”也好，都没有超出封建道德的范畴。李玉注意到了市民运动的外在形态，而没有把握住市民阶层的思想意识，他描写了轰轰烈烈的市民运动，却没能表现市民的感情、写出市民的要求、愿望和自身利益。李玉没有认识到市民阶层是作为一种新兴的社会力量在崭露头角，而历史已经提供了这种认识的可能。

二

李玉出身低微，“系申相国家人，为申公子所抑，不得应科试。”（焦循《剧说》卷四）吴梅先生在《南北词简谱》油印本书眉批注中，指出李玉的父亲是申用懋的仆人（冯沅君《怎样看待〈一捧雪〉》1964 年 4 月《文学评论》）。申用懋即相国申时行之子。可知，李玉是申府家人或家人之子，其出于奴仆之家是无疑的。正因为如此，他才要“为奴婢吐气”（焦循《剧说》卷四）。冯沅君先生说：“结合有关明代奴仆的文献与李玉的出身遭遇来看，我们感到，总的来说，奴仆是受侮辱、被迫害的人，但由于明奴众多，他们的主人的社会地位、政治地位又彼此不同，即在一家之中，每个奴仆与主人的关系也有出入，因而奴仆彼此间不免升沉悬殊，甚至于某些人从一般奴仆分化出来，这类人可能在某些方面尚未完全摆脱奴仆的羁绊，而他们的思想意识却已士大夫化。这类士大夫化的奴仆，还可能走着两条不同的立身处世的道路：一种是与封建官僚沆瀣一气，揽权纳贿，舞弊营私。……另一种以正派的封建士大夫为法，自负才学，要通过科举（当时所谓的正路）取得官职；是非感比较强烈，拥护封建道德，景慕忠臣义士。就我们所掌握的材料论，李玉应该是这方面的例子。”（冯沅君《怎样看待〈一捧雪〉》1964 年 4 月《文学评论》）李玉以封建士大夫为法，站在了他所出身的阶级的对立面。所谓为奴婢吐气，不是为他所隶属的阶级争人身自由、争独

① 参见：《周忠介公烬馀集》卷一，《申详税监变异缘由附后》、《福州高珰纪事》等。

立的人格地位，而是教他们做驯服的奴隶。

《一捧雪》本事出自《程仲权先生集》卷三《汤裱褙传》（见刘致中《〈一捧雪〉本事新证》，1988 年 2 月《戏剧艺术》）。《传》中虽有“老家干”藏杯救主的举动，却并没有以身代死的情节。代死，纯属李玉的虚构。奴仆为什么要代替主人去死？莫成说：

> 老爷承先老爷宗祧之重，况公子年幼，未列缙绅，老爷一身关系非小。只有小人世受豢养之恩，此身之外，无可报效。今日里呵……怎忍心见擎天柱未央命捐，我拚得颈血溅黄泉！

连莫怀古都觉得：“蝼蚁尚然贪生，我死乃分内之事，与汝何干?”但莫成把自己看得连蝼蚁都不如，还是要去替死。在李玉看来，老爷的“宗祧”之任、公子的“缙绅”身份，远远重于奴隶的生命。奴隶是被“豢养”的，生命和人格都属于主人。《五高风》中有义仆王安，其子王成替死，救出主人之子；王安又滚钉板告状，为主人鸣冤。这就是李玉为奴仆们树立的风范。

作者把莫成比为楚汉相争中诳楚的纪信，这其实是大大美化了莫成的境界。《史记·项羽本纪》载，刘邦被项羽困于荥阳，汉将纪信乃假冒汉王，“乘黄屋车，傅左纛”，出东门，曰：“城中食尽，汉王降。”项羽信以为真，放松了警惕，使刘邦从城西门逃跑，“项王烧杀纪信”。从此留下了纪信替死、纪信诳楚的典故。纪信也被人们视为忠臣，唐人周昙曾称纪信：“为主坚能不顾身，赴汤蹈火见忠臣。”（《咏史诗·周苛纪信》）纪信的死，不仅救了君（刘邦），也兴了汉，关系到楚汉相争的大局。纪信忠于君，也忠于汉，可以称之为忠臣。而莫成的死，却是忠于一家一户，忠于主子，是奴才。义仆戏不是李玉的首创，邱濬《伍伦全备记》中有仆人永安欲以性命替出被匈奴掳去的主人的情节，开了义仆剧的先河。但其影响远不及李玉大。在李玉的影响下，义仆剧大行其道，如朱素臣的《未央大》、《朝阳凤》，朱佐朝的《轩辕镜》、《九莲灯》、《瑞霓罗》，无名氏的《万倍利》等。

明末清初是奴隶觉醒、强烈要求人身自由的时代，“奴变”事件此伏彼起。李玉一方面用义仆剧宣扬奴才思想，一方面又对以暴动挣脱枷锁的奴隶非常憎恨。《小腆纪年》卷二记载了崇祯十六年四月麻城“里仁会”在汤志带领下的一次奴隶暴动，“其人遂炮烙衣冠，推刃故主，城中大乱”。被包围后，汤志又让周文江与张献忠联系，张献忠为里仁会解围，进人麻城。在《两须眉》中，李玉写到这次暴动：“麻城奴辈逞戈矛，聚众纷纷争斗。轻则擒来鞭扑，重将投火浇油。衣冠望族一时休，奇变从来罕有。”“遣汤志救兵求告，约流寇疾统雄骁，敌乡勇恣行强暴。”充满贬义。后来汤志在闯王部下做官，被杀。李玉认为：“麻事始坏于群奴，后亡于汤志。”在《周忠介公年谱》所附的《五人传》里，五义士与周顺昌曾显魂，在倪文焕宅示异，使毛一鹭暴卒，表现了死为鬼雄的反抗精神，蒋士铨《五人墓》诗称之为“斩首犹能作鬼雄”；可到了《清忠谱》里，五义士的复仇之举，却被周顺昌的鬼魂制止了，毛一鹭也改为寿终，可以看出，李玉对反抗精神害怕到了何等程度。

李玉承认朝政腐败，社会黑暗，不仅卖官鬻爵，而且强权横行，抢夺财产，杀人性命，以致官逼民反：《两须眉》里的张福寰，本来是抗拒“流寇”的，由于不能忍受官府“索牛索马索米索钱”，众人愤怨，于是杀了官兵，揭竿而起，走上了“贼来杀贼，兵来杀兵”的反叛道路。奚惠王说：“会当百姓穷困，官府贪污，奋臂一呼，聚众十万。”百姓称赞黄禹金：“有这等好人！明公若做了官，百姓无反日了！”明言官无好人，致令百姓造反。李玉虽然同情苦难中的百姓，却反对他们造反，歌颂镇压起义的黄禹金夫妇。他身为奴仆，却不能成为他的阶级弟兄的代言人，反对他们争取人身自由，要他们安心做奴才。李玉让别人安于奴仆地位，他自己却又心存飞黄腾达的幻想，充满了对达官贵人的艳羡之情。作品的正面主人公几乎都有个官高位显富贵荣华一门封赠的结局，甚至连死去的周顺昌、五义士，也给了个“城隍”、“功曹”阴职，算是对正义的补偿，给作品带上了一股腐臭气息。

三

对苏州派剧作家的爱情观和妇女观，有人评价颇高，认为是以高度的社会责任感和强烈的时代感，充分地反映了市民阶层在爱情、妇女问题上所萌发的新的价值观和伦理观，反映了晚明新思潮对这一问题的新认识。从苏州派领袖李玉的作品来看，这种看法是评价过高了。

自从《西厢记》和《牡丹亭》出现之后，后世的言情戏曲鲜有不受其影响的。李玉也不例外，在人物设计、关目安排等方面，都有明显的表现，可惜他所吸收的只是形式，而不是这两部伟大著作的精神。

《占花魁》被认为是李玉笔下写得最好的爱情戏。“开场”云：“花月场中存至理，情真一点偏坚。”李玉认为爱情的至理就是“情真”。卖油郎秦种痴情地爱着花魁娘子，花魁不因秦种地位微贱而有所芥蒂，她称赞秦种“又忠厚，又老实，又知情趣”。这是花魁娘子在饱经沧桑之后确定的择偶标准，这个标准的确立，主要的还是从共同生活、相依为命考虑的，而不是男女之间心灵的契合与吸引，还不能说道出了爱情的三昧。所以在具体描写中，“知情识趣”就仅限于承吐递茶，没有升华为身与心两方面的依恋。在《占花魁》里，本来就通过花魁娘子之口，道出了“怎做得琵琶再抱过别船”的贞节观，认为琵琶女有失妇德，在妇女观和爱情观上，远远落后于白居易《琵琶行》和马致远《青衫泪》。在其他戏里，这种思想表现得更为明显。《眉山秀》、《永团圆》都表现过同样的思想。《一捧雪》中在方先生向莫府报告玉杯大祸临头的仓惶之际，作者也没有让青春已逝的莫怀古之妻忘记男女大防的古训，让她说出“怎好与先生相见”的话来，只是由于祸大事急，她才“从权”，同意与方相见。在作品里经常安排“闺箴”、“闺训”一类场面，进行封建妇道的说教。《人兽关》里的俞玉英偷游花园被父亲发现，于是发了一痛“三从教千古堪钦，四德箴宜三省”，“女职今朝自勤修，他年妇道真堪敬”的议论，玉英承认了“过错”，收心敛性，使活泼的青春活力遭受扼杀，走上“朝来堂上供甘旨，晚向闺中习女红”，以“古贞姬，昔孝女”为楷模的生活道路。游园的情节，是从《牡丹亭》里借用来的，只是，《牡丹亭》的游园激活了杜丽娘的春心，汤显祖对游园持肯定态度、对禁游花园持批判态度，在《人兽关》里，游园却被当成有违妇德的行为进行否定了。

《永团圆》对传为佳话的自由爱情，表示了公然反对。正面女主人公江兰芳说：“那些蛾眉长袖，不过是莺交燕友。最堪羞：酬和西厢月，当垆咏白头。”《西厢记》里莺莺张生用诗句互诉心声表达爱情、卓文君与司马相如通过琴声传达爱慕私奔成婚，是可羞的丑事。认为“平章今古，原非女子分内之事，但闺阃贞淫，亦该略识一二”。这清楚不过地表明，女子无才便是德，只应知贞淫二字。江兰芳与蔡文英只是许亲，不仅并未成亲，连面也没见过，兰芳闻说父亲退婚，便“宁甘九死，岂事二天！只守着节操，视死如归”。便要“一马一鞍”，“从亲忍使夫纲绝，不惜芳魂伴洛神”。不惜跳江求死，她用生命捍卫的只是夫纲，而不是爱情。“妒”在封建社会里被认为是妇女的大缺点，在“七出”之列。申子曰：“妒妻不难破家，乱臣不难破国。一妻擅夫，众妻皆乱；一臣专君，群臣皆蔽。”（《意林》）故因妒而休妻，就是正当的理由了。在明代，对妒妇处置尤甚。据载，明太祖尝赐常遇春二宫女，常妻悍妒，常不敢御。太祖闻而大笑，“召开平（常遇春）入宫饮酒，命力士肢解其妻，曰：‘悍妇之肉。’开平惊，成癫痫。”（《龙兴慈记》）上行下效，描写妒妇就成了明代剧坛的一大奇观，如汪廷讷《狮吼记》、释湛然《妒妇记》、吴炳《疗妒羹》、范希哲《十醋记》、叶时章《胭脂虎》等。李玉为给他的正面主人公增加“光辉”，让她们“胸怀宽阔”，不醋不妒。江惠芳听说丈夫蔡文英又娶时，说道：“小星之理，自古皆然，为官的娶个正副，亦是常事。”这里与其说是江惠芳通达情理，不如说是李玉站在男性的立场对封建“妇德”、对一夫多妾制进行美化，他并没有理解女性，他是对女性的异化。“性爱按其本性来说就是排他的。”（恩格斯《家庭、私有制和国家的起源》）《西厢记》里莺莺不让张生别娶娉婷，《长生殿》里杨玉环不容身为帝王的李隆基与梅妃一宵欢爱，是懂得爱情也深知女性的。《永团圆》里的剧中人高谊称道蔡文英、江兰芳为“义夫节妇”，一语中的。江与蔡素未谋面，爱情从何而来？就婚姻爱情观念来看，李玉的局限性是明显的。

入清之后，李玉的爱情观有了新的发展。《意中人》里的男主人公史弘以“情种”自居而不以为耻，这是李玉剧中前所未有的。史弘说：“我想‘夫妻’二字，乃是情性之所相兼，必遇魂销心醉方能适我意中。稍有一丝不甘，未免终留一隙。”“情性相兼”，就是情投意合；“魂销心醉”，就是男女间的互相吸引；“无一丝不甘”，就是情人眼里出西施，怎么看怎么好。这是李玉提出的婚姻理想，已经比《占花魁》有了质的飞跃。这样的姻缘又是不易得的，于是史弘由成都双流出发，“由广而闽，由闽而浙，以及大江以南”，开始了寻觅意中人的过程。这正形象地表现了李玉对爱情真谛的探索过程。作者让男女主人公自择婚偶，这是进步的。但当他所钟爱的主人公要迈出封建礼教门槛的时候，他又胆怯了，踌躇了，什么“匪媒不得”啦、“还待父母之命”、“成名之后”向我父母求亲”啦，把逾越封建礼教的自由爱情，纳入合法的封建婚姻轨道，甚至说青年男女是仙人下凡，缘分命定，这又把按婚姻当事人个人意愿择偶的自觉行为，纳入了宿命论的轨道。又由于作家才力所限，在具体描写他的婚姻理想时，也只限于对女子诗词才貌的欣赏，未能有新的开拓；再加上情节关目多袭《西厢》、《还魂》、《荆钗》诸剧，不能给人以生新之感，使他笔下的爱情大大打了折扣。

《眉山秀》只是写才子佳人的遇合，主要是表现对艳遇的幻想，还谈不到爱情。《太平钱》写了张果老和韦固两桩婚姻故事，故事的框架，见于《古今小说·张古老种瓜娶文女》，又糅合了《续玄怪录·定婚店》故事而成。因为主人公是八仙之一的张果，有人便认为是宣扬神道迷信、内容荒诞、思想落后的糟粕。张果故事见于《明皇杂录》、《宣室志》、《续神仙传》，《太平广记》卷三十综录诸家，言之颇详。这些记载，意在传其神异，宣扬仙术可成。张果在宋代被列入八仙之后，尤其是在戏曲里，民间传说成分渐多，博得了群众的喜爱，其原因并不在于他是道教中的神仙，而在于他是人民群众塑造的富有人间烟火气息、“天理”少而“人欲”多的仙人。《太平钱》中的张果老，已经很少有道教中的神味，而是更多的具备了人味。这个戏只不过是借助张果的神奇的故事表现凡人的渴求和愿望：追求长生，是人们热爱生活的表现；追求富贵；作为婚姻故事，主要是表现世俗对老夫少妻的企羡，即所谓“艳福”。姻缘命定在其他戏里就有流露，这个戏里表现得更为明显。戏里没有了用世的雄心，没有了愤世的不平，有的只是对和平宁静生活的向往，似是作于晚年，但人老而春心犹存，流露出世俗情趣。

李玉生活的时代，以李贽、徐渭、汤显祖为代表的那股以情反理、追求个性的狂飙风头已经过去，人们似乎认识到李贽那种率性而行、直心而动，摆脱一切道德束缚所引起的纵欲潮有些过分了。当这股人欲潮走向极端，并与放荡无检生活合流时，一大批描写床笫生活的作品便孕足而生。浪平潮退，恢复平静之后转而追求秩序，重新审视晚明社会的堕落行为，有一种纵欲亡身的恐惧感和羞耻感笼罩在人们心头，公安三袁中的袁宏道曾对自己沉溺于饮食男女的生活有所悔恨，而袁中道目睹了两位兄长的短命，对死产生了畏怖，认为这是享乐放荡生活所致：“世间粗重五欲，尚徘徊流连其间，未能一刀两断，况其他乎？自愧自恨，不可言喻。……恐朝露溘至，做手脚不迭。”“乘兴大饮后，兼之纵欲，因而发病，几不保躯命。”他悟出了“世乐之路已穷，不得不寻寂寞之乐”（参见《珂雪斋近集·答云浦》等）。这是那个时代文人们共同思考的结果，于是根深蒂固的儒家礼义原则和道德规范，又回到了现实社会，在小说界出现了“才子佳人小说”，男女主人公只是靠着道德和才华彼此吸引，他们爱得矜持，爱得理智，遵礼循法，不越雷池。在这种思潮之下，爱情戏也与元代、与汤显祖大异其趣，不是以情反理，而是以理节情。李玉，正是这股思潮在戏剧界的代表。

李玉认为妇女的才能品德可以胜过男人，如《昊天塔》里杨拍风武艺胜过焦赞孟良、《牛头山》里黄潜善之妻德胜夫婿、《意中人》里史弘面对刘梦花的诗才甘拜下风、《眉山秀》里苏小妹可以三难新郎、《两须眉》里邓夫人才能见识不让须眉。但是，在婚姻关系中，妇女却总不能取得与男人平等的地位，李玉要妇女“一马不跨双鞍”，却让男人一夫二妇，甚至一夫四妇（如《两须眉》）。在妇女观上，李玉有值得称道的一面，但在婚姻观、爱情观上却在很多方面不能让人恭维。

四

在明末，李玉以道德风世，企图挽救人心的堕落、扶助病革临床之际的朱明王朝。但他的良苦用心白费了。李自成的起义、清兵的南下，摧枯拉朽般地结束了明王朝的寿命。满洲贵族君临天下，使李玉通过科举道路把一身才艺“货与帝王家”的梦幻破灭了，从此他功名之念灰，心力所钟，全在戏曲了。他好像意识到趋炎附势、忘恩负义、嫌贫爱富之类市民心态无关乎国运的兴衰，他开始用更广阔的视野来书写社会和人生。

李玉仍然在以道德的眼光来审视世界，但已不是市民道德，而是官员道德，关注的是国家社稷的命运。《清忠谱》提倡周顺昌式的忠与清，“假令忠介公当日得久立于熹庙之朝，拾遗补过，退倾险而进正直，国家之祸，宁复至此!”（吴伟业《清忠谱序》）《两须眉》里除开他对于农民起义的仇视、主张镇压之外，对寇盗他主张招抚，对百姓他主张救饥馁，对官员他要求清廉。这是李玉开出的治国药方，李玉是道德决定论者。他主张在封建政权统治形式不变的情况下，施行德政，其前提是肯定和维护封建政权。“三纲五常”、“忠孝节义”，其实只是利用血缘关系由上代人控制后代人，利用职务关系由上级控制下级，这种道德是政治化的道德，它的职能是维护旧秩序而不是促进社会的发展。明代后期，当社会制度的弊端日益暴露出来的时候，李玉没有从制度本身来找社会衰败的原因，却呼号人们遵守旧的道德，以支撑势如溃瓜的社会制度，正是舍本而求末。李玉没有看出经济的发展已经使封建政权处于苟延残喘的境地，新的阶层已经登上政治舞台，取而代之的思潮在潜滋暗长。与李玉同时代的黄宗羲就指出君是“天下之大害”（《明夷待访录·原君》），提出了以相制君（《置相》）、学校议政（《学校》）的改良方案。“皇帝已换，家主亦应换，家主亦应作仆事我辈矣!”（《明季南略》卷九）就是这种躁动情绪的反映。李玉开的药方只能说明他对王朝的赤诚，而无补于国家和民族，无助于社会的发展和进步。

李玉有强烈的爱国精神和民族意识，早在明末，他的《占花魁》比起《醒世恒言》来，就加重了金兵南侵、秦良抗金的描写。入清之后，《清忠谱》里大段演说“说岳”，让颜佩韦因抗金将领被陷害而大闹书场、让杨念如以“真正杨家将”自居，也表现了对抗击异族入侵的英雄人物的仰慕。《牛头山》更是以岳飞抗金为题材的作品。满族是金人的后裔，在清代《说岳全传》曾被列入禁毁书目，乾隆曾下过一道口谕：“戏曲本内，未必无违碍之处。如明季国初之事，有关涉本朝字句，自当一体饬查。至南宋与金朝关涉词曲，外间剧本，往往有扮演过甚，以至失实者，流传久远，无识之徒，或至转以剧本为真，殊有关系，亦当一体饬查。”（《大清高宗纯皇帝实录》卷一一一八）可见乾隆是认识到了戏曲中用宋金故事影射明清易代之事的用意，才要严加饬查的。李玉此作专取宋胜金败一节来写；剧末又借岳飞之口说出：“祖业宜恢，国耻宜雪”的愿望，反清之意甚明。《万里圆》直接肯定了抗清的史可法，借川兵之口讲述了清兵在苏州屠城犯下的罪行。以此观之，李玉的爱国精神是不容置疑的。但从另一面看，他的爱国精神和民族意识又表现了浓厚的“君为臣纲”的儒家思想。君不分昏明仁暴，旨不计是非真假，只要闻“圣旨”之名，便诚惶诚恐杀身不顾（《清中谱》)，正如黄宗羲《原君》所云，是“规规焉以君臣之义无所逃于天地之间，至桀纣之暴，犹谓汤武不当诛之，而妄传伯夷、叔齐无稽之事”的“小儒”。其迂腐谬陋亦复可悲可笑。

入清以后李玉还有一个显著的变化，是他对苦难中人民的同情增强了。《万里圆》的主人公，一个流落异乡有家难归，一个颠沛路途他乡寻亲。通过他们的经历，反映清兵南下烧杀抢掠所造成的国破家亡、社会动乱的现实，戏里笼罩的悲怆气氛，压倒了对孝的宣扬。李玉的戏剧才华得到了充分发挥，他把在现实生活中无处施展的胸怀抱负体现在剧作中，《麒麟阁》里那种君臣际遇，龙虎风云，大展宏图的渴望之情，洋溢于字里行间。他的舞台调度极见功力，众多的人物出入上下有条不紊，他好像是一个指挥千军万马的将军。李玉的胸怀与晚明时期大不相同了。

五

李玉写得最好的戏是《千中戮》（又名《千忠录》、《千忠会》、《千钟禄》、《琉璃塔》等，《曲海总目提要》曰“本名《千忠戮》”，其他当为改易之名），剧中内容之深厚远远超过其他剧作。

有忠奸斗争。戏的主体框架即是以燕王朱棣为首的“逆藩”追杀建文皇帝朱允炆君臣的过程，刻画了一大批舍命守节的忠贞之士，弃家舍子跟随建文出亡的程济，为救建文、程济而从容捐躯的吴成学、朱景先，领袖千忠的方孝孺等等,都是铮铮铁铁的忠肝义胆之士;助逆叛君的奸邪则如陈瑛、严震直、张玉等等。

有对叛军暴行的揭露。不仅杀戮建文旧臣不可胜计，又株连甚广，连弃职官员也不放过，“正人君子，定然无噍类矣”，“尸骸零落”，“首级纷纷”，“盈朝丧亡，郊外血汤汤”……

有逃难流离中的苦难……

这种种内容，都由于作家对这场事变的定性而有了特殊意义。李玉把这场斗争处理成顺与逆、正统与非正统的斗争，故称朱棣起兵为篡为逆为反叛，即使他夺得帝位，也非帝统之正，是朝更代变，江山易主，与《清忠谱》里朝野的党争、内斗性质不相同。方孝孺骂陈瑛为“叛逆鸱枭”，程济责问捉拿建文的陈瑛：“你也曾立朝端首领鸳行，食禄千钟，紫绶金章。顿忘了圣德汪洋。到如今反颜事敌，你就转眼恩忘。生擦擦把龙孙囚槛，血淋淋将故主遭殃。你不见那唐室睢阳，宋室天祥。怎不学绯衣行刺？怎不学赤族方黄？”完全是晓以民族大义，而不是分辨忠奸。押解建文的军士则云：“我每众人那一个不是建文帝的？那一人不吃建文皇帝粮饷？今日倒帮了别人”，纷纷弃甲而逃。争的是谁是江山之主，而不是皇帝该听信谁人、实行什么朝政。所谓“千秋灾疚”、“泼天孱悉”、“丧邦家的祸侵，失魂魄的昏和昼”；“国君亡天地昏，盈城烟雾闪愁云。孤臣一息生和死，泪洒西风血满襟”，“世事如棋局，桑田变沧海。放眼看青天，惟将血泪洒”，浓得化不开的悲悼氛围，是悲悼江山社稷而非臣佞君昏！《惨睹》出八支以“阳”字收尾的所谓“八阳”曲子之所以如此打动人心，也由于抒发了满族入关给中原人民所造成的心灵创伤，这是时代的情绪。

清初人对明王朝尚有留恋，抱有复明之想。清廷为杜绝此念，顺治康熙年间修撰的《明史稿》断言建文自焚而死。待到政权巩固，不再有朱明死灰复燃之忧，乾隆年间修撰的《明史·惠帝纪》才改为“帝不知所终”，“或云帝由地道出亡”。《千忠戮》作于康熙年间，正是清廷惧怕建文及其子嗣不死的时期，李玉竟言建文君臣出亡，也足证剧中抛洒的是悼明的亡国之泪。因此戏一开场〔满庭芳〕即以《离骚》自许：“《千忠录》淋漓慷慨，聊以续《离骚》。”

清末欧阳兆熊、金安清合著的《水窗春呓》下卷“音通乎政”载：“道光十五年倡优度曲侑觞，辄歌《惨睹》及《弹词》，即仅能一阕者亦然，俗语遂有‘家家收拾起，户户不堤防’之目。其噍杀哀厉，洵非盛世之音。”“收拾起”即《惨睹》出首句“收拾起大地山河一担装”；“不堤防”乃《长生殿·弹词》中首句“不堤防馀年值乱离”。《千忠戮》与《长生殿》创作于同一历史时期，唱的都是兴亡梦幻、悲伤感叹、凄凉满眼对江山，都是“腥膻逆贼”制造的家国兴亡之感。创作目的都是反思历史“垂戒来世”，李玉的总结更侧重在国家兴亡关头的民族气节问题。因而剧中逆党的血腥杀戮、君臣的流离哀痛，也便体现了明清易代天崩地解之中的遭际了。

郑振铎《插图本中国文学史》说《千忠戮》“是真实的以万斛亡国之泪写之的；非身丁亡国之痛而才如玄玉者谁能作此！”“靖难”事距此剧写作已有三百年左右的时间，李玉当然不能亲历；皇帝时代国即是帝王之家，明王朝即朱姓皇族之家，“靖难”只是家族内部叔侄争位的内讧，永乐帝对方孝孺言：“此朕家事”，一语中的。有哪个历史家认为永乐朝不属于朱明王朝？有人说这是一部反思“靖难之役”历史教训的戏，恐难有说服力。通观全剧我们认为，在“靖难”故事的形体中充溢的是亡国易代的精魂。任何一部“历史剧”的创作目的，都不是要表现故事发生时代历史，而是表现作家所处时代的“当代史”——时代心灵史。“历史”只不过是文学家借以抒情的躯壳，是当代灵魂附丽的形式。固吾谓：只有历史故事剧，而不存在“历史剧”。

由此可以看出，经历了明清易代之变的李玉，已经由卖艺为生的艺人，升华为进行历史深思的作家，只是他的思考还不及孔尚任深刻而已。

历史的沉思

——《桃花扇》解读

在中国文学史上经常看到这样的现象，越是优秀的内涵丰富的作品，越容易产生意见相左的理解。如《琵琶记》、《西游记》、《红楼梦》……《桃花扇》也是一例，有的说作者孔尚任是全心拥戴清朝统治的御用文人，有的说作品爱国主义主题思想异常明确，差异之大，有如天壤。这场绵延长久的争论，首先涉及的是应当如何理解文艺作品的问题。

一　文学负载什么使命?

文学负载描写历史的重任吗?

在关于《桃花扇》的评论中，大多都肯定了这一点，有的甚至说它“记录”了南明弘光朝一代覆亡的悲剧历史，写的是有根有据的历史。应当说，历史与文学是两个有着根本区别的概念。历史是科学，它要求史学工作者以冷静的头脑科学的眼光对已经发生的事件去伪存真，恢复其本来面目，历史家只能根据事实说话，而不允许对事实用想象去丰富和加工；文学是艺术，文学艺术的创作需要激情，带有作家强烈的主观感情因素。历史是已经发生的一件件个别事情，而文学则追求普遍性和永恒性，即王国维所谓“通古今而观之”（《人间词话删稿》）。历史过程、事件本身不能构成戏剧或小说，小说、戏剧离不开作家的虚构和创造，而这，是历史学家所不允许的。据报载，郭沫若有过一段论历史和历史剧区别的名言：“历史研究是‘实事求是’，史剧创作是‘失事求似’。史剧家是四面镜汇集无数的光线扩展出去制造一个虚的焦点。古人的心理，史书多缺而不传，在这史学家搁笔的地方，便须得史剧家来发展。”这是史学家兼剧作家的有得之见。钱锺书先生在谈到诗与史的关系时说：“‘诗史’的看法是个一偏之见。诗是有血肉的活东西，史诚然是它的骨干，然而假如单凭内容是否在史书上信而有征这一点来判断诗歌的价值，那就仿佛要从爱克司光透视里来鉴定图画家和雕刻家所选择的人体美了。”（《宋诗选注·序》）虽然文学并不排斥描写真实事件，但这事件只是作品的局部而不是全部，更不是作品的生命所在。文学要提炼得比真实事件更典型，更具有强烈深永的艺术效果。

文学并不负载真实反映历史事件的使命。古代优秀的戏剧家早已在实践中认识到了这一点，“元人杂剧事实多与史传乖迕，明其为戏也。后人不知，妄生穿凿，陋矣。”（凌廷堪《校礼堂诗集·论曲绝句》自注）“与史传乖迕”，于史则不可，于戏则是正常的、合理的。以“史”来要求文学，是抹杀了文学的功能和特性，文学作品即使是“在内容上有史实的根据，或者竟可以补历史记录的缺漏，它也只是押韵的文件”，而不具备文学价值。

文学，尤其是戏剧和小说，之所以选择历史题材，其目的并不在题材本身，而是这历史上曾经发生过的事情适宜于达到作家的意图。吴伟业说：“盖士之不遇者，郁积其无聊不平之慨，于胸中无所抒发，因借古人之歌呼笑骂，以陶写我之抑郁牢骚；而我之性情，爰借古人之性情而盘旋于纸上，宛转于当场。于是乎热腔骂世，冷板敲人，令阅者不自觉，其喜怒悲欢之随所触而生而亦。”（《北词广正谱·序》）莱辛认为，对于剧作家来说，“历史事件只要像一个布局很好的故事，能够和诗人的意图联系在一起就行了，用不着再进一步照顾历史的真实。诗人需要历史，并不是因为它是曾经发生过的事，而是因为它是以某种方式发生过的事；和这样发生的事相比较，诗人很难虚构出更适合自己当前的目的的事情。……悲剧的目的远比历史的目的更富于哲学性。”（《汉堡剧评》第十九篇）戏剧家，包括孔尚任，在剧中所追求的是“悲剧目的”，而不是“历史目的”。如果这些历史事件不能完全适合作家“当前的”创作意图，他就要对这些事件加工改造。这是中外作家的共识。历史剧艺术成就的大小，与所写事件真实性的程度，不成正比。洪昇的《长生殿》“断章取义，借天宝遗事，缀成此剧。凡史家秽语，概削不书。”（洪昇《长生殿·序》）可谓有意违背史实，而孙郁的《天宝曲史》“以实录作填词”（赵沄《天宝曲史·序》），被称为“可以补正史，补正史之未备”（松涛《天宝曲史·序》），从剧名看，也有标榜以曲衍天宝年间历史之意。洪昇与孙郁孰高孰低早有定评。历史剧成就的高下，不取决于已经发生过的历史，而取决于作家在这“历史”的躯壳中装人多少作家所处时代的当代灵魂。从某种意义上说，一切优秀的历史剧，都是借古人古事衍述作家所处时代的当代戏。因此，以“真实”反映南明历史来评价《桃花扇》，并不是对这部不朽杰作的褒扬，恰恰是对它的误解和贬低。而且，“真实”论也不符合作品的实际。

《桃花扇》所写内容与史实之关系，就其大者而言，有四点不合：

一是更动主要事件的发生时间。《桃花扇》是“借离合之情，写兴亡之感”（《桃花扇》试一出“先声”），离合之情即是男女主人公侯方域李香君之事，其事本在崇侦己卯（1639）、庚辰（1640）间，与甲申（1644）之变无涉，作者却有意改在癸未（1643）至乙酉（1645）之间，用抒“兴亡之感”。

二是改变了主要人物的结局。按诸史实，侯方域入清后曾于顺治八年出山应试，中乡试副榜，剧中改为保持民族气节，与香君双双出家人道；史可法、杨龙友都是力战抗清，兵败被擒，不屈而死的，剧中改为史可法沉江自尽、杨龙友弃友逃生，等等。

三是人物事迹移花接木张冠李戴。为阮大铖说合纳交侯方域的本是王将军，剧中改为杨龙友；向史可法建福王“三大罪五不可立”之说者，事本吕大器等“七不可立”之说，而剧则移归侯方域。

四是无中生有凭空结撰。刻画香君形象的重头戏《却奁》、《守楼》、《寄扇》、《骂筵》等出，历来被选家重视，然而却于史无征。种种戏史乖忤之处，梁启超氏注之甚详，可以参看。

如此，要说《桃花扇》是在敷衍那一段“历史”，恐怕就难以令人心悦诚服了。

《桃花扇》是在总结历史的经验教训吗？

每一个旧朝代灭亡、新朝代建立之后，总会有政治家、历史学家来总结亡国的经验教训，留下了不少名篇。对于朱明王朝的亡国，早在《桃花扇》成书的十五年前，即康熙二十三年，康熙帝就写过一篇总结明朝亡国教训的文章，指出明朝亡国的原因是：“万历以后，政事渐弛，宦寺朋党，交相构陷。门户日分而士气浇漓，赋敛日繁而民心涣散。闯贼以乌合之众，唾手燕京，宗社不守。马、阮以嚣伪之徒，托名恢复，仅快私仇。使有明艰难创造之基业，未三百年而为丘虚，良可悲夫！”（《过金陵论》）如果从总结经验教训的角度来评价《桃花扇》，孔尚任得出的结论与康熙的结论没有根本的不同。重复、敷衍他人十五年前得出的结论，显然与孔尚任在文学史上所占的地位是不相符的，与《桃花扇》作为一代名著是不相符的。

任何亡国经验的总结，都是对新王朝而言，旧王朝已经灭亡，已经不存在吸取经验教训的主体了。孔尚任构思《桃花扇》的时代，距清兵平定浙江的鲁王政权、福建的唐王隆武政权、广州的绍武政权，都已经三十来年了；距南明最后一个政权永历帝的被俘，也将近二十年；若以成书而论，则距清兵攻克台湾也有十六年的时间。清王朝的统治已经巩固，朱明王朝再没有死灰复燃的可能。如果我们认为《桃花扇》的主旨是在总结亡国经验，我们就不得不承认——孔尚任是在为清王朝的长治久安出谋献策。而这，却又与剧中显而易见的悼明感情相矛盾。舞台上多次演出哭祭崇祯的场面，《哭主》写左良玉哭、《闲话》写张薇哭、《拜坛》是张薇老赞礼等同哭。被清人李慈铭认为是“皆东塘自为之”（《越缦堂读书记·〈长生殿〉〈桃花扇〉》)、孔尚任认为“忖度予心，百不失一”(《桃花扇本末》)的原批云：“千古帝王，未有博得一场恸哭者。听此曲谁不失声?”(《哭主》出)《拜坛》出云不要忘了三月十九日崇祯忌辰，批曰：“惊心震胆之口”(《骂筵》)。出李香君骂马阮“比那流贼还猛”，原批又说：“当日皆恨流贼，故以流贼骂之。岂知殆有甚焉。”剧中正文所写，前十三出是在闯王(即“流贼”)反明背景下展开的，后二十七出是在清兵入关背景下展开的，这比“流贼”还甚的危害指什么?自然是隐指清兵。只是作者“世事含糊八九件，人情遮盖两三分”(《桃花扇·孤吟》)而已。剧中降清人物如马、阮之流皆写得面目不堪，抗清人物如史可法，则写得堂堂正正、烈烈铮铮，说孔尚任心在清朝，恐难以服众。

孔尚任宣称：“《桃花扇》一剧，皆南朝新事，父老犹有存者，场上之歌舞，局外之指点，知三百年之基业隳于何人，败于何事，消于何年，歇于何地。不独令观者感激涕零，亦可惩创人心，为末世之一救矣。”(《桃花扇小引》)书前还专列了《桃花扇考据》一篇，指明剧中情事之依据。但这并不能成为《桃花扇》写史之证据。“文学创作的真实不等于历史考订的真实，恰像不能天真地靠文学作品来供给历史的事实。历史考据只扣住表面的迹象，这正是它的克己的美德……而文学创作可以深挖事物的隐藏的本质，曲传人物的未吐露的心理，否则它就没有尽它的艺术的责任，抛弃了它的创造的职权。考订只断定已然，而艺术可以想象当然和测度所以然。”(《宋诗选注·序》)作者的表白虽是我们了解作家创作心态的重要方面，但是，形象大于思想，创作意图不等于作品的实际。作品所流露的深层感情倾向，有时是作家本人所意识不到的，也有的是作家所不愿说或不敢说出的。这是创作史上古今中外都有的现象。因此，判断作品的思想倾向，只能通过对作品人物形象的分析得出结论，因为“倾向应当是不要特别地说出，而要让它自己从场面和情节中流露出来。”(恩格斯《给明娜·考茨基的信》)显然，作家的说明，只能作为分析作品的参考，而不能作为准绳。

我们加给《桃花扇》的负载是不是太多了?其实，《桃花扇》的深沉之处，只在于它摆脱了浅层次的功利行为，表现了时代的思考时代的情绪，蕴涵了比“历史目的”更深的“哲学性”。孔尚任在思考什么呢?

二　社会的栋梁还支撑得住倾斜的大厦吗?

“士农工商”，在封建社会里读书人向来居四民之首，是社会的栋梁。那是因为，他们不仅是大大小小官员的渊薮，是各种谋略和政策的制定者，也是道德舆论的制造者。封建政权的维护，缺他们不得。所以在文学作品里，总是作为完美的正面人物出现。

在《桃花扇》里，复社文人也是作为进步的正面形象出现的。但是，作者也产生了怀疑。作为群体，复社成员做了这样几件事：写“留都防乱揭帖”，公讨阮大铖之罪，埋下了南朝朋党之根。祭孔时阮大铖与祭，本来是为辩白“防乱揭帖”事，向复社求得谅解的，不料却反遭复社毒打，是复社首先发难，为后面的党祸种下了因由。诸公子鸡鸣埭饮酒，向阮大铖借戏，阮慨然应允藉以和解，却又遭诸公子痛骂，加深了矛盾。秦淮河水榭观灯，打出“复社会文，闲人免进”的灯笼，阮大铖本已晚出，又熄灯罢吹表示退避，诸公子还要不饶，原批云：“秀才公子合局结社，令阮胡鼠窜而避，更甚于哄丁之打、侦戏之骂矣。他日得志，无怪甘心吾党也。”“复社当年过于标榜，故为怨毒所归。”福王登极，阮大铖得势，正在访拿东林馀党，复社诸人仍不知收敛，把写有“复社文开”的文选封面贴于廊柱，要“把东林尽收，才知俺中原复社附清流”（《桃花扇·逮社》），招致阮大铖“逮社”之举，原批云；“‘复社文开’颇多事”，“复社极力标榜东林，故有南朝党人之祸。”朋党之争造成的恶果是，大敌当前不能团结对敌，“文争于内，武哄于外，置国于不顾，是何等乾坤！”“恕国仇而报私恨”（《争位》出原批），致使清兵长驱南下，如入无人之境。史书称：“朋党势成，门户大起，清兵之事，置之蔑闻。”（《明季稗史初编》卷十六）固然，马阮逆党专权，弘光昏庸，政治腐败，迫害清流，应负主要责任，但复社日日争门户，时时挑起祸端，却也不能辞其咎。

朋党之争并不只是弘光一朝才有。弘光之后的鲁王政权依据钱塘江天险抗击清军，取得了很大胜利，阻挡清兵整整一年。但是，抗清力量不但没有实现联合，反而互相内耗，鲁王与隆武政权互争皇位继承权，致使渔翁得利。绍武政权与永历也发生了争帝统的战争……窝里斗伴随着整个朱明王朝寿归正寝。其实，党争门户之争历朝历代都有，其区别只在于为害程度之深浅有所不同而已。《归山》出张薇提到北宋的“党人碑”时有一则批语：“国家党祸，千古一辙，马阮不足责也。”发生在弘光朝的这一场争斗，只是历史上文人故技在新时期的又一次表演。可以说，窝里斗已经成为古代知识分子身上难以根治的痼疾，“社稷可更，门户不可破，非但小人，君子亦然，可慨也。”（《拜坛》出原批）孔尚任所慨叹的，不仅仅限于私君私臣私恩私仇无一非私的南朝弘光政权，这里面包含了对士阶层历史人格的深刻反思。

复社不仅有门户之争，而且多不切实际之举，无拯危应变之能。当阮大铖得势公报私仇逮捕复社人士之际，复社请人竟然要“到朝门外讲讲他（指阮）的素行去”，眉批云：“此何时也而倡公论？酸极呆极！”国家民族危亡之际，礼部尚书钱谦益要“亟正文体”，复社响应编选新篇，原批云：“凫西词云：调嘴文章，当不的厮杀。此何时也而亟正文体！”因为不切实际，便缺乏韧的斗争精神，当朱明政权大势已去、大清王朝节节胜利之时，那些曾经激烈过的“文人名士，都是识时务的俊杰，从三年前俱已出山了。”（《桃花扇·馀韵》）他们降清了，又到以满洲贵族为核心的满汉地主阶级联合政权中去争门户搞党争了。

复社的代表人物是侯方域。在朝更代变的时代，他参与了很多政治活动，像阻止左良玉兵东下借粮、反对迎立福王、监军参谋高杰防河等。他政治上爱憎分明，也不乏高明的见解。反对迎立福王，提出“三大罪，五不可立”之说，“中兴之主，原不必拘定伦次的分别。中兴定霸如光武，要访取出群英杰”（《桃花扇·阻奸》）的看法，可谓以国家事业为重，打破封建宗法秩序的卓识，所以史可法称他“世兄高见，虑的深远”。对四镇矛盾，候生所料不差；在高杰与三镇矛盾无可解脱之时，又是侯生策划，让高杰坐镇开洛防河，“既解目前之围，又立将来之功”（《桃花扇·移防》），避免了一场内部厮杀，称得上是“妙计”。高杰与许定国生隙，侯劝高宽容于许，原批称：“侯生高见”。高杰未听侯生之论，果被许定国杀害。《却奁》出他被阮大铖的假话蒙蔽，接受了阮所赠妆奁，错在不知人，而不是政治上的动摇，那一席“就便真是魏党，悔过来归，亦不可绝之太甚”的议论，以及《闹榭》出劝阻诸公子殴辱阮大铖时说的“他既回避我们，也不必为已甚之行”的话，原是不错的，“侯生亦是平情之论，但恐小人得志，不能践旧盟耳。”（《却奁》出原批）但是侯生有书生的通病。一是名士风流，在动荡的年代依然春情难按，寻访佳丽，原批称之为“南朝病根”。二是书生议论，无实际扶危救溺之本领。他看出了四镇的矛盾，却处置无策，他劝阻高杰不听，便拂袖而去，结果许定国赚杀高杰后降清，引清兵连夜渡河。书生意气用事，辜负了史可法的嘱托，置国家兴亡于不顾，欲求独善，实则误国。侯方域有满腹才学，却不切实用。要之，侯方域只是个被时代激流卷进了政治浪潮的书生，是无力承担挽救国家和民族危亡的重任的。

明清易代不同于一般的王朝更替。其所以被视为天崩地解、天翻地覆，乃是因为作为汉民族文明的“衣冠文物”由此而俱亡的问题。士人的贰臣行为不仅仅是个人出处的生活态度选择，而是意味着民族文化承载者的变节。这才是先觉者孔尚任对士林反思的深层原因。

孔尚任的思想是用世的，他想有所作为，所以他写侯方域及其复社朋友在政治风潮中的涌动，不无颂赞之情；但是他们的事业他们的追求却以失败告终，这又使孔尚们痛苦，引起深思。在反观那一段历史的时候孔尚任发现，他所隶属的士林群体，并不那么完美，他们身上所传承的痼疾，已经使他们无力支撑摇摇欲坠的封建大厦了。在戏剧领域里，孔尚任是第一个对知识分子的总体人格进行反思的。孔尚任是勇敢的。随着历史的发展，封建社会、封建阶级愈加接近它的墓地，依附于封建阶级的士阶层的弱点也就暴露得更加充分。在孔尚任诞生半个世纪之后，又诞生了一位文学巨子吴敬梓。吴敬梓在《儒林外史》里不仅能够更加全面地描绘出儒林众生相，而且在探求其所以如此的原因，企图寻找到一条使儒林众生获得精神解放的道路。吴敬梓是伟大的，但孔尚任是首开其端的哲人。

三　贵贱尊卑的等级之论合理吗？

封建社会是一个等级森严的社会，贵贱尊卑，壁垒严明。夫妻男女之间，男尊女卑；君臣之间，君尊臣卑；官民之间，官尊民卑；士人与其他行业之间，自然是以士为尊。尊贵者道德才智必然居上，卑贱者则是低下的。李贽对此提出过反驳："圣人所能者，夫妇之不肖可以与能……勿高视一切圣人也。"（《明灯道古录下》）"谓见有长短则可，谓男子之见尽长，女人之见尽短，又岂可乎？"（《答以女人学道为见短书》）"致一之理，庶人非下，侯王非高。"（《老子解》）与孔尚任同时而略早的唐甄也认为圣人与我同类，"人之为人，不少缺于圣人。"（《踞心》）"人无贵贱"（《善游》），"天子皆人"（《抑尊》）。孔尚任也具有这样的思想。在《桃花扇》里他用生动的形象，对传统的贵贱尊卑观念提出了大胆的挑战。

李香君是妓女，从身份地位来说，属卑而又卑、贱而又贱者。但在孔尚任的笔下却光彩夺目，人品识见"压倒须眉"。她与侯生的结合，固然有侯生"家道才名，皆称第一"（《桃花扇·眠香》）的因素，更主要的，却在于仰慕复社文士进步的政治倾向，是一桩以共同政治倾向为基础的婚姻。与以往妇女形象的不同之处在于，香君呕心沥血孜孜以求的目标，已经不仅仅是找一个可以托付终身的如意郎君，跳出烟花苦海从良，她把个人命运系于国家民族的兴亡之上，具有了初步的参政意识。政治素质也远胜于侯方域。在香君帮助下，不仅使侯方域由简单幼稚逐渐坚定成熟，避免了政治上的过失，保全了政治节操，也使他避免了一些遭受政治迫害的危险。当阮大铖诬指侯方域私通左良玉欲为内应，要捕拿侯生时，侯懵懂之中不知阮大铖"为何下这毒手"，又留恋私情不忍离去。香君使侯方域顿开茅塞，连连称是，投奔史可法，避免了一场灾祸，语虽平淡，其识见却远在以豪杰自命的侯生之上，所以原批称："香君事事英雄，侯生方寸乱矣。"（《辞院》出）以"英雄"许弱骨柔情的妓女，是惊世骇俗之语。

最能体现香君见识、胆量的，是"却奁"、"拒嫁"、"骂筵"三事。阮大铖借侯生梳栊香君之机，托杨龙友送去妆奁，以图结好复社，伺机死灰复燃。这个阴谋瞒过了侯方域，却为李香君明眼识破，毅然拔簪解衣退回妆奁。香君不因私而废公，不因利而损节，使侯生免坠陷阱之灾，坚定了与阉党斗争的气节和意志，他心悦诚服。原批赞道："巾帼卓识，独立天壤!""妓女倡正论，真学校朝堂之羞也!"显然，通过这一情节，孔尚任得出了一个普遍性的结论：平康妓女远胜过高官文士。漕抚田仰以三百金欲纳香君为妾，杨龙友以为田仰"强如侯郎"，香君"自然肯嫁"；马士英认为"一位新任漕抚，拿银三百，买不去一个妓女"，不可思议。香君以"人下之人"的妓女身份，面对宰相、漕抚两家权豪势要而毫无惧色，不惜撞损花容，宁死不嫁，这不仅仅是表现了她对爱情的忠贞，同时也是政治品质的忠贞——"阮、田同是魏党"。正因为香君有这样的政治操守，所以她的行为目的已经超出了个人和家庭的狭隘范围，她要对国家和民族的兴亡发表意见，这就是她不顾杀身之灾，敢于当面指斥马士英、阮大铖奸佞祸国行径的思想基础。从社会地位来说，"丞相之尊，娼女之贱，天地悬绝"(《桃花扇·骂筵》)，从品格操守来说，娼女之贞烈与丞相达官之卑污，也形成了"天地悬绝"的对照。借用陈寅恪《柳如是别传缘起》中的话说，"夫三户亡秦之志，九章哀郢之辞，即发自当日之大夫，犹应珍惜引申，以表彰我民族独立之精神，自由之思想。何况出于婉娈倚门之少女，绸缪鼓瑟之小妇，而又为当时迂腐者所深诋，后世轻薄者所厚诬之人哉!"

孔尚任是在对比中塑造香君形象的，不仅与糜烂的朝堂对比，也与"学堂"诸生对比，所以复社人士自愧弗如。批语云："男人齐拜倒矣"(《桃花扇·闹榭》)。可以看出孔尚任对男尊女卑观念的否定。李香君的悲剧在于，她寄托希望的复社文人，虽然是当时一支进步的政治力量，但是由于他们自身的软弱和偏激，已经无力肩负挽救国家和民族兴亡的重任。所以当复社人士惨遭镇压，斗争失败、国破家亡之后，她虽与侯生相遇，但希望破灭了，爱情失去了依托，一经张道士点破，便飘然出家。

柳敬亭、苏昆生说书唱曲，身操"贱业"，属于市民阶层，在封建社会是上不得台面的人物。复社以朋友视之，足见进步性。在政治上，柳苏反对马阮阉党馀孽的倒行逆施，支持复社文人的斗争，把希望寄托在史可法身上，这是复社与柳苏的共同处。但他们又有所不同。柳苏不尚空谈，遇乱不慌，勇于承担重任，有着"天下兴亡，匹夫有责"的爱国热忱。侯方域阻止左良玉大兵东下的书函，下书人是成败的关键，柳敬亭自愿承担重任，以勇敢解危难，原批称其"英雄本色"(《修札》出)；左良玉讨马阮的檄文，又是柳敬亭不顾个人安危去传递的，剧中称他"荆何之流"、左良玉为他的忠义所感向他下拜，原批称他"冒险仗义"(《草檄》出)。可以说在反马阮斗争中，柳敬亭完成了重要任务，起了重大作用。而他的“随口诙谐，都是机锋”（《桃花扇·访翠》），则被原批称为“见道者”、“调舌作态，天花乱坠，总是见道语”（《会狱》出）。苏昆生则老诚厚重，侠义感人。侯方域入狱，苏昆生远涉湖广求救于左良玉，原批赞之曰：“昆生高义，百世可师。”左良玉死，部下四散，只有苏昆生哭奠了一番，原批云：“昆生笃朋友之义而不虑强敌，人杰哉！”在“父子亦不相顾”的动乱时代，人们各自逃难，只有苏昆生一直陪伴李香君、柳敬亭一直陪伴侯方域在乱离中艰难寻觅，直到侯李相逢，古道侠肠，十分感人。这固然是出于朋友的义气，更是在反对昏君奸相斗争中形成的志同道合的情谊。当斗争失败之后，他们不愿侍奉新朝，便为渔为樵隐于水泽山林。这不仅与那些识时务出山的文人名士形成鲜明对照，也与那些离世人道者有所不同——他们选择的是自食其力的生活。

《桃花扇》塑造了一批下层人物形象，《馀韵》出原批总结道：“南朝作者七人：一武弁（张薇）、一书贾（蔡益所）、一画士（蓝瑛）、一妓女（卞玉京）、一串客（丁继之）、一说书人（柳敬亭）、一唱曲人（苏昆生），全不见一士大夫。表此七人者，愧天下之士大夫也。”所谓作者，就是指逃避恶浊社会而隐居的贤者，《论语·宪问》：“子曰：‘贤者辟世，其次辟地，其次辟色，其次辟言。’子曰：‘作者七人。”’由此我们断定，作家塑造这许多颇具光彩的人物形象，一个重要的目的便是“愧士大夫”，即通过对比，见出天下士大夫之软弱、无志节。孔尚任认识到，“作者”之中无士人，士人之中无“作者”，真斯文不如“假斯文”，不斯文绝胜斯文人。

封建社会是男人的世界，士大夫就是男人的代表，在社会结构中他们处于社会的中心地位。可以说，是男人，是士大夫支撑着封建的大厦。但是，没有柳敬亭、苏昆生们的传檄、寄书、献说词……他们能做成什么呢？离开了李香君的支持、鼓励，侯方域会成什么样子呢？士大夫支撑着封建的男权社会，谁又支撑着他们呢？是女人吗？是处于社会下层，位卑职贱的人们吗？传统的等级观念，在孔尚任的头脑里产生了困惑和动摇。从本质来说，这是对社会深层次的怀疑，是对社会核心失去了信赖后所产生的动摇，其意义已不是平等观念所能涵盖的了。

四 历史向何处去？

面对士人群体的软弱和失节，孔尚任看到他寄予厚望的民族脊梁弯了，再不能支撑精神的和物质的社会大厦了。“日日争门户，今年傍那家？”（《桃花扇·沉江》）他失落了，好像在茫茫大海中失去了导航的灯塔，他困惑了，迷惘了。这种困惑与迷惘，不是指对一朝一代具体是非的判断，而是指对社会前途产生了迷失感。所谓“兴亡之感”，如果从宏观的、历史的角度说，是对的；若仅仅理解为悼明，便过于偏颇。不错，剧中有不少地方都流露了对明亡的伤悼，但同时也说了不少颂清的话。孔尚任被康熙罢了官，但他毕竟是出仕了，而且对被康熙赏识颇以为荣（参见孔尚任《出山异数记》）。对罢官离京颇怀恋恋：“十八寒冬住到今，凤城回望泪涔涔。诗人不是无情客，恋阙怀乡一例心。”（《出彰义门》）就《桃花扇》而言，其演出固然能使故里遗老“掩袂独坐”，“唏嘘而散”（《桃花扇本末》），但在文网森严，大狱叠起的时代，《桃花扇》问世以后从未被禁，甚至孔尚任罢官之后也常演不衰；若说孔尚任的罢官是因为剧中的反满情绪，那这种情况便是不可思议的了。对于罢官，孔尚任常流露一种冤苦情绪：“离亭且话归田兴，世事纷纷久自明。”（《答李鬯公》）“挥泪酬知己，歌骚问上天。真嫌芳草秽，未信美人妍。”（《留别王阮亭先生》）起码主观上他没有反清情绪，否则便不会以芳草美人自喻表忠，也谈不到冤情的久而自明了。怎样解释孔尚任这种矛盾现象呢？我的理解是，作为一个以写实相标榜的优秀作家，当他表现现实生活的时候，必然自觉不自觉地把他所感受到的反清的时代情绪流注笔端。但这只是他描写的生活现实而不是创作的终极目标。他是要通过对现实的描绘，抒发一种对人生对社会对历史的困惑情绪，升华为对历史现象的深层思索。作品最终超越了反清意识，所以作者才以芳草美人表白忠心，也因此而为统治者所容忍。

最能体现创作主旨的，往往是在戏的结尾。因为作品的结尾是作家对所展示的社会矛盾所作的最集中的解释，对主题思想起着画龙点睛的作用。《桃花扇》的结尾是人们争论已久的一个问题。早在孔尚任在世的时候，他的好友顾彩改编为《南桃花扇》，让侯李当场团圆，它之所以不传，不在于技巧的高低或俗雅，而在于它违背了全剧的悲剧情调，不为人们接受。话剧改为侯方域降清。批判变节降清，也有其进步意义。这种进步性不在于清王朝的统治者是满族而不是汉族，而在于清王朝实行的是烧杀抢掠的野蛮政策。嘉定三屠、扬州十日、昆山屠城、江阴满城杀尽然后封刀……中原百姓惨遭杀戮，可以说是野蛮对文明的血洗。反清抗清就是保卫民族文化和民族权利，就是保卫人民的生命和财产。东南沿海工商业繁荣，遭受的摧残也更为严重。满洲贵族的入主中原，把中国历史拉向了倒退。抗清斗争中打着“华夷之防”的旗号，意在呼唤民族感情，推翻清朝的反动统治。在今天，假如我们仅仅着眼于“华夷之辨”来判断是非，则未免有大民族主义之嫌了。中华民族是一个由多民族结合而成的群体，满族是其中的一员。清统治者也承认华夷一家，雍正就说过：“三代以上之有苗、荆楚、俨狁，即今湖南、湖北、山西，在今日而目为夷狄可乎？”“本朝之为满洲，犹中国之有籍贯。”（《大义觉迷录》））从理论上说，强调满汉一体是有道理的，有其进步性。当然，雍正意在消弭汉族人民的反清意识，维护其高压统治；那又当别论了。但是，话剧这种批判变节降清的思想，是有违创作主旨的。孔尚任曾经出仕，他怎么会丑化侯的事清？我们接受了孔尚任的出仕，为什么要追究侯生的被迫应试？

孔尚任之所以不写侯生出山，是因为他并不是要通过这部戏重建社会人格，那是李玉及苏州派戏剧家们创作的目的。重建人格是为社会提出的疗救药方，是对社会怀有信心抱有希望的表现。在“天崩地解”的大变动之后，孔尚任没有从个人道德上审视社会现象，责备人们没有遵奉千古不变的“理”，以重振纲常伦理。他意识到了传统道德已无济于事，它不能挽救社会的危亡。孔尚任没有能从社会制度方面提出问题，文学家的敏悟使他预感到靠传统的方式已无力疗治这病入膏肓的社会。他陷入了沉思。

满洲贵族打败的，亦不只是一个小小的南明王朝，而是整个以汉族地主阶级为统治阶级的政权，单是弘光君臣的腐朽，并不足以导致这样的结果。一个偏居东北一隅、不足百万人的民族，占领了广大汉族及其他少数民族地区，成为庞大中华帝国的统治者，其原因非一部戏所能说清，它的结果也远非历史上的改朝换代所能相比。资本主义经济萌芽被扼杀，明代中后期生机勃勃的个性解放思潮被扑灭，经过这种崭新潮流洗礼的文人，又重新陷入了禁欲尊理的时代。这场天翻地覆的巨变使整个古老帝国受到了震荡，而感受最深最痛的是作为民族精神触觉的天才作家。“人生识字忧患始”（苏武《石苍舒醉墨堂》），孔尚任困惑了，唱出了低婉的哀歌。这种情绪最集中的表现，就是《馀韵》一出，这是作者思想感情的一次集中抒发；而一曲《哀江南》又是点睛之笔，此曲虽是改动徐旭旦《旧院有感》套曲而成（戏曲中多有此种现象），却是深层的主题思想的表露。全曲七支曲子一气呵成，长歌当哭，不能自已，痛定思痛，一曲悲似一曲，一句悲似一句，是一部哭声泪痕之书。美人血染扇，将军血染袍，《寄扇》总批云：“借血点作桃花，……遂将离合兴亡之故，付于鲜血数点中。闻《桃花扇》之名者，羡其最艳最韵，而不知其最伤心惨目也。”是孔尚任对《桃花扇》最明确的解释。残军旧垒、瘦马空壕、孤村夕照的凄凉景象，吊孝陵、吊故宫、吊秦淮、吊长桥、吊旧院、吊金陵……一派浓得化不开的伤惨情绪。这与其说是悼亡明，不如说是借悼明以抒现实的感慨。梁启超谓：“读此而不油然生民族主义之思想者，必其无人心者也。”（《小说丛话》）当代作家莫言在谈自己的创作体会时说：“当我拚命将深情倾注于奶奶的时候，没准儿我正爱着一个小姑娘。……当我在作品中痛骂这个女人或那个女人时，没准儿痛骂的是别的什么人。”（《与莫言一席谈》，文艺报，1987 年 1 月 10 日）作家只是把自己的感情“找个寄托的地方”。作家胸中本自有一种欲言难言莫可名状的隐情，一旦意与境会，便振笔疾书，知有自我，而不知有他人，才能产生神来之笔，写出让人百读不厌的妙文。残山，旧境，现实，梦境，“舆图换稿”分明是事实，却偏加“不信”二字，《哀江南》不是“诌”出来的，是用作家的血泪凝结而成的。把悲剧作为创作的美学追求，并非孔尚任所独有，洪昇的《长生殿》、吴伟业的《秣陵春》也表现了同样的感情。只是它们都还缺乏《桃花扇》所蕴涵的哲理，缺乏引人深思的深度。所谓哲理，当然不是指对哲学观念的阐释，而是指对人生命运、对历史盛衰、对家国兴亡的深刻探求和感悟，这才是震撼人心的艺术魅力之所在。

封建社会愈是临近末日，其腐朽也就暴露得愈加明显，到曹雪芹写《红楼梦》的时候，已是“悲凉之雾，遍被华林”（鲁迅《中国小说史略》）了。十二支《红楼梦》曲，与《哀江南》何其神似！“忽剌剌似大厦倾，昏惨惨似灯将尽”，“好一似飞鸟尽投林，落了片白茫茫大地真干净”，就是《哀江南》馀音的延续。只是《红楼梦》流露的是王朝末日的哀伤，是希望破灭后的空幻感。《桃花扇》引人深思，《红楼梦》则是深思的结论。《桃花扇》传抄则长安纸贵、演出则岁无虚日，孔尚任却感叹：“借读者虽多，竟无一句一字着眼看毕之人，每抚胸浩叹，几欲付之一火。”（《桃花扇小引》）原批云：“《桃花扇》词成，谁听谁解？付之一哭！”曹雪芹说：“满纸荒唐言，一把辛酸泪。都云作者痴，谁解其中味？”都充满了天才孤寂、世无知音的感慨。他们的作品雄浑博大，浩瀚深邃，读者甚众，而解其内涵真谛者稀。历史上的英哲，其思想见解超迈群伦，往往不被理解，这就是在漫长的封建社会里睿智者孤独、高尚者痛苦的原因。孔、曹都是天才，都是伟大的孤独者。《红楼梦》以贾宝玉的出家入释作结，撒手人间，万念俱灰，什么功名利禄、富贵荣华，一刀两断无可留恋。而《桃花扇》则以主人公侯李“入道”作结。

作为以朱明覆亡为题材的优秀剧作，不可能对道教持肯定态度。明王朝从建国立号到历代君王，几乎都与道教有着不解之缘，或以道教神灵自居（如太祖、成祖、武宗、世宗），或服食丹药损身乃至致死（如太祖、成祖、仁宗、孝宗），或借助丹药求壮体助淫纵，重用道士（如宪宗、武宗、世宗），或广设斋醮以除灾祈福，终明之世不绝。其最甚者如崇祯，明末大乱之际他还以道士设斋醮，禳妖护国，结果妖氛未除，第二年他便自缢煤山了。南明弘光仍然执迷不悟，“朝天宫道士袁本盈进春方，以啗至尊，御宫人多以洪巨剑死。后跻道士太常少卿，用黄盖双棍。”（《纤言》卷中）明朝覆亡的原因是多方面的，但崇信道教、迷恋方术，不能不说是明代政治腐败的一个突出表现，是其败亡的一个不容忽视的因素。若说《桃花扇》寄望于道教，孔尚任岂不是让后人重蹈覆辙？岂不是视痈疽为宝贝？清初全真道曾有过重振的势头，那是清廷支持的结果。“唤是道教，恰是儒规；唤为道法，即是王法。”（吴太一《初真戒律说》）清廷之所以支持，是看中了道训中尽节君亲、奉礼守法、做忠臣孝子的内容。这显然又与《桃花扇》所写内容大相径庭。

其实，所谓“入道”，只不过是隐居的同义语，并不是对道教的信奉。孔尚任把张薇、卞玉京等“道士”与柳敬亭、苏昆生之渔樵，同列为“作者”，这是对“入道”的准确诠释。《题画》出蓝瑛为张薇画《桃源图》，批云：“画《桃源图》，有深意存。”明指有隐居避秦之意。入道而携“五车经史”（《桃花扇·入道》），他信的是道？是儒？读经史，游山林，“亦不算懵懂神仙矣”，懵懂神仙或可无愁，这里明言张道士有愁：家国之愁，所以他才对崇祯行香哭拜。“家在那里？国在那里？”一番话说得侯李顿悟入道，这里明明有不忘家国之意，所以原批云：“悟道语，非悟道也，亡国之恨也。”“谱《桃花扇》之笔，即记《桃花源》之笔也。”张薇名为道士，实为避乱的隐士。人物的原型张道士其人就是忧世的：“先生忧世肠，意不在经典。埋名深山巅，穷饿极淹蹇。每夜哭风雷，鬼哭神为显。说向有心人，涕泪胡能免？”（孔尚任《白云庵访张瑶星道士》）现实生活中的张道士与剧中人张道士，都意在忧世，与人生与社会藕断而丝连，与宝玉之出家不可同语。作者认为《桃花扇》与《牡丹亭》“皆是拿定情根”（《逃难》出原批），即使悟道的卞玉京也“情根未断”（《栖真》出原批），又说：“读之而不堕泪者，其人必不情。不情之人，忠孝无问矣。”（《馀韵》出原批）孔尚任反复强调的《桃花扇》所体现的“情”，其内涵远比《牡丹亭》为丰富，它包括了男女之情、忠孝之情、兴亡之感、家国之恨……总之是忧世而不是忘世。他的迷惘正从忧世而来。因此梁启超《小说丛话》称其“使人生故国之戚”，“有种族之戚”。王国维《红楼梦评论》则说：“《桃花扇》之解脱，非真解脱也：沧桑之变，目击而身历之，不能自悟，而悟于张道士之一言；且以历数千里，冒不测之险，投缧绁之中，所索之女子，才得一面，而以道士之言，一朝而舍之，自非三尺童子，其谁信之哉？故《桃花扇》之解脱，他律的也；而《红楼梦》之解脱，自律的也。且《桃花扇》之作者，但借侯、李之事，以写故国之戚，而非以描写人生为事。故《桃花扇》，政治的也，国民的也，历史的也；《红楼梦》，哲学 的也，宇宙的也，文学的也。”其实，孔尚任并没有解脱，他纠结于历史的沉思，梁启超氏称其：“寄托遥深，冠绝千古”，是颇中肯綮的。

历史题材本身便具有一种深沉感和厚重感，寄托作者深邃的忧思最为适宜，在天翻地覆的时代，从历史中寻求解悟，是当时思想家们的共识。黄宗羲云：“不为迂儒，必兼读史。”（《清史稿》卷四八）不过，历史学家用史实说明历史，而文学家则用心灵感悟历史，或者说用历史来抒写他的心灵。

合则双美　离则两伤

——门外谈戏

中国戏曲表演理论体系逐渐被大家重视，这是好事。我们有了相当数量的表演理论资料，但成“体系”的研究尚属鲜见，大都停留在经验总结的感性阶段，还没有升华到形而上的理论高度，已经成为口头禅的“手眼身法步”，“法”的内涵为何，至今没有一个合理的解释，“移步不换形”谁又诠释得准确？由此便可见与“体系”距离尚远。成“体系”的理论性很强的研究，无论对京剧振兴的实用性，还是对中华文化的阐扬光大，都是有价值的。

问题还应当从原初之起点说起。什么是戏曲？几次会上听演艺界人士引用王国维1909年《戏曲考原》中的话：“戏曲者，谓以歌舞演故事也。”但这是不全面的，且不是本质的界定。以歌舞演故事的不一定是戏曲，东北的二人转，载歌载舞，也演故事，却属于曲艺而非戏曲。1921年王氏《宋元戏曲史》中便把戏曲定义补充完善了：“必合语言、动作、歌唱，以演一故事”，且为“代言体”，至此“戏曲”之义始全。演员身上的一切表演——道白、动作（包括舞蹈）、歌唱，都只是戏曲表演的手段，手段当然是要服从目的。表演内容为故事，其实演故事也不是目的，目的是人物，即“代言体”。中国文学史上早期的叙事文学曾经把演绎故事作为追求目标，故事中寓有教训，人物只是故事的载体；到后来（学术界有的说从明代长篇人情小说开始，我则以为始自元人），才发展为以刻画人物为目的，故事只是塑造人物的手段。所谓代言体，就要求演员在舞台上的一言一动都必须符合故事中人物的身份与性格，这便是臧晋叔《元曲选·序二》说的“人习其方言，事肖其本色”，“随所妆演，无不摹拟曲尽，宛若身当其处，而几忘其事之乌有”；李渔《闲情偶寄》说的“言者，心之声也。欲代此一人立言，先宜代此一人立心……务使心曲隐微，随口唾出，说一人肖一人，勿使雷同，弗使浮泛”。所以“代言体”演故事才是戏曲的根本要义。只要是代言体，即使歌舞言动诸因素不全，还可以是话剧、歌剧、舞剧、哑剧等，若非“代言体”则不属戏剧之列了。违背戏曲基本原理的高深理论，岂不成缥缈之谈？

京剧既然是剧，其唱念做打，手眼身法步，所谓“四功五法”，就不能不是代言体的，否则便不成其为京剧，变成京杂耍之类了。“四功五法”固然不能说不是文化，但对于京剧文化而言，它只是形式，是载体，而不是精要。只有把“四功五法”运用于代言体的故事表演，一招一式才会有具体内容，才能超越技术而进入文化层面。这就如同不能说砖瓦（如秦砖汉瓦）不是文化，但它相对于砖瓦所建造的殿堂来，便等而下之了；也正如汉字的横竖撇捺，只有组合成字才有意义。人们常说好的演出是“一棵菜”，是指剧中人的扮演者之间互相配合好，而配合的原则在于故事，也即文学，如果没有文学统领，演员在台上各显其能各尽其技，互相争戏，从技术层面看，可能水平很高，从戏的角度看却是失败的。即使大家都配合主演，主演不分剧目、不论人物、不顾情境，每登场必出绝活儿，比如《长坂坡》赵云抓帔的“倒扎虎”常获喝彩，于是凡演赵云，甚至演赵雨赵雾都来个“倒扎虎”，这叫会演戏吗？不演人物，光知道卖力气的“过分表演”是傻表演，把戏演成“一道汤”反而破坏了戏剧性。脱离了文学的“四功五法”是不具备艺术意义的，文学是一切艺术之母、之魂，何况不论中外，戏剧都属于文学文体的一种，黑格尔《美学》、宗白华《戏曲在文艺上的地位》都把戏剧作为抒情文学与叙事文学相结合而成的第三种文学，京剧又怎能例外？既属文学就不能不接受文学的审视。自外于文学，并不是对京剧的高抬。

在中国戏曲史上，作家与演员，文本与舞台之间的关系，也即戏剧话语权的争论由来已久。据朱权《太和正音谱》记载，早在元代，赵子昂、关汉卿就有“行家生活”与“戾家把戏”、“我家生活”与“奴隶之役”的区分。赵子昂、关汉卿都是文士，他们当然强调剧本（作家）对戏剧的主导作用，所谓“若非吾辈所作，倡优岂能扮乎？”这种见解并不全面，因为离开了演员，剧本只能成为案头读物而非场上之曲，“戏曲”之义未完，只能说是“半成品”。明人好辩，就此相关问题进行了一场颇为热闹的论争。敬晓庆先生大著《明代戏曲理论批评论争研究》对此有清晰而且确当的论述，通过论争基本达成了一种兼具多重审美内涵的稳定而客观的共识：“就创作与表演主体而言，行家与戾家的相互合作、文人与艺人的相济为用是戏曲创作与表演走向繁荣的必由之路。”

即使单纯从舞台着眼，也不仅仅是“四功五法”。扮相（包括脸谱化妆与穿关）就是不可小觑的重要方面，而现在的舞台也渐有“离谱”的趋势；舞台背景颜色斑驳，光怪陆离，转移了观众对演员的注意力，可谓刺眼夺魄；演员演唱追求声高嗓大不说，扩音喇叭也调得“声震屋瓦”，震耳欲聋，观众只能以棉塞耳。综合艺术变成了全面“轰击”，这也不光是靠“四功五法”所能解决的。

关于戏曲表演理论方面，本已有丰厚的历史积累，十本《中国古典戏曲论著集成》之外，黄山书社又出版了更为全面的《历代曲话汇编》，除专著外，还收有评点、序跋、书信及以诗词曲论曲之作等，可谓包罗万象。现代、当代演艺界人士的舞台生涯之谈也如花似锦。这些都是值得珍视的零金散玉，“体系”就是要集腋成裘，既顾及演员的作用，也不要忽视剧作家的作用；既重视舞台，也尊重文本。戏曲之谓综合艺术，不仅指舞台演出的综合，也包括文人与导、表演艺人士的综合、文本与舞台的结合；即以文本论，也是抒情与叙事的综合。总之，文人与演员、文本与舞台，合则双美，离则两伤——谁也离不开谁，京剧如欲重振，万不可片面抑扬。“专题研究”所解决的问题自然应当有所专深，但关系似应明了，顾此失彼不好，扬此伤彼尤不可取。在今天，尤应警惕京剧欲摆脱文学而“独立”的倾向。脱离了文学，即使是“表演艺术家”、“大师”，也便失去了目标，有形而无神，有壳而无魂。影视表演名家祝奚娟在《三谈对表演的一点体会》中说：“表演艺术工作者的创造性，是在文学剧本的基础上，对整部艺术作品的完整呈现，做最后的解释与贡献。……在文学原作基础上，创造性地用自己的声、形、言、表，用自己的理解与心灵投入，使它上升为一部好剧。”道出了文学乃一剧之本，表演不能离开文学的道理。又说：“我们常说做一个好演员不难，但要做一个大演员就难了。他要具备许多常人无法达到的综合素质，有人把这种综合素质比喻成‘文化’。圈内人经常说：‘演戏演到最后拼的是文化。’”（人民政协报 2013 年 7 月 5 日）此乃有得之见。京剧若能意识到演剧以文学为根、为本，去追求“文化”，则不仅表演理论体系有了依托和深度，其振兴亦有望矣。

台下人语，未必合道，故就教于方家大德。

技艺虽云好　振兴待诗魂

——文学期待着京剧的回归

摘　要：京剧实现了中国戏曲史上继杂剧传奇之后的第三次辉煌，是京剧的骄傲；但京剧形成于特殊的历史时期，又造成了先天不足。京剧的孕育、形成时期，正是中国历史上文字狱严酷、文网森严的时代，文人精神畏葸，不敢思考现实问题；其后大清王朝又内忧外患频仍，国家风雨飘摇，志士仁人救亡图存，投身于国家的变易更革，注意力不在戏曲。京剧遂由艺人支撑，经营表演而无与于文学。京剧虽然走向繁荣，却造成文人与艺人、文本与演出的二元分离，使京剧远离了文学。而文学是一切艺术的灵魂。京剧的振兴，期待着文学的介入，京剧应当回归文学家族。

关键词：京剧　话语权　文学　技艺

京剧实现了中国戏曲史上继杂剧、传奇之后的第三次辉煌。这有两个原因：一是京剧虽然形成于北京，却不是困于一隅的地方剧种，诸腔互融，徽汉合流，语言又经历了京化过程，从剧目、唱腔到表演，京剧是合诸花部、雅部之长的硕果。在演和唱方面，包容海涵，优美大气，为其他花部所不及；剧目，据陶君起先生说，旧传有“三千八百出”，其丰富远过其他剧种。二是京剧成熟鼎盛于北京，都城具有为其他地方所少有的开放心态，是历代政治精英和文化精英的荟萃之地，成为具有全国影响力的政治文化中心，京剧占了人地两利，便有了走向全国的有利条件。这是京剧的骄傲。

但京剧孕育形成并发展于特殊的历史时期，造成了它不同于杂剧传奇的特殊性。

一　先天不足与文人的退避

明代中后期本来出现了一点儿中国特色文艺复兴的味道，士大夫讲学自由。结社自由、个性张扬，李贽、王阳明、唐寅、徐渭……出现了大批名士。在莎士比亚的同期，中国出现了汤显祖。入清之后，明人的这种自由被禁，编《四库全书》进行文化清理，文化专制扼杀了已经开了头的人文思潮。

京剧孕育于乾嘉时期，这是中国历史上文字狱最多的时期。乾隆在位60年，竟制造了130多起文字狱，株连之广、刑罚之酷，骇人听闻。尤其是在文学领域，无意间流露的某种情绪固然可以成为罪证，本无其意的文字，也会给有意邀功请赏的人巧诋曲解、深文周内以罗织罪名留下解读的空间。这种令人不寒而栗的恐怖局面，使人噤若寒蝉，不敢思考现实问题，学术界把考据作为躲避文字狱的避风港。乾嘉学派从方法到实绩固有积极贡献，但它却是专制背景下的产物，是对政治禁区的退避。姚鼐《与陈硕士》评乾嘉考据之学曰："琐碎而不识事之大小。"即没有把精力用在于社会民生甚有关系之处。清廷对戏曲小说查禁尤严，王利器《元明清三代禁毁小说戏曲史料》就收录有自乾隆朝（1736—1795）以降朝廷及地方禁毁戏曲小说条令140余项，足见京剧成长环境之严酷。清廷又爱看戏，皇帝、太后庆寿要演戏，乾隆六次南巡都演戏娱圣，由此催生了迎銮戏、承应戏、内廷连台本戏的大量产生，掀起了一个演剧热潮。但大规模查禁戏剧也便开始了。乾隆十八年禁《西厢记》、《水浒》，三十九年开始的编修《四库全书》也包括了审查剧本的任务，四十五年十一月乙酉：

> 上谕军机大臣等，前令各省将违碍字句书籍，实力查缴，解京销毁。现据各省督抚等陆续解到者甚多。因思演戏曲本内，亦未必无违碍之处，如明季国初之事，有关涉本朝字句，自当一体饬查。至南宋与金朝关涉词曲，外间剧本，往往有扮演过当，以致失实者……亦当一体饬查。着传谕伊龄阿、全德留心查察，有应删改及抽彻者，务为斟酌妥办。并将查出原本暨删改抽彻之篇，一并粘签解京呈览。但须不动声色，不可稍涉张皇。①

伊龄阿当即设立公局，将各书坊宋元明新旧剧本详细确查，并将教习人等平日收藏新旧戏文，无论刻本抄本，概令呈缴，陆续查办，分别粘签，呈送朝廷。查戏七百馀种，删改剧目一百一十九种，涉及宋元戏曲、花部乱弹等等。王春晓博士《乾隆时期戏曲研究》有精到的分析。自此，设局审戏便成为定制，道光、同治年间都依例设局审戏禁戏。极权专制制度导致人文精神萎缩，文人惧祸回避，花部遂由艺人掌控舞台，主导了以伎艺表演为中心而忽略、甚至排斥文学的戏曲发展倾向，而在思想蕴涵方面却先天不足。

当时的世界并没有因为大清帝国的颟顸自大、停滞倒退而停止前进的脚步。

---

① 王利器：《元明清三代禁毁小说戏曲史料》，上海古籍出版社，1981年版，第48、49页。

欧美各国科技的进步与社会文明的发展互相促进，推动着历史飞速向前：

乾隆二十年美国富兰克林《论人口》提出控制人口增长的主张；

乾隆二十七年法国卢梭《民约论》指出，国家应是全体社会成员民主协商的结果；

乾隆二十八年法国伏尔泰《论信仰自由》发表；

乾隆二十九年英国珍妮发明纺织机；

乾隆三十四年英国瓦特发明蒸汽机；

乾隆四十一年美国《独立宣言》发表；

乾隆五十二年法国卢梭个性解放的宣言《忏悔录》全部出版；

乾隆五十四年法国制宪议会通过《人权宣言》；

道光七年德国歌德提出“世界文学”概念；

道光十五年德国铺设铁路；

咸丰元年伦敦举办万国博览会；

咸丰八年英美间铺设海底电缆；

同治十年至光绪十九年美国爱迪生发明电信机、电唱机、白炽灯、电影，贝尔发明电话，德国发明汽车；

光绪二十一年爱因斯坦发表相对论；

……

文学创作、文艺理论方面更是名家名作如林，形成对世界一个接一个的冲击波。文艺理论方面，如英国休谟《人性论》、《论悲剧》，法国布丰《论风格》、狄德罗《论戏剧艺术》、康德《论优美感和崇高感》、《判断力批判》、莱辛的《拉奥孔》、《汉堡剧评》等等，都是在这一时期产生的。而这一时期的中国戏曲论著，还停留在对声律、曲辞的关注及轶事掌故的载记，严格说来，还只是学曲、学戏的指导，距文体学意义上的曲学、戏剧学还有不小的距离。欧美已经进入资本主义社会而大清王朝仍然以“天朝无所不有”的老大自居，实行闭关锁国政策，实际上已经在世界历史进程中掉队了。在清廷欣赏中成长起来的京剧，没能肩负起历史的使命，不仅没有一部作品能与世界名著相比，也没有一部能在中国文学名作之林占一席之地。京剧里找不到可以与杂剧之关汉卿王实甫、传奇之汤显祖孔尚任、话剧之曹禺老舍比肩的作家及其作品。真不知道，这样的“康乾盛世”有多少值得交口称颂和津津“戏说”的理由？人们似乎忘记了扬州十日、嘉定三屠和江阴满城杀尽而后封刀的惨剧。

二　大势已成与文人的欲顾不暇

京剧成熟的同治光绪年间，外患频仍，经济也处于低谷。

外有强权：

1860 年英法联军侵入北京，火烧圆明园，中英、中俄、中法签订《北京条约》，以结束第二次鸦片战争；

1869 年英俄德美法侵略中国；

1884—1885 年中法战争，签订《停战条件》；

1894—1895 年中日甲午战争，签订《马关条约》，此后更是列强横行，瓜分中国；

1901 年八国联军攻入北京，清与英美等 11 国签订《辛丑条约》；

1904 年爆发争夺中国东北的日俄战争；

……

内有隐忧：

1864 年历时 13 年的太平天国战火才熄，1900 年义和团运动又起；

1907 年秋瑾绍兴起义、徐锡麟安庆起义，其他如白莲教、小刀会、大刀会等彼伏此起，大清王朝动乱如麻，直到 1911 年辛亥革命，最终把风雨飘摇的清政权连同皇帝专制制度一起送进了历史的坟墓。

国内的志士仁人受西方先进思想的影响，既不是"勤王"扶助朝廷，报答皇恩；也不是造反，"取而代之"，做皇帝梦。他们摆脱了传统士大夫的局限，以民族的生存和未来为己任，救亡图存，肩负起了历史的使命。从"师夷长技以制夷"、洋务运动、变法维新、君主立宪到暴力革命，甚至暗杀，在争论与试探中，摸索着救国途径，结社、立党、奋斗、牺牲，前仆后继，他们付出了精力、鲜血与生命。

不论是维新派还是革命党人，都是热血沸腾以酬理想，而不是惨淡经营构思文艺，进入不了文艺创作状态。王国维氏《文学小言》曰："汲汲于争者，决无文学家之资格也。"但他们却看到了通俗文艺的影响力，发起了"小说界革命"。当时文体界线还没有厘清，视戏曲为押韵之小说。梁启超 1902 年发表《论小说与群治之关系》，认为戏曲、小说是"文学之最上乘"，具有不可思议的影响力，"故今日欲改良群治，必自小说界革命始；欲新民，必自小说始。"柳亚子有感于覆巢倾卵的现实，1904 年在《二十世纪大舞台》发刊词中呼吁改良戏剧以开启民智，"运动社会，鼓吹风潮"，为民族民主革命服务。这些志士仁人看到了戏曲的巨大影响力，同时也感到其思想内容极不适应历史发展之需要，因而必须对戏曲进行“改良”甚至“革命”。这是文人学士向主宰戏曲舞台的艺人发出的明确挑战，意在重新收回对戏曲剧坛的主导权，使戏曲重回作家本位、文学本位，就像杂剧和传奇那样。可惜的是，这种革命和改良的愿望并没有取得成功。一则由于戏曲模式已经定型，改变不易，二则把文学当做宣传工具，追求急功近利的时效，缺乏沉潜提炼的功夫，致使忧时代替了审美，主题宣讲式的说教并不符合文艺的审美特质，所以罕有荡气回肠的佳作。梁启超氏也想一试身手，因其“好攘臂扼腕以谭政治”，参政之馀研究科学文化，戏曲于他又等而次之了，没能写出成功的作品。“当一定的社会局势在其精神代表人物面前提出某种任务的时候，那末这些任务在杰出人物尚未把它们解决以前，是始终引起杰出人物注意的。而当他们一旦解决这种任务，他们的注意力就会转移到别的对象上去。”①时代把才士的才华吸引到政治方面去了，文学多为图解政治意图的急就章，而京剧，顾及者更少。

文人既无暇也无心及此，花部遂由艺人支撑发展。艺人所长在艺，在舞台表演，而不在于文学。既不能凭依文人的参与以提高花部素质，为谋生，艺人遂在表演方面施逞才华，占据了京剧中心，执掌了京剧舞台的话语权，于是在中国戏曲史上出现了戏剧与文学分离的状况。吴梅说：“光宣之季，黄冈俗讴，风靡天下，内廷法曲，弃若土苴，民间声歌，亦尚乱弹，上下成风，如饮狂药，才士按词，几成绝响，风会所趋，安论正始……光宣之际，则巴人下里，和者千人，益无与于文学之事矣。”② 卢前说：“昆戏者，曲中之戏；花部者，戏中之曲。曲中戏者，以曲为主；戏中曲者，以戏为主。以曲为主者，其文词合于士大夫之口；以戏为主者，本无与于文学之事。惟在能刻画描摹技尽于场上。”“盖自花部作，而后戏、曲相离。”③ 技尽场上，故形成舞台流动之美，令人叹为观止；而无与于文学，则京剧里既缺乏人本主义的形而上思考，也缺乏浓郁的生活气息。舞台形式之美，胜过内容之美，作家边缘化了，造成戏曲更多着眼于娱人耳目，便少了忧患家国民族的历史承担精神，即使穿着古代的服装，也应当承载些现代的气息。而“严肃的、真正的、担负责任的艺术必是会卷入生命和人类存在的意义之类问题的探讨，这些艺术使我们面对着‘改变我们生活方式’的要求，无论民俗艺术还是流行艺术中，这种要求几乎是不存在的。”④ 京剧所缺乏的正是这种

① 普列汉诺夫：《论个人在历史上的作用问题》，三联书店，1965 年版，第 31 页。
② 吴梅：《中国戏曲概论》，《吴梅戏曲论文集》，中国戏剧出版社，1983 年版，第 166 页。
③ 卢前：《明清戏曲史》，扬州师范学院中文系词曲研究室编印，1982 年版，第 82 页。
④ 阿诺德·豪赛尔，陈超南、刘天华译：《艺术史的哲学》，中国社会科学出版社，1992 年版，第 273 页。

"改变我们生活方式"的内涵。

三　京剧之振兴与文人的介入

民族危亡之际的有识之士有感于国家现状、国民现状、戏曲小说现状，提出了对戏曲小说变易更革的主张。现在在中华民族振兴之际，京剧作为传统戏曲之代表，其振兴也提到了议事日程。谁来振兴？如何振兴？振兴什么？振兴之目的何在？回到"同光十三绝"的时代？回到"四大"名旦、四大须生时代？种种问题需要作出回答，不是一哄而上就能解决问题的。离开了精神层次、文化层次，只剩皮囊，还谈什么振兴！

京剧从何处来，已有太多的论著；京剧向何处去，却需要一个认真思考的过程。京剧要不要如姚华《曲海一勺》所说"与时因革"？"时世既殊，物象即变；心随物转，新裁斯出……文章之用，以时为贵，古之不宜于今，犹今之不宜于后"。时代之精神不能"移步不换形"。

戏剧，不论是话剧还是戏曲，都是以演员的舞台表演为最终完成形式，与案头文学以纸本为最终形式不同。在戏曲走向繁荣之初，就产生了谁是戏曲关键环节的争论：作家还是演员？文本还是舞台？敬晓庆先生《明代戏曲理论批评论争研究》谓之"话语权之争"。最早的一次论争载于朱权《太和正音谱·杂剧十二科》。赵子昂认为当以作家为中心，作家是戏剧的"行家"，演员乃是"戾家"："杂剧出于鸿儒硕士、骚人墨客所作，皆良人也。若非我辈所作，娼优岂能扮乎？"关汉卿与赵子昂看法相同："非是他当行。本事我家生活，他不过为奴隶之役……子弟所扮，是我一家风月。"朱权认为二家之言"亦合于理"。元代文境宽松，创作自由，是戏剧的繁盛期。创作的繁荣带动了演出的兴盛，演艺队伍庞大，演艺界发出声音，认为他们才是"行家"；关赵则站在作家主体的立场，提出了剧本乃一剧之本的主张。关汉卿、王实甫辈元代剧家通过书会与艺人合作，成为戏曲的行家里手，所作为案头场上两擅其美的当行之作，这虽然反映了当时剧坛杂剧文本创作辉煌的现实，有一定道理，却忽略了演员舞台上的再创造，话说得绝对，对戏曲的发展不利。第二次争论是在明代。明代传奇由于文章之家参与经营，文本出现了姚华《曲海一勺》所谓"万思所构，众美悉收"的景象。但明代的文章家不再像元人那样与艺人合作，文本与舞台日渐分离，围绕谁是"行家""戾家"的争辩更趋激烈。通过这次争辩，取得了大体共识："就创作与表演主体而言，行家与戾家的相互合作、文人与艺人的相济为用是戏曲艺术创作与表演走向繁荣的必由之路”①。本来有望推动戏曲的进一步繁荣，但清朝统治者推行的高压恐怖文化政策，造成文人精神萎靡，畏葸不前，放弃了对戏曲的参与权。等到民族危亡之际，志士猛醒，欲重返剧坛，夺回话语权，已经来不及了。

京剧是皇权专制下诞生的宁馨儿，大清皇朝制造了那么多骇人听闻的文字狱，下了那么多道戏曲禁令，京剧却能在网开一隙中孕育发展，那是因为它所展现的是皇权神圣，民族性格中的自立自强精神被侏儒化了，生命价值、人类存在的意义未见有启迪性的思考；时代的生活情状、情绪呼声少见踪影。文词粗糙、见解庸陋，除了身段和声腔，还能给观众什么？

任讷《曲谐》提出“曲之为艺，果欲尽之，非兼文、声、容三端如（关）汉卿者，不足为第一流剧曲家矣。”文指文学，声指声律音乐，容指表演，而以文居首。文学是艺术的灵魂。以此三端衡诸编剧、演员，都是适当的，一出戏三者兼备也才能成为传世之作。京剧里不乏善恶是非、忠孝节义的内容，但京剧里的“忠”，基本上表现为臣对君、奴对主的下对上的义务关系，不论哪个时代的故事，都没有表现出汉代以前君臣、上下双向忠诚的内涵；而义本来是指人与人之间互相扶助、互相救援的个人关系，在很多戏里（尤其是义仆戏）却变成了在奴对主的忠统摄下的下对上的单向义务。在这些戏里，义与忠是合二而一的。其实，在“家国同构”的宗法社会里所形成的无论是朝廷的政治伦理还是家族的亲情伦理，都被纳入了以维护皇帝和皇权专制为核心的等级秩序之中，忠孝节义的内涵就是君为臣纲父为子纲夫为妻纲，历数千年而不变，一直到“文化大革命”中提出的“无限忠于”更是变其本而加厉。鲁迅《中国小说史略》谓：“俗文之兴，当由二端，一为娱心，一为劝善，而尤以劝善为大宗。”《中国小说的历史的变迁》：“但文艺之所以为文艺，并不贵在教训，若把小说变成修身教科书，还说什么文艺。”艺术应当以艺术方式体现人所应当遵守的公认的价值和准则体系，制造最高美德的光轮，“艺术就其内在属性而言，同‘教诲’、明确的指示、道德说教格格不入”②。京剧不能满足于技巧、功法的层次，而应当有更高的追求。若仅止于此，其品便小了。自外于文学，只能使京剧停留在技艺的功夫层次。

对于戏剧来说，文人与艺人、文本与演出，本是手心手背，谁也离不开谁。新时代的京剧应当是文学与表演并重的艺术，二者合则双美，离则两伤，不是谁

① 敬晓庆：《明代戏曲理论批评论争研究》，人民出版社，2010 年版，第 348 页。
② 瓦西列夫：《情爱论》，三联书店，1984 年版，第 211 页。

说了算的问题。《书》曰："诗言志，歌永言，律和声。"文与歌各司其责。《文心雕龙·乐府》："诗为乐心，声为乐体；乐体在声，瞽师务调其律；乐心在诗，君子宜正其文。"《毛诗大序》正义："诗是乐之心，乐为诗之声，故诗乐同其功也。"只有和衷共济才能产生传世佳作，毕竟，只有有了好的剧本，舞台上才会演出好戏。新的受众要求新的京剧，京剧的孤芳自赏是否圈子小了点儿？须知艺术创造者所面对的公众才是他们自己特性的真正决定者。厨艺大师哪能只管自己做菜而不问用餐者的口味？

戏剧是文学之一种，这不仅是当今中国学界之共识（杂剧、传奇、话剧均占文学史之一席），也是世界共识。元杂剧承载了人性反思的历史史命，张扬人性，鼓吹自立自强的人格意识；明代后期传奇承载了文化反思的历史史命，高擎起情的大旗；清初士大夫忧国忧民忧种族，南洪北孔为代表的剧作家承担起历史反思的时代使命；晚清，历史史命是制度层面的政治反思，特殊的诞生环境使京剧及花部诸腔成为艺人的谋生工具，放弃了文艺的历史职责，成了文学家族的流浪儿。京剧的振兴，期待着文学的介入，或者说，文学家族期待着京剧的回归。

《柳荫记》杂谈

有幸看了中国京剧院陈淑芳、于万增演出的《柳荫记》，散戏后我对朋友说：“好久没有看到这么好的戏了！”写下几点感想，算是门外侃戏。

一　为中青年演员让出舞台

戏曲要振兴，就要造就一大批为观众所热爱的名角，为戏迷所追逐的戏星。这成“星”的重任，就历史地落在了中青年演员的身上。因此应当而且必须为他们提供更多的演出机会，没有这样的机会，他们的表演艺术水平便难以提高，他们的艺术才华就不能施展，“星”就不会出现。戏曲最终要通过舞台表演来完成人物塑造，实现戏剧效果。让中青年演员占据舞台的中心，可以使戏曲舞台充满青春的活力，对争取日渐减少的戏曲观众大有裨益。有次电视台播放一出传统京剧《龙凤呈祥》，我要求一位既爱读《三国演义》小说、又爱听三国评书的青年观看，但他却中途离座而去，发表观感道：“刘备娶大妈。”盖由于老年演员年龄体态这些自然条件的限制，无论演技多么出神入化，也难以表现孙尚香妙龄芳姿的青春风采，影响了舞台形象的塑造。这如何能争取对京剧艺术尚属陌生的青年观众呢？我很赞赏有些演员不再扮演很久以前所扮演过的脚色的决定。剧中人青春未改，而演员年齿有加，已不可能再现当年所塑造的完美的舞台形象。依旧扮演便会给观众造成失落感，反不如去塑造新的舞台形象以享观众之为有益。中国京剧院能为青年演员陈淑芳举办演出专场，确是明智之举，不失为为振兴京剧做的一件实事。

二　提高演员素养，由唱声转为唱情

不论哪个流派的演员，都会说：我在演人物。其实，有不少做法是脱离了人物塑造的。比如：武戏中的一味卖弄功夫，竟变戏剧为杂技拼凑；文戏中的卖弄嗓子，一味追求嗓门之高、嗓音之大，几成声响大赛，不仅全失韵味，且直使观众有震耳欲聋之感，让人闻而生畏。有一次去看某纪念演出，以为事既隆重，组织单位规格又高，必有佳作。不料帷幕拉开，竟以声音之高之强为美的唯一表现形式。开始我还用纸团塞耳以减缓对耳膜的震荡，后来便干脆离开剧场逃走。存车处的老太太对我说，已经有几个观众出于同样的原因离此而去了。可见，耳之所闻，有同感焉。唱，固然同出于口，其实也有高低文野之分，有唱声唱情之别。止于口唱者，虽然可以以他人难及的调高博得场内一时的掌声，取得立竿见影的效果，却不能拨动观众心灵的琴弦，发出共鸣的心声，产生绕梁三日的艺术魅力。只有变唱声为唱情，变口唱为心唱，才称得上真正的以塑造人物为中心，才能感动观众，使观众乐则笑，悲则泣，愤则扼腕，产生让人回味无穷的艺术效果。焦循《花部农谭》记载《清风亭》演出时观众的反应是："其始无不切齿，既而无不大快。铙歌既歇，相视肃然，罔有戏色，归而称说，浃洵未已。"艺术家的精湛表演，意不在显白自己的演技，让观众为演员叫绝，而是让观众进入意境，忘演员之为演员，忘戏之为戏，喜怒哀乐不能不随剧中人的遭际而变化，这才称得上是"引人入胜"。倘演员连自己都未进入脚色，何谈感动他人？慎勿忘记：戏剧乃是代言体。

陈淑芳、于万增的嗓音都很好，又都没有卖弄嗓子去追求一时的剧场效果，高低抑扬有度，颇为动人。这固与唱腔设计出自名家（王瑶卿）、舞台演出师承名家（杜近芳）有关，但也与演员的心领神会有关，果然不同凡响。近观迟小秋演《柳荫记》"祭坟"一场，唱得低回婉转，如怨如慕，如泣如诉，声音轻圆，如烟如雾，感人至深，使观众入于耳即入于心，不禁掩泣吞声。或许在演唱过程中没有一个掌声，但赢得的却是经久不息的心声，正所谓"此时无声胜有声"。倘青年演员都能意识到这一点，则京剧幸甚，观众幸甚。

三　剧本乃一剧之本

振兴京剧，争取观众，要有二端：培养演员与撰写剧本，而写剧本之重要，决不在培养演员之下。纵观中国戏剧史，哪一次戏剧的繁荣，不是以有大批天机云锦般的佳作为标志？没有好的剧本，再好的演员也难为无米之炊。《柳荫记》写得好，头绪清晰，结构严谨，几乎没有一个多馀的场次、没有一个多馀的人物，为男女主人公的表演提供了广阔的天地。剧本改编马彦祥不愧是大手笔。倘能多产生几部《赤壁之战》、《柳荫记》、《白蛇传》这样的佳作，京剧舞台之气氛将为之一变；倘若走进剧场即是《盗仙草》，打开电视即是《三岔口》，再好的演出阵容也会让观众久而生厌。剧本剧本，一剧之本，故李渔《闲情偶寄·演习部》谓："选剧第一"。应当给予剧作家崇高的荣誉，现在是出名演员的时代，也应当是出名作家的时代。

四　梁祝之情能否再提纯些?

祝英台与梁山伯之间，无疑有着真挚的爱情，使他们出生入死的原因，是不能割舍的感情。但是，当媒人为马文才提亲时，英台拒婚的理由则是马文才是不学无术的纨绔子弟。那么试问：倘若马文才是比梁山伯更有才学的书生，英台就该弃梁而嫁马吗？她是爱才学，还是重感情？其实，我们反对包办婚姻制度时，本不必把“第三者”写得那么不堪。马文才喜欢祝英台而遣媒求娶，本是可以理解的常情。媒人之制由来已久，婚姻之事匪媒不得，已是封建社会的常规。遣媒求娶，并无不是。马文才愿娶并不构成矛盾的一方，他并无逼婚的行动；戏剧冲突是在英台拒嫁与祝父迫嫁之间展开的。而英台拒嫁的真正原因是与梁山伯有感情，而不是马文才无文才。把有无文才说成是英台可否的根据，反倒冲淡了婚姻抉择中固有的感情因素。这点，只须修改几句台词便可使剧作更为完美，何乐而不为?

我很欣赏唐人温庭筠《干撰子》中的志怪小说《华州参军》的写法。崔氏女与华州参军柳生相恋，却被迫嫁给了王生。王生真心爱恋着崔氏，并没有因为她与柳生暗自私奔、且怀有柳生身孕而有所嫌弃。王生并非无情，也并不粗蠢，崔氏只因钟情于柳才屡屡逃往柳宅。崔氏亡故，王生哀恸情切，葬礼周到。但崔氏的鬼魂仍然去找柳生同居。崔氏鬼魂身份暴露后，柳王二生一起，重新安葬了崔氏，二人又一起发誓舍弃凡俗，“入终南山访道，遂不返焉”。温庭筠并没有去丑化王生的个人品德，而是把批判的矛头指向了不合理的婚姻制度。柳王二生都有爱的权利，但他们都没有强迫别人接受爱情的权利，崔氏的选择是出于情，而不是出于“才”或“财”。柳王二生并没有因为共争一女而交恶。作者何等心胸！主人公何等心胸！作品何其深刻！“问世间、情是何物？直教生死相许!”“海枯石烂情缘在，幽恨不埋黄土。”（元好问〔迈陂塘〕）世间情为何物，即使是圣贤哲人，也一言难尽。“我事事村，他般般丑。丑则丑村则村意相投。则为他丑心儿真，博得我村情儿厚。似这般丑眷属，材配偶，只除天上有。”（兰楚芳〔南吕四块玉·风情〕）真正的爱情原不在才貌，不要把深沉的爱恋解释得太直白太浅俗了。

五　请把梁祝还给人间

梁祝化蝶与嫦娥奔月、牛郎织女、孟姜哭城，构成了我们民族的四大民间传说。梁祝传为东晋时人，其墓浙江宁波、江苏宜兴、安徽舒城、山东嘉祥、河北河间、甘肃清水等地都有；就记载而言，李茂诚有《义忠王庙记》、朱秉器、邹金彪都有《祝英台小传》；文学创作，白朴有《祝英台死嫁梁山伯》杂剧，可惜亡佚不存，明清以降，各种唱本及地方戏剧本，已知的不下七八十种，可见其受人民欢迎的程度。这些作品都有化蝶的结尾。化蝶是人民理想愿望的寄托，固有其积极方面，但也有其负作用，就是削弱了淡化了悲剧意味。从某种意义上说，这是从人世社会向虚幻世界的遁逃。应当说梁祝故事是很具有悲剧意味的。男女主人公的死，并不是出于突然的偶发事件，而是由于他们合理的要求愿望与阻碍这种要求愿望实现的黑暗现实之间的冲突造成的。为了使人们意识到封建制度的不合理，激起战而胜之的勇气，就必须宣扬这种悲剧，就必须把美的事物毁灭给人看。而化蝶却使生前不能实现的愿望，死后得以实现；今生被毁灭了的美，来生又得以圆满——美，终究未被毁灭。这就减弱了主人公的死对观众心灵撞击的程度。全剧基调是写实的，展现的是人间世相，化蝶则是虚拟的，风格发生了矛盾，出现了不和谐；且有的演出，演员身插双翅作飞舞状，表演俗恶，也有损于雅赏，不如把故事留在人间，竟以英台殉情作结为宜。即使在今天，让我们的同胞认识一下我们先人所走过的路，也是必要的。

更上一层楼　功夫在戏外

——看新排《将相和》随感

中国京剧院青年团最近重排公演了全本《将相和》，由张建国饰蔺相如，张连祥饰廉颇。剧本好、演出好，可谓酣畅淋漓，使我足足解了一次戏馋。激动之馀，有话要说。

一　向痴迷者致敬

“振兴京剧”口号的提出，使人振奋。京剧作为中华民族文化中的瑰宝，振兴京剧也就意味着振兴民族文化，一个没有文化的民族是难以立足世界民族之林的。从这个角度看，振兴京剧具有战略意义。为了振兴京剧，营造气氛、鼓吹宣传是必要的，但更重要的，还是要扎扎实实做实事。在这方面，中国京剧院青年团的工作令人敬佩。在当前京剧不很景气的情况下，他们没有迷失于势如潮涌的通俗“文化”和外来文化，他们有自己的思考、自己的见识、自己的选择，排演了很多剧目，一是对得起老戏迷，使他们有戏瘾可过，不至于生疏老观众；二是能逐步争取新观众，培养新戏迷；三是为青年演员提供了舞台实践的机会，使他们早日形成自己的风格特色，成名成家。这足以看出青年团领导的远见卓识，也可以看出青年团全体演职员对京剧艺术的痴迷。大凡成就一种事业，没有这种痴迷精神是办不到的。我在一篇谈治学之道的文章中，曾引用《汉书·叙传上》里班嗣论隐者之志的话说：“栖迟于一丘，则天下不易其乐。”对于痴迷于京剧艺术的人来说，也可以说是“栖迟于氍毹，则天下不易其乐”了。王国维在《人间词话》里说：“古今之成大事业、大学问者，必经过三种之境界：‘昨夜西风凋碧树，独上高楼，望尽天涯路。’此第一境也。‘衣带渐宽终不悔，为伊消得人憔悴。’此第二境也。‘众里寻他千百度，回头蓦见（当作“蓦然回首”），那人正（当作“却”）在，灯火阑珊处。’此第三境也。”“独上高楼”，体现了一种超卓独立的风格，只要京剧界文化界人士去用“衣带渐宽终不悔”的精神孜孜以求，辛勤的汗水总会浇灌出京剧艺术的灿烂之花。史学大师陈寅恪先生曾经断言：华夏民族文化，历数千载之演进……譬诸冬季之树木，虽已凋落，而木根未死，阳春气暖，萌芽日长，及至盛夏，枝叶扶疏，亭亭如盖。人们希望、也深信，京剧艺术之树，在众人心血的培育下，亭亭如盖有日可待。

二　为《将相和》叫好

《将相和》本事见于《史记·廉颇蔺相如列传》，蔺相如一句“先国家之急，而后私仇也”的话，大气磅礴，义薄云天。蔺相如身上所体现的，是在强权暴力面前永不屈服的浩然正气，是宁为玉碎不为瓦全的坚贞气节，是先国后私团结御侮的民族的精神。司马迁是过去的，又是始终站在我们眼前的伟人。他的伟大不仅是因为他写出了我们民族精神魂魄，更因为我们民族的精神魂魄，还往往要“由死人点燃”（赫拉克利特语）。所以廉蔺故事很为通俗小说家们所看重，《东周列国志》就有敷衍这个故事的篇章。但小说文字简洁，描写粗疏，缺乏想象力，故事情节没有新的发展，其艺术魅力反不如《史记》原作。不过，作家看重故事题材的深刻蕴涵却是显而易见的。可以说，廉蔺故事时时在点燃着我们民族的精神之火。

京剧艺术家早就对这个故事进行了改编，搬上了舞台。旧本有《完璧归赵》、《渑池会》、《负荆请罪》，后来翁偶虹、王颉竹加工改编为《将相和》。但现在舞台上常演的仅仅从廉蔺生隙始到将相重和止几场戏，所体现的仅是廉蔺故事的一部分，蔺相如精神的一个方面，于廉蔺形象刻画均不够充分，于故事所蕴涵的思想，体现得也欠深刻。现在中国京剧院青年团重新改编排演，从秦国求璧相如献策、奉命使秦完璧归赵、渑池赴会怒屈秦王、相如拜相廉颇生隙、廉颇挡道相如回车，到负荆请罪将相重和，把《史记》所载故事完整地搬演于舞台，使廉蔺二人由文字形象转化为舞台形象。演出删去了酒楼释嫌等场次，较京剧旧本更加紧凑，舞台调度也比旧的演出更合理。在将近三个小时的演出中，几乎场场都有动人的唱段，全剧高潮迭起，引人入胜，令人陶醉。应当说，在我们今天的舞台上，搔首弄姿，“扭扭屁股就赚钱”的节目多了点，大气磅礴的阳刚之曲少了点。《将相和》的重新排演，高唱了一曲爱国之歌，正气之歌。小忿与大义之间，私人与国家之间的关系究竟应该怎么摆，廉蔺的“死人之火”，可以为我们照亮一条道路。我也喜欢看轻松的喜剧，健康的小品，但都没有像看《将相和》这样受感动。我们中华民族的精神，需要用气魄恢宏的形式来表现。我愿为《将相和》叫好，也为选择并排演这部戏的中国京剧院青年团的年轻艺术家们叫好。

三　由“角儿”向“家”转换

张建国有一副好嗓子，宽厚圆润，不少唱段都演得很好，如《托兆碰碑》、

《击鼓骂曹》、《哭灵碑》、《白帝城托孤》、《打金砖》、《空城计》等，高亢处响遏行云，低回处荡人肺腑，颇得观众好评。近年来声名鹊起，称得上是名角儿。但是，奚派艺术博大精深，是吸取了谭、余、言、马之长而创造出的独特风格，“细腻委婉，雅致清新，感情深沉，气质文静。唱、念、做、表，不以棱角示人；体态声容，不以突兀哗众。”是一种由华返朴，浑然天成的艺术流派，继承和发扬奚派传统不是一件容易的事。以唱论，唱当然要有好嗓子，但嗓子人人各不相同，世上找不到两副完全一样、毫无二致的嗓子，所以奚啸伯先生特别重视咬字与韵味。发声吐字注重口劲，做到音韵准确，不轻不飘，深沉动人。“腔与味是代表生活的，腔虽复杂，不能胡唱乱用。由演员唱出来的腔调，可以叫观众听出剧中人的环境与心情。”我以为，继承流派仅停留在模仿上不行，即使你吐字发声模仿得乍听可以乱真，仔细品味，终究似真非真，韵味上差着一筹。因为不同的人自有其不同的天赋条件，不可能做到历史的重复。以发展求继承则可继可承，以模仿、保存、再现求继承，则只能是倒退和衰亡。为徒之道，在于尊师；尊师之道，莫过于得其心神而略其形迹。奚派既然讲究用唱腔来表现剧中人的处境与心情，那就不仅应当根据演员对剧中人环境与心情的揣摩理解来运声行腔，而且应当根据自己嗓子的高低宽窄来运声行腔。《庄子·外物》云：“荃（一作筌）者所以在鱼，得鱼而忘荃；蹄者所以在兔，得兔而忘蹄；言者所以在意，得意而忘言。”得其神似而略其形骸，这才是真继承，才能使流派具有旺盛的生命力。唱，有录音可供揣摩学习；“做”呢，全是身上的戏和脸上的戏，很多老艺术家都没有留下录像，他们的身段表情已无有形的资料可查。这就全靠演员自己体会剧中人的身份性格、身世处境，去表现他们的喜怒哀乐忧愁惊惧了，《托兆碰碑》要演唱出英雄末路的心境，既是英雄，又处末路；《完璧归赵》、《渑池会》中蔺相如临危不惧，不是傻大胆，而是胸怀正义，又有早有准备的赵国做后盾，既看到了危险，又有转危为安的信心。要把人物演活，在从身上脸上出戏方面，张建国先生还有更多的潜力可挖。总之，奚派的精神是吸收众家之长为我所用，继承奚派也应当在保持奚派韵味的基础上，去创造发展，没有创造和发展不能成为艺术家。“新也者，天下事物之美称也”。时代不同了，对戏剧题材、戏剧中人物应当有新的理解，舞台形象也应当有新的创造。

四　功夫在戏外

一代名家的出现，取决于主客观两方面的条件。从客观条件说，中国京剧院青年团的领导正在为此做出努力，令人欣慰。从主观条件说，有志于此，认真投入自是前提条件。但仅仅围绕“戏”字下工夫，恐怕还不行。陆游说：“汝果欲学诗，工夫在诗外。”一门心思钻研诗歌艺术技巧，是不懂作诗之道。作诗之道，应当在诗外求之。何谓“诗外”？陆游又说：“我昔学诗未有得，残馀未免从人乞。力孱气馁心自知，妄取虚名有惭色。四十从戎驻南郑，酣宴军中夜连日……诗家三昧忽见前，屈贾在眼元历历。天机云锦用在我，剪裁妙处非刀尺。”爱国从军的战斗生活激活了诗思。同样，演员也有个“功夫在戏外”的问题。所谓“戏外”，就是要下工夫全面提高自己的思想境界和文化素养。艺术家固然需要用钱来维持生活，但一心为钱却成就不了艺术家。总要关注一下社会和民生吧？总要有点正义感和是非感吧？对国家、对同胞没有责任感、缺乏爱的人，绝达不到艺术家的精神境界。奚啸伯先生之所以能自成一家开创流派，是因为他极有文化素养，这从他对唱词、对剧本的推敲修改可以窥知一二。奚先生还是书法家，多方面的文化修养造就成一代名家。奚派名家欧阳中石先生是著名书法家、逻辑学家、首都师范大学中文系博士生导师，诗作也极见功力。只有具备了深厚的文化素养，才能对剧作的内涵、人物的性格、唱词道白的意蕴有深刻的理解，调动各种艺术手段，天机云锦运用自如，塑造人物生动感人。字有四声，腔有旋律，依字行腔，使腔的走向与四声调值和谐一致才能字正腔圆；将唱与白的内蕴体现于腔中，使情感融入旋律，依情行腔，以腔抒情，使观众喜而颜开悲而泪堕怒而切齿扼腕，是谓唱活。倘不具备这样的素养，那就只能“唱声”而不能“唱情”，只能“口唱”而不能“心唱”，观众只闻其声，却听不到看不出人物，是谓呆唱。当前青年演员（包括著名演员）与前辈艺术家的差距，恐怕不在嗓子，而在文化素养。因此，全面提高他们的思想境界和文化底蕴，就成为他们走向艺术名家的一个迫切需要解决的问题。

时代在呼唤新一代的艺术大师。《将相和》的重新排演，更使人们增强了对京剧艺术春天到来的信心。

观奚中路表演艺术随感

我酷嗜观剧。记得读大学时期，读书还算用心，大有“泰山崩于左而不瞬”的意思。但就是受不住京剧的诱惑，不论是锣鼓胡琴还是唱念声韵，只要一入于耳，便不能自已，立刻掩卷合书，去进入另一种境界。那时没有影像，只闻声便能入境，也可见其痴迷了。但又绝不敢大胆到以“戏迷”自居。在我的心目中，“戏迷”是一个很神圣的字眼，象征着一种很高的境界。馀生也愚，只是爱看而已，于戏家三昧却是一窍未通的。看戏也只爱看京、昆二种。这倒不是说其他剧种不好，只是个人兴趣所钟，如同饮食，嗜甜嗜辣可以不同，却并不意味着甜辣有高下之分。看戏也是文戏武戏全爱，但有一样：爱看全本大戏，于折子戏则兴趣大减。原因无他，全本戏能使人进入意境，使人“快者掀髯，愤者扼腕，悲者掩泣，羡者色飞”，而几忘其事之乌有。每次从戏园子走出来，都有浑身通泰之感，好像去掉了自身的一些污秽，受到一次精神洗礼，使我对演员们怀有一种特殊的敬意。

改革开放以来。京剧被视为民族艺术的瑰宝，演出多了，看戏的机会也多了。只是，我所看的多是文戏，武戏很少，看大武生戏则更少，每生久违之恨。对此，频频长叹，遗憾萦怀，大有“如渴思浆，如暑思凉”之感。

武戏不容易演，因为它有悠久的历史。从字源学上看，戏者，从虚从戈，乃是虚拟的战争演练，后来才发展成了表演艺术，诸如汉代的《东海黄公》、唐代的《代面》（《兰陵王入阵曲》）等，都是著名的早期“武戏”剧目。历史悠久则蕴涵深厚，对演员要求高，演出难度大，没有对戏曲艺术的献身精神，恐怕当不了武生演员。新时期以来，具有献身精神的演员渐多，也不乏佼佼者，武生行当中，奚中路便是其中之一。

2002 年3 月30 日至4 月1 日长安大戏院举办了“奚中路专场演出”，演出了三个剧目：《长坂坡 · 汉津口》、《连环套》、《战马超》，奚中路饰演了赵云、关羽、黄天霸、张飞四个人物。这四个人物身份地位不同，性格各异，要演出他们的精气神儿、使人物活起来，着实不易。

赵云是一员大将，演赵云，功夫不在盲摔瞎打，其形在“武”，其神则在演出其大将风度。岳忠武（飞）有言曰：“为将之道，智、信、仁、勇、严，缺一不可。”诚为至言。在一出戏里，表现的仅是一个生活片断，一个战役，尤其是长坂坡一战，正是刘备集团功业的发轫期，兵微将寡，不可能展现赵云的全面性格和才能，侧重表现的只是信、仁、勇几个方面。但作为演员，胸中须有“全赵云”在，才能演活赵云，甚至，胸中还须有高宠、姜维、马超、甘宁、岳飞等人物在，才能表现出人物之间的区别来。实际上，赵云以单骑突入曹操大军重围，数度往返，满身是血，有艰难劳苦之形，却不见狼狈败亡之状，表现的是大勇，而大勇的背后便是大智。奚中路扮相雄俊，一出场即给人以勇而不猛的印象，稳健中透着英气。继之，在夜宿新野一场戏中，赵云睡不解甲、枕戈待旦的姿态，以拳支颐，似睡非睡，眉宇间透露出警觉与自信，悬空无倚，却稳如一尊雕像，没有极好的腰腿功夫是做不出来的。随即几声鼓响，曹兵已近，赵云绰枪上马准备迎战，一连串的动作，做得紧而不乱，急而不慌，干净利索，稳健中见出力度。动作连续又节奏分明，一招一式都很到位，一毫省简不得，奚中路的表演，于细微处见精神。“抓帔”是赵云在《长坂坡》中的标志性动作。糜夫人身受箭伤，为避免被曹兵俘获，托子于赵云，投井而死。仓促之际，赵云飞身抢救抓拖不及，只抓得糜夫人帔衣一件。抓帔，是在刹那间完成的，赵云从高处（井台）向平地翻扑的“倒扎虎”动作，脚穿厚底靴，背插靠旗，还要表演得矫捷健美，是相当不容易的。因为难度高，有些人的演出中甚至取消了翻扑“倒扎虎”的表演，而奚中路把前辈大师们的表演继承下来，精彩呈现。在“揣斗”之后的武打中，奚中路的枪法简而不繁，以稳健表现其大将风度和怀揣幼主的谨慎小心，是很能体现人物性格的。

《长坂坡》之后，奚中路接演《汉津口》。关羽的形象迥异赵云。长期以来，关羽这个人物不但在生活中，而且在舞台上被神化了。塑造舞台形象的关键，就看能否表现出一个“威”字，威中见武。处于刀光剑影之中而能镇定自若，略施小技即能克敌制胜。其表演繁难之处，往往在交战之前和胜利之后；交战之时，表演则在意不在形。一招一式都透露出这是一个熟读《春秋》、胸藏韬略而又武功娴熟的帅才，处处体现出凛然不可犯的威严正气。就我的知见而言，在京剧舞台上，关老爷的“谱儿”是最大的，演不出“谱儿”来，不是关老爷，徒有花架子，不是关老爷。“谱儿”里得有精气神儿；关老爷的“谱儿”还要与姜维的“谱儿”有所区别，是为得之，此之谓演活人物。关羽稳如山岳的亮相造型，与马童灵活如猿如蚤的翻跌跳跃相结合，动静相兼，把舞台动作之美推向极致。于左晶饰演的马童很精彩，与奚中路配合默契，为演出增色不少。

黄天霸的故事广为人知，演绎其事的小说《施公案》续书竟多达十种，可见受人们喜爱的程度。黄天霸其人，出身绿林，又归顺了扬州府江都县知县施仕伦（当作世纶），成为朝廷命官，因此，他不像窦尔敦那样粗犷豪野，但江湖之气未除，雄杰气中透着狠辣。《连环套》中的黄天霸，表演时以念白、身段见长。受命访拿盗马之人时的惊悚、拜山时与窦尔敦携手同行的暗中较力、上山后的胆大狂傲、见责于朱光祖时的愧懊，奚中路都有不俗的表现。

这次专场演出还值得一提的是，戏曲界的通力合作。合作演出者不乏像于魁智、李胜素、杨赤、石晓亮、杨燕毅等名家；不论戏份多少、名序前后，都在一丝不苟地完成着艺术职责，令人感动。老一辈艺术家袁世海、李长春也为后辈捧场出演，其精神令人钦佩。三场演出让人看得过瘾，解渴。此种精神若能坚持、发扬，则何愁没有观众？

馀生也晚，没有看过杨小楼的演出。但有幸一睹厉慧良的演出。他在《长坂坡》中塑造的赵云，有很多地方值得学习和借鉴。那寓刚于柔、朴处生华的表演，令人言之色飞。他的动作富有弹性，一般演员不大注意的动作，他也能演出精彩来，如宿营时的下马抬腿，高及耳际，却又极其自然，无特意逞技显能之状，无心邀好而掌声四起。艺无止境，只有广泛借鉴和吸收前辈艺术家的成就，才能“站在巨人的肩膀上”创造新的辉煌。这种借鉴，不光是舞台表演，也应当包括演出剧本的选择。我看过几种不同版本的《长坂坡》演出，我认为最好的是厉慧良、程正泰、李荣威等合演的本子，有几个曹兵追赶刘备的过场戏，很能制造故事情节的跌宕起伏，对观众有极强的吸引力；由《长坂坡》到《汉津口》衔接得极为简捷，张飞拆长坂桥后仅两三分钟，厉慧良便由赵云改扮成关羽出场，每到此时，剧场都掌声四起，“好”声盈耳。戏剧虽然是以舞台演出为艺术创造的最后完成，但剧本毕竟是一剧之本，是演员表演的依据，剧作越完美，塑造舞台人物的条件就越充分。不建立在文学基础上的高难动作表演，便远离了人物创造，因为戏剧毕竟与杂技不同。有了好的剧本，对人物的理解与塑造也非易事。要演好黄天霸，恐怕不光是应当读《施公案》及其续书，其他武侠小说也应当读一读。不论所扮演的人物身份如何，演员的表演都不能有村俗之气，这样才能举手投足张口闭口都给人以美感。据说杨小楼研磨剧艺之外，则闭户读书，修习书法，所以能对所演剧目自行修饰润泽，终成京剧的一代宗师；奚啸伯先生之所以能开门创派，独树一帜，也是靠了他的文学修养和艺术修养，他的书法今天已被人们视为墨宝了；俞振飞先生是有了学者的根柢才转而从艺的；欧阳中石先生虽为书法名家，却是诗书画以及逻辑学无不兼擅的。老一辈艺术家的表演之所以能如石韫玉，如川怀珠，韵味无穷，不是靠一日之功，也不是靠一技之能。艺术天地广阔，有志于此道的青年才俊，尽有鸟飞鱼跃的用武之地。勉旃！

煮字斋戏话

民情厌悲苦 剧终总团圆—— 中国为什么缺少悲剧

话前小识

奉王君小宁博士之命撰文，不敢稍殆。不求体系，亦罕深刻，有感即书而已。唯恐老迈，有辱雅旨。“卑之无甚高论”是也。——笔者

一部戏曲史几乎都是喜剧结局，所以当上世纪 70 年代末有人编选中国古典悲剧集时，有不少学者提出过不同意见。中国何以罕有悲剧？究其原因，王国维氏《红楼梦评论》有一段经典名言：“吾国人之精神，世间的也，乐天的也，故代表其精神之戏曲小说，无往而不着此乐天之色彩：始于悲者终于欢，始于离者终于合，始于困者终于亨；非是而欲餍阅者之心，难矣。”这就是李笠翁所谓“团圆之趣”。此后学者们围绕这个问题进行了深入探讨，其中范丽敏博士发表过很有见解的文章。总起来看，这些意见不外两个方面：

从观众来说，总是希望好人有好报，所谓“善恶到头终有极，只争来早与来迟”；人们的心理，乐生而恶死，用元杂剧中的常用语说便是：“天下喜事，无过夫妇父子团圆。”

从作家方面说，观众是剧作家和演员的衣食父母。只有适应观众，演出才有卖点，作家和演员才能生存，所以说“传奇原为消愁设，费尽杖头歌一阙。何事将钱买哭声？反令变喜成悲咽。惟我填词不卖愁，一夫不笑是吾忧。举世尽成弥勒佛，度人秃笔始堪投”（《风筝误》下场诗）。不能悖逆民众心理，成为剧作家坚守的道德节操。

其实，欢乐和痛苦是亲兄弟，悲剧与喜剧有共同之处，同根而异枝，同源而异派。悲剧在于揭示人性的、人生的、社会的缺陷以警示之，使达于美好，悲剧主人公失去了生命，所体现的精神却得到永生；而中国的戏剧结局则是展示美好，诱导人们争取理想的实现。人类都是追求美好，为什么有的族群把“悲剧的戏剧”推崇为“所有艺术的样板”（阿诺德·豪赛尔《艺术史的哲学》），而乐喜

厌悲却成为中华民族的共同品格？这不能不从我们的生存环境说起。

现实生活中的悲剧是很普遍的。谋生的艰难，大自然的灾害威胁着人们的身家性命，两千多年的皇权专制也随时可以把白刃伸向平民。人们在现实生活中经历了太多的苦难和鲜血，难以承受生活之重。悲剧写人的逆境与不幸，而且要写非常凄惨，非常沉痛的事情，以引起畏惧的情绪。假如消闲看戏还不能找到一点光明和希望，舞台之悲与生活之悲的双重压力就会使人窒息。沈璟《博笑记》开场所谓“解颐亦自忘劳”，人们花钱看戏是找乐，消除生活中已经太多的苦累，戏台便成了舒缓身心的透气孔隙。

传统文化儒释道三家互补，主体精神却是儒家。在儒家礼乐文化的驯化下，社会的抗争精神，冒险精神弱化了，求稳、中庸、过犹不及。再加上内陆国家、农耕文明、靠天吃饭，只求自保，不愿去闯荡未知世界。饮食上，域外重烧烤，饮凉水，食半生不熟的大块牛排。华族则食嗜蒸煮，饮必开水，食物越熟越烂越好，“食不厌精，脍不厌细”，所以《红楼梦》里贾府喜食粥，吃茄子则要去皮，切成细丁儿，用鸡肉炸了，拿鸡汤煨干，糟油一拌，盛在密封罐里，食用时还要用炒的鸡丁儿一拌（见第41回）……早已软烂如泥，恐怕连茄丁儿的影儿都找不到了！胃里少了生猛的营养，体质性格亦然，少了点烧烤族群血脉里尚存的野性，温良恭俭让，从性格上便少了点儿美学意义上的悲剧强调的“庄严气概”、“刚毅性与严峻性”。

中国社会从夏禹进入“家天下”已有四千年的历史，秦始皇实行极权统治也两千馀年。传统的中国社会以家庭为主体，家庭统摄个人，聚家而成国，整个社会便是一个大家庭，总家长便是皇帝。一家之长不仅管理一家之事，也有权处理家庭成员的个人私事。三纲五常，个人只在社会家庭中占一个位置，而不承认个人的独立性质，“个人主义”便被当成罪恶。也因此“社会关系”在生活中显得特别重要。个人成了驯服工具，缺少独立人格，当然便很难找到悲剧所要求的“主人翁之意志”。自已都不能代表自己，于是把命运交给官员。这就是为什么中国的清官戏特别多的原因。

总而言之，皇帝极权体制是中国古代人生悲剧、社会悲剧的制造者，却不是培育美学意义的悲剧的苗圃。即便是被王国维誉为最有悲剧性质、列于世界大悲剧中也无愧色的《窦娥冤》、《赵氏孤儿》也没有达到美学意义上的悲剧标准：窦娥冤案平反昭雪，冤案制造者受到惩处，窦娥怨气疏解，唱出“王家法不使民冤”的颂词；孤儿则报仇雪恨、拜相封爵，块垒抚平，于是“同瞻仰主德无疆”。“最具悲剧性质者”如此，遑论其他？彻头彻尾的“堆尸运动”的悲剧，有悖于国人之精神。生活中谁也没有见过铡皇亲国戚的龙头铡刀，但人们依然欣赏《铡美案》，舞台便成了镇痛剂，缓解现实中的心灵剧痛。始于困而终于亨，始于离而终合，始于悲而终于欢，“此亦吾国戏曲小说之特质也”。当然，有时候精神会餐也是必要的。

原本为一体　分久终须合——对京剧振兴的献芹之言

京剧实现了中国戏曲史上继杂剧、传奇之后的第三次戏剧辉煌，这是京剧的骄傲。但京剧的孕育形成，是在特殊的历史时期，又造成了它不同于杂剧、传奇的特殊性。

京剧孕育于乾嘉时期，这是中国历史上文字狱较多的时期。尤其是文学领域，无意间流露的某种情绪，固然可以构成罪证，本无其意的文字也会给有意邀功请赏的人提供巧诋曲解的空间。再加上清廷对戏曲的查禁严格，造成文人从包括戏曲在内的文学领域退避了。清廷又爱看戏，庆寿、迎銮都要演戏，催生出大量娱圣性质的承应戏、连台本戏。在皇权专制导致人文精神萎缩背景下产生的花部诸腔，靠艺人表演开创着舞台的春天，而思想蕴含却先天有所不足。在清廷欣赏中成长起来的京剧，民族性格中的自立自强精神某种程度上被侏儒化了，京剧少有作品能进入世界文学之林，也找不出可与杂剧之关汉卿、王实甫、传奇之汤显祖、孔尚任、话剧之曹禺、老舍比肩的作家。

京剧成熟的同治光绪年间，外有列强欺凌，内有变乱迭起，经济处于低谷。国内志士仁人肩负起救亡图存的历史使命，从“师夷之长技以制夷’”、“洋务运动”、“变法维新”、“君主立宪”到暴力革命，乃至暗杀，在争论与试探中摸索着救国途径。结社、立党、奋斗、牺牲，前仆后继。热血沸腾以酬理想，而不是惨淡经营，构思文艺。王国维《文学小言》：“汲汲于争者，决无文学家之资格也。”待到他们看到通俗文艺的影响力，想改造利用，掀起“小说界革命”（视戏曲为押韵的小说），以戏曲“运动社会，鼓吹风潮”，向主宰戏曲舞台的艺人发出争夺话语权的挑战，却未能成功。一则戏曲模式定型，改变不易；二则把戏曲当宣传工具，急功近利，忧时代替了审美，宣讲式的说教并不符合文艺特质，罕有成功之作。“当一定的社会局势在其精神代表人物面前提出某种任务的时候，那么这些任务在杰出人物尚未把它们解决以前，是始终引起杰出人物注意的。而当他们一旦解决这种任务，他们的注意力就会转移到别的对象上去。”（普列汉诺夫《论个人在历史上的作用问题》）时代把才士吸引到政治社会方向去了，文学成为图解社会政治的急就章，更罕有人顾及京剧了。

文人无暇也无心于此，京剧遂主要由艺人支撑。艺人之长在于艺，不在文。

于是戏曲史上出现了戏剧与文学分离的现象，这就是吴梅《中国戏曲概论》中所说，光宣之季的乱弹“益无与于文学之事矣”，卢前《明清戏曲史》所说，自花部作，无与文学之事，“惟在能刻画描摹技尽于场上”。舞台形式之美胜过内容之美，作家被边缘化了。

京剧作为传统戏曲艺术之代表，其振兴已经提到了日程。谁来振兴？振兴之目的？回到“同光十三绝”时代还是回到四大名旦、四大须生时代？这些问题不是一哄而上就能够解决的。离开了精神层次，文化层次，只剩皮囊，还谈什么振兴！京剧也要与时因革，“时事既殊，物象即变；心随物转，新裁斯出……文章之用，以时为贵，古之不宜于今，犹今之不宜于后”（姚华《曲海一勺》）。时代精神不能“移步不换形”。

戏剧，不论是戏曲还是话剧，都是以演员的舞台表演为最终完成形式，与案头文学以纸本为最终形式不同。京剧的振兴，离不开演艺人的创造性劳动，只强调作家的作用当然也不行，这样当然是片面的，使戏曲变成案头读物，何况在戏曲中歌舞成分历来占有很大比重。对于戏曲来说，文人与艺人、文本与演出乃是手心和手背的关系，谁也离不开谁，新时代的京剧应当是文学与表演并重的艺术，合则双美，离则两伤。任讷《曲谐》：“曲之为艺，果欲尽之，非兼文声容三端如汉卿者，不足为第一流剧作家矣。”文学、声律歌唱、表演三者兼备，而以文学居首。即使是已成演艺界口头禅的“以歌舞演故事”来说，歌舞也只是演故事的手段，而非目的。对于演员来说，有艺无文固不足为第一流艺术家，对于一出戏也是如此。毕竟有了好剧本才会有好的演出。

京剧不能只满足于技巧、功法的层次，而应当有更高的追求。戏剧是文学的一种，这不仅是当今中国文学界的共识，故杂剧、传奇、话剧皆占文学史一席之地，也是世界之共识。特殊的生成环境使京剧成了文学家族的流浪儿，京剧的振兴期待文学的介入，或者说文学家族期盼京剧的回归。

有情成眷属　心顺即天堂——元代的婚恋观

问世间情是何物？古今中外的哲人发表过很多精彩的意见。其实简而言之，爱情是男女之间所追求所构筑的心灵窝巢，肉体是心灵的载体，爱是灵与肉的合二为一。人生维艰，爱情是它的抚慰剂。

在我国，爱情文学古已有之，但只有到了唐代人们才有了明确的爱情标准：郎才女貌。李白《代别情人》：“我悦子容艳，子倾我文章。”在科举时代，士子有才便有了进入仕途的阶梯，“才”可以转化为“财”，转化为权势地位，何况才子风流儒雅，怜香惜玉，能给她们带来更多温馨。才子也要求女子有才，文化层次上缩短了差距，有更多的共同语言，从而提高了爱情素质。但唐代女子还处于被选择的地位，婚恋之成败操于男子之手，所以白居易《太行路》说：“人生莫做妇人身，百年苦乐由他人。”宋代是理学形成并走向成熟的时代，“明天理，灭人欲”，束缚了男女问题上的自然人性。面对爱情，失去了追求的勇气。苏轼〔蝶恋花〕词：“墙里秋千墙外道，墙外行人，墙里佳人笑。笑渐不闻声渐悄，多情却被无情恼。”一堵高墙，阻隔得两情难通。

元代是中国历史上第一个由少数民族建立的全国性统一政权。游牧民族处于刚刚由氏族社会向皇权社会转变的历史阶段，其风俗习惯很少受礼教束缚，妇人夫亡守节者甚少，“齐縗之泪未干，花烛之筵复盛”，男女关系自由开放。

元代婚恋观已由唐代才子佳人式的爱情走向普世化、平民化。不论丑的俊的村的俏的，甚至有生理缺陷的人都有享受爱情的权利。爱情也世俗化了。以柳毅传书的故事为例，唐人李朝威传奇小说《柳毅传》中的柳毅，儒而近侠，慷慨重义；元人尚仲贤杂剧《柳毅传书》中的柳毅则带有明显的市井小民的俗气。当洞庭君向柳毅提亲时，柳毅说；“想着那龙女三娘，在泾河岸上牧羊，那等模样，憔悴不堪，我要他做什么？”拒绝了婚事。而当他见到返回龙宫的龙女容光焕发，貌若天仙时，就变了样儿：“这个是龙女三娘？比那时模样时全变了也。早知这等，我就许了那亲事也罢。”又答应了婚事。这就生动表现了元代人婚恋中的市民心态。

受市民情趣的影响，不论是杂剧还是散曲都存在着对肉欲的玩味与欣赏。在灵与肉的欢爱中，张扬着自我生命的满足，被后世讥为“浓盐赤酱”。

耽玩于世俗生活的享受，便疏离了功名利禄的追求。白朴〔中吕阳春曲·题情〕：“笑将红袖遮银烛，不放才郎夜读书，相偎相抱取欢娱。只不过迭应举，及第待何如？”武汉臣《玉壶春》：“至如折桂攀蟾，也不似这浅斟低唱……我则待伴素兰风清月朗，比为官另有一种风光。”《西厢记》：“但得歌并头莲，煞强如状元及第。”人生取向，与唐宋文人的依附朝廷大不相同。妇女的地位也不同了，婚恋的决定权掌握在她们手里，男子已处于被动地位。甚至还提出离婚自由的主张，《渔樵记》里的玉天仙，《秋胡戏妻》里的罗梅英都主动向丈夫索要休书，妻子也可以“休夫”。白朴《墙头马上》里的李千金对公公说得明白：“幸得个鸾凤交，琴瑟和谐，夫妻和睦，不似你裴尚书替儿嫌妇。”离婚也不能由公婆说了算。这便是元人演绎的完整的婚恋观。

元人婚恋观上最重要的贡献是由王实甫提出来的。《破窑记》：“夫妻相待贫和富有何妨”，“您孩儿心顺处便是天堂”。《西厢记》则提高得更为明确和深刻：

永老无离别，万古常完聚，愿普天下有情的都成了眷属。

不仅是张生、莺莺应当成为眷属，普天下的有情人都应当成为眷属；而且是永无离别、常相完聚的偕老夫妻。“有情的”是《西厢记》的点睛之笔，《毛西河论定西厢记》称：“此是眼目，概括西厢书也”，也是爱情真谛的点睛之笔，于是《西厢记》成了爱情经典。凌濛初《谭曲杂札》称《西厢记》为“情词之宗”是名副其实的。

恩格斯《自然辩证法》一书《导言》，称欧洲文艺复兴是“人类先前从未经过的一个最伟大的进步性的变革”，这个变革是从13世纪的意大利开始的。但丁是文艺复兴运动的先驱，被誉为“标志了新时代的来临”的最初的诗人，他逝世于1320年，王实甫逝世于1324年前，处于东西方同一历史时期；但丁遵从“爱情的命令”进行写作，王实甫则讴歌了爱情理想，可谓东西方的双子星座，王实甫是中国的但丁，但丁则是意大利的王实甫。

这是元代人对古老中原文化作出的新贡献，带来的新气息。鲁迅《摩罗诗力说》中谓之“新力”。

优乐非优谏　浪子亦才人——关汉卿何许人

元人杨维桢《元宫词》谓：“大金优谏关卿在，《伊尹扶汤》进剧编。”《伊尹扶汤》全名《放太甲伊尹扶汤》，乃郑德辉所作；汉卿虽也面傅粉墨躬践排场，却是以写而不是演为生。《太和正产时谱》载，汉卿称优伶“不过为奴隶之役，供笑献勤，以奉我辈耳”，颇含轻蔑之意，可证关氏并非优伶。元剧家尚无版权意识，剧作不署名，往往造成著作权难以定夺，杨维桢即其一例。有人以斗士、勇士称之，这是从关氏那些富有反抗性的人物形象，如窦娥、关羽以及赵盼、谭记等奇女子身上提取的精神本质，用其散套〔大石调青杏子·骋怀〕的话说便是：“一管笔在手，取搦孙吴兵斗。”（此曲一说为曾瑞作）也因此，田汉在话剧《关汉卿》里便把关汉卿塑造成勇士和斗士，1958年纪念关汉卿活动700年并列为世界文化名人之际，这种话说得太多了。但鄙意以为，“浪子才人”才是对关氏的恰当定位。我们不仅要看剧作表现什么精神，而且应当看是如何表现的。

关汉卿很多戏的情节与其说是正面主人公与反面人物矛盾冲突的过程，毋宁说是前者戏要后者的过程，后者往往以净丑应工，作家以藐视、蔑视、鄙视的眼光视之，尽管这些人是官高位显、势大权重的大人物。即使是正剧《单刀会》里的鲁肃，在关羽面前也是哆哆嗦嗦，处于被耍弄的份儿上。这些人还爱自曝其丑，像桃杌太守、杨衙内、周舍之不流，丑而不知其丑，还要张扬，连假斯文也不要了，此即所谓恬然不知羞耻为何物也。关汉卿没有把这些握有生杀予夺之权的权豪势要放在眼里，他以文学之眼“通古今而观之”（王国维《人间词话删稿》），审视这些显赫一时的大人物，认为他们不过是历史的小丑。恃才傲物的文坛领袖透过他们代表皇权靠山的华衮，揭穿其卑鄙虚弱的本质，把这些家伙放到被嘲笑的地位。“责备两句使人家容易接受下去，可是人受不了揶揄。人宁可作恶人，也不愿作滑稽人。”（莫里哀《〈达尔丢夫〉序》）滑稽人本来就不佩作平等的对手。

戏剧冲突的解决也往往采取非正常的手法，像《救风尘》、《望江亭》、《玉镜台》的“风月”手法，《鲁斋郎》以“鱼齐即”智斩之设想也新鲜得出奇。这些现实中不可能有的办法，关汉卿却运用得顺风顺水。只有才气纵横如汉卿者才能无往而不可。但说到底，关汉卿也只是通过嬉戏娱乐的方式，尽一个文学家戏剧家的良心职责而已，初非所谓逢其失而进谏也，也未闻有话剧中因戏而披枷戴锁的勇士斗士行为（剧作家当然有改造史实的权力）。

关氏浪子的一面，从《玉镜台》中他对老夫少妻的艳羡、对温峤骗妻手腕的描写也可见一斑。他还在散曲〔南吕一枝花·不伏老〕套中“自报家门”：“一世里眠花宿柳”，以“浪子风流”、“浪子班头”自居自豪，而且是除死不休的“铜豌豆”，完全是“老狎客的切口”（王季思语）！我们当然不认为这就是关汉卿生活和人格的写照，但是，一个在皇权专制社会里桀骜不驯的风流浪子形象不是活灵活现地出现在读者眼前了么？

一则轶闻也有助于了解关汉卿。杨慎《词品》卷一《白团扇歌》：

> 元关汉卿尝见一从嫁媵婢，作小令云：“鬓鸦、脸霞，屈杀了将陪嫁。规摹全似大人家，不在红娘下。巧笑迎人，文谈回话，真如解语花。若咱得他，倒了蒲桃架。

小令曲牌为〔中吕朝天子〕，收入《全元散曲》时题为《从嫁媵婢》。所谓“蒲桃架倒”，据李景华先生考据，一官员脸部为醋意大发的夫人抓破，同僚问之，答云：倒了葡萄架划伤的。后以此指妇人醋意发作。后有好事者据此附会敷衍出关夫人答诗：

闻君偷看美人图，不似关王大丈夫。金屋若将阿娇贮，为君唱彻醋葫芦！（吴梅《顾曲麈谈·谈曲》）

“醋葫芦”，曲牌名。关氏还写有四首〔仙吕一半儿·题情〕小令，“一半儿难当一半儿耍”、“一半儿推辞一半儿肯”、“一半儿温和一半儿寒”、“一半儿真实一半儿假”，系调情之作。朱权《太和正音谱》评关汉卿为“可上可下之才”，大概就由于此吧。

才华各有类　文士爱吹牛——马致远与李白的求仕心态

人各有志，也人各有才，志不同才也分类。比如有人手艺巧，有人脑子灵；有人口才佳，有人笔生花；有人擅长逻辑推理，有人优于形象思维；有人冷静理智，有人感情充沛……天生我材必有用，理工农医、哲学社会科学、文艺创作……任你选择。假如志与才相合相配，便容易成功，起码谋生不难；假如相悖，恐人生旅途便如置身蜀道了。在小农经济时代，皇帝极权，且开科取士，诱人入彀，读书士子只有投靠皇权一条路，所谓学成文武艺货与帝王家，官本位。随着城市经济的发展，士人谋生多途，以写戏演戏谋生者如关汉卿、王实甫、李玉、李渔辈，以书画诗文谋生者如徐渭、唐寅辈。士人的心态也变了，各逞其技以自得，拉开了与朝廷的距离，各享盛名，且有睥睨凡夫俗子的架势。此之谓社会脚色的选择。选对了，胜任愉快；选错了，愁累难言。

有些人文才特好，专心从事文学创作顺心顺手，却偏偏心存异志：想做官。做官本无不可，却要看本人是否是那种材料。文与宦本是两种思维方式，王国难氏有言：“政治家之眼，域于一人一事。诗人之眼，则通古今而观之。”（《人间词话删稿》）故文学不能“以利禄劝”（王国维《文学小言》）。文学创作是其所长，却舍长就短，于是造成许多扯不断理还乱的烦恼，满拧。

李白即一显例。李白想做官，还不肯从积累基层工作经验做起，也不屑走科举这条全国统考的道路，“虽长不满七尺而心雄万夫”（《与韩荆州书》），要一步登天：“申管晏之谈，谋帝王之术，奋其智能，愿为辅弼，使寰区大定，海县清一。”（《代寿山答孟少府移文书》）好家伙，直奔一人之下万人之上的宰相宝座！四十二岁那年经道士吴筠推荐，当了供奉翰林，与唐玄宗零距离接触。豪放不羁的性格哪能为官场所容？除了留下三首《清平调》为人传诵之外，不见有任何政绩和治国理念。不几年便被“赐金放还”。不过，贵妃捧砚、力士脱靴、龙巾拭吐等种种文坛佳话，却给文学史增添了许多情趣，提味儿。

戏剧行中马致远又是一例。马致远是天生的诗人材料，其散曲豪放奔腾，激情洋溢，不下诗仙李白。而他却偏要赶时髦创作杂剧，也颇有名作，尤著者则为被臧晋叔列为《元曲选》压卷的《汉宫秋》。但若以戏剧学衡之，则《汉》剧不仅情节多有疏漏，更不知道用“莎士比亚式”通过形象和戏剧场面表达他的意旨，往往通过人物之口宣泄一己之胸怀，剧中人成了剧作家的代言人，有点儿像以戏剧形式写的抒情诗，若论马致远的原创性，也可以说是“席勒式”戏剧之滥觞吧。要之，马致远是天才诗人，却未必是戏剧的行家里手。倘其专心致力于散曲创作，则可能令人对散曲文体刮目相看，划时代。他还想当官，且愿望特强烈。

马致远错以为，其天纵文才可以转化成政才，换条道儿走，还颇自负。以“佐国心，拿云手”（〔南吕四块玉·叹世〕）、“栋梁材”（〔南吕金字经〕）、“钓鳌折桂手”（残曲〔黄钟女冠子〕）自许。既有佐国之心，又有治国之才，名气也大，“雷霆声价，怪名儿到处宣扬的大”（〔大石调青杏子·悟迷〕），于是龙楼献诗，奔波劳碌，为入仕着实折腾了一阵子。碰了壁，又埋怨生不逢时，志不获展，“困煞中原一布衣”，“恨无上天梯”。借《荐福碑》里张镐之口陶写自己的胸怀：

> 我本是一介寒儒，半生埋没红尘路。则我这七尺身躯，可怎生无一个安身处！

> 这壁拦住贤路，那壁又挡住仕途。如今这越聪明越受聪明苦，越痴呆越享了痴呆福，越糊涂越有了糊涂富。

> 鞭牛汉平白地赖了官爵，采桑妇没来由受了郡诰。

无才无能也无德的做了官儿，才德之士如马致远却什么也没捞着，白忙活，兀的不气煞人也么哥！后来，马致远得了一个小试身手的机会，到杭州任浙江省务提举（一说为江浙行省务官）。官虽小也算踏入官场之内了，慢慢熟悉规则，积累从政经验，拉些人际关系，树立点“能吏”的官声，也没准儿等到个爬上去的机会。可惜我们既没看到他有什么政绩，也没找到他讲述的施政方略，就是说给他提供了露一手儿的平台，却没让看到他那两下子。

经过“九重天，二十年，龙楼凤阁都曾见”（〔双调拨不断〕），“世事饱谙多，二十年漂泊生涯”（〔大石调青杏子·悟迷〕）的历程，他没有进步的阶梯，于是开始反思：

两鬓皤，中年过，图甚区区苦张罗？人间宠辱都参破。种春风二顷田，远红尘千丈波，倒大来闲快活。（〔南吕四块玉·叹世〕）

半世里逢场作戏，险些儿误了终焉计。白发笑东篱，西村最好幽栖。（〔般涉调哨遍〕）

马致远想“寻个稳便处闲坐地”（〔双调清江引·野兴〕）选择了退隐。

其实马致远是身隐心未隐，没有“闲坐着”。“自古名流都曾志未酬”，“上苍不与功名候，更强更会也为林下叟”，“且遮藏着钓鳌攀桂手”（残曲〔黄钟女冠子〕）他仍然认为比别人强、比别人能，只是“时乖”而已。块垒依旧难消，没有平静的心态，隐居也不会安宁。“便做钓鱼人，也在风波里”，“恰道不如归，又叫行不得”（〔双调清江引·野兴〕）。他矛盾着，也折磨着自己，始终活得不轻松不自在也不快活，江浙那点小官儿，也没让他享受到运用权力的愉快。

或曰朝廷黑暗不能用才。其实，本不是做官那块料，谁能让你过官儿瘾？如若马致远发挥他的长项从事文学创作，哪怕是赶时髦的戏剧活动，也可以快快活活生活，成为名副其实的贾仲明所说的“万花丛里马神仙”。可惜他太迷恋官场了，太纠结了，这不是自讨苦吃吗？“命薄的穷秀才，谁教你回去来？”（〔南吕四块玉·天台路〕）

醋中有三昧　情深妒亦真——《狮吼记》的醋乡风光

恩格斯《家庭·私有制和国家的起源》说“性爱按其本性来说是排他的”，用《红楼梦》里的话说便是“宋太祖灭南唐之意”——卧榻之侧岂容他人酣睡！嫉妒是人性的本能反应，妒夫妒妇也自古有之，位高名著者不在少数，中唐诗人李益奇妒，时称“妒痴”为“李益疾”。沈德符《万历野获编·惧内》言：“士大夫中古以后多有惧内者”，“君相亦有之”。像唐末之朱温、李克用皆一时巨盗酋豪也在此列，京剧《珠帘寨》即衍李克用惧内事，至今场上还是颇受欢迎的老生戏。

尽管妒者不分男女，在男权社会里人们往往指责女性，被冠以胭脂虎、母老虎、母夜叉、河东狮子等种种恶谥，《孔子家语》便把“妒”列为妇女“七出”恶德之一。

妒妇作为文学形象出现得比较晚。妒妇形象出现要具备两个条件，一是社会环境给妒妇留有一定的生存空间；二是妒妇成为一种常见的生活现象，引起了文人的注意。刘餗《隋唐嘉话》载，太宗将赐宰相房玄龄（《太平广记·妒妇》记为任瓌）美人，房夫人至妬，玄龄屡辞不受。太宗令皇后召见房夫人规劝，夫人执心不回，“帝乃令谓之曰：‘若宁不妒而生，宁妒而死?’曰：‘妾宁妒而死。’乃遣酌卮酒与之，曰：‘若然，可饮此鸩。’一举便尽，无所留难。帝曰：‘我尚畏见，何况于玄龄!’”所赐非鸩，醯（醋）也。从此留下了“吃醋”的典故。山西同胞以酿醋享誉全球，其雅号“老西”之“西”，据说实即“醯也”，确凿与否，便要依赖于考据家的功力了。宁死不改，足见房夫人妒心之坚；唐皇尚畏，足见环境之宽容。虽然唐代进士阶层重才轻德，不可一日无妾媵，也尚未纵欲成风；唐皇室有胡人血统，对女性束缚不严，闺门失礼秽声屡现，妇女有一定自由度，妒妇没有成为常见的社会景观，房夫人作为妒妇形象出现在戏剧里，是僧湛然的《妒妇记》，那是万历时期的事了。明初则不然，皇帝极权，嗜杀成性。明王文禄《龙兴慈记》载，开平王常遇春妻悍妒，朱元璋知之，与群臣饮宴，命力士肢解常妻，分赐群臣，书“悍妇之肉”。常宴毕回府不见其妻，惊成癫痫。明太祖堪称明代的绞肉机！心肠之狠毒手段之残忍，哪里还有一丝人性?

明代后期又不然了。人性张扬纵欲风起，有艳姬且有娈童；道学也深入日常生活，对妇女禁锢甚严，而皇权削弱，恐怖氛围舒缓了很多，妒妇的出现便不是偶然现象了，因而《万历野获编》才能列出一大串惧内者名单，连矫矫虎臣戚继光这样的名将也榜上有名。汪廷讷的《狮吼记》，则是戏曲史上第一部以妒妇为主人公的戏，也是写得最好的一部。

《狮吼记》本事见于《宋人小说类编·妇女类》，仅105字，并无具体细节，东坡诗云：“龙丘居士亦可怜，谈空说有夜不眠。忽闻河东狮子吼，拄杖落手心忙然。”陈慥字季常，自称龙丘先生，又号方山子，喜谈佛，与苏轼都是四川眉山人，故苏轼以佛家语（谈空说有）戏之。河东狮子则指慥妻柳氏。河东，今山西境内黄河以东地区，是柳氏郡望；狮（师）子吼，佛家用以喻威严，状佛菩萨说法震慑一切外道邪说威严如狮吼。大概柳氏之妒在当时颇享盛名，洪迈《容斋三笔》也有记载。苏轼《方山子传》说陈季常使酒好剑，用财如土，是颇为豪放的人。但好声伎。剧中苏轼说：“季常，自古道入宫而妒，入室而仇，这也是人情之常，只是你尊嫂犯了个‘忒’字儿。”可谓一语中的，不仅是对柳氏的确评，也可作季常之确评。“忒”音推，太、过分之意，今北京口语尚用之。言柳氏之妒超群出类。汪廷讷生活于万历时期，秉时代之风气，把百馀字的传闻衍为30出的大戏。在柳氏身上汇集了诸多妒妇故事，使之成为妒妇典型。柳氏很漂亮，“羞逞风流，难掩风流”，她只是要求丈夫用情专一。她规定：陈慥不许见妇女、不许见青年男子；出则按时回归，或泼水于地，水干即回，或燃香掐痕，至痕必返，阃政之森严可比统军元帅。对待花心丈夫的招数也出奇的多：跟踪、训诫、杖责、罚跪、顶灯、系足等等。季常花心不改，柳氏又不惜一死：或自刎，或上吊。家法之完备可谓驭夫锦囊，醋风之凛冽俨然威猛雌狮。柳氏受冥责遍游地狱，见了些受刑的妒妇之鬼，如汉之吕后、唐之宜城公主等诸多女界名妒。《狮吼记》不愧妒妇大全；季常本惧内名家，在剧中也成怕婆典型。

苏轼所谓“人情之常”，恰恰说出了刻画陈柳夫妇的成功要诀。柳氏身上虽然集中了诸多妒妇的事迹，但均属严而不毒之类，像吕后、宜城公主，甚至《疗妒羹》里苗氏的狠辣手段，概弃而不取。故柳氏之悍，悍中有爱；季常之畏，畏中见情。季常携妓游春，柳氏以自刎相逼，季常甘愿受杖，不忍柳亡（《赏春》）；苏轼以“无后”责柳，季常曰：“肯因添一妾，与你结为仇？难道无儿没葬丘？”夫妻牵手离去，把苏学士尴在那儿不管了（《谏柳》）；柳氏索要休书，季常宁受杖不休妻（《闹祠》）；季常被罚顶灯，柳氏为之送饭；季常“变羊”，柳氏大哭“我的丈夫呵……”愿改妒以复季常人形（《变羊》）；季常恢复人形后，柳又几次抱夫大哭：“怎不想一夜夫妻百夜恩”、“想杀我也”（《复形》）；柳氏被押赴阴司受审，季常抱柳“放声大哭”：“可不痛杀我也！”（《争宠》）……都可见出夫妻情重。柳氏之妒是为保卫夫妻之情的真纯，妒得有理。她回答苏轼之责，还能引经据典：“修身齐家，先刑寡妻，乃治四海。”“刑于寡妻”语出《诗·大雅·思齐》，言对妻子应以礼法相待，家庭和睦，然后才能治国平天下。而相敬如宾不只是妻子的事，“夫纲不正”才导致家庭不睦。你苏轼“望隆山斗”，怎么引诱人家夫婿“心恋烟花”？即使陈门无后，与你苏大人何干？并且直戳东坡痛处：“怪不得有官奏你诽谤朝廷，原来你好管人家闲事”，“人各有家，此后免劳下顾”。季常畏妻也是心甘情愿，他答东坡：“跪的是我，不干足下事，”（《谏柳》）柳氏乃妒妇而非恶妇，季常是惧内而非仇内。即使因为夫婿“变羊”柳氏允季常娶妾，也非出自本心。在人情人性范围内刻画人物，人物才能鲜活如见，这是本剧高于其他诸 多妒妇题材剧的地方。

祁彪佳《远山堂曲品》评其“无境不入趣”，郑振铎《插图本中国文学史》称其为“绝好的一部喜剧”，日人青木正儿《中国近世戏曲史》言：“作者采取此种逸话，而夸张其妒状者。此记关目甚佳，明清滑稽剧中最为杰出，不容他人追随者。其《梳妆》、《游春》、《跪池》、《三怕》诸出，今犹盛行剧场，令观者无不捧腹绝倒。”《谏柳》、《闹祠》、《顶灯》、《变羊》、《争宠》诸出无不令人捧腹，也在于写出了人性人情。《诉冤》以下十出脱离了人间烟火，则无趣也无味了。虽然《摄对》出判官云“如今更是戴纱帽的受老婆的气”，与《闹祠》出问官怕妻、土地爷怕土地婆的描写遥相呼应，“饶你是当坊土地，惹了他（她）活见阎王!”也颇能抓哏儿，总体看却并不成功。通过这十出戏对柳氏进行了改造，给犯有“七出”之罪的柳氏一个皈依佛门得成正果的结局，也足见晚明社会的宽容。

瓦西列夫《情爱论》称嫉妒为“纯洁的隐痛”，“是爱情的一个组成部分”。明末清初范希哲《十醋记》（又名《满床笏》）更以美化妒妇为事：“妒里生香”（《开场》），并借出将入相、被称为“怕婆元帅”的龚敬之口说“老健方知妒妇贤”，“领妒中之幸多矣”（《醋慨》）。这是从妒妇着眼说的。从惧内方言，“爱极则畏随之，非爱不能成畏，非畏不能固爱”，“爱之至者即畏之至也。能爱而畏之至者即诚之至也，即真实无妄之谓者也。”（西湖素浱主人《满床笏弁言》）洪昇借《长生殿》里的大唐天子李隆基之口说“情深妒亦真”，都体现了人们对妒，或者说对爱情真谛的探索。爱情没有已时，“妒”也便永无终结，妒男妒女们演绎的连续剧永远不会有最后一集。不同的只是有悲剧喜剧闹剧之分。

老天爷安排的世界是男人的世界，赋予了男人天生的特权，对妒妇的宽容是以压制妇女的人性为前提的——都得戒妒，允夫取妾；而丈夫的花心则没有任何约束——柳氏皈依佛门“改邪归正”，陈慥却留在世俗社会“了却前缘”。夫妻并不平等。男性作家们找各种借口维护着男人的特权。若是老天奶奶安排世界，换成女性作家，诚如杨郎中妻赵氏所说：“怪得是周公所做，若是周婆做时，断不如此说也。”（《醉翁谈录·妇人嫉妒》）

奴才沉未醒　报主甘舍身
——从传奇《未央天》到京剧《九更天》

京剧《九更天》又名《滚钉板》、《马义救主》、《弗天亮》，是舞台上绝迹多年的剧目。前些日子（2011年底）在中央电视台的戏曲频道播出了。

《九更天》是由明末清初苏州派剧作家朱㿥（字素臣）的传奇《未央天》改编而来。《未央天》的创作意图，在第28出《雪冤》中说得明白：“不示劝惩，何以风世?”意在用忠孝节义的道德劝勉世人，改善社会风气。剧中刻画了体现各类道德风范的人物：“米新图深夜不欺，贞也；周氏死控夫冤，节也；米世修为父卖身，孝也；马义舍身诉冤，忠也；臧婆杀身救主，义也。”圣旨曰：“米新图清节可风，方寸不欺于暗室；忠心无疚，精诚直贯于天庭。子米世修，卖身救父，一心格而遂获科名。妻周氏，守志相夫，四德备而无忝妇道。臧婆杀身救主，马义舍命鸣冤，义胆干天，忠心贯日。”可谓一门风化。所有这 些道德都是单方面的责任和义务：下对上、奴对主、子对父。米世修在婚姻问题上不告父母拒绝婚娶，也完全合乎纲常伦理的规范——“发乎情止乎礼义”，他连发乎情都没有，竟是礼义之化身了。偷奸淫妇陶琰娘也非正妻，只是侧室身份，足见作者纲常伦理立场之鲜明。所有这些道德最终又归于一点——忠于皇帝。戏的主角是米新图，生扮；米氏父子赶考的目的是为效忠朝廷，“天恩浩荡，捐躯难报”，可谓全心全意为君王，他们自己呢？最后，米氏父子为官，连奴仆马义也做了县丞，妇女全部受了封赠，奸邪小民如陶琰娘、侯花嘴则受到惩处。可见所谓劝善惩恶、拯救世风的对象，都是身处社会底层的市井小民，世风之坏，不在朝堂而在民间。这是苏州派剧作的共同主题，既有异于晚明人性解放、个性张扬的文化反思，也不同于清初的历史反思、政治反思。

艺术上与作者本人的代表作《十五贯》（又名《双熊梦》）也颇多相似：题材类型都属于公案剧；冤案之造成都是审判官暗昧武断，而非贪赃枉法；翻案鸣冤的途径也相似：一是勘察（踏勘、验头），一是梦兆示警（野人唧鼠、李代桃僵）；情节都有重刑追比（银子、人头），都有卖身救囚（救兄、救父）；人物形象也多似曾相识，熊氏兄弟与米氏父子、娄阿鼠与侯花嘴、况钟与闻明。这是由于苏州派作家卖戏谋生，快速编剧而形成的板块化创作模式造成的现象。不同的是，《未央天》增添了为主子主动献身的义仆马义夫妇，但马义并非主角，全剧28出，以马义为主的戏只有4出。

京剧《九更天》的改变有二：一是马义成了主角，老生应工，《马义救主》、《滚钉板》的剧名就已昭示无疑；二是献头救主的，由马义妻臧婆改成了马义之女，这也符合下级服从上级、儿女服从父母的理念。这一改，使原本内容庞杂的公案剧，变成了内容单一的义仆戏，不仅婢仆舍身报主，连他们熏陶下的女儿也甘愿为主子老爷放弃生的权利，对义仆的倡扬远远超过原作。

在苏州派作家的笔下出现了一批义仆形象，如《一捧雪》之莫成、雪艳（京剧《审头刺汤》即演雪艳事），《五高风》之王安父子（剧中也有王安滚钉板、其子替死情节），《埋轮亭》之李禄、《朝阳凤》之紫云等，成为一种风气，以致每见剧中出现两个相貌相似的人物，就可以断定——身份低的一定会为救身份高的人舍身替死，在这些剧作家看来，小人物的生命是为了大人物而存亡的。说穿了，这是做稳了奴隶的李玉们对想当奴隶而不可得因而造反的人们的安抚和劝慰——你们应当做奴才。义仆戏出现的背景概有二端：一由明代蓄奴风气之盛，多者达一两千人；一由明末清初奴变之烈，群体性反抗事件不断。冯沅君先生《怎样看待〈一捧雪〉》考论颇详。奴仆地位低下，没有人身自由，受压迫特甚，在适当的社会条件下，起而反抗乃属必然。苏州派剧作家以为这是社会动荡不安，道德江河日下，于是要以三纲五常的传统道德救世，维持社会的稳定。剧中并未写主人对奴仆如何厚待，“我和你自幼进了米家，身上穿的，口中吃的……都是官人的”（《药酒》），自幼为奴早已身非已有，他们感到无比恩荣，不惜以全家性命“涌泉相报”。朱素臣于是作剧，要使“如此下贱之人，有如此忠肝义胆，拼性命为主伸冤”（《击鼓》）的节孝忠贞“万古传”。

歌颂义仆的思想在当时已属愚陋，京剧只求技尽场上而无与于文学，更难称高明。一般的演出只演到“杀女”为止，《戏考》第六册也仅载至“杀女”，并无下文。今天的复排却又加上了滚板的表演，马义赤膊登场，每滚一次钉板则鲜血淋漓，让观者怵目寒心，而表演者却作大无畏英雄状！原作虽不高明却还尚有文采，京剧连这一点都丢掉了，“一见钢刀丢埃尘，不由奴家痛在心。一把钢刀拿在手，不如一命归了阴”，全不成话。曲不忌俗，忌的是无神无味无趣无聊。从内容到文辞“四无”兼备，还谈得到什么艺术！

马克思说：“那些不感到自己是人的人，就像繁殖出来的奴隶或马匹一样，完全成了他们主人的附属品……君主政体的原则总的说来就是轻视人，使人不成其为人。”（《摘自“德法年鉴”的书信》）鲁迅说：“自己明知道是奴隶，打熬着，并且不平着，挣扎着，一面‘意图’挣脱以至实行挣脱的，即使暂时失败，还是套上了镣铐罢，他却不过是单单的奴隶。如果从奴隶生活中寻出‘美’来，赞叹，抚摩，陶醉，那可简直的显现了麻醉的和战斗的不同。”（《漫与》）但是，“奴隶们受惯了猪狗的待遇，他只知道人们无异于猪狗”（鲁迅《偶成》）他们不知道“人”应当是什么样子，所以也从未想过要改变现状。这与400年前关汉卿在《诈妮子调风月》中塑造的燕燕都相去云泥，遑论其他！改编者不去责备皇权专制政体，却要讴歌被皇权扭曲了的人性，国歌曰：“起来不愿做奴隶的人们”，国际歌曰：“奴隶们起来，起来”，奴隶尚不可做，难道还提倡做奴才？或曰：“京剧里有忠孝节义”，不就是给皇帝下跪、给官员下跪、给主子下跪吗？就这个？

传统文化是文明国家的历史积淀，是值得宝贵的精神财富。但传统中可不是什么都应该传承的。社会的发展史就是存优汰劣并且不断汲取不同地域、不同民族、不同国度的新的文明的历史。不分青红皂白，甚至逾越底线挖掘传统中的沉渣，则无异于亵渎文化。舞台应当给我们的民族增添肝胆、骨气、浩然之气。共和国公民社会的民主大厦，是奴才们支撑不起来的，用“马义精神”风化社会，能成为地球村儿的合格公民吗？

我并不主张禁戏、禁书、禁文。不禁，就可以使文化生态保持平衡，各种思想和文化流派在竞争中互融互补，优胜劣汰，促进文化的繁荣。文化生态失去了平衡，思想得不到制衡，义仆戏便会发挥副面作用，造成危害，可不慎哉！国学亦然，“热”是应该的，传统文化已融入民族血脉，是民族之根、之魂。但国学中也有专制性糟粕与民主性精华，若不经过现代精神文明的洗礼，便会复古，便是文化返祖，我们不能回到“过去”。

中国的小说观念

学习任何一门知识，都会首先遇到一个释名的问题。小说史自然也不例外，我们在学习之前，应当解决什么是小说的问题。

按照目前文艺学的一般概念，作为文学体裁的小说，其成熟的标志应当包括三个要素：就表现形式而言，其主体应为散文，但并不排除用一定数量的韵文写景、描状与议论，与叙事诗、讲唱文学有明显的区别；就其内容而言，它要有一定的故事情节，从而与文学散文有明显的区别；就构成其故事情节的性质而言，它应当是虚构的，或基本上是虚构的，从而与传记文学、报告文学有所区别。但我们在接受这一概念时，又必须首先明白两个前提：一是这一概念是在20世纪接受西方文学理论影响后而提出的，二是这一概念所反映的是从18世纪以来成熟的小说创作实践。比如虚构的要素，便是西方小说的灵魂，无论是作为novel还是fiction的小说术语，都与虚构直接相关。从中国古代小说的成熟形态如《金瓶梅》、《红楼梦》看，应该说大致符合现代小说观念。但就中国古代小说发展的全过程看，便有了较大的出入。我们学习中国小说史，当然应该以中国古代的小说观念作为衡量的尺度，因此也就有必要弄清中国古代小说观念的具体内涵是什么。

从语体而言，中国小说观念可分为文言小说与白话小说两个源头，其中白话小说的观念要比文言小说更接近现代小说观念。从受中国传统文化的影响而言，中国小说观念受诸子学说而主要是儒家学说、史学与说书艺术影响为最大，从而带有鲜明的中国特色。

先说诸子学说的影响。道家的影响主要表现在小说的艺术层面；儒家的影响则表现在小说的社会功能方面，主要是造成了中国小说观念重寓意、重教化的传统。此一点与中国小说的观念脱胎于诸子散文《庄子》与《荀子》密切相关。“小说”一词最早见于《庄子·外物》：

> 夫揭竿累，趣灌渎，守鲵鲋，其于得大鱼难矣；饰小说以干县令，其于大达亦远矣。

唐成玄英疏："累，细绳也；鲵鲋，小鱼也。担揭细小之竿绳，趋走溉灌之沟渎，适得鲵鲋，难获大鱼也。""干，求也；县，高也。夫修饰小行，矜持言说，以求高名令问者，必不能大通于至道。""县"乃古"悬"字，古"悬"字多不着"心"，高也；"令"，美也。"问"，闻也，声誉。这句话是说举着细小的钓竿钓绳，奔走于灌溉用的沟渠之间，只能钓到泥鳅之类的小鱼，而想获得大鱼可就难了。靠修饰琐屑的言论以求高名美誉，那和玄妙的大道相比，可就差得远了。春秋战国时，学派林立，百家争鸣，许多学人策士为说服王侯接受其思想学说，往往设譬取喻，征引史事，巧借神话，多用寓言，以便修饰言说以增强文章效果。庄子认为此皆微不足道，故谓之"小说"，也就是琐屑浅薄的言论与小道理之意。所谓"大达"，也就是"大道"，自然是指庄子本人的学说了。《庄子》一书对中国小说的产生与发展影响巨大，其汪洋恣肆的文风，飘忽飞腾的想象，随意设幻的笔法，都孳乳着小说文体的生长与成熟，故宋代黄震说："庄子以不羁之才，肆跌宕之说，创为不必有之人，设为不必有之物，造为天下必无之事，用以眇末宇宙，戏薄圣人，走弄百出，茫无定踪，固千万世诙谐小说之祖也。"(《黄氏日钞·读诸子·庄子》)但就庄子的"小说"概念本身而言，却与现代小说观念相距甚远，然而有意思的是，这种"琐屑言论"与"小道理"的小说内涵却又深深影响了中国古代的小说观念。

《荀子·正名篇》说："故知者论道而已矣，小家珍说之所愿皆衰矣。"其意为智者只论合道与否，那些只知珍贵其琐屑言谈而不管是否合道的异端邪说，便会停息了。可知荀子的"小说"与庄子所用涵义正同，只不过小说与大道所指对象不同而已。

到东汉桓谭笔下，"小说"的概念有了发展变化。其《新论》云："若其小说家，合丛残小语，近取譬论，以作短书，治身治家，有可观之辞。"①"短书"相对于"长书"而言，古代编简成册，经类简长汉尺二尺四寸，用来写六经、国史、法令等称为长书；其次为一尺二寸，用写《孝经》等书；短者八寸，用写诸子、传记、杂记之类，称为短书②。可知短书就是杂记，是与经籍相对而言的。从形式上说，它是用零碎琐细的言辞写成的短篇体制；从内容上说，它要说明治身理家的一定道理；从手法上说，要"近取譬论"，即通过寓言故事、神话

---

① 桓谭的《新论》原文已佚，本段论小说文字见于《文选》卷三一江淹杂体诗《李都尉从军》李善注所引，中华书局1985年影《四部丛刊》本《六臣注文选》中册，第589页。

② 从已发现的汉简看，简册的长短制度大体存在，但并不十分严格。参见王充《论衡》之《骨相篇》、《谢短篇》及阴法鲁、许树安主编《中国古代文化史》第1册第五章第一节，北京大学出版社，1989年版。

传说等形象化的比喻来表达其论说；从社会功能上说，要为人们提供可资借鉴的经验教益。与庄子、荀子相比，桓谭的小说观念有两点不同，一是他赋予了小说以文体的意义，二是他从正面肯定了小说的价值，尽管这价值还不能与经籍相提并论。可以说，桓谭是中国历史上肯定小说价值、探讨小说文体特征的第一人，并影响了汉代文人如刘歆、班固等人对小说的认识。

稍后的《汉书·艺文志》之“诸子略”列“小说”为一家：

> 《伊尹说》二十七篇。其语浅薄，似依托也。
>
> 《鬻子说》十九篇。后世所加。
>
> 《周考》七十六篇。考周事也。
>
> 《青史子》五十七篇。古史官记事也。
>
> 《师旷》六篇。见《春秋》，其言浅薄，本与此同，似因托之。
>
> 《务成子》十一篇。称尧问，非古语。
>
> 《宋子》十八篇。孙卿道宋子，其言黄老意。
>
> 《天乙》三篇。天乙谓汤，其言非殷时，皆依托也。
>
> 《黄帝说》四十篇。迂诞依托。
>
> 《封禅方说》十八篇。武帝时。
>
> 《待诏臣饶心术》二十五篇。武帝时。
>
> 《待诏臣安成未央术》一篇。
>
> 《臣寿周纪》七篇。项国圉人，宣帝时。
>
> 《虞初周说》九百四十三篇。河南人，武帝时以方士侍郎（陇）［号］黄车使者。
>
> 《百家》百三十九卷。
>
> 右小说十五家，千三百八十篇。
>
> 小说家者流，盖出于稗官。街谈巷语，道听途说者之所造也。孔子曰：“虽小道，必有可观者焉，致远恐泥，是以君子弗为也。”然亦弗灭也。闾里小知者之所及，亦使缀而不忘。如或一言可采，此亦刍荛狂夫之议也。

“千三百八十篇”，实为千三百九十篇。班固首次承认“小说家”是一种可以独立成家的学术流派，“小说”也成为文体的专名。后世称野史小说为“稗官”，也源于此。颜师古注云：“稗官，小官。”“泥，滞也。”并引如淳曰：“《九章》细米为稗。街谈巷说，其细碎之言也。王者欲知闾巷风俗，故立稗官，使称说之。今世亦谓偶语为稗。”班固认为“小说”是民间稍有知识者所创造而又是居高位者所不为的，“小说”就内容讲是街谈巷语、道听途说之类，带有一定程度的夸饰虚诞色彩。这种小技艺与小创造也有其可取之处，这是它存而不灭的原因，但它妨碍远大事业，故君子不为。《汉书·艺文志》是班固根据西汉刘向、刘歆的《七略》删节而成的，刘氏父子曾于汉成帝、哀帝时在朝廷藏书室校书，所以班固的观点实际上反映了两汉多数人对小说的看法。这种观点继承了庄子视小说为小道的传统看法，但汲取了桓谭对小说有可观之辞的正面肯定，尤其是将小说列为可与儒、道并称的诸子十家之一，使之有了独立的地位。但班固在此有两点失误：一是他所引述的“孔子曰”出自《论语·子张》，但这并不是孔子所说而是子夏的话，可这一误解竟然一直未能得到有力的纠正，反倒成为后世人肯定小说的权威根据了。二是班固仅从子书角度肯定小说的价值是不全面的，这不仅不符合当时和以前的实际情形，甚至也没能包括他本人所列的十五家小说的内容，因为这十五家实际上是由诸子、史传与巫术三方面构成的，而班固只从“小道”的角度来论定其价值，显然是过于狭窄了。也可以看出，当时“小说”的文体观念尚未明确，所列“小说十五家”文体驳杂，既有文学类也有非文学类，既有带叙事性因素的作品，也有不含叙事因素的作品；虚构成分也未纳入“小说”文体的构成要素。

但班固的论点却对后世影响巨大，历代正史也大都将小说归入“子部”，并把“小道”与“可观”作为其核心观念。直到清代的纪昀，依然没有大的变化，由其主持的《四库全书总目提要》之《小说家类》总叙云：

> 迹其流别，凡有三派：其一叙述杂事，其一记录异闻，其一缀辑琐语也。唐宋而后作者弥繁，中间诬谩失真，妖妄荧听者，固为不少，然寓劝戒，广见闻，资考证者，亦错出其中。班固称：“小说家者流，盖出于稗官。”如淳注谓：“王者欲知闾巷风俗，故立稗官，使称说之。”然则博采旁搜，是亦古制，固不必以冗杂废矣。

在此所论对象当然比班固要广，但依然视其为小道，依然是小有可观，依然是弗为亦不废的态度，并引班固的话作为立论的根据。更重要的是依然将小说的功能定位在“寓劝戒，广见闻，资考证”之上，是典型的儒家小说观念。它从庄子、荀子的小道理开始，到桓谭、班固定型，最后延续到清末，是中国小说史上占主流地位的观念，极大地影响了中国古代小说的创作实践。尤其是“寓劝戒”的观念，始终将小说置于经籍的附庸地位，并导致中国小说重教化的倾向。观念的局限，影响了对“小说”文体的认识，“小说”门类中成就最高的话本小说、章回小说，都被“四库”馆臣拒之门外，概不收录，留下极大遗憾。

其次是史学影响。这种影响其实从班固时就已经存在了，从他将小说的源头追溯到稗官看，小说便与史发生了关联，只不过他更重视其“小道”的功能，因此才将其归入“诸子”。到了晋代的葛洪，就公然称自己辑录《西京杂记》的目的即在于“以裨《汉书》之阙尔”（《西京杂记·序》），“小说”成了史的附庸。最早以“小说”名书的，是梁武帝时安右长史殷芸的《殷芸小说》。姚振宗《隋书经籍志考证》说：“案此殆是梁武帝作通史时，凡不经之说为通史所不取者，皆令殷芸别集为小说，是小说因通史而作，犹通史之外乘。”（卷三二）“不经之说”，也即“野史”。从理论上将小说与史书作比附的是唐代著名的史学理论家刘知几，他在《史通·杂述》中将杂史分为偏记、小录、逸事、琐言、郡书、家史、别传、杂记、地理书、都邑簿等十种，其中有不少属于小说的内容。他本人就说：“偏记小说，自成一家，而能与正史参行，其所由来尚矣。”他对小说的态度，完全取决于它们对正史是否有用，因而也就以是否真实来作为衡量小说的唯一标准，他说：

> 大抵偏记、小录之书，皆记即日当时之事，求诸国史，最为实录，然皆言多鄙朴，事罕圆备，终不能成其不刊，永播来叶，徒为后生作者削稿之资焉。逸事者，皆前史所遗，后人所记，求诸异说，为益实多，及妄者为之，则苟载传闻，而无铨择，由是真伪不别，是非相乱，如郭子横之《洞冥》，王子年之《拾遗》，全构虚辞，用惊愚俗，此其为弊之甚者也。

从史学的叙事完备与内容的真实来衡量，小说都有一定的缺陷，虽“玉屑满箧”，也“固难以接光尘于五传（今按，指传述《春秋》的五家），并辉烈于三史（今按，指《史记》、《汉书》、《后汉书》）”，不能与史比肩。作为史学家的刘知几这样来认定小说的价值，本来是无可非议的，但关键是他对后世的历史小说的创作造成了深远的影响，并形成了一种牢固的小说观念。中国小说与历史具有不解之缘，这与中国历史之漫长、历史著作之发达、叙事理论之丰富有密切的关系，因而其影响并不全是消极的。尤其是司马迁在《史记》中首创“纪传”之体，以人物为中心，而将史事系于人物，这对小说艺术的成熟，有着巨大的影响。中国小说在叙事时往往不仅假托古人，而且表现出极强的时间观念。结构上，以时间先后为序，呈现出一种“线性结构”模式，极少倒叙；故事有头有尾，时间地点一清二楚；刻画人物时，注重在事件中表现人物，注重人物的语言和动作，而不重视心理与景物的描写。也因此，中国的长篇小说往往人物众多，每个人物在事件中都起着一定的作用，而不像外国小说那样出现一些与情节毫无关系的纯属道具式的人物。由此也形成了中国小说的民族特色。但同时史学意识对中国小说观念也造成了一些不良的影响，例如，在明清两代的小说创作与小说理论中，虚与实一直成为大家争论的重要问题之一，而且有相当一批人将小说等同于历史，最有代表性的莫过于蔡元放，他在《东周列国志读法》中说："《列国志》与别本小说不同，别本都是假话，如《封神》、《水浒》、《西游》等书，全是劈空撰出，即如《三国志》，最为近实，亦复有许多造作在内。《列国志》却不然，有一件说一件，有一句说一句，连记事实也记不了，哪里还有工夫去添造。故读《列国志》，全要把作正史看，莫作小说一例看了。"明明是小说，却偏要去冒认史书，从而取消了小说自身的功能。这与作者对历史演义的认识是分不开的，他认为"稗官固史之支流，特更演绎其词耳。"（《东周列国志·序》）这种观念不仅导致了大量按鉴演义历史的历史小说，而且中国百姓也的确从中接受了不少历史知识。在西方的小说观念中，不仅不会将历史与小说等同，甚至也不会提出虚与实的论题加以讨论，这便是中西方小说观念的差异。从这一角度看，说虚构是小说必不可少的要素就不那么合乎中国古代历史小说的创作实践。①

再次是说话艺术对小说观念的影响。这主要体现为对虚构意识的阐发，所以也最为接近现代的小说观念。其实中国古代小说艺术，在创作实践中早就在进行虚构，如鲁迅曾指出文言小说中的唐代传奇已"有意为小说"（《中国小说史略》第八篇），明代的胡应麟说"至唐人乃作意好奇，假小说以寄笔端"（《少室山房笔丛·二酉缀遗》），说的都是唐传奇的虚构特征。但最早在理论上肯定小说虚

① 其实，小说与历史、戏剧与历史，即使在想象和虚构方面，也多有共同之处。历史追求事实之真，直书历史事件真相，用史事的本来面貌探究其本质及时代之精神。而要想完全实现这个目标又几乎是不可能的。不仅由于时过境迁，真相隐晦难明，加之即使彰明显著者也未必就是真相，就是事件的本质体现。因此，要想不被假相、表相所迷惑，把握事件的本质，史学家就不得不运用想象和判断，加入主观因素，对不为人知的人物语言和心理，加以设想和丰富。小说和戏剧则追求情理之真，并不拘泥于史实的本来面目，更重视通过想象和虚构表达作家对生活本质和时代精神的认识，表达作家的审美理想和价值观念，更具主观性和感情色彩，也因此而具有比历史目的更深沉的哲学意味。古人在对小说文体的认定中，忽视想象虚构的要素，要求小说具备历史的功用，甚至把实录性作品也纳入小说范畴，明显抑制了小说家虚构意识的自觉，影响了小说创作中想象虚构要素的发挥，想象虚构在有些作品中没有明显的体现。但是，既然历史都不拒绝想象和虚构，历史对小说想象虚构方面的负面作用，只是阻碍了此种特性的自觉发挥发展，却不是扼杀和窒息。所以钱锺书在《管锥编》里列举了史籍中的例证后，得出结论说："史家追叙真人实事，每须遥体人情，悬想事势，设身局中，潜心腔内，忖之度之，以揣以摩，庶几入情合理。盖与小说、院本之臆造人物、虚构境地，不尽同而可相通；《左传》记言而实乃拟言，谓是后世小说、院本中对话、宾白之椎轮草创，未遽过也。"（生活·读书·新知，三联书店2001年版（一）下册，第317-318页。可参见该书《左传正义·杜预序》）英人柯林伍德在《历史的观念》中说："作为现象的作品，历史学家的作品和小说家的作品并没有不同。"（何兆武、张文杰译本，中国社会科学出版社，1986年版，第278-279页。可参见该书第五编第二节之"历史的想象"。）

构特征的却是宋代的洪迈，他首先认为小说的作用在于“探赜幽隐，可资谈暇”（《夷坚支癸·序》），即愉悦性情，其价值也就不在于是否真实，因此他明确地说：“稗官小说家言，不必信，固矣。”（《夷坚支丁·序》）这就把小说的虚构性给明确点出来了。

但是在文言小说领域，这种虚构的声音毕竟太小，占主导地位的还是寓劝戒与补正史的声调。真正将虚构作为小说文体特征乃是在白话小说领域，其形成规模则在宋代说话艺术中。许多笔记都记载说宋人说话有四家，但究竟是哪四家却颇有争议，一般认为是小说、讲史、说经与合生，不过无论如何小说与讲史属于四家之内是确凿无疑的。说话艺术中的“小说”只是其中的一个门类，比中国传统小说与现代小说概念的范畴都要小，但它却是最接近作为文学体裁的小说。而其中最重要的一点便在于其虚构特征，吴自牧《梦粱录》说：“盖小说者，能讲一朝一代故事，顷刻间捏合。”（卷二十“小说讲经史”）“其话本与讲史书者颇同，大抵真假相半。”（同上“百戏伎艺”）此处所言的“顷刻捏合”与“真假相半”，讲的都是虚构性。在宋元说话艺术直接影响下产生的明清长篇章回小说与短篇拟话本，在很大程度上继承了“小说”门类的这一传统，如李贽、冯梦龙认为小说的价值不在于事之真假，而在于理之真假。李贽说：“《水浒传》事节都是假的，说来却似逼真，所以为妙。”（容与堂刊本《忠义水浒传》第一回评）“劈空捏造……若实有其事，则不奇矣。”（同上七十一回眉批）冯梦龙所谓“人不必有其事，事不必丽其人。其真者可以补金匮石室之遗，而赝者亦必有一番激扬劝诱，悲歌感慨之意。事真而理不赝，即事赝而理亦真”（《警世通言·叙》）。尽管他依然没有丢掉补史之遗的传统观点，但事之真假已经成为无关紧要的东西了。依此标准，他把自己的白话作品径称“小说”——《古今小说》，冯梦龙在卷首的叙中，把“稗官”所不能容纳的长篇章回小说《三国演义》、《水浒》、《平妖传》也纳入了“小说”文体范畴。可见，明代中后期的“小说”文体观念，有着摆脱史的附庸地位的明显趋向，赋予“小说”更多的文学意义。明末清初的金圣叹说得更清楚：“《史记》是以文运事，《水浒》是因文生事。以文运事是先有事生成如此如此，却要算计出一篇文字来，虽是史公高才，也毕竟是吃苦事。因文生事即不然，只是顺着笔性去，削高补低都由我。”（《读第五才子书法》）这就把史书与小说明确区分开来了，而区别的标志便在于“因文生事”的“削高补低都由我”的虚构特征。到曹雪芹写作《红楼梦》时，就更加淡化了历史因素而更突出了虚构特征，他在小说第一回中首先声明自己的作品“无朝代年纪可考”，彻底与历史绝了缘，接着说：“历来野史，皆蹈袭一辙，莫如我这不借此套，反倒新奇别致，不过只取其事体情理罢了，又何必拘拘于朝代年纪哉?”在此,“事体情理”代替了历史事实,从而也使小说文体真正独立于历史之外,使“小说”成为了纯粹的文学品类和文学概念,因而也更接近于现代小说观念了。

明代中后期的小说评点家,如李贽、冯梦龙、凌濛初等,对小说文体观念的发展进步做出了理论上的可贵贡献,而尤其是金圣叹,他通过对《第五才子书施耐庵水浒传》的评点,不仅从文体论、创作论、人物论、情节结构论等方面,论述了小说文体,全面总结了小说创作的经验,而且把《水浒传》、《西厢记》并提,称为“才子书”,极大地提升了小说的价值和地位,使小说几乎成了家传户诵、深受人民群众喜爱的文学品类,改变了视小说为“小道可观”、“弗为弗灭”的传统看法。话本小说自身,在创作实践中,也经历了一个由借人物以讲故事——人物是故事的载体,到用故事以写人物——故事是刻画人物的手段的发展历程,中国古代小说从创作到理论逐渐完善。尽管在中国古代,白话小说这一传统未能成为占统治地位的小说观念,但随着历史的发展进入到现代社会,人们发现,它才是更能与西方观念进行对接的理念。

正如黑格尔所说的那样,哲学就是一部哲学史,要了解什么是哲学,就必须了解它的整个历史。对于小说也是如此,要真正了解小说的概念,就必须了解其整个发展过程;要了解中国古代的小说观念,也必须了解其整个发展过程。反过来,先对中国古代的小说观念有一定的了解,也将有助于小说史的学习。但就一般文学原理而论,小说艺术又有大致的共同特征,比如虚构,尽管在各自的发展过程中有许多不同的内涵,但最后还是殊途同归的。因此,学习中国小说史,既要理解一般的小说观念,也要理解中国古代的特殊情形,这样对学习才是有帮助的。“最好的艺术理论就是艺术历史”,“没有艺术史,任何艺术理论便不能存在”①。要理解什么是中国古典小说,还是应当从多读中国古代小说作品和中国小说史入手。

[参考文献]

〔1〕石昌渝:《中国小说源流论》,北京:三联书店,1994 年版。
〔2〕宁宗一:《中国小说学通论》,合肥:安徽教育出版社,1995 年版。

---

① 参见德国雷纳·韦勒克,杨自伍译:《近代文学批评史》第二卷,上海文艺出版社,1989 年版,第 9、67 页。

唐人小说概论

公元581年，隋文帝杨坚灭北周，结束了分裂割据的局面，建立了隋朝；但到恭帝义宁二年（618）便被农民起义推翻。李渊在农民起义的基础上建立了唐朝，历经290年被黄巢起义推翻，又出现了分裂割据的局面，是为五代十国，直到被赵匡胤建立的宋王朝统一。隋朝国祚短，不单独立论；五代则并入晚唐时段。

唐代不愧是盛世，不仅诗歌散文取得了辉煌的成就，小说方面也有巨大的贡献。一是传奇文把传统的文言小说推向了高峰，以致后来者难乎为继，宋元明三代传奇文几成绝响，直到清代蒲松龄《聊斋志异》才作出了卓越的回应；二是开辟了小说的新领域，这就是明清时代蔚为大观的通俗白话小说。鲁迅先生说："小说亦如诗，至唐代而一变。"（《中国小说史略》第八篇）"小说至唐时，却起了一个大的变迁。"（《中国小说的历史的变迁》第三讲）变、变迁，都指突破性飞跃的变化，新境界的出现。唐代小说种类多种多样：志怪、杂俎、传奇、话本、变文等。志怪与杂俎有明显的传奇化倾向，可归入传奇一类；话本与变文则同属通俗小说。

第一章　唐人传奇（上）

第一节　什么是传奇

唐人小说中成就最大的是传奇小说，鲁迅《中国小说史略》称之为"唐代特绝之作"，标志着中国小说的成熟，在中国小说史上具有里程碑意义，人们往往把传奇小说视为唐人小说的代表。

一、"传奇"释名

"传奇"本是小说篇名，宋代曾慥《类说》卷二八《异闻集》所收元稹《莺莺传》题为《传奇》，宋代赵德麟《侯鲭录》卷五载王性之《〈传奇〉辨证》、赵德麟《商调蝶恋花》词都称《莺莺传》为《传奇》，收入《太平广记》时才题名《莺莺传》[1]。所谓传奇，意即记述奇遇奇事。晚唐裴铏的小说集亦名《传奇》。到了宋代，“传奇”则代指小说中的一个内容类别，灌园耐得翁《都城纪胜》、罗烨《醉翁谈录》、吴自牧《梦粱录》中，都把“传奇”与烟粉、灵怪并提，指演述人间婚恋故事的作品。“传奇”题材的涵盖面不断扩大，到宋元时代便成为《莺莺传》、《传奇》一类作品的统称了。南宋谢采伯在《密斋随笔》的自序中所说“……要之，无抵牾于圣人，不犹愈于稗官小说、传奇志怪之流乎?”陶宗仪在《南村辍耕录》之“杂剧曲名”中说：“稗官废而传奇作，传奇作而戏曲继。”在“院本名目”条又说：“唐有传奇，宋有戏曲、唱诨、词说。”所用的“传奇”即指唐代用文言文写成的、虚构故事以显示文采的短篇小说。

由于传奇类作品受人欢迎，数量多，影响大，所涵盖的题材内容也不仅仅限于人间婚恋故事了；所包含的文学体裁，也不仅仅局限于小说了，说唱文学诸宫调可称传奇：“说唱诸宫调，昨汴京有孔三传，编成传奇、灵怪，入曲说唱。”(吴自牧《梦粱录》卷二十“妓乐”)南戏可称传奇：“这一本传奇，是《周孛太尉》……”(《永乐大典戏文三种·宦门子弟错立身》)“后行子弟，不知敷演甚传奇?”(同上《小孙屠》)元杂剧可称传奇：“前辈已死名公才人有所编传奇行于世者”(钟嗣成《录鬼簿》)，贾仲明在《书录鬼簿后》里也称杂剧为传奇，杨维桢在《元宫词》中称鲍天佑的《尸谏灵公》杂剧为传奇。明代以后，“传奇”又用来专指在南戏基础上发展而成、没有出数限制的长篇戏曲，吕天成《曲品》：“杂剧北音，传奇南调。杂剧折惟四，唱惟一人；传奇折数多，唱必匀派。”称“传奇”的原因，晚明倪倬为《二奇缘》作的《小引》中说：“传奇，纪异之书也。无奇不传，无传不奇。”李渔在《闲情偶寄》之“脱窠臼”条中说：“古人呼剧本为传奇者，因其事甚奇特，未经人见而传之，是以得名。可见非奇不传。”茅瑛说：“传奇者，事不奇幻不传。”(《题牡丹亭》)

二、唐传奇的总体特征

元人虞集在谈到唐人传奇的时候说：“盖唐之才人，于经艺道学有见者少，徒知好为文辞，闲暇无所用心，辄想象幽怪遇合、才情恍惚之事，作为诗章答问之意，傅会以为说，盍簪之次，各出行卷，以相娱玩，非必真有是事，谓之传奇。元稹、白居易犹或为之，而况他乎?”(《道园学古录》卷三八《写韵轩记》)这段话指出了传奇类小说的特点：从创作性质上说，已非实录，而是有意为小说，所传所记“非必真有是事”，是想象的、虚构的；从创作目的说，不是功利

---

[1] 也有学者认为称《莺莺传》为《传奇》是宋人妄改，不足凭信。见罗宗强、郝世峰主编：《隋唐五代文学史》上册，高等教育出版社，1993年版，第364页。

的，不在教训，而在于“娱玩”，在于显示“文辞”；从题材上说，不止是人间婚恋，“幽怪遇合、才情恍惚之事”都包括在内；从作者说，一批卓有成就的文士都参与了创作，成绩斐然。

三、传奇小说的源流

唐人传奇小说并不是唐人凭空独造出来的，而是在前人创造的基础上发展而来的。从题材看，其征奇录异，源出于志怪，鲁迅说：“传奇者流，源盖出于志怪。”（《中国小说史略》第八篇）从体裁看，又继承了史传文学的传统，创作时往往广收博取，多方面吸收各种文体艺术的营养，并不局限于某一两类，诸如神话、寓言、史传、散文、诗赋、志怪、志人等，无不融于诗心，凝聚笔端，促使传奇小说创作有了突破性进展。因此鲁迅先生在《且介亭杂文二集·六朝小说和唐代传奇文有怎样的区别》中说：“但六朝人也并非不能想象和描写，不过他不用于小说，这类文章，那时也不谓之小说。例如阮籍的《大人先生传》，陶潜的《桃花源记》，其实倒和后来的唐代传奇文相近，就是嵇康的《圣贤高士传赞》（今仅有辑本），葛洪的《神仙传》，也可以看做唐人传奇文的祖师的。李公佐作《南柯太守传》，李肇为之赞，这就是嵇康的《高士传》法；陈鸿《长恨传》置白居易的长歌之前，元稹的《莺莺传》既录《会真诗》，又举李公垂《莺莺歌》之名作结，也令人不能不想到《桃花源记》。”传奇小说源远流长，只是到了唐代才“施之藻绘，扩其波澜，故其成就乃特异”（《中国小说史略》第八篇）而已。

从传奇小说篇章名称的分类看，多以“传”或“记”取名。取名“传”者更注重人物的刻画，更多吸收了史传文学的特点；取名“记”、“志”、“录”者，则更多着眼于记事，把人物作了故事的载体，沿袭了志怪小说的传统。当然，刻画人物离不开故事，叙述故事也能突现人物，二者的区别是相对的。

第二节　传奇小说的生长环境

文学是时代的骄子，文学不是、也不可能是封闭的“文学自给自足”环境中的产物。文学离不开时代的母腹。

一、宽松自由的文化环境

唐代是中国封建社会的上升期，经济繁荣，国力强盛，统治者对自己的统治具有信心，思想相对自由，文学创作的禁忌比较少，为文学艺术的健康发展提供了良好的社会环境。李白说：“遭逢圣明主，敢进兴亡言。”（《书情赠蔡舍人雄》）白居易说：“天子方从谏，朝廷无忌讳。”（《初授拾遗》）晚唐的罗隐：“深怨唐室，诗文凡以讥刺为主。”（辛文房《唐才子传》）甚至“宫禁嬖昵，非外间所应知者，皆反复极言，而上之人亦不以为罪”（洪迈《容斋续笔》卷二“唐诗无讳避”）。不仅诗文，小说亦然：“皇朝济济多士，声名文物之盛，两汉才足以扶轮捧毂而已，区区魏晋周隋已降，何足道哉！故自武德、贞观而后，吮笔为小说、小录、稗史、野史、杂录、杂记者多矣。”（高彦休《唐阙史序》）所以传奇作家敢于放笔抒写，风格多姿多彩。

二、科举制与行卷风气

唐代以文词取士，举子们便务求提高文学修养，从而推动了文学的繁荣。科举制度使中下层知识分子能够凭借自己的才华步入仕途，他们不仅是政治上的进步力量，也是文学上的进步力量。而行卷温卷风气的盛行则直接促进了传奇创作的繁荣。唐代科举考试试卷不糊名，举子们为了增加录取的可能性，在考试之前就把自己的创作呈送给社会上有名望有地位的人，请求他们向主考官推荐，叫“行卷”；逾数日再送，叫“温卷”；呈送给礼部的，叫“省卷”或“公卷”。所投献的作品有诗文，但往往是传奇小说，“盖此等文备众体，可以见史才、诗笔、议论”（赵彦卫《云麓漫钞》卷八）。传奇可以展示多种才华，很受文人们青睐。即使在进士、明经及第之后，也还在进行传奇创作，作品数量多，质量也好。有人做过考察：“统计六十种传奇与杂俎作者的出身。由于一部分作者的姓名无考，或一人而成数种，作品虽称六十，作者却只四十八人。在这四十八人中，确知曾举进士的凡十五人，举明经的一人，擢制科的一人，应进士试而落第的一人，因其为翰林学士或校书郎遂推想他们可能是进士或制科出身的三人。其馀二十七人里，二十四人因行事难详，不知他们是否应科举，行事可考而无科名的只有三人。此外还有一点值得我们注意的，就是唐传奇的杰作与杂俎中的知名者多出进士之手。综合以上三方面，我们得的结论是：唐代盛行科举，而‘举人’以传奇猎取功名；牛僧孺是传奇名家，同时又是重科举的政党的党魁；统计作者出身的结果，不独确无科名的人是极少数，而且进士出身的人成绩较优。因此，在尚未获得有力反证的现在，我们不妨假定：唐传奇的发达颇得力于唐科举；换句话说，唐传奇的作者多是唐科举制度所造就的人才。”（《冯沅君古典文学论文集·唐传奇作者身份的估计》）令人信服地说明了科举制度与传奇文创作的关系。

三、创作观念的变化

六朝人写志怪志人小说，是作为实事记述的，而唐代文人因为国史官修，禁止私家撰述，因而摆脱了“史”的束缚，不再拘泥于事实，进入了大胆运用想象和虚构的独立创作阶段，所以明人胡应麟《少室山房笔丛》之《二酉缀遗》谓唐人“尽幻设语”，“作意好奇，假小说以寄笔端。”鲁迅说至唐“始有意为小说”（《中国小说史略》第八篇）。唐人又提出了“以文为戏”的创作主张。写作的目的不仅仅是为了载道传道，也可以用来游戏娱乐，“无实驳杂之说”既“无害于道”又“有益于世”①。唐传奇不仅写得文笔细腻，故事曲折，而且文采斐然，是与这种重视虚构、以文娱人的创作思想分不开的。

当然，以文为戏观念的形成，归根到底是经济繁荣、生活富足造成的。文人追求娱乐，爱听民间说唱，从民间艺人身上汲取着创作营养。

到了晚唐，藩镇割据、宦官专权、朋党之争，这三大社会痼疾不仅导致了李唐王朝的灭亡，也提供了小说创作的环境。

第三节　初兴期的传奇

小说是一种新兴的文学门类，唐人始有意为小说。对小说文体，作家有一个认识和接受过程，也有一个艺术探索和艺术积累的过程，所以唐传奇的繁荣迟于诗歌。从唐建国到代宗永泰年间是唐传奇发展的初期。

一、概述

本期志怪小说与六朝相比明显减少，但仍绵延不断。这一是因为志怪是人们熟悉的旧事物，写起来顺手；另一方面也与唐代崇信佛道二教有关。

唐临②《冥报记》是一部宣扬佛教因果的书。从渊源上说它继承了前代同类著作的传统，以佛教的因果报应为故事内容；其创作目的则在于劝诫世人，使人深心感悟而信佛；艺术上则以信实为本，不求文采。其自序说他仰慕前人同类著作之“征明善恶，劝戒将来。实使闻者深心感寤”，故而“亦思以劝人，辄录所闻，集为此记。仍具陈所受及闻见缘由，言不饰文，事专扬确，庶人见者能留意焉”。这也体现了唐人志怪小说的重要特征，构成了与传奇小说的重要区别。郎馀令③的《冥报拾遗》是《冥报记》的续书，内容、体例均同前书。善恶报应本有固定模式，所以二书都不能避免情节雷同的毛病。其他志怪小说还有窦维鋈的《广古今五行记》、郑常《洽闻记》等。这个时期的志怪小说，从题材到写作目的，与六朝大体无异。《冥报记》之《柳智感》写唐长举县令柳智感“夜判冥事，昼临县职”，是生人入冥判事故事的源头，也算是题材上的拓展。

传奇小说单篇作品的出现，更说明了传奇小说的成熟和完善，它不必再“比

---

① “以文为戏”主张的提出，是由韩愈创作《毛颖传》，引起张籍不满，写了《与韩愈书》、《籍遗愈第二书》进行批评；韩愈有《答张籍书》进行辩驳，柳宗元有《读韩愈所著〈毛颖传〉后题》支持韩愈。为戏、娱人的创作主张是在辩论中韩、柳提出的。

② 唐临，生卒年不详，卒年在661年之前，享年60岁。字本德，京兆长安（今陕西西安）人。曾官刑、兵、度支、吏部四尚书，两《唐书》有传。

③ 郎馀令，生卒年不详，字元休，定州新乐（今属河北）人，进士，曾任著作郎等，著有《孝子后传》，撰《隋书》未成而卒。两《唐书》有传。

类为书”，靠同类内容的作品凑集成为一个整体，走出了片段的丛残小语、琐屑杂记的范畴，单独一篇作品即可成为一个完整的审美对象。

单篇作品有王度①的《古镜记》，被称为唐人小说的开山之作，描写十余个宝镜驱妖灭怪祛病除灾的故事，是综合了六朝以来志怪传说中的镜异故事，又加以恢宏拓展而成，终成镜异故事之大观，开传奇小说之先河；也是中国小说史上第一篇以第一人称叙事的作品。

《补江总白猿传》② 是一篇诬人之作。刘悚《隋唐嘉话》卷中载有唐太宗长孙皇后之兄长孙无忌嘲欧阳询诗："耸膊成山字，埋肩不出头。谁家麟阁上，画此一猕猴？"《本事诗》、《唐诗纪事》等也有同样记载。恶欧阳询者综合猿盗妇人之说，诬骂询母为白猿掳去而生询。其实《传》中的白猿形象就是人间抢财劫妇的强盗，为了诬蔑人才赋予了神猿状貌。猿窃妇人的传说不自唐始，《焦氏易林》、《博物志》、《搜神记》、《述异记》等均有记载；本《传》对后世影响很大，南唐徐铉《稽神录》、明瞿佑《剪灯新话·申阳洞记》均据此敷演；《清平山堂话本·陈巡检梅岭失妻记》（《古今小说》作《陈从善梅岭失浑家》）、明杨景贤杂剧《西游记》等都写白猿掠妇故事。

张鷟③《游仙窟》是第一人称作品。日本一些学者认为此作与武则天有关，都不可信。"仙之一名，遂多用作妖艳妇人，或风流放诞之女道士之代称，亦竟有以之目倡伎者。"（陈寅恪《元白诗笺证稿·读莺莺传》）张鷟其人"傥荡无检，罕为正人所遇"（《新唐书·张荐传》附张鷟传），本篇乃是在其狎妓生活的基础上写成的。鲁迅在《游仙窟序》中说："不特当时之习俗如酬对舞咏，时语如……可资博识；即其始以骈俪之语作传奇，前于陈球之《燕山外史》者千载，亦为治文学史者所不能废矣。"艺术上独具特色，对后世很有影响。

---

① 王度（约581—618至626之间），绛州龙门（今山西河津）人，王通、王绩之兄。在隋任著作郎等，撰《隋书》未成而卒。《古镜记》作于唐代。有人认为《古镜记》为王勔撰，见《文学遗产增刊》第十辑段熙仲文。

② 《补江总白猿传》，作者不详。江总（519—594），历仕梁陈隋三代，《陈书》、《南史》有传。鲁迅《唐宋传奇集·稗边小缀》云："其曰'补江总'者，谓总为欧阳纥之友，又尝留养询，具知其本末，而未为作传，因补之也。"托言江总，是表示所言有据的一种伎俩，并非事实。纥子欧阳询（557—641）是唐代有名的书法家，貌类猿猴而聪敏过人，两《唐书》有传。

③ 张鷟（约658—730），字文成，号浮休子，深州陆泽（今河北深州）人。进士，曾任襄乐尉，岐王（李范）府参军等。开元二年因讪短朝政流配岭南，起为龚州长史，以司门员外郎终。张鷟聪敏过人，下笔成章，正谏大夫员半千谓："张子之文如青铜钱，万拣万中。"时号"青铜钱学士"（莫休符《桂林风土记》）其文大行于时，新罗、日本等皆求购其文。《新唐书·张荐传》附有张鷟传。此外张鷟还著有《朝野佥载》、《龙筋凤髓判》等。

牛肃《纪闻》[1] 是最早的一部传奇集。从书名看，是要记奇闻异事以传闻后世；从题材看，所记大部分为释道异事、鬼怪妖魅、奇禽异兽、稀世珍宝以及现实生活中的事件。所记故事，基本上发生在唐代；其创作原则，虽不排除纪实性却并不以实录相标榜，相反，他时时在提醒读者他是在幻设为文。书中第一篇即《王无有》，叙主人公王无有所遇之事，明白说明：原本无有，是编造出来的。从故事本身来看与志怪无异，但明确说出所写非实，与六朝相比，便有了明显的虚构意识和创作自觉。《纪闻》对后来的《玄怪录》有一定影响。这一时期还有张说《梁四公记》、《镜龙记》两部传奇集以及《绿衣使者传》、《传书燕》两个单篇等。

二、初兴期传奇的艺术成就

这个时期的传奇小说，从题材上说，还带有明显的志怪色彩，即使是人世生活气息最浓的《游仙窟》，从表面形式看也是人仙遇合；但实质与六朝比有了大的变化，表现在两方面。

一是寄寓深沉，有鲜明的爱憎臧否倾向。作者创作目的明确，与六朝志怪只记事实不寓褒贬者大不相同。《古镜记》通过一系列古镜异迹的描写，说明古镜盛世而出，出则为人世消灾免祸；乱世而隐，隐则祸患丛生，世路艰危。所谓盛世，作者认为是由战乱走向统一太平的隋代；隋唐易代之际，群雄争竞，烟尘四起，借庐山处士苏宾的话说便是："天下神物，必不久居人间。今宇宙丧乱，他乡未必可止……"果然于隋亡前夕失镜。王度作为隋朝臣子、修隋史而未毕的史官，在《古镜记》中不仅表现了深沉的悼隋情绪，表现了王室如毁而无所依归的迷惘，以及对再逢盛世使宝镜复出的期望，而且表现了浓郁的盛衰治乱感喟。这种种情愫，不仅前此镜异故事中所无，也是前此志怪小说中所未见，与以前之志怪志人小说相比，显得厚重深沉。《补江总白猿传》也清楚地表明，编撰白猿盗妇故事仅仅是一种手段，另有创作目的，与仅仅传录异事者不同。《游仙窟》内容庸俗浅薄，也表现了作者对冶游生活的欣赏玩味；从另一面看，五娘、十嫂不甘寡居寂寞、追求"欢乐尽情"，与《古镜记》中欧阳纥对妻子失身白猿并无苛责，都表现了藐视礼教束缚的倾向，说明初盛唐精神环境的宽松局面。《纪闻》各篇情况不尽相同，但褒贬爱憎倾向是显而易见的，尤其是那些直接取材于现实生活的作品。

二是怪异气息减弱而生活气息增强。《古镜记》里王度兄弟的经历，他们对

---

① 牛肃，生平不详，约生于武周圣历前后，卒于代宗朝（卞孝萱：《〈纪闻〉作者牛肃考》，《江海学刊》，1962 年第 7 期）。原籍京兆泾阳（今属陕西），徙居怀州河内（今河南沁阳），曾官岳州刺史。

世事的体味与认识，是削弱怪异性而增强现实性的一个重要体现。《补江总白猿传》名为“白猿传”，主人公却不是白猿，而是欧阳纥，对欧阳纥失妻后心理的刻画、对寻妻过程的描写，占了几乎三分之二的篇幅，真正对怪异现象的描写，不足全篇的三分之一，生活气息远远超过怪异气息。《游仙窟》中十娘、五嫂则全无仙气，活脱是人间青楼女子。《纪闻》固然多为志怪，也有纯粹描写现实生活的作品，像《吴保安》记人间友情，写出了生死不渝的真挚情谊，十分感人。其事被采入《新唐书·忠义传》，《古今小说·吴保安弃家赎友》、沈璟《埋剑记》等均衍其事，可见影响之大，感人之深；《裴伷先》刻画了忠于李唐而反对武则天称帝的忠耿之臣裴伷先形象，比《旧唐书·裴炎传》所附裴伷先传生动得多，对武则天的阴险狡诈也进行了揭露。武则天派十道使者杀流民的描写也比正史具体得多；《苏无名》写靠观察和分析破案的高手；《马待封》写能工巧匠却不被授官的吴赐；等等，都取材于现实生活，毫无鬼怪气息。

三是结构完整。六朝志怪是丛残小语式写法，志人小说则记人物的言行片断，犹如散花碎锦，而唐人则是在取材搜奇记异的基础上，吸收了史传文学故事完整的叙事特点，叙述宛转，与六朝志怪之粗陈梗概不可同日而语。篇幅曼长，故事曲折，在篇章结构上有意经营。《古镜记》的十个镜异故事由人物经历贯穿，联结全篇构成一个有机整体，虽然还留有堆垒的痕迹，也可看出作者用心良苦。叙述视角也几次变换，行文并不呆板。汪辟疆在《唐人小说》中为本记所作按语云：“王度此篇之记镜异，实有所本；抑或有意综合六朝以来言镜异之说，以恢宏其文；而又纬以作者家世仕履，颠倒眩惑，使后人读之，疑若可信也。”“即观其侈陈灵异，辞旨诙诡，后人摹拟，汗流莫及。上承六朝志怪之馀风，下开有唐藻丽之新体。洵唐人小说之开山也。”《补江总白猿传》较《古镜记》有了明显进步，重在写失妻寻妻过程，救妻之后才补写白猿状貌行迹，运用倒叙手法，更显完璧。《游仙窟》以男主人公行踪为序，入窟始，离窟终，有头有尾，中间带出大量诗酒调情的场面描写，艺术上最为成熟。《冥报记》中有些篇幅比较长的作品，故事起伏跌宕，如《衮州人》、《柳智感》等。《纪闻》中的《吴保安》情节曲折生动，故事性强，为后世戏曲小说所敷演。

四是诗意的追求。摆脱了纪实的束缚之后，初唐小说开始追求美文效果。尤其是吸收了诗歌的艺术营养，促进了小说艺术品位的提高。从文体学来说，小说并不要求富有诗意，但唐代是诗的时代，小说作者又往往是诗人，小说与诗的文体交融就是很自然的事了。小说中穿插诗歌不自唐人始，唐人却运用得更为纯熟精到。《游仙窟》运用诗歌达79首之多，这些诗字面看是咏物，实则是写男女交合。其描写之具体详尽，前所未有；因为用了谐音、暗喻、双关的民歌写法，用了诗的形式，却并不赤裸浅露，与秽亵小说不同。刻意进行意境创造，也是前代小说所没有的。《纪闻·巴峡人》：

> 调露年中，有人行于巴峡。夜泊舟，忽闻有人朗咏诗曰：“秋径填黄叶，寒摧露草根。猿声一叫断，客泪数重痕。”其声甚厉，激昂而悲，如是通宵，凡吟数十遍。初闻，以为舟行者未之寝也。晓访之，而更无舟船，但空山石泉，溪谷幽绝，咏诗处有人骨一具。

故事简短而意境极深。作家并不注重故事和人物，他只是要传达对环境的一种诗意感受，把读者引入意境，不作任何指点和说明，这是高度诗化的小说。秋夜寒谷，杳无人烟，惟有涛声伴随着哀厉的诗句，通宵飘荡，吐诉着他乡游魂的无限幽怨。《水经注·江水注》引渔歌曰：“巴东三峡巫峡长，猿鸣三声泪沾裳。”小说却言不待猿鸣三声，一叫即客泪数重，境极凄绝。交通不发达时代远行人的惶恐心情，通过孤鬼夜吟透出。末句点睛，点到即止，精练得如同诗中绝句。这些小说中的诗歌，都没有脱离故事主体，成为作品不可或缺的组成部分。《纪闻·吴保安》中的两封书信，增强了抒情色彩，渲染了意境。这些都是前代小说难以达到的新水平。

唐代文人把六朝志怪小说的取材奇异、志人小说的描写生动细腻、史传文学的结构技巧以及诗赋散文的艺术手法融会贯通，创造了集叙事、抒情、描写、议论于一体的传奇文。宋人洪迈《论唐人小说》云：“唐人小说，不可不熟。小小情事，凄婉欲绝，洵有神遇而不自知者，与诗律可称一代之奇。”（《容斋随笔》附录）唐传奇的出现，使中国小说由雏形期进入了成熟期，成为历代称道的美文学，被誉为稗海之伟观。但这一时期的小说毕竟是唐人小说的初期阶段，与六朝比，演进之迹甚明，与后来的小说比，还有明显的不足。描写细致了，出色的细节描写尚属少见；故事完整了，却没有把人物刻画摆到应有的位置。这是唐代小说繁荣前的准备阶段。

第二章　唐人传奇（下）

从代宗大历年间到文宗太和初年，是唐传奇的繁荣鼎盛时期。唐代社会在经历了安史之乱的沉重打击之后，文人们那种充满信心、建功立业的时代精神已不复存在，文学创作也由高扬感情、讴歌理想，转为面向现实和人生。与政治改革思潮相适应，散文方面有以韩愈、柳宗元为领袖的古文运动，诗歌方面则探索着有别于盛唐的新的创作道路，出现了富有个性的多姿多彩的新局面，白居易所谓

"诗到元和体变新"。诗文作者同时也进行传奇创作，促使传奇创作进入繁盛期。所以鲁迅说："惟自大历以至大中中，作者云蒸，郁术文苑。"（《唐宋传奇集·序例》）传奇中的单篇名作差不多都产生在这一时期。此后，唐传奇的创作便进入了衰落期，景况就大不相同了。

第一节 繁荣期传奇概述

这一时期首开先声的是陈玄祐①《离魂记》，标志着传奇创作新时期的开始。借离魂以表现相思相爱的故事，自南朝以来就不断出现，《太平广记》卷三五八是神魂离体故事，涉及婚恋的则如《幽明录·庞阿》等，但描写之细腻曲折则都不如此记。《离魂记》是中国小说创作成熟的里程碑，戏曲小说及说唱文学多有演唱其事的，今存元郑光祖《倩女离魂》杂剧。

与陈玄祐同时而成就过之的是沈既济②，撰有《任氏传》和《枕中记》。狐精幻化故事六朝志怪中已不罕见，至唐则大盛。张鷟《朝野佥载》记有"无狐魅，不成村"的谚语。《任氏传》便是这种环境下的产物。以前写狐多是狐妖为祸，《任》传则改为写其美貌与美德，且故事完整，在人狐婚恋题材上有划时代的意义，也成为唐人小说史上的第一个高峰。从《聊斋志异》的狐仙故事中可以明显看到《任》传的影响；郑六遇妖狐的故事也成为后世戏曲小说和讲唱文学敷演的题材，如清崔应阶《情中幻》杂剧等。刘宋刘义庆《幽明录·焦湖庙祝》已开入枕成梦，借梦叙事之端倪，《枕中记》显然受了它的启发，但描写内容之复杂，故事之曲折，则后来者居上。"黄粱梦"已成为人们熟知的典故，戏曲小说多演其事，今存者如元马致远《黄粱梦》杂剧、明汤显祖《邯郸记》传奇、蒲松龄《聊斋志异·续黄粱》等。两篇作品体现了沈既济传奇的两种风格：《任氏传》描写细腻，曲尽人情，体现了文章之美；《枕中记》则体现了他的史学才能，洞察深刻而文笔简约有力，以叙事见长。

李朝威③《柳毅传》是篇独放异彩的作品。写人与龙女婚恋故事，是在龙、异类婚恋、水神托人传书等传说的基础上创作的，如《搜神记·胡母班》、《广异记·三卫》等，都对李朝威的创作给予了启发和影响。如此详细地描写龙宫，赋予龙女人的性情和心理，是李朝威的创造。描写的生动性、刻画多种鲜明的人

① 陈玄祐，生平不详，唐代宗大历年间在世。

② 沈既济，生卒年不详，德清（今属浙江）人，一说苏州吴（今属江苏）人。博览群书，史笔尤工，德宗建中年间曾任左拾遗、史馆编修，后贬处州司户，位终礼部员外郎。《新唐书》有传，《旧唐书·沈传师传》附有其事。

③ 李朝威，生平不详，陇西（今属甘肃）人。有人据《新唐书·宗室世系年表上》，认为他可能是唐宗室蜀王后裔。

物形象、内涵的丰富性（如自主婚姻、武力抗恶、崇尚道德侠义）等，都是此前同类作品所没有的，使李朝威在中国小说史上占据一席之地。此作对后世的影响也很大，元尚仲贤《柳毅传书》杂剧、明许自昌《橘浦记》传奇、清李渔《蜃中楼》传奇等，均演其事。

许尧佐①是善于描写现实题材的作家之一，其《柳氏传》是根据唐诗人韩翃（《柳氏传》作韩翊）事迹创作出来的，是一篇从形式到内容都摆脱了志怪的束缚、完全取材于现实生活的小说，在开创唐传奇写实风气方面有明显作用。才子佳人相爱悦、豪侠相助成眷属的情节结构，也成为后世小说的模仿对象。韩翊柳氏历经劫波才得团圆，情节曲折，柳氏遭遇也很感人，后世戏曲小说也多有以其为题材的，如明梅鼎祚传奇《玉合记》、清代小说《章台柳》等。

白行简②是本期重要作家，他的名作《李娃传》是在李公佐鼓励下完成的。“一枝花”李娃的故事唐代就在民间广泛流传。《李娃传》以其深刻而丰富的内涵，细腻生动的描写，曲折跌宕的情节蜚声文坛，成为唐传奇的杰作之一，受其影响的小说作品有明馀公仁《燕居笔记·郑元和嫖遇李亚仙记》，戏曲如元石君宝《李亚仙花酒曲江池》杂剧、明薛近兖《绣襦记》传奇等。

李公佐③最著名的作品是《南柯太守传》，其他还有《庐江冯媪传》、《古岳渎经》、《谢小娥传》和《燕女坟记》。《南柯太守传》写淳于棼梦入蚁穴故事，此类故事在六朝《妖异记·卢汾》（《太平广记》卷四七四《穷神秘苑》引）已有记载，《南柯太守传》是在此基础上又吸收了《枕中记》的艺术成就创作出来的，其成就却大大超过前人。从形式上看，《南》传把人梦与志怪相结合，但其现实性和内容的丰富性却超越了前人，描写官场也更为细致生动。“南柯一梦”已成为人们习知的典故。明代汤显祖《南柯记》传奇即据此改编。《庐江冯媪传》写生人求宿遇鬼，又涉及未亡人别娶改嫁，此类故事虽六朝多有而本传则重在表现世态人情。《古岳渎经》刻画了状如猿猴的淮涡水兽无支祁形象，鲁迅认为“明吴承恩演《西游记》，又移其神变奋迅之状于孙悟空”（《中国小说史略》第九篇）。虽是“滑稽玩世之文”（胡应麟《少室山房笔丛·四部正讹下》）却也

---

① 许尧佐，生卒年不详，进士，曾任太子校书郎、谏议大夫，元和十一年以左赞善大夫副使南诏。《新唐书·儒学传下》有其兄许康佐传。

② 白行简（776—826），字知退，下邽（在今陕西渭南）人，白居易之弟。元和二年进士，历任校书郎、左拾遗等。其事附两《唐书》白居易传后。宋人曾慥《类说》卷二八《异闻集·汧国夫人传》、罗烨《醉翁谈录》癸集卷一“李亚仙不负郑元和”条，均谓李娃字亚仙，“旧名一枝花”；明朱有燉《曲江池》杂剧：“名是亚仙，城中官长每见他生得好，与了他个名字，叫做‘一枝花’。”有人持异议，见《文学探索》1986年第2期李剑国《“一枝花”非李娃辨》。

③ 李公佐，生平不详，字颛蒙，陇西（今属甘肃）人。进士，曾任江淮从事、钟陵从事、江南西道观察使判官。

反映了人民消除水患的愿望。《谢小娥》写谢小娥父与夫经商遇害，以谜语托梦，李公佐解出谜底，小娥手刃仇敌后出家云游。谜语托梦本属无稽，《新唐书》却据此采入《列女传》，据此改编的文学作品有凌濛初《初刻拍案惊奇》第十九卷、王夫之《龙舟会》杂剧等，开后世戏曲小说以隐语托梦获贼之先河。《燕女坟记》则是生命殉情的颂歌。李公佐的传奇从内容上说，涉及生活面广，从上层官场到市井细民，从痴情男女到河妖水怪，都写到了。从风格方面说，他善于在虚构故事中穿插自己的亲身经历，如《谢小娥传》、《古岳渎经》，使作品虚中有实，虚实相映；风格又具多样性，如《古岳渎经》之简古，《庐江冯媪传》、《燕女坟记》之委婉细腻。他又善于用志怪的形式表现人世生活，或者说在对现实生活的描绘中加入一些怪异的情趣，如《南柯太守传》之槐蚁国、《谢小娥传》之梦兆隐语。这些贡献确立了他在文学史上不可替代的地位。

元稹①是与白居易齐名的大诗人，也是传奇大家，作有《莺莺传》与《崔徽传》。前者写崔莺莺与张生恋爱故事，已艳传人口；后者写娼女崔徽为所欢裴敬中殉情故事。两者都是悲剧结局，但后者歌颂至情痴情，而前者是以作者自身经历为题材的自传体小说，所以用“女人祸水”的道德说教为张生抛弃莺莺的薄幸行为进行开脱。《莺》传是唐传奇中影响最为深远、流传最为广泛的作品，后世小说戏曲讲唱文学以此为题材的作品不胜枚举，形成文学史上一大奇观，声名卓著者如金代董解元《西厢记诸宫调》、元代王实甫《西厢记》。

李景亮②《李章武传》是一篇写婚外恋的悲剧作品。汪辟疆《唐人小说》按语说：“此文叙述婉曲，凄艳感人。”故能盛传于时。对《聊斋志异》有一定影响。

陈鸿③是写历史题材的高手，《长恨歌传》写唐明皇、杨贵妃事，是根据白居易《长恨歌》敷演而成的，但又有所不同。作者用史家手法叙述了帝妃生死恋的悲剧故事，很少渲染气氛和抒情，又用一半以上篇幅描述道士上天入地为明皇寻找杨贵妃的民间传说。白《歌》陈《传》互相辉映，成为脍炙人口的名作。后世以此为题材的作品历代不绝，以元白朴《梧桐雨》杂剧、清洪昇《长生殿》传奇最为著名。《开元升平源》记唐玄宗开元间事，多实录，殊非上乘。

---

① 元稹（779—831），字微之，别字威明，西京万年（今陕西西安）人。明经及第，历任左拾遗、监察御史、工部侍郎同平章事、尚书左丞、检校户部尚书兼武昌军节度使等，两《唐书》有传，著有《元稹集》。《莺莺传》写自身经历说，见宋赵德麟《侯鲭录》卷五土性之《传奇辨证》、陈寅恪《元白诗笺证稿·读莺莺传》、孙望《蜗叟杂稿·莺莺传事迹考》。

② 李景亮，生平不详。

③ 陈鸿，生卒年不详，字大亮，进士，曾任太常博士、虞部员外郎、主客郎中，少学乎史，志在编年。

陈鸿祖[1]《东城老父传》也是一篇历史题材的小说，写玄宗时斗鸡少年贾昌事，盛衰之感极浓。

蒋防[2]《霍小玉传》是唐传奇成就最高的作品之一，明代汤显祖《紫箫记》、《紫钗记》二传奇均衍其事。男主人公李益见于新旧《唐书》，疑妒异常，防妻妾过于苛酷，时称“妒痴”为“李益疾”。小说据此虚构而成，是唐传奇中第一篇谴责负心郎、同情薄命女的作品，开创了“痴情女子负心汉”的故事框架。

沈亚之[3]作传奇五篇：《异梦录》、《湘中怨解》、《冯燕传》、《秦梦记》和《感异记》，除《冯燕传》重在写冯燕“杀不谊，白不辜”的豪侠精神外，其他四篇都写异类私情。

这一时期的作品集有张荐《灵怪集》、戴孚《广异记》、陈劭《通幽记》、薛用弱《集异记》等，但集中所收并非全是传奇。

第二节 繁荣期传奇的题材

从题材内容角度，大致可将这一时期的传奇分为以下四类。

一、爱情类

这一类传奇数量最多，成就最高，对爱情的认识也最为明确。《李娃传》说：“男女之际，大欲存焉，情苟相得，虽父母之命，不能制也。”《莺莺传》说：“儿女之心，不能自固。”《灵怪集·郭翰》说：“天上那比人间！”世俗生活才是值得留恋的。《离魂记》的深层寓意是：父母可以决定儿女的婚姻，却无法左右爱情；礼教可以拘束人的形体，却束缚不住人们追求爱情的精神。张倩娘没有听从父亲对她终身大事的安排，魂离躯壳而与王宙私奔，倩娘的胜利成了对自主婚姻的颂歌。《任氏传》中的任氏明知前途有危，却不顾生命危险以满足郑六请求同行的愿望，终于以身殉情。《李章武传》中王氏子妇与李章武的爱情不因生死异路而改变；已经殉情而死的王氏子妇宁可冒冥责，也要为自己的情人送行。这些不仅说明了爱情的坚贞不渝，也说明了爱情的巨大力量，为爱情献出生命也无怨无悔。

此类传奇所表现的恋爱观大体有两个方面。一是郎才女貌。《霍小玉传》中李益说：“小娘子爱才，鄙夫重色。两好相映，才貌相兼。”代表了唐代士子情

---

① 陈鸿祖，生卒年不详，颍州（今河南许昌）人。

② 蒋防，生卒年不详，字子微（一作子徵），义兴（今江苏宜兴）人，宪宗至文宗时在世，有才名。曾任右拾遗、左（一作右）补阙、翰林学士、司封员外郎知制诰，贬汀州、连州刺史。

③ 沈亚之，生卒年不详，字下贤，吴兴（今浙江湖州）人。元和十年进士，曾任秘书省正字、栎阳令、殿中侍御史内供奉，终于郢州掾。有文名，为人狂躁贪暴。有《沈下贤文集》。

爱的普遍标准，两情相通一般都以才貌为前提。《柳氏传》中“翊仰柳氏之色，柳氏慕翊之才，两情皆获，喜可知也。”张生固然是见莺莺“颜色艳异，光辉动人”才动了追求之念的，而莺莺对张生的追求始拒终从，是读了他的《春词》二首之后才动心的。元稹曾自白“结托萧娘只在诗”（《赠别杨员外巨源》），可见“才”起了关键作用。在科举取士的环境下，才，是士子步入仕途的前提，对良家女子来说，许身才子就有夫贵妻荣的希望；对烟花女子来说，托身才子也是一条脱籍从良之路。更何况才子们风流儒雅，善解人意，能给她们带来更多温馨与体贴。二是两情克谐，即两情相通，心心相印。郎才女貌可以两情克谐，但又不限于郎才女貌。《任氏传》中的郑六，既无才又无财，穷馁不能自立，之所以能获得任氏芳心，在于他对她的真诚之爱。郑明知任为狐，却不以异类而变心，使任氏“愿终己以奉巾栉”，这是双方以感情的真挚结成的生死恋情。李章武与王氏子妇虽然都能出口成章，他们的相爱却并不是基于文才。王氏子妇曰：“我夫室犹如传舍，阅人多矣。其馀往来见调者，皆殚财穷产，甘辞厚誓，未尝动心。顷岁有李十八郎，曾舍于我家。我初见之，不觉自失。后遂私侍枕席，实蒙欢爱。”“我门寒微，曾辱君子厚顾，心常感念。”完全是出于相爱相悦。人神相恋也多属此类。

这类小说或托为异类相恋，如《离魂记》、《任氏传》、《柳毅传》等；或托为青楼寻欢，如《李娃传》、《柳氏传》、《霍小玉传》、《崔徽传》等。除《莺莺传》、《柳毅传》之外，都是婚外恋。在传统的婚姻关系中，家族利益是婚姻缔结的关键，当事人的情爱被置于可以忽略的地位，婚后的夫妻生活又被纲常伦理所笼罩，在男权社会里，男人到青楼寻欢，在婚外寻求异性知己。婚外恋情只是私相爱悦，双方都不承担伦理的责任，不受家庭的束缚。尤其是青楼，老鸨选择妓女不仅要有如花似玉的容貌，为迎合士子的心理，还要训练她们多才多艺，诗词书算、吹弹歌舞无所不能。当士子置身青楼的时候，便有才情艳质惺惺相惜之感。婚外恋情即使有违道德，传奇作者也持同情态度。

追求婚姻自主的叛逆精神是不为当时社会所容的，这就决定了男女当事人的命运和故事结局大体有四种类型。

一是柳氏式。柳氏虽历经磨难，终于做了韩翊侍妾，这是现实生活中可能有的喜剧结局，是官娼私妓最好的归宿。《离魂记》中张倩娘与王宙以私奔的形式反抗包办婚姻，在生有二子的情况下，迫使家长认可了婚事，而且作者只写“离魂”出走，并未写倩娘人身背离家庭，这也是能有喜剧结局的重要原因。

二是崔莺莺式。男女双方虽有一段恋情，但由于一方地位的改变，或由于时间推移而移情别恋，使一方背弃前情而抛弃另一方，造成婚姻悲剧。《莺莺传》

的描写最为精彩，最为深刻。张生之所以抛弃莺莺，不是因为不爱她，而是出于利害的权衡，实际上，莺莺是他终生眷恋难以释怀的情人。元稹集中的五十多首艳情诗就是证明，如《梦游春七十韵》、《春晓》、《莺莺诗》、《赠双文》，直到他临终前不到一年的时候，仍然有诗对莺莺怀恋："何时最是思君处，月入斜窗晓寺钟。"（《鄂州寓馆严涧宅》）元稹也写过悼念亡妻的悼亡诗，那是亲情，只有对莺莺才是刻骨铭心的爱情，这便是元稹所谓"曾经沧海难为水，除却巫山不是云"（《离思》）。为了自己的仕宦前途，张生忍情抛弃莺莺而另结高门；若论其心而略其迹，则他对莺莺的爱是地久天长的。所以宋赵德麟论崔张分离："始相得而终至相失，岂得已哉。如崔已他适，而张诡计以求见，崔知张之意，而潜赋诗以谢之，其情盖有未能忘者矣。"（《商调蝶恋花》词）当作家怀着爱的真情对莺莺形象进行刻画的时候，这个形象所蕴涵的意义就远远超过作家苍白的说教。《莺莺传》反映了这样一个事实：在当时的社会环境中，婚姻只是权衡利害的结果，情爱不是决定的因素。只是利害的权衡人不是家长，而是当事人张生自己，这是社会借张生之手做出的定夺。莺莺父母崔郑二姓都是以族望自恃的大姓，崔更为大姓之首。唐太宗为抑制尚阀阅的习气，贞观六年曾下令重修《氏族志》，以"崇树今朝冠冕"（《贞观政要》），高宗时王、卢、郑、两崔、二李七大姓仍然"耻与他姓为婚"，高宗"禁其自姻娶"（刘悚《隋唐嘉话》卷中），至中唐此风虽已大减，但仍有一定势力，故文宗尝感叹云："民间修婚姻，不计官品而上阀阅。我家二百年天子顾不及卢、崔耶?"（《新唐书》卷一七二《杜中立传》）莺莺父母都属阀阅名家，多财产，但其势已衰，兵乱中难以自保。张生是一个重实利而轻虚荣的人，他宁可抛弃崔郑之女而投靠权贵。论门第观念，崔郑之女不会嫁给张生；"论今朝冠冕"则张生抛弃了莺莺。爱情婚姻在当时社会是没有容身之地的，莺莺的结局具有必然性和普遍性。《莺》传的深刻之处在于写出了社会对爱情的摧残——儿女真情被朝廷所提倡的功名利禄扼杀了。此后，崔张都由礼教的叛逆者，回归于礼教的牢笼之内，所以才为社会所容，虽然在男女双方的心灵上都刻下了伤痕，使他们带着内心的隐痛，与各自嫁娶的新人度过漫长的人生。《莺莺传》是一曲爱情悲剧的哀歌。人神相恋中仙女最后返还仙界也属此类。

三是霍小玉式。在爱情悲剧中，霍小玉的结局最为惨烈，说明社会不仅要扼杀爱情，而且不给坚持爱情的青年男女以容身之地，要么放弃爱情，否则与爱情同归于尽。《任氏传》给予任氏以极大同情，肯定她追求爱情的行为，同时又把她写成狐妖，不受人间礼教的牢笼。她与贫寒的郑六偷情还没有引起社会注意，一旦郑六授官，这种私情便不为社会所容，任氏被作为礼教化身的猎犬吞噬了。

王氏子妇是良家妇女，才貌双全，温柔多情，在夫婿那里却既没有心灵的契合，又得不到感情慰藉。遇李章武而情好弥切。但这种爱恋之花不可能结出婚姻之果，王氏子妇相思而死，这是不合理的婚姻制度造成的。这类作品中，以《霍小玉传》最为出色，它深刻表现了中唐时期勃兴的人文精神：追求自适，人本意识开始复苏。身为妓女的霍小玉与门第清华的李益是这种思潮的代表。小玉爱才，李益重色，于是两情谐好，海誓山盟。但他们门第悬殊。李益开始不以为意，而小玉非常清醒，她并不追求婚姻名分，而是要获得李益的感情，提出“欢爱八年”的愿望，八年之后，李益可以妙选高门以就佳姻，小玉则夙愿满足，遁入空门。她所要求的只是能过合乎人性的正常的人生，哪怕只有八年。李益遇小玉而平生愿足，也是出于个人情性的考虑。但这种要求却不为社会所容。李母为了家族的振兴，坚守“不与他姓为婚”的门阀观念，聘财百万为李益订婚卢氏。据《新唐书·高俭传》载，崔卢李郑等大族好自矜大，“嫁娶必多取赀，故人谓之‘卖婚’。”李卢婚姻正是这种习俗的表现，而小玉的人性要求和青春生命却被门第观念戕害了。李益萌芽的人性也被扼杀，使他复归为家族的奴隶，此后婚娶毫无幸福可言，他也是受害者。霍小玉是人性的觉醒者和旧婚姻观念的坚定反抗者，也是旧势力屠刀下的牺牲者。作家通过一桩桩悲剧事件完成了对旧婚姻制度的批判，表现了对人性的呼唤和对社会底层女性的同情。

四是李娃式。这是一种幻想式的结局。唐律虽无士人娶娼之禁，娶为正妻则难。《说郛》卷五引《藏一话腴》就记有李度支蓄妓陶芳而去其妻被停官的例子。荥阳郑氏是阀阅大姓，除门第婚外，于当时的新贵显宦尚且不屑联姻，何况风尘娼女。郑与李不是没有真挚的爱情。李虽参与了倒宅弃郑之计，那一则是娼门卖笑为生的本性使然，二则是李把郑视同一般嫖客。等到她重遇郑生，在苦难中见证了郑与纨绔子弟不同，于是便把全部的爱给予了郑生。当荥阳公发现儿子身操贱业唱挽歌谋生时，都父子情绝，鞭笞郑生至死，郑李的结合怎能为家族所容？作者却相反，他认为娶娼女为正妻也可以给家庭带来美满和声誉。为了实现这样的愿望，作者改变了李娃的社会地位，她顺遂了封建阶级的要求，为郑伴读助考，厕身名宦，才为家族所容。《柳毅传》中柳毅对龙女有救命之恩，且龙宫有能力给予柳毅财富和势力，使柳毅由一介平民步入贵族行列，故而也成就了恩爱夫妻。这种结局没有现实基础，只表现了作家的良好愿望。

这些作品表现的是唐代士子的婚恋形态，虽然也涉及了一些市民生活，如妓院、凶肆、《李章武传》中的王家生活，但基本上笔触还停留在上层社会。妇女处于社会底层，不论是大家闺秀还是侍妾、妓女，都不能对命运有自主权，在婚恋中也仅仅处于任人弃取的地位，除了人仙遇合外，还没有出现一个处于主动地位的女性形象，社会观念、男子品德都可以决定她们的祸福。她们用血泪和生命进行的反抗，丝毫触动不了不合理的婚姻制度和婚姻观念。同时也可以看到，唐代的社会环境还比较宽松，对妇女的贞节要求不算苛酷，对莺莺、王氏子妇、龙女、柳氏等，都表现了宽容，给予了肯定。

二、官场生活类

这类作品中最成功的是《枕中记》与《南柯太守传》。二者的共同点是，主人公在经历了一番宦海沉浮之后，都对功名富贵进行了否定。他们得出一致的结论——功名富贵只不过是一场虚幻的梦。《南柯》传末作者议论说，“虽稽神语怪，事涉非经，而窃位著生，冀将为戒。后之君子，幸以南柯为偶然，无以名位骄于天壤间云”。又借李肇的话进一步申明：“贵极禄位，权倾国都，达人视此，蚁聚何殊!”《枕中记》的卢生以善终，子孙繁盛，作者仍然持否定态度。究其原因，大致有三：一是两篇传奇的作者都是官场中人，都曾因事遭贬，熟谙宦海滋味；二是受当时佛教色空、道教感悟思想影响，视人生若梦；三是中唐文人心态使然，追求安闲享乐，缺少了振奋精神投向朝政的劲头儿。这两篇作品的深刻之处在于，它们体现了中唐精神对盛唐精神的否定，并不仅仅是作者个人的人生体认。韦瓘《周秦纪行》、柳理《上清传》及后期刘珂的《牛羊日历》也属此类，但都属诬人之作，与《补江总白猿传》不同的是，《白猿传》只是生活上的谩骂，此时的小说则是政治上的攻击，欲置政敌于死地，也反映了政治空气之恶劣。《上清传》中上清为主人窦考伸冤，也开了明清写义仆之作的先河。

三、反思历史类

安史之乱平定以后，人们希望重建盛世，开始总结历史的经验教训，作为疗治社会的药方，于是反思历史成为一时风气。《东城老父传》写贾昌以斗鸡得宠于玄宗。作者认为，上之所好，民风尤甚，皇帝斗鸡走马的腐败是丧乱的根源。安史之乱前，贾昌是朝廷豢养的玩物，是被批判的对象；安史之乱中他不事逆贼；安史之乱后他又以反思治乱之由，俨然成了历史见证人，成了开元天宝盛世的象征，作者又对他充满同情。作者对贾昌的态度是矛盾的。同样的矛盾心态也表现在陈鸿身上。当他冷静地思考历史时，便用史笔写出了《开元升平源》，认为用贤相，行仁政，清明政治是开创升平局面的原因。而当他用感情进行文学创作，尤其是写到李隆基、杨贵妃时，矛盾心态便明显表露出来了。一方面人们认为沉湎女色是败亡的原因，所以挞伐尤物害人，白居易诗《李夫人》“鉴嬖惑”、《古冢狐》“戒艳色”，《莺莺传》篇末的说教也持此论。《长恨歌》及陈鸿《传》创作宗旨是“惩尤物，窒乱阶，垂于将来”，所以陈《传》写了玄宗声色自娱不理朝政，甚至夺子妻以为妇，批判之意比《长恨歌》鲜明得多。但是，这只占全文三分之一多一点的篇幅，大部分篇幅转入了帝妃生死离别的无穷长恨。李杨本是变乱的酿造者，作者却把他们写成了受害人；他们危害了国家和盛世局面，作者又把他们当作了国家和盛世局面的象征，成了缅怀对象，面对他们的爱情悲剧，唱出了黍离悲歌，使作品的主导倾向是抒盛世不再的感叹悲伤，把“惩尤物”变成了悼尤物，把“窒乱阶”暗转为伤变乱。感时伤乱是时代情绪，不论写什么题材往往流露出感伤忧郁，与大气磅礴的盛唐之音迥异其趣。

四、侠义类及其他

在《柳氏传》中的许俊、《霍小玉传》中的黄衫客、《柳毅传》中的柳毅和钱塘君身上都具有豪侠精神。集中表现这种精神的则有《谢小娥传》，小娥以一弱女子隐忍数年而制伏群盗为父为夫报仇，其智、其勇、其坚毅精神令人佩服。《集异记》之《贾人妻》写商人妇杀其仇囊首而归，又杀其子撒然而去，果决胜过男子。此外还有志怪类如《古岳渎经》、世态人情类如《庐江冯媪传》等。

第三节 繁荣期传奇的艺术

沈既济在《任氏传》中说“著文章之美，传要妙之情”，可以概括本期传奇的艺术成就，即用优美的文章，传达精深微妙的感情。

一、人物刻画

中唐时期由于作家的个性意识逐渐自觉，作品才由六朝的记事，转向对人物的关注，人物形象之绚丽多彩，前无古人，其中女性形象尤为突出。

任氏形象的出现标识着唐传奇在人物塑造方面的成熟。沈既济在《任氏传》传末论任氏说：“遇暴不失节，徇人以至死，虽今妇人，有不如者矣。”本篇作于作者贬处州时期，借任氏形象发表感慨，故特重其节义一面。实际上任氏形象的内涵很丰富。通过任氏与郑六的关系，表现所肯定的性爱观：一是色爱，郑六、韦崟都悦其色；二是由色爱升为情爱，开始时郑为慕色、任为情欲，郑六知任氏为狐以后再次相遇，郑不以任为异类，任不嫌郑贫窘，心心相印，使爱升华；三是任氏以死殉情的坚贞精神。任氏说过，“人间如某之比者非一”，而郑“所称惬者，唯某而已”。这是郑六赢得任氏真爱的原因，因此任能坚拒韦崟凌暴求欢，又因不忍拂郑六邀以同行赴任的好意，明知前途有厄却毅然上路而遇难。通过任氏与韦崟的关系，表现友谊观，突出任氏笃于义的性格。任氏并没有责备韦崟“发狂”的求欢行为，这是人性的本能冲动，但她坚拒非礼，又设法报答韦的恩义，于情人，于朋友，都尽心竭力，这便是作者所谓今人不如的任氏性情。然而任氏报恩的方式却是多致丽人以遂韦崟之欲，使数名女子因而失节，这与肯定爱情坚贞的思想相矛盾，与任氏的性格也是不和谐的。

崔莺莺形象刻画得非常成功。其性格的形成，受了家庭和时代思潮两种因素的影响。阀阅名门为她筑起了一道礼教堤防，使她“贞慎自保”，关起了心扉，“待张之意甚厚，然未尝以词继之”。莺莺又“善属文”，在中唐诗文开放自由思潮影响下向往爱情，再加上李唐朝廷有胡人血统，朱熹云：“唐源出于夷狄，故闺门失礼之事不以为异。”（《朱子语类·历代三》）武则天、韦后、杨贵妃都有秽声流播，在这种风气影响下，莺莺摆脱礼教束缚的思想也在潜滋暗长，使她成为情与礼矛盾的综合体。这是莺莺性格的特殊性。内心深处有炽热的感情，却又举止娴雅平和，不失大家闺范。“艺必穷极而貌若不知；言则敏辨，而寡于酬对”，甚至“喜愠之容亦罕形见”。面对张生的追求，她想逾越礼教堤防，却又临事而惧，明明是她用《明月三五夜》诗约张生相会，但当张生到来之后，她竟翻脸无情“大数张生”。经过几天的思想斗争，才终于甘冒风险与张生相会。莺莺明于察，敏于思，慎于行，可以突破自身的束缚，却无力逃避社会的罗网，她被张生抛弃，并被诬为害人的尤物。莺莺的悲剧性格还在于，清醒的头脑与无能为力的行动之间的矛盾。对所发生的一切她几乎都有预感，却又一筹莫展。张生赴试临去之前，她已经意识到这便是永诀之日。她并不寄希望科举，夫贵便可能弃妻，这是唐代进士阶层重才轻德品性决定的，何况崔与张还没有夫妻名分。莺莺并没有像霍小玉那样对负心人进行报复，相反，她劝张生“还将旧时意，怜取眼前人”，没有因为自己的不幸，而去为张生另娶的女性制造不幸。此后，莺莺又在礼教容许的范围内走她的人生之路。在莺莺身上我们看到新的时代思潮与旧势力之间的反复较量，情与礼的反复较量。旧势力是强大的，她失败了。

霍小玉与莺莺的共同之处是，对现实都有清醒的认识；她们又有根本的不同。小玉可以用生命抗争，莺莺则没有。出身低微、身处娼门的霍小玉清楚地知道，她与门族清华的李益不可能缔结婚姻，甚至也不可能永远做他的风尘知己，尽管李益信誓旦旦，“粉身碎骨，誓不相舍”。小玉清楚：“盟约之言，徒虚语耳”，一旦人老色衰，公子就会移情别恋。但是小玉要享受有真爱的人生，哪怕是短暂的，所以她提出欢爱八年的愿望。但是连这可怜的愿望也被社会撕得粉碎，却是她始料不及的。开始她还一往情深，相思成疾，用生命去爱。当这欢爱八年的希望之火被扑灭后，爱便转化成恨，她要报复不公平的世道。不幸的身世和丰富的阅历积蓄了她的仇恨，造就了她的反抗精神，她发出了那段泣血控诉：

“我为女子，薄命如斯。君是丈夫，负心若此。韶颜稚齿，饮恨而终。慈母在堂，不能供养。绮罗弦管，从此永休。征痛黄泉，皆君所致。李君李君，今当永诀！我死之后，必为厉鬼，使君妻妾，终日不安！”乃引左手握生臂，掷杯于地，长恸号哭数声而绝。

小玉还没有认识到造成她人生悲剧的社会根源，她把反抗和报复的目标仅仅限于李益一家，连李益后娶的妻妾也无端受害。比起《任氏传》和《莺莺传》来，作家通过霍小玉这个形象，向社会倾泻了更多的不平，批判的程度也更为深刻。

比起霍小玉的刚烈来，李娃显得更温柔，更善良，也更老练成熟。身在娼门，贪财是她的本性，这是为生活所迫而形成的心理习惯，当郑生金尽，“姥意渐疏”，虽然“娃情弥笃”，她还是参与了其母的倒宅弃郑之计。如果仅止于此，那么李娃还只是一个普通妓女，使李娃性格放出异彩的，是她不顾沦落为乞儿的郑生污秽褴褛而绣襦拥归，这是良心冲破钱财的蒙蔽而勃发，已经不是寻常妓女所能做到了；继而帮他补养身体、温习学业，直到他中第授官。这样做只是对以前弃生行为的补偿，是良心使然。在郑生即将赴任时，她又表示：“愿以残年，归养老母。君当结媛鼎族，以奉蒸尝。”她的爱是无私的。如果说李娃的善良还只是恢复了她被娼妓制度异化了的人性的话，那么她对社会的深刻认识，她处事的果断老练，则是她饱受蹂躏的社会经历造成的。毅然赎身已属难能，襄助公子入仕更属罕有。可以说，参加科试的是郑生，而李娃是他的指导和教练。李娃的主意处处可行，正说明她对社会的深刻洞察。帮助豪门浪子重新回到他所出身的阶级和家庭，李娃是站在封建道德的立场上行事的，因此她才为这个社会所容。李娃形象的意义在于，作家在处于社会底层、被社会鄙视的小人物身上，发现了可贵的品质，给了她一个令人羡慕的结局。这种结局并不是饱受苦难的妓女只要在封建道德面前表现出驯服就可以有的必然归宿。作家不是为风尘姊妹指示跳出火坑的出路，而是以巨大的同情心，给受伤的心灵以安慰。她们不应该被歧视，即使是显姓大族、朝廷新贵，也可以娶以为妻。这不仅蕴涵着对门第婚姻的否定，也有支持青年男女自主择偶的意味。

侠女形象在这一时期的人物画廊里有着异样光彩。她们不以艳丽的容貌、敏捷的才情以及贤淑的品德见称，而是以坚毅果敢受人赞叹。谢小娥与《集异记》中的贾人妻都是商人妇，写小娥侧重写她女扮男装寻找仇人的过程，以见其性格中坚忍沉毅的一面；杀贼擒贼表现她的智勇果决；大仇已报，小娥对人世再无留恋，于是舍俗出家，则表现小娥心灰意冷的心态。写贾人妻所用篇幅不多，却刻画了她内涵的性格特点。她有超人的武功，有勇毅果敢的精神品质，从择偶同居、日常生活到伺机报仇，她都独断独行，从不求助于人；当社会逼得她不能过正常生活的时候，她毅然杀子离去，以断绝任何留恋与牵绊；她又深沉莫测，她的冤仇为何？报仇后去向何方？与她同居一载的王立始终不知，《太平广记》把谢小娥归杂传记类，而把贾人妻列在豪侠类，贾人妻那种卓然不群的品格，确实比谢小娥更具豪侠精神，真有压倒须眉的气势。

相比之下男性形象刻画得不如女性光鲜，但也不乏有特色的人物。如柳毅，为人豪爽，急人之难，在卿卿我我追欢逐爱的士子群中，独具阳刚之气。其他如始乱终弃、既爱之又毁之的薄幸子张生，懦弱而情深的荥阳公子郑生，平庸却有挚爱之情的郑六，褊狭绝情的李益，一往情深的李章武，火暴如雷的钱塘君，等等，都写出了一定程度的个性特点。

同时也应当指出，传奇毕竟是文言短篇小说，人物说话之声口宛然、人物性格之发展变化及复杂多面，等等，都还有待于白话小说，尤其是长篇白话小说的繁荣才能臻于完美。

二、结构安排

前期的《古镜记》还只是一个个小故事的连缀，结构松散；《游仙窟》靠了调情诗才拉长了篇幅，情节单纯而少变化。本期作品则不然，情节曲折变幻，冲突起伏跌宕，结构整饬严谨，使小说艺术趋向完美，较前期有了明显进步。《李娃传》写郑生李娃遇合，分为院遇定情、倒宅分离、凶肆对歌、鞭扑绝情、绣襦拥归、佐夫成名、明媒正娶等大段落，以生娃离合为主线、父子离合为副线，写了两种由合而离、又由离而合的过程，其间又预设伏笔，制造悬念，曲折动人。倒宅一段描写尤为精彩。李娃提出向神灵求子嗣，“生不知是计”，置一悬念，继而不断“相视而笑”、“笑而不答，以他语对”、“其姨与侍儿偶语”等暗示性描写加强这一悬念，最后才由“邻人”、“宦者”点明真相，行文虚虚实实，真真假假，引人入胜。《霍小玉传》一开始就写小玉与李益门第悬殊的矛盾；继而写李霍由合而离，李益订婚卢氏，小玉别后相思，矛盾冲突充分发展；又由离而合，李霍二次相见，小玉痛陈怨愤，把冲突推向高潮；最后又由合而离，小玉死后种种冥报，是为尾声。矛盾冲突的发展脉络清晰，井然有序。在这波澜起伏的故事中涉及了比较广阔的社会生活，比如举子在长安的活动，门第观念的表现，妇女的地位以及奴婢赎身、媒婆拉纤，等等，所以说《霍小玉传》是传奇中成就最高、最为精彩动人的作品。

有些作品虽不以情节取胜，但也可以看出作者在结构安排方面的匠心。《谢小娥传》的作者既在故事中为小娥解谜，又在小娥出家后与其相遇、小娥谢恩，成了推动情节发展的故事中人。《南柯太守传》把梦境与实境相结合，淳于棼之友、之父所梦都与现实相符；淳于棼醒后寻视蚁穴，皆能验证梦中经历。以实证虚，使小说似梦非梦，似实非实，得虚实映衬之妙，鲁迅说其“假实证幻，馀韵悠然”（《中国小说史略》第九篇）。《古岳渎经》后半写作者访古，得《岳渎经》，以证前半所写水兽，也是作者参与到故事中去，以实证虚，把本属于子虚乌有的故事，写得仿佛实有其事。可以看出，这一时期的传奇作者，创作构思时的结构意识，明显强于前代。

三、细节与心理描写

细节描写出色是人物形象塑造成功的重要因素。通过细节，不仅描绘了人物的形态，也揭示了人物的心理。《李娃传》写郑生初见李娃，用“忽见”、“不觉停骖徘徊”、“诈坠鞭”、“累眄娃”、“不敢措辞而去”等一连串的细节，描写郑生乍见惊美、借故流连、惶惶离去的心理变化过程，细致传神。既写出了郑生的单纯，本非花柳老手；也写出了李娃倚门卖笑的身份和她惊人的美丽。他们再见的情景是：郑生“洁衣服，盛宾从”，说明他是有备而来，目的明确；到李宅却又明知故问：“此谁之第耶?”这种幼稚的表演早被侍儿识破，“侍儿不答，驰走大呼曰：‘前时遗策郎也!’”李娃也料其必来，盼其早来，所以侍儿才不及待客而大喜奔告，透过侍儿的表现写出李娃的心理。郑生“私喜”而李娃沉稳：留住公子，“整妆易服”出见。一段描写，刻画了三个身份、性格、心理完全不同的人物。《霍小玉传》写小玉与李益诀别的情景：先写小玉久病，“转侧须人”，“忽闻生来”便“欻然而起，更衣而出”，细节对比中透出小玉心中的积愤；继而写她含怒无言，已经看透他的本质，不再存有希望；“斜视生良久”才说出了“我为女子……”那段爆发式的控诉；情尽爱尽生命竭，最后把生之臂，掷杯于地，“长恸号哭数声而绝”。抓住最能传达人物感情的细节进行描写，把小玉临终前既悔又恨、愤怒也哀伤、既决绝人世又不无留恋、虽曰永诀而报仇之念弥坚的复杂心态，描绘得如闻如见，笔墨传神。其他如《任氏传》写郑六遇任氏、韦崟遇任氏，《集异记·贾人妻》写贾人妻杀人后挈人头逾垣而去，等等，都很精彩。

有时作家让人物直接倾诉内心情愫。如《霍小玉传》小玉临终前的痛陈怨愤，写得痛快淋漓，感情强烈。《莺莺传》中莺莺给张生的长信，写得如泣如诉，荡气回肠。《柳毅传》中柳毅面驳钱塘君的一席话，慷慨激昂，正气凛然，一气贯注如骏马下坡。而当柳毅面对卢氏述说他洞庭拒婚时先义后情、舍情取义的心理，表现唐人情理兼得的心理意识，也是很典型的。这些例子不仅表现了不同人物不同的思想和心理，也因身份性格的不同而有着不同的说话方式，唐传奇的作者已开始意识到通过人物的语言刻画性格的问题。

四、场面描写

场面描写是细节描写的延伸，对故事发展中某个场合进行全方位观照，对人物在一定条件下的相互关系进行细致的描写，构成鲜明可见的景象，体现作家爱憎褒贬的倾向。不少作品中都有场面描写，只是场面的大小有所不同，作家的手法也有高低之别。最善此道者为李朝威与白行简。《柳毅传》描写柳毅入龙宫传书、洞庭君接见的场面、钱塘君救龙女归来的场面、凝碧宫宴请柳毅的场面，都写得很精彩。比如洞庭君览龙女之书，对柳毅感激涕零一段，主要写了钱塘君离去与钱塘君归来两个场面，用洞庭君灵虚殿一个大场面包笼成一个总体，一写出钱塘君之刚烈，性如烈火，疾恶如仇；二写钱塘君之武勇，顷刻之间胜利归来；三写恢复本来面目的龙女形象。而洞庭君的仁厚、柳毅的书生心理也都生动活现。《李娃传》之凶肆对歌是深为人们所称道的。因为对歌才引出郑氏父子相见、父子情绝、公子行乞而遇李娃。写竞物场面略，写赛歌场面详；写赛歌，东西二肆写法又各不相同。场面之阔大，气势之热闹，有声有色，让人有身临其境之感。而所有这一切，都围绕一个目的，就是烘托出郑生挽歌之妙，挽歌中融进了他的身世遭遇之感，唱挽歌就是他自悲自叹，是以挽歌自挽，所以才如此动情，曲尽其妙，通过赛歌写出了郑生的感情世界。这样精彩的场面描写，也是以前小说中难以见到的。

五、肖像描写及其他

肖像描写是刻画人物的重要手段。好的肖像描写能使人物活现读者眼前，经久不忘。有的直接为人物造型，如《柳毅传》写牧羊时的龙女、回宫后的龙女，《莺莺传》写出场时的莺莺“常服睟容”，《霍小玉传》之写净持，等等。也有的作者舍弃具体描写，从虚处着笔进行渲染和烘托，如霍小玉出场时，李益“但觉一室之中，若琼林玉树，互相照耀，转盼精彩射人”。郑生初遇李娃时停骖徘徊、坠鞭于地，通过写郑生之反应写李娃之美艳。《任氏传》写任氏之美是最成功的。先写郑六见任氏的反应：见之惊悦，策其驴先之后之反复看视；又写韦崟家僮的反应，通过黠童之口，用对比手法写任氏之绝伦美艳；这段文字已经花团锦簇了，作者犹嫌不足，又让韦崟这个多获佳丽的酒色之徒亲往一观：“殆过于所传矣！”最后写张大对韦崟说：“此必天人贵戚，为郎所窃。且非人间所宜有者，愿速归之，无及于祸。”通过四次渲染才完成了对任氏形貌的刻画。读者没能看到任氏的具体容颜，作者不想用描写美本身来让读者观察美，而是用描写美的效果让读者去感受美，这可以启发读者的想象，去自己再创造一个心目中的美的形象。而容貌之美又在于表现人性之美，“虽今妇人，有不如者。”

在对比中刻画人物是一项重要艺术成就。从全篇构思来看，《枕中记》、《南柯太守传》用梦中的富贵荣华、宦海浮沉与醒后的冷落对比，以抒发“人生如梦”、“蚁聚何殊”的感喟；具体描写中也运用了对比手法。《李娃传》写凶肆对歌，是在同一场面中的对比；事被荥阳公发现后又进行了一连串的对比，如荥阳公与凶肆同辈、荥阳公与李娃、与鸨母的对比，对比中更可看出人物的不同思想性格。人物自身也有对比，如荥阳公在郑生落魄时的绝情，与郑生及第授官后的父子如初，前冷后热，这不是天伦亲情的复归，而是郑生社会地位变化的结果，等级制度下，人性被异化了，所恢复的只是郑生在等级链条中的位置。《霍小玉传》在李益与小玉分离后，一条线写小玉"想望不移"，一条线写李益背约重婚；一方面写小玉遍请亲朋，多方招致李益，一方面写李益知小玉病重却"终不肯往"。多情、薄幸在对比中凸显出来。

总起来看，这一时期的传奇是美的文学，令读者赏心悦目；其生活气息，人间情态，都表现出对现实、对人生的关注。从思想内容到艺术形式都是前期作品不可比拟的，代表了唐代小说的最高成就。

第四节　衰落期的传奇

从文宗太和中期以后，即晚唐五代时期，是唐传奇的衰落期。说它衰落，不是因为作品数量的减少，而是因为艺术水准的逊色。随着唐王朝国势日趋衰落，政治形势更加恶化。中唐时期所出现的国家中兴希望破灭了，五代时期政权更替频繁，人们失去了安身之所。文人为图功名富贵，背旧主事新朝，不仅失去了远大理想，也丧失了传统品德和人格，困守在个人的小天地中，关心现实的程度减弱了，与现实生活疏远了。作品中的神怪气氛又重新兴盛起来，而繁荣期作品中所洋溢着的追求和抗争精神不见了，那种浓郁的生活气息变得淡薄了。从形式上看，单篇传奇文减少了，大量的是以结集的形式出现。

一、概述

牛僧孺①的《玄怪录》是唐代最为煊赫的、以神仙鬼怪为主要题材的小说集，其间虽不乏现实生活的内容，如《古元之》、《郭元振》、《齐推女》，但总体倾向却是驰骋想象，表现意趣。汪辟疆说："僧孺于显扬笔妙之馀，时露其诡设之迹。如其书中之《元无有》一条，观其标题命名之旨，已自托于乌有亡是之伦。"（《唐人小说》）"时露诡设"，已与六朝志怪之实录有质的区别，也与繁盛期"具备本原，掩其虚饰"，有所区别。显示文笔之妙，也显示构想之奇，情节

① 牛僧孺（779—847），字汲黯，安定鹑觚（今甘肃灵台）人。穆宗朝历任御史中丞、户部侍郎同中书平章事；敬宗朝封奇章郡公，拜集贤殿大学士；文宗朝任兵部尚书同平章事，加门下侍郎、弘文馆大学士，拜左仆射、山南东道节度使。武宗朝李德裕拜相，牛僧孺遭贬；宣宗朝为太子少师。两《唐书》有传。《玄怪录》宋代更名《幽怪录》。据宋赵彦卫《云麓漫钞》卷八，有人认为是牛氏行卷之作，也有人认为是举子向牛氏行卷之作。当为牛氏自作于太和开成年间出将入相之时。

曲折奇异，描写细腻雅洁。牛僧孺既有才名，又历高位，《玄怪录》遂盛行于时，影响很大。薛渔思（一作涣思）《河东记》、张渎《宣室志》、李复言《续玄怪录》都是沿其流波之作。

《周秦行纪》的作者尚无定论①，它托牛僧孺口吻，自述其贞元间举进士落第，迷路入汉文帝母薄太后庙，与王昭君、杨贵妃等饮宴赋诗，昭君伴宿，天明离去。内容荒诞，情节结构也并不罕见（如《游仙窟》），但语言富有文采。《牛羊日历》与此同类，牛指牛僧孺，羊指杨虞卿、杨汉公兄弟，只是改牛氏自述为他人记述，毁牛氏品行而及于其母，足见手法卑劣之甚。

温庭筠②《干𦠆子》，作者自序云："不爵不觥，非炮非炙，能悦诸心，聊甘众口，庶乎干𦠆之义。"内容以志怪为主，名人轶事也不少，艺术则不求信实，适合读者口味，总体水平并不高。鲁迅《中国小说史略》第十篇说："仅录事略，简率无可观，与其诗赋之艳丽者不类。"有的篇章也相当出色，像《华州参军》、《陈义郎》都堪称佳作。薛调③《无双传》写王仙客与无双婚恋故事。无双被没为宫女，古押衙设计救出，与仙客团圆。为不泄露消息，古押衙自刎而死。据范摅《云溪友议·襄阳杰》原注："即薛太保之爱妾，至今图画观之。"可见实有无双其人，在当时已艳传人口。明人陆采《明珠记》传奇，清崔应玠、吴恒宅《双仙记》传奇均演其事。

李玫④《纂异记》是后期传奇集中的出色之作，当时发生的重大事件都有所表现，如《许生》写甘露之变，内容充实，政治倾向鲜明。想象丰富，情节委婉，富有文采，又往往把不同时代人物的鬼魂聚在一起构成画面和情节；还开创了同一人物和事件在不同篇章中出现，但详略不同的作法，如《浮梁张令》与《嵩岳嫁女》中的莲花峰道士乞寿情节。这种手法在《史记》中曾有应用，用于小说，李玫却是首创，对《儒林外史》不无影响。

袁郊⑤《甘泽谣》作品不多却有不少佳作，如《陶岘》、《圆规》、《懒残》、《红线》、《聂隐娘》等，都很为人传诵。后世敷演聂隐娘故事的如清尤侗杂剧

---

① 《周秦行纪》，《太平广记》题牛僧孺撰、宋张洎《贾氏谈录》认为是李德裕门人韦瓘撰（鲁迅认同此说），今之学者意见不一。

② 温庭筠（812？—870？），本名岐，字飞卿，太原祁（今属山西）人。是唐初宰相温彦博的远孙，有文才，性傲岸，好讥讽权贵，仕途不得意，做过方城、隋县尉，终国子助教。生活放荡无检。两《唐书》有传。有《温飞卿诗集》。

③ 薛调（830—872），河中宝鼎（今山西万荣）人，美姿容。曾官右拾遗内供奉、户部员外郎加驾部郎中、翰林学士承旨知制诰。

④ 李玫，生平不详，约于唐宣宗懿宗时期创作《纂异记》。

⑤ 袁郊，生卒年不详，其籍里各书记载也不一致。《新唐书·宰相世系表》说他"字之乾"，曾任虢州刺史。

《黑白卫》，演红线故事的有明代梁辰鱼《红线女》杂剧、更生子《双红记》传奇等，其他故事也多被用为典故。袁郊长于叙事而拙于描写。其题材写侠、写奴、写宿命轮回故事，等等，虽不无可取之处，但奴与侠都缺乏鲜明的是非感和独立的人格意识。

裴铏[①]《传奇》是这一时期的重要作品，题材大都与婚恋有关。故事的主人公大多出身微贱，如姬妾、商女、仙、鬼。对爱情本身的描写并不占突出地位，故事中容纳进了更多其他社会内容；也往往与豪侠故事相结合，或写异人异类对恋人撮合帮助，如《昆仑奴》、《郑德璘》、《张无颇》等；婚恋主人公又多涉异类，如《裴航》、《崔炜》、《封陟》等；有写人鬼恋、人猿恋的，如《薛昭》、《孙恪》等。裴铏信奉道教，作品中有明显的道教色彩。故事大都奇幻诡异，文采典赡，常用骈俪语写景及人物外貌，成为《传奇》的语言特征。汪辟疆《唐人小说》的叙录称："文奇事奇，藻丽之中，出以绵渺，则固一时钜手也。"其文章风格被称为"《传奇》体"。后世敷演《裴航》故事的很多，小说如《清平山堂话本·蓝桥记》，戏曲如明龙膺《蓝桥记》传奇、杨之炯《玉杵记》传奇等；据《郑德璘》改编的戏曲如明沈璟《红蕖记》传奇；据《昆仑奴》改编的戏曲如明梅鼎祚《昆仑奴》杂剧、梁辰鱼《红线女》杂剧等；《张无颇》则被明杨珽玖改编为传奇《龙膏记》。

《虬髯客传》[②] 之故事背景为隋末，人物有虬髯客、红拂、李靖、李世民等，故事与史实颇有出入，汪辟疆云："以颠倒眩惑之辞，效述异传奇之体。正小说家一时兴到之戏语，不必根于事实也。说部流传，史实转晦。太原三侠，千古艳称。必求史事以实之，亦近于凿矣。"(《唐人小说》叙录）此作以人物刻画的生动著称，虬髯客、红拂、李靖号称"太原三侠"或"风尘三侠"，被历代称道，尤以识英雄于风尘之中的红拂最为艳传，活跃于舞台，如明凌濛初杂剧《北红拂》、《虬髯翁》，传奇则有张凤翼《红拂记》、冯梦龙《女丈夫》等。

除此之外，还有皇甫氏《原化记》、皇甫枚《三水小牍》、韦绚《戎幕闲谈》等。

二、衰落期传奇的题材

从题材上看，本期涉及婚恋的作品仍然不少，只是生活气息和社会内容削弱

---

① 裴铏，生卒年不详。《全唐文》卷八〇五裴铏小传："铏咸通中为静海军节度使高骈掌书记，加侍御史内供奉。后官成都节度使副使，加御史大夫。"

② 《虬髯客传》，又名《虬须客传》。其作者一说为杜光庭，一说为张说，还有的未注撰人。学界一般认为是杜光庭撰。杜光庭（849？—933），字圣宾或宾圣，号东瀛子，处州缙云（今属浙江）人，一说长安（今陕西西安）人。曾入山学道，僖宗时充麟德殿文章应制。避乱入蜀，事蜀王建父子，任金紫光禄大夫户部侍郎，封蔡国公，赐号广成先生、传真天师。晚年归隐青城山。

了，婚恋当事人反抗叛逆的光彩暗淡了，之所以能够成就姻缘，不是靠自身争取，而是靠豪侠鬼神等外力帮助，要么，所恋对象就是不受人间礼教拘束的异类。《传奇》中的红绡妓与崔生成合靠昆仑奴帮助，郑德璘与韦氏成合靠水神帮助，张无颇与广利王女成合靠女仙帮助。人仙之恋如《传奇》之《裴航》、《封陟》等；人神之恋如《传奇·崔炜》、《续玄怪录·张老》等；人鬼之恋如《传奇》之《曾季衡》、《张云容》、《续玄怪录·窦玉》等；《传奇·孙恪》则写人猿之恋，等等。虽然男女主人公都追求爱情，但个人的努力却无足轻重，婚姻命运早就在冥冥之中注定了，《续玄怪录·定婚店》更用赤绳系足对婚姻命定进行解释，此种说法在前一期戴孚《广异记·阎庚》中就已出现，但其影响远不如《定婚店》。晚唐社会动荡，人们难以把握自己的命运，心生惶惑，宿命思想便有了滋长的土壤。比较优秀的作品有《传奇·裴航》、《三水小牍·步飞烟》。《干膘子·华州参军》是一篇独具特色的佳作，柳生、王生都爱恋崔氏，而崔钟情柳生。崔、柳、王都有爱的权利，都做了爱的努力，连崔母也同情和支持女儿的自主选择，作家没有因为崔选择了柳生而丑化王生，王生的爱也是真诚的，这种写法在古代文学中极为罕见。结尾也别出心裁，柳与王虽为情敌却并非势不两立，崔氏死后二人共誓入山修道，表现了对崔的一往情深。超凡脱俗，让人耳目一新。宋话本《碾玉观音》及金代董解元《西厢记诸宫调》对红娘形象的刻画都可以看出受本篇影响的痕迹。

豪侠成为后期传奇另一个重要内容。藩镇割据，军阀混战，政权更迭频繁，政权已不可依恃；靠光明正大的对抗也难以消灭对方，于是渴望出现具有超凡能力的侠士为自己排解忧难，所以以侠为主人公的作品往往与社会动乱联系在一起。《虬髯客传》托言隋末动乱，实则是晚唐社会的写照，通过李世民形象寄寓了对开明政治、贤明君主的向往。《甘泽谣》中的《聂隐娘》、《红线》都与藩镇斗争有关，《无双传》则以泾原兵叛为背景。这些侠士都绝对忠于主人，有的还不问是非，如《聂隐娘》、《红线》；有的出于仗义，如《无双传》、《传奇·昆仑奴》。丰富多彩的侠士形象是本期传奇的一大景观，在前期侠士基础上走向成熟，为后世侠义小说奠定了基础。

其他题材有抒发沧桑之感，流露末世哀音的如《纂异记·嵩岳嫁女》、《甘泽谣·许云封》；反映重大政治事件的如《纂异记·许生》写甘露之变；还有写为民除霸的、宣扬佛道二教思想的；等等。从中可以看出当时士林思想的混乱。

三、衰落期传奇的艺术

本期传奇细节描写少了，抒情性减弱，而设想新奇，往往出人意表，如《玄怪录·巴邛人》写四神仙于霜后橘中下棋，剖开橘子后又旁若无人，最后以草根化龙乘风而去。只写了神仙生活的一个片断，也能想象飞腾。《戎幕闲谈·郑仁钧》描写寄居人间的天曹判官，由其人神两种身份，想象出面孔一半白一半赤，冷与热也各不相同，想象奇诡，有如后世戏曲舞台上的脸谱。《甘泽谣·懒残》也写得人奇事奇。传奇的情节结构也由前一时期的起伏跌宕转向曲折离奇，像《传奇》之《崔炜》、《郑德璘》，《戎幕闲谈·郑仁钧》等，都极尽曲折变幻之能事，有出人意表的效果。

语言骈俪化也是本期传奇的一个特点，不仅失去了语言的生动自然之美，也妨碍了对人物的刻画和思想的表达。

鲁迅说："传奇小说，到唐亡时就绝了。至宋朝，虽然也有作传奇的，但就大不相同。因为唐人大抵描写时事；而宋人则多讲古事。唐人小说少教训；而宋则多教训。大概唐时讲话自由些，虽写时事，不至于得祸；而宋则讳忌渐多，所以文人便设法回避，去讲古事。加以宋时理学盛极一时，因之把小说也理学化了，以为小说非含有教训，便不足道。但文艺之所以为文艺，并不贵在教训，若把小说变成修身教科书，还说什么文艺。宋人虽然还作传奇，而我说传奇是绝了，也就是这意思。"（《中国小说的历史的变迁》第四讲）传奇小说至此虽"绝"，而对于小说，宋人却另有贡献。

第三章 敦煌通俗小说

清光绪二十六年（1900）道士王圆箓在敦煌莫高窟发现了一个封闭的洞窟——藏经洞，内藏经卷及手写本书籍等五万馀件上起魏晋、下至北宋七百年间的文物，保存了大量通俗文学作品，其中就有通俗小说。所谓"通俗小说"，是指以口语为表现形式的小说。通俗小说创作的最后完成，不是书写、刻印在纸上供人们阅读，而是在民众集聚的场合进行说唱。包括变文和话本两大类。

唐传奇的作者和读者都是文人学士，而通俗小说的作者却都是僧俗下层学士，其听众虽不乏文人雅士甚至帝王，但基本听众乃是随着城市经济的发展而壮大起来的市民阶层。

第一节 通俗小说的生长环境

一、文化沃土的滋养

唐代是中国古代社会的盛世。魏晋南北朝的战乱割据不仅严重破坏了社会经济，也阻碍了文化的交流发展。待到隋唐统一帝国建立，人民生活由动乱走向安定，经济繁荣，长久隔绝的南北文化以及外来文化得以汇聚交融，文学艺术也达到了新的高度。四夷歌舞、八方风谣齐聚中原，又融合吸收了西域音乐，异质文化的杂糅为文艺带来新的生命活力，于是形成了新的乐种——燕乐（也作宴乐），就是宋人沈括《梦溪笔谈·乐律一》所说的："以先王之乐为'雅乐'，前世新声为'清乐'，合胡部为'宴乐'。"这一新的音乐系统影响非常广泛，词这种诗体就是在燕乐配合下产生和发展的。诗、文、书、画、文言小说等，都取得了前所未有的成就。这是民间文学艺术生长的良好文化氛围。

二、宗教文化的影响

唐代儒释道三家并崇。儒家使士人注重功业，关注社会民生，是古代社会历朝历代士人的精神支柱，也正是儒家文化造就了建功立业的盛唐精神，形成了盛唐气象。唐太宗、武则天都自称是佛门弟子；玄奘赴西域学佛归唐后，受到太宗接见，并设译场、讲坛以崇佛教。在唐代历代帝王中，只有武宗反佛。文人中研修佛理成为一时风气，不仅影响了他们的人生观，也影响了他们的审美观，最著名的如王维、柳宗元、刘禹锡等都信仰佛教。唐代僧人的文化素养也很高，出现了不少有名的诗僧，如王梵志、寒山、贾岛等。李渊、李世民父子起兵反隋时曾得到道士的帮助，同时为了神化李氏家族，便自称是老子李耳之后裔，奉道教为国教，使道教得到很大发展。受道教影响最深的诗人是李白，其他如陈子昂、储光羲等也有道教思想，而女诗人鱼玄机则是很有名气的女道士。儒释道三家在唐代既互相斗争又互相吸收融合，也都获得了很大发展，这是唐代小说中具有宗教内容的根源。

三、士大夫娱乐享受的精神追求

生活富足安定为追求享受提供了物质基础。盛世不消说了，"忆昔开元全盛日，小邑犹藏万家室。稻米流脂粟米白，公私仓廪俱丰实。九州道路无豺虎，远行不劳吉日出。齐纨鲁缟车班班，男耕女织不相失。"（杜甫《忆昔》之二）安史之乱以后虽然经济受到很大破坏，始终未能恢复到开元天宝盛世的繁荣程度，但也有了相对稳定的发展，出现了中兴的希望。人们在温饱之馀，开始追求娱乐。尤其是中唐，追求安逸，耽于游乐，成了社会风气。比如韩愈，朱熹说他："平日只以做文吟诗饮酒博戏为事"，"至其每日功夫，只是做诗，博弈，酣饮取乐而已"（《朱子语类》卷一三七）。白居易《代书诗一百韵寄微之》写他与元稹的生活："征伶皆绝艺，选伎悉名姬。粉黛凝春态，金钿耀水嬉。风流夸堕髻，时世门啼眉。密坐随欢促，华尊逐胜移。香飘歌袂动，翠落舞钗遗。筹插红螺碗，觥飞白玉卮。打嫌调笑易，饮讶卷波迟。残席喧哗散，归鞍酩酊骑。"选伎征伶，平康幽会，目为风流，所以才留下了杜牧的名句："落魄江湖载酒行，楚腰纤细掌中轻。十年一觉扬州梦，赢得青楼薄幸名。"（《遣怀》）他们也爱听说书，对通俗文艺有浓厚兴趣，元稹《酬翰林白学士代书一百韵》："翰墨题名尽，光阴听话移。”自注：“乐天每与予游，从无不书名屋壁。又尝于新昌宅（听）说《一枝花》话，自寅至巳犹未毕词也。”“一枝花话”即李娃故事①，一听就是八九个小时，可见兴趣之浓。唐明皇做了太上皇爱听变文（《高力士外传》）；武宗数幸教坊，倡优杂进，酒酣作技，谐谑如民间宴席（王谠《唐语林》）。观众是民间文艺滋长的土壤，而上层人士的爱好，又促使民间文艺不断提高，增强吸引力。

总之，唐代社会为通俗小说提供了适宜的生存环境。

第二节 变文

一、什么是变文

“变文”亦称转变，内容和形式，都是佛教讲经文与中国传统的世俗故事文学相糅合的产物，是一种新的文体。“变”即变易、改变。根据文字改变成图像者谓之“变相”；把一种体裁的文字改变成另一种体裁的文字，或者把不易懂的内容重新敷演，使其易懂，谓之“变文”。唐代的变文是一种有说有唱、韵散结合的文艺形式，散文用来讲说，韵文用于演唱，讲唱时还可以配以图画，吉师老《看蜀女转昭君变》有“画卷开时塞外云”的句子（见韦縠所选《才调集》），今存《降魔变文》卷子的背面，就有与文字内容相配的插图。演唱时还可以有音乐伴奏。

变文起源于佛寺。佛经本以散文叙说、偈语唱赞，为了阐释佛理、宣扬佛法，僧人在佛经基础上用通俗有趣的形式向僧俗大众宣讲，创造了转读、唱导等讲经形式，后来又进一步用文艺形式宣讲佛经故事，使宗教经典形象化，逐渐演变成变文。起初只是对僧众宣讲，谓之僧讲；后来又对未出家人宣讲，谓之俗讲。宣讲的内容有的是先讲佛经，然后敷演阐释，又叫“讲经文”，如《维摩诘经变文》，全据《维摩诘经》演绎；进而不引佛经，只讲佛经故事，如《降魔变文》；后来干脆向佛教以外的历史、传说和现实生活寻找题材，表现出变文向话本小说靠拢的明显轨迹。

不仅僧人讲，道士、世俗人也讲，而且互相争胜。韩愈《华山女》诗就描写了佛道二教通过俗讲争取观众的情景：“街东街西讲佛经，撞钟吹螺闹宫庭。广张罪福资诱胁，听众狎恰排浮萍。黄衣道士亦讲说，座下寥落如晨星。华山女儿家奉道，欲驱异教归山灵。洗妆拭面着冠帔，白咽红颊长眉青。遂来升座演真诀，观门不许人开扃。不知谁人暗相报，訇然振动如雷霆。扫除众寺人迹绝，骅

① “一枝花”即李娃故事，见前文“白行简”条下注释。

骝塞路连缁軿。观中人满坐观外，后至无地无由听……”华山女仗其色相，讲述灵异，引起轰动，把佛寺里的听众都吸引到道观里去了。可见俗讲听众之众多，场面之热烈。据日僧圆仁《入唐求法巡礼行记》载，会昌元年（841），长安一次俗讲从正月十五日一直讲到二月十五。赵璘《因话录》卷四《角部》提到晚唐僧人文溆“公为聚众谈说，假托经论，所言无非淫秽鄙亵之事。不逞之徒转相鼓扇扶树，愚夫冶妇乐闻其说。听者填咽寺舍，瞻礼崇奉，呼为和尚。教坊效其声调以为歌曲。”可见俗讲的内容中夹杂了色情。

从《降魔变文》有“伏惟我大唐汉圣主开元天宝圣文神武应道皇帝陛下”字样看，玄宗朝变文就已相当成熟。

二、变文的内容

宗教故事的变文有《降魔变文》，故事本于《贤愚经》之《须达起精舍品》，写佛弟子舍利弗与外道六师斗法并战而胜之的故事。《丑女缘起》事本《杂宝藏经》、《百缘经》等。所谓“缘起”，指佛教所说一切事物待缘而起。写一善女曾供养罗汉，因嫌其丑陋遂生轻贱之心。因有布施之缘，死后转生为公主，但奇丑无比。公主拈香向灵山发愿，如来现身使丑女变美。《大目乾连冥间救母变文》是根据《盂兰盆经》演绎而成的，写目连之母青提夫人富而悭吝，杀生殴僧欺凌孤老，死后入阿鼻地狱。其子罗卜出家佛门，证得阿罗汉果，号大目乾连。上天见父，入地见母，不畏艰险磨难，历经曲折使青提夫人出地狱还为女身，等等。这类变文都具有浓厚的宗教意识，但也吸收了一些儒家思想，比如《目连救母》变文中罗卜身上所体现出来的孝道，以及他百折不回、不达目的不肯罢休的奋斗精神，就是佛教中国化过程中，向儒家思想靠拢的结果。佛家以佛法僧为三宝，僧人本来只礼佛便可，无须孝亲，这才符合“出家”本意。但释迦牟尼却帮助目连实践了孝亲救母的道德准则，容纳了儒家孝道思想。变文不仅写了目连的孝行，还多次表彰董永、郭巨、王祥等二十四孝中的人物，可以看出宗教类变文的世俗化倾向。《降魔变文》写佛道争雄中佛战胜道，体现了宗教斗争之激烈，佛教势力之强大。

世俗故事变文包括现实故事、历史故事和民间传说等。这类变文内容充实、丰富，文学性也远胜宗教类变文。现实题材如《张义潮变文》、《张淮深变文》。据《新唐书·列传·吐蕃下》，张义潮曾乘吐蕃内乱之机，收复十一州土地归唐，义潮被任命为归义军节度使、十一州观察史。变文写张义潮归唐后保卫边疆的故事，可惜残损严重，仅存三事：抗击吐蕃、吐谷浑联合劫掠沙州，大获全胜；回鹘、吐谷浑犯伊州，义潮征讨，得胜而还；回鹘劫夺国信，追赶汉使，进犯伊州，义潮怒而出兵，大获全胜。其中，第三事描写甚详。两篇变文都以当时发生的重大事件为题材，可称“时事变”。通过对张义潮及归义军将士英勇卫边精神的描写，表达了边疆人民反对分裂、维护国家统一的强烈愿望，洋溢着炽热的爱国感情。以历史故事为题材的作品很多，如《伍子胥变文》，写楚平王夺子妻为妃，伍奢劝谏被杀，其子伍员（yún）字子胥借吴兵伐楚为父报仇，后又被吴王杀害的故事。此事在《左传》、《国语》、《史记》等史籍及《越绝书》、《吴越春秋》等杂录中均有记载和文学描写。《汉将王陵变》，本事见于《汉书·张陈王周传》，写刘邦手下大将王陵入楚阵砍营，杀伤甚众，项羽劫得陵母，逼其母修书招降王陵。陵母自刎，使陵专心事汉。拥刘反项的倾向非常明显，刘项之间有有道、无道之分，这样王陵的英勇无敌、王母的勇于牺牲，就具有了义薄云天的正义内涵。《舜子变文》、《李陵变文》、《王昭君变文》等亦属此类。这类变文虽然都有史实可寻，但变文并不严守史范，大都凭借丰富的想象虚构出生动的情节，人物心理和感情的描写，更为史载所不及。以民间传说为题材的有《董永变文》、《秋胡变文》、《孟姜女变文》等，都是在前代已有传说的基础上生发敷演而成的，对这些传说的发展和流播起了很大的作用。

三、变文的艺术

变文的篇幅很长，不仅志怪志人小说不能相比，传奇文也难以企及，现存最长的是《维摩诘经变文》，总卷数竟达三十卷左右，可见结构之宏伟。篇幅拓展，容纳的内容也就更为丰富充实，往往不是单一的而是多重的。描写最为出色的是《伍子胥变文》，虽然略有残缺，尚存一万五千余言。它鞭笞君王的残暴，歌颂艰苦卓绝的复仇精神，也含有更深层次的思考。君主高度集权、高度专制的政治体制，使君王们容不得臣下人生价值的追求。智勇超绝、快意恩仇、成就辉煌功业的伍子胥，恰恰在专制君王的面前走到了末路。伍子胥从反暴君始，又以为暴君所害终；子胥父兄之在楚，与子胥之在吴，悲剧命运竟如此相似——谁也逃不脱君王专制的阴影，谁也走不出专制制度的怪圈！在专制政体下，个人才华能力的充分展现、人格尊严的张扬，就是毁灭的因由。伍子胥故事所蕴寓的历史哲学极为深厚，所以春秋之际，各国名臣中功业地位超过伍子胥的大有人在，如齐之管仲、越之范蠡和文种、楚之令尹子文与孙叔敖等，而司马迁《史记》只为伍子胥、司马穰苴两人独立列传，就是看出了伍子胥悲剧命运后面隐含的哲理。对唐代人文精神的深层思索，这是传奇小说中所不曾有过的。

讲唱文学吸引听众的一个重要特点就是故事性强。为了增强故事性，也为了适应讲唱时间长短的不固定性，故事的结构往往采取糖葫芦式——用一个线索串联无数个小故事。这种结构具有开放性、伸缩性，可以随意加减小故事，也可以颠倒故事的次序，而不影响故事的主干。《降魔变文》中舍利弗与六师斗法的许多回合就是用一个个斗法小故事叠加在一起的；《目连救母》以目连寻母为线索，把目连所经所见天上、人间、地狱都写到了，而且，只要讲唱需要，还可以续加，一条链子，可以串无数珍珠。《伍子胥变文》中伍子胥逃奔吴国的经过是描写的重点，除了遇渔父及浣纱女这些历代共认的标志性情节外，又加进了其他书所没有的见姊、遇妻的情节；遇妻而不敢相认，于是夫妻用药名诗问答，这既不合常情常理，也不太符合当时的情境，可能是讲唱人富有医药知识，为了拖延时间而发挥特长吧。这就是鲁迅所说的“各运匠心，随时生发”（《中国小说史略》第十二篇）的例证。这种结构比较松散，故事与故事之间缺少必然的联系，但它的优越性却为后世小说戏曲看中，《西游记》便吸收了这种结构经验并使之更臻完美；戏曲如明人郑之珍的南戏《目连救母劝善记》共102出，清代张照所编宫廷大戏《劝善金科》长达340出，都采用了这种结构。《降魔变文》斗法手段的描写、新奇的想象、奇幻的场面，令人骇目惊心，为后世神魔小说提供了有益的借鉴。

第三节　话本

一、什么是话本

话，即故事；说话，就是讲故事，也就是说书；所讲的故事用文字记录下来就是话本。所以鲁迅说：“然在市井间，则别有艺文兴起。即以俚语著书，叙述故事，谓之‘平话’，即今所谓‘白话小说’者是也。”又说：“说话者，谓口说古今惊听之事，盖唐时亦已有之……说话之事，虽在说话人各运匠心，随时生发，而仍有底本以作凭依，是为‘话本’。”（《中国小说史略》第十二篇）① 宋金时代说话盛行，“话本”一词也为其他艺术所借用。宋人灌园耐得翁《都城纪胜·瓦舍众伎》：“凡傀儡敷演烟粉灵怪故事、铁骑公案之类，其话本或如杂剧，或如崖词，大抵多虚少实……凡影戏乃京师人初以素纸雕镞，后用彩色装皮为之，其话本与讲史书者颇同，大抵真假相半……”是傀儡戏、影戏、杂剧、崖词之底本亦可称话本。但这并不确切。严格意义上的话本只是说话人所讲故事的文字记录，也称“话文”、“说话”，简称“话”；因其听众主要是市民阶层，故称“市人小说”。后来文人加工整理或创作的专供阅读的白话小说以及诗话、词话等类也称话本，这是广义的概念了。

讲故事有着悠久的历史。远古时代，人们在劳动休息时往往用讲故事消遣娱

---

① 也有人以为“话本”就是故事的意思，见日本增田涉：《论“话本”一词的定义》，《中国古典小说研究专集》三，台湾联经出版事业公司，1981年版；石昌渝：《中国小说源流论》，三联书店，1994年版。

乐，是为讲故事的源头。汉代刘向《列女传·母仪传》之“周室三母”载：“古者妇人妊子……夜则令瞽诵诗，道正事。如此则生子形容端正，才德过人矣。”“道正事”即讲故事，用故事进行胎教。既是胎教，就不止一次，讲一夜故事不可能有如此大的作用。这是“说话”的最早记载。此后《魏书·蒋少游传》、《北史·李谐传》、《南史·始兴王传》等，都有片段记载。隋代说话艺术进一步发展，侯白《启颜录》云：“白在散官，隶属杨素，爱其能剧谈，每上番日，即令谈戏弄。或从旦至晚，始得归。才出省门，即逢素子玄感，乃云：‘侯秀才，可以玄感说一个好话。’白被留连，不获已，乃云：‘有一大虫，欲向野中觅肉，见一刺猬仰卧，谓是肉脔，欲衔之。忽被刺猬卷着鼻，惊走，不知休息，至山中，困乏，不觉昏睡，刺猬乃放鼻而去。大虫乃忽起欢喜，走至橡树下，低头见橡斗，乃侧身语云：旦来遭见贤尊，愿郎君且避道。’”（《太平广记》卷二四八）这是将故事称为“话”的最早记载，也是见于记载的最早的小“话”。其后，以“话”代指故事的记载渐渐多了起来，以至小说都用“话说”开篇，意思是“故事说”。

到了唐代，随着城市经济的发展，市民阶层壮大，适应市民需要的说话艺术也空前发展，文人学士元稹、白居易曾于长安新昌宅听“话”，刘禹锡还曾在给高寓的信中讲过一“话”（《太平广记》卷二五一“刘禹锡”）。据唐郭湜《高力士外传》，唐明皇退居兴庆宫后，“每日上皇与高公亲看扫除庭院、芟薙草木。或讲经论议，转变说话，虽不近文律，终冀悦圣情”。可见说话不仅吸引了文士，也深入了宫廷。

今存最早话本是敦煌发现的唐代话本，以散文叙说故事，很少用诗歌配合。话本的出现标志着中国通俗小说的成熟，在古体小说之外别立一宗，为后世话本、拟话本及章回小说的发展繁荣，开辟了道路，奠定了基础，后来竟取代古体小说而成为中国古代小说的主流了。

二、话本的内容

表现宗教内容的话本如《庐山远公话》，写在庐山修行的释惠远前世曾为二商人间借债作保，债未了却而借债人与保人已死。转世后三人重逢，惠远在两家为奴以偿还宿债。惠远本是东晋名僧，净土宗初祖，事见《高僧传》卷六、《出三藏记集》卷十五等。话本所写并非史实，是在吸收民间传说的基础上，凭借大胆想象创作而成的。话本的宗教思想浓厚，用不小的篇幅演绎佛经，宣扬轮回思想。篇末有“开宝五年张长继书记”字样，开宝为宋太祖年号，当是唐人所作宋初抄录。《叶净能诗》，“诗”当为“话”之误。这是敦煌通俗小说中唯一一篇写道教的作品，由表现道士叶净能“在道精熟，符箓最绝”的一个个小故事组成，目的在表现叶净能道行高深、法术玄妙，说明道教神通广大；但写叶道士施法取宫中美人侍寝，则又近于仗法力作乱的妖道。从宗教类话本看，留有明显的受变文影响的痕迹。

世俗故事类话本如《韩擒虎话本》，写隋文帝杨坚称帝后，派遣大将韩擒虎灭陈、和番大夏，最后被地府迎请为阴司之主的故事。韩擒虎，史有其人，见《北史·韩雄传》附韩擒虎传、《隋书·韩擒虎传》。话本吸收了大量民间传说，塑造出一个十三岁的少年英雄韩擒虎形象，赞颂他有勇有谋、统一天下、安邦定国的精神。"话本"，原作"画本"，显系同音笔误。《唐太宗入冥记》写李世民为夺帝位而囚慈父，杀兄弟，生魂被阎罗王勾摄入地府，崔子玉在阴曹做判官，审理此案，崔阳世为县尉，为求大官而卖法，更改生死簿，使太宗还阳增寿的故事。此事唐人张鷟《朝野佥载》卷六、郑烺《崔府君祠录》都有记载。此记有讥刺帝王凶残、官员卖法的意向，也可以看出道教思想、佛教思想的影响。这段故事后来被小说《西游记》所吸收。《孔子项托相问书》篇中有后晋天福年抄写的字样，也当为唐代流传下来的作品。孔子出游，遇小儿项托，于是二人问答。孔子所问，项托对答如流；而项托所问，孔子所答均被项托驳诘得无言以对。孔子心生嫉妒，最后杀了项托。故事情节的开展，采用了汉赋中主客问答的方式。这里的孔子是一个嫉贤妒能的人，小说家言，本不足据，但在敦煌通俗文学中却传本最多，流传亦广，表现了对挑战权威精神的赞许。此类传说，上有渊源，后世流传也很广，明刊《历朝故事统宗·小儿论》、《东园杂字》、民国年间北京打磨厂宝文堂同记书铺铅印本《新编小儿难孔子》等，都载有这类故事，但都略去了杀项托的情节。

三、话本的艺术

"话本"，顾名思义，说书人着意经营的是"话"，用故事吸引听众，也用故事承载他们所要表达的思想感情。话本都在故事上做文章，篇幅比传奇文长得多，有头有尾，而且情节曲折。为了引人入胜，故事中往往加入奇幻的内容以耸人听闻。如《庐山远公话》中的潭龙听经；讲经时感得山石摇动百草并合，五色祥云布满长空；所抄经卷入火不焚投水不濡；等等。虽然话中有很多经义讲解，有这些奇异故事的穿插，能增加不少情趣。《孔子项托相问书》写人间故事，除了写出项托争强好胜的童心童趣之外，也加了个奇幻的结尾：项托被杀，其母把鲜血泼在粪堆旁，鲜血化为百尺修竹，节节兵马，弓刀随身，吓得孔子惊惶骇怕，州县为项托修建祠庙。《叶净能诗》为了神化叶道士之法力，更是描写了种种神异；其中唐明皇游月宫的故事，也能让企图一睹月宫真容的听众兴趣盎然。《韩擒虎话本》写隋文帝登基，也加进了神秘色彩："见一白羊，身长一丈二尺，张牙利口，便下殿来，哮吼如雷，拟吞合朝大臣。众人亦见，便知杨坚合有天分，一齐拜舞，叫呼万岁。遂乃册立，自称隋文皇帝。”这一方面表明了杨坚称帝上合天意的合理性，从艺术方面说，在平实的描写中增加一点异样情趣，也是对听众胃口的调剂。

对素材颇见提炼功夫的是《韩擒虎话本》。韩擒虎虽为大将，却又是一名“一十三岁奶腥未落”的少年。为了使少年英雄形象突出与可爱，话本作者在写隋与陈兵戎相见的征战过程中，并没有在两军交锋的刀光血影中，展示韩擒虎的英勇果敢和武艺高强，他不是一员冲锋陷阵锐不可当的战将，而是一员领兵大将、儒将。作者别具匠心地把笔墨放在了战前的准备和以智偷袭上。写两军阵前他与陈将任蛮奴相见，原来任蛮奴与擒虎之父“同堂学业”，父亲遗言：“见面之时，切须存其父子之礼。”忆及亡父之言，擒虎先是“满目泪流”，说明刀剑在身不能跪拜；继而拒绝退兵，坚持收复陈国的原则；最后写交战，也是突出“擒虎虽在幼年，也曾博览亡父兵书”的特点，识破陈兵阵法，指挥有方，“此阵一击，当时瓦解”。韩擒虎满腹韬略，精通战法，既彬彬有礼，又不因私废公。韩擒虎毕竟是一员武将，本领高强是必不可少的一面，话本巧妙地把这种本领的展示放在了和平时期，在出使番邦、接待来使时一显身手。生既为安边定国的人杰，死亦为统领阴军的鬼雄。刻画人物生动饱满。

从总体来看，敦煌所发现的通俗小说还是很稚嫩的。由于很多被盗往海外，造成了不同程度的残缺；由于抄写者文化水平不高，有很多错字别字；语言也不是很流畅，与同期的传奇文相比，便显得粗糙多了；也有了初步的塑造人物的意识，如对韩擒虎形象的刻画、《唐太宗入冥记》中崔子玉为求阳世升官而阴司卖法时的心理描写，等等，与六朝志怪相比，演进之迹甚明，但毕竟还只是意在故事，人物只是故事的载体，还没有进入通过故事来塑造人物的阶段。

变文和话本这一类通俗小说与传奇文的根本性区别在于，变文和话本与社会经济形态的联系要比传奇文密切得多，深刻得多。传奇与诗歌散文等传统士大夫文学一样，属于精英文学，写作目的是给上层人物看的，甚至只为自我宣示而不求人知，或者常人难知，因而大有天才孤寂之叹，或作品寓意含而不露，或超迈群伦高而难知，总之作者的追求可以不为世人所知，也允许不为人知。“千秋业付后人猜”，世无知己，便只求后世知音了。通俗小说则不然。从《列女传》所载“周室三母”中“道正事”的瞽人，就带有以讲故事谋生的因素；到唐代社会经济，尤其是城市经济比较繁荣之后，说书就具有了更明显的商品性质。吉师老所言说唱《昭君变》之蜀女，可能就是职业女艺人，自然是以“变”卖钱；僧人之说唱，或直接收敛布施，如《庐山远公话》中道安讲经，听者“纳钱一百贯文”、“每日纳绢一匹”，即使当时不收入场费，也是为日后之布施。而大众的文化修养远不及进士达官之类精英，过于高深、过于隐蔽则难以吸引听众，况且又是口头艺术，与书面文学之反复阅读索解不同，因此，通俗小说必须从思想内容到表现形式都做到通俗易懂，不是作者想说什么就说什么，想怎么说就怎么说，而是市人想听什么就说什么，听众怎么听着高兴就怎么说，也就是必须取悦于普普通通的广大听众，即所谓“媚俗”，作品才能变成商品。受商品属性和表演属性的制约，这些作品是白话的、用民间口语写成的，与文言小说相比，生活气息浓厚多了，语言口气亲切多了，受众面大大扩展，“小说”不仅是可以阅读的文本，更是可以观看的表演艺术，“小说”普及了，成为日渐受人青睐的文学新宠儿；所写故事是虚构的，即使以真实的历史人物为描写对象，也是或力避史事，或在史实基础上采纳更多的传说，通俗小说的作者没有史的意识，连史的形式也不模仿（这也与传奇小说有所不同），总之，想象为文成为作品的主干；结撰奇巧动人的故事，吸引读者和听众，成为作者的有意识追求，这为后世小说结构提供了有益的借鉴。可以说，敦煌藏经洞的发现是中国文学史上通俗白话小说的第一次群体亮相，在文学史上具有重大意义，它标志着一种新的小说样式诞生了。正是在这个基础上，宋元乃至明清的白话小说才取得了辉煌的成就。

［参考文献］

〔1〕李昉等编：《太平广记》，北京：中华书局，1961年版。

〔2〕汪辟疆校录：《唐人小说》，上海：古典文学出版社，1955年版。

〔3〕鲁迅：《唐宋传奇集》，《鲁迅辑录古籍丛编》第二卷. 北京：人民文学出版社，1999年版。

〔4〕李宗为：《唐人传奇》，北京：中华书局，1985年版。

〔5〕程国赋：《唐代小说嬗变研究》，北京：中华书局，1997年版。

〔6〕侯忠义：《隋唐五代小说史》，杭州：浙江古籍出版社，1998年版。

〔7〕程国赋：《唐五代小说的文化阐释》，北京：人民文学出版社，2002年版。

〔8〕王重民等编：《敦煌变文集》，北京：人民文学出版社，1957年版。

〔9〕周绍良等编：《敦煌变文集补编》，北京：北京大学出版社，1989年版。

〔10〕黄征，张涌泉校注：《敦煌变文校注》，北京：中华书局，1997年版。

〔11〕周绍良，白化文编：《敦煌变文论文录》，上海：上海古籍出版社，1982年版。

〔12〕颜廷亮主编：《敦煌变文概论》，兰州：甘肃人民出版社，1993年版。

奇书何妨以奇解之

——序霍现俊著《金瓶梅艺术论要》

一

《金瓶梅》是个谜。

缘其“谜”，故无数学人殚精竭虑以求解之。文学研究之士固分内之事，历史学家、经济学家，甚至理工界人士（如水利工程专家盛鸿郎先生大著《萧鸣凤与〈金瓶梅〉》，其“综合篇”即有“试解《金瓶梅》诸谜”一节），都争欲一试身手。作者是谁？作于何年？所写何地？写作目的何在？题旨为何？当作如何评价……诸多问题，争论不休，故有“说不尽的《金瓶梅》”（宁宗一先生大著即以此名书）之说。

其实文学本来就是“形象大于思想”（高尔基《俄国文学史》），令人捉摸品味，魅力无穷，不然如“床前明月光”之类，短短四句，明白如话，为什么能令历代读者赏玩陶醉，日越久而兴味越浓呢？不要说诸多作者身世难详，如关汉卿、王实甫、笑笑生辈，即使是里贯生平翔实可知者，人们又何尝能从作品中读懂他们的心曲！中国文学史上有个意味深长的俞伯牙摔琴情结，寓含着天才作家的沉重感叹：知音死了。文学史、艺术史都在说明：天才孤独。所以屈原感叹：“众不知余之异彩”（《楚辞·九章·怀沙》），司马迁感叹：“独郁悒而谁与语”（《报任少卿书》）……蒲松龄感叹：“男儿所恨无知己，纵不成名未足哀。”（《偶感》）世无知音的唱叹贯穿了整部文学史。所以《文心雕龙》著《知音》之篇，认识到“知音其难哉！……逢其知音，千载其一乎！”美国的阿诺德·豪赛尔在《艺术史的哲学·导论》中就果断地说，对艺术作品的解释是“永无止境的，也不会有最终的结论。”其实我们的先人早就认识到了：“《诗》无达诂，《易》无达占，《春秋》无达辞”（董仲舒《春秋繁露·精华》）。

《红楼梦》则成为中国文学史上最大、最诱人的谜，雪芹曹公言曰：“满纸荒唐言，一把辛酸泪，都云作者痴，谁解其中味？”嗜《红》者于是争作解人，“红学”遂生；“红学”之盛，还有新旧之分，引而申之则“曹学”破门而出，而祖宗之上还有祖宗，曹家系炎帝之子孙欤？黄帝之苗裔欤？倘能考出曹氏究系哪一群猴子变来则厥功伟矣！父系若明再继考母系，则新“学”之出正未有穷期。人们认为，“新红学”当然比“旧红学”进步，因为“旧红学”之索隐有类猜谜，而“新红学”则使《红楼梦》研究回归了作家，回归了文本。可是，进入20世纪50年代以后，自认为掌握了先进思想武器的人，却发动了一场声势浩大的批判“新红学”派的运动，不仅批判其“学”，连“学”之载体——红学家也不放过，于是俞平伯先生无处可逃。运动的参加者自以为其学最为有用，最得《红楼梦》之真谛，是理所当然的解味者。不仅俨然以登堂入室的“楼”中人自居，且以“梦”中人自居，似乎只有自己独得曹公之秘辛，其他人则是“楼”外说梦。待到革了“文化大革命”的命以后，那些“先进”和“有用”之学却訇然坍塌，“揭秘”、“解梦”之学又新妆面世，红火了好一阵子，晏元献那千古名句——“似曾相识燕归来”不禁浮上了人们的心头，蔡孑民先生的《石头记索隐》于2008年隆重推出，也就在情理之中了，读书人遂有幸重睹前度刘郎。

我由此想起了20世纪最后一位国学大师王国维的话，他在为《国学丛刊》作的序中说：“学无新旧，无中西，无有用无用。”在学术研究中提倡“立竿见影，急用先学”的方法，以求得实用性效果，大概在正常社会中的正常学人，都不会萌生此念。学术研究很大程度上是一种个人行为，学者有个性，研究对象各异，求解的途径似乎也不应该只此一家，别无分号。王国维治学，于不同研究对象本有不同研究方法：“一曰取地下之实物与纸上之遗文互相释证。凡属于考古学及上古史之作，如殷卜辞中所见先公先王考及鬼方昆夷玁狁考等是也。二曰取异族之故书与吾国之旧籍互相补正。凡属于辽金元史事及边疆地理之作，如萌古考及元朝秘史之主因亦儿坚考等是也。三曰取外来之观念，与固有之材料互相参证。凡属于文艺批评及小说戏曲之作，如红楼梦评论及宋元戏曲考唐宋大曲考等是也。此三类之著作，其学术性质固有异同，所用方法亦不尽附会，要皆足以转移一时之风气，而示来者以轨则。”（陈寅恪《王静安先生遗书序》）所以学术应当宽容，不论是观点、方法，还是课题的价值，都不宜匆忙下结论，更不要盲目否定。比如，曹雪芹之卒年问题，曾有过一场认认真真的大论辩。不禁要问：曹雪芹早逝一年或晚逝一年，影响对《红楼梦》文本的解读吗？争论的学术意义何在？但从另一方面看，《红楼梦》作为中国古代叙事文学的高峰，深受人们喜爱的名著，其作者生卒年都搞不清楚，是不是学术界的失职？争而没有定论是可以接受的，但若以其“无用”而不去探讨，则是学术界的“不作为”行为了。吾人学力不足，仅用一法而犹未纯熟，却又往往互生鄙薄之心，岂不可悲！学术争论是一个摆证据讲道理的过程，而不是仗势用权的过程；享受的是探秘求真之乐趣，而不是运用权力的愉快。试看运用权力铲除学术中的不同意见，如批判胡适、俞平伯、胡风、马寅初、评法批儒、评水浒……不失闲儿地折腾，看似有泰山压卵之势，哪一个结论经得起时间的检验？又有哪一种观点能被普世认同？是真理则放之四海而皆准，世上岂有称王逞霸仅“适用”于一时一域之“真理”乎？岂有不许他人讨论、争辩之“真理”乎？学术研究，尤其是文学研究，对圣贤发愤之作，是一个体认的问题，求真的问题，很难说谁就是唯一的知音。不同意见的争论，既不会阻碍经济的发展，降低人们的生活水平，也无力造成政局的动荡，破坏社会的安宁。把学术活动搞成政治运动，甚至搞成整人运动，就未免卑劣了，不仅亵渎了“学术”的纯洁，也失去了“政者正也”，无私者为政的品格。还是引用陈寅恪《清华大学王观堂先生纪念碑铭》的话吧：“士之读书治学，盖将以脱心志于俗谛之桎梏，真理因得以发扬……先生之著述，或有时而不章。先生之学说，或有时而可商。惟此独立之精神，自由之思想，历千万祀，与天壤而同久，共三光而永光。”“独立之精神，自由之思想”十字箴言，可为学界之座右铭。

二

《金瓶梅》是一部奇书。

法国的汉学家克洛德·罗瓦说：“《金瓶梅》作为中国最优秀的古典小说之一，也是最动人、最招非议的小说。从它问世那天起，《金瓶梅》既使中国读者难堪，又使他们着迷。文人学者不知如何对付这部令人心悸的杰作，如何对付这部巨型的色情与商务编年史。它是对当时社会现实作无情揭露呢？还是津津乐道的淫书？是烙在现实社会的一块灼热的烙铁？还是一部诱惑读者敏感于腰带以下部位的别有用心之作？各政权及检查机构，在这只黑色羔羊面前表现得犹豫不决……”

美国学者陶玮（海托华）在《中国文学在世界文学中的地位》一文中认为：“中国的《金瓶梅》与《红楼梦》二书，描写范围之广，情节之复杂，人物刻画之细致入微，均可与西方最伟大的小说相媲美……中国小说在质的方面，凭着上述两部名著，足可以同欧洲小说并驾齐驱，争一日之短长。”

英译本序言甚至说：“世界上缺少了《金瓶梅》，就会感到活着没什么意思！”这真是令人震惊之语。

这都是海外异族说的话。没有受过儒学濡润的欧美人士，或描述《金瓶梅》诞生后所引起的社会心理波澜，或在“国际视域”下对《金瓶梅》作学术评价，或直言不讳地说出《金瓶梅》产生的读者反响。《金瓶梅》令华夷同迷，真是奇了。

缘其过奇，自知无力解谜，故未敢涉足。霍子现俊决定写这篇论文时，我非常犹豫，先是劝他改选他题。因为：一，这个谜不好解，前人之言已极纷纭，如乱花迷眼，再难有新意。二，“艺术”一途更是难如蜀道。进入二十世纪下半叶以来，受苏联文艺理论影响，叙事文学的艺术分析已经范式化了，典型啦，个性啦，矛盾冲突啦……分析张飞、李逵的语言是个性化，分析潘金莲、林黛玉也仿照无误。论《金瓶梅》就能像孙猴子翻跟头——跳出窠臼？后来之所以支持现俊君写这个题目，是因为他对《金瓶梅》有自己的想法，此前已经出版有《金瓶梅新解》（河北教育出版社，1999 年版）、《金瓶梅发微》（中国社会科学出版社 2002 年版）、《金瓶梅人名解诂》（河北人民出版社 2005 年版）三部专书及数十篇相关论文，对《金瓶梅》的作者、表现的时代、版本、创作缘起、成书时间、人物原型、地理背景、内容主旨，等等，都有他独特的思考，形成了自成体系的“霍氏金学”。我不大习惯于现俊的思考方式，以为那样的话，写小说则作者太累，读小说则读者太累，且明人似乎也不像清人那样有考据癖。但是，他读了那么多相关资料，《宋史》、《明史》、《明实录》、相关笔记……要否定他，就得“举证”，这还真不是一件容易的事。且霍子论《金瓶梅》之艺术，本是其自我体系中的一部分，与整体见解有着有机的联系。为什么不能与老师作“异样思考”呢？我很不赞成用非学术手段解决学术异议，仅仅凭藉老师的身份来扼杀学生的新异想法，有违为师之道。

既乎现俊文成，还真令我欣喜。这得回到《金瓶梅》研究的环境中说起。

三

《金瓶梅》在 20 世纪 80 年代曾引起众多学者的关注，发表了数量相当可观的研究论文和专著，其形势几与《红楼梦》相媲美而成为一门“显学”，这种研究热潮大约延续到了 90 年代中期。此后热情稍减，学者们以更加理性的态度、从不同的角度继续作深入挖掘。到 20 世纪末，据不完全统计，20 年间共发表论文约 2000 篇，出版专著近 200 部，是前 80 年的几十倍（吴敢《20 世纪金瓶梅研究史长编》，文汇出版社 2003 年版）。

综观这些研究成果，虽角度不一，见解各异，几乎涉及了《金瓶梅》的方方面面，但从数量上来分析，主要集中在作者、版本、成书方式和成书年代以及反映的时代背景等几个问题上，也就是说，考证占据了绝对主导地位。而对《金瓶梅》的艺术研究则薄弱得多。

考证当然是必要的，没有坚实的考证功夫，恐怕其他很多问题都难得到彻底地解决。但考证终究不能代替文学研究。文学研究的重心应着眼于文本自身，亦即文学本体的研究，揭示文学作品的情感旨趣及其审美特性。

霍现俊君走的正是这样一条道路。此前的研究重心在考证，提供了大量原始材料，得出了令人耳目一新的结论。虽然说这些著述也涉及了《金瓶梅》的小说史地位及文学史、文化史意义，揭示了《金瓶梅》的艺术特点。但总体上看，其对《金瓶梅》艺术风貌的研究显然还不够深入，这对《金瓶梅》的研究是不全面的。有鉴于此，现俊君在 2001 年来我这里读博士时，才打算在原有基础上对《金瓶梅》的艺术作进一步的研究，弥补他研究链条中的一个缺憾。

现俊君的论文写作是很辛苦的，他一直在努力寻找新的突破口。《金瓶梅艺术论要》是在其博士论文的基础上稍做修改增饰而成的。择其大要言之，其独特之处在于：

首先，论证角度是独特的。从“艺术”的角度反向对《金瓶梅》诸多疑难问题进行考证。用他的话说就是“《金瓶梅》往往选取历史上同名同姓的人物（例如张达、陈洪），或选取明代不止一朝独有的事件（例如朝廷违法借支马价银）来安排情节，古今杂糅、宋明杂糅，使读者捉摸不定。但作者又在关键处加以严格界定，以表明创作意图。若读者不明白这种独特的艺术手法，往往会上作者的当，辜负作者的良苦用心。”举例来说，《金瓶梅》究竟反映的是正德、嘉靖时期还是万历时期，学界各执一词。而“朝廷违法借支马价银”则是判定《金瓶梅》所反映时代的最重要的证据之一。从史料来看，正德、嘉靖、隆庆、万历四朝都曾借支过马价银。而从最早的正德二年（1507）八月借支算起，到万历中期（万历十五—三十年，即 1587—1602），时间长达近一个世纪。如果《金瓶梅》对借支“马价银”事件没有一个严格界定的话，那就根本无法说清楚它的时代，这不符合《金瓶梅》的创作主旨。其实，作者是有严格界定的，这个界定词就是“张龙”。“朝廷借支马价银”是《金瓶梅》第七回孟玉楼与张龙在争辩时由孟玉楼提出的，孟玉楼是小说虚构的人物，而张龙则是明代的真实人物。现俊君翻检了《明实录》、《明史》及明代的其他史料，找出明代叫张龙的共有六人。经过仔细排查，认为《金瓶梅》中的“张龙”应指做过山东登州府知府，后升为通政司右通政的“张龙”。因为小说中的张龙与历史上的张龙行事基本相同。这个张龙主要活动在正德时期，属正德时人，卒于嘉靖元年。而嘉靖朝借支马价银，从现存史料看，最早是嘉靖三年。那么，《金瓶梅》中“朝廷借支马价银”必定指的是正德时期。退一步笼统地说，指正德、嘉靖时期而绝不是万历时期，这是无疑的。这就是《金瓶梅》的独特艺术手法——同名同姓人物及不止一朝独有事件的大量插入，很是迷惑了许多人。那么，如果我们不从《金瓶梅》独特艺术的角度反向来解释考证这些问题的话，这些问题再作多少考证恐怕也不能得以解决。正是从这个角度切入，解释了包括“立东宫”、“南河南徙”、“陈四箴”等在内的《金瓶梅》研究中的许多悬案。

与此相关的是,《金瓶梅》“借宋写明”“借家庭写国家”的特殊结构，自然决定了它可以毫无顾忌地写宋代的人和事，细腻完整地描写发生在西门氏家庭中的种种事件。但一涉及明代的重要史实，作者显然就换了另一种写法。因为我们从作品中看不到对明代任何一件重大事件的完整叙述。还以上边的“朝廷借支马价银”为例，整部作品只有“朝廷爷一时没钱使，还问太仆寺借马价银子支来使”这么一句话，作品既没有写是哪位朝廷爷借的，也没有写是何时借的，更没有写借支了多少，其来龙去脉甚不清楚，成了一桩无头无尾的公案。大凡《金瓶梅》中涉及明代的“军国大事”都是这种写法——或以人名、或以官名、或以事件名来关联。现俊君将之总结为“新闻标题词”式的写法。这个提法概括了《金瓶梅》写“明”的特点，或许是问题的实质所在。

其次，提供了翔实、可靠的明代原始材料。就我所知，研究《金瓶梅》一般使用《明史》、《万历野获编》等常见的史料，而像现俊君十年苦读《明实录》并与《金瓶梅》的内容一一进行比勘的，我想为数不会太多。对某一问题的论证所征引的史料力求穷尽。仍以朝廷借支“马价银”为例，就现存明代史料来看，记载最详尽的莫过于《明实录》。据《明世宗实录》的记载，嘉靖在位 45 年间总共有 10 次借支过“马价银”，这是一个很准确的数据,《论要》按时间次序详细列出，甚至具体到年份月份，使读者清晰可见。实际上，就《金瓶梅》中所叙“朝廷借支马价银”来看，还不数嘉靖帝借支为最早，早在明武宗正德时期就曾借支过，书中又列出正德帝的三次借支。这些材料，应该说是该书首次披露的。

《金瓶梅》中插入了像韩邦奇、凌云翼、狄斯彬等明代真实的历史人物，但究竟插入了多少，学术界没有明确的说法。现俊从《明史》、《明史纪事本末》、《明清进士题名录》、明代的笔记史料、地方志，特别是从《明武宗实录》和《明世宗实录》中查找到与《金瓶梅》中人名完全相同的共 85 人，这些人物都是正德、嘉靖时期的。从插入的真实人名的角度看,《金瓶梅》反映的时代是正德、嘉靖时期而与万历朝无涉。中国历史上同名同姓的人物很多，不同历史时期甚至同一时期相同名字的人可能不止一个。为了从人物的角度进一步证实《金瓶梅》反映的时代,《论要》又把《明穆宗实录》、《明神宗实录》（万历二十年十二月之前）出现的与《金瓶梅》中名字完全相同的人物一一列出，共计 21 人。这 21 人在正德、嘉靖时期都出现过，即使把这 21 人都算作万历时期人，也只占到 85 人的四分之一。可见作者选择的是正德、嘉靖两朝而没有选择万历朝的真实人物。还有一个问题，现俊君始终认为《金瓶梅》的作者是王世贞，王世贞死于万历十八年，一说万历二十一年，那么，从《金瓶梅》中基本没有再摄入万历二十一年以后新的真实历史人物来看，这或许能成为王世贞作《金瓶梅》的新的佐证。

最后，他在平淡细微处发现了不少新的问题，这些看似无关紧要的细枝末节，现俊都挖掘出《金瓶梅》独特的艺术构思。试图以全新的方法解决问题，并试图探究、总结其中带有规律性的东西。

《金瓶梅词话》借《水浒传》“武松杀嫂”中西门庆和潘金莲的故事衍化成近百万言的大书，为什么要选取《水浒传》中西门庆和潘金莲这两个形象而不选用别的人物？在《词话》之前，已有不少长篇和短篇小说，作者都没有选取，这是一个值得探讨的问题。几乎所有的相关著述都未涉及。现俊君认为，作者之所以这样选择，是因为西门庆和潘金莲的名字、行事与作者所要表达的思想内容有切入点，因为西门庆的原型就是明武宗，而两个“金莲（郑金莲、张金莲）”又关涉到正德、嘉靖朝两个大的历史事件。如果不这样选择，就根本无法切入到他所要表达的故事上。

现俊在长期研读《金瓶梅》的过程中又发现其人物命名采用了一种非常高超隐晦的艺术手法——“词语置换法”，这是受史书“避讳”影响而又更为灵活的艺术手法。比方说，宋惠莲（金莲）直接就可以置换成“郑金莲”，因“宋郑”为一词语，可以互相置换。《左传》，“公欲平宋郑”。晋杜预注：“宋以立厉公故，多责贿于郑，郑人不堪，故不平。”《史记·天官书》也有“宋郑之疆”语。与此相关的是《金瓶梅》中孙雪蛾戏称宋惠莲（金莲）为“王美人”，为什么不称“宋美人”？有人认为这里可能是刊刻错误，以崇祯本校改之。其实不是错了，而是用的“词语置换法”。“宋王”、“郑王”、“王郑”并用，“王”美人即“郑美人”也。而潘金莲也可直接置换成“张金莲”。“潘张”是一词语，“潘”、“张”可以互相置换，故潘金莲可置换成“张金莲”。《金瓶梅》中像这样的情况很多。再比如“玳安”也叫“太平”，“太平”既不是“玳安”的字，也不是他的号，而“玳安”与“太平”字形差异甚大，一般情况下是不会发生刊刻错误的。其实“玳安”也好，“太平”也好，都是用“词语置换法”指称“嘉靖”的。现俊认为，《金瓶梅》中除直接插入85个正德、嘉靖时期真实的历史人物外，还有相当数量的真实人物都是用这种“词语置换法”加以指称的。现俊认为，这是《金瓶梅》最为独特的艺术手法。

其他如《金瓶梅》中摄入的59个宋代真实历史人物，究竟是以何种方式指称影射明正德、嘉靖时期的真实历史人物，《论要》除总结了一般的方式方法即“规律”外，还选取了几个代表性的人物作了具体分析。以宋徽宗为例，书中认为指称影射的是明世宗嘉靖而绝不是明神宗万历，因为嘉靖与徽宗的行事相同相似的地方要远大于神宗万历。《明世宗实录》中有四条材料证明明世宗像宋徽宗，别人说不算，连他自己都承认这一点。《金瓶梅》与其他小说、戏曲的关系，《论要》具体解释了插入大量小说、戏曲的作用，还以“小说中的‘小说’”、“小说中的‘戏曲’”这样的术语揭示出《金瓶梅》的文体特征，认为《金瓶梅》实现了唐人想实现而未能实现的“文备众体”的梦想。

四

不管我认同不认同现俊的结论，我都得承认：这是一部以材料考据为基础的艺术论析之作，运用文献学方法与比较的方法，两相会通，这是写法之新异。对其所分析的影射式手法，我虽存有疑异，却也不敢自是，聊备一说，学界原不是只有一张嘴，一支笔，这便是“争鸣”。我可肯定的是，现俊君是在说服人，以理服人，以据服人，而不是压服人、欺负人，这也是我所欣赏的。还是借用王国维氏《论近年之学术界》中的话来说吧：

> 然由上文所说，而遂思想上之事，中国自中国，西洋自西洋者，此又不然。何则？知（智）力人人之所同有，宇宙人生之问题，人人之所不得解也。具有能解释此问题之一部分者，无论其出于本国或出于外国，其偿我知识上之要求，而慰我怀疑之痛苦者，则一也。同此宇宙，同此人生，而其观宇宙人生也，则各有不同。以其不同之故，而遂生彼此之见，此大不然也。学术之争，只有是非真伪之别耳，于是非真伪之别外，而以国家、人种、宗教之见杂之，则以学术为一手段，而非以为一目的也，未有不视学术为一目的而能发达者，学术之发达，存于其独立而已。

真理之所以颠扑不破，在于其放诸四海而皆准，普世公认，初无所谓东西南北方之分，无国别地域之分，也没有种族阶级之分。倘若有，岂不应了《苏三起解》里崇公道那句名言：“你说你公道，我说我公道。公道不公道，自有天知道！”真理不怕辩论，而且必须经过辩论的考验才能确立，因此真理用不着捍卫和保护。这是很值得我们深思的。

霍现俊来首都师范大学攻读博士学位，那是八年前的事了。我很赞赏他读书能吃苦，为了解决一个问题，花那么多时间去读《明实录》，不妄言，无虚语，是很不容易的。

现俊其人，直而有侠气，热诚也有能力，在同门师兄弟中，颇有点儿孩子头儿的架势，谈笑间鹗然四顾，使我想起了燕赵多慷慨悲歌之士的古话。

总之，“新异”是个好词儿，却也涉险。《金瓶梅》既是奇书，那么，何妨以奇解之。霍君之谈，叨叨之序，是耶，非耶，还盼指南。

2009年8月于京华煮字斋中

《四大奇书续书集成》序

续书的产生，是一种文化现象。在中国古代小说史上，长篇小说的续作，可谓一大奇观。有续书的原著，必定是在艺术上取得了某些方面的成功，拥有相当数量的读者。而名著，如《水浒传》、《西游记》、《金瓶梅》、《红楼梦》，原作已被目为“奇书”，其续作也便更多，曰续、曰后、曰圆……不一而足。

续书现象的产生，我们可以从两方面加以解释。

从续书作者方面说，续书的作者首先是原著的读者。原著博大精深，汪洋海涵，具有生动感人的艺术魅力，能以审美的独特方式，对续书的作者产生作用和影响。续书作者从自身的审美感受出发，作出种种反应：

或不满于原著的内容主旨，于是借助原著中的人物，重新构造故事，表达自己的思想意识。这些作品往往大作翻案文章，思想意趣与原作迥然不同。

或者不满于原作的故事结局，续写新篇以快人心。叙事类作品的结尾，经常是引起争议的所在。叙述故事，只是描写生活、表现社会，提出问题、展开矛盾，而故事的结尾却要拿出解决症结的办法，开出疗救社会的药方。这既是矛盾冲突和人物性格发展的必然结果，又体现了作家的创作意图和作品的思想真髓。不同的作者面对同一社会现象，可以有不同的思考和判断。有的让主人公转世，改易更革，以消前生遗恨；有的让主人公死而复生，把原来的悲剧改写为新的喜剧；也有的描写原作主人公的后辈，他们继承先人遗志，又有新的作为……

从读者方面说，这些名作影响巨大，引起了社会各阶层读者群的浓厚兴趣，对善良者的人生悲剧，他们希望有个美好的结局，以使好人得到好报，慰藉不平的心灵；对恶人，则必欲严惩苛罚以泄满腔愤怨。在封建社会里，那些终日为生活而忙碌的市民阶层，那些在仕途上奔走、在宦海中沉浮的士大夫阶层，无不经受着太多的压抑、劳累和困苦，他们需要，也喜欢通过阅读通俗小说来轻松自己的身心，消除烦恼和劳累；当然，也可从中认识社会和人生。这是一片不属于社会、不属于家庭，摆脱了一切负担和使命的、仅仅属于个人的天地。在这片天地里，他们可以自由地从作品中获得审美愉悦，随着故事主人公的遭际而喜怒哀乐，不仅享受着感官刺激，也净化着自己的心灵。可以说，续书的出现，是与原作读者的兴趣密切相关的。续书的作者理解读者的心理，他们为了满足自己——

从而也是为了满足广大读者的兴趣和需要，因而创作出不同的续作。从接受心理学的角度进行考察，可以找出续书兴盛的原因。

这些续书的思想水平和艺术水平良莠不齐，但它们作为一种特殊的文化形态，应当引起我们的重视。《水浒传》、《西游记》、《金瓶梅》、《红楼梦》这四部“奇书”，早已流传广远，几乎人怀一箧，家置一编，争相传诵，如脍炙之于人口。它们的续作亦不可不读，因为这是施耐庵、吴承恩、笑笑生、曹雪芹、高鹗之外，人们对这些题材处理、人物命运的见解，既有助于我们从另一个角度理解原作，看到原作在彼时彼地所引起的心理波澜和文化反响，同时也可以把这些续书当做一部独立的作品来进行研究和欣赏阅读。

这是些有必要一读的书，难得出版社把它们辑为一帙，校点出版，这既为研究者提供了方便，也为读者欣赏把玩提供了方便。假如读者已经有了四部“奇书”原作，再配以本套续书，对于有藏书癖好的朋友来说，也可以差强人意了。

我认为出版这套续书是一件好事，故应出版社之约，欣然为之序。

1998 年 5 月 15 日

市井寻常事　巧合成文章

——《错斩崔宁》中的“巧”与“错”

陈二姐与崔宁被无辜判处死刑的故事，在宋人话本里，题作《错斩崔宁》，在《醒世恒言》里，题为《十五贯戏言成巧祸》。“错”，是从思想内容着眼的，通过陈二姐与崔宁被官吏错判、错斩的经过，反映了南宋官府任意残杀无辜百姓的腐朽本质。“巧”，是从故事情节着眼的。“无巧不成书”，运用偶然性的巧合，产生曲折的故事情节，引人入胜，无论是对听众还是对读者，都颇有吸引力。以“巧”成“错”，这便是故事情节的发展规律。

“巧”，不是荒诞离奇，“巧”要巧得自然，巧得真实，巧得可信，使偶然性中，包含有必然性的因素，做到了“巧”与“真”的统一。

所谓“真”，包有二义，一指描写内容的真实，一指描写手法的朴实。

话本的作者没有搜神志怪，也不去炫耀华丽的辞藻，而是把描绘社会风习、表现生活真实作为追求的目标，通过这人生真实图画的描绘，来表达对生活的感受。作品中的人物，陈二姐是卖糕人的女儿、刘贵的侍妾；崔宁是卖丝的村民；刘贵是读书不成转而经商的小市民等等。这里既没有神仙幽怪，也没有帝王将相、才子佳人，甚至也不是义胆侠肠、大智大勇的英雄豪杰。他们是一些就生活在现实世界之中，人们能够经常看到的、带有满身人间烟火味的普普通通、平平凡凡的人。作品中的事件，也不是轰轰烈烈、惊天动地的大事件，什么筹划生意啦，夫妻玩笑啦，偷儿行窃啦等等，全是一些平淡无奇的日常生活。

在表现这些生活的时候，话本的作者又采用了严格写实的描写手法，特别注意用朴实的笔触，描写细节的真实。刘贵从丈人家借得十五贯钱，晚上回家同陈二姐“戏言”的情景是：

> 刘官人进去，到了房中，二姐替刘官人接了钱，放在桌上，便问：“官人何处那移这项钱来？却是甚用？”那刘官人一来有了几分酒，二来怪他开得门迟了，且戏言吓他一吓，便道：“说出来，又恐你见怪；不说时，又须通你得知。只是我一时无奈，没计可施，只得把你典与一个客人，又因舍不得你，只典得十五贯钱。若是我有些好处，加利赎你回来。若是照前这般不

顺溜，只索罢了！”那小娘子听了，欲待不信，又见十五贯钱，堆在面前。欲待信来，他平白与我没半句言语，大娘子又过得好，怎么便下得这等狠心辣手！疑狐不决。只得再问道：“虽然如此，也须通知我爹娘一声。”刘官人道：“若是通知你爹娘，此事断然不成。你明日且到了人家，我慢慢央人与你爹娘说通，他也须怪我不得。”小娘子又问：“官人今日在何处吃酒来？”刘官人道：“便是把你典与人，写了文书，吃他的酒才来的。”小娘子又问：“大姐姐如何不来？”刘官人道：“他因不忍见你分离，待得你明日出了门才来，这也是我没计奈何，一言为定。”说罢。暗地忍不住笑。不脱衣裳，睡在床上，不觉睡去了。

这里用白描的手法，描写了人物的思想活动、对话和行为动作，把当时刘贵借机相戏、二姐认假做真的心理，揭示得细腻主动、维妙维肖，把当时的景象，描绘得如在目前。再如陈二姐路遇崔宁的一段描写：

却见一个后生，头带万字头巾，身穿直缝宽衫，背上驮了一个搭膊，里面却是铜钱，脚下丝鞋净袜，一直走上前来。到了小娘子面前，看了一看：虽然没有十二分颜色，却也明眉皓齿，莲脸生春，秋波送媚，好生动人……那后生放下搭膊，向前深深作揖：“小娘子独行无伴，却是往那里去的？”

在这里，人物的衣着、容貌等外在形象，是在故事情节的发展进行中描写出来的，这种描写，作为人物思想活动的一种表现，与人物的心理、语言、动作描写相结合，更显得自然、流畅。人物的容貌描写，也没有文人小说中常见的那种夸张和虚饰，而是以朴实生动、平易近人见长。后生的心理也属于人之常情。

写人们熟悉的日常生活，用平易近人的描写手法，使作品充满着浓郁的生活气息，使听众和读者如置身于市井生活之中，仿佛不是在听、在读一个故事，而是在观察、在认识就在你身边发生着的一幕幕的生活景象。作者不是靠华丽的文笔，也不是靠离奇的情节取悦于人，而是靠生活。真实生动地描绘出这五光十色的生活，让人去亲自领略生活所蕴藏的哲理，这本身便具有一种诱人的魅力，不在使人猎奇，而在使人感动，使人省悟。生活内容的真实，是产生“巧合”情节的基础。

是的，生活本身是具有魅力的。但是，零散的生活场景的描绘，生活片断的记录，却并不具备这样的魅力。还必须把这样的生活内容纳入情节之中，组织成曲折动人的故事，才能引人入胜。这篇小说组织故事情节，则着眼于一个“巧”

字。这些琐琐碎碎的情事，一经“巧”字勾连，便成为微波巨澜，跌宕起伏的故事。

故事还没有开始，就先向听众和读者交了底：“今日再说一个官人，也只为酒后一时戏言，断送了堂堂七尺之躯，连累两三个人，枉屈害了性命。却是为着甚的？有诗为证：世路崎岖实可哀，傍人笑口等闲开。白云本是无心物，又被狂风引出来。”奔波在崎岖世路中的人们，本来就有一种惶惑不安的心理，现在又说只为“一时戏言”，可以酿成几条人命的大冤案，自然会使人产生兴趣，也许这个故事可以给人提供一个处世良方？故事刚刚开始，在刘贵酒后返回家去的时候，又说：“若是说话的同年生，并肩长，拦腰抱住，把臂拖回，也不见得受这般灾晦！却教刘官人死得不如：《五代史》李存孝，《汉书》中彭越。”话本的作者，为什么要把人物的结局预先告诉给人们？这会不会减少人们对这篇故事的兴趣？不仅不会减少，反而会增加人们的兴趣。法国大文学家狄德罗在谈到艺术的兴趣的时候说，对于剧中人，“应该使他们对一切事情都猜测不透；他们走向结局而毫未料及”。而对于观众来说，则应当让他们一切了若指掌，“让他们知道发生了什么事情，正在发生什么事情，而在更多的时候，最好把将要发生的事情也向他们明白交代”，因为透露故事发展的内情，可以引起人们“长时间的悬念”①。话本的作者，正是用“悬念”使听众和读者产生了兴趣，紧紧抓住听众和读者的兴趣，来讲述他由种种巧合而构成的故事。“巧”在何处？请看：

刘贵同大妻王氏一起去给岳父祝寿，岳父给他十五贯钱，做经营生意的本钱。假如刘贵夫妻携钱一同回家，二姐便不会出走，偷儿也不致杀人，就没什么事了，可偏偏王氏留住娘家几日，刘贵独自携钱而归；假如刘贵径直回家，不喝酒，二姐也不能出走，偷儿也不会杀人，也就没什么事了，却又偏偏去找生意伙计，小饮而醉，乘醉同小老婆陈二姐开了个“典身”的玩笑；二姐不信也就罢了，谁知她信以为真；刘贵乘醉睡去，陈二姐夜宿邻家，却又恰巧赶上了偷儿行窃，刘贵被杀；刘贵的被杀，与陈二姐本毫无关系，如果她回娘家的途中不路遇崔宁，也可以推脱干系，可是她遇上了，而且不多不少，崔宁正好也是背着十五贯卖丝钱，于是这种种巧合，便使他们背上了通奸杀人的罪名，被判处死刑。这些偶然的巧合之中，又包含着必然性的因素。比如，陈二姐对一句“典身”玩笑就信以为真，这是因为在现实生活中，典当妇女的行为是合法的、司空见惯的事，如何不信？更主要的，是南宋官府的草菅人命。这些“巧合”本是活生生的现实，而腐朽的官员却轻率地妄加判断：“世间不信有这等巧事！他家失去了

① 《论戏剧艺术·关于兴趣》，《西方文论选》上卷，上海文艺出版社，1964 年版，第 359-360 页。

十五贯钱，你却卖的丝恰好也是十五贯钱。这分明是支吾的说话了。况且他妻莫爱，他马莫骑，你既与那妇人没甚首尾，却如何与他同行共宿?”明明出现了“这等巧事”，他不去调查核实，却硬是“不信”；明明人家只是“同行”，他却无中生有，信口说人家“共宿”。顺口带出“共宿”二字，极平淡，极自然，看似波澜不惊，却是情节发展的大关节目，举重若轻，纯是结撰故事的高手！面对如此糊涂的问官，直使得陈二姐与崔宁“两人浑身是口，也难分说”了。因而他们的含冤被杀，又是必然的。这是通过生活中种种事件的“巧合”，造成了官吏断案的大“错”。因为这种“巧合”以生活真实为基础，所以才“巧”得可信，“巧”而动人。车尔尼雪夫斯基说：“偶然性乃是美不可缺少的属性。”① 本篇对“巧合”的运用，正是这种艺术美的一种体现。

为了突出强调这个“错”字，在叙述这些“巧合”的事件时，还反复运用了“重复”的手法。“十五贯”钱，是这篇故事的重要关目，故事详细交代了刘贵十五贯钱的来历：

> 丈人便道：“……老汉却是看你们不过，今日赍助你些少本钱，胡乱去开个柴米店，撰得些利息来过日子，却不好么?”……当下吃了午饭，丈人取出十五贯钱来，付与刘官人道：“姐夫，且将这些钱去，收拾起店面，开张有日，我便再应付你十贯……”

刘贵十五贯的来历，这里已经交代得很清楚了，以后又在不同场合作过反复交代，前后共有五六次之多。崔宁所带的十五贯钱，是构成这桩冤案的重要根据，这些钱的来历，也从崔宁口里作了交代：“小人是村里人，因往城中卖了丝帐，讨得些钱，要往褚家堂那边去的。”这样的交代，前后也有三次之多。陈二姐听了刘贵的“戏言”信以为真，决定出走去告知父母，故事交代得更为详细：

> 那小娘子好生摆脱不下：“不知他卖我与甚色样人家？我须先去爹娘家里说知。就是他明日有人来要我，寻道我家，也须有个下落。”沉吟了一会，却把这十五贯钱，一垛儿堆在刘官人脚后边。趁他酒醉，轻轻的收拾了随身衣服，款款的开了门出去，拽上了门。却去左边一个相熟的邻舍，叫做朱三老儿家里，与朱三妈宿了一夜，说道：“丈夫今日无端卖我，我须先去与爹娘说知。烦你明日对他说一声，既有了主顾，可同我丈夫到爹娘家中来，讨

① 《美学论文选·当代美学概念批判》，人民文学出版社，1957 年版，第 43 页。

> 个分晓，也须有个下落。”那邻舍道：“小娘子说得有理，你只顾自去，我便与刘官人说知就里。”过了一宵，小娘子作别去了……

这样的交代前后也有六七次。陈二姐路遇崔宁，二人只是同行，并没有什么不正当的行为，也反反复复交代了五六次之多。

这不是重复吗？是重复。但重复并不等于啰嗦。话本不是供案头阅读的文本，可以反复阅读，而是在书场中说给人听的，过耳即消，重要关目只有反复交代，才能使听众加深印象，这是文体要求的别具匠心的重复。在重复中，让听众和读者把事实真相了解得一清二楚，把是非判断得一清二楚，因而，每重复一次，都会激起人们对昏官错判的气愤，对不幸的下层人民命运的同情，这又是利用重复引发读者和听众爱与憎的感情波涛，产生强烈的艺术效果。崔宁陈二姐行刑之后，作者加了这样一段议论：

> 看官听说，这段公事，果然是小娘子与那崔宁谋财害命的时节，他两人须连夜逃走他方，怎的又去邻舍人家借宿一宵？明早又走到爹娘家去，却被人捉住了？这段冤枉，仔细可以推详出来。谁想问官糊涂，只图了事，不想捶楚之下，何求不得……

这正是对重复所引发出来的听众和读者情绪的总结和宣泄。一句“戏言”竟能巧合成大祸，这固然也表现了话本作者对酿祸根由认识的肤浅，但也反映了当时人民生命财产没有保障，惴惴不安、诚惶诚恐的心理。

当故事中的“巧合”在生活真实的基础上向前发展的时候，就具有魅力，就引人入胜；而当这种“巧”离开了“真”，为“巧”而“巧”的时候，就会倒人胃口，这种纯形式的“巧”便成了缺点。故事的结尾也是利用巧合使崔陈冤案真相大白，为被害人伸冤报仇，包含有宿命论的观点，又因为离开了世俗生活、人情物理的描绘，也便显得虚假了。

1983年1月13日

东泰西华各争奇

——《聊斋志异·莲香》的艺术构思

《聊斋志异》一书，“所述鬼狐最夥，层见叠出，变化不穷”①，而一篇之中既传鬼又传狐者，《莲香》则是很精彩的一篇。狐为何？狐女莲香；鬼为何？鬼女李氏。这就是本篇小说的两个女主人公。

在短篇小说里，能够同时刻画出两个个性鲜明的人物形象，是并不容易的。而作者对莲李这两个形象又是不分宾主、没有厚薄地平均使用笔墨，把双女形象刻画得如两朵鲜艳的花，春葩争媚，如两座灵秀的山，奇峰对峙，使这篇作品文笔奇妙，花团锦簇。作者把这两个人物两条线索，双管齐下地展开描写。那么，这两条线索是“分野中峰变，阴晴众壑殊”②，各自独立、互不相干吗？当然不是。整篇作品是一个有机的、完美的整体。为了增强两条线索间的联系，作者采用了两种手法：一曰钩连法，一曰二龙戏珠法。

所谓钩连法，是指作者有意使各种头绪互相联结、彼此照应。鬼狐是本篇小说的胆，是本篇小说的胎，为这两个女主人公的出场，作者颇费匠心经营。开篇先写了邻生与桑生的一个玩笑：

> 东邻生偶至，戏曰：“君独居不畏鬼狐耶？”笑答曰：“丈夫何畏鬼狐？雄来吾有利剑，雌者尚当开门纳之。”邻生归，与友谋，梯妓于垣而过之，弹指叩扉。生窥问其谁，妓自言为鬼。生大惧，齿震震有声……生述所见，且告将归。邻生鼓掌曰：“何不开门纳之？”生顿悟其假，遂安居如初。

“鬼”“狐”二字从戏言笑答中双双并提，轻轻带出，了无痕迹。由“戏”引出“妓”，又由“妓”引出狐女莲香：“妾莲香，西家妓女”；由莲香又引出鬼女李氏：“一女子翩然入，生意其莲……”针线连缀有方。开篇著一“戏”字，后文又处处照应。莲香出场，曰“生意友人之复戏也”；李氏窥莲之后，桑生

① 青本刻《聊斋志异例言》。
② 王维《终南山》。

“戏莲香曰……”“我自戏卿”；莲香第一次为桑生疗治病损之后，桑“托词以戏（莲香）曰：彼云前日之病，为狐祟耳。”莲香第二次为桑生疗病时，“莲戏（李氏）曰……”凡六“戏”字分布在各处，使全篇和谐统一，具有一种轻松谐婉的情韵。从桑生对出现在他面前的人物的判断来说，邻生使妓来，他以妓为鬼；狐女莲香来，他又以狐为妓；等到真的鬼女李氏来了，他反而以鬼为狐。这样，头绪虽多，却上下钩连、左右纠结，蒙络缠缀，总为一体，文笔缜密如九曲连环，意脉不断，加强了文章的统一性、完美性。

所谓二龙戏珠法，是指作者把狐与鬼两条线，时而如李氏所云：“彼来我往，彼往我来”，莲李分写；时而如双水汇流，莲李合写。两条线索分分合合，穿插交错，有如二龙戏珠。作者本意是要刻画两条龙，却始终不懈地围绕着一个中心——珠，让龙或腾骧云霄，或沉浮雾海，使出浑身解数。珠者为何？沂州人姓桑名晓字子明者也。故事是围绕莲李二人向桑生表白爱情、以身相托展开的。

桑生，虽不是作者寄托“旷怀”的形象，但在本篇结构中，却处于中心位置。所以小说开头按下鬼狐两条线索不表，却首先写了两条线索所围绕的中心——桑生，这也是放出明珠引二龙了。作者用极简练的笔墨，为桑生作了一个小传，介绍了他“为人静穆自喜”，是个安分自守的穷书生，而不是寻花问柳的阔少，这是他被莲李二人倾慕的原因。在简单介绍了桑生的为人之后，立即逸兴遄飞，有声有色地描写了邻生与桑生的一次玩笑。东邻生一个“戏曰”、一个“鼓掌曰”，活画出一个狂放少年的形象。桑生的感情经历了一个由“丈夫何惧鬼狐”进而“大惧”，最后又“顿悟其假，遂安居如初”的变化过程。这虽是故事情节开始之前的一个引子，却写得极有情趣。桑生的“安居如初”，为鬼狐的出场做了铺垫，此其一；其二，在写李氏借尸还魂的时候，使东邻生再一次出场，见桑与美人对语，“邻生骇诘。生笑曰：‘向固与君言，雌者则纳之耳。’”不仅桑生以真实事作支吾语入妙，又两处后先呼应，一笔不漏，情致盎然。短短数行，美如凤头，对读者有很强的吸引力。

引子已经为两个主人公的出场做好了铺垫，下面就开始描写莲李出场了，两条爱情纠葛的线索展开了。这两个人物一狐一鬼，同为异类，虽然正如《巧娘》篇中傅生所说，这些狐鬼“彼虽异物，情亦犹人”，作者以现实世界为模型，完全按照人的感情来塑造两个女主人公。但一个是“倾国之姝”，一个是“风流佳丽”，貌既同美，心亦颇同：都大胆地追求着自由自主的爱情。怎样才能写出她们的区别，避免“一道汤”呢？作者充分利用了对比手法，或同中求异，或异中见同，把两个人物刻画得个性鲜明，形象突出。

莲李出场一节，是本篇故事矛盾冲突的开始。在这一部分，莲李分写，在写法上莲李二人又各不相同，写莲以简，写李以繁。

先写因妓而出莲香：“积半年，一女子夜来扣斋。生意友人之复戏也”，于是启门延入。莲香自己也说：“妾莲香，西家妓女”，借着上文的“戏”与“妓”出场了，文势极平稳缓和。写莲香外貌，只有“倾国之姝”四字，写二人欢会，也全用浑写之笔概括而出。

再写由莲香而出李氏，文笔便不同了：

> 一夕，独坐凝思，一女子翩然入。生意其莲，承逆与语。觌面殊非，年仅十五六，亸袖垂髫，风流秀曼，行步之间，若还若往。大愕，疑为狐……握其手，冷如冰，问：“何凉也？”曰：“幼质单寒，夜蒙霜露，那得不尔！”

在桑生沉思的时候，李氏“翩然”而入，文笔便觉奇突。随着李氏的闯入，时而精雕细琢刻画她的形象，写她的年龄、形貌、体态风韵、行步举动等，既写出了她的婉丽美好，也写出了飘忽阴冷的鬼魂特点；时而表现桑生的情绪变化：他始而以李为莲，既而“疑为狐”，听了李氏的解释，又化“愕”为“喜”。这里，写李氏为主，写桑生为宾，写桑生是为了更好地衬托李氏。从桑生的感情变化中，更让我们感到了李氏似人非人的特点。莲香作为狐精，又是以“妓女”的身份出现，对于与桑生私合，便大胆、坦荡；李氏是个年仅十五六的良家少女，又是“通判”之女，是出身大家的闺秀，所以初次幽会，心情就格外忐忑不安。她希望爱情永久：“妾为情缘，葳蕤之质，一朝失守。不嫌鄙陋，愿常侍枕席。”为了保持爱情的长久，她一是怕外人知晓，嘱生勿泄；二是赠绣履一只，以求常相聚会。可见她考虑得很多，很周到。作者的笔触极为细腻。绣履在本篇故事的情节发展中起着重要作用，作者写来便特别详细。首先由李氏进行介绍：“此妾下体所着，弄之足寄思慕。然有人慎勿弄也！”然后通过桑生的眼写绣履的形状：“受而视之，翘翘如解结锥。心甚爱悦。”最后写绣鞋的效用，先实写一笔，审玩之际，“女飘然忽至”；再虚写一笔，“每出履，则女必应念而至”，造成一种神秘气氛，为下面情节的发展透露了端倪，这也是“不相引则下文之事不现”① 了。

但是，事态并没有按照李氏的愿望“彼来我往，彼往我来”那样发展。李虽然没有害桑之心，但因“阴气盛”，又狎昵无度，使桑的身体萧索羸惫，引起了莲香的惊诧，情节又围绕着桑生的病症，展开了莲要桑绝李、李要桑绝莲的斗

① 《三国演义》第四十八回毛宗岗评语。

争。这是小说矛盾冲突的发展。作品也开始使两条线由分而合，从新的角度、用新的笔墨来刻画人物了。

在这一节，用相同的情境、相似的语言，在同中求异，表现莲李二人的个性特点，很见匠心。相同的情境为何？就是莲李互相窥视，从各自的眼中，写出对对方的认识。但欲写莲李互窥，却并不径直着笔，先写了互窥的缘由。莲香发现桑生神气萧索，便约定相别十日。这引起了李氏的怀疑：

> （李）问："君情人何久不至？"因以相约告。李笑曰："君视妾何如莲香美？"曰："可称两绝。但莲卿肌肤温和。"李变色曰："君谓双美，对妾云尔。渠必月殿仙人，妾定不及。"因而不欢。乃屈指计，十日之期已满，嘱勿漏，将窃窥之。

这里写出了桑生对莲李二人的认识，相同的是俩人都是很漂亮的女子，不同的是李不如"莲卿肌肤温和"，照应了上文写李手"冷如冰"几句。这引起了李氏的嫉妒，因而借端竞美，窃窥莲香。下面便展开了莲李互窥的描写。互窥描写中，相同的是，都是事先告诉了桑生，而隐瞒着被窥人，借鬼口中点出莲为狐，借狐口中点出李为鬼；桑生又都不信，怀疑她们是在嫉妒，并且用几乎是相同的语言告诉了对方。对莲香说："余固不信，或谓卿狐者"，对李氏说："我爱卿甚，乃有谓卿鬼者"。这种形式上的"同"，近似诗歌中的复迭，造成一种回环往复、一唱三叹的情韵。同时也制造了悬念：莲自称妓女，李却说她是狐；李自称良家女，莲却说她是鬼。而桑生又都不信。她们究竟是什么人呢？

在互窥描写中不同的是，作者始终对莲香进行详细描写，而对李则多用浑笔。李窥莲，详细描写了莲香对桑生病症的判断，表现她道行之高。即使李氏说的"美矣。妾因谓世间无此佳人，果狐也。"也从侧面烘托了莲香的美貌。莲窥李，写李的活动很简略："是夜李至，裁三数语，闻窗外嗽声，急亡去"。主要还是写莲香劝桑绝李，以及为桑治病的活动。莲李听到对方说破自己本相后的反应也不同。莲香并没有掩盖和否认被李氏说破的本相，她很坦然地对狐的无害作了说明；李氏被莲香看出是鬼之后，表现与莲香不同，她始而"结舌良久"，表现出乎意外，不知所措，继而"骂曰：'必淫狐之惑君听也！若不绝之，妾不来矣！'遂呜呜饮泣。"显然，她比莲香幼稚、缺乏经验得多。同是要桑生断绝与对方的关系，莲香是出于对桑生的关心："昵其美而不速绝，冥路近矣！"李氏则是出于对自己爱情的卫护。一开始她就说过，"彼来我往，彼往我来"，现在之所以要桑绝莲，仅仅是因为莲香识破了李的本相，李担心因此不能"常侍枕席”。桑对李是“疑其妒”，对莲则是“意其妒”，“疑”与“意”一字之差，却表现了不同的感情。对李是怀疑，并不肯定；对莲则没有怀疑，语气很肯定。可以看出，这时的桑生，对李氏的信任是超过莲香的。因此，尽管他对莲香为他治愈身体很感激，却终不以李为鬼，继续同李往来。甚至当莲香因此而生气的时候，他仍然以为莲香是嫉妒。于是就出现了一个很有趣的场面：一边是莲香“怒”、“益怒”，一边是桑生“笑”、“戏”。莲香的认真急切，桑生的执迷，对照得何等鲜明！同时，又因为桑生的一句“戏言”：“彼云前日之病，为狐祟耳”，推动了情节的重大发展。

在前一部分，从描写方法上来说，是把莲与李放在了一起合写，但两个人物却仍然是“彼来我往，彼往我来”，彼此没有同时出现在读者面前。在矛盾冲突发展高潮这一部分，作者使故事情节经过了几个波澜曲折之后，出现了一个异峰突起的局面——使莲李遭遇在一起，读者可以通过她们的言谈举止的对比，直接看到她们不同的个性特点。莲香为了表明自己非妒之心，在听了桑生的“戏言”之后，“佛然径去”，由此桑与李偕，两月馀桑便“沉绵不可复起”，开始对李氏产生怀疑，悔恨不听莲香之言。在他“羸卧空斋，思莲香如望岁”的时候，莲香来了。桑生一面要求拯救，一面要求代碎李履——这是桑李寄托相思、勾约欢会的法宝。碎履，表示了对李的决绝。桑李之间看来是要从此永远断绝了吧？出人意料，由“履”又引出了“柳暗花明又一村”的新境界——莲、李、桑相遇在一起了，这是情节的大跌宕。在这一部分，详细描写了两个内容：一为细诘生平，二是疗救桑生。

细诘生平，写出了李氏的身世，交代了鬼之所以害人、莲之所以不害人的缘故。至此，狐自认为狐，鬼亦自认为鬼，使“生闻其语，始知狐鬼皆真”。经过千曲百折，终于结束了狐鬼一桩疑案。但明伦评论说：

> 点鬼狐二字，即从鬼口中说出狐，从狐口中说出鬼，用意用笔，已极曲折，而作者犹嫌其直也，本李欲窥莲，却先从莲口中隐露李之为鬼，然后写鬼之窥莲为狐，因以狐语狐，使知议我者为窥我之人，而即以渠之窥我者窥之，而见其为鬼。以鬼窥狐，复以狐窥鬼，以鬼之指狐而不信其为狐，以狐之指鬼而不信其为鬼，复以鬼语鬼，而使鬼怨狐，劝之绝狐，狐复怒鬼，戒之绝鬼。鬼狐相敌，而势两不相下矣，乃又托为鬼之诬狐，致狐去而鬼独留，夫然后开门并纳鬼狐者，不死于狐而死于鬼矣，死于鬼而始悔于狐矣。始死而鬼去，复苏而狐来，以狐绝鬼，复以狐致鬼，鬼避狐，狐质鬼，而后鬼乃自认为鬼，狐亦自认为狐。鬼狐二字，至此方算正点。又从狐口中鬼狐

并写，而后以始知狐鬼皆真，作一小束。五花八门，千山万水，真耐人寻绎也。

莲香使“残息如丝”的桑生强健如初，不仅表现了她善良、救死有术，同时也使矛盾冲突由鬼狐相敌，转为鬼狐互谅，互相爱怜。故事情节由莲劝桑绝李，变为桑与莲觅李，引起下文鬼狐化人的描写。

在描写手法上，对莲李也各有不同。对莲香，主要是通过她的语言揭示她的心灵；对李氏，主要是通过描写她的表情动作，刻画她的内心世界。当桑生死而复苏，让莲香代碎李履时，写道：

莲搜得履，持就灯前，反复展玩。李女欻入，卒见莲香，返身欲遁。莲以身蔽门，李窘急不知所出。生数责之，李不能答。莲笑曰……李俯首谢过。莲曰：“佳丽如此，乃以爱结仇耶？”李即投地陨泣，乞垂怜救。

李氏本来就不愿意见人，再加上，一、桑生之病由李得；二、自已鬼魂的本相已被莲香识破，就更不愿见人了，何况见的又正是莲香！作者写她“欻入”，如光一闪就进来了，这固是写她鬼魂行动无声的特点，却更有强调她入门迅速的意思。被所爱怀疑，隔绝数日，现在又被弄履思念了，她怎能不急速前往？所以下文用“卒（同‘猝’）见莲香”一个“卒”字相应。本是来会所欢，却突遇握有自己把柄的情敌，故尔“返身欲遁”。退身无门，才“窘急不知所出”。这是通过李的行动来表现她的心理。这里，“生数责之”是虚写，莲香的劝慰是实写。莲香责以昔日相诬，本不是十分认真，带有一种半开玩笑的性质，故云“笑曰”；劝李勿以爱结仇，出自一片诚心，故着一“曰”字。由“笑曰”到“曰”，表现了莲香态度的变化。桑生旧疾，桑本人也有责任，对李氏的“数责”，又只看到了致病的结果，而没有看到偕好的初心，所以李无言可对，“不能答”；莲香提起昔日相诬，事实已很明显，李氏只好“俯首谢过”；莲香劝勿以爱结仇，亦怜亦爱，深情流露，李受感动极深，于是“投地陨泣，乞垂怜救”。表现感情的变化极为细腻。

作者并没有仅仅满足于讲述一个故事，他从塑造人物着眼，因而敢于把人物放在最尴尬最难堪的境地来加以考验，因为在这种场合人物的思想斗争最尖锐最激烈，内心世界表现得最充分。疗救桑生就是这样的场合，这段描写是作者刻画双女形象的神来之笔。通过人物的一言一动，就能勾魂摄魄，把形象描绘得栩栩如生，真不愧是传神写照的妙手。李氏既已知过，又感莲香的爱怜厚意而求怜救，所以她一切都等待着莲香来处置了。莲香处于主动地位，李则唯命是听而已：

> 莲笑曰："恐郎强健，醋娘子要食杨梅也。"李敛衽曰："如有医国手，使妾得无负郎君，便当埋首地下，敢复靦然于人世耶！"莲解囊出药，曰："……然症由何得，仍以何引，不得不转求效力。"问："何需？"曰："樱口中一点香唾耳。我以丸进，烦接口而唾之。"李晕生颐颊，俯首转侧而视其履。莲戏曰："妹所得意唯履耳！"李益惭，俯仰若无所容。莲曰："此平时熟技，今何吝焉？"遂以丸纳生吻，转促逼之。李不得已，唾之。

致桑于死，非李素心，但桑生之病实由李得。李在愧悔交加之际，莲香问起"何以处郎君"，李不由得"赧然逊谢"，从她赧然红晕的脸上，看到了她内心的羞愧。救治桑生，本是李氏不惜自我牺牲而为之的，但救治桑生的手段正是她昔日贻害桑生的举动。而过去是私会，现在却要做在人前，而且是在她过去嫉妒过、现在又对之幡然悔过的莲香面前！这对于一个年方十五六、羞于见人的女子来说，是太难以为情了。但莲香既是好意，也是救治桑生所需要的，她不好意思做，又不能不做，这种情境，真叫人无可奈何。作者写她"晕生颐颊，俯首转侧而视其履"，面颜羞红，低头看着双脚，情景逼真，把人物活活画出。莲香尚不肯罢休，她顺着李氏的目光注意到了李氏那双"翘翘如解结锥"的小鞋。于是妙绪泉涌，"戏曰：'妹所得意唯履耳！'"在莲香虽为灵心快口，李氏闻之，就更加惶愧了，"李益渐，俯仰若无所容"。一狐一鬼，一言一动，直使读者闻其声见其态，当时情境，跃然纸上。

这是故事情节两条线索、鬼狐两个形象的由分而合。待到故事情节的尾声，又分开来描写，便是由合而分了。分分合合，展示了莲李两个形象性格的各个方面。这两个形象处处互相辉映，才更加显得光彩照人。

也有时候把两个形象写得如泾渭分明，表现她们的异，如鬼害人，狐救人；鬼手冷如冰，狐肌肤温和；鬼乐生，而狐乐死。但鬼乐生是因为"身为异物，自觉形秽"，只有生而为人才能使爱情永固；狐乐死，是因为身为异类，只有求其死才能转而为人，获得同类平等的爱。这便是异处求同了。

鬼与狐两个形象都很美，都追求着幸福，这是同，但同中有异，作者写莲香以稳，她"叩斋而来"，"一夜莲来"，"莲果至"，"莲香至"，笔势平缓；写李氏以奇，"翩然入"，"飘然忽至"，"李女歘入"，笔势突兀。写莲香侧重在通过她的语言，揭示她性格中的善与美，表现她道行高救人有术；写李氏侧重在通过她的动作表情，揭示她性格中的真与美，她不顾一切地追求爱情，一片情真。莲与李都是绝世佳人，用桑生的话来说，是“堪称两绝”。但写莲香，作者重在写意，写她的美给人的印象、产生的效果，桑生说她是“倾国之姝”，李氏说她“美矣……世间无此佳人”，至于她的容貌体态美在何处，却略而不顾；写李氏则是从她具体的形貌体态入手，使读者亲眼看到她美在什么地方。如果用绘画作比喻的话，莲香是一幅写意画，李氏则是一幅工笔画。不论工笔还是写意，都能为人物传神，使莲李两个形象相连而又相异。工笔和写意这两种手法，以及用这两种手法塑造出来的人物形象，都可以借用金圣叹评《水浒》的话说，便是“东泰（东岳泰山）西华（西岳华山），各自争奇”。①

莲与李都大胆地反抗着现实社会的传统，追求着自己选择的爱情。为了这种爱情，莲香生而可以死，李氏死而可复生，生生死死，真情不泯，表现了对爱情的坚贞执着，这是应当肯定的。恩格斯在《家庭、私有制和国家的起源》中说：“性爱按其本性来说就是排他的。”但在这篇小说里，莲李二女同事一男却能相安无事，不仅相安无事，还能“两世情好，不忍相离”，岂非违背生活真实？其实不然。在蒲松龄的笔下，莲李犹如《红楼梦》之钗黛。分而观之，每个人物都只体现事物的某些方面；合而视之，则构成作者完美之理想。从表面看，莲李与桑都表现为性爱，深层分析，这种爱是多重的，复合的。李似情人，莲乃妻子；李似闺门旦，莲乃大青衣。合莲与李，则既有夫妻之爱、恋人之爱、情人之爱，也有友爱、母爱（尤其体现在莲香身上）——这是蒲翁为孤独流浪的心灵营造的温馨窝巢，是天才文人追寻的心灵安顿之所，并不是单纯的爱情主题，故不可以“爱情”衡之。莲李都变而为人共事一夫，蒲翁意中，家庭温馨，当如是乎！

1982 年 3 月于北京

① 《水浒传》第十一回首评。

开卷有味　心随神往

——《聊斋志异·花姑子》中悬念的运用

“将欲区文章之善否，不必以理法绳也，但取而读之：读未终篇，已厌其词之长，必弗善矣；读既终篇，犹嫌其词之短，必甚善矣。”①《花姑子》就属于让人“犹嫌其词之短”这样的作品。读完之后仍然有馀香苒苒，使人不忍掩卷。在《聊斋志异》中，具有这样艺术效果的作品不胜枚举，但造成这种艺术效果的艺术手法却各不相同。以本篇而论，悬念的运用是它艺术上的一个显著特色。《聊斋志异》的一个评论家冯镇峦说：“作文有前暗后明之法，先不说出，至后方露，此与伏笔相似不同，左氏多此种，聊斋亦往往用之。”② 问题既经提出，却不说破，给读者造成悬念，读者要知究竟，就非得往下看不可，于是作品便产生了强烈的吸引力。本篇作品运用悬念的特殊之处在于，一是悬念不止一个，不止一种。一种是把已经发生的事情隐蔽起来，使读者产生种种猜疑，如“是吾恩主”者是；一种是把尚未发生的事情预示出来，引起读者对人物命运的种种担心，如“不能永谐琴瑟”者是。作者把多种悬念错综运用，读者一个疑问未解，又生一个疑问，联翩而下，到底不懈。二是这些悬念并不是已经造成就撒手不管，直到后来才旧事重提。把已经造成的悬念，在最后点破之前，反复提及，隐隐约约，令人猜测不定，增强了艺术效果。

安幼舆喜放生，见猎人猎获禽兽，一定买而释之。五年前于华山道上曾买一猎獐放之。本篇就描写獐精报答安生救命之恩过程中，獐女花姑同安生的一段恋爱故事。

故事一开始就写安生暮归途中：

路经华岳，迷窜山谷中。心大恐。一矢之外，忽见灯火，趋投之。数武中，欻见一叟，伛偻曳杖，斜径疾行。安停足，方欲致问。叟先诘谁何。安以迷途告；且言灯火处必是山村，将以投止。叟曰：“此非安乐乡。幸老夫

① 《聊斋志异》刘瀛珍序。
② 《读聊斋杂说》。

来，可从去，茅庐可以下榻。”安大悦，从行里许，睹小村。叟扣荆扉，一妪出，启关曰：“郎子来耶？”叟曰：“诺。”

古以六尺为步，半步为武，“数武”本是近在咫尺的，却“欻见”一叟，叟非常人，来得奇突。“伛偻曳杖”，驼背躬身，拄杖而行，写叟的老态龙钟。这样的老者却居然能“斜径疾行”，貌与行，似乎是很不相称。紧接着，迷路人未及开口致问，叟又“先诘谁何”，又是一疑。这些疑问，等到叟说出“此非安乐乡”一席话，以及扣扉时同老妪的问答，我们才知道：正因为“此非安乐乡”，叟才去接引安生，才穿斜径求近路，快步行急救营。从后文我们知道，“叟”是一个经过修炼的老獐，年虽老也能欻然而现，也能疾步以行。但现在还秘而不宣。至于何以不是安乐乡，作者并不说破；叟为什么要去迎接安生，又为什么能预知安生迷途，也不说破，都给读者造成悬念。文笔惝恍迷离，令人难以捉着，而读者在疑云缭绕之际，又听叟对妪言道：“此非他，是吾恩主。婆子不能行步，可唤花姑子来酾酒。”“是吾恩主”四字又提出了本篇的主要悬念，而一提之后，却放下此一端避而不谈，由“是吾恩主”引出下文，开始了为报恩主“出妻见子”的精彩描写。一开头，这种种悬念就把你吸引住了。你想掩卷辍读吗？那怎么可能！作者用他那支神奇的富有魅力的笔，制造了种种悬念，已经使读者着魔入迷，还怎么能摆脱得了！一定要解开疑云，看个究竟，这便是作者巧用悬念所产生的艺术效果。

在描摹事物、刻画形象的时候，往往使用双笔进行对应描写，上述种种悬念就穿插在这种对应描写之中，使作品经纬交织，浑然一体。何谓双笔？即是把表面相似的事物分作两次描写，内容却各不相同。

花姑子是这篇作品的女主人公，两次写她的容貌。一次是安生初至其家，叟命花姑酾酒：“俄女郎以馔具入，立叟侧，秋波斜盼。安视之，芳容韶齿，殆类天仙。”另一处是“女频来行酒，嫣然含笑，殊不羞涩”。前一处侧重在绘形，写她的外在美；后一处侧重在传神，写她落落大方的神态。只有其一，看不出花姑的全貌，只有二者结合，才能互相映照，表现形象的各个方面。

鲁迅先生说：“明末志怪群书，大抵简略，又多荒怪，诞而不情，《聊斋志异》独于详尽之外，示以平常，使花妖狐魅，多具人情，和易可亲，忘为异类，而又偶见鹘突，知复非人。”① 鲁迅先生是从人物性格和故事情节方面说的。从人物的外貌和自然特征来说，也是如此。一方面写花姑具有人的特点，具有人的

① 《中国小说史略》第二十二篇。

美貌、人的感情，可爱可亲；另一方面又具有异类的属性，使读者“知复非人”。在描写这种异类属性的时候，并不大事渲染，并不妨碍形象的美与“和易可亲”。写鬼，是除了行动的飘忽之外，便是体肤的“冷”；写花姑子，则抓住了“香”来表现香獐的特点。写她的香，也有两处。一处是安生相思成病“气势阽危”的时候，她来了：“乃登榻，坐安股上，以两手为按太阳穴。安觉脑麝奇香，穿鼻沁骨。按数刻，忽觉汗满天庭，渐达肢体。”另一处是三日后安生病愈，她来探望：“但觉气息肌肤，无处不香。问曰：‘熏何芗泽，致侵肌骨？’女曰：‘妾生来便尔，非由熏饰。’安益奇之。”第一次只是病中的感觉，第二次便点明“无处不香”、“生来便尔”，写出香獐的这种特点，不仅不使人骇怪，反而更增加了花姑的可爱可亲。“安益奇之”，安生之奇，也正是读者之疑，她们一家究竟是什么人？这正是作者为我们精心制造的悬念。这个悬念，与开头的老叟欻忽来去、与安生病中家人“终夜环守之”而花姑却能悄然出入的描写，乃至与安生两次寻觅其家，一次“至则绝壁巉岩，竟无村落”，一次则“蹀躞山中，迷闷不知所往”，等等描写互相照应，强化着这一悬念，使它对读者具有一种很强的吸引力。

最能表现花姑子性格的，却是为安生煨酒的描写和为安生医病的描写。这种描写也是各有两次。

两次煨酒，表现人间小女子天真聪慧，和易可亲，尤为传神。一处是：

> 叟顾令煨酒。房西隅有煤炉，女即入房拨火……安赞其惠丽，称不容口。叟言谦挹，忽闻女郎惊号。叟奔入，则酒沸火腾。叟乃救止，诃曰：“老大婢，濡猛不知耶！”回首，见炉傍有薥心插紫姑未竟，又诃曰：“发蓬蓬许，裁如婴儿！”持向安曰：“贪此生涯，致酒腾沸。蒙君子奖誉，岂不羞死！”安审谛之，眉目袍服，制甚精工。赞曰：“虽近儿戏，亦见慧心。”

另一处是：

> 安觑无人，谓女曰：“睹仙容，使我魂失。欲通媒妁，恐其不遂，如何？”女抱壶向火，默若不闻；屡问不对。生渐入室。女起，厉色曰：“狂郎入闼将何为！”生长跪哀之。女夺门欲出。安暴起要遮，狎接臁脇。女颤声疾呼，叟匆遽入问。安释手而出，殊切愧惧。女从容向父曰：“酒复涌沸，非郎君来，壶子融化矣。”

前处写酒溢是真，所以用“酒沸火腾”之语，描绘如真。但从“女即入房拨火”起，即将花姑隐入房内，目的虽是写花姑，手法上却化实为虚，是通过老叟的言语来侧面表现花姑手巧心亦巧，所以安生才称赞她“虽近儿戏，亦见慧心”，富有生活情趣和人间烟火气息。冯镇峦叹赏说：“点缀琐事，写小女子世情，都是传神之笔。”寥寥几笔，不仅交代了许多情事，也把小女子天真烂漫的形象描绘得憨态可掬，让人如闻其声，如睹其人。

后一处描写，酒溢是假，在写法上却是把花姑与安生的表现实实在在地展示在我们面前，与前固是不同。花姑与那些自择配偶，主动向所爱慕的男子许身、献身的鬼狐精怪不同，她有志飞升，修炼道业，虽然对安生有报恩之心，但并不打算以色报德。当然，她最终还是与安生私合生子，但那是在她看到安生失去爱情便“气势阽危”，有感于他那一片痴情之后的事了。在此之前，她并没有向安生许身的意思。所以当安生向她表示爱情的时候，她始而“抱壶向火，默若不闻；屡问不对”，想以沉默应付过去；继而安生入室，她感到沉默已无济于事，便“厉色”告以言辞；当“生长跪哀之，女夺门欲出”，想走又走不掉时，这才“颤声疾呼”。前写酒沸时是“惊号”，这里是“疾呼”。“惊”是酒沸火腾出乎意外，不知所措。现在，安生求爱已有一个过程，她已有了精神准备，此其一；安生是她家的恩人，向她表示爱情亦并无恶意，此其二。“疾呼”只是想借助父亲赶快帮她解除困境，却并没有“惊”的意思。“惊”与“疾”一字之差，表现的感情却很不相同。花姑的感情始而“默若不闻，屡问不对”，默不作声，好像什么都没有听见，什么都不作回答，继而“厉色”相告，最后“颤声疾呼”，感情逐渐强烈，逐渐达到高潮，似乎愤怒即将爆发。这当然引起老父的惊慌，也使安“殊切愧惧”，叟与安的表现更加重了当时危急的气氛。但当“叟匆遽入问”的时候，她却从容向父曰……女今之“从容”与前之“厉色”“疾呼”形成鲜明的对照，与叟的“匆遽”、安的“愧惧”也形成鲜明的对照。这一句话，既为自己解了围，又不使安生难堪，也为安解了围，因此才使安“魂魄颠倒”。这又足见其聪慧了。勾画花姑情态，入骨三分，与前一段酒沸的描写相对照，辉映成趣。冯镇峦盛赞这是“追魂之笔”，这便是聊斋所说的“寄慧于憨”了。

两次为安生治病的描写，表现她医病有方的法术和知恩必报的品格，这又是在让读者“知复非人”了。但这两次描写内容既各有侧重，在文中所起的作用也完全不同。

第一次为安生治病，侧重在写治疗的经过和治愈后的欢会。安生寻找花姑一家，“失望而归，并忘食寝。由此得昏瞀之疾。”简单几笔，便概括了病症的形成。然后写病的症状、花姑为按太阳穴治病、留饼的情景，最后又用大量的笔墨写病好后的欢会：

> 已而（花姑）曰："妾冒险蒙垢，所以故，来报重恩耳。实不能永谐琴瑟，幸早别图。"安默默良久，乃问曰："素昧生平，何处与卿家有旧，实所不忆。"女不言，但云："君自思之。"生固求永好。女曰："屡屡夜奔，固不可；常谐伉俪，亦不能。"

安生百般追求，终于如愿以偿，这是故事情节的由离而合。"来报重恩"一句，重提开头"是吾恩主"所造成的悬念，安生一问，"君自思之"一答，事情早已发生，却偏要闪烁其词，欲说还休，更增加了一种神秘感，这是对旧有悬念的加强。但聚会之初就已经预知未来的分离，劝他"幸早别图"，把尚未发生的结局预为显示，引起读者的关切，这又是在制造新的悬念了。这种新悬念，经后来的"此宵之会，乃百年之别"、"与君好合，尽此夜耳"相呼应，得到了加强。这一节描写的作用是在结悬念。

第二次为安生治病，使情节由合而离，其作用也由结悬念变而为释悬念。描写的重点也与前不同。在这里，详细描写了致病的缘由：

> （"花姑"出迎，携手入帏）偎傍之际，觉甚膻腥，心疑有异。女抱安颈，遽以舌舐鼻孔，彻脑如刺，安骇绝，急欲逃脱；而身若巨绠之缚。少时，闷然不觉矣。

把致病经过写得这样详细，有两个目的。一是，在本篇作品里，蛇是作为恶的、丑的形象出现的，抓住蛇的特点，写出它的丑、它的害人，是为了与獐的"奇香沁骨"相对照、更好地表现花姑的美与善；二是为了呼应本篇开头"此非安乐乡"一句悬念，为"幸老夫来"的"幸"字写出根据。然后通过安复苏后的一段对话，把所有的悬念都解释清楚。安生"再杀之惟卿，再生之亦惟卿"的感叹，引出了花姑的解释："此蛇精冒妾也。前迷道时所见灯光，即是物也。"从这次致死的缘由，交代了蛇精幻化一桩疑案，开头老叟所言"此非安乐乡"一句有了着落。那么，"卿何能起死人而肉白骨也？勿乃仙乎？"这就自然使花姑谈到了自身："君五年前，曾于华山道上买猎獐而放之否……是即妾父也。前言大德，盖以此故。"这又使花姑其人、图报重恩两个悬念得以解除。安生死而复生，蛇妖又有术可除，他们不就可以美满幸福的共同生活下去了吗？为什么又"不能永谐琴瑟"呢？花姑说："妾不能终事，实所哀惨。然为君故，业行已损其七。幸悯宥也。”花姑，“哀惨”“流涕”，安生“竟不复娶”，尽管他们两情依依、坚贞不渝，还是不得不分离。至于为什么“不能终事”，却没有说明。不过，这却客观上写出了封建社会里自主婚姻所不能幸免的悲剧结局。老叟“坏道代死”，花姑“业行已损其七”，报恩已了，獐族脱然而去。至此，所有悬念一总说破，笔力相当雄劲。读者疑念顿消，矛盾似已结束，但安生虽起死回生，而“痿痹”之疾未愈，又引出了射蛇取血的尾声，馀韵犹存。

《聊斋志异》描写人物的手法十分高妙，“其叙事变化，无法不备；其刻画尽致，无妙不臻”①，是化工肖物的圣手。这些令人拍案叫绝的精彩描写，经图报重恩、叟家其人、预示分离、蛇精幻化等悬念纵贯其间，使作品结构紧密完整，更使作品具有强烈的吸引力，只要翻阅展读，就会有一种奇异的艺术魅力引人入胜，使你心随神往，不由自主地跟着作者这支神妙莫测的笔，读至终篇，虽欲罢而不能。这篇小说艺术构思的特殊之点就在于，作者不仅考虑到了怎样更完美地表现描写对象、表现思想内容，同时也考虑到了读者，既要适应读者的心理，又要诱导、左右读者的心理。这种种悬念如同条条神奇的勾魂索，紧紧抓住了读者的心理情绪，使你须臾离它不得；这种种悬念，又如同一个个绝妙的向导，引导读者进入隐隐跃跃、惝恍迷离的境界，游历作者所精心设计的似幻似真亦幻亦真的人生情境，使你不仅开卷有益，而且开卷有味——倘若无味，读者昏昏欲睡，还谈得上什么“有益”呢？

作者在篇末说：“人之所以异于禽兽者几希，此非定论也。蒙恩衔结，至于没齿，则人有惭于禽兽者矣。”目的是要歌颂花姑一家的报恩思想。但从实际描写来看，花姑与安生由恩而爱，表现出青年男女的一片痴情。他们完全由自己的意志选择配偶、决定终身，而丝毫不考虑“父母之命，媒妁之言”，不顾忌社会习俗、封建礼教，这是本篇小说思想内容的主旨所在。

1982年3月北京

① 冯镇峦《读聊斋杂说》。

元曲的趋俗性

摘　要：诗词曲都可配乐歌唱，决定其品类区分的是音乐；而决定其精神品格、风神面貌之异的却是文学。诗庄、词媚，曲可以俗概之；诗如壮士，词如美人，曲则是浪子。诗言志，词言情，曲则五光十色的思绪情愫皆可叙说，“我国一切韵文之内容，其驳杂广大，殆无逾于曲者”。其内容主要表现为悟世隐退和世俗情趣，即使是神仙、爱情也世俗化了，迥异于前。艺术上贵直不贵曲，多用赋体，实话直说，不讲含蓄寄托；又追求谐趣，以俗为雅。从思想到艺术都与正统诗词文大异其趣。其原因则是由元人乱世馀生的生命体验、弃儿意识的产生、社会榜样丧失及人生理想的颓堕造成的。

关键词：散曲　世俗　谐趣

王国维在《宋元戏曲考》序中提出“凡一代有一代之文学”说，而所谓“一代之文学”，是指其成就“后世莫能继焉者也”。这是极具见地的。一个时代各种文学样式百花争艳，但总有一种独放异彩，不仅为同时代其他文体所不如，而且也为后世所莫能继。这不仅与当时的政治经济文化风俗有关，也与文学的发展走向、文人的创作心态、时代的审美特质有关。所以，“一代之文学”不仅是一个时代文学的标志，也是文学发展史上的里程碑。而这“一代之文学”中就有元曲。这是历代人们的共识。元人虞集（见孔齐《至正直记》卷三）和他的同时代人罗宗信（见罗宗信《中原音韵·序》）、元末明初叶子奇（《草木子·谈薮篇》）、明人沈宠绥（《度曲须知·曲运隆衰》）等都发表过此种见解。

曲之风神异于诗词者，不在音乐而在文学。是文学决定了元曲（散曲和杂剧）“一代之文学”的历史地位。每一种文学体制，本来应该、也能够发挥多方面的功能，成为人们抒写各种情愫的工具；但是，由于体制各异以及历史形成的习惯，却使它们有了分工。大而言之，诗文有别，清人吴乔指出：“二者意其有异？唯是体制辞语不同耳。意喻之米，文喻之炊而为饭，诗喻之酿而为酒；饭不变米形，酒形质尽变；啖饭则饱，可以养生，可以尽年，为人事之正道；饮酒则醉，忧者以乐，喜者以悲，有不知其所以然者。”① 文是人类生活和思想感情的本然形态，不变形，有实用；而诗（诗、词、曲统归诗类）则形质俱变，它把生活和思想艺术化了，感情化了。细而言之，则有文载道、诗言志、词抒情之说。固然，我们从诗词文中都可以找出言志、抒情、载道的例子，然而由于体性不同，文体各有所长却也是作家们公认的事实。“夫文者，言之成章……章之为用，贵乎纪述铺叙，发挥而藻饰；操纵开阖，惟所欲为，而必有一定之准。”② 篇不拘长短，句不限字数，无音韵格律之束缚，谓之词达，宜道政事。“诗言志”③，孔颖达释曰：“作者承君政之善恶，述己志而作诗，为诗所以持人之行，使不失坠……”④ 故其内容要求“思无邪”⑤，“温柔敦厚，诗之教也”⑥，“发乎情，止乎礼义”⑦。词以艳丽为本色，得阴柔之美。清人张惠言说：“（词）缘情造端，兴于微言，以相感动。极命风谣里巷，男女哀乐，以道贤人君子幽约怨悱不能自言之情，低回要眇，以喻其故。”⑧ 王国维说得更清楚：“词之为体，要眇宜修。能言诗之所不能言，而不能尽言诗之所能言。诗之境阔，词之言长。”⑨ 清魏塘曹学士说得形象：“词之为体如美人，而诗则壮士也。”⑩ 李东琪说得直白：“诗庄词媚，其体元别。”⑪ 如果说，相对于诗，词“别是一家”⑫，那么，相对于诗和词，曲也可以说“别是一家”，是浪子，沈谦所谓“（词）上不可似诗，下不可似曲”⑬。正说明诗词曲体性不同。王骥德言之甚精：“诗不如词，词不如曲，故是渐近人情。夫诗之限于律与绝也，即不尽于意，欲为一字之益，不可得也。词之限于调也，即不尽于吻，欲为一语之益，不可得也。若曲，则调可累用，字可衬增。诗与词，不得以谐语方言入，而曲则惟吾意之欲至，口之欲宣，纵横出入，无之而无不可也。故吾谓：快人情者，要毋过于曲也。”⑭ 就是说，曲较之诗词，不论是想说什么、还是怎么说，都具有更大的灵活性。

---

① 吴乔：《答万季野诗问》六，《清诗话》，上海古籍出版社，1978 年版。
② 李东阳：《怀麓堂集》文后卷三《春雨堂稿序》，清刻本。
③ 《尚书》舜典，《十三经注疏》，中华书局影世界书局印本，1980 年版。
④ 郑玄：《诗谱序》孔颖达疏，《毛诗正义》卷首，《十三经注疏》本。
⑤ 《论语》为政，《十三经注疏》本。
⑥ 《礼记》经解，《十三经注疏》本。
⑦ 《诗大序》，《毛诗正义》关雎题下，《十三经注疏》本。
⑧ 张惠言：《词选》序，《张氏词选》，道光重刻本。
⑨ 王国维：《人间词话》删稿，人民文学出版社，1961 年版。
⑩ 田同之：《西圃词说》引，《词话丛编》本，唐圭璋主编，中华书局，1986 年版。
⑪ 王又华：《古今词论》，《词话丛编》本。
⑫ 李清照：《词论》，《李清照集校注》，王仲闻校注，人民文学出版社，1997 年版。
⑬ 沈谦：《填词杂说》，《词话丛编》本。
⑭ 王骥德：《曲律》杂论下，《中国古典戏曲论著集成》本，中国戏剧出版社，1959 年版。

说什么，是指内容而言。即以“言志”而言，修身齐家治国平天下，实现建功立业、致君泽民大目标的是志，是儒家所倡导的人生之志。若具体而言，即使是孔子门徒，其志也不完全相同：“子路曰：‘愿车马、衣轻裘，与朋友共，敝之而无憾。’颜渊曰：‘愿无伐善，无施劳。’……子曰：‘老者安之，朋友信之，少者怀之。’”① 大千世界，人海茫茫，不同境遇的人其志自也不同，何况人生活在红尘烟火之中，或为实现人生之志而奔走，或为谋生而辛劳，所见所感所思所为，欲吐者何啻万千！义归雅正的志、低回要眇的情并不是人生的全部内容。要表现这五光十色的思想情愫，曲便是适当的形式。曲“无之而无不可也”。故任讷云：“我国一切韵文之内容，其驳杂广大，殆无逾于曲者。剧曲不论，只就散曲以观，上而时会盛衰、政事兴废，下而里巷琐故、帏闼秘闻，其间形形式式，或议或叙，举无不可于此体中发挥之者。冠冕则极其冠冕，淫鄙则极其淫鄙，而都不失其为当行也。以言人物，则公卿士夫、骚人墨客，固足以写；贩贾走卒、娼女弄人，亦足以写。且在作者意中，初不以与公卿士夫、骚人墨客有所歧视也。大而天日山河，细而米盐枣栗，美而名姝胜境，丑而恶疾畸形，殆无不足以写。而细者丑者，初亦不与大者美者有所歧视也。要之，衡其作品之大多数量，虽为风云月露，游戏讥嘲，而意境所到，材料所收，固古今上下、文质雅俗，恢恢乎从不知有所限，从不辨孰者为可能，而孰者为不可能；孰者为能容，而孰者为不能容也。其涵盖之广，固诗文之所不及。”②

关乎“时会盛衰、政事兴废”之“大事”的曲作，如张养浩的一些曲作、刘时中的《正宫端正好·上高监司》等。但应当说，这在元代的曲作里并不是主流，并不能体现元散曲内容上的特色。真正能体现元散曲内容特色的，是悟世隐退和世俗情趣的作品。

悟世隐退类如白朴〔中吕阳春曲·知几〕：

知荣知辱牢缄口，谁是谁非暗点头，诗书丛里且淹留。闲袖手，贫煞也风流。③

马致远的〔双调蟾宫曲·叹世〕：

---

① 《论语》公冶长，《十三经注疏》本。
② 任讷：《散曲概论》内容第八，《散曲丛刊第十四种》，中华书局，1931 年版。
③ 本文所引散曲，均据《全元散曲》本，隋树森编，中华书局，1964 年版。

咸阳百二山河，两字功名，几阵干戈。项废东吴，刘兴西蜀，梦说南柯。韩信功兀的般证果，蒯通言那里是疯魔？成也萧何，败也萧何，醉了由他。

张养浩〔双调·雁儿落兼得胜令〕：

也不学严子陵七里滩，也不学姜太公磻溪岸，也不学贺知章乞鉴湖，也不学柳子厚游南涧。俺住云水屋三间，风月竹千竿。一任傀儡棚中闹，且向昆仑顶上看。身安，倒大来无忧患；游观，壶中天地宽。

张可久〔中吕齐天乐过红衫儿·道情〕：

人生底事辛苦？枉被儒冠误。读书，图，驷马高车。但沾着者也之乎，区区，牢落江湖，奔走在仕途。半纸虚名，十载功夫。人传《梁甫吟》，自献《长门赋》，谁三顾茅庐？白鹭洲边住，黄鹤矶头去。唤奚奴，鲙鲈鱼，何必谋诸妇？酒葫芦，醉模糊，也有安排我处。

他们追求隐遁的原因，不在于君王的有道与无道、治世与乱世，也不在于争战者的顺逆是非与得失成败。曲家们把自己与帝王将相以及“他们”所代表的功名事业，分成了两个相互分离、相互对立的群体。“他们”的胜败兴亡都与“我”无干，“我”只是以局外人的身份立场，冷眼旁观他们在战场上、在庙堂中的厮杀争斗。曲中主人公只想隔岸观火，却不愿意去参与，去引火烧身。所以元人“悟世”最深、最彻底，他们的隐遁是无条件的，与儒家“天下有道则见，无道则隐”① 的有条件归隐不同。以对屈原的态度为例。根据儒家的观点，屈原既逢乱世，又遇昏君，怀忠见弃，则应舍之则藏，去隐居，去逃避，故贾谊云：“所贵圣人之神德兮，远浊世而自藏……般纷纷其离此尤兮，亦夫子之辜也。历九州而相君兮，何必怀此都也?”② 曲则不然。曲中讥嘲屈原的不少，例如白朴〔仙吕寄生草·饮〕：“不达时皆笑屈原非，但知音尽说陶潜是。”贯云石〔双调·殿前欢〕（楚怀王）：“笑你个三闾强，为甚不身心放？沧浪污你，你污沧浪。”曲家不是像贾谊那样责问屈原为何不隐、不离开楚国去其他国家做官辅佐可辅之

① 《论语》泰伯，《十三经注疏》本。
② 贾谊：《吊屈原赋》，《史记·屈原贾生列传》，中华书局，1959 年版。

君，而是从根本上否定出仕，否定世俗层面的建功立业，不论君王有道无道、用之舍之，都不应当成为君王的奴隶和工具，去为君王送命。这是元人所选择的生存方式和处世哲学，所以他们对屈原采取了讥笑和冷嘲的态度，好像在看屈原的笑话，而不是悲悯他的命运。这不是个别现象，而是普遍的士人心态。虽然这含有几分苦涩，有“葡萄是酸的”的味道，但也确实反映了元代士人对儒家传统文化的背离倾向。这种普遍的归隐情绪，不是远离社会，而是远离封建政权，徜徉于山林水滨以享受自然风光之美，流连于秦楼楚馆以享受世俗声色之乐。所以元散曲中写景之作特多，言情之作特多，换一个角度看，元人又是最会享受生活的。

所谓世俗情趣，从内容上说，是现实的而非理想的；其情趣，其眼光，是市民的而非士大夫的，即使是士大夫所写，所体现的精神气韵，也市民化了。钟嗣成所谓“蛤蜊味”①、何良俊所谓“蒜酪味”、“风味”②，就是指世俗的内容和世俗的语言所形成的独特情致。用吃来比喻，它不是“王公大人之席，驼峰熊掌肥腯盈前”，而是下层社会餐桌上的“蔬笋蚬蛤”③，虽不高贵华美，但别有滋味。也就是说，更加贴近生活，更加世俗，具有诗词所不能比拟的人间烟火气息，举凡日常生活的种种世相，都可入曲歌之览之。在诗词里也偶然出现过写庸俗丑陋不大入诗的事物的现象④，但那是为矫华而不实、大而无当诗风之枉的过正，本非正常现象。而在元曲中，写琐碎丑陋事物却成了一种普遍风气，什么胖夫妻、红指甲、脸上黑痣、小脚、豁嘴、跳蚤、绣鞋、蚊子、尿盆、屎蛇螂……都成了歌咏的题材。甚至神仙也世俗化了：“说什么四大神游，三岛十洲，这神仙隐迹埋名，敢只在目前走。”（邓学可〔正宫端正好·乐道〕）神仙不是生活在海岛仙山洞天福地，而是行走在人间，“今朝有酒今朝醉，明日无钱明日求，散诞无忧”的眼前可见的常人、俗人。或者说，在元人眼里世俗人便是神仙。元曲家们所关注的，是发生在身边的琐事细故，是为柴米油盐酱醋茶而奔忙、而喜怒哀乐的市井人物。

爱情之作历代有之。唐代士子理想的婚恋观是郎才女貌，所谓“小娘子爱才，鄙夫重色”⑤，最典型地说出了当时士子们的婚恋心态。元代的情爱曲作有着崭新的面貌，已经失去唐人爱情中的理想光环。兰楚芳〔南吕四块玉·风情〕：

---

① 钟嗣成：《录鬼簿》序，《中国古典戏曲论著集成》本。

② 何良俊：《四友斋丛说》卷三七，中华书局，1959年版。

③ 何良俊：《四友斋丛说》卷三七，中华书局，1959年版。

④ 如宋代，诗人梅尧臣写虱子、跳蚤、鸦啄蛆虫等，词人刘过以〔沁园春〕写“美人指甲”、“美人足”等。

⑤ 蒋防：《霍小玉传》，《唐人小说》，汪辟疆校录，古典文学出版社，1958年版。

我事事村，他般般丑。丑则丑、村则村意相投。则为他丑心儿真，博得我村情儿厚。似这般丑眷属，村配偶，只除天上有。

意思儿真，心肠儿顺，只争个口角头不囫囵。怕人知，羞人说，嗔人问。不见后又嗔，得见后又忖，多敢死后肯。

白朴〔中吕喜春来·题情〕:

从来好事天生俭，自古瓜儿苦后甜。你娘催逼紧拘钳，甚是严，越间阻，越情忺。

笑将红袖遮银烛，不放才郎夜读书，相偎相抱取欢娱。止不过迭应举，及第待如何!

理想的婚姻已经不是"郎才女貌"了。村的，丑的，照样可以爱，应当爱，只要男女心真情厚就可以成为被曲家歌颂的爱。即使有生理缺陷（"口角头不囫囵"——兔唇），也不妨经历爱的温馨与痛苦。才子佳人毕竟只是人类中的少数，对于芸芸众生来说，也需要爱的滋润，也有爱的权利。元曲正是把审视的眼光，由理想化了的少数人，转向了具有生活本色的多数人；由审美，歌颂美，变而审视世俗，审视平平凡凡普普通通的现实世界。元曲家笔下的爱情，也不仅仅是圣洁空灵的感情波动，它还包含着对肉欲的描写。这是以往诗词中所未见的，即使有（如宫体诗），也是一种暗示，绝不像曲中这样极情尽态，写得直露而不知避隐。不仅散曲如此，用于粉墨登场进行演出的杂剧也一般无二，每被高人雅士讥为"浓盐赤酱"，瑕疵无状。① 他们肯定情，也肯定欲，并且津津乐道，欣赏玩味，体现了新兴的市民阶层的恋爱观。婚姻的目的既不是"上以事宗庙，下以继后世"②，为了祖宗血食，也不是"有夫妇然后有父子，有父子然后有君臣，有君臣然后有上下，有上下然后礼义有所错"③，为维护宗法社会秩序，而是完全出于自身的要求，有情有欲，有着与传统的士大夫文学不同的情趣，闪烁着叛

① 参见何良俊:《四友斋丛说》卷三七、梁廷枬《曲话》卷二,《中国古典戏曲论著集成》本。
② 《礼记·昏义》,《十三经注疏》本。
③ 《周易·序卦》,《十三经注疏》本。

逆反抗的光辉。

人谓：诗庄、词媚，则曲可以“俗”概之，不仅在它的题材内容，也在它的艺术形式。

诗、词、曲都属于诗的大家族，但体性各别，表现在艺术上也各具不同的面貌。大而言之，近体诗及词，皆长于抒情写景，叙事能力极为薄弱。曲则不然，任讷指出：“词仅可以抒情写景，而不可以记事，曲则记叙抒写皆可……重头多首之小令，与一般之套曲中，固有演故事者，即寻常小令之中，亦有演故事者……散曲并不须有科白或诗文以为引带，但曲文本身，尽可记言叙动。”① 具体风神之异，则固属当然。

诗与词都贵曲不贵直，讲求含蓄蕴藉饶有馀味，所谓言有尽而意无穷。在艺术手法上，便讲比兴，讲寄托。袁枚云：“诗有寄托便佳。”② 况周颐云：“词贵有寄托。”③ 还要把作者自己所寄寓之意，表现得让读者看不出寄托的痕迹。于是乎“借花卉以发骚人墨客之豪，托闺怨以寓放臣逐子之感”④。诗词亦须有趣，其趣即来源于“曲”：直叙不如曲喻，明言不如隐指。其艺术手法虽赋比兴兼备，“诗有赋、比、兴，词则比、兴多于赋。或借景以引其情，兴也；或借物以寓其意，比也。盖心中幽约怨悱，不能直言，必低回要眇以出之，而后可感动人”⑤。兴之为义，触物起感，寄托无端；不特使读者莫测其意之所在，即作者本人，因事过境迁，读之恐亦不能自了。是诗、词贵幽隐而避直露。

曲则相反。徐大椿谓：“若其体则全与诗词各别，取直而不取曲，取俚而不取文，取显而不取隐……若必铺叙故事、点染词华，何不竟作诗文，而立此体耶？譬之朝服游山，艳妆玩月，不但不雅，反伤俗矣。但直必有至味，俚必有实情，显必有深义。”⑥ 总体说来，散曲追求直白、透彻、淋漓尽致，言尽意尽，这是听觉艺术和舞台艺术的共同特点。论曲者也有“情无限”、“意无尽”说，那不是指像诗词一样韵致深藏而令人体味、捉摸，而是指强烈的情感、直落式的表达方式给人心灵留下的震撼（以诗词法作曲者另当别论）。为了这个目标，语言上“取俚而不取文”，到耳即消，入于耳即入于心。曲之语言贵通俗浅显，接近口语，若讲藻饰、用典故，则如“朝服游山，艳妆玩月”，非曲家当行。艺术

① 任讷：《散曲概论》内容第八。
② 袁枚：《随园诗话》补遗卷五，人民文学出版社，1960年版。
③ 况周颐：《蕙风词话》卷五，人民文学出版社，1961年版。
④ 刘克庄：《后村大全集》后村题跋·题刘叔安感秋八词，《四部丛刊》本，上海书店，1989年版。
⑤ 沈祥龙：《论词随笔》，《词话丛编》本。
⑥ 徐大椿：《乐府传声》元曲家门，《中国古典戏曲论著集成》本。

手法则多用赋体，“赋之言铺，直铺陈今之政教善恶”①。把事物本来的面目加以铺叙，直来直去，不借助比喻，也不借助兴寄，大有实话实说的味道。王骥德云：“世有不可解之诗，而不可令有不可解之曲。”② 周德清谓“意欲尽”，“用字必熟”③，这就是曲的艺术追求。故任讷云：“曲以说得急切透辟、极情尽致为尚……用意则全然暴露于词面，用比兴者，并所比所兴，亦说明无隐。此其态度为迫切，为坦率，可谓恰与诗余相反也。”④

“直”中之“味”来自两端：

一是真诚坦率，敞开心扉，毫无隐饰，给人以亲近感，信任感。“真”是善与美的前提，一诚遮百丑是也。黄周星称曲之体性曰“天然”⑤，王国维谓之“自然”⑥，刘永济则曰：“举凡曩时文家所禁避，所畏忌者，无不可尽言之。”⑦都与曲追求天然本色有关。

二是追求谐趣，“须以俗为雅，而一语之出，辄令人绝倒，乃妙”⑧。“妙在借俗写雅，面子疑于放倒，骨子弥复认真。”⑨ 诸如杜仁杰〔般涉调耍孩儿·庄家不识构阑〕、王和卿〔仙吕醉中天·咏大蝴蝶〕、白朴〔仙吕醉中天·佳人脸上黑痣〕、马致远〔般涉调耍孩儿·借马〕、睢景臣〔般涉调哨遍·高祖还乡〕、兰楚芳〔南吕四块玉·风情〕、钟嗣成〔南吕一枝花·自序丑斋〕等。固然，俳谐之作古已有之，《史记》即有《滑稽列传》。但谐趣作为一种时代普遍追求的情趣，却只有元曲足以体现。刘勰说：“嗤戏形貌，内怨为俳也。”又说：“谐之言皆也。辞浅会俗，皆悦笑也。”⑩ 范文澜注云：“内怨，即腹非也。彦和之意，以为上者肆行贪虐，下民不敢明谤，则作为隐语，以寄怨怒之情；故虽嗤戏形貌而不弃于经传，与后世莠言嘲弄不可同时语也。”应该说，并不是所有谐趣类曲作都具有这种“内怨”精神，从元曲内容之驳杂琐屑中可以看出，有的纯粹是游戏之作，趣味也显得低俗无聊。但是，元人之所以具有这种普遍的玩世心态，追求谐谑情趣，体现出浓厚的市民文化色彩，却又有着深刻的时代原因，从这一点上又可以验证“内怨”说言之不诬。

---

① 《周礼》春官·大宗师，郑玄注，《十三经注疏》本。
② 王骥德：《曲律》杂论上。
③ 周德清：《中原音韵》作词十法，《中国古典戏曲论著集成》本。
④ 任讷：《散曲概论》作法第七。
⑤ 黄周星：《制曲枝语》，《中国古典戏曲论著集成》本。
⑥ 王国维：《宋元戏曲考》元剧之文章，《王国维戏曲论文集》，中国戏剧出版社，1984 年版。
⑦ 刘永济：《元人散曲选序论》，《武大文哲季刊》5 卷 2 期，1936 年 2 月。
⑧ 王骥德：《曲律》论俳谐。
⑨ 刘熙载：《艺概》词曲概，上海古籍出版社，1978 年版。
⑩ 刘勰：《文心雕龙》谐隐，范文澜注本，人民文学出版社，1962 年版。

不论从内容上看，还是从艺术上看，元曲都与正统的诗文大异其趣。它带有野性的叛逆精神、生新的形式面貌，都使它在文学百花园中光彩照人。

元曲之所以呈现这种大异于诗词的精神面貌，有着广泛而深刻的社会原因，不是个别作家所能左右的。元代是一个疆域空前广大、统一的大帝国。但这个帝国的统一是经历了长期分裂战乱之后，由少数民族入主中原而完成的，它的方方面面都在士人的心灵上刻下了印痕。元代人的心理上沉积了太多的社会动乱的阴影，产生了与太平时期不同的生命体验，乱世馀生感或隐或显地徘徊在人们的心头，使他们格外珍惜生命，加倍享受生活。那种舍生取义、捐躯报国、为未来、为理想、为社会、为民众的献身精神减弱了，士大夫的社会责任感淡泊了，从而对功名利禄有了新的认识。于是化庄严为滑稽，用诙谐排遣内心深处的压抑。

在封建社会，不论是报国还是济民，理想实现的主要途径就是入仕。元人对功名看法的改变，意味着人生理想的颓堕。“功名二字，如同那百尺高竿上调把戏一般，性命不保。”①“路迢迢，水遥遥，功名尽在长安道。今日少年明日老。山，依旧好；人，憔悴了”（陈草庵〔中吕·山坡羊〕）。生命短暂，而大自然长存；功名是虚幻的、危险的，妨碍自由自在的人生，不值得追求。于是“糟腌两个功名字，醅腌千古兴亡事，曲埋万丈虹霓志”（白朴〔仙吕寄生草·饮〕）。“休说功名，皆是浪语，得失荣枯总是虚”（沈和〔仙吕赏花时·潇湘八景〕）。“既功名不入凌烟阁，放疏狂落落陀陀”（曾瑞〔正宫端正好·自序〕）。既然功名是虚幻的，那就追求实在的吧。实在者为何？那就是对生命、对生活的珍惜与享受。唐代士子的历史使命感、社会责任感，生成为爱国精神，化为建功立业的追求；宋代科举录取名额的扩大，重文轻武的政策，刺激了文人普遍的功名欲望；元人则是追求诗酒声情，或流连于妓馆饮醇近妇，或徜徉于山林无拘无束地享受自然风光，对世俗生活有一种普遍的认同感，这就是杂剧中流露的：“天下喜事无过夫妻团圆”②，“做子弟的声传四海，名上青楼，比为官的还有好处”，“折桂攀蟾，也不似这浅斟低唱……谁待夺皇家龙虎榜？争如占花丛燕莺场……我向这花柳营调鼎鼐，风月所理阴阳。”③ 只考虑自身的享受，没有了对功名的实际追求，剧中的“金榜题名”故事，也只是把科举当作实现享受目标的手段，而不是攀登功名事业的阶梯。元代文人中，像谢枋得那样忠于亡宋、死不仕元，“以名节励世”者很少，以恢复宋金政权为人生目标的也很少。他们追求的是杯

① 马致远：《黄粱梦》，《元曲选》本，臧晋叔编，中华书局，1958年版。
② 石子章：《竹坞听琴》，《元曲选》本。
③ 武汉臣：《玉壶春》，《元曲选》本。

中有酒、心头无事、轻暖甘肥、妖淫艳丽的纵欲生活，哪里还能想到人民和国家？元蒙政权实行民族歧视政策，摧毁了汉族文人像唐宋文人那样运筹庙堂、立功异域的奢望，变得眼界狭小了，眼光短浅了，他们过多地盯在了自己身上，追求一己的享乐，世俗化了。

蒙古贵族入主中原之后，使汉民族，尤其是士人，有一种失落感。他们原来意向所归的汉族群体组织，由于政权的变易而不复存在了，面对新的异族统治，他们感到陌生，感到无所依归。而统治者实行人种等级（蒙古人、色目人、汉人、南人）的民族歧视政策和重征伐而轻文教的轻儒政策（所谓大元典制人分十等……九儒十丐①），也使他们产生被抛弃的孤零感。失去归属感，原有的汉族群体制度和道德纪律的约束力便松懈开来；而对新的统治族群体又没有认同感。他们成了“弃儿”。于是受制度和纪律约束的行为指向，便出现了混乱，三纲五常观念、贞节观念，失去了原有的权威地位，他们“自由”多了。元代士子本不把元政权视为应当报效的“国”，即使有报效的愿望，也报国无门。不论是从主观上说，还是从客观条件上说，都使士子们产生自外于元政权、对立于元政权的心态。他们失去了应该依恃、同时也应该效忠的群体。宋代重文轻武，建立的是文官制度，士阶层是政权的核心，处于社会的中心，养成了自得意识和宠儿意识。元代正好相反，从整个阶层来说，他们远离了政权，远离了社会中心，处于被忽视、被讥嘲的地位，已无尊严可言。这巨大的反差，促使“弃儿意识”愈发膨胀，于是开始关注个人生活，任由自我性情的放纵，尽情享受山水之娱、声色之娱，玩世、嘲世、骂世，以浪子自居自傲，关汉卿骄傲地宣称自己眠花宿柳、浪子风流，是郎君领袖、浪子班头，“则除是阎王亲自唤，神鬼自来勾，三魂归地府，七魄丧冥幽，天哪，那其间才不向烟花路儿上走！”（〔南吕一枝花·不伏老〕）。他们似乎看破了人生，以“悟世”相标榜，实际上看透的仅仅是仕途，于人生倒是更执着了，更知道享受了。甚至从俗的丑的现象中也能发现发人一噱的笑料，真是“许大乾坤，由我诙谐！”（孙周卿〔双调蟾宫曲·自乐〕）从一方面看，这是长期儒家思想束缚后，人性的复苏，人文主义精神的张扬，是对个体生命价值的肯定；从另一方面看，也是士大夫社会责任感的淡漠。在散曲里，他们那样大胆地袒露自己的权欲、色欲、自由欲，展现人性的道德的和生理的缺憾与不足，毫不掩饰，毫无“美化”。这正印证了后来人张岱的那段名言：

---

① 参见谢枋得《谢叠山集》送方伯载归三山序、郑思肖《心史》大义略叙。此说虽不见于典章，却也体现了儒人的感受。

“人无癖不可与交，以其无深情也；人无疵不可与交，以其无真气也。”① 也给西方古典主义理论家布罗瓦在《诗的艺术》中所说的话提供了注脚：“伟大的心灵也要有一些弱点……人们在肖像里发现了这些微疵，便感到自然本色，转觉其别有风致。”元散曲所塑造出来的，就是这种可以与交的、有深情有真气的、别有风致的人。这是自然人，本色人，吃五谷杂粮的活人。这是元代社会人生价值无法实现的现实培植出的多味果。

元代是一个没有英雄崇拜，社会榜样丧失的时代。

关于废科举问题，已多为人们所论及。它所造成的结果是打碎了人们入仕报国的幻想和愿望，使他们失去了昔日“唯有读书高”的庄严感、神圣感和优越感。杂剧中的儒生感叹：“儒人颠倒不如人”，“好不值钱也者也之乎”，“今日个秀才每逢着末劫”。甚至成了向人乞讨的叫花子：“时三学诸生困甚，公出，必拥遏叫呼曰：‘平章，今日饿杀秀才也！’从者叱之。公必使之前，以大囊贮中统小钞，探囊撮予之。”② “生员不如百姓，百姓不如祗卒。”③ “小夫贱隶亦以儒为嗤诋。”④ 没有了精神支柱，转而务实，不思进取，造成士人品格降低；谋生问题造成思想混乱。哪里还顾得上什么修、齐、治、平！与唐宋文人相比，元人的最大不同便是世俗化了。

由于轻儒、废止科举，造成官员素质低劣。入仕之途径，或靠根脚血统，“血”而优则仕，这是为什么元杂剧中有那么多生动活现的“衙内”嘴脸出现的生活根据；或靠吏进，吏是办事员，唐宋吏员均不得入仕，只有元代吏成为官的主要来源，“由吏致位显要者，常十之九”⑤；或靠买官，所以贪官泛滥，不知羞耻为何物。“州县之官，或擢自将校，或起由民伍，率昧于从政，甚者专以掊克聚敛为能，官吏相与为贪私以病民。”⑥ “数十年来风俗大坏，居官者习于贪，无异盗贼，己不以为耻，人亦不以为怪。其间颇能自守者，千百不一二焉。”⑦ 有谚讥伯颜太师曰：“百千万锭犹嫌少，垛积金银北斗边。可惜太师无运智，不将些子到黄泉。”⑧ 也有科举入仕者，但只占极少数，叶子奇曰：“至于科目取士，止是万分之一耳，殆不过粉饰太平之具。”有的官员不识字，甚至连“七”字都

---

① 张岱：《陶庵梦忆》祁止祥癖，西湖书社，1982年版。
② 郑元佑：《遂昌杂录》，《说郛三种》，上海古籍出版社，1988年版。
③ 李继本：《一山文集》与董涞水书，《四库全书》1217册，上海古籍出版社，1987年版。
④ 余阙：《青阳先生文集》贡泰父文集序，《四库全书》1214册。
⑤ 《元史》韩镛传，上海古籍出版社、上海书店，1986年版。
⑥ 《元史》宋子贞传。
⑦ 吴澄：《吴文正集》赠史敏中侍亲还家序，李修生主编：《全元文》卷四七六，江苏古籍出版社，1999年版。
⑧ 陶宗仪：《南村辍耕录》卷三七，中华书局，1959年版。

不会写①。官员不仅是政权的支柱，也是人们的榜样，社会风气的好坏，可以说是官场风气的体现。而元代“贼作官，官作贼，混愚贤”（无名氏〔正宫醉太平〕）。“铺眉苫眼早三公，裸袖揎拳享万钟，胡言乱语成时用。大刚来都是烘！说英雄谁是英雄？五眼鸡岐山鸣凤，两头蛇南阳卧龙，三脚猫渭水飞熊”（张鸣善〔双调水仙子·讥时〕）。“这壁挡住贤路，那壁又挡住仕途。如今这越聪明越受聪明苦，越痴呆越享了痴呆福，越糊突越有了糊突富。”② 饱学之士埋没红尘，七尺之躯无处安排。这社会还有什么权威可言？哪里去寻找英雄？谁还堪为榜样？所以倪瓒感叹：“到如今世事难说，天地间不见一个英雄，不见一个豪杰”（倪瓒〔双调折桂令·拟张鸣善〕）。改变了儒家文化所倡导的举贤守礼、仁治天下的局面。从官员到民众，思想混乱，偏离了传统的“正规”，转而寻求满足个人利益和欲望的行为，崇尚自由，我行我素，已无礼可拘，无道可守，无法可遵。“我穿着紫罗襕到拘束我不自在，我穿的皂朝靴怎敢去胡去踹？……只管待漏随朝，可不误了秋月春花也？枉干碌碌头又白。”③ 不愿为官愿归隐；婚恋方面更是无礼可拘，较之唐宋都更为自由，这就是在杂剧和散曲里此类作品多且出色的原因。

我们把元代的水浒戏同明代的小说《水浒传》加以比较就会发现，水浒戏所写都是些个人之间的恩怨琐事，而小说则在广阔的社会背景下，揭示更为深刻的社会矛盾，描绘集团间的斗争历程。这大概是没有了英雄崇拜，失去了理想追求之后所造成的心理上、审美情趣上追求平淡的结果。同是婚恋作品，不论是散曲还是杂剧，我们都找不到唐传奇《霍小玉传》的惨烈、《莺莺传》的哀怨、《李章武传》的凄艳，而且是始于离者终于合，平淡中和。“艺术形式的美感逊色于生活内容的欣赏，高雅的趣味让路于世俗的真实。”④ 日常生活中的人和事，平民百姓的喜怒哀乐，成为作家们描写和欣赏的对象。可以说，作家和读者都希望品味生活。

文学艺术的成功与否，形式诚然是非常重要的。但更重要的，是这种形式所承载的人文精神。这种时代精神在作品里体现的深与浅、广与狭，便决定了它在文学发展史中所占地位的高与低，决定了其艺术生命的长久与短暂。我们应当用历史的眼光来审视文化遗产。元曲之所以无愧于“一代之文学”的称号，就在于它广泛而深刻地表现了元代的人文精神；或者说，元代的人文精神找到了最适

① 叶子奇：《草木子》杂俎篇，中华书局，1959 年版。
② 马致远：《荐福碑》，《元曲选》本。
③ 高明：《琵琶记》，钱南扬校注本，上海古籍出版社，1980 年版。
④ 李泽厚：《美学三书》“美的历程”，安徽文艺出版社，1999 年版。

宜的艺术寄托形式——元曲。这是诗词所无法望其项背的。丹纳说："科学同情各种艺术形式和各种艺术流派，对完全相反的形式与流派一视同仁，把它们看做人类精神的不同的表现，认为形式与派别越多越相反，人类的精神面貌就表现得越多越新颖。"[①] 我们很难得出结论，说唐诗、宋词、元曲之成就孰高孰低，诚如春兰、夏荷、秋菊、冬梅，"各有一时之秀，不容为人轩轾"[②]。诗、词、曲是艺术园地里的不同品种。我们只能说，唐诗、宋词、元曲所体现的人文精神不同，它们是不可相互替代的。它们各自承载了历史所赋予的使命，使后来人每读到它们的时候，都会产生心灵的悸动，令读者兴奋不已。这是古人从心底发出来的声音，在新的时代与他们的后世子孙进行感情对话。我们应当接受祖先的厚爱。

---

① 丹纳：《艺术哲学》"艺术品的本质"，人民文学出版社，1963 年版。
② 袁枚：《随园诗话》卷三。

元曲拾趣

揶揄胜于辱骂

睢景臣写了一首颇为传诵的名作——套曲〔般涉调哨遍·高祖还乡〕，钟嗣成《录鬼簿》赞曰："维扬诸公，俱作《高祖还乡》套数，惟公〔哨遍〕制作新奇，皆出其下。"其实，睢作不仅超越了当时维扬诸公的同题之作，也为后世所不可及。全曲如下：

〔般涉调哨遍〕社长排门告示，但有的差使无推故。这差使不寻俗。一壁厢纳草除根，一边又要差夫，索应付。又言是车驾，都说是銮舆，今日还乡故。王乡老执定瓦台盘，赵忙郎抱着酒葫芦。新刷来的头巾，恰糨来的绸衫，畅好是妆幺大户！

〔耍孩儿〕瞎王留引定火乔男女，胡踢蹬吹笛擂鼓。见一彪人马到庄门，匹头里几面旗舒：一面旗白胡阑套住个迎霜兔，一面旗红曲连打着个毕月乌，一面旗鸡学舞，一面旗狗生双翅，一面旗蛇缠葫芦。

〔五煞〕红漆了叉，银铮了斧，甜瓜苦瓜黄金镀。明晃晃马镫枪尖上挑，白雪雪鹅毛扇上铺。这几个乔人物，拿着些不曾见的器仗，穿着些大作怪衣服。

〔四〕辕条上都是马，套顶上不见驴。黄罗伞柄天生曲。车前八个天曹判，车后若干递送夫。更几个多娇女，一般穿着，一样妆梳。

〔三〕那大汉下的车，众人施礼数，那大汉觑得人如无物。众乡老展脚舒腰拜，那大汉那身着手扶。猛可里抬头觑，觑多时认得，险气破我胸脯！

〔二〕你须身姓刘，您妻须姓吕。把你两家儿根脚从头数：你本身做亭长耽几盏酒，你丈人教村学读几卷书。曾在俺庄东住。也曾与我喂牛切草，拽坝扶锄。

〔一〕春采了桑，冬借了俺粟，零支了米麦无重数。换田契强秤了麻三秤，还酒债偷量了豆几斛，有甚胡突处？明标着册历，见放着文书。

〔尾〕少我的钱差发内旋拨还，欠我的粟税粮中私准除。只道刘三谁肯把你揪捽住？白甚么改了姓更了名唤做汉高祖！

学术界往往把它同《史记·高祖本纪》、《汉书·高帝纪》中刘邦平定淮南王英布后返沛的记载联系起来。以史家的眼光考其本事，这原不错。若从文学发展的承继角度来看，它的直接渊源应当是敦煌发现的唐代作品《季布骂阵词文》。

词文是一种曲艺形式，用韵文写成，供吟唱之用，有类于长篇叙事诗。它是辞赋在发展演变过程中，吸取民间叙事诗的特长而形成的。季布，《史记》、《汉书》均有传，但都不见骂阵事，可见《骂阵》乃小说家言，于史无征。它写楚汉相争，两军对阵，楚将季布认为"龙争虎斗必损人"，请求骂阵破敌，获霸王项羽允许，于是季布出阵，"遥望汉王招手骂，发言可以动乾坤"，劈头盖脑一阵大骂，结果是"鼙鼓未施旗未播，语大言高一一闻。汉王被骂牵宗祖，羞看左右耻君臣。凤怯寒鸦嫌树闹，龙怕凡鱼避水昏。拔马挥鞭而便走，阵似山崩遍野尘。"楚军不动一刀一枪，只凭季布三寸不烂之舌，就把汉军骂垮了。刘邦怀恨在心，灭楚登基之后，便大搜天下捉拿季布。季布东躲西藏，直至改貌变音，卖身为奴混进京城，设下两计：一计使刘邦害怕土地荒芜，赦免季布，不再搜捕；另一计使刘邦害怕再起烟尘重动刀兵，对季布重赏封官。《骂阵》凡六百四十句，四千四百七十四字，从展开冲突、刻画人物来看，也是很好的叙事诗，其成就当不在《琵琶行》、《长恨歌》之下。

《骂阵》与《还乡》都以刘邦为嘲骂对象，对封建帝王表示了大不敬，嘲骂方式又都采用了"揭老底"的手段，《还乡》揭了刘、吕两家的根底，而《骂阵》则只涉及刘邦一姓宗祖。嘲骂的内容也大体相同，无非是说刘邦家世寒微，身本无赖。

二者又颇见不同。《骂阵》是用第三人称进行描写叙述，以季布为中心人物，冲突由骂阵引起，围绕季布的命运展开，步步深入，扣人心弦。在一次次化险为夷、绝处逢生的考验中，展示了季布的胆识和智慧，他不仅敢于斥骂皇帝，还有本事支配皇帝，使刘邦屡次中计上当，刘邦不仅没能杀季布报仇，反而赐季布高官厚禄。对季布与刘邦一褒一贬，态度鲜明。《还乡》则是用第一人称叙述的，通过一个村民"我"的亲眼所见，描绘了刘邦称帝还沛时的情景，表现了对皇帝佬这个大人物的轻蔑。

首写地方为迎接刘邦进行准备的情况，摊派任务、浆洗衣帽，煞有介事，在社长、乡老看来是显示了"这差使不寻俗"，"我"却认为是"瞎忙活"。次写刘邦的到来，铺排各种仪仗，渲染气氛的庄严肃穆、隆重堂皇、够排场、够威势、有气派，而作者却以“大作怪”的笔调出之。至于刘邦本人，则写他装模作样、假里假气。最后，村民“我”发表议论，揭去了这位开国君主的辉煌面纱——原来是个泼皮无赖！用大量篇幅铺叙排场，画其麒麟之表；最后刘邦出场，使其露出马脚。论者常指出作品嘲笑刘邦出身贫寒为“局限”。其实，作家用意全不在此。作家只是要指出这位以“赤帝子”自居的“龙种”天子（史书说刘邦是其母与龙交合而生），也不过是一介凡夫俗子，而且是品行不端的“痞子”者流。那威风架势全是装出来的，大有“婢做夫人”的味道，可笑得紧！

骂皇帝与嘲皇帝，都能体现出时代精神。南宋洪迈《容斋随笔·唐诗无讳避》云：“唐人歌诗，其于先世及当时世，直辞咏寄，略无避隐。”（卷二）他举了大量例子说明诗人可以批评前代或当代皇帝。唐代是封建社会的盛世，统治者表现了一定的信心，有勇气和肚量听取批评意见，也经受得起一定程度的批评。至宋则讳忌渐多，诗人不再敢放言无惮了。《骂阵》即是唐代环境下的产物。在元代，草原风俗冲击了传统名教，儒家思想的束缚减弱，元代文人的自我人格意识空前高涨，破除了君王神圣观，在皇帝面前消除了诚惶诚恐的心理，甚至敢于藐视皇帝，因此产生了嘲弄皇帝的名作。睢景臣嬉笑怒骂皆成文章，信手挥写横生妙趣，充分体现了散曲，尤其是套曲豪辣灏烂、穷形尽相的特点，“蒜酪”味十足。“骂”的态度是严肃的，是把“骂”的对象作为真正对手对待的；而嘲谑则是站在居高临下的地位，对嘲谑对象的侮弄和戏耍，把对象矮小化、滑稽化，根本不把嘲弄对象当回事儿，其深刻性远过于“骂”。文学中厉害的字眼，愤怒的语言，往往不及讽刺、讥笑和挖苦更有力量。因为，“责备两句使人家容易受下去，可是人受不了揶揄。人宁可作恶人，也不愿作滑稽人”（莫里哀《〈达尔丢夫〉序》）。睢景臣正是由于把皇帝写成了滑稽人，《高祖还乡》才产生了永恒的艺术魅力，成为传诵的名作。

元曲中的数学

以数学入诗，早在《诗经》中就有了，但那不是自觉的，也不组成对仗句。入晋之后，诗中运用数字便进入了自觉的时代，数字的运用不仅是出于内容表达的需要，而且是在追求一种艺术情趣。如陶渊明的“三旬九遇食，十年著一冠”（《拟古诗》其五）。范云的“寸情百重结，一心两处悬”（《望织女诗》）都是一句诗中用两个数字，两句诗又组成工整的对仗句。再如庾信的“独下千行泪，开君万里书”（《寄王琳诗》）、“既无六国印，翻思二顷田”（《拟咏怀诗》）等，都可看出对数字的刻意追求。到了唐代，数字入诗的现象更加普遍，艺术上也达到了炉火纯青的境界，大诗人无不留下了传诵千古的名句，如李白的“三山半落青天外，一水中分白鹭洲”（《登金陵凤凰台》）、“三川北虏乱如麻，四海南奔似永嘉”（《永王东巡歌》）；杜甫的“两个黄鹂鸣翠柳，一行白鹭上青天。窗含西岭千秋雪，门泊东吴万里船。”（《绝句四首》）“万里悲秋常作客，百年多病独登台”（《登高》），等等。这些数字，有的是写实，如三山、一水、一行白鹭、两个黄鹂，能使景物呈现眼前，逼真，生动；有的则是虚拟，如千秋雪、万里船，上句从时间着眼，极言其时间之悠久，下句从空间着眼，极言其地域之辽远，能使读者思接千载，视通万里，给读者创造充分施展想象的馀地。诗词曲中之数趣多多，有对仗，有不对仗，繁花似锦，不胜枚举，令人眼花缭乱，美不胜收。

但是，以数学运算入诗者则极为罕见。有，也运用得极好的，是元人卢挚（1242—1314）的散曲〔双调蟾宫曲·劝世〕：

> 想人生七十犹稀，百岁光阴，先过了三十。七十年间，十岁顽童，十载尪羸。五十岁除分昼黑，刚分得一半儿白日。风雨相催，兔走乌飞，子细沉吟，都不如快活了便宜。

百岁，代指人的一生，《礼记·曲礼上》：“百年曰期、颐。”陈澔集说云：“人寿以百年为期，故曰期。”马致远的名作〔双调夜行船·秋思〕长套，开头便云：“百岁光阴一梦蝶”，即言人生如梦之意。虽说人生百年，但能活百年者能有几人？不要说百年难期，杜工部有言：“人生七十古来稀”（《曲江》），享寿七十也属罕见了。即以七十而论，百年时间，岂不先去掉了三十？这难得的七十年，“十岁顽童，十载尪羸”。所谓顽童，即是愚妄无知之孩童，故《礼记·曲礼上》曰：“人生十年曰幼，学。”处于无知、学习阶段的顽童，当然不懂得享受生活。尪羸，病弱的样子，《礼记·曲礼上》云：“六十曰耆。”耆，贺玚释曰：“至也，至老境也。”年老体弱，虽然懂得了生活，但已不能再享受生活了。七十岁又减去了顽童、尪羸一头一尾各十年，就只剩下了五十年的光景。而“五十岁除分昼黑，刚分得一半儿白日”，五十年的光阴，一半儿是黑夜，仅仅有一半儿是白天。这五十年的时间也不能尽享，可以利用的时光还能有几？

这是一篇人生细账，有减法，有除法，验算完毕，让你不能不信，不能不服——可以享受生活的时光太短暂了！日子过得太快了！曲中用了两句话、八个字形容时光的飞逝：“风雨相催，兔走乌飞”。“催”字用得好，把风雨无情写成了风雨有意：在催促着时光的流逝。兔，代指月，月中有白玉兔；乌，代指日，日中有三足乌。两句话，一催，一飞，一走（跑也），把无形的时光流逝具象化了，让读者如闻如见；同时，也写出了曲作家对人生短暂的惋惜和惊惧。既然人生短暂，时光飞逝，那么，应该怎样对待人生呢？“子细沉吟，都不如快活了便宜。”子细，即仔细；沉吟，深思之谓；便宜，用今天的话说便是合算、划得来。子细沉吟，是说做过认真的思考，不是匆忙得出的结论；“都”字又表明，思考时对比了方方面面，什么功名呀，财产呀，事业呀，地位呀……统统不如“快活了便宜”。所谓快活，是指跳出名利场、是非地，摆脱一切功名富贵的束缚，快快活活地享受生活——隐居逍遥。

追求“快活”，是元散曲所表达的一个重要主题。关汉卿〔南吕四块玉·闲适〕：“离了利名场，钻入安乐窝，闲快活。”孙叔顺〔南吕·一枝花〕：“百岁光阴能有几？快活了是便宜。”无名氏〔中吕齐天乐过红衫儿·叹世〕：“快活了一日，一朝便宜。”无名氏的七支〔双调·一锭银〕，结句都是“无是非快活了便宜”。这都与卢曲主旨一致。它表达了有元一代读书人的共同心声，是共识，而不单是卢挚一个人的处世哲学。其思想渊源可上溯到《列子·杨朱》，明人唐寅《一世歌》则是其同调；就连“先天下之忧而忧，后天下之乐而乐”的范仲淹在〔剔银灯〕词中也发出同样的感叹。足见这种人生体验带有一定的普遍性。

卢挚有过很高的政治地位，曾任陕西提刑按察使、河南府路总管、岭北湖南道廉访使、翰林学士、迁承旨等高官。后来厌倦仕途，五十多岁便乞求致仕，他在《移岭北湖南道肃政廉访司乞致仕牒》中说：“当职年虽未及六十，其衰悴癃老之状，虽年逾七十者未必至此。欲望宪台许准致仕，养疴山薮，别选贤能以代。”曲则是这种思想的艺术表现。

以数学入诗却能运用入妙，大有令人无可置疑的气势，曲意酣畅淋漓，曲辞本色质朴，风格豪放自然，古拙可翫，体现了散曲盛期的艺术特色。读古之乐，不在于从古人中寻找出多少适合于今人需要的思想话语，而在于了解我们的先人是怎么想的，欣赏古人的巧构妙思，含咀其艺术情趣。这是通过艺术渠道与古人进行的思想交流，不仅是精神的享受，也是境界的提高。

平民化的英雄

人们都认为，元代的水浒戏是水浒题材发展演变中的重要一环，有的甚至认为水浒故事成熟于元代，在写元代大文学史的时候，将长篇小说《水浒传》也纳入其中。其实，不论是从故事的性质看，还是从人物的性格看，元代的水浒戏都是既不同于历史记载，也不同于长篇小说《水浒传》的另一类作品。宋人记载：“宋江以三十六人，横行河朔、东京，官军数万，无敢抗者，其材必过人。”

(《东都事略·侯蒙传》)《宋史·张叔夜传》也说:"宋江起河朔,转略十郡,官军莫敢婴其锋。"其才过人,其勇也过人。元代水浒戏存目33种,存剧6种。剧中的水浒人物,已经失去了历史记载中所向披靡的勇锐和英雄气概;也与后来的《水浒传》不同,《水浒传》是英雄传奇,所写人物只具传奇性而无世俗性。而元代水浒戏里的主人公却是世俗性多于传奇性,是平民化了的英雄。

从题材看,戏里所写的都是日常生活中的琐事,是梁山英雄的个体行为,没有一个写义军与官军群体性的集团对抗。但却与人民的苦乐安危息息相关,这是与《水浒传》不同的。《水浒传》写了不少大型集团活动,如打江州是为救宋江,打高唐州是为救柴进,打青州是为救孔明,打华州是为救史进和鲁智深,打大名是为救卢俊义,打祝家庄则是因为时迁偷了人家的报晓鸡……为了维护山寨利益,为了营救结义兄弟而兴师动众,带有明显的江湖义气的性质,与水浒戏"替天行道救生民"的大义明显不同。水浒戏所写都是为解救平民百姓日常生活中的危难而见义勇为。康进之《李逵负荆》写李逵为小酒馆主人王林解救被强盗抢走的女儿满堂娇;高文秀《双献功》写孔目孙荣之妻郭念儿与白衙内私通,白将孙荣囚禁下狱,李逵救出孙荣,杀死奸夫淫妇;无名氏《还牢末》写李逵打死人,得孔目李荣祖救护免死,李逵以金环相谢。李荣祖妾萧娥与赵令使有奸,以金环为证告荣祖私通梁山,李荣祖下狱,为梁山阮小五所救,与李逵捉拿萧娥、赵令史回到梁山;《黄花峪》写刘庆甫之妻李幼奴被蔡衙内抢走,宋江命李逵下山救出幼奴,鲁智深接应李逵,捉住蔡衙内,一同上山,使幼奴、庆甫夫妻团聚;李文蔚《燕青博鱼》写燕青被宋江责打气坏双眼,下山医治,得燕顺救助,治好眼疾结为兄弟,燕顺之嫂与杨衙内有奸,杨将燕青与燕顺之兄燕和捉捕下狱。燕顺做了梁山头领,下山协助燕青燕和捉拿奸夫淫妇上山;无名氏的《争报恩》写梁山好汉关胜、徐宁、花荣下山,落魄生病,得赵通判妻李千娇救助,并结为姐弟,千娇被诬通奸下狱当死,关胜徐宁花荣下山劫法场,救千娇上山,使其夫妻团聚。在《李逵负荆》中,李逵误认为宋江抢了王林的女儿满堂娇,竟砍杏黄旗、闹忠义堂,与宋江撕破脸皮。可以看出,水浒戏是把与百姓的关系视为大义,把救百姓的危难视为天道的,这要比小说《水浒传》明确得多,也进步得多。

戏里的梁山好汉,也只是有缺点的英雄,不具备《水浒传》里那种传奇经历和超人神勇。小说中的李逵,遇虎杀虎,遇敌杀敌,挥动板斧如入无人之境,闹江州时他只管排头砍去(连无辜百姓也不放过),一阵黑旋风刮过,犹如一辆黑色战车奔驰,是战神形象;而在戏里,连捉拿两个冒牌强盗,还恐双手难敌四拳,让鲁智深帮忙协助。在仗义救人时,扮农民、扮货郎,增加了幽默风趣,使李逵形象更具人间烟火气息，更具世俗性。他们也有落难和不幸的遭遇。燕青因欠店钱被赶出门，沿街乞讨，遭打受辱；关胜因病无计谋生，贩卖狗肉；徐宁生病，无力偿还店钱饭钱，被赶出门，沿街乞讨，又被当贼拿住；花荣被捕盗官军追得东躲西藏……梁山好汉施恩于人，也受过百姓的救助，燕顺治好了燕青的眼疾，燕和返还了博赢的鱼；李逵打死人入狱后得到了李荣祖的救护；关胜、徐宁、花荣落魄危难之时，都得到了李千娇的救助而转危为安。这都表现了梁山义军与百姓互相依赖的鱼水关系。作者也不讳言英雄好汉的缺陷，刘唐心胸狭隘，计较前嫌，虐待、并欲加害含冤入狱的李荣祖；关胜曾偷人家的狗煮肉贩卖；关胜、徐宁、花荣吃人家的稀粥不肯付钱……《水浒传》里的浪子燕青是个吹得弹得唱得舞得，拆白道字，顶针续麻，无所不能，无所不会的人物，忠肝义胆，勇气过人，聪明过人；在水浒戏里，却让他流落街头，沦落为叫化子，“揣巴些残汤剩水”，“冻拳头揩光鼻凹”，好不容易借点小钱卖鱼，又被杨衙内踢坏鱼筐摔坏鱼，连扁担也被剁折了，其饥寒交迫、穷困潦倒之状，与常人无异。他们之所以成为英雄，是他们具有反抗性，是他们见义勇为，凭他们的本事也可以有为。

元代水浒戏所塑造的英雄，是人间英雄而不是超人英雄、传奇英雄，他们具有人的自然本色，是生活中真实的、可以见到的人。他们身上有普通人这样那样的缺点，也经受着常人所经受的种种遭遇。这是元剧的特色，也是元剧的成功之处。把超常性与平常性结合起来，写出人性的真实。元人希望英雄们解决他们生活中的烦恼，而不是在他们的生活之外去干什么惊天动地的伟业。在市民阶层看来，宋江义军转略州郡，与官军对抗的斗争，离他们太远了；在梁山泊内与官军对峙，也离他们太远了。他们更多的是关爱自身生活，注意的是身边发生的事。所以他们把英雄拉出水泊拉下梁山，让英雄回归人间解救民生苦难，同时也得到民众的救护。英雄成了平民的一员，这是元代市民阶层的英雄观，是通过水浒戏流露出的市民意识。元代盛行的是人的崇拜，与《水浒传》的超人崇拜属于两种不同的英雄观，所以这些水浒戏故事，除《李逵负荆》的故事曾成为《水浒传》第七十三回故事的蓝本外，其他都没能成为小说故事的组成部分。

辣味的女性　异端的光辉

元人的英雄观是市民化了的，英雄具有了平民色彩。而元人的妇女观却大异其趣，妇女颇具英雄气概。元杂剧中的女性形象，不论是大家闺秀还是小家碧玉，甚至连娼门妓女都因为她们身上所具有的某种辣味而熠熠生辉，其性格之鲜明、思想之新异，远远胜过了剧中的男性脚色。

唐代诗人杜甫在《新婚别》中有两句名言：“兔丝附蓬麻，引蔓故不长。”它形象地描述出封建社会的夫妻关系：兔丝，一名女萝，蔓生植物，依附于其他植物生长。若寄生于高大的乔木，其蔓自长；若寄生于蓬和麻一类矮小的植物，其蔓自不能长。文学中常用兔丝来比喻妻子，江淹《杂体诗三十首·古离别》云：“兔丝及水萍，所寄终不移。”妻子如同依附于其他植物而生的兔丝一样，也依靠丈夫生活，丈夫决定着妻子的命运。而在元杂剧中，却往往是另外一种景象，不论是在未婚恋爱阶段，还是婚后的夫妻生活中，主动权和决定权都操在女性手中，男子反倒如柔弱的兔丝一样，具有了软弱性和依附性，被女子支拨得团团转。即使丈夫身为高官，也显得暗昧无能。谭记儿（关汉卿《望江亭中秋切鲙》）的丈夫白士中是堂堂的潭州太守。太守，掌管一郡之民政、司法、监察、军事、财富的最高长官，是封建王朝的“高级干部”。当杨衙内拿着势剑金牌，奉旨来取白士中首级、以图抢夺谭记儿的时候，急得白士中手足无措，“似此如之奈何？兀的不闷杀我也！”一副一筹莫展的低能儿模样。谭记儿则不同，一闻此事，不仅不愁不惧，好像还特别来神儿：“你道他是花花太岁，要强逼的我步步相随。我呵，怕什么天翻地覆，就顺着他雨约云期。这桩事你只睁眼儿觑者，看怎生发付他赖骨顽皮！”发付，处置之意。面对权豪势要，不仅不躲不逃，反而主动出击，去处置代表至高无上皇权的钦差！谭记儿不是吹牛，把个“普天无处不闻名”、官高势显的杨衙内玩弄于股掌之上，巧妙地使自己变劣势为优势，使杨衙内变优势为劣势，取得了斗争的胜利，不仅保卫了自己，也保住了丈夫的性命和官职。白士中云：“据着夫人机谋见识，休说一个杨衙内，便是十个杨衙内，也出不得我夫人之手。正是：眼观旌节旗，耳听好消息。”处置杨衙内的整个过程，都是谭记儿孤身一人完成的，身为太守的白士中乐得做、也只能做“睁眼儿觑”的脚色。他深为有这样的夫人而骄傲，也因为有了这样夫人的保护而获得了安全感。女性成了远胜于男子的智者和强者。

歌咏爱情，是中国文学史上的一个永恒主题，历代多有名作。元人提出了“愿天下有情的都成了眷属”（王实甫《西厢记》）的理想愿望，第一次把男女双方的爱情作为婚姻的基础，代表了青年男女的共同心声，后世同类题材的小说和戏曲，鲜有不受其影响者。这种理想的实现，是用叛逆、反抗的行动换来的，而叛逆和反抗表现在女性身上，其鲜明和强烈则无如元人。她们不仅有行动，还振振有词、理直气壮地说出反抗叛逆的道理和正义性来。李千金（白朴《裴少俊墙头马上》）就是这样的女子。其思想行为泼辣猛烈，有着惊世骇俗的举动。她与裴少俊墙头马上相遇便以诗作媒，主动约会；偷期被捉，也不后悔、不畏缩、不羞愧，又以攻为守，威迫捉奸人放出一条生路——私奔。她有她的道理：龙王之女曾招书生为婿（见唐传奇《柳毅》、元杂剧《张生煮海》），神仙配与秀才做妇（沉香救母故事，见《说唱沉香太子全传》），天上的牛郎织女也渡鹊桥相会，“何况咱是浊骨凡胎!”以古证今，私通幽会有理。公爹责以“坏少俊前程，辱裴家上祖”，犯了“逢赦不赦”的罪过。她不服输，不认错，“这姻缘是天赐的!”甚至被休回家也不低头，坚持了自己的人格尊严。她的两段话说得掷地有声：“治国忠直，操守廉能，可怎生做事糊涂？幸得个鸾凤交、琴瑟谐，夫妻和睦，不似你裴尚书替儿嫌妇!”“只一个卓王孙气量卷江湖，卓文君美貌无如。他一时窃听求凰曲，异日同乘驷马车，也是他前生福。怎将我墙头马上，偏输却沽酒当垆?”前一段言婚姻的缔结与离异不能由父母包办，即使清官显宦也无权“替儿嫌妇”；后一段言私奔也是好姻缘，卓文君就是先例。这竟成了自主婚姻的辩护词，包办婚姻的批判书。李千金一举一动都放射着异端的光彩，剧作家赋予这个皇族官宦小姐以野悍不羁的性格，犹如一匹未被驯服的烈马。

欧阳修《代鸠妇言》诗有“嫁鸡随鸡”之说，成为封建社会妇女悲剧命运的写照。元人对此不以为然，他们认为，妇女的命运不应当由男子决定，她们应当有自己的权利。罗梅英（石君宝《鲁大夫秋胡戏妻》）在桑园遭离家十年归来的丈夫秋胡调戏，看到其虽为高官而品行愚滥荒唐，遂拒不认夫，并向秋胡索要休书。封建社会只给予了男子休妻的权力，却从未有过妻子休夫的道理。罗梅英主动索要休书，实际上是她休弃了丈夫。她不愿做丈夫的附属品，她有自己的人格尊严和人生追求，因而不愿与秋胡这样品格的人共同生活。剧作家让他的女主人公握有婚姻存亡的决定权。经过一番较量，使秋胡出尽了洋相、丢尽了脸，只有插翅低头服输求饶的份儿。罗梅英宣称：“非是我假乖张，做出这乔模样，也则索整顿我妻纲。”礼教规定“夫为妻纲”（《礼记·乐记》孔颖达疏引《礼纬·含文嘉》），妻纲即是夫婿。“整顿妻纲”就是管教丈夫。这是妇女争取在家庭中权利和地位的宣言，是对以男性为中心的传统伦理的挑战。罗梅英成了棱角分明、光彩照人的道德评判者和裁决人，是命运的主宰。

关汉卿《赵盼儿风月救风尘》中智胜纨绔子弟的赵盼儿、杨显之《临江驿潇湘秋夜雨》中亲自捉拿负心郎的张翠鸾、无名氏《朱太守风雪渔樵记》中向朱买臣索要休书的玉天仙等，也都显示了这样的特点。这是只有在元代，也只有在曲中才能看到的景象，标志着中国文学史上女性意识的觉醒。

逞才玩世俗作雅

元人雅爱诙谐，作曲经常以俗为雅，一语之出，往往令人绝倒，所以刘熙载评曲之为体时说："妙在借俗写雅，面子疑于放倒，骨子弥复认真。"（《艺概·词曲概》）庄重严肃的内容而杂以谐语谐趣固不罕见；还有一种，从题材内容看，本无意义可谈，纯属游戏笔墨、逞才玩世之作，其文心妙想也颇堪玩味，令人叫绝。

有以此见长的作家，如王和卿，写了咏胖妓、咏秃、咏大鱼、咏绿毛龟、咏长毛小狗、咏胖夫妻等作品，而使他享有盛名的，是〔仙吕醉中天·咏大蝴蝶〕：

挣破庄周梦，两翅驾东风，三百座名园一采一个空。难道风流种？吓杀寻芳的蜜蜂。轻轻的飞动，把卖花人扇过桥东。

文学形象刻画越生动，留给读者想象的空间越大，却也越容易造成理解上的分歧。正如谭献那句名言："作者未必然，读者何必不然。"（《谭评词辨》）读者有一定联想的自由。但细玩曲意，对大蝴蝶并无讽刺之意，也很难找到什么寄托。曲家只不过是借咏蝴蝶一显身手，博取读者笑乐，赢得文坛喝彩。其妙处在于两点：一是让读者明确知道所写为蝴蝶。咏物之作最忌说出题面，题为"咏蝶"，曲中却不能出现"蝶"字，但笔笔所写又无不是蝶。其二，所咏不是寻常之蝶，而是"大"蝴蝶，曲中无一"大"字而其大自现。首句用在周梦蝶之典而藏过"蝶"字，"挣破"二字便已写出其大异常，威力无比；以下更用夸张手法层层铺展，写出大蝴蝶一个个冲击波，其活灵活现大有让人闻而惊惧、见之避逃的艺术效果。据元人陶宗仪《辍耕录》言，中统初年，北京地区确曾出现过一个硕大无比的蝴蝶，王和卿作曲咏之，"由是其名益著"。高才风流，赢得了美好的声誉，目的达到了。

杨讷的〔中吕红绣鞋·咏虼蚤〕也是妙趣横生的佳作：

小则小偏能走跳，咬一口一似针挑。领儿走到裤儿腰。眼睁睁拿不住，身材儿怎生捞？翻个筋斗不见了。

虼（gè）蚤即跳蚤；走，作跑解。咏蝴蝶笔笔都写蝴蝶，咏跳蚤却从一个被跳蚤骚扰得坐卧不安的人着笔，既写了人又写了蚤，一箭双雕。用通俗的语言为小小跳蚤传神，活蹦乱跳，好像在同人打游击战，忽而出现在衣领，忽而又窜到裤腰；明明近在眼前，一个筋斗又无影无踪。折腾得你哭不得笑不得，气不得恼不得，不捉难忍受，捉又捉不着，眼睁睁地干着急。跳蚤在伤害人吗？不，咬一口只如针扎一下，疼痒难耐却又并无大害，它只是在搞恶作剧，在与人开玩笑。能跑能蹦，机灵敏捷，富有生机活力，淘气，却也可爱，把个小跳蚤写活了。杨讷写过杂剧《西游记》，曲中的跳蚤是不是也像孙悟空一样具有灵气儿？曲子把人的心理也写活了，把令人生厌生烦的事儿，加以幽默化、喜剧化，化厌烦为情趣。

再举一首写人的例子。白朴（一作杜遵礼）〔仙吕醉中天·佳人脸上黑痣〕：

> 疑是杨妃在，怎脱马嵬灾？曾与明皇捧砚来。美脸风流杀，叵耐挥毫李白，觑着娇态，洒松烟点破桃腮。

美人漂亮的脸蛋上长了一颗黑痣，这有何可题可咏之处？该从何处下笔？写实拙了，美人便不美了；加以嘲弄，则堕入轻薄恶趣，难称名作。作者的巧妙在于，他围绕一个故事进行构思：唐明皇与杨贵妃共赏牡丹，命李白撰写新词〔清平乐〕三章，明皇命杨贵妃为之捧砚、高力士为之脱靴。全曲把佳人比为替太白捧砚的杨贵妃。杨贵妃是中国古代有名的美女，但在安史之乱中随明皇避难蜀川，走到在今陕西省兴平县西的马嵬坡时，因扈从军士哗变而被缢死了。见佳人如见杨妃，死而复生令人生疑，故云“疑是……怎脱……”。以惊异口吻出之，足见佳人与杨妃一般无二，美得令人惊诧。从观者眼中口中表现佳人之佳，出语不凡。但杨妃脸上并无黑痣，该如何为佳人开脱？作者于是妙想飞腾，灵感神来，由杨妃而想到捧砚的传说，这颗痣便是捧砚时被李白所点。李白何许人？是“曾令龙巾拭吐、御手调羹、贵妃捧砚、力士脱靴，天子门前尚容走马”（《唐才子传》）的大才子，是“笔落惊风雨，诗成泣鬼神”（杜甫《寄李十二白二十韵》）的大诗人。美脸桃腮经李白凌沧洲撼五岳的醉墨（松烟，墨名）一点，虽然点破了花容，却也带上了灵通和才气，不仅不觉其丑，反倒添了光彩，有了文化底蕴。其设想之新奇，出语之轻俏，令人叫绝。而细玩曲意，只不过是一首赠妓之作，是对所遇长有黑痣妓女的善意调侃，是雅谑。除了表现曲家的文才绮思之外，别无他意。

元代的文人虽不乏出仕的显宦，但从总体来看，是被边缘化了。远离社会中心，失去了唐宋文人厕身庙堂的机会，只能混迹于市井，于是兼济之志消，只好在日常琐事中营造自己的安乐窝。诗词中的咏物之作贵在有寄托，以寓意深沉为佳；曲则不然，它只是用诙谐调笑抚慰被压抑的心灵，为平淡的生活刷刷色，增添一点开心的喜剧氛围，所表现的实际上是市民情趣，与诗词所表现的士大夫心态有别。逞才玩世之作看似无关宏旨，也是特殊历史时代的产物，带有鲜明的时代印记。

一句一世界　一物一精神

两年前曾有过“元曲拾趣”的话题，因俗务冗杂中途辍笔。年前，小宁王君命续前文，于是遵命，旧趣重拾。

诗、词、曲从大的范畴说，都属于诗的一种；但细而分之又各有不同。诗有六义，词多用比、兴而曲则以赋为主；词讲寄托，故其意隐，欲明作者之意必须揣摩；曲重直白，有话直说，把所要表达的内容都单摆浮搁在那里，故其意显。所以读诗、词、曲会各有味道。

明人杨慎妻黄峨《杨夫人乐府》中有一首〔北南吕骂玉郎带过感皇恩采茶歌〕带过曲《仕女图》：

〔骂玉郎〕一个摘蔷薇刺挽金钗落（lào）。一个拾翠羽，一个撚鲛绡，一个画屏侧畔身斜靠。一个竹影遮，一个柳色潜，一个槐阴罩。

〔感皇恩〕一个绿写芭蕉，一个红摘樱桃。一个背湖山，一个临盆沼，一个步亭皋。一个管吹凤箫，一个弦抚鸾胶。一个倚阑凭，一个登楼眺，一个隔帘瞧。

〔采茶歌〕一个愁眉雾锁，一个醉脸霞娇。一个映水匀红粉，一个偎花整翠翘。一个弄青梅攀折短墙梢，一个蹴起秋千出林杪，一个折回罗袖把做扇儿摇。

一句一幅美人图，一口气为二十四个仕女绘形，实属不易。梁乙真在1934年出版的《元明散曲小史》中，就誉之为“最奇”，“虽散文记叙体中也是‘难能’，而乃见于韵曲，岂非创格?”说它“难能”是对的，但绝非“创格”——元人散曲中早已有之，且笔力远在黄曲之上。〔中吕喜春来过普天乐〕咏蝶：

琉璃殿暖香浮细，翡翠帘深卷燕迟。夕阳芳草小亭西，间纳履，见十二个粉蝶儿飞。一个恋花心，一个搀春意，一个翩翻粉翅，一个乱点罗衣，一个掠草飞，一个穿帘戏，一个赶过杨花西园里睡，一个与游人步步相随，一个拍散晚烟，一个贪欢嫩蕊，那一个与祝英台梦里为期。

曲作者为宋末元初人、南宋理宗淳祐年间丞相赵葵后裔赵岩，写的也是一首带过曲小令。黄峨《仕女图》写二十四仕女虽各具形态，无一重复，但也分散，各自独立，拢不成一个有机整体。赵曲则不然。首曲〔喜春来〕介绍时间地点，是全曲的引子；后曲〔普天乐〕是全曲的核心，描绘了十二只蝴蝶的形象。在写蝶的同时，也写了晚春景色：花蕊、春意、芳草、柳絮、晚烟……；也写了环境中的人：罗衣、游人、帘栊……通过写蝶，既写了自然，也写了人事，丰富深化了环境，使前后两部分组成有机整体。写仕女，句句实笔，咏蝶则以实笔为主，如恋花、翻翅、点衣、掠草、穿帘、拍烟、贪蕊、赶过柳絮、追随游人，也有虚笔和想象，如搀春意（搀，抢；抢占春光）、西园睡、梦祝英台。黄、赵二曲的手法都是用赋体白描，把所写对象“一个”“一个”传神写照，使所写对象栩栩如生，且一句一个形象，每个形象都有各自不同的精神情趣，足见曲家对生活观察的细致，对形象把握得准确，确实笔力不凡。但赵曲显然更丰富多彩。

据元末孔齐《至正直记》卷一《赵岩乐府》记载：

尝又于北门李氏园亭小饮，时有粉蝶十二枚，戏舞亭前，座客请赋今乐府……〔普天乐〕止十一句，今却赋十二个，末句结得甚工。便如作文字，转换处不过如此也。

这是对眼前景物即席吟就，并不是惨淡经营的宿构，可见其诗才“时人皆推羡之”并非虚誉。散曲结构最重结尾，元人有“凤头、猪肚、豹尾”之说，“起要美丽，中要浩荡，结要响亮”。赵岩的咏蝶曲就是响亮的豹尾。其妙处在于：一是一句写了两只蝴蝶，一句一蝶已属难能，一句两蝶就更让人叹为观止了。二是把在我国流传广远的民间传说梁祝化蝶的故事引入曲中，为以写实为主的曲作，增加了一丝虚幻空灵的色彩。梁祝故事广为人知，仅梁祝坟墓的遗迹就有浙江宁波、江苏宜兴及江都、安徽舒城梅心驿、山东嘉祥、河北河间林镇、甘肃清水等处，这当然都是人们根据传说附会出来的，但可以看出这个故事受历代人民喜爱的程度。梁祝化蝶是坚贞爱情的象征。有此一笔，则把读者由眼前引向广远，由现实引向历史，在几只蝴蝶身上融进了深厚的传统文化，使蝴蝶具有了人性和灵性，曲作的内涵更丰富了。三是典故的运用，把梁祝化蝶与庄周梦蝶融为一体，不见痕迹。作者即事赋曲，除眼前景外别无寄托，但却有曲家对生活、对春光的热爱，颇有情趣。

更能体现散曲赋体特点，极尽铺排能事的，当属王大学士的套曲〔仙吕点绛唇〕。王大学士，生平不详，从其曲作看，可能出身下层，因善曲，民间遂赠以“学士”的雅号。他一连用了十五支曲子，刻画了一百个农村儿童的形象，或动或静，或丑或俊，悍顽活泼，各具神态，各有精神，是当之无愧的“百子歌”、“百子图”。即使顽劣讨人嫌者也是可爱的，充满生机活力。一句一人，百子百态，没有重复，令人如见如闻。兹录二曲以飨读者：

〔那吒令〕一个向瓜田里坐树乱扯，一个向枣树上胡彫乱打，一个向古墓上翻砖弄瓦。一个扯着衣衫，一个揪住棍把，一个播土扬沙。

……

〔金盏儿〕一个叫丫丫，一个笑呷呷。一个棘斜混倒上树千般耍，一个山声野调学唱《搅筝琶》。一个斗巨子抢了嘴问，一个竖直立的磕了门牙。一个无人处寻豆角，一个背地里咽生瓜。

语言的生新鲜活流溢着泥土的芳香，不食蒜酪者恐难享此味。丑斋钟继先《录鬼簿序》曰：“吾党且啖蛤蜊，与知味者道。”

奇巧真本色　狡狯成文章

从文体内容说，诗言志，词抒情；曲则无话不说、说亦无所不尽，可见内容之驳杂。曲之求奇，可谓刮肚搜肠。且看贯云石的〔中吕红绣鞋〕：

挨着靠着云窗同坐，偎着抱着月枕双歌，听着数着愁着怕着早四更过。四更过情未足，情未足夜如梭。天哪，更闰一更儿妨什么！

散曲写作与诗词不同，特重末句。曲家往往惨淡经营，以收曲终奏雅之效，临去秋波一转，令人不能忘怀。本曲的着力点即在尾句，成为全曲之曲眼。为了突出尾句，前三句一连用了挨、靠、偎、抱、听、数、愁、怕八个动词写少男少女欢会的情态和心理，又叠用八个“着”字，写动作心理的持续过程，造成连绵快捷的情调，把读者关注点顺势引向了本曲的关键词“四更”。三、四、五三句用顶针续麻句式，使情调转为回环缠绵，感情色彩浓重。经过层层铺垫，最后才推出全曲的结穴句。无非是“欢娱嫌夜短”之意，本不足奇；奇在以怨天的口气出之，好像是“更”本可闰，而老天吝啬寡恩，不肯满足少男少女的愿望。天无可怨而怨之，大似无理，却足见多情。痴顽的口吻，急切的心态，都跃然纸上，宛然如在眼前。至于说写男女欢会缺少含蓄蕴藉，刻露无遗，这也是曲之为曲的特点，故有“浓盐赤酱”之诮。王国维在列举了《古诗十九首》的一些篇章之后说：“可谓淫鄙之尤。然无视为淫词、鄙词者，以其真也……非无淫词，读之者但觉其亲切动人。非无鄙词，但觉其精力弥满。可知淫词与鄙词之病，非淫与鄙之病，而游词之病也。”（《人间词话》）所谓游词，指虚浮夸诞、没有真情真性的言辞。但可赏其奇巧妙俏、诙谐机趣，不可以高人雅士自居而厚诬古人。

景元启有两首〔双调得胜令〕，一首题为《欢会》：“梅月小窗横，斗帐惜娉婷。未语情先透，春娇酒半醒。书生，称了风流兴；卿卿，愿今宵闰一更。”另一首题为《孤另》：“雨溜和风铃，客馆最难听。枕冷鸳衾剩，心焦睡不成。离情，闪得人孤另；山城，愿今宵只四更。”前曲与贯云石曲同一机杼，后曲则作反面文章，写“寂寞恨更长”。但都未能传达出真挚的感情，艺术上也平淡无奇，类乎游词，难称佳作，与贯曲比，相去甚远。

贯云石另有一首〔正宫小梁州〕：

> 相偎相抱正情浓，争忍西东？相逢争似不相逢！愁添重，我则怕画楼空。
>
> 〔幺〕垂杨渡口人相送，拜深深暗祝东风：“他去的高挂起帆，则愿休吹动。”刚留一宿，天意肯相容？

〔小梁州〕写临别之前，〔幺篇〕写送别之时，全以女子的口吻写出。奇在反言见意，以无情语表现情深情痴。前曲着力在“相逢争似不相逢”一句。“争似”，怎如，怎能比得上。本是不忍分离，却偏说不如不相见不相知。不相逢则不会生情，更不会“情浓”。情浓，便应该常相守永团圆，无奈分离，痛苦难耐，故云不如不相逢之无痛苦忧愁。后曲着力在“暗祝东风”，她不是祝他一帆风顺，而是企盼着无风落帆，使他不能起航，借助天意“刚留”（强留）一宿团聚。以反见正，新颖别致。而女主人公的性格也就有了生命力，有了特色。

再如构思剪裁之奇。姚燧〔越调凭栏人·寄征衣〕：

> 欲寄君衣君不还，不寄君衣君又寒。寄与不寄间，妾身千万难。

思妇伤离念远，给出门在外的夫婿寄寒衣，这也是诗词中常见的题材。本曲的不同之处在于，它不写思妇制衣、捣衣时的思念心理，不写寄衣时的祝愿和企盼；它几乎不从正面着笔，名为“寄征衣”却不写“寄”而写“寄与不寄”的矛盾心理：寄，固然可保夫婿免受寒冻；但不寄，也许可以使他早日归来。寄或不寄都表现了对夫婿的深爱，寄与不寄的矛盾心理也是深爱的表现。她到底是寄还是不寄？作者不作明确交代，只要把女主人公的心理写活便已完成创作使命。短短二十几个字的小令中凡四见“君”字，她所思所念无非夫婿；“寄与不寄”反复使用，似乎是有意留给读者一个任务：寄还是不寄？替她拿拿主意。文人弄笔狡狯如此！

在识见上翻空出奇的例子还可以举两首记梦曲：

一从鞍马西东，几番衾枕朦胧。薄幸虽来梦中，争如无梦，那时真个相逢！（乔吉〔越调天净沙·即事〕）

西风黄叶疏，一年音信无。要见除非梦，梦回总是虚。梦虽虚，犹兀自暂时节相聚，近来和梦无。（吕止庵〔仙吕·后庭花〕）

乔曲愿无梦，梦里相逢是虚，期待真的相逢；吕曲则怨无梦，梦中的暂时相聚也是一种安慰。各有见识，各有情趣。但吕曲显然受了宋人晏几道〔阮郎归〕（旧香残粉似当初）词的影响，算不得原创之功，倒是乔曲有可称道处。

做人应当谨重，为文且须放荡，文人狡狯，弄笔出奇者何止百态。尺拘寸守者绝写不出好文章。但放荡亦有法度，文体不同法也各异。曲尚奇，尖新巧倩乃其本色；若诗、词如此，则堕油滑纤巧之途，算不得大家手笔了。

曲家五色笔　官场百态图

有元一代的士人心态，以远离官场、不与封建政权合作为主旋律，元散曲中遁世隐逸之风弥漫，就连被元世祖忽必烈视为“朕之左手”、又是受忽必烈遗诏拥立成宗三大臣之一的朝廷重臣不忽木，也感叹：“宁可身卧糟丘，赛强如命悬君手。”（〔仙吕点绛唇·辞朝〕）但也人各有志，各有各的心思，各有各的乐趣，不能“一刀切”式地统一画线。

元末叶子奇《草木子·谈薮篇》记载了两位高官两首小曲的本事：

伯颜丞相与张九元帅，席上各作一〔喜春来〕词。伯颜云：“金鱼玉带罗襕扣，皂盖朱幡列五侯，山河判断在俺笔头。得意秋，分破帝王忧。”张九词：“金装宝剑藏龙口，玉带红绒挂虎头。绿杨影里骤骅骝，得志秋，名满凤凰楼。”帅才相量，各言其志。

这两首〔中吕喜春来〕曲作于二人官场得意之时。伯颜为元世祖忽必烈重臣，才兼将相，深略善断，将二十万众元军攻宋若将一人，诸帅仰之若神明。兵抵临安，宋降，俘谢太后、恭帝及官属至上都，可谓功高权重。曲的前二句言其做官的威严气派；第三句写权力职责，为全曲之曲眼，言国家大事由自己掌握处理。一个“俺”字而境界全出：自豪之情，得意之状，才华和气魄，跃然于唇吻。对伯颜来说，官场之所以值得留恋，不在于贪婪财富，不在于显扬门第，而在于享受运用权力的愉快，开口挥毫之间能令山河变色！末二句写做官的目的，全是为帝王分忧。权重位高者更容易引起君王的警惕、怀疑和同僚的嫉妒，震主的危险和争权夺势的倾轧，是与功劳与官位的大小高低成正比的。伯颜虽功高盖世、权倾朝野，也曾受到过阿合马“玉桃盏之诬”，别吉里迷失“死罪之诬”（见《元史》卷一二七伯颜传）所以他处处小心翼翼“忠于所事”，灭宋还朝，“归装惟衣被而已”。末二句由得意、张扬，改为收敛，表明心迹：他毕竟是辅弼之臣，而不是雄踞一方的霸主。但也流露出一代名相志在天下的恢宏气度。

张弘范为张柔第九子，故称张九。率军从伯颜攻宋，为前锋，多有战功，做了蒙古汉军都元帅，俘获宋丞相文天祥于五坡岭、败宋臣张世杰于崖山、逼宋主溺死于海上，灭宋后曾于崖山勒石纪功。张曲前两句言功名得来不易；后三句写做官的得意和风光。其志全在个人名望。元朝实行人种歧视政策，汉人远比蒙古人、色目人（回回等少数民族）地位低下，即使是官员也不被信任。据《元史》卷一五六张弘范传，张弘范虽勇悍善战，功勋卓著，但当朝廷任命他为蒙古汉军都元帅时，他曾以“汉人无统蒙古军者”辞；当赐给他锦衣玉带时，他也辞谢不受，而要了剑甲。这种臣妾的地位和心态使他不可能像伯颜那样以国家主人自居，当然也不可能有伯颜那样以天下为己任的志向。

且不论宋元之间战争的是非，也不说贪恋名位是否浅薄俗气；他们于席上口占，脱口成曲，质朴，自然，豪放，可备一格。

在追求权势方面，还有比上述二人更赤裸、更直白的曲作，便是严忠济的〔越调天净沙〕：“宁可少活十年，休得一日无权。大丈夫时乖命蹇，有朝一日天随人愿，赛田文养客三千！”严忠济曾任东平路行军万户、官民长官，从世祖忽必烈攻宋，多立战功。世祖疑其威名太盛，被罢职，以其弟忠范代。严忠济任职东平时曾向人借贷，替部民交纳税款。罢职后，债主向他讨债。从有职到无权的经历，使他深谙世态炎凉，向往权势，曲作即其权欲的自白。可是，二十五年之后当他时来运转，特授高官时，他却借口年老，辞不就官，大概是对人生有了更深一层的体会吧。所以《元史》本传说他“贵而能贫，安于义命，世以是多之”（卷一四八）。

至于官场失意者，也心态各别。无名氏之〔越调天净沙〕写得最堪玩味：“上官有似花开，下官浑似花衰。花谢花开小哉，常存根在，明年依旧春来。”这大概是一位经历过官场沉浮的作者，但他败而不馁，沉而望浮，以根与花为喻表现他“留得青山在，不怕没柴烧”的官迷心态，可谓新鲜别致。

厌弃官场者，多从宦海风险安危不保、束缚身心不得自在着眼，倒是张养浩的〔中吕朱履曲·警世〕写得实在：

> 那的是为官荣贵？止不过多吃些筵席。更不呵安插些旧相知，家中添些盖作，囊箧里攒些东西。教好人每看做甚的？

什么是做官的荣华富贵？多吃筵席、安插亲信、盖些房子、捞些财物。张养浩痛恶官场的感情是真诚的，他曾十年隐居，六绝征召，并非吃不到葡萄就说葡萄是酸的。他做官也是好官，因为批评时政被罢官；后为赈济陕西饥民而应召出山，即散其家财周济贫乏，赈饥葬死；到官四个月未尝家居，辛勤公事，革除吏弊，积劳成疾而卒，关中民哀之如失父母。做官的这点好处他都有愧于心，排除在“好人”之外，对那些“百千万锭犹嫌少，垛积金银北斗边”（陶宗仪《南村辍耕录》卷二七）的贪官，还不“世人皆曰可杀”么？曲作平易近人，如谈心话旧。较之危言耸听地吓唬人，更觉味道醇正。

嘲骂官场者则有张鸣善的名作〔双调水仙子·讥时〕：“铺眉苫眼早三公，裸袖揎拳享万钟，胡言乱语成时用，大纲来都是哄！说英雄谁是英雄？五眼鸡岐山鸣凤，两头蛇南阳卧龙，三脚猫渭水非熊。”前三句直接描写上层人物的嘴脸，第四句加以收拢，彻底否定。后四句用比喻揭示其“英雄”本质，不过是怪胎而已。末三句尤妙，发人一噱。本曲尽情直述，不讲比兴，故有嘲骂而无讽刺，对所写人物有蔑视之态，可谓嬉笑怒骂皆成妙谛。相比之下，倪瓒〔双调折桂令·拟张鸣善〕：“到如今世事难说，天地间不见一个英雄，不见一个豪杰。”失去了曲之为曲的豪辣味，则如小巫见大巫，神气全无了。

曲家坦诚，有话直说，是其长处。至于为人处世之道，是耶？非耶？君其味之。

冷眼观胜败　袖手话兴亡

在元代，读书人从总体来说是被边缘化了。他们从“学成文武艺，货与帝王家”的地位，被挤压到了有“艺”却无处可卖的境地。这倒使他们有可能站在封建政权之外，不再以政权依附者的眼光来观察封建政权，反思他们一贯为之献身的封建政权，促使他们对历史的认识有了新的心得体会。

咸阳百二山河，两字功名，几阵干戈。项废东吴，刘兴西蜀，梦说南柯。韩信功兀的般证果，蒯通言那里是风魔？成也萧何，败也萧何，醉了由他。（马致远〔双调蟾宫曲·叹世〕）

班定远飘零玉关，楚灵均憔悴江干，李斯有黄犬悲，陆机有华亭叹，张柬之老来遭难，把个苏子瞻长流了四五番。因此上功名意懒。（张养浩〔双调沉醉东风〕）

这两曲都是从自身安危考虑的，无非是说干功名，即使干出点名堂来，有几个有好下场？马曲着眼于楚汉。山河险固却变成了争战之所，战争就因“功名”而起，不为功业名声哪有战争？楚汉之争至今已虚浮如梦；即使胜者，功高盖世的韩信，被吕后用萧何计擒而斩之，诛灭三族！蒯通所谓“立功成名而身死亡，野兽已尽而猎狗烹”（《史记·淮阴侯列传》）的话并非疯话。成之败之哪有什么真理！所以要跳出是非圈，弃功名而全性命。张曲则分为两部分，前六句列举历代名人的遭际。东汉班超，出使西域三十馀年，封定远侯，晚年思归，上疏朝廷曰：“臣不敢望到酒泉郡，但愿生入玉门关。”（《后汉书·班超传》）返回洛阳后仅三个月便病故了。战国时楚国屈原，字灵均，官三闾大夫，忠而见疑，贤而被谤，被放逐到泽畔行吟，憔悴枯槁，最后投汨罗江而死（《史记·屈原贾生列传》）。秦丞相李斯佐秦皇灭六国统一天下，又拥立二世胡亥，后被诬谋反，腰斩，灭三族。被斩时对其子说：“吾欲与若复牵黄犬俱出上蔡门逐狡兔，岂可得乎？”父子俱哭（《史记·李斯列传》），想过普通的平民生活也不可能，后悔已晚。西晋陆机被成都王荐为平原内史，后受诬陷又被成都王族诛。临死叹曰：“华亭鹤唳，岂可复闻乎？”（《晋书·陆机传》）留恋生活却不得不死，造成无可挽回的遗憾。张柬之曾首谋诛杀武则天男宠张易之，使唐中宗复位，授天官尚书、封汉阳郡王，但晚年受陷构遭贬，流放途中忧愤而死，年八十二岁（《新唐书·张柬之传》)。北宋苏轼因与王安石、司马光政见不合，多次遭贬，死于遇赦北归途中(《宋史·苏轼传》)。这六句是事实，是因；最后一句是果，是结论：既然做官性命难保，干嘛还要去做官?“因此上功名意懒。”

也有从功业无凭角度否定功名的：

骊山横岫，渭河环秀，山河百二还如旧。狐兔悲，草木秋。秦宫隋苑徒遗臭，唐阙汉陵何处有?山，空自愁；河，空自流。(赵善庆〔中吕山坡羊·长安怀古〕)

功业的最高极限无过于帝王，而帝王中，无论是国祚长久的强邦盛世汉唐，还是享年短暂的秦隋，都已秋草狐兔，一片凄凉，而江山依旧，万古永存。这正是：“千古转头归灭亡。功，也不久长；名，也不久长。”(张养浩〔中吕山坡羊·洛阳怀古〕)既然功业不能长久，那么追求功名也就没有意义，不值得了。此类话语以前也曾有过，如唐人许浑《金陵怀古》：“英雄一去豪华尽，惟有青山似洛中。”苏轼《赤壁赋》：“此非孟德之困于周郎者乎?方其破荆州，下江陵，顺流而东也，舳舻千里，旌旗蔽空，酾酒临江，横槊赋诗，固一世之雄也。而今安在哉?”辛弃疾《永遇乐·京口北固亭怀古》：“千古江山，英雄无觅，孙仲谋处。”但旨趣不同。许诗感慨六朝君主荒淫误国风流云散；苏文作于“乌台诗案”之后，死里逃生不久，一时的思想波动，旋即就作了否定，并没有影响他一生入世的理想追求；辛词则直是对英雄的呼唤，是建功立业的渴求。元曲却是看破世事，避世独善生活道路的选择。

把对历史的认识由着眼于自身提升一步，与平民百姓关联起来，把怀古之作推向一个新高度：

骊山四顾，阿房一炬，当时奢侈今何处?只见草萧疏，水萦纡，至今遗恨迷烟树。列国周齐秦汉楚，赢，都变作了土；输，都变作了土。(〔中吕山坡羊·骊山怀古〕)

峰峦如聚，波涛如怒，山河表里潼关路。望西都，意踟蹰，伤心秦汉经行处，宫阙万间都做了土。兴，百姓苦；亡，百姓苦。(〔中吕山坡羊·潼关怀古〕)

这两首小令都作于张养浩陕西行台御史中丞任上。当时关中大旱，民不聊生，饥民相食。张养浩是一个爱民的好官，这使他对历代王朝有了全新的认识。前一首仅仅通过项羽火烧阿房宫一事，引发出对历史上胜败输赢的认识，项羽破秦但又被刘邦所破，刘邦立汉又为司马氏所代，乃至李唐赵宋，他们都曾是赢家，从历史长河来考察又都是输家。封建王朝的胜与败哪个能久存？而今安在？都变作了土！曲家并不描绘历史的细节，一经点到便一带而过，文笔健劲可谓力透纸背。第二首先写潼关河山形胜，本可使江山永固，中间却突转，历代建都长安的王朝都灰飞烟灭了，都作了土！最后由现实生发感慨，作者从对百姓朴素的感情中，认识到封建王朝、历代征战的本质，无论胜败兴亡，都是统治集团为私利而残害百姓。封建时代的张养浩能透过现象看本质，具大智慧，立意超卓，精警磅礴，是难得的佳品。

“三国鼎分牛继马。兴，也任他；亡，也任他。”（陈英〔中吕山坡羊〕）牛，晋元帝司马睿所建东晋政权，而司马睿乃其母与牛姓小吏私通所生（《晋书·元帝纪》）；马，晋武帝司马炎所建西晋政权。既然王朝的更替充满污秽和卑鄙，从字面双关看，也可说是马牛冠冕，那还理他干什么？这就是有元一代知识分子与封建政权离心倾向的形象写照，也是他们跳出红尘外袖手观历史的心得。

自嘲即自炫　风流最风光

元代实行轻儒政策，来自大草原的统治者以为马上得天下也可以马上治之。仕进之道，用吏不用儒，致有大元典制人分十等，“一官二吏……八娼九儒十丐”的戏言。读书人志不获展，才情压抑，于是恃才傲物，放诞风流，其表现形态之一便是自嘲自谑。

有自嘲贫寒的：

> 倚蓬窗无语嗟呀，七件儿全无，做什么人家？柴似灵芝，油如甘露，米若丹砂。酱瓮儿恰才梦撒，盐瓶儿又告消乏。茶也无多，醋也无多。七件事尚且艰难，怎生教我折柳攀花？（周德清〔双调·蟾宫曲〕）

“每天开门七件事：柴米油盐酱醋茶。”这是宋元时代熟语，是说这七样东西在日常生活中不可或缺。曲中主人公不仅“七件”全无，而且居室简陋。这如何能过日子？但细味全曲，作者并不是要表达对贫困生活的真切感受。用夸张的手法铺叙生活的困窘，全是铺垫，目的是为了突出歇拍一句：“怎生教我折柳攀花？”愁苦之言忽变嬉笑之语。这就是曲家人格意识的写照。

钟嗣成有三首〔正宫醉太平〕，主人公的贫窘更甚一层：

绕前街后街，进大院深宅。怕有那慈悲好善小裙钗，请乞儿一顿饱斋，与乞儿绣副合欢带，与乞儿换副新铺盖，将乞儿携手上阳台。救贫咱波奶奶！

俺是悲田院下司，俺是刘九儿宗枝。郑元和俺当日拜为师，传留下《莲花落》稿子。搠竹杖绕遍莺花市，提灰笔写遍鸳鸯字，打爻槌唱会《鹧鸪词》。穷不了俺风流敬思。

风流贫最好，村沙富难交。拾灰泥补砌了旧砖窑，开一个教乞儿市学。裹一顶半新不旧乌纱帽，穿一领半长不短黄麻罩，系一条半联不断皂环绦。做一个穷风月训导。

三首小曲都是以乞儿的口吻自述的。第一首开头两句写沿街乞讨之状，中间五句写行乞时的心理，末句总括前文，乃期盼之辞，“贫”字既指物质生活的穷困，也指风流欲望的饥渴，一语双关。第二首则是以自豪的口吻宣布自己的乞丐身份：悲田院，收容乞丐的地方；刘九儿，乞丐的通称；郑元和，本为官宦子弟，因恋妓女李娃，为家庭所弃，流落行乞，后为李娃帮助中状元做官；莺花市，妓女聚居之所，犹言风月场；敬思，放浪潇洒。全曲主旨是说身为乞丐却有才情，生活贫困，不减风流。第三首写热爱乞儿生涯：前两句点题，从贫富对比中见褒贬，以下六句承首句而来，写乞儿的志向，不仅自己以行乞为乐，还要办一所乞儿学校，教人们风流行乞。

三首小曲，写了乞儿的心理，乞儿的自豪，乞儿的志向，不写乞儿饥寒之苦，却写他们以乞为荣、以乞为乐、以乞为美。此无他，风流故也。

小曲的主人公，与其说是衣不蔽体、食不果腹的叫花子，毋宁说是贫穷却风流自赏的文士。说白了，富而村沙怎能比得上贫而风流！“一个个智无四两，肉重千斤”的权贵，面对瓮无隔夜粮，腹有万卷书的文士，应当汗颜。周德清、钟嗣成都是位卑财寡的文士，但都胸藏锦绣口吐珠玑，周氏著有《中原音韵》，钟氏著有《录鬼簿》，后世之嗜元曲者，至今披览。

有自嘲蠢笨的：“我事事村，他般般丑。丑则丑、村则村意相投。则为他丑心儿真，博得我村情儿厚。似这般丑眷属，村配偶，只除天上有。”（兰楚芳〔南吕四块玉·风情〕）。事事村，样样蠢，但他多情，所以赢得了丑闺女的爱，真心厚意成为天造地设的一对。有了情自足傲视那些人欲横流而不知情为何物的人形动物：这是只应天上才有的情侣。作者为功绩卓著的元帅，其以“村丑”自谑，也只是为突出一个“情”字。

以丑自嘲的绝妙佳品，则首推钟嗣成的〔南吕一枝花·自序丑斋〕套曲。钟嗣成号丑斋，自言其貌之丑曰：“子为外貌儿不中抬举，因此内才儿不得便宜。半生未得文章力，空自胸藏锦绣，口唾珠玑。争奈灰容土貌，缺齿重颏，更兼着细眼单眉，人中短髭鬓稀稀。那里取陈平般冠玉精神，何晏般风流面皮？那里取潘安般俊俏容仪？……”为了显其丑，除了直接描绘外，还用了历史上三个美男子作对比。全套由九支小曲组成，引此一曲可算尝鼎一脔吧。构思的中心是一“丑”字，处处生发，极情尽致。从风格看，豪放滑稽，似是游戏笔墨，但在嬉笑的背后却是对世道的怒骂，有着辛酸的眼泪。

元人每以自嘲的口吻写其浪子的生活行径，以此表现他们蔑视世俗、摆脱束缚、追求个性自由的精神。以挑战口吻说出的则是关汉卿：

> 攀出墙朵朵花，折临路枝枝柳。花攀红蕊嫩，柳折翠条柔。浪子风流。凭着我折柳攀花手，直煞得花残柳败休。半生来折柳攀花，一世里眠花宿柳。……你便是落了我牙，歪了我嘴，瘸了我腿，折了我手，天赐与我这几般儿歹症候，尚兀自不肯休。则除是阎王亲自唤，神鬼自来勾，三魂归地府，七魄丧冥幽，天哪，那其间才不向烟花路儿上走。（〔南吕一枝花·不伏老〕）

对于元人来说，“风流”几乎成了“风光”的代名词，他们颇以此自豪。关曲与前引数曲相比，口气有别，旨趣无异：你走你的阳关道，荣华富贵；我过我的独木桥，浪子风流，你管得着吗？你比得了吗？

〔钗头凤〕及唐氏其人

红酥手，黄縢酒。满城春色宫墙柳。东风恶，欢情薄。一怀愁绪，几年离索。错，错，错。

春如旧，人空瘦。泪痕红浥鲛绡透。桃花落，闲池阁。山盟虽在，锦书难托。莫，莫，莫！

这首词写的是陆游自己的爱情悲剧。

陆游的原配夫人是同郡唐氏士族的一个大家闺秀，结缡以后，他们“伉俪相得”，“琴瑟甚和”，是一对情意相投的恩爱夫妻。不料，作为婚姻包办人之一的陆母却对儿媳产生了恶感，逼令陆游休弃唐氏。在陆游百般劝谏、哀求而无效的情势下，二人终于被迫仳离，唐氏改适“同郡宗子”赵士程，彼此音息也就隔绝无闻了。几年以后的一个春日，陆游在家乡山阴（今绍兴市）城南禹迹寺附近的沈园，与偕夫同游的唐氏邂逅相遇。唐氏遣致酒肴，聊表对陆游的抚慰之情。陆游见人感事，百虑翻腾，遂乘醉吟赋是词，信笔题于园壁之上。词中记述了词人与唐氏的这次相遇，表达了他们眷恋之深和相思之切，也抒发了词人怨恨愁苦而又难以言状的凄楚心情。

词的上片通过追忆往昔美满的爱情生活，感叹被迫离异的痛苦，分两层。

起首三句为上片第一层，回忆往昔与唐氏偕游沈园的美好情景：“红酥手，黄縢酒。满城春色宫墙柳。”虽说是回忆，但因为是填词，而不是写散文或回忆录之类，不可能全写，所以只选取了一个场面来写，而这个场面，又只选取了一两个最富代表性和特征性的情事细节。“红酥手”，不仅写出了唐氏为词人殷勤把盏时的美丽姿致，同时还有概括唐氏全人之美（包括她的内心美）的作用。然而，更重要的是，它具体而形象地表现出这对恩爱夫妻之间的柔情蜜意以及他们婚后生活的美满和幸福。第三句又为这幅春园夫妻把酒图勾勒出一个广阔而深远的背景，点明了他们是在共赏春色。而唐氏手臂的红润、酒的黄封以及柳色的碧绿，又使这幅图画有了明丽而和谐的色彩感。

“东风恶”数句为第二层，写词人被迫与唐氏离异后的痛苦。上一层写春景春情，无限美好，至此突然一转，激愤的感情潮水突地冲破词人心灵的闸门，无可遏止地宣泄下来。“东风恶”三字，一语双关，含蕴很丰富，是全词的关键所在，也是造成词人爱情悲剧的症结所在。本来，东风可以使大地复苏，给万物带来勃勃的生机，但是，如果它狂吹乱扫，也会破坏春容春态，下片所云“桃花落，闲池阁”，就正是它狂吹乱扫所带来的一种严重后果，故说它“恶”。然而，它主要是一种象喻，象喻造成词人爱情悲剧的“恶”势力。至于陆母是否也在其列，答案应该是肯定的，只是由于不便明言，而又不能不言，才不得不以这种含蓄的表达方式出之。下面一连三句，又进一步把词人怨恨“东风”的心理抒写出来，并补足一个“恶”字：“欢情薄。一怀愁绪，几年离索。”美满姻缘被拆散，恩爱夫妻被迫分离，使他们感情上蒙受巨大的折磨，几年来生活带给他们的只是满怀愁怨。这不正如烂漫的春花被无情的东风所摧残，而凋谢飘零吗？接下来，“错，错，错”，一连三个“错”字，奔迸而出，感情极为沉痛。但是，到底谁错了？是对自己当初“不敢逆尊者意”而终“与妇诀”的否定吗？是对“尊者”的压迫行为的否定吗？是对不合理的婚姻制度的否定吗？词人没有明说，也不便于明说，这枚“千斤重的橄榄”（《红楼梦》语）留给了我们读者来噙，来品味。这一层虽直抒胸臆，激愤的感情如江河奔泻，一气贯注；但又不是一泻无馀，其中“东风恶”和“错，错，错”云云，就很有味外之味。

词的下片，由感慨往事回到现实，进一步抒写夫妻被迫离异的深哀巨痛，也分两层。

换头三句为第一层，写沈园重逢时唐氏的表现。“春如旧”承上片“满城春色”句而来，这又是此番相逢的背景。依然是从前那样的春日，但是，人却今非昔比了。以前的唐氏，肌肤是那样的红润，焕发着青春的活力；如今，经过“东风”的无情摧残，她憔悴了，消瘦了。“人空瘦”句，虽说写的只是唐氏容颜方面的变化，但分明表现出“几年离索”给她带来的巨大痛苦。像词人一样，她也为“一怀愁绪”折磨着；像词人一样，她也是旧情不断，相思不舍！不然，何至于瘦呢？写容颜形貌的变化以表现内心世界的变化，原是文学作品中的一种常用手法，但瘦则瘦矣，句间何以着一“空”字？“使君自有妇，罗敷自有夫。”（《古诗·陌上桑》）再痛苦，再消瘦也于事无补了；从婚姻关系说，两人早已各不相干了，事已至此，不是白白为相思而折磨自己吗？着此一字，就把词人那种怜惜之情、抚慰之意、痛伤之感等，全都表现出来。“泪痕”句通过刻画唐氏的表情动作，进一步表现出此次相逢时她的心情状态。旧园重逢，念及往事，她不能不哭、不能不泪流满面，但词人没直接写泪流满面，而是用白描的手法，写她“泪痕红浥鲛绡透”，显得更委婉，更沉着，也更形象可感。而一个“透”字，不仅见其流泪之多，亦且见她伤心之甚。上片第二层写词人自己，用了直抒胸臆的手法；这里写唐氏却改变了手法，只写了她容颜体态的变化和她的痛苦情状。由于这一层所写都从词人眼里看出，所以又具有了“一时双情俱至”的艺术效果。可见词人，不仅深于情，亦且深于言情。

词的最后几句，是下片第二层，写词人与唐氏相遇以后的痛苦心情。“桃花落”两句与上片的“东风恶”句遥相照应，又突入景语。虽系景语，但也是一笔管二的词句。不是么？桃花凋谢，园林冷落，这只是物事的变化，而人事的变化却更甚于斯。像桃花一样美丽姣好的唐氏，不是也被无情的“东风”摧残折磨得憔悴消瘦了么？从词人自己的心境来说，不也像“闲池阁”一样凄寂冷落么？一笔而兼有二意，却又不着痕迹，很巧妙，也很自然。下面又转入直接赋情：“山盟虽在，锦书难托。”这两句虽只寥寥八字，却实从千回万转中来。虽说自己情如山石，永永如斯，但是，这样一片赤诚的心意，又如何表达呢？明明在爱，却又不能去爱；明明不能去爱，却又割不断这爱缕情丝。刹那间，有爱，有恨，有痛，有怨，再加上看到唐氏的憔悴容颜和悲戚情状所产生的怜惜之情、抚慰之意，真是百感交集，万箭簇心，一种难以名状的悲哀，再一次冲胸破喉而出：“莫，莫，莫！”事已至此，再也无可补救、难以挽回了，这万千感慨还想它做什么，说它做什么？于是快刀斩乱麻：罢了，罢了，罢了！明明言犹未尽，意犹未了，情犹未断，却偏偏这么不了了之，而全词也就在这极其沉痛的喟叹声中结束了。

这首词始终围绕着沈园这个特定的空间来安排自己的笔墨，上片由追昔到抚今，而以“东风恶”转捩；下片回到现实，以“春如旧”与上片“满城春色”句相呼应，以“桃花落，闲池阁”与上片“东风恶”句相照应，把同一空间不同时间的情事和场景历历如绘地“叠映”出来。全词多用对比手法，如上片，越是把往昔夫妻共同生活时的美好情景写得逼切如见，就越使得他们被迫离异后的凄楚心境深切可感，也就越显出“东风”的无情和可憎，从而形成强烈的感情对比。再如上片写“红酥手”，下片写“人空瘦”，在鲜明的形象对比中，充分地展示出“几年离索”给唐氏带来的巨大的精神折磨和痛苦。全词节奏急促，声情凄紧，再加上“错，错，错”和“莫，莫，莫”先后两次感叹，荡气回肠，大有恸不忍言、恸不能言的情致。总之，这首词达到了内容和形式的完美统一，是一首别开生面、催人泪下的作品。

唐氏何许人也？千百年来，前哲时贤多以为陆游和他的原配夫人唐氏是姑表关系，事实并非如此。最早记述〔钗头凤〕词本事的是南宋陈鹄的《耆旧续闻》，之后，有刘克庄的《后村诗话》，但陈、刘二氏在其著录中均未言及陆、唐是姑表关系。直到宋元之际的周密才在其《齐东野语》中说：“陆务观初娶唐氏，闳之女也，于其母为姑侄。”此后，“姑表说”遂被视为“恒言”。其实综考有关历史文献和资料，陆游的外家乃江陵唐氏，其曾外祖父是历仕仁宗、英宗、神宗三朝的北宋名臣唐介，唐介诸孙男皆以下半从“心”之字命名，即懋、愿、恕、意、愚、憑，而无以从“门”之字命名的唐闳其人，也就是说，在陆游的舅父行中并无唐闳其人（据陆游《渭南文集·跋唐修撰手简》、《宋史·唐介传》、王珪《华阳集·唐质肃公介墓志铭》考定）；而陆游原配夫人的母家乃山阴唐氏，其父唐闳是宣和年间有政绩政声的鸿胪少卿唐翊之子，唐闳之昆仲亦皆以“门”字框字命名，即闶、阅（据《嘉泰会稽志》、《宝庆续会稽志》、阮元《两浙金石录·宋绍兴府进士题名碑》考定）。由此可知，陆游和他的原配夫人唐氏根本不存在什么姑表关系。那么，周密的“姑表说”就毫无来由，完全出于他的杜撰吗？也不是。刘克庄在其《后村诗话》中虽然未曾言及陆、唐是姑表关系，但却说过这样的话：“某氏改适某官，与陆氏有中外。”某氏，即指唐氏；某官，即指“同郡宗子”赵士程。刘克庄这两句话的意思是说：唐氏改嫁给赵士程，赵士程与陆氏有姻娅关系。事实正是如此，陆游的姨母瀛国夫人唐氏乃吴越王钱俶的后人钱忱的嫡妻、宋仁宗第十女秦鲁国大长公主的儿媳，而陆游原配夫人唐氏的后夫赵士程乃秦鲁国大长公主的侄孙，亦即陆游的姨父钱忱的表侄行，恰与陆游为同一辈人（据陆游《渭南文集·跋唐昭宗赐钱武肃王铁券文》、王明清《挥麈后录》及《宋史》之宗室世系、宗室列传、公主列传等考定）。作为刘克庄的晚辈词人的周密很可能看到过刘克庄的记述或听到过这样的传闻，但他错会了刘克庄的意思，以致造成了千古讹传。本文不可能将所据考证材料详列备举，只把近年来有关学者、专家和我们考证的结果附识于此，聊供参考。

（与杨锺贤合撰）

辛词“佛狸祠下”三句试解

辛弃疾的《永遇乐·京口北固亭怀古》是一首颇负盛名的词，杨慎甚至认为辛词当以此词为第一（《词品》），近年说此词者亦甚众。但是，词中的“可堪回首，佛狸祠下，一片神鸦社鼓”三句，究竟说的是什么意思，还颇值得研究。下面先列举一些有代表性的说法：

上海古籍出版社，1978 年出版的《宋词选》说：“写敌占区的庙宇里香火很旺盛，表示土地人民已非我有。”

百花文艺出版社，1980 年出版的《唐宋词欣赏》说：“从上文缅怀往事回到眼前现实，使辛弃疾感到惊心：……辛弃疾写‘佛狸祠下’三句，表示自己的隐忧：如今江北各地沦陷已久，不迅速谋求恢复的话，民俗安于异族的统治，忘记了自己是宋室的臣民。”

上海古籍出版社，1981 年出版的《唐五代两宋词简析》中说：“‘可堪回首’三句，更由此而惊心。盖江北各地沦陷已久，民俗安于外族之统治，故于‘佛狸祠下’迎神赛会，如此热闹。此稼轩远闻鼓声不觉惊起之故也。”

持此说者还有很多。我以为这些说法是值得商榷的。

佛狸祠在长江北岸的瓜步山（今江苏省六合县东南）上，宋金以淮河为界，而不是以长江为界，所以瓜步山当时应属南宋辖区，而不是“敌占区”、“沦陷区”。虽然宋高宗绍兴三十二年（1161）金主完颜亮曾发动了侵宋战争，采石之战失败后，又转至扬州准备渡江，但由于内变，完颜亮被杀，金军遂北返，所以不能说瓜步山为“敌占区”，更不能说“沦陷已久”。陆游赴任夔州通判，在宋孝宗乾道六年（1171）七月四日曾过瓜步山，他记载说：“过瓜步山，山蜿蜒蟠伏，临江起小峰，颇巉峻。绝顶有元魏太武庙（按，即佛狸祠），庙前大木可三百年。一井已眢，传以为太武所凿，不可知也。太武以宋文帝元嘉二十七年南侵至瓜步，建康戒严。……自江淮兵火，官寺民庐，莫不残坏，独此寺之盛，不减承平，至今常数百众。江面渺弥无际，殊可畏。”（《入蜀记》）南宋官员上任，怎么会经过敌占区呢？由此可以证明，瓜步山是在南宋的统治之下的。

那么，辛弃疾这三句词究竟表达了什么意思呢？我以为是在喟叹南宋的现实。这可以由这三句词在全词中所处的位置得到说明。词的下片集中抒发作者对韩侂胄北伐的意见和他壮志难酬的悲愤。作者首先引用元嘉之败的历史教训，提醒南宋统治集团：不能轻举妄动，自取失败，重蹈刘义隆的覆辙；进而又用四十三年前亲见的事实，向南宋统治者指出草率出兵可能带来的引起金人烧杀的严重后果；至此，诗人用“可堪回首”四字承上启下，结束了对历史的回顾，把思路转向现实。通过眼前的现实说明，必须经过充分准备才能开始北伐，否则是不可能取胜的。由于南宋朝廷长期奉行屈辱求和的政策，致使人们斗志松懈，在异族皇帝庙前（“佛狸祠下”），鸦飞鼓响，祭神活动正进行得热闹，看不到一点抗战的气氛。前线地区如此，大后方更可想而知。面对这样的现实，不做充分、细致的准备工作，怎么能与强大的金兵对敌呢？表现了对草率北伐的担忧。张孝祥在《六州歌头》词里也说：“长淮望断，关塞莽然平。征尘暗，霜风劲，悄边声。”两位爱国词人使用的语言虽然不同，但所反映的南宋王朝无意恢复、放松边备的现实却是一样的。辛弃疾通过南归四十多年来的经验，意识到了自己的意见不会引起腐朽朝廷的重视，于是最后又借用古人廉颇，感叹自己的怀才不遇。如果把“佛狸祠下”解释成敌占区，认为这三句是在表达作者“迅速恢复”的愿望，与词的意境，也就不甚相合了。

《中国历代爱情文学系列赏析辞典》前言

这是一部品评系列文学——爱情文学系列的书。它的特点便在于“爱情”与“系列”四字。

爱情是人类最美好的感情之一。她不分地域，不分肤色，凡是有人群的地方就会有爱情。爱情，伴随着人类的出现而诞生，人类不会消失，爱情之树也便万古长青，永远充满活力，永远以她的温馨和美善滋润着世人的心田。

爱情是一种奇妙的感情。她体现着人生的自然需求，几乎每个人都有过不同程度的爱情冲动和体验，具有普遍性。汤显祖说：“生者可以死，死可以生。生而不可与死，死而不可复生者，皆非情之至也。”（《牡丹亭题词》）道出了爱情的深沉和强烈性。但她又因时代而异，因民族国度而异，甚至因人而异，具有特殊性和神秘性，最能体现民族的心理特征。元好问说：“问世间、情是何物？直教生死相许。”（《迈陂塘》）汤显祖说：“情不知所起，一往而深。”（《牡丹亭题词》）瓦西列夫说：“爱情是人类精神的一种最深沉的冲动。”费尔巴哈说：“爱就是成为一个人。”别林斯基说：“当人恋爱一个人的时候，不是把他当作观念，而是把他当作活的个性，爱他的整体，特别是爱这个人身上的没有法子确定它、叫出它的名称来的东西。”爱情具有海洋般丰富和深沉的蕴涵。

爱情的无穷魅力，吸引着古今中外的作家、艺术家们惨淡经营，用他们的生花妙笔讴歌爱情，探讨爱情的奥秘，所以有人把描写爱情说成是文学作品的永恒主题，这不是没有道理的。

爱情是美丽的，幸福的，爱情的基础是男女双方的情投意合、自愿和平等，其前提便是摆脱家庭和其他外在因素的干涉，独立自主地决定自己的终身大事，获得自己支配自己感情和肉体的权利。家庭的、社会的强制和命令可以决定婚姻的成败，却不能决定爱情的生灭。谁也没有力量强迫人去爱，真正的爱情也不是强权能够扑灭的。爱情总是同自由联系在一起，爱情与自由是孪生姊妹。正因为如此，在漫长的封建社会里，统治者便把爱情视为洪水猛兽，对青年男女追求爱情的行为设下重重障碍，进行了种种打击，生怕这一点追求人性自由的星火，会点燃人类争取解放的引信，摧毁封建大厦的基石。人类为了追求爱情，进行了不懈的斗争。有的，有情人终成眷属，如愿以偿；有的，棒打鸳鸯，饮恨终生；有的，甚至以身殉情，为爱情献出了宝贵的生命。在人生舞台上演出着一幕幕动人心魄、沁人心脾的爱情喜剧和悲剧。这是爱情故事传说和爱情文学作品的丰厚渊源。封建卫道士对爱情文学又恨又怕，必欲扼杀而后快。侮骂者有之，如王灼之于李清照；禁毁者有之，如清同治间江苏巡抚丁日昌之于《西厢记》。但爱情文学仍然盛传不衰，这是人民的选择。可以说，在封建社会里爱情是反抗精神哺育出来的奇葩，爱情文学是在封建磐石挤压之下结出的硕果。

中国历代有很多美丽的爱情故事，在人民大众中广泛流传。在世代相传的过程中，每个时期都呈现着不同的精神风貌；描写同一个故事的作品，体裁也多彩多姿，有诗词歌赋、戏曲小说、鼓书弹词等。这样，同一个爱情故事，几乎都能由不同时代、不同文体、不同风貌，甚至主人公不同命运的作品，构成一个文学系列。本辞典不同于各种同类作品的地方在于，它具有系列性。它不是就某一种文体、某一篇作品进行鉴赏，而是以故事为中心，凡写这个故事的作品，不论其为诗文词曲戏剧小说，都在品评之列。比如杨贵妃唐明皇的故事，史有其人，实有其事，记载、描写这个题材的，有正史、诗歌、小说、诸宫调、戏曲等。本辞典把这些不同时代、不同体裁的作品加以比较，进行评析，凡故事的起源、故事在不同时代的发展变化等，都有清楚的说明。《白蛇传》中的白娘子，在最初的传说中是个害人的妖精，后来怎样变成了美丽、善良、勇敢的女性？牛郎织女夫妇情深，为什么会被迫生离？……都会在文章中评析分明。写出同一故事在不同历史时期的面貌，也可以说是一篇小型的题材发展史。

这些故事有着永恒的艺术魅力，深受人民群众喜爱，成为中国文化的一个重要组成部分，影响着人们的精神情操。王实甫通过《西厢记》的故事，表达了“愿天下有情人都成了眷属”的美好愿望，这种愿望表达了广大青年男女的心声，已经为历代人民群众所承认，所接受，月老祠对联云：

愿天下有情人都成了眷属
是前生注定事莫错过姻缘

说明《西厢记》的思想已经融入新时代的精神血液之中。“望夫石”本来只是武昌附近一块状如人立的石头，后来便由此附会出贞妇望夫化石的传说。由于这个传说所体现的坚贞不渝的精神品格，最能体现中华民族夫妇关系的纯洁和执着，于是这种精神迅速泛化，很多地方便出现了“望夫石”、“望夫山”、“石妇山”、“道旁石妇”等，女主人公不仅有了名字，而且有了故事情节。“贞妇”并没有死，她的精神获得了永生！这些故事最能体现中华民族的文化心理特点。

书中收录的，既有家传户诵，为人熟知的故事，如西施、牛郎织女、卓文君、王昭君、梁山伯祝英台、韩寿偷香、张敞画眉、人面桃花、穆桂英等；也有一些是人们不大熟悉而又颇有情趣的故事，如杜牧、苏轼、柳永的故事、织锦回文、掷果潘安等。书中所收故事，大都可以构成系列，有些独立成篇，虽构不成系列，但或因其事流传甚广，或因其文颇为动人，我们也酌情收入。像我们今天一提起爱情婚姻，往往会提到月下老人、千里姻缘一线牵的话头，因此，定婚店的故事就不能不入选；《浮生六记》里的《闺房记乐》、《闲情记趣》、《坎坷记愁》，也构不成系列，但"三记"本身写得哀艳动人，我们也收入了。这里所收的故事，绝大多数是直接描写爱情的；但也有一些例外。《陌上桑》、《秋胡戏妻》是谴责男子玩弄女性的故事：河东狮子是写妒妇、惧内的故事等。性爱具有排他性，洪昇在《长生殿》里曾借唐明皇之口说："情深妒亦真。"（《絮阁》）范希哲《十醋记》说："老健方知妒妇贤"，"妒里生香"。妒是情的一种变态表现，反对玩弄女性是主张爱情的另一面文章。从广义来说，也都属于爱情婚姻的范畴，理所当然应当收入。

本典所收文章，总的写作要求是：系于事不系于文，叙评与赏析相结合，既写出故事的发展演变，也指出作品的创作成就，以叙述故事评析人物为主，兼顾鉴赏。旨在使读者对这些艳传人口的故事有比较全面、系统的了解。凡文中所涉及的作品，都注明出处，以备读者查考，使本书具有一定的资料价值。本书的作者，都是学有专长的学者，所谈的故事，题材体裁、发展变化多不相同，文章的写作也没有统一的规定，以便发挥作者的才华，体现作者的风格，使文章更生动活泼些。我们希望文章做到知识性、学术性与趣味性、可读性相结合，成为一部雅俗共赏的书。

文章的排列，以篇名笔画多少为序。所拟文题，大都没有来得及征求作者意见，失当之处，责在我们。为了便于翻检，我们编列了故事主人公姓名索引。

本书在编辑过程中，得到了诸师友和新华书店首都发行所、哈尔滨出版社的热情支持，我们表示诚挚的谢忱。书中未能尽善处，也希望得到读者批评指正。

最后想说明的是，我们赞美、讴歌美好的爱情，但并不是爱情至上主义者。我们想借用匈牙利伟大诗人裴多菲的著名诗句作为结语：

生命诚宝贵，爱情价更高。
若为自由故，二者皆可抛。

1989 年 8 月

好夫妻你中有我

与西方相比，中国缺少爱情诗，这已成公论，但不是没有爱情诗。“中国爱情诗大半写于婚媾之后”（朱光潜《中西诗在情趣上的比较》），这是因为中国的婚姻大半是靠“父母之命，媒妁之言”结成的，婚前能偷尝禁果者少，故为情诗也大半在婚后。也许只有在婚后，男女诗人对夫妻情爱有了真切的体会，写出诗来才能动人。可以肯定地说，中国古代不仅有爱情诗，而且有高质量的爱情诗。传为女诗人管道昇所作的《我侬词》就堪称绝妙好辞。

一 意合才匹的美满姻缘

具有讽刺意味的是，这样绝妙的情诗，没有说成是蓬门淑女、市井少年的恩恩爱爱，偏偏附会为大家闺秀、皇室贵胄之家的卿卿我我，可见统治阶级把夫妻关系仅仅说成是为了上事祖先，下延宗嗣，而毫不顾及男女个人的私情，这种苍白的说教毕竟扼杀不了活泼泼的、具有生命力的人性。

管道昇，字仲姬，吴兴（今属浙江）人。是春秋时期辅佐齐桓公称霸诸侯的大政治家管仲之后。其先人自齐避难于吴兴。管道昇有才略，聪明过人，能诗词，擅书画，她画的墨竹笔意清绝。她的父亲管伸，性倜傥，以任侠闻于乡间。见仲姬“生而聪明过人，公（管伸）甚奇之，必欲得佳婿。”（赵孟頫《松雪斋外集·魏国夫人管氏墓志铭》，清德堂重刊元花溪沈氏原本）管伸见同里人赵孟頫为奇才，以为必贵，于是许嫁给比仲姬年长八岁的赵孟頫。

赵孟頫，字子昂，号松雪道人，原籍大梁（今河南开封），为宋太祖赵匡胤十世孙。其四世祖崇宪靖王赵伯圭（宋孝宗赵昚之兄）赐第湖州（即吴兴）（见《元史·赵孟頫传》）。子昂多才多艺，能诗能文，知音律，精篆刻，鉴定文物百不失一。尤其使他享誉后世的，是他的书法和绘画。诗书画三事各臻其妙，号为“三绝”。后仕于元，官至翰林学士承旨，荣禄大夫，封魏国公，死后谥文敏。

管赵婚姻可以说是才调互相匹敌的美满姻缘。大概只有宋代的赵明诚和李清照可以相提并论。赵子昂曾满怀深情地回忆说：“夫人天姿开朗，德言容功，靡一不备，翰墨辞章，不学而能。处家事，内外整然。……夫族有失身于人者，必赎出之；遇人有不足，必周给之，无所吝。至于待宾客、应世事，无不中礼合度。心信佛法，手书《金刚经》至数十卷，以施名山名僧。……夫人之亡，内外族姻皆为之恸；尝与余游者，莫不流涕，则夫人之德可知矣。”（《魏国夫人管氏墓志铭》）婚后夫妇二人相偕相随，夫婿或为夫人代笔作画（如《墨竹长卷》），夫人或为夫婿之画补竹（如《鸥波亭图》），或夫妻二人联合作画（如《枫林抚琴图》），诗歌的唱和，翰墨丹青的切磋，二人情投意合，大得夫妇唱随之乐。仲姬因疾殁于自大都还家路途的舟中。子昂扶柩南归，曾在给中峰明本和尚及友人的信里吐诉了铭镌肺腑的哀恸：

得旨南还，何图病妻道卒！哀痛之极，不如无生。酷暑长途三千里，护柩来归，与死为邻，年过耳顺，罹此荼毒，唯吾师慈悲，必当哀悯。（《大观录》卷八《与中峰十一帖》第四帖）

孟頫自老妻之亡，伤悼痛切，如在醉梦。……盖是生生得老妻之助整卅年，一旦哭之，岂特失左右手而已耶！哀痛之极，如何可言！（《大观录》卷八《与中峰十一帖》第五帖）

孟頫去家八年，得旨暂还，何图酷祸，夫人奄弃，触热长途，护柩南归。哀痛之极，几欲无生。忧患之馀，两目昏暗，寻丈间不辨人物。足胫瘦瘁，行步艰难，亦非久于人间者。（《式古堂书画汇考·书考》卷十六《赵子昂八年帖》）

可见这是一对在人生旅途上相扶相助、互勉互慰、志同道合的恩爱夫妻，情可谓深矣，至矣。

二　你中有我的夫妻情意

管赵夫妻和谐，爱情上并没有发生过什么龃龉。但后世的记载中，却出现过颇有情趣的小小风波：

管仲姬，赵子昂夫人也。子昂尝欲置妾，以小词调管夫人云：“我为学士，尔做夫人。岂不闻陶学士，有桃叶桃根。苏学士有朝云暮云。我便多娶几个吴姬越女，无过分。尔年纪已过四旬，只管占住玉堂春。”夫人答云：“尔侬我侬，忒杀情多。情多处热似火。把一块泥，捻一个尔，塑一个我。将咱两个，一齐打破，用水调和。再捻一个尔，再塑一个我。我泥中有尔，尔泥中有我。我与尔生同一个衾，死同一个椁。”子昂得词，大笑而止。

（徐釚《词苑丛谈》卷十一“赵管词”，唐圭璋校注本，上海古籍出版社版）

我国封建社会，向来实行一夫多妾制，丈夫娶妾既合当时之法，又合当时之理，况且妻已四十多岁的年纪，丈夫娶几个吴姬越女岂不更是“天经地义”？所以子昂不甘寂寞，以词示妻，且举古贤为例。“陶学士有桃叶桃根”，“陶学士”应为“王学士”之误。晋王献之作有《桃叶歌》三首，其二云：“桃叶复桃叶，桃叶连桃根。相怜两乐事，独使我殷勤。”（逯钦立辑校《先秦汉魏晋南北朝诗》中册，晋诗卷十三）《古今乐录》曰：“晋王献之爱妾名桃叶，其妹曰桃根。献之曾临渡歌以送之，后人因名渡曰桃叶。”桃叶渡故址在今南京市秦淮河与青溪合流处。王献之缘于笃爱所以歌之。南宋姜夔〔琵琶仙〕词：“双桨来时，有人似、旧曲桃根桃叶。”已将姊妹联称，指代他所眷恋的二位歌女。清人花韵庵主人《花间九奏》有《桃叶渡江》剧，演献之纳妾桃叶事。苏学士，即苏轼，轼在杭州通判任上纳一王姓女子为妾，是为朝云。都是学士，为什么人家行，我不行？都是夫人，为何人家容，你不容？可仲姬到底是名不虚传的才女，她回答得妙极了。

妙在她根本不谈这件事，却“顾左右而言他”。先说夫妻间有很深的感情，“忒杀情多”，这情还像火一样热。接着便是本诗最精彩的部分了：用捏塑泥人来比喻夫妻关系。婚前的男女双方本是独立的个人，一经结合，虽然仍然是这两个人，但已经有了新的变化。夫妻间的理想境界，应当是一个融洽和谐的完美整体，不仅要志同道合，而且应当声气相求，情趣相投，协调一致。这样，每个人都应当去掉原有的一些不利于创造这种完美境界的因素，同时也要吸取对方身上一些有利于这种境界形成的因素，这样才能做到“夫唱妇随”、“妇唱夫随”，这是夫妇共同生活互相融合的结果。这时的夫妻双方，已经不是原来的男女个人，而是打破了原来的个人，重新捏塑而成的你中有我、我中有你的新人。这几句形象的比喻，道出了人世间夫妻生活的真谛，它超越了时间的界限、地域的界限，也超越了民族的界限，是一种普遍的人生体验。19世纪的俄国作家屠格涅夫说过：“大家都说，爱情——这是最高贵的，最特殊的感情。别一个的‘我’，深入到你的‘我’里，你被扩大了，同时你被突破了；现在从肉体上说，你很超然了，而且你的‘我’被消除。”（莫洛亚《屠格涅夫传》，转引自北方文艺出版社《灵与肉的述说——西方爱情箴言选》）个体的“我”被消除，别一个的“我”深入到你的“我”里。屠格涅夫用不同的语言，说出了与我们的古人相同的体验。生活在七百年前的才女管仲姬道出了个中真谛，又以那么通俗、生动的比喻说出，不能不让人赞赏佩服，让人叹为观止。既然夫妻是生同衾、死同椁的相知、一体，还忍心由吴姬越女来间阻吗？所以子昂大笑而止。

这样的事，在文人学士中时有发生。

据晋人葛洪《西京杂记》说：“相如将聘茂陵人女为妾，卓文君作《白头吟》以自绝，相如乃止。”《乐府诗集》卷四十一载有本辞：

> 皑皑山上雪，皎若云间月。闻君有两意，故来相决绝。今日斗酒会，明旦沟头水。躞蹀御沟上，沟水东西流。凄凄复凄凄，嫁娶不须啼。愿得一人心，白头不相离。竹竿何袅袅，鱼尾何簁簁，男儿重义气，何用钱刀为！

吴梅《顾曲麈谈》第四章《谈曲》云：

> （关）汉卿轶事，有至可笑者。尝见一从嫁媵婢，甚美，百计欲得之，为夫人所阻。关无奈，作小令一支贻夫人云：“鬓鸦，脸霞。屈杀了将陪嫁。规模全似大人家，不在红娘下。巧笑迎人，文谈回话，真如解语花。若咱，得他，倒了蒲桃架。”夫人见之，答以诗云：“闻君偷看美人图，不似关王大丈夫。金屋若将阿娇贮，为君唱彻醋葫芦。”关见之，太息而已。元人以妒嫉之妇为“蒲桃倒架”，不知何意。（王卫民编《吴梅戏曲论文集》，中国戏剧出版社版）

关于“倒了葡萄架”，《文学遗产》1991年第2期载李景华先生文曰：

> 其实这是一个俗典……此“典”，在明代著名通俗文学大师冯梦龙编辑的《广笑府》卷二《官箴》里，找到了来源：“有一吏惧内，一日被妻抓碎面皮，明日上堂，太守见而问之。吏权词以对曰：‘晚上乘凉，被葡萄架倒下，故此刮破了。’太守不信，曰：‘这一定是你妻子抓碎的，快差皂隶拿来。’不意奶奶在后堂潜听，大怒，抢出堂外。太守慌忙谓吏曰：‘你且退下，我内衙葡萄架也倒了。”’（《广笑府》，1987年荆楚书社版）

据此，“倒了葡萄架”当为妇女发威撒泼之意。

关汉卿所作曲，《全元散曲》作〔中吕朝天子·从嫁媵婢〕，明人杨慎《词品》、蒋一葵《尧山堂外纪》均载。唯夫人答诗，不知吴氏何据。

卓文君之诗，以怨苦打动相如；汉卿夫人之诗，以威严震慑夫婿；仲姬则是以温柔和火一样的爱感动子昂。三首诗表现三个女性不同的性格。刘大白在《旧诗新话》中说："我们读此词的，还应该认识三点：一、此词是中国文学史上自由的白话抒情诗底破天荒。金元之间，虽然词进为曲，用白话作诗，已经成为一时风气，但还都被格律所拘，不能自由表现。此词却不但是白话的，而且是自由的，所以可算得是自由的白话抒情诗底破天荒，不愧为中国文学史上的瑰宝！二、此词即使放在现代新诗群中，也不失为上乘的作品。如果她不用白话，或者用白话而仍拘格律，决不能有这样自由的充分表现。三、中国旧体诗中，抒情的作品，也未尝没有。但大部分都是男性底作品。女性底作品，虽然也间或有之，可是都不敢作大胆的表现。她是一个女性，而能有这样大胆的作品，即使推为中国文学史上女性抒情诗第一首，也不能算是过誉呵！"（中国书店1983年影开明书店本）所评极是。

元代的西域诗人、江西元帅兰楚芳有一首散曲〔南吕四块玉·风情〕：

我事事村，他般般丑。丑则丑村则村意相投。则为他丑心儿真博得我村情儿厚。似这般丑眷属，村配偶，只除天上有。（隋树森编《全元散曲》，中华书局版）

它提出了一个爱情婚姻的重要原则，指出青年男女爱情的基础，不在才，不在貌，不在钱，不在势，也不在门当户对，而在于"心儿真"、"情儿厚"，若是，则即使是村的、丑的夫妻，也堪称美满姻缘，也值得自豪。《我侬词》写的是婚后的夫妻关系，这首"村丑曲"则是写婚前的恋爱关系，二者恰可成为姊妹篇，是爱情诗中的双璧，双绝。蒙古贵族统治下的元代社会，相对于宋明时代，礼教束缚相对宽松，这就为人性的觉醒提供了较为适宜的土壤，所以元散曲、杂剧中每多歌咏爱情的佳妙之作。随着城市经济的繁荣，元代市民阶层逐渐壮大，他们的爱情观，常常在通俗而又为人们喜闻乐见的曲中得到表现。"村丑曲"和《我侬词》所表现的，正是市民阶层的恋爱观和夫妇情，与封建卫道士的观点有质的不同。

管赵故事，是徐釚据明人蒋一葵《尧山堂外纪》卷七十转录的。《外纪》"取记传所载轶闻琐事，择其稍僻者，辑为一编，上起古初，下迄明代，每代俱以人名标目，雅俗并陈，真伪并列，殊乏简汰之功。"（《四库全书总目》卷一三二）因为"真伪并列"，所记是史实抑或小说家言，不得而知。赵孟頫《松雪斋集》及《全元散曲》、《全金元词》都未收录。"小词"似是曲而不是词。刘大白《旧诗新话》标其题为《我侬词》，不知何据。不论何体，它都毫无疑问的是绝妙好辞。

据明人李开先《词谑》载：

有学诗文于李崆峒者，自旁郡而之汴省。崆峒教以："若似得传唱《锁南枝》，则诗文无以加矣。"请问其详，崆峒告以："不能悉记也。只在街市上闲行，必有唱之者。"越数日，果闻之，喜跃如获重宝，即至崆峒处谢曰："诚如尊教。"何大复继至汴省，亦酷爱之，曰："时调中状元也。如十五国风，出诸里巷妇女之口者。情词婉曲，有非后世诗人墨客操觚染翰、刻骨流血所能及者，以其真也。"……若以李、何所取时词为鄙俚淫亵，不知作词之法、诗文之妙者也。词录于后，以俟识者鉴裁。《锁南枝》："傻酸角，我的哥，和块黄泥儿捏咱两个：捏一个儿你，捏一个儿我；捏的来一似活脱，捏的来同床上歇卧。将泥人儿摔碎，着水儿重和过，再捏一个你，再捏一个我——哥哥身上也有妹妹，妹妹身上也有哥哥。"（《中国古典戏曲论著集成》三）

陆贻典钞本《一笑散》注云："他书相传，以为赵文敏及管夫人作。"明人陈所闻编的《南宫词纪》卷六"汴省时曲"中收有这首小曲，"傻酸角"作"傻俊角"，其他曲文全同。可见，这首小曲是明代河南地区流行的民间小调，它的原始作者，似是一位女子，后来又经传唱加工而成。它以其情真自然，引起了李梦阳、何大复等文人的重视，博得了广大民众的喜爱，以至口耳相授、笔墨传钞，风行一时，渐渐附会为管仲姬、赵孟頫事。管赵故事的价值，不在于它是否反映了生活中某一事件的事实之真，而在于它表现了生活中的情理之真，合情合理，自然可信。小说家言，"作意好奇"，原本不需要事必实有，凿凿有据。就文学作品而言，编织令人信服的故事，是一种创造性艺术劳动，它要比记录事实本末更为可贵。

三　画意诗情的烟波密友

清代，以《长生殿》享誉文坛的剧作家洪昇（字昉思）写有杂剧《四蝉娟》，共四折，每折写一个才女，依次是：谢道韫、卫茂漪、李易安、管仲姬。

"管仲姬"折所写，只有画竹、渔歌二事：赵子昂入元以来隐居不仕，后因程巨夫之荐勉强应诏入都，官翰林学士承旨。但仕宦原非素志，所以力请给假归里，与夫人管仲姬偕隐岩栖，优游林下。因慕唐代诗人张志和为人，置书画茶灶舟中，作浮家泛宅之举。时逢重阳佳节，子昂邀仲姬乘舟在余不溪上共作山水清游，有婢樵青及渔童伏侍。但见波涵镜影，山翠逼衣，万竿修竹，媚媚可人。于是子昂建议夫人对景画竹。仲姬款揎罗袖，轻舒素指，画就风条雨叶，参差秀落，点缀处如疏似稠，更添些石冷云幽。子昂赞叹：

〔滴滴金〕说什么湘水千竿，梁园千顷，渭滨千亩，都待向此中收。爱杀他袅袅亭亭、娟娟冉冉、疏疏瘦瘦、瑟瑟更修修。

仲姬又作〔渔歌子〕词一阕，子昂命渔童吹笛，自己弹琴而歌；子昂又和词一阕，也琴笛而歌。船到苕霅之间，四山拱翠，万顷含烟，夫妇船头远眺，不觉日暮，吩咐渔童系舟，明日再游。

戏中所写多有史实依据，并非凭空结撰。至元间行台治书侍御史程伍夫奉诏搜访江南遗佚，得廿馀人，子昂居首选。但子昂的仕元，却不像剧中所说的那样是被迫的。入元后，其母丘氏料到“圣朝必收江南才能之士用之”，于是子昂益自力于学，声闻涌溢达于朝廷，为仕元创造了条件。当然，他也有思想矛盾，一面贪恋荣华富贵，一方面又憧憬林泉逍遥。剧中只写他的山林兴致，忽略了另一面，显然是洪昇别有用意。

仲姬善画竹，尝画《墨竹》及设色《竹图》进奉，曾蒙圣奖，获内府上尊酒，皇太后命坐赐食，受知两宫，恩意优渥。子昂曾在仲姬所作梅竹图题诗云：“握笔知伊夺化工，消闲游戏墨池中。寒梅缀雪香生月，疏竹凝烟叶倚风。小径幽然临石砌，斜蹊清雅护台封。炉香袅袅茶烟好，逸兴飘然岂俗同。”“深得暗香疏影之致”（李佐贤《书画鉴影》卷五《女史管仲姬梅竹卷》）。戏里写舟中画竹的清韵，只不过是把画情与隐志结合在一起罢了。

在皇庆二年（1313）十二月，管仲姬作〔渔父词〕四首，见《清河书画舫》酉集《管道昇·管夫人渔父图》：

遥想山堂数树梅，凌寒玉蕊发南枝。山月照，晓风吹，只为清香苦欲归。

南望吴兴路四千，几时回去霅溪边。名与利，付之天，笑把渔竿上画船。

身在燕山近帝居，归心日夜忆东吴。斟美酒，脍新鱼，除却清闲总不如。

人生极贵是王侯，浮利浮名不自由。争得似，一扁舟，弄月吟风归去休。

子昂跋云：“吴兴郡夫人（仲姬封号）不学诗，而能诗；不学画，而能画。得于天然者也。此〔渔父词〕皆相劝以归之意，无贪荣苟进之心。其与老妻强颜道：‘双鬓未全斑，何苦行吟泽畔，不近长安者，异矣。’”

子昂写了〔渔父词〕二首和之，序云：“仲姬题云：‘人生极贵是王侯……’”见于《松雪斋集》卷三：

渺渺烟波一叶舟，西风木落五湖秋。盟鸥鹭，傲王侯，管甚鲈鱼不上钩。

侬住东吴震泽州，烟波日日钓鱼舟。山似翠，酒如油，醉眼看山百自由。

剧中取管氏第四首、赵氏第一首加以敷衍，表现他们的湖山之思。《松雪斋集》中表现这种思想的作品为数不少，如《诗书怀》、《岁晚偶成》、《怀德清别业》等。

惠润在《四蝉娟题词》中认为，造物忌才，洪昇是剧乃舒高才见忌，志不获展的不平之气。其实，洪昇只是借管赵故事，歌颂一种不慕荣利、恬淡功名的高洁人格，以此来抒写自己的心胸性情。剧中的赵孟頫评管道昇画竹说：

仔细看来，夫人所画也不是竹，分明是画自己一般。

〔月上海棠〕霜清雪淡亭亭瘦，月韵烟姿叶叶愁。独立写清幽，恍一似天寒翠袖。端详久，这风味卿卿自有。

道昇评孟頫画马则说：

相公所画之马，乃真自写其神骏耳！

孟頫则说自己画马是“托缟素当长楸，聊把我雄心遁逗。”这里所赞之竹、马，其实就是剧作家在为自己画像。戏里写孟頫夫妇的归隐之思：

〔离亭宴带歇拍煞〕才则听花冠墙上啼清昼，又早闻玉壶城上催清漏，留不住乌飞兔走。再休题热急急虎头奔，闹攘攘蜗角争，忙碌碌羊肠骤。纵饶他香毫蘸紫云，玉带垂花绶，人与骨霎时共朽，休辜负绿水碧山晴，清风明月好，翠竹黄花瘦。偷寻笑口开，莫只愁眉皱。唯则愿天长地久，做一对效比目碧波鱼，结连枝绿池藕。

才听鸡唱，又闻夜漏，时光不能停留，劝人们及早回头，认识到利和名不自由，去到溪水山林中享受不受羁勒的自由快乐。这是看透了名利场上的争斗、富贵群中的丑恶之后的一种抉择，一种向往。这抉择是剧中人赵孟頫管道昇的，也是剧作家洪昇的。

剧中写赵子昂、管仲姬夫妇情投志合，“端的是非俗偶，是一对诗情画意烟波友”，“自盟鸥鹭作忘机友”，“一对效比目碧波鱼，结连枝绿池藕”。他们清高超脱，出尘忘俗，是一对林泉夫妻岩下道友。只有饱经宦海风波的人才能有此体会，才能写得出这样的一往情深的山林颂歌。戏的背景是远离尘嚣的世外桃源，他们夫妇自乐其乐，无风波之患，其实，它的对面却有不能自已者，这就是赵孟頫仕元后官场并不如意，也是洪昇官场不如意的折光表现。

这个戏所体现的夫妻观，已不是“三纲五常”式的“夫为妻纲”，也不是“三从四德”式的“既嫁从夫”，他们是平等的，互敬互爱，体贴温存，既是夫妻，又是朋友，心灵契合，和睦融洽；戏里体现的妇女观，已经完全没有了“女子无才便是德”的味道，体现了剧作家对妇女才华和人格的尊重。显然，这是对传统思想的逾越，是对封建礼教的一种背叛和批判。

戏不着意于制造矛盾冲突，它像一首抒情诗那样淡雅，又像苕霅之间的山水那样清秀。戏以正末扮赵孟頫，是主唱脚色。管道昇只在开头相当于楔子处唱〔仙吕赏花时〕及〔幺篇〕，〔双调新水令〕套曲全由赵唱，对仲姬的刻画，稍嫌薄弱。

四　无中生有的风流佳话

大概是因为《我侬词》的风波吧，京剧里产生了一出叫做《闺房戏》（一名《风流佳话》）的戏，是写赵管夫妻之间的一点风流韵事。戏以花旦扮管仲姬，小生扮赵孟頫。写管仲姬与赵子昂每日吟诗作赋，弹琴下棋，倒也十分快乐。只因该地新来了一个妓女，名唤李姬，乃是旗装女子，容貌美丽，子昂为之倾倒，如痴如呆：“好一个，美佳人，艳如桃李，生就来，绝代姝，国色天姿。我本当，与此女，同偕伉俪，怕的是，结发人，管氏仲姬。”而仲姬又偏偏看破。一日，子昂归家，袖中掉出赠李姬诗作，仲姬怀疑子昂与李姬有染，但无把柄，于是在丫鬟帮助下演出了一场闺房戏谑剧：次日仲姬假说晚上请客，不准子昂入内。子昂只得到朋友家去坐。待夜深返回时，仲姬已改扮为旗装女子李姬，隐藏在书房床上。子昂欲到上房，有丫鬟把守，说是仲姬夫人留黄太太住下，不准他进去；子昂欲到书房，丫鬟又不让，说是李姬醉酒，已在书房睡下。子昂一听暗喜，认为这是天作之缘，再三求进。最后答应打两样首饰给丫鬟，丫鬟才放他进去，嘱咐他：“可不要大声声张，恐怕夫人听见，可不是做耍的。”

（小生进书房摸介，入帐子介，起更鼓介，鸡鸣介，小生出帐介，走介。旦白）你回来！（小生转回介，旦掀帐子介，白）你仔细看看，我是谁？（小生白）嗳呀，原来是夫人你呀！（旦白）事到如今，我看你，还有什么话说？（小生白）夫人息怒，这都是卑人之过，我这里跪下了。（旦笑介，白）我告诉你说，今日我也不计较与你，只是从今以后，若再有这等事，你不许欺哄于我，就罢了。正是：设下移花接木，使你闭口无言。（《戏考》第三一册，中华图书馆编辑出版）

黑暗中子昂以为亲近的是李姬，谁知李姬却是仲姬装扮的。据说“此系鼎鼎大名梅兰芳拿手之剧也”（剧本的剧前提示）。剧本很多地方只用简单的舞台提示，为舞台演出留下很多空白，给演员的表演提供了方便的条件。可以看出，剧作者是熟谙舞台艺术的行家里手。但也正因为如此，就有可能使某些不健康的表演有了可乘之机。

很显然，这个“风流佳话”与赵孟頫、管仲姬毫无关系，只是借古人的名字，表现当时上层社会的风流放荡而已。剧中的赵孟頫是个十足的浪荡子弟；管道昇虽然聪慧诡谲，但也看不出一点翰墨书香气息。只是演男子渔色为妻制伏的一出喜剧。卜迦丘《十日谈》中有类似故事。“第三天·故事第六”提要云：

理查爱上菲利佩洛的妻子，知道她本性善妒，假意跟她说，菲利佩洛要和他的妻子在浴室幽会。她冒充理查的妻子来到浴室，去和丈夫同睡，结果发觉她是跟理查睡在一起。

两件事的性质虽然完全不同，但管仲姬与理查所用手法却极为相似。可以看出，京剧与小说在构思上出于同一机抒。京剧作者可能是受其启发而创作出来的。吴小如先生说："这个剧本（《闺房戏》）与我所见演出本有两处不同：一、富连成演出本名《闺房乐》，不名《闺房戏》；二、剧本中谓旗装妇女为妓女，名'丽姬'（音）；我所见者则被称为'玉姬太太'，是贵妇人。似以演出本为合理。"管道昇在剧中着诰命服，说苏北方言；改扮玉姬太太则着旗装，说京白，这是此剧旦角特色。《闺房乐》据云有"张氏孤本"，惜未之见。

罗敷秋胡桑园会

以老生、青衣应工的京剧《桑园会》，是传统剧目中的佳作，深受人们喜爱；乐府古诗《陌上桑》，早已脍炙人口，成为人们交口赞赏的名篇。学术界有人认为，这本是两个独立的故事，但阴差阳错，竟误会成了互相干连的同一系统的作品，构成了一个故事系列；也有人认为，二者乃是一源二派，本来就是同根长出的连理树。

一 陌上桑罗敷拒使君

《陌上桑》是汉代产生的有名的叙事诗，写美女罗敷采桑，遇使君相邀共载，为罗敷所拒。她拒绝使君的方式，不是厉声严辞，而是“盛夸其夫”，由此可见罗敷其人的性格特点。全诗如下：

> 日出东南隅，照我秦氏楼。秦氏有好女，自名为罗敷。罗敷喜蚕桑，采桑城南隅。青丝为笼系，桂枝为笼钩。头上倭堕髻，耳中明月珠。缃绮为下裙，紫绮为上襦。行者见罗敷，下担捋髭须。少年见罗敷，脱帽着帩头。耕者忘其犁，锄者忘其锄。来归相怨怒，但坐观罗敷。使君从南来，五马立踟蹰。使君遣吏往，问是谁家姝？“秦氏有好女，自名为罗敷。”“罗敷年几何？”“二十尚不足，十五颇有余。”使君谢罗敷：“宁可共载不？”罗敷前置词：“使君一何愚！使君自有妇，罗敷自有夫。东方千馀骑，夫婿居上头。何用识夫婿？白马从骊驹；青丝系马尾，黄金络马头；腰中鹿卢剑，可直千万余。十五府小史，二十朝大夫，三十侍中郎，四十专城居。为人洁白皙，鬑鬑颇有须。盈盈公府步，冉冉府中趋。坐中数千人，皆言夫婿殊。”（《乐府诗集》第二十八卷，中华书局版）

这首诗暴露并谴责了官僚统治阶级的卑鄙无耻，看到民间美丽的女子，就想占为己有。他先是“遣吏往”，探问罗敷的姓名、年龄；继而又亲自出面，要求罗敷同他“共载”回家。但是，全诗的主旨不在暴露，而在歌颂，歌颂民间女子罗敷的美丽坚贞。罗敷是全诗描写的中心。

诗的前半部分写罗敷美丽的容貌。罗敷是有名的美女，但是通读全诗谁能说出她的体态容貌是什么样子？说不出来。然而又分明有一个美丽的罗敷形象活现在眼底心头！我们不能不赞叹这位没有留下姓名的作者手法之高妙。作者没有具体描写罗敷的眉眼口鼻、脸庞肌肤、体态腰肢……，作者完全是从虚处着笔，用烘云托月的手法来描写罗敷的美：

一开始，先写环境之美。旭日东升，阳光明媚，女主人公在这种环境下出场，使我们感受到罗敷那充满活力、容光焕发的青春美。美其境即美其人，环境美是为烘托人物美服务的，罗敷就如这朝霞一样美丽。“罗敷喜蚕桑，采桑城南隅”，交代出人物活动的目的和活动地点。接着作者便写这位采桑女所用器物的华美：桑篮上的系带是青丝做的，桑篮的提钩是用桂枝做的。司马迁在《史记·屈原贾生列传》中谈到屈原的时候说：“其志洁，故其称物芳。”我们也可以说，在这首诗里，其人美，故其用物也美。写到罗敷本人的时候，也只是写她的发型服饰，这也是用她的装束之美，来衬托她的容貌之美。最后该直接描写罗敷的容貌美了，却仍然不正面著笔，又转而描写这种美所引起的反应，所产生的效果：过路的人看到罗敷，放下担子，捋着胡须，注目而视；青年人看到罗敷，脱下帽子只戴着包头发的纱巾，在她面前故意显示；耕地的人忘记了旁边的犁，锄地的人忘记了手里的锄，耽误了活计，回家后又互相埋怨——都是因为贪看了罗敷！读者丝毫不会怀疑罗敷是美的，美极了。妙的是，作者不去直接地、具体地描摹美本身，让读者来观察美，认识美，而是描写美所产生的效果，让读者去感受美，体会美，莱辛在《拉奥孔》中指出：“诗人啊，替我们把美所引起的欢欣，喜爱和迷恋描绘出来吧，做到这一点，你就已经把美本身描绘出来了！”（第二十一章《诗人就美的效果来写美》，人民文学出版社版）

写出了美的效果，读者好像也置身其间，同行者、少年、耕者、锄者一起在欣赏罗敷的美。作者没有描绘出罗敷具体的美，而是给读者开拓出一个广阔的思维想象空间，启发调动读者的想象力，根据每个人不同的审美判断，去塑造各自心目中的罗敷形象。无一语言及容貌，而容貌之美能活现于眼底心头，虚处著笔，诚妙手也！

但是，写罗敷的容貌美，也不是目的，目的是写罗敷的心灵美。她甘于过自食其力的采桑生活，不慕权势，不羡钱财，当使君求她“共载”（一同乘车回家，做他的婢妾）时，她毫不犹豫地拒绝了。“使君”，在东汉时代，是对州太守的称呼，相当于古代的诸侯，官不可谓不大，但在罗敷眼里却算不了什么，丝毫不为所动，这同使君在罗敷面前“踟蹰”垂涎的丑态，恰好成为富有喜剧色彩的对照。更能显示罗敷性格的，是她拒绝使君这个官位显赫的大人物的方式：

她不是硬顶，不是痛斥，而是靠“夸夫”。她说她的夫婿官运亨通，人才出众，丰姿超群。“夸夫”之后戛然而止，但言外之意甚明——你“使君”算个老儿！“使君自有妇，罗敷自有夫”，其结局不言而喻：“使君”在少年得志的罗敷“夫婿”对比下，小巫见大巫，神气全无，只能是灰溜溜地离去。这里，罗敷描述她的夫婿，与前面刻画罗敷不同，句句实写：他白皙的皮肤，微生鬑须①，行步舒缓，体态闲雅，全从实处落墨，另一样笔法。

应当说明，罗敷所盛赞的“夫婿”，实际上是她随机应变编造出来的——子虚乌有。如果她真的是一位显贵妇人的话，何用自己采桑？拒绝使君也许就用不着费这许多口舌了。这也可见罗敷的勇敢沉着、机智聪慧。

《陌上桑》具备了基本故事情节，刻画出女主人公罗敷的性格，提供了故事发生的地点。但诗中男主人公“使君”是谁，却又语焉不详，以致引起了后人的推测。

崔豹《古今注》曰：“《陌上桑》者，出秦氏女子。秦氏，邯郸人有女名罗敷，为邑人千乘王仁妻。王仁后为赵王家令。罗敷出采桑于陌上，赵王登台见而悦之，因置酒欲夺焉。罗敷巧弹筝，乃作《陌上桑》之歌以自明，赵王乃止。”清代的石韫玉，别署花韵庵主人，写了九种杂剧：《伏生授经》、《罗敷采桑》、《桃叶渡江》、《桃源渔父》、《梅妃作赋》、《乐天开阁》、《贾岛祭诗》、《琴操参禅》和《对山救友》，每剧一出，合称《花间九奏》。其中《罗敷采桑》即是根据《古今注》传说写成的。剧写赵国邯郸人秦罗敷，自幼许与千乘王仁为妻。王仁为赵王家令，常在府中供职，罗敷则与父母同居。一日到陌上采桑，少年、田父、樵夫见其美貌，有意贪看，但知其非寻常人家妇女，都不敢惹事而去。时有劝农使者到来，惊其美艳，于是命左右唤来罗敷：

(净) 你究竟是何等样人家之女，这般大模大样。俺乃赵王驾下劝农使者，官居上大夫之职，今日与你有缘相遇，意欲载你回去，共享荣华，你意下如何？(旦怒介) 噤声！

〔仙吕解三酲〕俺是个守三从闺中少妇，倚爹娘掌上明珠。怪无端狭路相逢处，漫相招载后车。你把我墙花野草轻窥觑，须识我罗敷自有夫！(郑振铎编《清人杂剧初集》本)

① “鬑鬑颇有须”的“鬑鬑”，疏薄的样子；“颇”，作“少”、“稍”解。《广雅释诂》：“颇，少也。”

于是盛夸夫婿。劝农使者听说，云："呀！原来是赵王家令的夫人。下官多多唐突，改日负荆请罪罢。"戏便结束了。

这个戏情节简单，语言平淡，不是场上之曲。在这里，批判暴露的成分更少了，罗敷的性格磨平了，古诗中那种幽默风趣、活脱明朗的风格不见了，更多了些封建道德。戏的主旨是要写出罗敷"明诗习礼不是桑中妇"。完全丧失了《陌上桑》的光彩。

二　秋胡妻以死拒夫婿

秋胡戏妻的故事，最早见于汉刘向的《列女传·鲁秋洁妇》：

> 洁妇者，鲁秋胡子妻也。既纳之，五日去而官于陈，五年乃归。未至家，见路傍妇人采桑，秋胡子悦之，下车谓曰："若曝采桑，吾行道远，愿托桑荫下餐，下赍休焉。"妇人采桑不辍。秋胡子谓曰："力田不如逢丰年，力桑不如见国卿。吾有金，愿以与夫人。"妇人曰："嘻！夫采桑力作、纺绩织纴以供衣食，奉二亲养夫子，吾不愿金，所愿卿无有外意，妾亦无淫佚之志，收子之赍与笥金。"秋胡子遂去。至家，奉金遗母，使人唤妇至，乃向采桑者也。秋胡子惭。妇曰："子束发辞亲往仕，五年乃还，当所悦驰骤扬尘疾至。今也乃悦路傍妇人，下子之粮，以金予之，是忘母也，忘母不孝。好色淫佚，是污行也，污行不义。夫事亲不孝，则事君不忠；处家不义，则治官不理。孝义并忘，必不遂矣。妾不忍见子改娶矣，妾亦不嫁。"遂去而东走，投河而死。……（四部丛刊初编缩印本，卷五）

这里真实记录了秋胡这个人形动物的恶劣品行，对秋胡妻进行了褒扬。虽然里面夹杂了忠孝等道德观念，但秋胡妻坚持人格，不慕荣华的精神情操却表现得很充分，她宁可死，也不愿与无行丈夫同居。

晋代葛洪《西京杂记》记载了一个故事，说杜陵有个叫秋胡的人，能通《尚书》，善为古隶字。有人为他提亲，女方不允，说："秋胡已经娶而失礼，妻遂溺死，不可妻也。"（中华书局标点本）原来女家把古今两个同叫秋胡的人闹混了。媒人于是介绍了昔鲁人秋胡戏妻的故事，说明今昔秋胡原是两人。情节没有新的发展，可以看出秋胡故事在当时流传很广，秋胡的行为为人所不齿。

古乐府《秋胡行》失传，晋人博玄有《秋胡行》二首可约略见其原貌，第二首如下：

秋胡纳令室，三日官他乡。皎皎洁妇姿，冷冷守空房。燕婉不终夕，别如参与商，忧来犹四海，易感难可防。人言生日短，愁者苦夜长。百草扬春华，攘腕采柔桑。素手寻繁枝，落叶不盈筐。罗衣翳玉体，回目流采章。君子倦仕归，车马如龙骧。精诚驰万里，既至两相忘。行人悦令颜，情息此树傍。诱以逢卿喻，送下黄金装。烈烈贞女忿，言辞厉秋霜。长驱及居室，奉金升北堂。母立呼妇来，欢情乐未央。秋胡见此妇，惕然怀探汤。负心岂不惭，永誓非所望。清浊必异源，凫凤不并翔。引身赴长流，果哉洁妇肠。彼夫既不淑，此妇亦太刚。(《乐府诗集》第三十六卷，中华书局版)

南朝宋代颜延之（字延年）有《秋胡行》诗九章（逯钦立辑校《先秦汉魏晋南北朝诗》中册，宋诗卷五)，也是以妇死作结，情节上没有新的发展。不过，颜诗以歌颂秋胡妻为主旨，“君子失明义，谁与偕没齿？愧彼行露诗，甘之长川汜。”突出她的高洁；而傅诗却说：“彼夫既不淑，此妇亦太刚。”认为她的死过于刚烈了，稍有微词。梁邵陵王萧纶《代秋胡妇闺怨诗》：

荡子以游宦，思妾守房栊。尘镜朝朝掩，寒衾夜夜空。若非新有悦，何事久西东！知人相忆否？泪尽梦啼中。(《先秦汉魏晋南北朝诗》下册，梁诗卷二十四)

这是借秋胡妻之名，抒写思妇怀人的尤怨情怀。

三　缺头少尾的秋胡变文

秋胡故事发展到唐代，出现了秋胡变文。变文是唐代产生的一种民间文学体裁，它以边说边唱的形式讲述奇异的故事。秋胡变文已经把原来的简单记述，展衍成了一篇情节完整、描写详尽的民间文学作品。可惜该变文缺头少尾，止于秋胡归家，夫妻相见，秋胡妻是否投水，不得而知了，故事的结局难以揣测，变文写：

鲁国秋胡少小失父，靠母亲抚养成人、娶妻。一日，辞母游学，发誓：若不乘轩佩印，誓不还乡。母亲听儿子此言，不觉眼中流泪，劝他在家读书，好母子夫妻团聚。秋胡不听。行至妻房，愁眉不展，眼中流泪与妻辞别。妻闻夫语，心中凄怆，语里含悲，叮嘱他：“千万早须归舍。”秋胡携书登程，行至胜山，到林下，向“数千年老仙”求教《九经》、《七略》。到了魏国，上表求官，拜为左相，享受荣华富贵，六年不与家通音讯。其妻不知夫之死活，奉侍婆母，“出亦当奴，人亦当婢，冬中忍寒，夏中忍热，桑蚕织络，以事阿婆，昼夜勤心，无时暂舍”。秋胡母，愧见新妇独守空房，心无异想，便劝她“任从改嫁他人”。新妇闻言，痛切于心，泣泪拒绝。婆婆“不觉放声大哭，泣泪成行”。

又过了三年，秋胡告假探母，魏王赐他黄金彩缎，衣锦荣归。行至鲁国，正值采桑时节，秋胡紫袍金带从桑中而过：

> 举头忽见贞妻，独在桑间采叶，形容变改，面不曾妆，蓬鬓长垂，忧心采桑。秋胡忽见贞妻，良久瞻相，容仪婉美，面如白玉，颊带红莲，腰若柳条，细眉段绝。暂停住马，向前上熟看之，只为不识其妻，故赠诗一首：
>
> 玉面映红妆，金钩弊采桑。
> 眉黛条间发，罗襦叶里藏。
> 颊夺春桃李，身如白雪霜。
>
> 秋胡唤言道：“娘子！不闻道：采桑不如见少年，力田不如丰年！仰赐黄金二两，乱彩一束，暂请娘子片时在于怀抱，未委娘子赐许以不？”（人民文学出版社《敦煌变文集》，所引为校改文字，不据原文）

新妇断然拒绝了他的无耻要求，“一马不被两鞍，单牛岂有双车并驾？家中贫薄，宁可守饿而死，岂乐黄金为重？”秋胡闻言，羞惭而去。秋胡到家，母子相见，母亲说：“汝今得贵，不是汝学问勤劳，是我孝顺新妇功课。”使人往桑林中去叫新妇。新妇：

> 忽闻夫至，喜不自胜，喜在心中，面含笑色。行至家，向北堂觅见其夫，得见慈母，新妇欲拜谢阿婆，便乃入房中，取镜台妆束容仪，与夫相见。乃画翠眉，便拂芙蓉，身着嫁时衣裳，罗扇遮面，欲似初嫁之时。行至堂前设礼，助婆欢喜。见新妇来至，愧谢九年孝养功劳，便下堂阶，哭泣唤言：“新妇！我儿来至，游学毕功，轩印随身，身为相国，黄金缯彩，愧谢孝恩，愿新妇领受。”得婆语回面拜夫，熟向看之，乃是桑间赠金宰贵。情中不喜，面变泪下交流，结气不语。阿婆甚怪，重问新妇：“……新妇必有私情，在于邻里，何不早吐实情？若无他心，不合如此！”新妇闻婆此语，泣泪交流……

她向婆婆述说了秋胡于家不孝、于国不忠的行为。故事的下文缺佚，不得其详。

与以前同类题材的作品相比，秋胡变文有了很大变化：

一是情节更丰富了。增加了秋胡离家求仕时的辞母、别妻；路途中的入山求学；到魏国后的上表求官；返乡前的告归、赐赏；以及婆媳之间的劝嫁等等。秋胡入魏，婆媳在鲁，故事由单线变为双线交叉发展，结构紧凑完美，大大丰富了作品的内涵，由以前的粗陈梗概，变成了情节完整的故事。

二是描写更细腻了。不论是《列女传》，还是《西京杂记》，从介绍人物到秋胡出走、归来，都只有二、三十个字。在变文里，秋胡的身世更详细了；秋胡辞母，别妻，婆婆劝嫁，都描写得充分细腻，人物的语言、动作、心理刻画，都有精彩的笔墨。即使是以前所重视的“戏妻”这一情节，变文较以前的文字也更为细致生动，秋胡的心理、妻子的容貌、桑园的景象，都是以前所没有的，归家相认一节，新妇初时一喜，认后一忧，一波三折，颇能把人物的情感心理表现毕肖。可以看出，作者不单单为了讲述一个故事，还要通过这个故事打动人心，所以较以往特别注重对人物精神世界的刻画。尤其是加强了对秋胡之母这个人物的刻画，是使作品增加家庭生活内容，增强生活气息的基础，使作品有了扩大内容容量的机会。同时，通过婆媳关系的描写，也更能表现秋胡妻的精神境界。所以后世戏曲就保留了这个人物。

四是主题思想的转变。变文更侧重对以秋胡为代表的上层统治阶级渔色丑行的谴责。新妇在桑园中虽说过：“一马不被两鞍，单牛岂有双车并驾”的话，纵观全文，这不是主要的。从婆婆的劝嫁，从婆婆怀疑她有私情而不加谴责，只是埋怨她“何不早吐实情”来看，作品所反映的唐代家庭生活气氛是比较宽松的，妇女所受封建名教的束缚，相对于后世来说是少多了。

四　扭缺作圆的秋胡戏妻

秋胡变文的出现，是秋胡故事向通俗文艺转化的标志，说明这个故事开始由社会上层向社会下层，即由封建士大夫阶层向市民阶层广泛传播。戏曲成熟之后，秋胡故事又在这个人民喜闻乐见的艺术领域里占有一席之地。

南戏《宦门子弟错立身》里，江湖艺人王金榜说：“这一本传奇，是《秋胡戏妻》。”可惜，这个南戏剧本已经失传。

现存最早的剧本，是元代石君宝的杂剧《鲁大夫秋胡戏妻》。剧写春秋鲁国昭公时，秋胡与罗梅英新婚三日，秋胡之母刘氏请来亲家罗大户夫妇吃酒谢亲。一家团聚欢乐之际，有勾军人到来，强行将秋胡勾去当军。秋胡一去十年杳无音信，梅英为人家缝联补绽，洗衣刮裳，养蚕择茧，担好水换恶水，养活婆婆。罗大户也穷了，借了李大户四十担粮食无力偿还。李大户乘机要霸占梅英，便造谣说秋胡已死，让梅英改嫁给他。初时罗大户不肯，后来贪图财礼，便独自做主答应了李大户的婚事，逼女儿梅英改嫁。罗大户、李大户一起吹吹打打，到秋胡家迎娶梅英，被梅英坚决拒绝。秋胡在军中通文达武，屡立奇功，授中大夫之职。秋胡请假探母，鲁昭公赐他黄金一饼，以充膳母之资。秋胡衣锦还乡，来到自家桑园，见一女子采桑。采桑妇正是梅英。梅英因天热，脱下外衣晾吹之际，与秋胡相遇。分别十年，夫妻各不相识。秋胡见女起意，便以四句诗嘲拨："二八谁家女，提篮去采桑。罗衣挂枝上，风动满园香。"又调戏说："这里也无人，小娘子你近前来，我与你做个女婿，怕做什么?"接着便动手动脚。罗梅英不肯，他又拿出那一饼黄金"财动人心"，要梅英随顺。梅英乘机骗过秋胡跑出园门，大骂秋胡。秋胡回家，母子相见。梅英回家一见秋胡，怒从心起，向秋胡索要休书，拒不认夫。这时罗大户、李大户来抢亲，秋胡命人把李大户提送县衙治罪。刘氏以死求梅英认夫，梅英无奈，改换梳妆，与秋胡夫妻重圆。

《秋胡戏妻》的情节比以前的同题之作有三个大的改变：一是秋胡是被勾去当军，而不是主动求官；二是改嫁风波不是婆媳间的好心劝说，而是豪强依财仗势强行逼嫁；三是故事由秋胡妻投水而死的悲剧结局，变成了妻子认夫的团圆结局。这些改变，当然是为了重新塑造戏的女主人公罗梅英，通过梅英这个形象，表现一种不同于前人的思想意识。

改秋胡主动求官为被勾军，小小一个改动，却加深了对统治阶级的谴责：他们的政策给人民带来了灾难，新婚三日的少年夫妻，生生被拆得凤只鸾孤；秋胡本是一个朴实的青年，一爬到上层统治阶级的地位，"一阔脸就变"，变成了"人模人样"的禽兽。

由变文中的婆母劝嫁，到戏里的李、罗逼嫁，这就使梅英面对两种冲突，不得不双向应付——一方面要对付倚财仗势的霸道者们的逼婚，一方面又要应付下作混帐丈夫的"调戏"。外有咄咄逼人的李大户的进攻，内又失去了父母、丈夫的支持，这就把罗梅英推到了"四面楚歌"的绝境来加以考验。让罗梅英经受两种考验，并一一战胜了对手，较之以前的作品只经受一次考验，就更能显示女主人公坚贞不二的品质。吴小如先生说这是"锦上添花，颊上添毫"的写法。让人赞赏的是，她战胜对手的方式却非同寻常，更能显示她性格的光彩。

对付罗李的逼嫁是在第二折。李大户喜气洋洋，同梅英的父母一起，擂鼓吹笛来到秋胡家门，要出其不意地娶梅英做媳妇。爹爹说要与她招女婿，妈妈说："可不道顺父母言，呼为大孝。你嫁了他也罢。"婆婆又中了圈套接了人家的红定，一切都对梅英不利。这时癞骨顽皮的李大户凑上前来说："小娘子不要多言，你看我这个模样，可也不丑。"梅英顺势打了他一个嘴巴：

把这厮劈头劈脸泼拳捶，向前来我可便挝挠了你这面皮！（臧晋叔《元曲选》，中华书局版）

李大户说他有铜钱，村中无二，梅英说：

其实我便觑不上也波哥。我道你有铜钱则不如抱着铜钱睡！

她又夸耀了一番夫婿来恐吓李大户：

这时分俺男儿在那里？他或是皂盖雕轮绣幕围，玉辔金鞍骏马骑，两行公人排列齐，水罐银盘排的直，斗来大黄金肘后随，箔来大元戎帅字旗。回想他亲娘今年七十岁，早来到土长根生旧乡地，恁时节母子夫妻得完备，我说你个驴马村夫为仇气，那一个日头儿知他是近的谁，狼虎般公人每拿下伊！

把李大户推了一跌——她走了。拳打脚踢，揶揄挖苦，根本没把李大户当人看，也不把他当成值得重视的对手。

对付秋胡的调戏可就不同了：

（秋胡云）小娘子，左右这里无人，我央及你咱：力田不如见少年，采桑不如嫁贵郎。你随顺了我罢。（正旦云）这厮好无礼也。（唱）

〔上小楼〕你待要谐比翼，你也曾听杜宇，他那里口口声声，撺掇先生，不如归去。（秋胡云）你须是养蚕的女人，怎么比那杜宇。（正旦唱）你道是不比，俺那养蚕处，好将伊留住，则俺那蚕老了到那里怎生发付。

（秋胡背云）不动一动手也不中。（做扯正旦科云）你随顺了我罢。（正旦做推科云）靠后！（唱）

〔十二月〕兀的是谁家一个匹夫，畅好是胆大心粗。眼脑儿涎涎邓邓，手脚儿扯扯也那捽捽。（秋胡云）你飞也飞不出这桑园门去。（正旦唱）是他便拦住我还家去路，我则索大叫高呼！

……

（秋胡背云）且慢者，这女子不肯，怎生是了？我随身有一饼黄金，是鲁君赐与我侍养老母的，母亲可也不知。常言道“财动人心”，我把这一饼黄金，与了这女子，他好歹随顺了我。（做取砌末见正旦科云）兀那小娘子，你肯随顺了我，我与你这一饼黄金。（正旦背云）这弟子孩儿无礼也，他如今将出一饼黄金来。我则除是恁般——兀那厮，你早说有黄金不的。你过这壁儿来，我过那壁儿看人去。（秋胡云）他肯了也。你看人去。（正旦做出门科云）兀那禽兽你听者：可不道男子见其金，易其过；女子见其金，不敢坏其志。那禽兽见人不肯，将出黄金来，你道黄金这般好用的！（唱）

〔耍孩儿〕可不道书中有女颜如玉。（秋胡云）呀，倒吃了他一个酱瓜儿。（正旦唱）你将着金要买人殢云殢雨，却不道黄金散尽为收书。哎，你个富家儿部惯使珍珠，倚仗着囊中有钞多声势，岂不闻财上分明大丈夫。不由咱生嗔怒，我骂你个沐猴冠冕，牛马襟裾。

……

（秋胡云）小娘子休这等说。你若还不肯啊，我如今一不做二不休，拼的打死你也！（正旦云）你要打谁？（秋胡云）我打你。（正旦唱）

〔三煞〕你瞅我一瞅黥了你那额颅，扯我一扯削了你那手足，你汤我一汤拷了你那腰截骨，掐我一掐我着你三千里外该流递，搂我一搂我着你十字阶头便上木驴。哎，吃万剐的遭刑律，我又不曾掀了你家坟墓，我又不曾杀了你家眷属。

（秋胡云）这娘子好无礼也。你不肯便罢了，怎么这般骂我？（正旦提篮科唱）

〔尾煞〕这厮睁着眼觑我骂那死尸，腆着脸着我咒他上祖。谁着你桑园里戏弄人家良人妇？便跳出你那七代先灵也做不的主。

同以前的秋胡妻相比，罗梅英变了。坚贞不渝则一，但她更有了机智、泼辣和勇敢，甚至带有一些未被驯服的野性。她举手便打，开口便骂，打便一推倒地，骂便骂到七代先灵。但她打的、骂的，都是非正义的，丑恶的，这是她为维护自己人格不受侵辱的一种反抗精神。她不仅要自卫，她还要进攻——痛斥、惩罚那些人间败类。这是石君宝赋予罗梅英形象的新性格特点，使她更显出了农村妇女的本色。她骂得有道理，也骂得有文采，曲白中间洋溢着一种风趣幽默的风格，使读者读了，观众听了，不仅解气，而且解颐。罗梅英就像是照进桑林的那一片阳光，吹进桑林的一股清风，就像是叶底含烟、梢头带露，一派翠锦模糊的鲜桑枝那样明媚，爽快，清新。赋予人物以这样美好的性格，体现着剧作家对他的女主人公的由衷赞美。作者让她骂出了艺术性，与泼妇骂街者不能同日而语。

罗梅英面对着暴力逼迫和金钱利诱两股势力两种考验，她都毅然挺立，不为所动。支持她抵御这两股邪力的，不是封建伦理道德，而是她的生活信念，她的人格尊严。她希望生活里能够充满真理，充满正义，充满道德，充满善。所以她容不得恶，哪怕是自己的夫婿。所以当她回家见自己日思夜想的夫婿，竟是那个人模人样的桑园“不君子”时，她不干了。但她不是像以前作品所写的那样去投水自尽。梅英是不屈服于强暴和命运，能够自立自强的强者；她不是为丈夫活着，她有自己的人格和信念，所以她先数落一顿秋胡：“谁着你戏弄人家妻儿，迤逗人家婆娘？据着你那愚滥荒唐，你怎消的那乌靴象简，紫绶金章？你博的个享富贵朝中栋梁，你可不辱没杀受贫穷堂上糟糠！”这里一是说这种愚滥荒唐的行为不配做高官。对地位显赫而心灵龌龊的达官贵人的痛斥，这显然不仅针对了历史上的封建统治者，更针对着元代的现实。二是说即使是“享富贵朝中栋梁”的大官，而灵魂不堪，也是对贫穷糟糠妻子的玷辱。这就更明确地体现出，权势地位、金钱财富，与品德情操相比，罗梅英所追求、所崇敬的是后者。她把荣华富贵、凤冠霞帔都不放在眼里，宁可一身高洁而甘守清贫，于是她做出了一个惊世骇俗的举动：索要休书。“将休书来，将休书来”，这是在那个时代震撼暗夜的呼声！在漫长的封建社会里，世上只有夫休妇，人间哪见妇休夫！罗梅英向秋胡索要休书，实际上是她休弃了丈夫，她不愿再与这样的人共同生活。当然，最后是夫妻和好的喜剧结局，那是在婆婆以死相胁的情况下她才认夫的。最后她宣称：

> 非是我假乖张，做出这乔模样。也则要整顿我妻纲，不比那秦氏罗敷单说得他一会儿夫婿的谎。

“三纲五常”规定“夫为妻纲”，罗梅英却要“整顿妻纲”，这无疑是提高妇女在家庭中的地位的一种宣言，是对以男性为中心的传统封建道德的挑战，在这里，石君宝也明确表示了他不认同《陌上桑》中罗敷的反抗方式，他要塑造新的爽辣的女主人公形象。

这个戏当然不是歌颂爱情，但它提出了婚姻关系中的一个重要原则，它否定了功名利禄和金钱财富，主张夫妻关系应当建立在互相忠贞、洁身自爱的基础之上。妻子不是丈夫的附庸，她应当有自己独立的人格。

这个戏矛盾冲突的解决也处理得好，第四折当罗、李再来抢亲时，与秋胡相遇。秋胡命人把他们押去官府治罪，夫妻也于此时和好，两种矛盾一齐解决，干净利索。但它又有很多不足，比如，一面说秋胡新婚三日被勾去当军，一面又说“一宵恩爱”、“一夜恩情”，这显然是矛盾的；更重要的是秋胡既知道是自家的桑园，怎么没想到园中的女子是自己妻子？结尾婆婆以死要挟梅英认夫的团圆结局，过于牵强，是人为的扭缺为圆。人们要继续对这个题材进行探索。

五 桑园会二派合流

明代有《采桑记》剧，仅存一折。以后的地方戏中也多有以此为题材的剧目。京剧《桑园会》（也叫《秋胡戏妻》）是从地方戏中移植过来的，影响很大。

对于乐府诗《陌上桑》，早就有人认为所写“使君”即是秋胡。郑樵《通志》就曾引王筠《陌上桑》云“秋胡始停马，罗敷未满筐”，指出“盖合为一事也”。余冠英先生《乐府诗选》说：“朱熹《语类》指出这篇歌辞的诙谐性，并认为罗敷的夫婿就是使君。这意见是值得注意的。罗敷故事似从秋胡故事演变，从悲剧变为喜剧。”（人民文学出版社版）吴小如先生认为，罗敷所夸的夫婿形象，就是按照她眼前的“使君”加以描述的。《秋胡变文》中桑园相遇时，妻子也曾提到夫婿游学九载以拒秋胡；《秋胡戏妻》中罗梅英的桑园夸夫显然是受《陌上桑》的影响。女主人公也姓罗，还与罗敷对比，说自己不比罗敷只会以夫婿撒谎。这都表明在后世流传中，《陌上桑》与秋胡两个系统向一起靠拢的迹象。到《桑园会》，女主人公则干脆恢复了“罗敷”的名字，二水交流，合二为一。

《桑园会》写鲁国人秋胡在楚国官居光禄寺大夫，离家二十年不通音信，因思念老母、妻子，辞王别驾回家祭祖。秋胡去后，妻子罗敷辛劳侍奉婆婆，采桑度日。一日天气晴朗，罗敷正在采桑，正巧秋胡到来，唱了那段有名的〔西皮流水〕：“秋胡打马回家转（乡），行人路上马蹄忙。坐在马上用目望，见一位大嫂手采桑。前影好似罗氏女，后影好似我妻房。本当下马将妻认——错认了民妻罪非常。”于是便下马假说是秋胡的送信人，问知采桑妇即是妻子罗敷，为了试探妻子是否贞节，便开始了“戏妻”，说秋胡在楚国另配鸾凰，“劝他回家他不往”：

秋胡（接唱西皮原根）　撇下了大嫂守空房，你好比明月空明亮，（转唱二六板）又被那乌云遮住光。你好比鲜花空开放，卑人我好比采花郎。大嫂若是从勾当，学一对织女会牛郎。

罗敷（接唱快板）　客官说话太猖狂，胡言乱语罪非常。既与我夫结金兰，不该起下此心肠。有书快把书呈上，无书快快出田桑。你若在此胡言讲，恶言恶语骂一场。

秋胡（接唱快板）　大嫂不是这样讲，卑人言来听端详：男儿无妻家无主，女儿无夫房无梁。阳关大道无人往，学一对仙女会襄王。

罗敷（接唱快板） 客官快快出田桑，我本是大户人家女娘行。你再胡言多乱讲，管叫你披枷带锁住牢房。（《戏典》第三集，上海中央书店印行）

秋胡一面称赞罗敷贞节，一面又进一步用马蹄金相试，都被罗敷坚决拒绝。回家后母子、夫妻相见，罗敷愧恨难当，即回后房自缢（改投河为自缢是为了演出方便，好进行抢救），恢复到《列女传》古意，被救苏醒后，秋胡下跪认错，秋母下跪求情，罗敷这才搀起“无义人”，于是“一家骨肉团圆庆，只享荣华不愁贫”。这种喜剧结局，较之元杂剧是顺理成章多了。因为它把原来的“戏妻”改成了“试妻”，秋胡本质并不坏，只是做法稍涉荒唐——戏妻不是调戏而是做戏。

其实，秋胡“戏妻”乃是“试妻”的观点古已有之。元赵孟頫《题秋胡戏妻图》云：

相逢桑下说黄金，料得秋胡用计深：不是别来浑未识，黄金聊试别来心。（《松雪斋集》卷五，清德堂重刊元花溪沈氏原本）

京剧只是把这种看法通过舞台表演出来而已，并非新见。情节也与京剧《武家坡》中薛平贵、王宝钏故事一个路数，只是未知二剧孰先孰后。

戏的唱腔脍炙人口，结构紧凑，结尾自然合理。但无杂剧中的批判精神和女主人公的性格光彩，在京剧里也黯然失色了。

附言：本篇及《好夫妻你中有我》篇，原由吴小如先生撰写，吴先生辛劳成疾，久烧不退，改由我撰写。吴先生病中写来长函，提醒我写作注意事项。二文中所引吴先生语，均系来函所示。吴先生说：“《陌上桑》是诗；《秋胡戏妻》杂剧是文学剧本；京剧（梆子）是演出本，即剧本次要，主要看演出效果。三者角度不同，鉴赏时要把这特点写出才好。”但既乎文成半折心始，至愧至憾，有负吴先生重托。

补记：在故事的发生地河北邯郸附近，尚有罗敷村、罗敷潭、桑园等故迹；近时又有一尊汉白玉罗敷雕像矗立山头，供人观赏。其地新挖掘出极为巨大之“龙化石”数条，当地人名之为“天下第一龙”。

中国文学与文学史

这是一部以“实用”为追求目标的文学史。所谓“实用”，是指篇幅的多少、轻重之分别、基础知识之侧重，都力求适应普通高等院校中文系以及业馀教育中文专业本专科的教学需要，也力求适应古代文学爱好者的阅读需要。文学史有大小之分，故有以“大”为名的文学史，有的则自称“简”史。既称“史”，总会有一定的篇幅，否则便无法容纳悠久灿烂、浩如烟海的中国古代文学发展演变的内容。其大，可以“上难封顶”。文学史篇幅大小的不同，所要解决的问题也便有所区别。我们所说的“实用”，是根据我们的教学经验，认为这样的篇幅是适当的。这也是一部同仁文学史，我们觉得教学和研究中，有些心得体会应当写出来，是自觉自愿的，未被“有关部门”认定，也没有花费国家的财政经费。编写过程中，我们反复强调的有两点：

一是不平均使用笔墨。面面俱到则全都如蜻蜓点水，不易说清说透。何者代表一个时代的文学成就，体现了文学之时代精神，作家作品成就之大小，都要根据文学史的任务而斟酌轻重。重要作家的重点作品写充分，其他则作一般介绍。

二是重视基础知识的介绍。这部文学史面向的对象是大学生和普通阅读者，而不是专家学者。

这是我们追求的目标，是否能够达到，还要经过读者的检验。《文心雕龙·神思》篇说：“意翻空而易奇，言徵实而难巧也。”① 说的是文学创作，研究类文章的写作又何尝不如是呢？我们期待着读者的批评意见，愿意作进一步的修改。

一

文学史的研究对象是文学。什么是“文学”？这是一个颇难回答的问题。对“文学”的认识不仅有历史演变的过程，即以现代的科学眼光论，答案也不尽相同。

台湾中国文化学院1968年8月出版的《中文大辞典》说：“近世所谓文学有广狭二义。广义泛指一切思想之表现，而以文字记叙之者。狭义则专指偏重想象

① 《文心雕龙注》，范文澜注，人民文学出版社，1958年版，第494页。

及感情之艺术作品，故又称纯文学，诗歌、小说、戏剧属之。”① 这里所谓“广义”就是我们后面要谈到的泛文学、杂文学；“狭义”才是对纯文学所下的定义。

上海辞书出版社，1980年8月出版的《辞海》对“文学”的解释是：“社会意识形态之一……现代专指用语言塑造形象以反映社会生活，表达作者思想感情的艺术，故又称‘语言艺术’。”②

中国大百科全书出版社，1986年11月出版的《中国大百科全书·中国文学卷》的解释是：“艺术的基本样式之一，亦称语言艺术，它以语言为媒介和手段塑造艺术形象，反映现实生活，表现人们的精神世界，通过审美的方式发挥其多方面的社会作用。”③

汉语大词典出版社，1990年12月出版的《汉语大词典》的“文学”概念是：“以语言塑造形象来反映现实的艺术。”④

河北人民出版社2003年1月出版了董乃斌、陈伯海、刘扬忠主编的《中国文学史学史》，它对“文学”的解释具有前沿性和权威性：

> 从中国文学史的写作实践中，我们看到文学史家们对“文学性”的一般共识是：（一）文学应该是情感性的而不是思辨性的；（二）文学应该具有审美性；（三）文学作品的文字应当有修辞之美；（四）对于一个具体的文本，判断它是否属于文学作品，则还需看它的文学属性，如近世以诗歌、散文、小说、戏剧为文学。这四种体裁的作品，自然应算文学，至于质量好坏，则是另一个问题。
>
> 以上四条，有的规定了文学的内在本质（情感性），有的涉及文学的效用和功能（审美性），有的考究文本载体（语言文字）外在的美丑；有的则更为表面而直接地考察文本的类属。四个方面，由里到外，由本质到表现，在文学与非文学的判断上，是重要性递减的四个层次。就百年来中国文学史的实际而言，其所记载、评议的对象并不一定四者皆备，但无论如何必须具备四者之一。中国传统的文学观比较宽，与近代传入的西方纯文学观相比，乃所谓“泛文学”、“杂文学”之称。这也就成了决定中国文学面貌的第一

① 《中文大词典》第十五册，北京六〇八信箱，1982年版，第151页。
② 《辞海》缩印本，第1543页。
③ 《中国大百科全书·中国文学卷》第二册，第938页。
④ 《汉语大词典》第6册，第1543页。

个要素。①

从上述五种“文学”定义中，我们可以总结出几个方面：

1. 从文学与社会的关系说，文学“反映生活”；

2. 从文学作品与作者的关系说，文学“表达作者的思想感情”；

3. 从文学文本本体说，文学的表现形态是语言文字，这些语言是形象的，讲求修辞之美、句法之美、篇章布局等等，属于语言艺术，其体裁一般为诗歌、散文、小说、戏剧；

4. 从文学与受众的关系说，文学是审美的，对社会生活产生一定的影响作用。

需要说明的是，“反映论”曾在1949年之后的文学批评中占有很重要的地位。然而，任何作家描写生活的目的，都不是以“客观”反映为追求目标，不是为了“再现”生活，因而有题材选择问题，切入点问题，细节取舍问题等等。即使是白描式地记述生活片段，也都经过了作家的选择加工，体现着作家的审美倾向和感情色彩。仅仅从“反映”着眼，生活本身就多彩多姿，活色生香地呈现在人们面前，作家用文字去“反映”，反而丢舍了太多的信息，显得苍白无力。镜之照物倒是真实反映了生活，但却失去了审美判断，使这些生活景象没有了灵魂，所以斯丹福《诗歌的各种敌人》说：“镜子里看到的影像是昏暗的。”②作家可能把某个生活场景、生活片段如实写进文学作品，这场景和片段已非大千世界的自然形态，而成为作家艺术构思的组成部分了，所以鲁迅《且介亭杂文末编·“出关”的“关”》说：生活中人纵使谁整个的进了小说，也便成了书中人，“和这曾经实有的人倒不相干了……这就是所谓人生有限，而艺术却较为永久的话罢。”美国美学家阿诺德·豪赛尔说：“即使是对自然作最忠实的再现，艺术作品中总有非现实的成分，总有故意和任意的东西。”③ 因为作家是根据他们所理解的、而不是实际看到的样子进行描绘的。可以说古今中外任何作家进行创作的目的，都不是为了“反映”生活，都不把文学作为社会的婢女，而是为了使生活更美好才“表现”生活、干预生活，也即是表达作家对生活的认识，对生命的体验，对人生的感受，带有鲜明的作家感情色彩，在所描绘的种种世象背后，都有一个隐形的作家所追求的“未来”在；都有是非善恶、爱憎褒贬，

---

① 《中国文学史学史》第三卷，第588页。

② 转引自钱锺书：《宋诗选注》，人民文学出版社，2002年版，第293页。

③ 阿诺德·豪赛尔，陈超南、刘天华译：《艺术史的哲学》，中国社会科学出版社，1992年版，第58页。

体现了作者个体生命价值的展示与张扬，所以说文学是“人学”。也因此豪赛尔说“一切艺术作品或多或少都是对生活的评论”。作家用语言艺术表达自己的心灵，因而想象、虚构就成为作家的权利。“寂然凝虑，思接千载，悄焉动容，视通万里”，“登山则情满于山，观海则意溢于海”①。而“意受于思，言受于意”，情动于中而形于言，因而文学富于想象，是充满感情的；经过观古今于须臾，抚四海于一瞬的构思过程，最后才“笼天地于形内，挫万物于笔端”②，因而文学有典型性。文字和描述的寓意性，给人带来审美想象的广阔空间；由想象所创造的审美虚构，是对平淡、平庸现实注入的具有生命力的精魂。优秀的作品，不仅是时代的宁馨儿，也可以穿越时空，其对生活的认识、对人生的体悟，成为不同时代、不同国度的人的共同财富。

文贵创新，天才作家往往逞才以自骋，所以文学现象也如乱花迷眼，要想用几句话作出概括，可谓难如蜀道。比如，说文学是情感性的，当然不错；说不是思辨性的，便可商榷。文学并不绝对排斥思辨。元人卢挚写过一首散曲〔双调蟾宫曲·劝世〕：

> 想人生七十犹稀，百岁光阴，先过了三十。七十年间，十岁顽童，十载尪羸，五十岁除分昼夜，刚分得一半儿白日。风雨相催，兔走乌飞，子细沉吟，都不如快活了便宜。

完全是掰着手指头向读者算账！与《列子·杨朱》里杨朱的话，不仅思想内容完全一致，其说理的方法也一般无二。中国诗歌史上，以理趣著称的名篇佳作，并不在少数。当然，它们都类属诗歌，有文辞之美，属于文学，只是说文人之奇往往出人意表，很难拘囿，思辨性也是出奇的一个方面。再如，文学体裁之四分法，固已为学界所接受，但也有大量优秀作品，在这四种体裁中找不到立足之地，像说唱文学，鼓子词、诸宫调、弹词之类，韵白相兼，有说有唱，且有名作（最著者如《西厢记诸宫调》等），恐怕是不容忽略的文学样式。其他如盘中体、神智体、藏头体等所谓“杂体诗”，完全是一种文字游戏，千奇百怪，不了解“游戏规则”，句子都读不通，遑论其他？（参见饶少平著《杂体诗歌概论》，中华书局2009年）但有趣，在民间颇受欢迎。如何评价且不说，排除在文学范围之外便失于鲁莽了。

---

① 《文心雕龙注》，范文澜注，人民文学出版社，1958年版，第494页。
② 陆机《文赋》，四部丛刊初编六臣注《文选》卷十七。

从总体来说，文学就是文学。亚里士多德说：“诗人的职责不在描述已发生的事，而在于描述可能发生的事……两者（按，指历史与诗）的差别在于一叙述已发生的事，一描述可能发生的事。因此，写诗这种活动比写历史更富于哲学意味，更被严肃的对待；因为诗所描述的事带有普遍性，历史则叙述个别的事。”① 莱辛说：“事实有可以入画的，也有不可以入画的，历史家可以用最没有画意的方式去叙述最有画意的东西，而诗人却有本领，把最不堪入画的东西描绘成为有画意的东西。”“诗人不愿仅能为人所理解，他所描绘应该不只是清清楚楚的……诗人还要把他想在我们心中唤起的意象写得就像活的一样，使得我们在这些意象迅速涌现之中，相信自己仿佛亲眼看见这些意象所代表的事物，而产生这种逼真幻觉的一瞬间，我们就不再意识到产生这种效果的符号或文字了。”②亚里士多德和莱辛从与历史、与现实生活的对比中，指出了文学审美性、形象性、典型性、思辨性等特性。豪赛尔《艺术史的哲学》在论述“艺术语言”时说：“艺术作品既是形式又是内容，既是真实又是欺骗，既是游戏又是揭露，既是自然又是人工，既是有目的又是无目的，既在历史之内又在历史之外，既是个人又是超个人。”则辩证地指出了艺术独具的特色。

从纯文学观念考察文学，尚且如此繁难，如果结合中国古代对文学的认识历程来看，则更加复杂。先秦时期，“文学”的涵盖面非常广，包罗了全部的文化艺术，举凡今天的文、史、哲、经、天文、地理等以文字记载的文化成果，都属于文学的范围之内。到两汉魏晋南北朝时期，随着文学创作的独立发展，人们对文学更加重视，文学批评界也开始探讨文学的作用和特点，表现了把“文学”独立区分出来的倾向。司马迁的《史记》为文学家屈原、贾谊、司马相如等单独立传，称有文采的作品为文章、文辞，而对学术著作则称学或文学。此后曹丕《典论·论文》、陆机《文赋》、萧统《文选序》、梁元帝萧绎《金楼子·立言》等，都对“文学”的特点和地位有过论述。刘勰《文心雕龙·总术》篇记述了当时颜延之对文体的文、笔、言三分法③，而刘勰持异议，主张二分法：文分两类，即有韵之文和无韵之文。他说：“今之常言，有文有笔，以为无韵者笔也，有韵者文也……予以为：发口为言，属笔曰翰，常道曰经，述经曰传。经传之体，出言入笔，笔为言使，可强可弱。分（按，当作六）经以典奥为不刊，非

---

① 罗念生译：《诗学》，人民文学出版社，1962年版，第28-29页。

② 朱光潜译：《拉奥孔》，人民文学出版社，1974年版，第79、91页。

③ 范文澜对颜延之的观点解释说：“意谓直言事理，不加彩饰者为言，如《礼经》、《尚书》之类是；言之有文饰者为笔，如《左传》、《礼记》之类是。其有文饰而又有韵者为文。”《文心雕龙注》，第658页。

以言笔为优劣也。”① 认为，晋代以后人们就把文章分为文与笔两类，有韵者为“文”，无韵者为“笔”，文与笔都是文。口说者为“言”，写出来便是“笔”；“经”和“传”已经脱离了“言”进而为“笔”了。《六经》乃不刊之论，不能用“言”或“笔”分其优劣。刘勰把经和传都看成“文”，并未体现出当时先进的“文学”观念，但这场争论本身却体现了当时文学意识的觉醒，是使文学从非文学作品的混杂中独立出来的思考，也就是使“文学”概念由杂文学走向纯文学的努力。遗憾的是，这种争论的势头并没有继续下去，唐宋古文运动之后复归沉寂，一直到清末，“文学”也没能从驳杂繁芜的著作品类中剥离出来。章太炎（1869—1936）就是这样认识文学的：“文学者，以有文字著于竹帛，故谓之文。论其法式，谓之文学。”② “文学”的内容虽然依旧庞杂，但真正的文学体裁，如白话小说、戏曲、说唱文学等，却反而被拒之于文学殿堂之外。作为语言艺术的“文学”概念，是进入二十世纪，受西方文学观念的影响，在“五四”运动之后才确立起来的。

随着人们对“文学”本质认识的不断深化，文学的定义也会不断变化。但有一点是可以肯定的：文学是人类的精神家园，是人类的“梦”——痛苦与欢乐、失望与希望、现实与理想等等情愫的宣泄渠道；世间万物是复杂的，人的感情是复杂的，这种种“天下之赜”很难表达，故“拟诸其形容，象其物宜”立象以尽意（《周易·系辞上传》），通过形象表现天下事物的复杂。人类的情感与追求不断变化，“象”也会随之变化，但是，人类的“梦”不会消失，文学也便永恒。人类离不开文学，文学是人类的安魂曲，是生活的诗化伴侣。

二

中国是史学大国，史学传统悠久而丰富，但是在古代，文学自来无史。如果从文学家、文学作品及其相关背景等资料的记载来看，则古已有之。但那只是文献资料及阅读作品的直观感受，虽不乏肯綮精妙的论断，却语极简略而零碎，既欠分析归纳，又不成系统，缺乏严密的逻辑思辨，特色固是鲜明，终非科学之研究。也有的探讨文体流变，包含了丰富的文学史观念和文学史因素，是文学史研究的宝贵财富，但其目的是为了明正变，不在勾勒历史框架，很难看出文体演变的进程。总之，著述繁夥，也有史的因素，却都不是文学史构建或探索中国文学

① 《文心雕龙注》，范文澜注，人民文学出版社，1958 年版，第 655 页。

② 《国故论衡》中卷《文学七篇·文学总略》，《中国现代学术经典·章太炎卷》，刘梦溪主编，河北教育出版社，1996 年版，第 45 页。

发展规律的有意识尝试。“文学史”的概念是受西方文学研究方法影响的产物。一方面是文学观念科学化，一方面是文学研究的科学方法也传入中国，中国文学史便是在参照了西方及日本的文学史模式而诞生的。日本人编著中国文学史较早，且有多种，俄、日、英、德也有编著，有的国人已有翻译。在这种新方法、新思潮的影响下，国人也开始了文学史的编写①。

“什么是历史”，尚且诸说纷纭②；对于文学史的性质、任务，至今诸家也各有各的见解。

台湾《中文大辞典》认为文学史是“历史之一种，记述各时代文学演变之迹，兼及作家之生平、思想、作风等”③。

《中国大百科全书·中国文学卷》则说是：“研究文学发展历史的科学。与文学理论、文学批评同属文艺学的范畴……文学史则着重研究文学发展的过程，总结文学发展的规律，其中包括阐述各种文学内容、文学形式、文学思潮、文学流派产生、发展和演化的历史。”④

《汉语大词典》解释说：“记载论述各个历史时代文学的发展演变及作家作品的著作。”⑤

董乃斌、陈伯海、刘扬忠主编的《中国文学史学史》第三卷的“结束语”中，专门论述了“关于文学史的性质”，在对中外各家学说进行了分析之后，给“文学史”下了这样的定义：

> 文学史是依据一定的文学观和文学史观，对相关史料进行选择、取舍、辨正和组织而建构起来的一种具有自身逻辑结构的有思想的知识体系⑥。

总而言之，文学史属历史科学范畴，与文学作品之属于语言艺术者不同；这门科学的研究对象是文学发展演变的轨迹和规律。这应当是文学史的基本要义。记述、记载、描述，用语不同，却都离不开研究，没有研究就没有判断，对浩漫无垠的文学史料难以下笔记载。不同词语的使用，涵义略同而侧重点稍异。文学

① 参见赵敏俐、杨树增：《中国古典文学研究史》第十一章，陕西人民教育出版社，1997年版；陈伯海：《二十世纪中国文学史学之检讨》，《百年学科沉思录》，人民文学出版社，1998年版。

② 参见宁可：《什么是历史科学理论》，《历史研究》，1984年第3期；《什么是历史》，《河北学刊》，2004年第6期。

③ 《中文大辞典》第十五册，北京六〇八信箱，1982年版，第151页。

④ 《中国大百科全书·中国文学卷》第二册，第955页。

⑤ 《汉语大词典》第6册，第1543页。

⑥ 《中国文学史学史》第三卷，第586页。

史既是科学，其研究自应有一定的观念，研究方法上对诸多史料的辨正取舍是应有之义；而其成果，上乘者有自身的逻辑和体系，即使达不到这样的标准，如二十世纪初期草创时期的文学史诸作，也不能排除在“文学史”的范围之外。

与一般社会历史相比，文学史的特殊之处在于，所研究的对象是文学。文学的特性决定了作家在表达自己心灵的时候，往往不是实话实说，直截了当，让人一看就完全明了。正话反说、言此意彼、借题发挥、因小见大，以及构思过程中出现的许多连作家本人也不自觉的潜意识……往往有之。又通过想象和虚构塑造形象，而“形象大于思想”，形象之中蕴含了什么思想内容、什么“哲学意味”，往往人言言殊，晚清人谭献《复堂词录序》说：“作者之用心未必然，而读者之用心何必不然。”华莱士·马丁《当代叙事学》也说：“读者本身是解释多样性的最明显的根源，因为每一个读者都带给叙事一些不同的经验和期待。”因此才有“一千个读者就有一千个哈姆雷特”的说法。从作家方面说，创作目的各不相同，创作方法因人而异、因题而异，有的创作主旨比较明显，有的则隐而不露；即使作家主观上欲明其意，客观上也“暨乎篇成，半折心始”[①]。不仅如“无题诗”一类作者用闪烁之辞隐密其事的作品，给读者留下了更多解读的空间，其他作品读者也未必慧眼识真。董仲舒说：“《诗》无达诂，《易》无达占，《春秋》无达辞。”[②] 其他作家的作品有固定不变的一家之解吗？所以，天才作家往往感叹知音难觅。屈原信而见疑，忠而被谤，感叹“文质疏内兮，众不知余之异彩。”[③] 司马迁喟叹“独郁悒而谁与语”，大有“钟子期死，伯牙终身不复鼓琴”[④] 之感。《古诗十九首·西北有高楼》：“不惜歌者苦，但伤知音稀。”[⑤] ……至清代则说得更为直白。李渔《赠许茗车》：“誉者渐多识者寡，佥云曲与元人同……”[⑥] 孔尚任也因此抚胸浩叹，所作《桃花扇》“几欲付之一火”[⑦]。曹寅《题楝亭夜话图》：“家家争唱饮水词，纳兰心事几曾知？”[⑧] 曹雪芹：“满纸荒唐言，一把辛酸泪。都云作者痴，谁解其中味！”[⑨] 蒲松龄《琴瑟乐·西江月》：

---

① 《文心雕龙注》，范文澜注，人民文学出版社，1958 年版，第 494 页。
② 《春秋繁露·精华》卷三，清凌曙注本，中华书局，1975 年版，第 106 页。
③ 《楚辞·九章·怀沙》，《楚辞集注》，上海古籍出版社，1979 年版，第 89 页。
④ 《报任少卿书》，四部丛刊初编六臣注《文选》卷四十。
⑤ 《古诗十九首》，四部丛刊初编六臣注《文选》卷二十九。
⑥ 《李渔全集》卷二《笠翁一家言诗词集》，浙江古籍出版社，1991 年版，第 61 页。
⑦ 《桃花扇》，王季思等注本，人民文学出版社，1959 年版，第 1 页。
⑧ 《楝亭集笺注》、《题楝亭夜话图》及其《题解》，胡绍棠笺注，北京图书馆出版社，2007 年版，第 96 页。
⑨ 《戚蓼生序本石头记》一回，文学古籍刊行社，1975 年影印本，第 6 页。

"男儿心事几人知？且自逢场作戏。"① 刘勰《文心雕龙·知音》云："知音其难哉！音实难知，知实难逢，逢其知音，千载其一乎？"伯牙摔琴故事的深刻寓意在于：知音难觅，知音死了。这就是李白《将进酒》说"古来圣贤皆寂寞"、叔本华《论了解自我》说"伟大人物命运中注定要成为孤独者"的原因所在。而文人又渴望知音，于是在源远流长的中国文学史上就形成了浓浓的高山流水情结。大抵古人著述，每怀"贤圣发愤之所为作"的意识，意有郁结而难通，又"可为智者道，难为俗人言"，于是"述往事，思来者"②，寄望于后来人明其心志。"智慧伸出援助的手给艺术，灌注给艺术形象的不只是寻常的灵魂。"③ 对这一座座艺术高峰，我们赞叹，我们仰望，却不能直接走向它们。尽管我们把文本细读与时代之社会环境、哲学思想、审美风尚、文化氛围，以及作家身世、写作背景等融会贯通，力图架起一座与作家心灵沟通的桥梁，但毕竟今人已非古人，受"眼光"所限，究竟能否探骊得珠，恐怕很难有绝对的把握。正如豪赛尔《艺术史的哲学·导论》所言，对艺术作品的解释是"永无终结的，也不会有最后的结论"。勃兰兑斯《十九世纪文学主流·引言》谓："文学史，就其最深刻的意义来说，是一种心理学，研究人的灵魂，是灵魂的历史。"确切地说，文学史应当是编撰者与作家进行心灵碰撞之后所理解的文学发展轨迹，体现的是作家与文学史家的双重心灵。

同作家的创作一样，文学史撰者也不能摆脱时代种种因素的制约，但同时也利用时代所提供的新的解读条件，永远不断尝试新鲜的历史视角，因而可以说，所有的文学史家对过去的文学现象都是用现在的眼光、现在的观点进行解释和评价的，这就是为什么同一作者在不同社会环境下会对自己的文学史著作改来改去。然而，文学史之所以成为科学，其前提是研究对象的客观真实性。随着新资料的不断发现、解读手段的不断丰富、研究成果的不断积累，虽然不能做到完全真实，但却可以一步步接近文学历史的真实。"科学就是这种谬误逐渐消除，或是更换新的但终归是比较不荒诞的谬误的历史"④，所以文学史也便会代有新作，不会有"终结者"。在文学史的编撰过程中，我们竭力避免主观先见，努力追求客观公允，追求《文心雕龙·序志》所言："有同乎旧谈者，非雷同也，势自不可异也；有异乎前论者，非苟异也，理自不可同也"的境界；我们千方百计试图

---

① 《聊斋志异遗文七种》，马振方辑校本，北京大学出版社，1998年版，第195页。

② 司马迁：《报任少卿书》。

③ 莱辛，朱光潜译：《拉奥孔》，人民文学出版社，1982年版，第6页。

④ 恩格斯：《致康拉德·施米特》，《马克思恩格斯全集》卷三十七，人民出版社，1971年版，第489页。

重新踏进几千年前、几百年前文学产生时代的那条河流，坦白地说，研究者没有能力做到，因此也忧心惴惴地期待着读者纠正我们对文本、对作家、对文学现象的误读。

三

一些学者提出了打破文学史以朝代分期的结构模式，改以文体自身的特点为分期标准。这是很可宝贵的意见，值得进一步思考。我们之所以仍然坚持按朝代分期，是因为考虑到朝代变了，政治环境、经济环境、文人所处地位变了，文学创作的主体——作家有了不同的生命感受和心理状态，所创作的各体文学作品从总体上说，无论是精神气象还是风格境界，都已明显异于前代，“蔚映十代，辞采九变”，《文心雕龙·时序》总结曰：“时运交移，质文代变”，“文变染乎世情，兴废系乎时序”。同一时代的文学尚有分期，如唐诗之分初盛中晚，何况异代！要之，文学史按朝代分期有其局限性，但到目前为止却是局限性最小的分期方式，自有其合理性。以文体分期自无不可，但那是另一种文学史了。

中国文学史上各文体的生成顺序，若以成熟的文体而论，依次为：诗歌、散文、小说、戏剧。诗歌是抒情文学，小说是叙事文学，戏剧则是抒情文学与叙事文学结合而成的第三种文学。这些文体在各个时代的发展也是不平衡的。对此，有人持退化论的观点。“经亡而骚作，骚亡而赋作，赋亡而诗作。秦无经，汉无骚，唐无赋，宋无诗。”① 诗体代变而诗格代降：“四言变而《离骚》，《离骚》变而五言，五言变而七言，七言变而律诗，律诗变而绝句，诗之体以代变也。《三百篇》降而《骚》，《骚》降而汉，汉降而六朝，六朝降而三唐。诗之格以代降也。”② 文之格也代降：“西京之文实。东京之文弱，犹未离实也。六朝之文浮，离实矣。唐之文庸，犹未离浮也。宋之文陋，离浮矣，愈下矣。元无文。”③ 文章世殊，途辙递降，后代不如前代。有的则用进化的眼光看待文学文体的演变。金代刘祁在考察了自三代以降的士风变化后，得出结论说：“大抵天下乱，则士大夫多尚权谋、智术，以功业为先。天下治，则士大夫多尚经术、文章、学问，以名节为上。”指出社会环境与士大夫志趣的关系。文学也随时代而各异其趣：“唐以前诗在诗，至宋则多在长短句，今之诗在俗间俚曲也，如所谓源土令之类……古人歌诗，皆发其心所欲言，使人诵之至有泣下者。今人之诗，惟泥题

① 何景明：《大复集》卷三十八《杂言》，《四库全书》1267 册，上海古籍出版社，1987 年版，第 351-352 页。

② 胡应麟：《诗薮·内编》卷一，上海古籍出版社，1958 年版，第 1 页。

③ 王世贞：《艺苑卮言》卷三，《历代诗话续编》，中华书局，1983 年版，第 985 页。

目、事实、句法，将以新巧取声名，虽得人口称，而动人心者绝少，不若俗谣俚曲之见其真情而反能荡人血气也。”① 元人虞集（见孔齐《至正直记》卷三）、罗宗信（《中原音韵序》）、元末明初叶子奇（《草木子·谈薮篇》）、明人沈宠绥（《度曲须知·曲运隆衰》）等都有相关论述。至王国维则明确提出了“一代有一代之文学”的著名论断：“凡一代有一代之文学：楚之骚，汉之赋，六朝之骈语，唐之诗，宋之词，元之曲，皆所谓一代之文学，而后世莫能继之者也。”②所谓“一代之文学”，当然不是说一个时代唯一的文学样式，也不是指时代成就最高的文学样式，比如汉赋的成就不能与《史记》相比，六朝最有价值的文学作品也不是骈文。所谓“一代之文学”，只是说这种文学体裁本身在某个时代成就最高且最有特色，为后世所不可企及。但有一些，如王国维提到的唐诗、宋词、元曲，则不仅是时代的特绝之作，也是时代文学成就的高标。对于这些高标特绝之作，理所当然是我们关注的重点。从中国文学发展的大势来看，诗至唐而登峰造极，宋代是词的黄金时代，也是文学史上由抒情文学向叙事文学转折的时代，元曲是元代文坛的霸主，明清时期则是长篇戏曲传奇与长篇小说双峰并峙了。

这部文学史的编写原则是突出重点，也兼及其他。即使从“纯文学”的角度看，唐诗固然占据大的篇幅，唐代的散文、唐代所独有的传奇小说（鲁迅说“传奇小说，到唐亡时就绝了”），当然也在我们关注之列；宋词是宋代文学的重点，宋诗、宋文等也占有相当的地位……

撰写中国文学史自当以中国文学的创作实际为本位，而不是以当代的理论概念为本位，因此就不能不顾及中国文学发展的复杂性，以纯文学为主，又兼及杂文学（尤其是先秦时期）。散文类作品除抒情写景的作品外，政论、史论、传记、墓志以及杂文小品，也都在撰者的视野之内。

严格地说，这是一部汉语言文学史。中国是一个多民族国家，不同民族都有丰富的用本民族语言写成的优秀作品。我们只把以汉语言文字为表现形态的文学作品（包括各民族作家用汉语言文字写成的作品）作为研究对象。上起先秦，下迄近代，是通史，不是断代史。之所以未包括现当代，也是遵从文学史的写作习惯和高校的课程设置安排。

历史是应该尊重的，历史的灵魂已经融入到我们的精神血脉之中。历史，往事也，属于过去，却又时时影响着现在，滋养着现在。章太炎说：“国无史则人

① 《归潜志》，中华书局，1983 年版，第 144-146 页。
② 《宋元戏曲考·序》，《王国维戏曲论文集》，中国戏剧出版社，1984 年版，第 3 页。

离本”①，故其倡言“尊史”。盖今天是从昨天走来的，现在又孕育着未来，历史不仅说明着过去，也给今人和后人以警示。通过研读中国古代文学，与古圣先贤进行心灵的对话，这部《中国文学史》就是对话的结果，是我们所理解的古老中华民族的心路历程。

[参考文献]

〔1〕董乃斌、陈伯海、刘扬忠主编：《中国文学史学史》，河北人民出版社，2003 年版。

〔2〕董乃斌：《文学史学原理研究》，河北人民出版社，2008 年版。

① 《检论·春秋故言》，《中国现代学术经典·章太炎卷》，第 198 页。

历史，请给平头百姓留一个位置

历史是个谜，它有让人永远探索不完的奥秘。史学家的目的，在追求事实之真相真谛，用史实的本来面貌展现其本质及时代精神，而要做到这一点却又谈何容易！即以事件而言，不仅由于事过境迁，真相隐晦难明，即使彰明显著者，是真相？是假相？这些表象背后的心理动机是什么？现象产生的内在机制是什么……具体事件尚且扑朔迷离，何况对时代精神之宏观把握！历史是迷人的，其魅力之大，吸引了许多仁人志士涉足其中，中国尤甚。

留住历史的新途径——口述历史

中国历史悠久，是一个历史资源丰富、史学传统深厚的国度，称为史学超级大国也毫无愧色。中国人重史，视历史为人之本、国之性，以致各种文体几乎都受史学传统的影响。史学家队伍如此庞大，历史典籍如此浩繁，就说明历史宝库有让人开采不完的矿藏。人类有感于此，便想方设法留住历史的真实，于是开辟了一个新的途径——口述历史。

固然，口述史料的文字记载，不论是中国还是外国，都是古已有之的。而规模之大史无前例，也是世无其匹的，是全国政协文史委员会的“三亲”史料。1959 年周恩来总理提倡政协委员撰写亲历、亲见、亲闻的史料，“从落后的到最先进的都要记载下来”，至今已积累了数以 10 亿计字数的文史资料，《文史资料选辑》也出版了数十卷，可谓成果辉煌。但严格的科学意义上的口述历史，我们却起步比较晚，从总体看，对口述史的重视程度也不如欧美。

作为历史学的一个分支学科，口述史是以科技和经济的发展为基础的。随着录音录像等科技手段的产生，“口述”才能存留，成为历史。口述史起源于 20 世纪 40 年代的美国，1966 年美国口述史协会（OHA）成立，经过几十年的发展，口述史不仅出现了一批引人注目的有价值的成果，而且制定、总结出比较完善的规章制度和理论方法。比如加拿大英属哥伦比亚大学亚洲研究所中国研究中心，就设立有口述史道德审查委员会，以保障被采访者（口述人）不会因此受到迫害等权益；美国口述史协会也制定了学术规范、评价标准以及保证口述内容真实和口述人权益的种种措施，这些都值得我们借鉴。口述历史富有生机活力，也越来越受到人们的重视。

历史长河应当有普通人的位置

之所以称口述史为历史学的新兴分支，在于它使历史形象化、立体化、个性化了。以往的历史都是文本文献史料和文物实物史料。中国有易代修史的传统。易代修史没有亲历亲见的切身感受，已属隔膜，而文字的表述又有很大局限，刘勰《文心雕龙·神思》所谓“暨乎篇成，半折心始”。文章高手尚且难于充分表情达意，何况芸芸众人？即使这半折心始之篇章，读者理解起来又未必能领会作者的真意，给本来就富有神秘感的历史，又罩上了一层文字面纱。口述历史则不然，它使历史变得不仅可读，而且可听可观。比如美国的波士顿是一个以纺织业著称的城市，如果要了解 20 世纪 30 年代经济大萧条时期的工人生活状况，口述史协会录制的资料里有工人们对那段历史的具体回忆，口述人的音容笑貌形象地展示在你面前，历史不再是印刷在纸上的文字，形象化了，立体化了。由于口述人的身份地位和文化程度不同，各有各的口音个性，又由于是口语表达，通俗易懂。使人感到在同历史面对面，没有了以往“读”史时的时空距离，亲切多了。文字历史的解读者只限于文化人，而口述历史却给普通大众提供了探求历史的可能。

中国史籍虽然浩如烟海，总的来说都是史官撰写的以帝王将相为核心的上层社会历史。朝政之得失，军国之大事，将相之功业，邦国之往来……社会精英们的事迹固然重要，但社会的主体毕竟是人，是普普通通的人，而这些人的生活状态、人生感受，是从来没人关注过的，历史上没能留下他们的踪迹。口述史却给他们提供了一个机会，使他们有机会向社会述说他们对重大事件的看法，对社会现实的认识。这也是与政协的“三亲”史料所不同的，政协所存史料的撰写者，不论顺逆成败，职业职位，都是时代风云中大大小小的弄潮儿，而不是“草根儿”，而“草根儿”却是社会的基础；“三亲”史料的内容侧重于政治，而口述历史却贴近生活。美国口述史协会的成员不少人是教师，教师除了带领学生从事口述历史的搜集采录外，还号召学生撰写家族史、家庭史、个人历史。这样，口述史就在帝王将相历史体系之外别立一宗，在英雄史、精英史之外又增加了平民的内容。在史官文化之外，又充进了世俗烟火气息。历史的触角由社会上层延伸到了下层，触及了社会的细胞。口述史，当然不排除各界要人、社会精英、豪杰志士的参与，但是，普通人不应该被忽视。历史长河应当有他们的一个位置。树干因为有了枝叶才茂盛，苗木失去了根须也就没有了生命力，历史也要讲生态平衡，社会肌体是由一个个细胞组成的。

口述为历史开拓出一片新天地

对于一般人而言，愿意读《三国演义》而对《三国志》少有兴趣，因为后者皆“实”而前者有“虚”，虚者，细节和感情是也。同理，一部《水浒传》写得轰轰烈烈，惊心动魄，而相关史料却只有几行短短的文字。

历史是科学，史学家以客观严谨著称，事件的来龙去脉，人物的言谈行事，都是粗线条的，虽然也体现了史学家的褒贬倾向，却很少流露感情色彩，以致留下了几多难有定论的公案。比如，我们读元史，谢叠山（枋得）、郑思肖（所南）都说“鞑法”：大元典制人分十等——一官二吏三僧四道五医六工七匠（或曰七猎）八娼（或曰八民）九儒十丐。这是最早的视知识分子为臭老九的出处。这种说法一直影响着明清乃至民国间人对元朝的认识。

随着学术的发展，学术界又有了新的看法，论者遍检元人文献，并无此类“鞑法”；十等之分乃“滑稽之雄”者“以儒为戏”——拿老九开玩笑，于史无征。是也？非也？分成截然相反的两派。我一直信其有，因为历史是可以感受的。只识弯弓射大雕的游牧民族，依靠刀剑骑兵，铁血征服中原，不重文教，鄙薄儒生，使读书人由宋代的“万般皆下品，唯有读书高”的时代骄子，到元代的“儒人颠倒不如人”的时代弃儿，心有所感，遂以戏言出之，这是文人感受到的元代历史。任何时代的统治者都会打出为平民百姓的旗号，而究竟是为民还是为己，应当听听百姓的感受。百姓不仅应当有权发表意见，而且是历史的最终裁判者。过去的历史往往只重社会上层，只重官方文献，却忽略了不该忽略的平民百姓，这是相当大的缺失，也是造成旧史书不可尽信的一个原因。因此，平头百姓感受的历史某种程度上说才是更为真实的历史。

钱锺书先生在《管锥篇》里谈到“《左传》之记言”时，曾提到上古既无录音之具，又乏速记之方，那些密勿之谈，心口相语，如《左传》僖公二十四年介之推与母偕逃前之问答、宣公二年钮麑自杀前之慨叹，都是生无旁证，死无对证，史家是如何知道的呢？这符合历史的“真实”原则吗？既然人物的这些语言和心理不为人知，那么史学家所写便只能是“遥体人情，悬想事势，设身局中，潜心腔内，忖之度之，以揣以摩”——文学虚构的结果。而口述历史的当事人，却可以堂而皇之地述说他们对时代的感受，述说他们的心理，叙述事件的细节，使历史除了筋骨之外也有了血肉，使历史也同文学一样富有了情趣。这是带有时代的感情体温的历史。

我绝不是主张以口述史料替代文本文献，只是认为口述为历史开拓出一片新天地，与文本文献可以互补互证，偏废不如兼容。

记下了自己也就留住了历史

真实是史学的生命。历史是未来的镜子。不论是口头述说还是笔墨书写，失真便是对历史的亵渎，所以创造真实述说历史的环境，才是第一要义。为了某种功利目的而说假是应当杜绝的。当然，“假”也可以作为一种历史文化现象留给后人解读。

同时我也建议提倡青少年养成写日记的好习惯，记下了自己也就留住了历史。虽然它只是历史的粉末，但《老子》云：“合抱之木，生于毫末，九层之台，起于累土。”吉光片羽也跳动着时代的脉搏。历史的中心是一个个的人。

（本文系第十届全国政协委员张燕瑾2008年1月24日至2月3日，随全国政协口述历史考察团赴美国、加拿大考察口述历史的随感）

中华文化的实践品格

中华文化，或者说传统文化，有两种存在形态：一种是被历史物化的形态（固定化形态），如文字记载、地上地下的文物和古迹等等；一种是由人身体力行体现出来的形态（活动的形态），这是经过历史筛选之后存留下来的，它变动不居，富有生命力。研究文化的固化形态固然重要，我认为在今天更重要的是审视文化的活动形态。

现在，弘扬中华文化形成了新的热朝，“文化”成了热门话题。这是好事，令人欣喜。我也在想，弘扬中华文化的目的何在？为经济？为政治？为增强泱泱中华文明的自豪感？……都可以，又似乎都缺了点什么。我们不能忽视中华文化的实践品格，没有实践就不能传承，“文化”也便失去了生命力。因此在谈论弘扬中华文化的时候，我们首先应当审视我们自己。

弘扬中华文化的根本目的，不应当忘记了振奋民族精神，无愧于使中华民族立于世界民族之林的永恒使命。对于我们的文化，我们首先要热爱它、珍惜它、实践它，使中华文化中的民主性精华在我们身上传承，然后才谈得到弘扬和向世界展示，这就是文化的实践品格。以此衡之，我们的文化热潮中还有一些不和谐的现象令人忧虑。

比如说，中国的士大夫历来以天下为己任，有一种社会责任感，社会的治乱安危，自己负有一份责任，这就是知识分子的社会承担意识。孟子所谓“如欲平天下，当今之世，舍我其谁”？杨继盛所谓“铁肩扛道义，辣手著文章”，顾炎武所谓“天下兴亡，匹夫有责”，等等，都是这种精神的体现。这是我们民族的脊梁，是中华民族虽屡有兴衰却终能复振的原因所在。而我们的荧屏上，戏说、瞎说的胡编乱造、荒诞不经的故事，却能畅行无阻，血腥恐怖的场面并非鲜见，奴颜婢膝的剧目也时现舞台。把杀人放火等刑事案件描绘得淋漓尽致，以致让不谙世事的青少年犯罪时照葫芦画瓢，这究竟是在教育还是教唆？一旦这些编剧、导演、演员丧失了社会责任感，中华文化精神在影视剧中也就销声匿迹了，明星也就变成了明“腥”。

民族精神总要有所附丽，即通过具体的形而下表现出来。中国人民心中的标志性人物便是一个重要方面。像“待从头收拾旧山河”的岳飞、“留取丹心照汗青”的文天祥、“鞠躬尽瘁，死而后已”的诸葛亮，蓄须明志，拒不为日本侵略者演戏的梅兰芳等等。“颠覆”这些民族精英，也就使民族精神失去了着落。比如，把诸葛亮说成是小说和戏剧舞台上的曹操一样擅权的奸相便是一例。不顾当时的政治伦理而刻意追求新奇，出以臆说，就会对那些不愿意读原著的人们产生误导。文物古迹是文化遗产，是民族的财富和骄傲。据2007年7月26日人民政协报题为《襄阳汉圣庵夜半被推毁》报道，“传承千年，今年襄阳太守关羽的汉圣庵终于被彻底拆除了”。之所以能传承千年而不废，说明汉圣庵承载着历代人们的信仰和价值观念，代表着文化传统。拆除它，便不仅仅是拆了一座院落、几间房屋，而是毁掉了传统，使汉圣庵所传承的文化历史链条从此断绝。连祖宗留下的遗产都敢“彻底拆除”，还能期望别人尊重我们的文化？

传统文化、人文精神，具有相对稳定的价值观和精神取向，文化的目的尤其不能是世俗的功利性的。为了一时的名利而亵渎甚至毁坏民族文化，就不能不让人遗憾了。

孔子说：“古之学者为己，今之学者为人。”“文化”不是摆在桌上仅仅供人欣赏把玩的装饰品，文化应当成为中华民族的精神血液，流淌在血管里，体现在行为中。传统文化的精神要求我们首先要加强自身的人格和道德修养。提出对策，增强国家的文化“软实力”，使中华文化走向世界，这当然十分重要而且急迫，同时也不应当忘记中华文化的实践品格，身体力行是对中华文化最有力的保护。否则，传统文化在我们这一代人身上不传、失统，现代文化也就成了无源之水，无本之木。“走出去”，能走多远？

中华文化的开放心态

摘　要：儒释道三家对话与融通，经历了一个历史过程。这个过程也就是三家不断改造自己，以适应社会、争取信众的历史。三家都看到了生命的短促，希望延长自己有形或无形的生命，从信仰上为人们提供了不同的精神栖息的家园，滋养着一代代的文化精英。儒释道已经融入到中华民族的精神血脉，很难分析剥离。文化有先进与落后之分，只有异质文化间的碰撞与融合才能生生不息。当我们反思中华文化的时候，我们应当问问自己：我们的文化缺少了什么。文化不仅应当有民族特色，而且应当符合国际社会公认的准则，成为“世界公民”。中华文化具有开放的心态，却没有封闭的传统。

关键字：异质文化　文化反思　民族特色　世界公民

这次会议的宗旨是儒释道三家“文明对话”，我之所以称“三家”而不用“三教”，是因为儒家不具备宗教的特点，不是宗教，此不详论。所谓“对话”，就是异质文化之间的交流、碰撞与融合。儒与儒、释与释、道与道之间无须对话，自己同自己之间不叫对话，叫自言自语，是为笑话。这种“对话”也经历了一个历史过程。

一　三家融通的历史趋势

自从汉武帝“罢黜百家”之后，儒家成为中国占统治地位的思想。东汉明帝时期佛教传入中国，东汉顺帝年间道教创立，从此呈现以儒为主三家并存的局面。到南朝刘宋时期，出现了明显的三家融通趋势，不少士人三家兼修，如周续之“通《五经》并《纬候》，名冠同门，号曰‘颜子’。既而闲居读《老》、《易》，入庐山事沙门慧远”①。关康之“晋陵顾悦之难王弼《易》四十馀条；康之申王难顾，远有情理。又为《毛诗义》，经籍疑滞，多所论释。尝就沙门支僧

① 《宋书·隐逸传》，《二十五史》，上海古籍出版社，1986年版，第1886页。

纳学，妙尽其能。”[①] 沙门慧琳“少出家，住冶城寺，有才章，兼外内之学……注《孝经》及《庄子·逍遥》篇。”[②] 李唐王朝三家并崇。盛唐精神即儒家建功立业精神；唐代帝王中只有武宗反佛，其他都奉佛，唐太宗、武则天自称佛门弟子，皇室自称老子李耳后裔，奉道教为国教。玄奘曾赴西域学佛取经，促进了中国佛教的发展。三家在唐代既有斗争，又相融合。宋之太宗、真宗、徽宗、理宗崇道，故有倡“三教合一”之说（如张伯端《悟真篇序》，三教虽分，道乃归一）。而佛教的抽象思维明显优于儒家，理所当然被儒家之士所吸纳，以取长补短，于是宋代出现了理学。被理学家们所神化的天理秩序、纲常伦理也是借鉴了道教《无极图》和佛教的“理事无碍”等学说。元蒙统治者虽信奉佛教，却又不排斥其他宗教和学派，理学成为官学，而有东方道之冠盛誉的邱处机受到成吉思汗接见，呼为“神仙”，又赐虎符、玺书，诏免道院、道士一切赋税差役，形成了多元开放、平等共容的独特局面。明代前期的程朱理学占绝对统治地位，朝廷严格控制佛道，但朱元璋本人却重斋醮，躬行祈祷斋戒，对后世君王影响很大。后期局面却大不相同，佛道义理不仅在儒士中产生广泛影响，而且逐渐向平民百姓中蔓延，连皇室也不能阻挡。嘉靖年间多次在宫中建醮，还曾召道士邵元节进京，住在宫中主持祈祷祭祀活动，后来嘉靖皇帝干脆不理朝政，专习修道，倘有官员劝谏，则或被流放边地，或被杖毙狱中，阻力渐失，受恩宠的道士方士便多。崇道之风终明之世不绝，如崇祯，天下大乱之际，王朝将崩的前夕，还在宫中设醮，禳妖护国，国未能护，连他的命也未能保，第二年他便自缢煤山。朱元璋又曾出家为僧，他虽限制僧徒规模，却又要利用佛教为国祈福；明成祖朱棣则是以僧人为谋士篡夺帝位，因而突破父训，使僧众人数大大超过前代。宪宗崇尚佛道，滥施恩泽，此后僧道更加泛滥失禁，“今之释教殆遍天下……上自王公贵人，下至妇人女子，每谈禅拜佛，无不洒然色喜者。”[③] 文人中典型的如李贽、公安三袁思想中便糅合了儒释道三家，甚至有的士子科举考试答题也援用佛老。至此，“三家”圆融之势已成。明代四大高僧之一的云栖袾宏，由儒入释，深通各家利弊，就认为三家“理无二致”，提出“三教一家”的主张。明僧紫柏真可有《五常偈》，把儒家的仁义礼智信佛教化；憨山德清认为佛门五戒即儒家五常，孔子、老子是佛之化身，三家互证以说明三家同理。这种三家互相诠释的过程，就体现了三家哲理和功能互相融通的过程。

---

① 《宋书·隐逸传》，《二十五史》，上海古籍出版社，1986 年版，第 1886 页。
② 《宋书·蛮夷传》，《二十五史》，第 1898 页。
③ 谢肇淛：《五杂俎》卷八，《明代笔记小说大观》二，上海古籍出版社，2005 年版，第 1653 页。

适者生存，万物如此，宗教学说亦然。三家圆通的过程，也就是不断改造自己，以适应社会、争取信众的历史。比如，中国是以伦理为本位、以家庭为社会基础的国度，孝成了中国文化的核心，用以维系社会秩序，地位至高，故云“百善孝为先”。而宗教的“出家”，不论是佛教还是道教，都是指离开家庭到寺院宫观居住，断绝尘缘，专心修道。释教以佛法僧为三宝，僧人本来只理佛，勿须孝亲，这才符合“出家”之本义。而违背了孝道就违背了社会常情，难以在社会上立足，因此儒家所提倡的孝，也便为释道二教所接受。道教以孝为基本教戒之一，有《元始洞真慈善孝子报恩成道经》可证；佛教也有《孝子经》、《梵纲经》等倡言孝道，而且《目连救母》故事，不论是变文还是戏曲（《劝善金科》）都是以文艺形式演绎佛教徒的孝亲故事。儒家的仁义忠信品德，已为历代民众普遍认同，而关羽便是这些品德的化身。为了争取信众，道教尊关羽为护法天神关圣帝君，在佛教里关羽则成了护法伽蓝。儒释道并存，为人生提供了多种选择。儒道之间为士人提供了进与退、仕与隐两种选择，或者说道家为儒家文化与政治的冲突起了调节作用；即使万念俱灰，还可以解脱，削发为僧，佛教给人提供了一方保存生命的空间。灵活运用之的如宋代的苏轼，随着仕途沉浮的不同处境，他可以分别用儒释道思想安慰自己的心灵，指导自己的处世，所以他能自适，能随遇而安，活得自在。三家都看到了人的生命短促，躯体易朽，于是儒家主张用建功立业使声名长存，所谓“永垂不朽”、“万古流芳”；道家希冀通过修炼养生，使肉身长存，最高境界当然是成仙得道，“举家升天，畜产皆仙，犬吠于天上，鸡鸣于云中”①。而佛教则是要通过修来世使灵魂轮转不已。儒释道三家从信仰上为人们提供了不同的精神栖息的家园。

儒释道三家“对话”走过了漫长的道路，佛道文化已经融进了以儒家文化为主体的中华传统文化之中，成为中华文化不可分割的组成部分，滋养着一代代的文化精英，如南北朝时期的谢灵运，寄养于道家，又信佛，其诗歌审美深受佛理影响，被学界称为杰出的佛教诗人；三家思想表现在唐代诗坛，彰明显著者如杜甫之儒家精神、李白之道家色彩、王维之佛门境界；而中国小说的巅峰之作《红楼梦》里却是有一僧一道。甚至也汇入了人们的日常生活，如佛教之腊八粥、道教之养生术，等等，早已化宗教为世俗，失去了宗教色彩。

儒释道三家可以共存互补，可以容纳融通，那是为了适应社会，为自己开拓更有利的生存空间；却不可能“三教归一”。三家对人生、对世界的认识各异，信众有着不同的人生目标和生存方式的选择，体现了古人的信仰自由。儒家志在

---

① 王充：《论衡·道虚篇》，《诸子集成》七，中华书局，1954年版，第68页。

经世，佛家渴望涅槃，道家追求成仙，从根本上说是不相同的。“归一”也就泯灭了异质思想文化的独特性，使中华文化由丰富变为简单，由多样变为单一，由和谐变为单调。破坏了思想文化的生态平衡，也意味着弱化了文化的竞争力。

三家文化已经融入到中华民族的精神血脉之中，体现在思维方式、行为方式、生活方式的方方面面，已经很难再分析剥离。由此可见，中华民族传统的思想文化是发展的，是与时俱进的。儒释道三家思想也在随时而变，“原教旨主义”就意味着停滞，在不断发展变化的社会现实面前，停滞便失去了适应、生存的能力。这是一条为中国历史、世界历史所证明了的普遍规律，古今中外概莫能外。

二 文化自强不息的普遍规律

《周易·乾》：“象曰：天行健，君子以自强不息。”①《大畜》曰：“刚健笃实，辉光日新。”②《系辞上传》曰：“日新之谓盛德，生生之谓易。”③ 而自强不息、化生日新之道，在于与异质文化的碰撞中吸收融合多种营养，恰如儒释道三家之共存互融。“故先王以土与金木水火杂（按，杂，合也），以成百物。是以和五味以调口，刚四肢以卫体，和六律以聪耳……”④ 这不仅是文化，也是一切生命的强强不息之道。所以说“刚柔相摩，八卦相荡……乾道成男，坤道成女。乾知大始，坤作成物”⑤。不同的事物互相摩擦，互相冲击，阴阳配合才能造成万物。这是古圣先贤早已认识到的，这也是为什么今天人类提倡生态平衡的原因所在。

多样性不仅是世界文化的基本特征，也是一个国家内不同民族文化的基本特征。人类文明史证明，不论是东方还是西方，文明的发展都是在不同文化的碰撞与互融中进行的。譬之于味，吃多种食品才能吸收多种营养，饮食单一则身体虚弱。

中华文化是在历史实践中创造的，因为历史悠久，才厚重，才能形成传统，形成了鲜明的民族特色和民族气派；同时，中华文化又是中华民族大家庭里的所有成员共同创造的。在众多兄弟民族文化的多元碰撞与融合中不断发展，因而也就形成了中华文化包容开放的胸怀和心态。“中华文化”本身就是一个不断发展

---

① 《周易正义》，《十三经注疏》，中华书局，1980年版，第14页。
② 《周易正义》，《十三经注疏》，第40页。
③ 《周易正义》，《十三经注疏》，第78页。
④ 《国语》卷十六《郑语》，上海古籍出版社，1978年版，第515-516页。
⑤ 《周易正义·系辞上传》，《十三经注疏》，第76页。

的概念，呈现着不断变化的形态。没有千古不变的“中华文化”。综观中华文化史可以看出，每当一次民族大融合、异质文化大交流之后，都会出现新的文化品种，推动中华文化向前发展。比如，先秦时期有北方雅乐、十五国风以及楚国地方音乐，经过秦汉大统一，乐府机关广采赵代秦楚之讴，使南北各地的街陌讴谣与庙堂雅乐相融合，形成清商曲；魏晋南北朝时南北分裂，文艺各自发展，到隋唐统一，四夷歌舞、八方风谣又得以融汇，于是形成宴乐。与这些音乐相配合的文学，则是先秦时期《诗经》中的雅颂、国风及楚辞，汉代的乐府诗及唐宋诗词。到元代，随着横跨欧亚二洲的大帝国的建立，外来文化与多民族的中华文化相融合，音乐上形成北曲，与之相配合后文学样式则是元代的杂剧和散曲……

文化的发展离不开不同文化的交流与借鉴，没有异质文化的介入，固有文化也就会停止发展。中华文化之所以如此灿烂辉煌，就在于开放包容的心态，也因此，胡琴、琵琶、羌笛、羯鼓等，都成了我们的民族乐器；而阿拉伯数字、钟表等，也成了我们生活中不可须臾离开的文明成果。再如，电不是“中华民族”发明的，今天还有谁会以“保卫中华文化”为借口，反对国人用电？此类例子多不胜举。可以说，中华文化的发展历史，就是中原文化与边远地区的兄弟民族文化以及外来文化的融汇历史。

古代如此，近代亦然。没有西医的传入，就谈不到中西医结合的治疗方法；没有油画的传入，哪来的国画、油画技法上互相吸收的画法创新？话剧、交响乐都是外来的艺术门类，北京人艺的名导演焦菊隐却能吸收戏曲的某些特点，创造出具有中国气派的话剧表导演风格；而交响乐与京剧的结合，恐怕也是只有中国才具有的独特音乐品种。电影史的研究家们虽然有时会把电影与我们宋代的“公忠者雕以正貌，奸邪者刻以丑形”的影戏挂起钩来，就其本质而言，电影却是纯粹的舶来品，而今天已成为中国人民喜爱的文艺形式。大而言之，从秦朝统一，嬴政集三皇五帝于一身称“皇帝”起，帝制在中国有着两千多年的历史，到辛亥革命才借鉴了西方的政治体制，以宪政民主的理念取代了帝制。没有马克思列宁主义的传入，也不会有中国共产党的成立以及中华人民共和国的建立。而社会主义市场经济的体制，却是改革开放后向西方市场经济借鉴的大手笔。

当然，不只是中华文化吸收和借鉴外来文化取得了有益的发展，中华文化对世界文化也产生了积极而巨大的影响。近邻如越南、朝鲜、日本、缅甸等，形成了汉文化圈。即使是欧洲，其文艺复兴也是在中国造纸及印刷术等物质文明基础上发生发展起来的，其他如指南针、火药等都传到海外。

三 对传统文化的反思

文明发展程度不同，文化也有先进与落后之分，每一种文化机体中既有精华，也有糟粕。适应人类社会发展变化的、有利于人类生存状态改善的，就是精华部分，相反则为糟粕。当我们反思中华文化的时候，我们应当问问自己：我们的文化中缺少了点什么？梁漱溟先生曾经谈到："当1944年美国华莱士副总统来中国游成都时，发表有《中国民主的前途》一文，译载于6月26日成都各报。文中指称中国原是西方民主政治的主要鼓励者，而且是间接的创造者。最初领导革命并建立立宪政府的美国人，其思想与行动的基础为西方政治思想家所奠定；而西方政治思想却是受到中国有力的启发。……这是指欧洲十七八世纪的事情而说，那时欧洲人正是倾倒于中国文化的。读者取朱谦之著《中国思想对于欧洲文化之影响》一书，检看'启蒙运动与中国文化'，'中国哲学与法国革命'，'中国哲学与德国革命'各章可得其略。"① 为什么中国的物质文明和思想文明促使欧洲人掀起了文艺复兴运动，反对封建主义，促使法国革命、德国革命，促使美国建立了立宪政府，而我们自己却没有呢？欧洲的文艺复兴时期与我国明代处于同一历史时期，明王朝用文字狱、厂卫特务统治、皇权极端集中等手段，窒息了中国历史上出现的新的人文价值追求，使中国错过了世界历史的发展机遇，开始落后于欧美各国。当法国资产阶级革命先驱写出《民约论》、北美独立宣言发表、法国大革命成功的时候，我们正沉浸在闭关锁国的"康乾盛世"美梦之中；当我们的近邻日本进行明治维新的时候，我们的"天父次子"洪秀全正在借用神鬼附体等迷信手段，企图建立政教合一的"地上天国"，马克思说："太平军就是中国人的幻想所描绘的那个魔鬼的 in persona（化身）。但是，只有在中国才能有这类魔鬼。这类魔鬼是停滞社会生活的产物。"② 中国社会以伦理和家庭为本位的社会结构形式，决定了每个人在家庭父子、兄弟、夫妇伦理关系中处于一个位置，从而又成为社会君臣、朋友等关系中的一个脚色。是"关系"中人，是整部社会机器中的一个部件，而不是独立的个体的人，有血有肉有欲有求的个人被泯灭了。因而在我们的文化传统中没有民主、自由、平等、法治、人权等诉求。而这种社会结构又是超稳定的，几千年而不变。直到1908年我们才产生了第一部宪法：《钦定宪法大纲》，"宪法"虽有了，而要行宪政、立法制却又让人望眼欲穿！中国人从"臣民"、"子民"变为公民，真是路漫漫其修远兮……按

① 《中国现代学术经典·梁漱溟卷》，河北教育出版社，1996年版，第252、253页。
② 《中国记事》，《马克思恩格斯全集》卷十五，人民出版社，1963年版，第548页。

马克思的意思，停滞就会产生魔鬼，反之，前进，发展，“魔鬼”便失去了生存的空间。

我们要发展的当然是民主精华，而不是封建糟粕。在现代社会，皇权思想是没有生命力的，我们不能为帝王专制思想注射强心针。对于我们传统文化中那些不适应新时代的因素，诸如陈规陋习、“吾皇万岁”、“臣罪当诛”等奴才心理，其亡也，不是标志着中华文明的进步、“与世界接轨”吗？丢掉“子民心态”，培养公民意识，岂不也是向前“先进”了一步？所以“融合”的过程就包含了吸纳和扬弃两种行为。发展中的文化是健康文化，只有健康才能抵御疾病的入侵。我们不应该忘记马克思说过的话：“野蛮的征服者总是被那些他们所征服的民族的较高文明所征服，这是一条永恒的历史规律。”① 就是说，文化的力量在于本身文明程度的高低，而不在其他因素，只要中华文化具有生命力，外来文化的异质成分被吸收进来，就会被“汉化”成中华文化的有机组成部分。“汉化”不仅意味着“征服”野蛮的征服者，也意味着吸收“野蛮征服者”文化中的合理成分，“汉化”也便成了化生的一种方式。反之，中华文化走向世界，不仅是让世界了解中国，也是为世界文化提供新鲜血液。对于国际间的文化交流，应当持积极态度，为中华文化筑起一道与外界的“隔离墙”，这不是保护，而是抑制文化的发展。一种文明，不论多么悠久，一旦拒绝吸收哪怕是比自己落后的文化的中合理因子，这种文化便真的衰老了，虚弱了，赶不上现代文明的前进步伐了。

现在的世界已经迈向了文明时代，不论什么宗教，什么文化，首先应当服从本国的法制，教徒也是公民，既负有宪法所规定的应尽的义务，也拥有宪法所规定的公民的权利，遵守公认的道德规范。现代文明的发展拉近了国与国、人与人之间的距离，地球变成了地球村，经济一体化，谁也离不开谁。思想文化的发展也不应该违背这个潮流。除了文化具有民族特色之外，也应该符合国际社会公认的准则，不违背普世的价值观念，实践签署的各项公约和承诺。进入全球化时代，如果没有人类共同的价值观念、共同的法制和道德准则，就不可能和平共处于同一个地球村。中华民族如果不信守宪政、法治、民主、自由、平等、人权等普世价值观念（这些观念具有不分民族、不分地域的普适性，因而已经成为当今世界之主潮），就必然会被甩在“全球化”之外，五十年前所谓“开除球籍”的话也就被不幸而言中，还谈得到什么负责任的大国？没有民主就没有现代化，现

① 《不列颠在印度统治的未来结果》，《马克思恩格斯全集》卷九，人民出版社，1961年版，第247页。

代化首先是政治体制和意识形态的现代化。不论持什么信仰，有什么文化背景，都应当成为合格的“世界公民”。摆在世界人民面前的任务，就是通过文化交流，促进相互了解，相互尊重；通过文化的融合，促进各国、各民族间的亲和。这就是“存异致和”、“和能生物，同则不继”的道理。现在西方国家的学者，把中国“和而不同”的哲学思想，看成“重要的伦理资源”，把中国看成是“未来世界的希望”，我们为什么不能把外来文化当做审视自己文化的参照系呢？文化交流已成自然而且必然的事，闭塞和隔离不是世界文明的发展方向。

中华文化具有泱泱大家的心态，却没有保守封闭的传统。文化是一个发展的概念，世界上没有一成不变的文化。老子曰：“知常容，容乃公，公乃王，王乃天，天乃道，道乃久，没身不殆。”① 讲的就是包通万物无所不容才会公平，才会无所不至，才会合于规律法制，才会恒久，才会始终没有危殆。我们不能人为地使中华文化患上自闭症，更不能让“保卫中华文化”的口号成为庇护封建思想的挡箭牌，阻碍政治文明的绊脚石。健康的文化，永远要向“前进”，而不是向后看。

王国维说过，我们以后要发扬、光大我国的学说，一定要兼通世界学说。这是国学大师对人们的忠告。传统也好，国学也好，如果一味持守“原教旨主义”的态度，就等于“文化返祖”。倒退岂是出路？

① 王弼：《老子注》第十六章，《诸子集成》三，第39页。

士可百为 不可夺节

——读《五代史·冯道传》

冯道（882—954）字可道，自号长乐老，尝对契丹主自称“无才无德痴顽老子”，瀛洲景城（今河北沧州西景城）人。新旧《五代史》皆有传。其为人特重小节，时有嘉善之举。例如，刻苦自励，俭约好学，少时“不耻恶衣恶食，负米奉亲之外，唯以披诵吟讽为事，虽大雪拥户，凝尘满席，湛如也”。故显赫后文章高深典丽，举朝佩服，被远近传写；在晋与梁两军对垒时，冯道在后晋军中，住在一个连床和席子都没有的茅草棚里，睡卧柴草之上；领到俸禄则与奴仆同锅而食；军队抢了一个美女送给冯道，冯道将女置于另室，帮她寻找家人并送还家中。他乐善好施，给无助的人以帮助。在契丹时，见有被掳的中原士女，便出资赎之，寄于尼庵精舍，寻访其家而归之；在家乡居父丧期间，遇饥荒之年，自己亲身打柴耕种，却拿出家财周济乡里；还在夜里暗中替荒芜了田地的人耕种而不求恩报。朝政方面也不乏好的见解。如他以骑马为喻劝后唐明宗太平时期更宜谨慎，兢兢业业，不要放纵逸乐；军将得到一只名为“传国宝万岁杯”的玉杯，送给后唐明宗，明宗甚喜，冯道却说：“此前世有形之宝尔，王者固有无形之宝也。”——“仁义者，帝王之宝也。故曰：‘大宝曰位，何以守位曰仁。’”冯道不计人言，胸怀也满宽大，等等。司马光在《资治通鉴·后周太祖显德元年》说他：“少以孝谨知名，唐庄宗世始贵显，自是累朝不离将、相、三公、三师之位，为人清俭宽宏，人莫测其喜愠，滑稽多智，浮沉取容……时人往往以德量推之。”（卷二九一）如果在太平盛世，凭这些小作为，也可能成为良臣循吏，但冯道生于乱世。

乱世在政治方面的表现是朝代更迭快，城头变幻大王旗，短短五十三年里先后更换了后梁、后唐、后晋、后汉、后周五个朝代，这些朝代短者三、四年，长者也仅十馀年。战乱频仍，生产和经济严重破坏，人民“上输兵赋之急，下困剥敛之苛”，无计聊生。思想上则表现为儒家道德消亡殆尽，士大夫全无社会承担意识。不仅各政权间厮杀不断，小朝廷内部争夺皇位也不择手段，骨肉相残，杀父弑君，背信弃义，卖主求荣，种种无耻行径屡见不鲜。欧阳修在《五代史》的传论中每有感叹：“父子骨肉之恩几何其不绝矣”，“夫妇之义几何其不乖而不至于禽兽矣”，“礼乐刑政几何其不坏矣……可谓乱世也欤!”（《新五代史·周恭帝本纪》）“呜呼！世道之衰，人伦之坏，而亲疏之理反其常，干戈起于骨肉，异类合为父子……岂非因时之隙，以利合而相资者邪!”（《新五代史·义儿传》）世乱之所以如此之甚，群凶之所以得逞，士大夫的同流合污、失德求荣，难辞其咎。而冯道正是大节失贞的小人儒。

冯道先事刘守光，守光败转事宦者张承业；更事后唐庄宗，庄宗遇弑而事明宗、事愍帝；潞王反，愍帝出逃，冯道迎潞王（即废帝）而事之；后晋灭唐，又事晋高祖；高祖崩，则事出帝；契丹灭晋，遂事契丹；后汉高祖立，乃归汉，改事高祖；周灭汉则事周……屡事新主而无羞愧之心，还自称“长乐老”，写了一篇数百字的《长乐老自序》炫耀自矜，欧阳修在《冯道传》中说：“当是时，天下大乱，戎夷交侵，生民之命，急于倒悬，道方自号‘长乐老’，著书数百言，陈己更事四姓及契丹所得阶勋官爵以为荣。”冯道身为重臣，三入中书，位居相位二十馀年。大节有失，前后更事十君，是名副其实的官场“不倒翁”；又未恪尽臣职，事前九君未尝谏诤，奉后周世宗，曾谏阻世宗亲征，所谏失当，含恨而亡。是知冯道视个人荣华富贵重于生民之命，“视丧君亡国亦未尝以屑意”，还恬言自得，真不知人间有羞耻二字。所以他死后谥号曰文懿，而不得称文贞、文忠，可见一字之贬严于斧钺。他平日的小节小善也被视为“矫行以称于世”，是伪善以欺世盗名。

《新五代史》的传论向来为人所重，因为它是出自欧阳修的大手笔，不仅文章写得好，酣畅充沛，文采斐然，且有卓越深刻的思想见解，能通过具体的人和事，揭示事物的本质真谛，总结历史带有规律性的经验教训，可为千古箴铭。在《冯道传》的传论中说：

> “礼义廉耻，国之四维；四维不张，国乃灭亡。”善乎，管生之能言也！礼义，治人之大法；廉耻，立人之大节。盖不廉，则无所不取；不耻，则无所不为。人而如此，则祸乱败亡，亦无所不至，况为大臣而无所不取不为，则天下其有不乱，国家岂有不亡者乎！予读冯道《长乐老叙》，见其自述以为荣，其可谓无廉耻者矣，则天下国家可以从而知也。

通过冯道一生所为，引用《管子·民牧》中关于“四维”的论述，总结出士人（尤其是大臣）道德气节与天下国家间的关系，一语中的。也使冯道成了历史名人，不过，不是正面的，而是反面的，把他永远钉在历史耻辱柱上，成为千秋万代警示后人的反面教材。所以司马光又说他“虽复才智之多，治行之优，不足贵矣”。何则？“大节已亏故也。道之为相，历五朝八姓，若逆旅之视过客，朝为仇敌，暮为君臣，易面变辞，曾无愧怍，大节如此，虽有小善，庸足称乎！”有诗为证：

大帝四朝成败事，惟君卖国作功臣。
平生自谓痴顽老，晚节仍为谬语人。

（宋·王庭《冯道》）

共言长乐老，此是读书庄。
五季乾坤黑，三纲道义亡。
谁云不直死，更请问欧阳。

（元·郝经《升贤村》）

尽有痴顽塞羞耻，了无恩怨涉兴亡。
……
莫怪不能知大义，兔园册上只农桑。
相公惟旧帝惟新，历享台垣富贵春。
竟莫识为何老子，终当书作某朝臣。
厓房恋恋输蜂义，梁垒依依愧燕仁。
功业不知何所有，一编青竹漫遗尘。

（明·沈周《冯道二首》）

冯道胡为千古唾，刘家却此两真金。

（明·庄昶《挽南昌刘氏双节》）

借手杀仇长乐老，胁肩媚贵半闲堂。

（清·孔尚任《桃花扇·馀韵》）

虫鸟不如！这是历代对冯道的评议。可见道义大节对于人立身行事之重要。对于冯道这类只知保官而尸位素餐者，历代多有嘲讽。金人刘祁《归潜志》卷九记高岩夫一则：“高丞相岩夫，自南渡执政，在中书十馀年，无正言直谏闻于外，清论鄙之。公性勤慎密，以此为人主见知。每朝，入待漏院，必先百官至。有人云：‘丞相方秉烛至院中，忽一朝士朝服立于前，公不识之，问曰：‘卿为谁？’其人曰：‘我欧阳修也。’‘尔为谁？’公曰：‘吾丞相也，卿不识邪？’其人曰：‘修不识丞相，丞相亦不识修。’朝野相传以为笑。”“不识羞”这尚属“雅谑”，《聊斋志异》卷八之《三朝元老》则属恶骂了：“某中堂，故名相也。曾降流寇，世论非之。老归林下，享堂落成，数人直宿其中。天明，见堂上一匾云：

‘三朝元老。’一联云：‘一二三四五六七，孝弟忠信礼义廉。’不知何时所悬。怪之，不解其义。或测之云：‘首句隐亡八，次句隐无耻也。’”一时荣华富贵，千载为人笑谈。宋人黄庭坚在给他的侄子的信中说：“士生于世，可以百为，唯不可俗。俗便不可医也。或问不俗之状，余曰：‘难言也。视其平居，无以异于俗人，临大节而不可夺，此不俗人也。’”（《书嵇叔夜诗与侄榎》）在大节考验面前能见出君子与小人、烈士与庸人与凡夫俗子的区别。《冯道传》则从反面警诫我们：纵有百善，失大节则无足观。可不慎哉！

1964年陈寅恪先生在《赠蒋秉南序》中说：“欧阳永叔少学韩昌黎之文，晚撰五代史记，作义儿、冯道诸传，贬斥势利，尊崇气节，遂一匡五代之浇漓，返之淳正。故天水一朝之文化，竟为我民族遗留之瓌宝。孰谓空文于治道学术无裨耶？”是知欧阳修撰《新五代史·冯道传》不可不读，尤其是在“知识分子”妄言肆出，既伤害公众感情，又丧失道德底线的今天，在“能吏寻常见，公廉第一难”的今天！

茶趣三题

我爱喝水，且饮量颇豪，原以为这是我独特的爱好，其实不然。《春秋纬·元命苞》云：“水者天地之包幕，五行之始焉，万物之所由生，元气之津液也。”没有水就没有生命，人人离不开水。开始，我喝白开水，而且是“温吞水”，将水煮沸后凉至不烫不冷，烫则伤喉，冷则伤胃，不冷不烫，温而吞之。后来“可乐”登陆中国，甜中微辣，黏黏腻腻，越喝越渴，呈酱油色，可以饮，那是在饭局上，但不上瘾。再后来我爱上了饮茶，茶兴至今不衰。

读　茶

我饮习转变的契机是文学。那时我为了给台湾一家出版社写一本《中国俗文学史》，重新阅读了敦煌变文《茶酒论》，写茶酒争胜，以论尊卑，于是各言己之善，揭彼之害，互不相让。不知水在旁边，听后对茶酒说：

> 阿你两个，何用匆匆！阿谁许你，各拟论功？言词相毁，道西说东。人生四大，地水火风。茶不得水，作何相貌？酒不得水，作甚形容？米面干吃，损人肠胃；茶片干吃，只粝破喉咙。万物须水，五谷之宗。上应乾象，下顺吉凶。……天下钦奉，百姓依从。由（犹）自不说能圣，两个何用争功？从今以后，切须和同。酒店发富，茶坊不穷。长为兄弟，须得始终。若人读之一本，永世不害酒颠（癫）茶风（疯）。

此论作于宋太祖开宝年间，距今已有一千多年。读后我为文中蕴涵的哲理震撼了。所论为茶与酒，其意又远远超出了茶与酒。几片芽叶本极单纯，“百草之首，万木之花，贵之取蕊，重之摘芽”，但历经先哲先贤的题咏，便赋予它深厚的文化品位。从此，我不仅改为饮茶，也对茶文学产生了兴趣。

且不说世界上最早的研究茶的专著陆鸿渐（名羽）《茶经》，就把儒释道诸家思想融于茶理之中，强调茶人的品格情操，创造了中国的茶道精神，把饮茶视为精神享受；单从文学作品而言，咏茶之作，自晋以降历代有之；从文体言则诗词曲赋散文戏曲小说无体不备，每一诵之就令人口齿生香。端茶欲饮，不由人不浮想联翩。唐玉川子卢仝的《走笔谢孟谏议寄新茶》已成茶事典故，人们多注重他七碗饮茶的感受，其实，诗末对采茶辛苦的联想并升华为替茶农请命才是诗的价值所在："安得知百万亿苍生命，堕在颠崖受辛苦，便为谏议问苍生，到头还得苏息否？"诗人要乘饮茶所生的清风回到蓬莱仙境，替作为言官的孟谏议问一问神仙：知不知道下界百姓的苦，百姓到底还有没有休养生息的机会？显示了诗人的仁者胸怀，才配称茶圣。也有人从茶事艰辛想到皇家奢华，如唐李郢《茶山贡焙歌》、袁高《茶山诗》等，对茶民饱受贡茶之苦表示了同情。据说皇帝看了袁高的诗，还真减免了一些贡茶的负担，"自袁高以诗进规，遂为贡茶轻省之始"。其实，皇权专制，皇族的贪欲本质是改不了的，所以苏轼《荔支叹》在感叹进贡荔枝苦害百姓的同时，也对宋代贡茶之举表示了不满："君不见武夷溪边粟粒芽，前丁后蔡相笼加。争新买宠各出意，今年斗品充官茶。吾君所乏岂此物？致养口体何陋耶！"丁谓、蔡襄以大小龙团茶向皇帝献媚买宠，却给人民带来了灾殃，此类举动可谓鄙陋之极。明代韩邦奇作《富阳民谣》："富阳江之鱼，富阳山之茶。鱼肥卖我子，茶香破我家。采茶妇，捕鱼夫，官府拷掠无完肤。昊天何不仁，此地亦何辜。鱼胡不生别县？茶胡不产别都？富阳山何日摧？富阳江何日枯？山摧茶亦死，江枯鱼始无。於戏，山难摧，江难枯，我民不可苏！"控诉官府不仁、民生疾苦，字字血泪，感情之沉痛、蕴涵之深刻，远胜其他咏茶名作。尽管诗人的呼声所起的作用是微弱的，但他们通过咏茶尽到了诗人的责任，表现了他们令人敬佩的品格。

当然，大量的茶诗只是表现饮茶体会，并无深厚内涵，但也颇新巧可喜。比如东坡居士的《记梦回文二首》："酡颜玉碗捧纤纤，乱点余花唾碧衫。歌咽水云凝静院，梦惊松雪落空岩。""空花落尽酒倾红，日上山融雪涨江。红焙浅瓯新火活，龙团小碾斗雪窗。"前首写美女纤手献茶，次首写雪后斗茶。顺读、倒读皆成文章，虽为露才逞技之作，也非凡手所能。

妻曰："你这是喝茶？"余曰："茶本身就是一本读不完的书。喝茶即是读茶。"

翫　茶

翫者，赏也。所谓翫茶，无非悦其形而赏其色。为此，我曾数易茶杯。友人送我一只不绣钢口杯，进口货，造型小巧，灵秀可爱，出门也携带方便，我很喜欢。但有两个缺点：一是保温。我性急，有时口渴如狂，它却迟迟不凉，慢慢吸，不解渴，大口喝，太烫，眼瞅着有水不能喝，急得人干瞪眼。二是变味，不管泡什么茶，都有一种金属本身的味道混合其中，茶味尽掩。于是我改用瓷杯。

沏茶一杯，或鸭头绿，或鹅儿黄，或鱼尾红，衬以光莹如雪的白杯更觉鲜艳喜人。但瓷杯也有不足：杯体不透明。我又改用玻璃杯，一杯在案，可观茶汤之色，可睹芽叶之形。初沏之时，芽叶或浮或立，或慢慢沉降，袅袅娉娉，那份闲适，那份从容，那份稳重，举止之庄雅，俨然大家闺秀。持杯在手，只可餐其秀色，不忍吮其芳汁。后来听说茶具以紫砂为佳，我先是换用紫砂壶，观壶之形，品茶之味，乐在其中；再后来我又换用紫砂杯，纯粹是适应我懒散疏放的心性，为续水饮水方便而已。

大苏诗云："仙山灵草湿行云，洗遍香肌粉未匀。明月来投玉川子，清风吹破武林春。要知玉雪心肠好，不是膏油首面新。戏作小诗君勿笑，从来佳茗似佳人。"（《次韵曹辅寄壑源试焙新茶》）子瞻善以美女设喻，"欲把西湖比西子，从来佳茗似佳人"可称妙对。前者为《饮湖上初晴后雨》名句，以西子喻西湖，后句则是以佳人喻好茶。行云湿润，净洗香肌；明月清风，造就心肠。这就是东坡笔下的茶——一位高洁雅淡的美人！诗不在写茶貌茶形，而在写茶质。据金元好问《德华小女五岁能诵余诗数首，以此诗为赠》的自注可知，"唐人以茶为小女美称"；明朱有燉《元宫词》也说："进得女真千户妹，十三娇小唤茶茶。"可见茶是与美女联系在一起的。正因为茶有这样的品格，所以古人以"茶"为聘礼之代称："茶不移本，植必子生。古人结昏（婚），必以茶为礼，取其不移置子之意也。今人犹名其礼曰下茶。"（许次纾《茶疏·考本》）所以啜饮名茶如对冰清玉洁的佳人，尘念顿消，此亦一境界也。

吃　　茶

唐代的赵州和尚从谂对三个不同的人说出相同的三个字："吃茶去"（见《指月录》），遂成千古禅机。说话的环境不同、对象不同、心情不同、口气不同，自然有不同的涵义。至于听者能否领会真谛，那就要看每个人的悟性和是否进入禅境了。但有一点可以肯定：从谂嗜茶，也要别人吃茶。因此不仅僧人茶室书有"吃茶去"三个大字，俗间茶楼茶馆茶室茶座也常常挂有这三字条幅。吃茶，既是渴饮行动，是生理需求的满足；又被赋予了禅机哲理，成为解悟公案、领会法语的彻悟心性的行动，成为开启心智、提升精神境界的行动。

茶道通禅，这已成茶士的共识；茶性与酒性的比较也代有智者，名作如林。唐代诗僧皎然是一个以茶贬酒的名家："此物清高世莫知，世人饮酒徒自欺。……孰知茶道全尔真，唯有丹丘得如此。"（《饮茶歌诮崔石使君》）"俗人多泛酒，谁解助茶香？"（《九日与陆处士羽饮茶》）其实，茶与酒各有特性，"热肠如沸，茶不胜酒；幽韵如云，酒不胜茶。酒类侠，茶类隐"。（陈继儒为夏茂卿

《茶董》所作序）都是饮品中不可或缺的。我倒觉得酒是狂者之饮，茶乃狷者之饮。夫子云："狂者进取，狷者有所不为也。"（《论语·子路》）酒能助兴、煽情、壮胆，使人血脉贲张，勇于作为，故有"李白斗酒诗百篇"、"酒酣胸胆尚开张"、"酒是色媒人"等语。但饮酒宜有节制，过量不仅可致酒精中毒，驾车也易出交通事故，正所谓"酒食地狱"也。汉人盖宽饶有自知之明，尝言："无多酌我，我乃酒狂也。"（《汉书》本传）故《诗》云："饮酒温克"。茶则不然。茶能使人清醒，所谓"不令人醉，微觉清思"（吕温《三月三日茶宴序》）。清醒，就不会做坏事，此所谓狷者之饮；不仅不做坏事，还会远离污浊以自洁，此所谓茶类隐也。

关于饮茶，我也有一段有趣的经历。一次我到福建福鼎山昭明寺参加浴佛节，佛门大德享我以新茶。开始我颇疑其吝：一杯之中仅有芽叶数枚。一尝之后，顿觉满口生香，挂于齿颊者久久不去。禁不住茶香诱惑，临去向寺僧乞茶。僧曰："此山茶好，水也好。北京有此茶而无此水，茶味固不相同。"到京一试，果然。于是我开始换水：用纯净水，不佳；用过滤水，仍不理想，但优于自来水。福鼎茶香不可复现，只于闭目凝神间洋溢于口鼻而已，美好回忆至今难忘。

人谓饮茶"一人得神，二人得趣，三人得味……"（陈继儒《岩栖幽事》）我本粗人，难得神趣，但偏好独酌。独坐书斋，四壁图书，一杯清茶，品茶读书，闭目冥想，……似乎置身另一世界，尘网尽脱，冗杂俱忘，陶然而醉，不知斋之醉我？书之醉我？茶之醉我？佳人之醉我？甚至连茶味也浑然不辨。我味觉不敏，但颇多自解。陶渊明曰："此中有真意，欲辨已忘言。"（《饮酒》之五）黄庭坚曰："口不能言，心下快活自省。"（〔品令〕）元人洪希文曰："临风一啜心自省，此意莫与他人传。"（《煮土茶歌》）

我不谙茶道而嗜茶饮，钦不择类，饭后必以茶漱口，不喜锻炼，年六十有五而齿不摇眼不花。不知为饮茶之效欤？抑或遗传基因所致耶？或谓"红袖添香伴读书"乃人生乐事，我无此奢望，也无此艳福。有茶相伴，足矣。因记茶趣三题。

如对文章太史公

——大康印象

大康名殷（1926—1999），祖籍河北省而生于辽宁义县，故为义县人。康氏一门多才俊，五贤以书画名家，时称“五康”，而康殷居长，书画篆刻落款“大康”，而学术著作则署名康殷。

一　如对文章太史公

我一向深愧自己缺少艺术悟性，以艺术的槛外人自安自乐，于大康之名，不甚知闻。真正对康先生产生心向往之之情，那是一九八七年的事。那一年的五月六日至十七日在中国美术馆举办了“五康书画展”，展出了大康（殷）、二康（雍）、四康（宁）、六康（庄）兄弟四人及康殷之侄、康雍之子少康（默如）五位艺术家的作品。五康？何艺术之神独钟情于康家，把艺术才华都给了康氏一门？这有可能吗？是不是借端造势以邀时名？因为这在当今“艺术圈”内，并不是罕见的现象。于是，我带着满腹狐疑走进了美术馆，我要亲身“调查研究”，看个究竟。

当我迈进这座艺术殿堂的时候，真有武陵人入桃源——“豁然开朗”的感觉。展现在我眼前的竟是一个奇妙的艺术世界！在大康的作品面前，我被深深地吸引住了，以至久久不能移步。不论是书法还是篆刻，一笔一划，竟如铁浇铜铸一般！给我的感觉，不是流利，不是飘逸，而是凝重，是深沉，是浩瀚！“我觉其间，雄深雅健，如对文章太史公！”辛稼轩的写山名句，竟好像是为大康书刻而写。其雍容大度，刚劲高华，让人不知不觉地产生读《史记》的感觉。人们都喜欢炫巧玩儿“帅”，大康先生却走的是以苍古朴拙为根基的路，拙中寓巧，朴处生奇，纵横驰骋而不逾矩，其法度之森严，又使我想到了周亚夫的细柳营。但他又不是斤斤于古，不是茧缚于法，在古风与法度之中我们分明感到了他的创造，他的个性，而个性不仅是艺术追求的最高境界，也是人的内在价值的最高限度。观大康之作，笔墨之间不唯见功力，也见才气，方寸之地风骨朗然。予生也愚，面对大康先生的作品，总感觉有参玩不尽的蕴涵，有令人意兴遄飞的韵致。

二 胸中丘壑化春秋

我要见大康！以验证我脑海里浮现出的大康印象。于是我蹬车近一个小时来到他所任职的首都师范大学美术系。一问，答云：我们也没有见过康先生，他不来坐班。我于是怅然若失。

从此我开始留意大康先生的情况，我知道大康先生不仅仅是一位艺术家，他还是一位学者。在学术领域，他的文物鉴定极具法眼，而以古文字形研究声名最著，著有《古文字形发微》、《古文字学新论》、《文字源流浅说》、《说文部首诠释》、《印典》等煌煌巨册。在艺术领域又艺兼多能，篆刻、书法、国画、油画、雕塑无不兼善，书又金文、甲骨、隶、楷皆精。其书文常出入老子、诗骚、魏晋人语，使文与书相映生辉，堪称玉润珠圆。唐代韩愈在他的《送高闲上人序》里论张旭的书法，说："张旭善草书，不治他技，喜怒窘穷，忧悲愉佚，怨恨思慕，酣醉，无聊，不平，有动于心，必于草书焉发之。观于物，见山水崖谷，鸟兽虫鱼，草木之花实，日月列星，风雨水火，雷霆霹雳，歌舞战斗，天地事物之变，可喜可愕，一寓于书，故旭之书变动犹鬼神，不可端倪，以此终其身而名后世。"张旭用草书表现自己的情感，他的书法作品可当抒情诗解读。而大康诸作，表面看来，喜愠不见于形，深隐其间的，更多的是思想，是对生命、对人生的体味，是一种精神和境界，欣赏康殷先生的作品，不在用墨之浓淡、布局之疏密，他用的是苦力气，通篇不苟、一字不苟、一笔不苟，甚至一丝不苟。他将全部精气神凝于笔端，笔笔见精神，具有生命的力度。故他的作品，更宜从哲理诗的层面来领悟。

从来杰出的书家都不是单纯从手腕子上讨生活，胸中不有丘壑，腕底哪来春秋？宋人欧阳修有言："中充实则发为文者辉光。"康殷先生正是因为有了这样深厚的学术根底、这样广博的艺术素养，流诸笔墨金石，才能风雷滚动，撼人心魄。可以说，大康先生艺术造诣之高，功夫在金石笔墨之外；师康者若只从腕底着意，则徒得其形，于神远矣。

三 狂狷者流

世上狂妄者多，狂狷者少。大康殆狂狷之流。子曰："狂者进取，狷者有所不为也。"以孔夫子所下定义衡之，这顶帽子戴在康殷先生头上，是再合适不过了。他尝书"大方无隅"四字赠人，语出《老子》，是说最方正的事物反倒没有棱角，这便是"大音希声，大象无形"的道理，成而若缺才是大成，巧而若拙是为大巧。这是艺术，也是人格的最高境界。他又书"风雨如晦，鸡鸣不已"

条幅，语出《诗·郑风·风雨》，下云："既见君子，云胡不喜？"《毛诗序》认为君子指贤人，"乱世，则思君子不改其度"。不论处于什么环境，都要保持人格的高洁，恪守君子之道。康先生是以此许人，也是以此自许，是夫子自道。康先生一生坎坷，但君子之道不改，艺术和学术追求不懈，即使在"文化大革命"那风雨如晦的年月，他仍然持之有道，有所不为。

四　富贵不淫贫贱乐

直到一九九八年我才第一次见到了大康，因为工作上的事我去拜访他。他的居室并不宽敞，家中书画盈积，书香墨韵拂拂袭人。果然，人如其字，大康先生很稳重，坐在那里，不停地抽着烟斗，烟斗上冒出缕缕烟雾，袅袅腾腾上升，如草如篆。公事之馀言及书画，先生两眼熠熠生辉，吐属滂沛，臧否书坛风气，神采焕然。康夫人任兆凤女士在座，时或插言，一室之中，其乐融融。

康先生为人耿介，富有正义感。读大学时曾因不满日本侵略者的统治而愤然退学。这种性格使他一生历尽酸甜苦辣，沉浮无定，倘他就此沉沦，则将一事无成；可贵的是康先生宠辱不惊，益自奋发，这才历练了他的眼光，涵养了他的心胸，磨砺了他的意志，陶冶了他的情操，以致有此大成。"秀句出寒饿，身穷诗乃亨"，人生感悟融进了笔墨金石之中，才能给人以博大恢宏之感。康夫人则始终甘苦与共，相濡以沫，携手历阅人世寒暖，成为康先生的人生知己。康夫人襄夫成业，不仅协助康先生完成了旷世奇书《印典》的编纂工作，在康先生的艺术成就里，也不能说没有融进康夫人的心血。至此，我想到了宋人程颢的两句诗："富贵不淫贫贱乐，男儿到此是雄豪。"康先生做到了，任女士也做到了，任女士不愧为世间奇女子。

人的生命有限而事业永恒。在艺术上、在学术上的任何贡献，都会成为事业发展链条中的一个环节，在历史的长河中获得永生。神话说，开天辟地的英雄盘古死后，肌肉化为田土，皮毛化为草木。为人类文明做出贡献的人也是如此，其人虽已不存，但在人类文明的方方面面都存留着他们的智慧和精神，闪烁着他们的光辉。元人钟嗣成序《录鬼簿》云，世上有未死之鬼和不死之鬼。那些酒囊饭袋，或醉或梦，其人虽生，与已死之鬼何异？是为"未死之鬼"；而那些小善大功，著在方册者，日月炳煌，山川流峙，及乎万劫无穷已，"是虽鬼而不鬼者也"，是为"不死之鬼"。大康先生属于后者。

病危之际大康先生曾对家人说："放心吧，我没那么容易死。"但他还是走了。"古来才命两相妨"，我想，这也许是造物忌才，致有浑沌凿窍之厄吧；要不，是"那一边"有什么牌额需要他去题写？因为李商隐的《李长吉小传》云，李贺死时，有“帝成白玉楼，立召君为记”之说。

最后步大康先生六十自述诗原韵，漫成一首，以寄缅思：

邃览真知不计年，花开叶落任天然。
艺学俱启新境界，大匠应堪筑韩坛。
万物静观心底眼，一身牵掣古今怜。
璠瑜不怕经三火，墓次云飘草自闲。

朱先生，是个好人

——恭贺朱一玄教授百岁华诞

朱师一玄先生1912年8月24日生于山东烟台之淄博市。今年9月他的弟子们将在南开大学文学院召开学术会议，庆祝一玄师的百岁华诞。我在南开读书的时候，一玄师没有为我们开过课。1957年他中“阳谋”蒙难落马，已经被取消了上课的资格。我当时因为家庭出身“剥削阶级”被打入“另册”，在一个又一个批判会的间隙抓紧时间读几本书，不敢“乱说乱动”，所谓“非礼勿视，非礼勿听，非礼勿言，非礼勿动”，卷舌同声、拟足投路尚且自身难保，哪还有勇气访名师、道问学？五年大学生涯，只闻朱先生之名，却从未谋面。

第一次拜晤一玄师，是在改革开放以后，环境宽松了，重新踏进母校的校门也不再有惴惴其栗的惶恐心态了。朱先生住房并不宽敞，朱师母收拾得清洁而有条理。朱师母在南开大学校医院工作，有个头疼脑热的经常去找师母看病，但当时并不知道她就是师母。朱先生很亲切，很平和，总是微笑着问这问那。我是学生，无论是人品还是学问，朱先生都是我高山仰止的师长，但朱先生待我如家人，初次见面就使我感到温馨，初到时的一点儿生疏感顷刻间便消失得无影无踪。欲辨已忘言，谈话的具体内容早已记不清了，但总体印象却极为深刻：朱先生真好。从此便与朱先生经常书信往来，每逢年节都能收到朱先生的贺卡。今年，我听从一位同窗好友的劝告，没有主动给朱先生寄贺卡拜年。友说：“朱先生事必躬亲，收到咱们的贺卡，老人家就会劳神回复。干脆，咱们今年默祝心祷，岂不是给先生省了麻烦？”于是我们便存其心而略其迹了。

我走近一玄师是从专业开始的。毕业后我也在高校从事中国古代文学的教学工作，而且也教元明清文学这一段，重点又在戏曲小说方面，这样朱先生的著作便成为我须臾不能离开的宝典。朱氏学术体系的贡献在古典小说文献资料方面，考据析疑，爬罗剔抉，焚膏继晷者数十年，成就了“中国古典小说资料丛书”系列：《水浒传资料汇编》、《三国演义资料汇编》、《西游记资料汇编》、《金瓶梅资料汇编》、《聊斋志异资料汇编》、《红楼梦资料汇编》以及《中国小说史料学研究散论》等凡17种，论文20馀篇。资料丛书有自成一家的风格体例，用人们经常使用的套语说便是：沾溉学人，功德无量。有哪一位治中国古代小说者离得开朱先生的书呢？他的弟子若李剑国、陶慕宁、宁稼雨，都是学术根底宽厚扎实的学者，以卓越成就享誉学界。无论是作为一个学者还是教授，朱先生都应该充满成就感。

我曾经不解：以朱先生的深厚学养，他本来可以在有关古代小说的很多问题上发表他的看法，怎么没有如很多学者、尤其是而今学者那样，写出几部什么“论”、什么“研究”来呢？后来我明白了。作为一名教师，连上课的权利都被剥夺了，还允许他以笔去“论”吗？我 1959 年入学不久，李何林先生发表了一篇两三千字的小文章《十年来文艺理论和批评上的一个小问题》，这本是一点关于评价文学作品标准问题的学术思考，并未涉及“无产阶级政权”、“社会主义道路”问题，而且还是被周扬、张光年、以群连压带骗强制发表的，却受到了全国性的、势如潮水般的批判，这种批判到“文化大革命”时期又死灰复燃，由批判升级为批斗。何林师是何等人物！参加过南昌起义、有着过人的胆识、有卓著的学术成就和显赫的学术地位、是屈指可数的现代文学史家和鲁迅研究专家，且身为南开大学中文系主任，尚且误触文网；朱一玄先生乃 1957 年命名加冕的“戴罪”之身，稍有差池，其处境恐怕就要雪上加霜了。因而，朱先生不能舌耕改笔耕，不敢论说搞资料，时代造就了一玄先生以史料鸣——这是唯一的安全发音渠道。朱先生没有留下煌煌宏论，但在众多学子的论著中都滋润着朱先生的学术雨露。朱先生在为时代的学术殿堂做奠基的工作，为学术发展作铺路的工作。作为受益者，我感谢朱先生。

气平曾受折磨多。朱先生心平气和，宠辱不惊。受难时，他泰然处之；现在朱先生有了许多头衔：水浒学会顾问、三国演义学会名誉理事、《三国演义学刊》编委、天津市古典小说戏曲研究会顾问……，他依然心态淡定。这可能是朱先生长寿的主要原因吧。有此心态，我相信朱先生还会再长寿几十年，因此我也期待着十年后、二十年后再参加为一玄师举办的庆寿会。

朱先生不仅平和，而且仁厚。而今的学界，多目光敏锐、文思泉涌、语言犀利、理论深奥、气势宏壮之士，大作一出，立成标识，人皆叹服，每令老朽如我者惭愧无地。但才子多而长者少，才华横溢而仁厚之道略显不足，披寻其作，王国维氏治学“独立之精神，自由之思想”则罕有发见。因此学风、校风每为时论所诟病。我作为朱先生的学生固当以师为模，同时我也希望朱先生的风范影响更大一点，更广一点。因为　　朱一玄先生是个好人。

2010 年 6 月 29 日于京华煮字斋

附录

传统文化的守望者

——访首师大张燕瑾教授

黄　舒

钱穆说："一切问题，由文化问题产生；一切问题，由文化问题解决。"今天，"传统文化"已经成为时代的流行语，其研究也近乎显学。在这股热潮中也有不少令人深思的现象。怎样看待传统文化及这些现象？笔者走访了首都师范大学文学院教授、博士生导师张燕瑾先生。张先生很随和地回答了我的问题，从三个方面谈了他对传统文化的认识。

一

"传统文化在历史发展中形成、也在历史发展中传承。割不断，抛不掉，不依人的意志为转移。好比一个人，有几年不大健康，一棵树遭遇病虫害，你想抹掉这一段历史，有可能么？传统文化已经融汇进中华民族的精神血脉，形成了独特的心理习惯和审美情趣，是不可超越的。'文化大革命'十年动乱，'破四旧'的口号喊得震天响，而实际上仍然不出传统文化的窠臼，只不过所张扬的不是传统文化中诸如'民为贵，社稷次之，君为轻'的民主性精华，恰恰相反，'无限忠于'、'万寿无疆'等等，是传统文化中的劣性糟粕。传统文化有鲜明的民族性，并不是所有的都放之四海而皆准。《周礼·考工记》说：'橘逾淮而北为枳'，'迁乎其地而弗能为良'，不同文化可以、也应当互补，却不能取代。以中华文化拯救世界的想法，只是空想。"

二

"传统文化有实践品格。研究传统文化、弘扬传统文化，目的何在？孔子说：

‘古之学者为己，今之学者为人’。为己，就是修身，修养自己的学术、道德，追求真理；为人，就是自己不躬行实践，说一套做一套，给别人听。《礼记·中庸》引述孔子的话，认为君子不可以不修身，而修身有三个方面：‘好学近乎智，力行近乎仁，知耻近乎勇。’不力行，学了有什么用？人应当有所作为，但不能无所不为，要坚守道德底线，否则就是恬不知耻。我常见人们把《离骚》名句‘路漫漫其修远兮，吾将上下而求索’书为条幅。求索什么？真理！探得真理，就应当有‘虽九死其犹未悔’的追求精神。否则就违背了传统文化的实践精神，是不正的学风。南宋遗民谢枋得说过，‘大丈夫行事，论是非不论利害，论顺逆不论成败，论万世不论一生。’比较接近屈子‘上下求索’的精神。只有端正了对传统文化的态度，人人躬行，修己及人，才能改变整个社会风气。但传统文化对人的濡染是软性的，渐变的，急功近利不行，不能追求立竿见影的效果，不可能今天读了《论语》，读了《红楼梦》，读了唐诗宋词元曲，明天就焕然一新。我们常说某人有书卷气，而某人有市侩气、商人气，前者让人感到舒服，而后者则令人生厌，这与读书并且实践有关，涵养性情，非一日之功。借传统文化之名说书而邀名射利，是与传统文化精神相悖的。”

三

“传统文化是发展的，没有一成不变的传统文化。传统文化的发展离不开异质文化的交融。中国历史上每当边疆少数民族文化或外来文化（如佛教的传入等）与中原文化交融，都会促进中华文化有新的发展，增加新的生机。大而言之，中国从秦朝起就一直实行帝王专制制度，帝王专制不可能产生共和思想，辛亥革命才推翻了帝制，建立了共和国；帝王专制也不可能产生民主思想，‘五四’运动提倡‘德先生赛先生’，才引进了民主、科学观念，马克思主义传入中国，中国文化中才有了马克思主义的民主观念。文化不能保守，保守的文化没有生命力；不能闭关锁国，那样的文化就会停滞落伍。在网络化且交通便利的今天，地球村里的居民谁也离不开谁，经济上、文化上互通有无已成世界潮流，成历史趋势。中华文化只有吸纳自由、民主、平等、博爱、宪政、人权等普世价值观念，才能成为地球村的合格村民。本土文化即使想与世隔绝，恐怕也不那么容易。”

四

我同张先生谈起了泡沫学术、作假现象等不良风气，张先生认为，这是在商品经济冲击下，使有些人以学术为商品的结果，也与各级行政部门对学校、对学者的考核标准有关。张先生认为现在的教育有一些值得反省的地方，“比如重思想教育而轻道德品行培养。固然，思想与道德不能完全分开，但毕竟不是一回事。以至于理想之崇高、目标之远大、理论之先进、思想之正确，说起来头头是道；但诚信、感恩、正义、正直、仁爱、恭谨、同情等基本道德缺失，造成一些人‘有学术而无操守’。再如，讲话、决议、报告可以进课堂，而最应该进课堂的宪法、党章却没有。公民对自己的权利和义务都不清楚，哪里还谈得到公民意识？公民对自己的国家都不知道应负何种责任、处于什么位置，还谈得到承担世界责任？公民如此则国家承担世界责任又谈何容易！‘父母官’‘老百姓’一类封建色彩浓厚的词语，屡见于媒体，要实现宪政、法治社会，任重道远。共产党是执政党，是领导事业的核心力量，党章不进课堂也不利于民众对共产党性质的深入了解及监督。不践行党章，党的性质也就与党章相悖了。”

我从网上得知，张先生对他的母校南开大学、对他任职的首都师范大学充满深挚的热爱。他说：“母校不仅授我以鱼，给我知识，而且授我以渔，教我以方法，使我有安身立命之本。首都师大却给我提供了安身立命之地，首都师大坚毅向上的精神风尚也深深滋养着我。”张先生把他所珍藏的线装书无偿捐给了首都师范大学。中国诗歌研究中心主任赵敏俐教授称许张先生此举体现了感恩精神、关爱精神、奉献精神。

我同张先生的谈话很愉快，他始终微笑着回答我的问题。我在张先生身上看到了传统文化的闪光。张先生是传统文化的守望者，却不是守旧者，使我对传统文化有了新的认识和感想。

（《赤子》2009 年第 7 期）

张燕瑾先生谈古典文学与人生

王瑛采访、整理

中国古典文学为什么会有如此的魅力？以致令历代读者心醉神迷，甚至连政治家在文章里、讲话中都要引用几句，示博雅，增文采，让读者和听众添意趣、破沉闷、旺精神，效果明显增强。其实优秀的文学作品都具有这样的美学作用，由于古代文学是经受了历史考验，存留下来的精英之作，这种作用就更为彰明显著而已。

古代文学艺术的创作者，都是很敏感的人，对社会对人生每多感触，情动于中而形于言，所谓“饥者歌其食，劳者歌其事”，“感于哀乐，缘事而发”。每一个时代都产生了很多作品，但大都湮没无从查考，留传下来的，仅是其中一小部分，是最优秀的作品，受到人们的喜爱才口传手书，刊刻流播，可谓沙里淘金。这些作品表现了时代的生活，时代的情绪，是时代的心声。每一次阅读，都好像在同古圣先贤进行对话，经受心灵的洗礼和艺术的陶冶。人类的情感是相通的，这些作品具有永恒的魅力，不仅涵养着后世子孙，而且成为世界人民的共同财富，屈原、司马迁、关汉卿因此被世界和平理事会提名为世界文化名人。

古典文学是我们取之不尽的精神宝藏，是中华民族人文精神的体现，又是涵濡中华民族的精神源泉。古典文学，饥不可食，渴不能饮，冷不御寒，不是“生活必需品”，但它有益于人生。我们之所以离不开它，在于人有文野之分，有雅俗之别，古典文学可以使我们的人生富有诗意，可以使我们的举止让人看了舒服，中充实则形于外者辉光，读古典文学对人生有“去粗存精”的作用。现在的儿童，琴棋书画、歌舞体育样样都学，似乎技能训练就是“素质教育”。我并不完全反对这些，只是想说：读书才是人生最持久的兴趣，才能培养健朗的人格，才能拥有开启智慧之门的钥匙。书，是医愚之良药，是人们最忠实且有益的朋友，是人类生命航程中不灭的灯塔。蔡元培先生在《中国现代大学观念及教育趋向》中，谈到理科学生放弃对哲学和文学学习的后果时说：“结果他的教育将受到机械论的支配。他最终会产生一种错误的认识，认为客观上的社会存在形式是一回事，而主观上的社会存在形式完全是另一回事，两者截然无关。这将导致自私自利的社会或机械社会的发展。”当然，文科学生也应当学习一些理科知识，否则就“抓不住周围事物的本质，只剩下玄而又玄的观念”。钢琴家朗朗在《千里之行：我的故事》中谈到他赴美师从世界最优秀的钢琴家格拉夫曼学钢琴时，格拉夫曼让他先停止参加比赛，把注意力集中在“精神方面”，为他安排了文化导师，先从学习莎士比亚开始，从而铸就了朗朗“一生都感到满意和充实”的辉煌。可惜我们的表演“艺术家”们尚不明此理，忽略甚至最起码的文化素养，这是妨碍他们表演天赋进一步发挥的最大障碍。连家喻户晓的名著都不读，恐怕不是修养清高的表现，也未必是在其他领域成就杰出的前提。试看人类历史上做出了伟大贡献的人们，哪一个是粗鄙无文的呢？我们的先人早就深悟此理，刘向《说苑·建本》记师旷语曰：“少而好学，如日出之阳；壮而好学，如日中之光；老而好学，如炳烛之明，炳烛之明，孰与昧行乎？”

读点古典文学是非常必要的。但古典文学之于人，是“春风潜入夜，润物细无声”式的熏陶濡染，不能急功近利，追求“急用先学，立竿见影”的效果。白居易《与元九书》中举了一个“立竿见影”的例子：“有军使高霞寓者，欲聘倡妓，妓大夸曰：‘我诵得白学士《长恨歌》，岂同他妓哉？’由是增价。”那是妓女的思想行径。但也可见，能背诵《长恨歌》的歌女，是受人们看重的。

人们之于古典文学，可以研究（这是少数专家学者的事），可以修身，可以鉴赏，可以娱玩消闲（特别是像诗歌中的盘中体、拆字体、藏头体等游戏文体），也可以作聚朋会友茶馀饭后的谈资（清代《京都竹枝词》有“开谈不说《红楼梦》，读尽诗书是枉然”之说）。大多数读者阅读古典文学不是为了研究学问，但学问的研究却可以帮助人们对作品有更深入更准确的理解。如果谁想对某部作品了解得更深入些，就不妨涉猎一点相关学术著述。

《荀子·儒效》说：“不学问，无正义，以富利为隆，是俗人者也。”陈寅恪在《清华大学王观堂先生纪念碑铭》中说：“士之读书治学，盖将以脱心志于俗谛之桎梏，真理因得以发扬。”学术研究就是求真，探寻真理，发扬正义。只要坚持所探得的真理，就可以摆脱俗谛，成为高尚之士。大家都能以此自许许人，则我们的社会风气、精神面貌便无愧于文明古国了。这便是古典文学所具有的修身作用。

黑格尔《法哲学原理·序言》说：“就个人来说，每个人都是他那个时代的产儿。”文学家和文学作品也是时代的产儿。时代在发展，人们的思想在变化，但伟大作家所体现出来的那种社会责任感和社会承担意识，那种反抗压迫和束缚，争取自由的精神，却具有永恒的震撼力，令每一代人都感动不已，为他们的爱国精神所鼓舞。这里需要说明，不能把“爱国”理解得过于狭隘。以为屈原爱的是楚怀王的楚国，陆游爱的是赵宋王朝。“爱国”精神是博大的，对祖国的土地、人民及其文化，甚至一山一水一草一木都充满深挚的感情。不能仅仅局限于政治层面来理解。“五四”爱国运动不是爱当时的军政府，“一二·九”爱国运动也不是爱当时的民国政府。“爱国”不是爱政权的同义语。那些污染土地江河大气的人，那些漠视甚至戕害自己同胞的人，那些践踏民族文化的人，不管他们其他表现如何，谁又能承认他们是爱国的呢？说到底，爱国即爱人，人为国之本。爱因斯坦有句名言：“国家是为人而建立的，但人不是为国家而生存的。这就是说，国家该是我们的仆从，而我们不应该是国家的奴隶。”国家的出发点和目的是人，人民是国家之主，离开了人还谈得到什么“国”呢？除了人，什么还能成为我们行为的终极目标？人类一切行为的目的，始终都是为了自身福祉。前哲古贤辨是非，明顺逆，识大势，有廉耻的文学作品，每读它们，都是一次心灵的陶冶、情操的砺炼。

凡能传世的文学作品，无不体现出一个“真”字。后人研究也好，鉴赏也好，也应本着真诚的态度。玩学术不好，假学术也不好，为了学术以外的目的发文章出专著，说一些连自己也不相信的言不由衷的话，未必是学术繁荣的标志。“游牧学术”似乎也应当引起深思。逐水草而居，水草丰美处便是追逐的地方。学校竟以高报酬为诱饵，学者则不停脚步地迁徙，恐怕无益于社会风气的改善和国家总体学术水平的提高。千万别让学者成为学术艺人和有体温的印钞机。

时下古典文学似乎又“热”起来了，这当然不是坏事。但我希望先静下心来。认认真真做点实事，在忙于“世界语境”思考、“宏观叙事”结构的同时，纠正纠正写错字、读错音这一从中央到地方媒体普遍存在的现象。比如姓萧的“萧”，不知从什么时候起就一律改成了“肖”字，连祖宗传下来的自己的或别人的姓氏都不尊重，胡改乱写，还尊重什么呢？再如，中文报刊混杂些洋文，是编辑记者为显示其外语水平之高呢，还是暴露了其精神贫乏及汉语水平的低能？这还不应当引起我们的震惊吗？我们是有着五千年文明历史的国度呀！

（《中国政协》2009年第10期）

后　记

转瞬间我已经走过了七十五个年头；从“参加工作”走向社会算起，也有半个世纪的时光了。这七十五个春秋里，虽然经历过风风雨雨，遇到过沟沟坎坎，其实也很简单：不过是从一所学校走向另一所学校。自打上学那一天起，我就没有离开过学校，所以我对学校有着一份特殊的感情，我爱学校。而爱得最深的有两所，一是我的母校南开大学，一是我现在任教的首都师范大学。

1964 年我大学毕业分配到当时的高等教育部直属北京函授学院任教，“文化大革命”爆发后，高教部与教育部合并，在安徽凤阳的葛家开办了“五·七干校”，经过四年又三个月的接受贫下中农再教育和劳动改造，1972 年 10 月我要毕业了。最初的方案，我被分配到新疆，据我原来的领导说，新疆大学校长原是高教部的一位司长，他愿意接收我，能留在高校任教，是我最大的心愿；后来由于中央决定，不再往新疆派遣汉族干部，这事便告吹了，我在彷徨中继续待业。这时，首都师范大学（当时叫北京师范学院）为我发出了调令，我于是走进首都师大，从此就再也没有离开过这所学校。首都师范大学为我提供了安身立命之所，我感谢她，我爱她。

1959 年我考入南开大学中文系，1964 年毕业，五年间的种种情事至今记忆如新。毕业五十年来，不仅时时梦回我熟悉的马蹄湖、新开湖、图书馆……更时时想念我的老师们。不论给我上过课还是没有上过课，我都很想念他们。南开的经历使我懂得了人生道路上应当做什么，不可以做什么，决定了我的后半生，我感谢南开，我爱南开。而给我影响最深的是宁宗一先生。

我们入学的时候，校园里已经不再平静了，斗争的引信已经点燃，其标识性事件便是对中文系主任李何林先生的批判。1959 年何林师受他的友人周扬、张光年、以群蒙赚而中计，发表了两三千字的短文《十年来文艺理论和批评上的一个小问题》，引来了全国性声势浩大的批判。中文系的每一次批判会都让学生们参加，以便对我们进行教育。在我的印象中，此前围绕着总路线、大跃进、人民公社这“三面红旗”以及大炼钢铁、公共食堂等发生的种种风雷激荡，还是社会政治天气变幻的话，通过对何林师的批判则使我意识到，学术问题也不能随便说话了。果然，不久便开始在学生中“拔白旗”、批判“白专道路”，风声日紧，很快就祭起了以国家强制力为后盾的“一抓就灵”的阶级斗争法宝。从此“群众运动”成了社会的常态和运行模式，融和的社会被撕裂为两个互相猜忌的群体，人为制造出一个被人随意唾面的另类——不是由于他们做了什么、说了什么，甚至连腹诽都没有，仅仅因为他们本人历史、家庭出身、亲友关系等等而被打入“另册”，他们连向神灵祭献一瓣心香的资格都没有，人道主义、人性论荡然无存。教师上课、课下交谈，人人神经都绷得倍儿紧，生怕一语闪失而沉入深渊。积极人士则争着向“上”交心，不仅交自己的心，还总想把别人的心也交上去，师友也成了换取奖赏的筹码，于是人们更加惴惴其栗。

宗一师是性情中人，上课下课总是在笑，好像总有什么喜事儿降临到他的身上，我从没有见过他板起面孔的训人状。他那时给我们讲宋元文学史，以文本为中心进行美学阐释，进而探寻作家的心灵。在宁先生的课堂上，“文学性”成了屏蔽外界喧嚣声浪的围墙。课堂上的安静使我能安下心来感悟文学的美妙，接受文学的洗礼，文学抚慰着一颗颗躁动不安的心灵。宁师的课使我想到了王国维氏的《红楼梦评论》和《宋元戏曲史》，“取外来之观念，与固有之材料互相参证。凡属于文艺批评及小说戏曲之作，如红楼梦评论及宋元戏曲考唐宋大曲考等是也。”（陈寅恪《王静安先生遗书序》）我愿意上宁先生的课。课下，宁先生又随便地同我们说说笑笑，我们觉得宁先生有亲和力，便常去请教，受益自然便多。我所走的治学之路，是沿着宁师的道路走的，宁门学步，虽然由于我的俗肠寡昧，不具备宁师的才情悟性，走得不像，“笑杀邯郸人”，但我是自觉地按照文学本位和文本主义这条路走的，具眼者当能别白。“心解”书成，宁师又慨然赐序，使我高兴而且欣慰。

我的履历虽然简单，却人震、地震、天震都经历过了。像我这样年纪的人都知道什么是“七八年又来一次”，有写手还在报刊上发表宏文，论证阶级斗争的回合，经过五六年的酝酿，七或八年必有一次大的搏斗，因此“七八年”论已成铁定的规律。实际上，要不了七八年，只要心血来潮就“来一次”，于是一个接一个的斗争、运动，撒着欢儿地闹腾，决心要把命革到底儿，没有个喘口气儿的时候，我们也便在“人震”的波涛中翻滚了前半生。邢台地震时，我的家乡受到不小的影响，我在天津读书，感受不很强烈。1976 年的唐山大地震，我在北京，虽不是地震灾区，却也领教了大自然的伟力，尝到了地动山摇的惶恐滋味。震后有一天我外出购物，归来时见院门上贴了四字大标语：“团结抗震”，我的眼睛一下子就湿润了，停下自行车注目良久。当时正是“文化大革命”中的两派冷兵器热兵器（文攻武卫）运用各臻其妙的文武带打戏演出正酣之际，我们的同胞还知道什么是“团结”吗？我以为地震可能给运动的转向提供了契机，这标语便是转向的端倪。等到报纸印出来，提出的口号却是“保卫毛主席，保卫党中央”，我于是复归平静。据中央电视台“焦点访谈”说，高温也是自然灾害。今年南方一带持续高温，浙江绍兴竟然超过了摄氏五十七度！不仅稻田干涸，连茶树也枯死了。这恐怕应该归入“天震”吧？今年六月份的北京雾霾笼罩，连日不见曦月，寻丈间不辨人物，且艰于呼吸，人们谓之“京尘”，调侃为“尘世美”、“十面霾伏”，由此还引发了所谓“北京咳”之症，我也视为天震之一种。人们争购空气净化器，有一间合资厂家还生产了一种监测 PM2.5 的小仪器，电台电视诸媒体则告诫人们尽量少作户外活动。我年纪老迈，听从劝告，被活“霾”在家。宅居无事，翻检旧作，发现还有几篇尚未入集的文字，2014 年又恰逢我从教五十周年，用过去的官话说便是“参加革命半个世纪了”，总得有点儿纪念，于是新新旧旧辑为一帙，便有了以上文字。这些文字，不过是对作家、作品的阐释、分析和评价；而文学是作家禀赋历史使命诉说的时代心语，这些文字也便是我同古圣先贤心灵对话的点滴体悟。不敢妄自矜诩，《易・履》：“象曰：眇能视，不足以有明也。跛能履，不足以与行也。”

我的同学中，书法可赏可翫者有两家。一为弥君松颐先生。松颐先生是研究北京话的大家，其《京味儿夜话》已是誉满日下；他对《儿女英雄传》、《陶庵梦忆》以及老舍著作的注释，都颇享口碑。以学者的功力为书，其书也自有其文化内蕴，我早年那本戏曲论文集的题签即出自弥先生手笔。松颐君之风雅也每令愚俗如我者倾倒，我收有他数幅书作，算得是弥氏书法之粉丝。

另一位便是程君炳达先生。炳达先生学生时代就戴一副近视眼镜，木讷寡言，喜欢独来独往，很少与人交接。好像心里有什么想法，又没听他说过。那年头儿时兴开批判会，批判同学中的“白专道路”、剥削阶级出身、对党的“三面红旗”不理解以及饿肚子的言论等等。像吸食鸦片一样，批判也有上瘾症。炳达也发言，他的话带有浓重的冀北乡音，不容易听懂，似乎说了什么，又好像什么也没说，属于自我保护性发言。那时的环境，话自然不能随便说，但也不能随便不说，因为发言不发言说明你的立场和态度。其实，同是批判或发言却也可以见出不同的态度。五年的青春时光，用先验的理论规划现实，戕害人为设定的靶子（所谓“批判”），除了训练贬低甚至毁谤自己同类的能力之外，我们在知识上、学理上得到了多少？黑格尔说：“哲学要直到现实结束其形成过程并完成其自身之后才会出现”。（《〈法哲学原理〉序言》）哲学、理论、原则产生于实践之后，而不是之前。以先验的理论搞社会实验，无不在现实面前碰壁，付出惨重的代价。丧失了“独立之精神，自由之思想”（陈寅恪《清华大学王观堂纪念碑铭》），还谈得到学术吗？这是一代人的憾恨，谁也不是受益者。那时我对炳达先生不甚了解，与他的接触是在革了“文化大革命”的命以后。炳达与王卫民先生合著有《中国历代曲论释评》、参加了三卷本《北京戏剧通史》的编撰工作（任明清卷主编兼撰稿），都是很严谨很见功力的学术著作。其为人迂阔而谨重，但多才艺，秀于中而罕形见，书法、篆刻都很有可观。他给我刻了两方石章，一为室名章“煮字斋主人”，一为杨万里名句“借令字堪煮识字亦几希”，是解释书斋名义的，我都很喜欢。炳达看问题的深邃和敏锐为我所不及，在把国家经济推向“崩溃边缘”的运动中他因此受了不小的魔难，而心志不灰。这本书由炳达君赐签，我很高兴。

我执教的所谓“粉末”生涯，已经结束了，“教师”只是我曾经的职业。2012 年的暑假，我的学生全都毕业离校，我的教学生涯至此画上了句号。2012 年 6 月 28 日我曾写下如下一段文字：

> 今年，我的最后一届学生毕业了：三个硕士、一个博士。离校的前一天，6 月 27 日下午 3 时，博士生赵星来家里小坐辞行。赵星是这一届硕博生中唯一的男生，一米八的大个子，读书很认真，心无旁骛，阅读颇广却简于言对，每当谈到读书心得的得意之时，都会露出儿童般的笑容。他还是个孩子。这一次依然话不多。临行，他与我拥别，我看见他眼圈红了，说话也哽咽了。我不忍心使这个男子汉掉下泪来，便转而言他。出门之后，赵星回过身来向我和我的妻子深深地一躬，然后默默地，缓缓地转身离去。我们目送他的身影被墙壁挡住，才返回家中。临别深躬是他的习惯，每次都恭敬如仪，不知为什么，这一次却给了我那么深的打动、那么深的印象——这一躬他鞠得那么深，那么慢，以致定格在我的眼前心头，使我不能忘记。我知道，赵星从此不仅离开了我，离开了培养他三年的母校，也离开了北京。我曾经希望他在北京找工作，他说北京房价太高，买不起，便回到了他的家乡河南的一所高校任教。随着赵星的离去，同学们将天各一方，开拓着自己新的篇章；而我，教学生涯也全部结束，今后将开始另一种生活。
>
> 我想念我的每一位学生：32 位硕士、20 位博士、3 位博士后。他们每个人离去的时候，我都没有要求他们去同什么现象作斗争，我只是提醒他们不要丧失自己的人格，坚守住道德和良心的底线——不要害人，不要拿灵魂做交易。人，是应当有所不为的。所以子曰非礼四勿，《易·大壮》则警示人们：“雷在天上，大壮。君子以非礼弗履。”

其实我也深知要做到“不害人”并非易事。实践已经证明，面对权力，人性所能发挥的抵制力量是微乎其微的。不能独立思考，就不能分辨真与假、是与非、善与恶、顺与逆，像德国纳粹集中营屠杀令的执行者、屠杀亚洲人民的日本战犯、守卫柏林墙奉命射杀越境者的东德士兵、“文化大革命”中打死人的红卫兵那样犯下“平庸的恶”（汉娜·阿伦特语），就是前车之鉴，但所造成的后果却并不平庸。“文化大革命”死了两千万人、整了一亿人的国难时期且不说，单是想起“年年讲、月月讲、天天讲”的情景，就让人惊出一身冷汗。批判者的发言堪称投枪匕首，势如冰雹，激昂，威猛，犀利和有高度。一位被批判的落后分子还留有当时批判会的记录和被审查过的日记，上面有审查者写下的批语和画的横线。不知那些先进的好汉是否还记得？那些擅于记录别人言行以伺机告密的“卧底”积极分子，是否重看过自己当年的日记？世事纷纷久自明，事情已经过去了，原不必认真，我想，凡是从那个时代过来的人，如果能进行深刻反思，“过去”便会成为人生的一面镜子，只有思前才能想后，温故才能知新。在不为什么就可以整人的举世狂癫如饮迷药的环境下，读书人为了避免人格异化，是否应当服用一点儿镇静剂？哪怕是事后反思也好，苏格拉底告诫人们：“没有经过反省和检查的人生是没有价值的。”萧冬连先生说：“任何时候都应对人类理性的局限保持一份警惕，谨慎对待按照理想设计出来的社会方案。理想是提升社会的明灯，现实则是一个试错改良的过程，把理想直接拿来作社会实验，必然带来灾难。理想越崇高、目标越远大、权威越强大，带来的灾难可能越大。”（《国步艰难》）董郁玉先生说：“再完美的意识形态——无论是什么‘主义’的，都抗拒不了现实的颠覆。”（《改革的行进逻辑与历史脉络》）毕竟实践是检验真理的唯一标准，也是改变思想的唯一利器。所以我仍然希望人们记住雨果《九三年》里的名言：“在绝对正确的革命之上，还有一个绝对正确的人道主义。”附录于此，作为教学生涯的小结和纪念。

至此，我不能不说，我之所以能顺利走完我的教学之路，与我妻子的辛劳是分不开的，我感谢她。

谢谢洪兄文雄、何兄纯谱小友，与他们合作非常愉快。

2013 年 8 月 20 日　识于京华煮字斋中